D1607579

GÂNDHÎ
OU L'ÉVEIL DES HUMILIÉS

Écrivain, docteur en économie, professeur, conseiller de François Mitterrand pendant près de vingt ans et actuellement président de PlaNet Finance, Jacques Attali est l'auteur de plus de quarante-cinq livres, traduits en vingt langues.

Paru dans Le Livre de Poche :

BLAISE PASCAL OU LE GÉNIE FRANÇAIS

C'ÉTAIT FRANÇOIS MITTERRAND

CHEMINS DE SAGESSE

LA CONFRÉRIE DES ÉVEILLÉS

LA CRISE ET APRÈS ?

EUROPE(S)

LA FEMME DU MENTEUR

FRATERNITÉS

L'HOMME NOMADE

LES JUIFS, LE MONDE ET L'ARGENT

KARL MARX OU L'ESPRIT DU MONDE

LIGNES D'HORIZON

NOUV'ELLES

LE PREMIER JOUR APRÈS MOI

UN HOMME D'INFLUENCE

UNE BRÈVE HISTOIRE DE L'AVENIR

LA VIE ÉTERNELLE, ROMAN

LA VOIE HUMAINE

JACQUES ATTALI

Gândhî

ou

l'éveil des humiliés

BIOGRAPHIE

FAYARD

ISBN : 978-2-253-12559-4 – 1re publication LGF

À l'Inde,
avec mon admiration.

« *Marx a bâti sa doctrine sur une certaine philosophie de l'histoire. Mais quelle histoire ? Celle de l'Europe. Mais qu'est-ce que l'Europe ? Ce n'est pas toute l'humanité.* »

Hô Chi Minh, mai 1921.

« *C'est la loi de l'amour qui gouverne l'humanité. Si la violence, c'est-à-dire la haine, l'avait gouvernée, elle aurait depuis longtemps disparu.* »

Mohandâs Gândhî, 13 avril 1940.

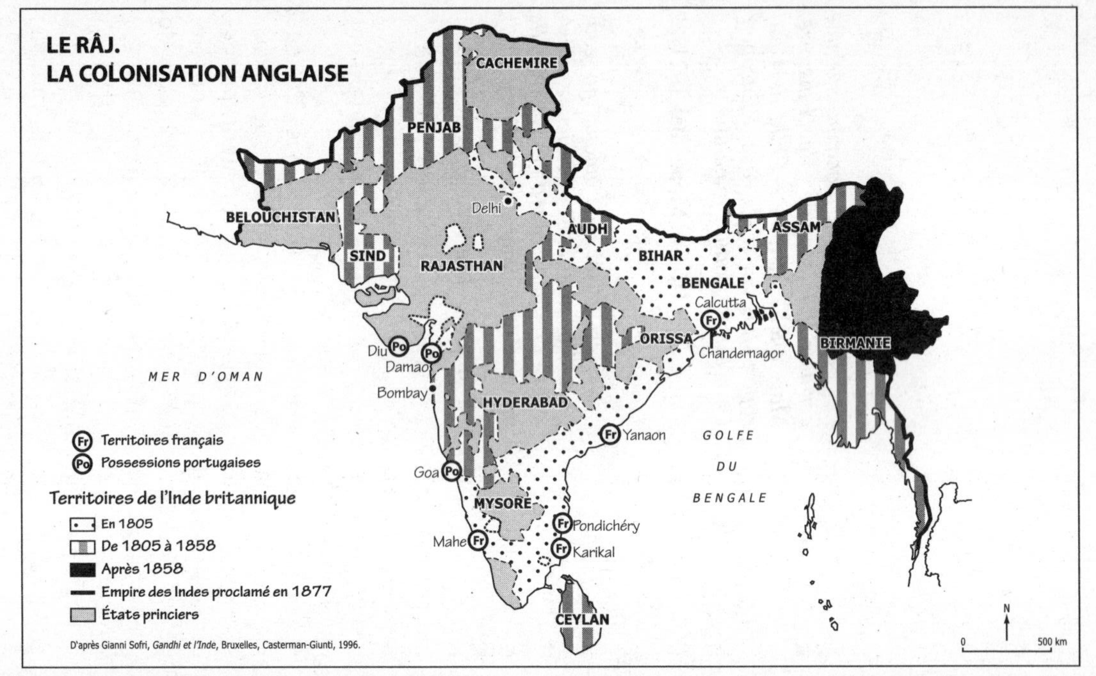

D'après Gianni Sofri, *Gandhi et l'Inde*, Bruxelles, Casterman-Giunti, 1996.

Le Râj

Jamais la violence n'a été plus menaçante et multiforme qu'aujourd'hui. Jamais l'action et les idées de Mohandâs Gândhî, qui l'a combattue, sourire aux lèvres, jusqu'à en mourir, n'ont été plus actuelles.

Peu de gens ont laissé une trace aussi forte dans l'histoire humaine, traversant avec douceur un siècle de barbarie, tentant de raisonner les pires monstres, faisant de son sacrifice un moyen de conduire les autres à l'introspection, révélant que l'humiliation est le vrai moteur de l'Histoire, pratiquant la seule utopie qui permette d'espérer la survie de l'espèce humaine, celle de la tolérance et de la non-violence. Son action changea le XXe siècle en Inde. Il faudra l'entendre pour que l'humanité survive au XXIe.

Son message, aimait-il à dire, était sa vie. Et cette vie est, en apparence, transparente. Parce que sa passion de la vérité le conduisit à faire connaître, par des écrits presque quotidiens, l'évolution de son caractère, de ses sentiments, de ses troubles, de sa doctrine, de son éthique, de sa pratique, de sa stratégie, de ses directives.

Pourtant, Gândhî reste une passionnante énigme.

Alors que certains de ses contemporains indiens, comme Chandrasékhara Venkata Râman, qui obtint le prix Nobel de physique en 1930, Râmânuja, mathématicien génial de la théorie des nombres, ou Satyendranâth Bose, qui travailla avec Einstein, furent des génies exceptionnels, lui-même ne fut ni un théoricien, ni un chef de guerre, ni même un avocat brillant. Comment alors ce petit homme timide – né dans un milieu modeste, dans une caste « *honorable* », mais inférieure aux brâhmanes, sans relations – devint-il le maître moral d'un pays parmi les plus sophistiqués, les plus hiérarchisés, les plus religieux au monde ? Comment cet homme à la voix étouffée, incapable de parler en public à trente ans, sut-il réunir, à cinquante, des millions d'hommes prêts à mourir pour lui ? Comment osa-t-il, en des dizaines d'occasions, mettre sa vie en jeu pour forcer les autres à réfléchir à leurs propres faiblesses ? Comment réussit-il à devenir celui qu'il voulut être ? Comment comprendre celui qui conseillait aux victimes d'accepter l'Holocauste et donnait du « *cher ami* » aux bourreaux ? Comment croire enfin celui qui, dans sa vie privée, donnait le sentiment de contredire parfois les principes dont il exigeait des autres le respect ?

Ses innombrables biographies, écrites de son vivant ou après sa mort, n'apportent trop souvent que peu de lumières sur toutes ces questions : presque toutes sont l'œuvre de proches confits en dévotion ou d'hagiographes ne cherchant pas ses faiblesses, ne mettant pas assez son action en perspective, ne le confrontant que rarement aux enjeux de son temps qui, pourtant, redonnent à sa pensée une tragique universalité. De plus, son œuvre littéraire et journalistique – cinquante mille pages écrites pour l'essentiel en gujarâtî – ne fut que tardivement disponible en anglais et encore moins en français.

Mais aussi pour une autre raison qui ne m'est apparue qu'en écrivant sur lui : sa vie est une réponse à une *humiliation.* D'abord celle des Indiens d'Afrique du Sud face aux Anglais et aux Boers, puis celle des intouchables face aux autres hindous et enfin des Indiens face aux Anglais. Humiliations dans lesquelles Gândhî trouva la source de sa révolte, de sa philosophie, de ses victoires ; humiliations universelles qui nous concernent plus que jamais.

Telle est ainsi, en définitive, la principale raison d'être de cette biographie : raconter l'histoire fabuleuse d'un homme dont l'incroyable destin met au jour le ressort essentiel de l'histoire humaine : ni le profit ni la lutte des classes, mais bel et bien *l'éveil des humiliés*.

Longtemps l'Occident a refusé à tous ces peuples colonisés, dits « *premiers* » ou « *barbares* », le statut d'humains. Ils sont aujourd'hui vus comme des menaces. Ils sont en réalité des promesses. Leur destin montre aussi que si la lutte des peuples pour la liberté ne s'inscrit pas dans le cadre d'une éthique et d'une métaphysique, si le combat pour changer les autres ne commence pas par une lutte de tous les instants pour se changer soi-même, il risque fort de ne conduire qu'à changer de maître.

Tel est le principal message de Gândhî : pour cesser vraiment d'être humilié, il faut d'abord cesser soi-même d'humilier. Il faut changer de rapport avec l'Autre. Comme le dit tout autrement et sublimement un des chants de Tagore que Gândhî aimait à écouter : « *Mon encens ne cède aucun parfum tant qu'on ne le brûle ; / Ma lampe n'éclaire pas tant qu'on ne l'allume*[151]. » Autrement dit, l'humiliation est l'étincelle qui donne à l'humilié le désir de se trouver ; s'il ne le fait pas, il n'a d'autre avenir que de devenir lui-même un bourreau.

*

Plus qu'aucun autre pays, l'Inde fut humiliée. Plus qu'aucun autre sous-continent, celui-là est, aujourd'hui, en situation d'influer sur l'avenir du monde. Plus qu'aucun autre être humain, l'Indien d'aujourd'hui – qu'il vive en Inde, au Pakistan, au Bangladesh, qu'il soit ingénieur dans la Silicon Valley ou imam dans la banlieue de Manchester – joue et jouera un rôle dans l'Histoire. Il ne faut pas s'en étonner : après deux siècles de domination britannique, succédant à deux autres de domination moghole, les héritiers de Gândhî prendront, d'une façon ou d'une autre, leur revanche économique, politique, culturelle et militaire sur toutes les humiliations dont ils furent victimes.

Un homme fragile et souriant leur fit prendre conscience de leur dignité et les hissa au plus haut d'eux-mêmes. Son destin porte la marque de notre passé, notre avenir portera la marque de son histoire.

Avant de le rencontrer, il convient de planter le décor : la colonisation des Indes par les Britanniques ne fut d'abord et avant tout, comme presque toutes les autres aventures coloniales, qu'une affaire d'argent. Elle fut ensuite une affaire politique. Enfin – et enfin seulement – une affaire de civilisation.

D'abord une affaire économique. Au début du XVIIIe siècle, l'Inde, à égalité avec la Chine, était au premier rang de l'économie mondiale, avec 22 % du revenu de la planète. À partir de la fin du XVIIIe siècle, des marchands anglais prirent le pouvoir à Calcutta et dans les centres économiques du Bengale, avec le souci de faire en sorte que cette colonisation ne coûte rien à la Couronne. Ainsi l'Inde paya-t-elle elle-même sa propre soumission, devenant un réservoir de troupes et de matières premières en même temps qu'un marché pour les produits anglais. De fait, alors que l'Amérique du Nord (États-Unis, Canada), l'Afrique du Sud et l'Australie furent d'emblée des terres de colonisation, la Grande-Bretagne, effrayée par les masses indiennes, n'envoya en Inde que des militaires, des fonctionnaires et des marchands. Même pas – ou très peu – de missionnaires chrétiens. Des hommes seuls y vinrent faire fortune et repartirent pour la dépenser en Angleterre, où ils achetaient parfois une circonscription avec l'argent gagné dans l'Empire. Des mariages mixtes eurent lieu, au moins jusqu'à l'arrivée en 1830 des premiers *fishing fleets*, c'est-à-dire des navires transportant des femmes anglaises venant là « *pêcher un mari* ». À la différence de ce qui se passa dans les colonies françaises, les colonies anglaises firent naître une forte bourgeoisie locale et s'appuyèrent sur elle.

Tout commence en 1757 quand un extraordinaire aventurier anglais, Robert Clive, entre dans Calcutta, passe un accord avec le nawab du Bengale pour se retourner contre les Français et leur prendre Chandernagor ; puis trahir son allié bengali, l'écraser à la bataille de Plassey et chasser également les Hollandais de la région. Son ambition n'est pas d'installer une présence politique, mais bien une compagnie commerciale privée, la Compagnie des Indes orientales. En 1763, le traité de Paris, signé sans que les soldats de Louis XV aient essuyé de défaite sur place, ne laisse à la Compagnie française des Indes que cinq comptoirs. Un an plus tard, Clive, devenu gouverneur et commandant en chef après quatre ans d'absence, prend le pouvoir économique sur tout le Bengale, ne laissant au nawab que le pouvoir politique et judiciaire. Le Bengale devient ainsi la première implantation anglaise durable sur le sous-continent ; l'administration y reste moghole, les lois y restent islamiques, la langue des fonctionnaires y reste le persan. Clive se contente de s'assurer la maîtrise des impôts et du commerce : le premier fonctionnaire indien sous contrôle britannique est un percepteur général ; il passe ensuite un accord avec ceux qui collectaient l'impôt foncier pour le compte de l'empereur moghol, les *zamindârs*, et en fait des propriétaires fonciers à sa dévotion ; puis il prend progressivement le contrôle du commerce extérieur et constitue l'« *Empire de la Compagnie* », le *Company Râj*, où seuls des Britanniques occupent les postes de responsabilité.

En 1774, Clive, devenu immensément riche, accusé de corruption (« *Mon Dieu*, répondit-il à ses accusateurs, *je suis moi-même étonné de ce que fut ma modération !* ») et très malade, se suicide à Londres. Le Râj s'arroge alors l'un après l'autre des monopoles aussi rémunérateurs qu'impopulaires sur le sel et le thé. Puis les Anglais font du sous-continent tout entier l'un des principaux débouchés de l'industrie textile du Lancashire ; ils exploitent les mines de charbon du Bihâr et de l'Orissâ et développent les cultures d'exportation comme le thé, asphyxiant l'agriculture vivrière, l'industrie et l'artisanat. Au milieu du XIXe siècle, pour organiser l'acheminement rapide de ces produits d'exportation vers les ports, le Râj construit un réseau ferroviaire de plus de 60 000 kilomètres. Au total, vers 1850, l'Inde produit à bon marché des denrées et des matières premières pour le marché britannique et achète au prix fort les premiers produits de l'industrie britannique.

Conséquence : sept grandes famines dans la première moitié du XIXe siècle et vingt-quatre dans la seconde[80]. En 1869, quand naît Gândhî, la situation est si tragique que les hommes des districts les plus pauvres de Madras et du Bengale commencent à émigrer vers les États-Unis, les Antilles, le Pérou, la Réunion, Maurice, Madagascar et l'Afrique du Sud, où ils se louent comme esclaves à des planteurs anglais et boers installés sur de vastes terres vierges, idéales pour le thé, le café et le sucre. On y retrouvera bientôt Gândhî.

La colonisation des Indes est ensuite une affaire politique. En 1784, William Pitt, Premier ministre à Londres, place la Compagnie sous l'autorité d'un Conseil de contrôle. Un peu plus tard, à Calcutta, Lord Cornwallis, gouverneur général, réorganise l'administration du Bengale en l'anglicisant ; et l'un de ses premiers gestes consiste à interdire le port d'armes. Dans le Sud, Sir Thomas Munro l'imite et prend d'abord le contrôle des impôts. Dans l'Ouest, Sir Elphinstone en fait autant, tout en permettant aux princes de garder leurs privilèges, leurs armées et leurs palais. Dans le Nord, Sir Charles Metcalfe s'arroge tous les pouvoirs en laissant une apparence d'autonomie aux villages. À Calcutta, érigée en capitale du Râj, un gouverneur général remplace le Grand Moghol ; il s'approprie ses fastes et ses palais, passe des traités d'alliance avec les centaines de princes du sous-continent soumis à la surveillance du « *pouvoir suzerain* » (*Paramount Power*) du Râj. Un « *résident* » britannique peut intervenir à sa guise dans la gestion interne de chacune de ces principautés, qui ne peuvent traiter directement ni avec les puissances étrangères ni même entre elles. En 1805, quelques milliers de fonctionnaires et de soldats britanniques imposent ainsi leur autorité à plus de 150 millions d'Indiens en s'appuyant sur une armée de 155 000 hommes[9] : des soldats anglais, mais surtout des cipayes (de l'hindi *sipâhi*, pour « soldat ») du Bengale ; les hautes castes de l'Aoudh fournissent des troupes d'élite comme elles le firent pour le Grand Moghol.

Peu à peu, le gouverneur général prend le pas sur les marchands de la Compagnie, assisté à partir de 1833 par un Conseil législatif composé exclusivement d'officiers britanniques[9]. En 1835, apparaissent les premières écoles britanniques, d'abord réservées aux rares enfants des personnels expatriés et à ceux des élites princières et marchandes. Les premiers diplômés indiens des trois universités instituées dans les années 1850 à Calcutta, Madras et Bombay n'ont que rarement accès à la haute administration du pays, qui reste presque exclusivement britannique. De rares Indiens font carrière à Londres[68].

En mai 1857 (alors que la France commence la guerre en Afrique contre l'empire Toutcouleur et occupe Canton), l'armée britannique veut obliger les cipayes, souvent musulmans, à traverser la mer pour servir en Birmanie et leur impose l'usage d'un nouveau fusil dont les cartouches sont enduites de graisse animale ; ils se révoltent, entraînant avec eux des propriétaires terriens, des paysans, des citadins de l'Aoudh et de l'Inde centrale. Ils occupent même Delhi, ville alors devenue secondaire après avoir été la capitale des Grands Moghols ; à Cawnpore, 400 Anglais (dont des femmes et des enfants) sont massacrés. En représailles, le gouverneur général Lord Canning (surnommé par dérision « *Canning le Clément* ») extermine la famille de l'empereur moghol, prince musulman, et, avec l'aide des princes hindouistes, mate cette révolte ; comme le dira l'historien William Rushbrook, les États princiers constituent désormais « *un maillage de forteresses amies en territoire contesté*[50] ».

Il est clair, pour les Anglais, que l'Inde est alors devenue une colonie politique et non plus seulement un comptoir marchand. Le 2 août 1858 (alors qu'en Chine fait rage ce qu'on appelle parfois « *la seconde guerre de l'opium* », ouvrant de nouveaux ports à la France, aux États-Unis et à la Grande-Bretagne), un premier *Government of India Act* abolit la Compagnie des Indes et transmet ses pouvoirs à un vice-roi nommé pour cinq ans. Il dirige des fonctionnaires sur place, encadrés par un « *grand corps* » d'agents de très haut niveau, l'Indian Civil Service (ICS), recrutés par concours sur un programme combinant culture générale, langues locales et sens du commandement après trois ans passés à Hailesbury dans un établissement spécialement créé à cet effet. Ce service, au sein duquel des Indiens occuperont progressivement quelques postes importants, se révélera extraordinairement solide et efficace, capable de résister à tous les assauts, jusqu'au jour de l'indépendance[9]. On le désignera d'un nom significatif : le « *Corset de fer* ».

Deux tiers du sous-continent sont alors divisés en dix provinces (Assam, Bengale, Bihâr, Bombay, Provinces centrales, Madras, Frontière du Nord-Ouest, Orissâ, Penjab et Sindh), dirigées chacune par un « *gouverneur* », et en six autres (Ajmer Merwara, îles Andaman et Nicobar, Balouchistan, Coorg, Delhi, Panth-Pilyouda) sous l'autorité d'un « *haut-commissaire* » ; dans ces zones sous administration directe, les Britanniques s'appuient sur les notables traditionnels, les *zamindârs* et les *jagirdârs*[68]. L'autre tiers du continent, divisé en 565 États, est sous le contrôle de rois et mahârâjâs hindous et sikhs, nawabs (ou nababs) et bégums musulmans, princes encore héréditaires, qui prêtent serment d'allégeance à la Couronne britannique ; parmi les plus importants, les États de Jaipur, Gwalior, Hyderâbâd, Mysore, Jammu et Cachemire, entre lesquels les Anglais prennent soin d'attiser les antagonismes. En 1861, un « *Conseil [législatif] du Râj* » et des « *conseils consultatifs provinciaux* » sont ouverts à quelques très rares notables indiens choisis par le vice-roi[68]. Ce système correspond à la fois à la conception anglaise de la démocratie censitaire et à la conception indienne de l'État protecteur d'un système de castes immanent.

Un organisme central, le Survey of India, supprime, au moins virtuellement, les frontières intérieures entre ces entités pour inventer une Inde abstraite, britannique, qui deviendra peu à peu une réalité pour les Indiens eux-mêmes[6]. À Londres, un secrétaire d'État à l'Inde et une administration, l'Indian Office, contrôlent l'ensemble.

La colonisation est enfin une affaire de civilisation. Or, pour les Anglais, il n'en existe évidemment qu'une, la leur, à défendre plus qu'à promouvoir : il ne s'agit même pas d'apporter aux populations locales les « *bienfaits* » de la *british way of life* ; l'Inde n'est pour les Anglais (comme l'Afrique pour les Français) qu'un cadre où afficher la grandeur de leur « *civilisation* », laquelle ne concerne pas ces « *sous-hommes* ». Et même si la première moitié du XIXe siècle conduit les Anglais à interdire en principe l'immolation rituelle des veuves et à combattre – en principe, là encore – les bandes qui tuent au nom de la déesse Kâlî, personne à Londres ne considère les Indiens comme des êtres humains dignes de se voir accorder les mêmes droits que les Anglais. Personne non plus ne s'intéresse à la fabuleuse pluralité de leurs cultures, de leurs littératures, de leurs religions, de leurs histoires, de leurs philosophies, de leurs arts. Si certains officiers anglais apprennent quelques-unes de leurs langues, c'est en général pour mieux les surveiller. La plupart des Britanniques qui vivent et travaillent là s'isolent dans leurs cantonnements et leurs clubs, où ils reproduisent au plus près le mode de vie londonien. On vient faire fortune en Inde, mais personne, ou presque, ne veut y mourir.

Quelques Anglais s'en inquiètent. Ainsi, dès le début du XIXe siècle, Thomas Munro note que si l'Inde a été envahie et gouvernée pendant plus de sept siècles par des conquérants venus du nord-est, souvent plus violents et cruels que les Britanniques, jamais elle n'a été autant humiliée. Quelques audacieux parmi ces administrateurs britanniques se passionnent pour le pays. Certains s'indignent même de voir 95 % des habitants du sous-continent endurer une vie plus que misérable, dans des villages immuables, où chacun exerce une fonction correspondant à sa caste, en produisant à peine les biens nécessaires à sa survie : pour se nourrir, les vaches sacrées procurent le lait ; pour se vêtir, le coton, filé par les femmes, fournit les toiles. D'autres, plus rares encore, osent penser que le peuple assimilera un jour l'esprit des institutions britanniques, que l'Inde deviendra une démocratie qui n'aura plus besoin d'eux. En 1838, l'un d'eux, qui deviendra fameux, le très jeune Charles Trevelyan, écrit avec plus d'un siècle d'avance : « *Il est dans la nature des choses que le lien existant aujourd'hui entre deux pays aussi éloignés l'un de l'autre ne puisse être permanent :*

aucune politique, si volontariste soit-elle, ne pourra empêcher les indigènes de finir par retrouver leur indépendance [...]. Formée par nous et dotée de notre savoir et de nos institutions politiques, l'Inde restera le plus fier monument de la bienveillance britannique[50]. »

En 1869, année de la naissance de Gândhî, les Anglais ne veulent pas voir que l'Inde est une extraordinaire mosaïque de civilisations, de religions et de cultures : hindoue, zoroastrienne, chrétienne, juive, bouddhiste, musulmane, persane, etc. Qu'y vivent plus de 230 millions d'habitants, parlant 179 langues et 544 dialectes, sur 4 112 000 kilomètres carrés entre la barrière himalayenne et les océans. Ils ne voient pas non plus que, malgré eux et contre eux, quelques symboles commencent à unifier ce puzzle. Ce n'est ni une langue (on en parle des centaines), ni une culture (on en cultive des milliers), ni une religion (on en compte plusieurs dizaines), ni même la vache, qui exclut les musulmans, mais la multiplicité des pèlerinages, qui font en permanence traverser le continent à des millions de gens, et la vaste mythologie qui les nourrit ; en particulier la divinité la plus récente et la plus sacrée du panthéon hindou, le Bhâratamâtâ : la « *Mère Inde*[6] ». Pour promouvoir cette nouvelle conscience de soi, une bourgeoisie et une élite produites par la colonisation britannique s'opposent à ceux qui pillent et humilient l'Inde. Ils sont industriels, journalistes, et surtout avocats et religieux. Les Anglais ne voient pas qu'est en train de naître ainsi une fierté d'être indien, qui s'alimente à une haine du colonisateur : pour que l'Inde apporte quelque chose au monde, pensent ces jeunes gens, il faut d'abord qu'elle se débarrasse de la tutelle et de l'influence de l'Occident, et qu'elle retrouve son identité dans son fabuleux passé, dans sa splendeur multiforme.

Comme toujours, l'humilié se découvre dans l'humiliation. Avec, au premier rang, pour l'entraîner, hier et demain, Mohandâs Gândhî.

*

Pour toutes ces raisons, j'ai souhaité raconter ici les incroyables rebondissements de sa vie et de sa doctrine. Pas en thuriféraire, ni – encore moins – en ennemi : j'ai voulu comprendre comment ce jeune avocat raté devint un des hommes les plus importants de l'histoire humaine ; comment ce jeune mondain se transforma en un saint laïc, comment cet anglophile devint farouchement antioccidental ; comment mille échecs se muèrent pour lui en triomphe ; comment Mohandâs devint Gândhî. Pour y parvenir, il m'a fallu – et il faudra au lecteur – m'intéresser à des cultures, des philosophies, des stratégies, des mentalités qui nous sont *a priori* radicalement étrangères ; pénétrer dans un univers, dans une façon de penser le monde et des concepts très différents des nôtres ; en particulier réussir à comprendre pourquoi la puissance et la raison, si positivement estimées en Occident, figurent, pour Gândhî et tant d'autres Indiens de son temps, parmi les pires défauts.

Je raconterai presque jour par jour l'extraordinaire fabrication de Gândhî par lui-même, en subdivisant sa vie en sept parties autour de sept concepts pour lui essentiels.

Pour retracer sa jeunesse, je parlerai des Modh Vanik, nom de la caste dans laquelle il naquit en 1869. Pour décrire la prise de conscience de son identité, je parlerai du *shatâvadhâni*, fabuleux gourou qui changea son regard sur le monde, en 1891, au retour de ses études à Londres. Pour faire comprendre son premier combat en Afrique du Sud, où il vécut de 1893 à 1914, je parlerai du *satyâgraha*, mot qu'il inventa pour désigner une forme très originale de désobéissance civile. Pour suivre sa quête de l'identité indienne, qu'il élabora de 1914 à 1930, je parlerai du *Hind Swarâj* ou « maîtrise de soi » pour l'Inde. Puis, quand il fut confronté à la montée de toutes les violences de par le monde, de 1931 à 1939, je parlerai de son *ahimsâ*, « *non-violence absolue* » allant jusqu'au sacrifice ultime. Je raconterai enfin comment, en plein milieu d'une guerre contre des dictatures, il lança aux Anglais un étrange appel à quitter l'Inde : *Quit India !*, qui n'empêcha pas la partition du sous-continent, le 15 août 1947, et son assassinat, le 30 janvier 1948, murmurant la prière hindoue de *Hé Râma !*

On comprendra alors qu'il n'y a rien de plus universel que cette vie si incroyable, si sophistiquée, si torturée, si maîtrisée, si intense, et qu'elle aide tout un chacun à répondre à la seule question qui vaille : est-il possible de se trouver ?

Chapitre premier

Modh Vanik

1869-1888

En 1777, un certain Harjîvan Gândhî, commerçant de la caste Banya, de la sous-caste des Modh Vanik, originaire du village de Kutiyana, dans l'État de Jûnâgadh, achète une maison à Porbandar, paisible port de pêche dans la presqu'île du Kâthiâwâr, dans le Gujarât, sur la côte de la mer d'Oman, au nord de Bombay [109]. Porbandar est l'un des quelque trois cents États du Gujarât. *Bandar* signifie « port » en persan.

Le Gujarât est une des plus anciennes cultures et une des plus vieilles entités politiques de l'Inde. La langue principale qu'on y parle, le gujarâtî, apparaît au xe siècle et descend du sanskrit, comme le marâthi, l'hindi et le bengali ; le premier livre connu écrit en gujarâtî, en 1185, est le *Bharteswar Bahubali*, œuvre d'un moine jaïn, Shâlibhâdrâ. Le nom du principal État princier, le Gujarât, est fixé dès le XIIe siècle ; à la fin du XIIIe, le persan y devient la langue de la cour et de l'administration. Dès sa fondation, l'État du Gujarât joue un rôle majeur dans l'histoire du sous-continent, au point même qu'y naissent à quelques années d'intervalle trois des quatre accoucheurs de l'Inde et du Pakistan : si Nehru est originaire du Cachemire, Gândhî, Patel et Jinnah sont tous trois gujarâtî. Tous les quatre seront des avocats.

Naissance à Porbandar

Porbandar est sillonné de ruelles étroites où s'entassent des bazars et des temples de toutes les religions de l'Inde occidentale [110] ; viennent y prier les marins venus d'Arabie et d'Afrique. C'est une ville imprégnée de mystique, à égale distance d'une ville sainte, Dwârkâ (sanctifiée par le passage de Krishna et où vivait au XVIe siècle la poétesse mystique Mîrâbâï), et du temple de Somnâth, construit par les rois Vallabhi au VIe siècle, où se mêlent les enseignements de Bouddha, de Mahâvîra (un des fondateurs du jaïnisme) et du penseur vishnouiste Vallabhâchârya [54].

Au début du XIXe siècle, Porbandar est encore un tout petit État – moins de 50 000 habitants – à l'intérieur du grand État du Gujarât ; la famille régnante, qui descend de Moghols, est musulmane, alors que la population est pour l'essentiel hindoue, avec des communautés de musulmans, de jaïns, de pârsis, de zoroastriens et de chrétiens.

Harjîvan Gândhî (dont le nom veut dire « *commerçant en parfums* ») s'y installe comme marchand, ainsi que l'exige sa caste, les vaïshya (ou, en gujarâtî, les Modh Vanik), alors que les brâhmanes sont prêtres et les kshatriyas, soldats.

Vers 1830, un de ses petits-fils, Uttamchând, devient le *diwân*, c'est-à-dire le Premier ministre du prince de la ville, Rânâ Khimaji : un hindou au service d'un musulman. « *Premier ministre* » est un titre bien ronflant pour un si petit État : en France, il serait plutôt l'équivalent d'un secrétaire général de mairie. À l'époque, dans cet espace exigu, le prince exerce des pouvoirs illimités sur la vie et les propriétés de ses sujets ; il peut dépenser à sa guise les revenus de la ville ; et, comme il n'existe ni liberté d'association ni liberté d'expression, il n'est soumis à aucun contre-pouvoir. Il n'y a même pas, comme dans certains des plus grands États de l'Inde d'alors, un « *corps législatif*[9] », fiction d'assemblée consultative désignée par le souverain. Vers 1835, le prince meurt jeune, laissant place à un régent qui renvoie le *diwân*[54]. Uttamchând quitte alors Porbandar et se réfugie dans le village natal de son grand-père, dans le Jûnâgadh.

Vers 1840, un nouveau prince, Rânâ Vikramjit, prend le pouvoir et rappelle Uttamchând, lequel se réinstalle dans la maison de son aïeul[154]. En 1848, il laisse son poste de *diwân* à l'un de ses fils, Karamchând, alors âgé de vingt-cinq ans. Celui-ci vit encore dans la maison de son arrière-grand-père dont il occupe deux pièces en rez-de-chaussée, avec une minuscule cuisine et une petite véranda. Karamchând est très religieux ; il respecte les interdits alimentaires, prie tous les jours sans s'adresser à aucun dieu en particulier, invite chez lui de temps à autre des pandits hindous, des moines jaïns, des devins pârsis ou musulmans[54]. Comme dans toute famille hindoue, on vit en famille, on se marie dans sa caste. Les garçons sont choyés, et les filles condamnées, à peine nubiles, à émigrer dans la famille de leur époux. Les veuves sont recluses.

En 1858, avec l'*Indian Act*, on l'a vu, la situation change : le prince règne toujours, du moins en apparence, mais il est désormais sous la tutelle d'un agent britannique installé en ville.

Karamchând Gândhî s'est marié quatre fois ; ses

épouses successives sont toutes choisies à l'intérieur de sa caste, d'abord par ses parents, puis par ses oncles [109]. Il a une fille avec sa première femme ; aucun enfant avec la deuxième ; puis une fille avec la troisième, qu'il épouse sans avoir encore divorcé d'avec la précédente [128]. Quand cette troisième femme meurt, en 1859, il en épouse une quatrième, Putlibâi, toujours sans la connaître : elle est aussi de sa caste, les Modh Vanik, et sa famille est influencée par une secte jaïn, les Pranami [54]. Putlibâi est confite en dévotion ; toute sa vie ne sera que jeûnes, rites et observances plus proches du jaïnisme que de l'hindouisme.

L'idée clé du jaïnisme est l'*ahimsâ*, qu'on peut traduire sommairement du sanskrit par « *non-violence* ». Rohanna, le fondateur de cette religion, contemporain de Bouddha, considère que, si chaque religion est une voie d'accès au cosmos, l'âme, enfermée dans le corps, doit être libérée en pratiquant une abstinence aussi complète que possible. Comme, pour lui, tout ce qui existe dans le cosmos a une âme, il convient de protéger la vie sous toutes ses formes ; aussi les jaïns balayent-ils devant eux pour ne pas écraser le moindre insecte et portent-ils un masque devant la bouche pour ne pas en avaler.

Putlibâi donne d'abord naissance à une fille, Ralitâbehn (« *Goki* »), la troisième de Karamchând ; elle n'est donc pas la bienvenue. Puis, grande joie pour le père, trois garçons voient successivement le jour : Lakshmîdâs (« *Kala* »), Karsandâs (« *Karsania* ») et Mohandâs (« *Mohania* »), lequel naît le 2 octobre 1869.

Karamchând mise tout sur son fils aîné. C'est le benjamin qui sera le Mahâtmâ.

Cette année-là, le 17 novembre, soit quarante-cinq

jours après la naissance de Mohandâs, les Français inaugurent le canal de Suez, dont l'État égyptien et 21 000 Français sont conjointement propriétaires. Ce canal inquiète les Anglais : il ouvre une voie directe vers l'Inde, alors que la Navy contrôle parfaitement la route du Cap par toute une chaîne de garnisons le long des côtes africaines. Le précédent Premier ministre anglais, Lord Palmerston, avait d'ailleurs refusé de laisser des intérêts anglais investir dans le « *dernier maillon de la chaîne de jonction avec l'Empire*[59] », parce qu'il ne s'agissait pas d'une initiative britannique, mais il avait prévenu : « *Si le canal est finalement construit, l'Angleterre sera tôt ou tard obligée d'annexer l'Égypte*[59]. » Ce qu'elle fera bientôt.

Ailleurs dans le monde, cette année-là, l'empereur Mutsuhito (appelé aussi Meiji tenno) quitte Kyôto pour faire d'Edo sa nouvelle capitale sous le nom de Tôkyô. En France, sous le pseudonyme de « *comte de Lautréamont* », Isidore Ducasse fait paraître *Les Chants de Maldoror*[39] ; Carpeaux est accusé d'outrage à la pudeur pour avoir sculpté *La Danse*, destiné à la façade de l'Opéra de Paris. Aux États-Unis, on fête l'achèvement de la voie ferrée New York-San Francisco. En Russie, Tolstoï achève le quatrième volume de *Guerre et Paix*. En Grande-Bretagne, William Gladstone est nommé Premier ministre et Karl Marx commence à écrire ce qui deviendra *Le Capital*. En Allemagne, un de ses amis, Wilhelm Liebknecht, regroupe les organisations ouvrières et fonde le parti social-démocrate. En Afrique, en Asie, en Océanie, en Amérique, les colonisateurs allemands, hollandais, espagnols, portugais, belges, français et anglais continuent d'asservir les peuples et les massacrer lorsqu'ils les encombrent.

L'année suivante – 1870 –, tandis que l'archéologue

allemand Heinrich Schliemann découvre à Hissarlik (Turquie) le site présumé de Troie et pille toutes les œuvres qu'il met au jour, une guerre commence entre la France et la Prusse. À Calcutta, le vice-roi des Indes instaure un système national de diplômes. Une terrible famine ravage le Bihâr, le Rajâsthan, l'Inde centrale, le Bengale et le Deccan, déclenchant de formidables révoltes[50]. Pour y répliquer, l'administration coloniale invente l'année suivante la notion de « *tribus criminelles* » et édicte le *Criminal Tribes Act* qui lui permet de dénoncer sous cette appellation les tribus (*âdivâsi*), mais aussi les voleurs, les exclus, les déclassés, les dissidents, les bergers nomades, les mendiants (*sannyâsin*), les musiciens, et de les réprimer sans autre forme de procès[50]. Cette année-là aussi, dans toute l'Inde, plus de trois cents plantations de thé, s'étendant sur 12 000 hectares, toutes possédées par des Anglais, produisent pour la seule exportation plus que toute la Chine pour elle-même[50].

Les plus éclairés des administrateurs britanniques plaident pour que la répression ne soit pas la seule réponse aux révoltes et pour qu'une modernisation du système politique rende possible celle de l'économie rurale dont dépendent 95 % des habitants, presque tous analphabètes. En 1873 – année où l'Américain Christopher Scholes met au point la première machine à écrire –, Charles Trevelyan – plus visionnaire que jamais, devenu gouverneur de la province de Madras, puis chargé des finances auprès du vice-roi – explique qu'il est du devoir de la civilisation britannique de familiariser l'Inde avec le parlementarisme[9] ; il propose d'installer un « *conseil représentatif* » dans chaque province, « *qui serait pour l'Inde entière l'école de l'autogouvernement*[9] ». Mais il est très isolé : jamais, pense-t-on à Londres, les Indiens ne seront capables de s'occuper de leurs propres affaires.

En 1875, comme annoncé, la Grande-Bretagne force le vice-roi d'Égypte, Ismaël, à lui vendre à vil prix ses parts dans le canal de Suez. Très bonne affaire : les actions seront rémunérées au taux de 25 % l'an ; au surplus, les quatre cinquièmes du trafic maritime sur le canal seront assurés par la marine marchande britannique et par la Navy. Au même moment, à New York, des Occidentaux commencent à s'intéresser au monde indien : après vingt ans de voyages en Inde et au Tibet, l'héritière d'une grande famille russe, Helena Petrovna-Hahn (qui choisit de s'appeler Helena Blavatsky), fonde l'Organisation théosophique ; son objectif est de « *renforcer la fraternité universelle par l'étude des littératures bouddhiste et brahmaniste* ». Cette organisation jouera bientôt un rôle considérable dans la vie de Gândhî. Cette année-là naît Vallabhbhâi Patel, qui sera avec Nehru l'un des deux principaux lieutenants de Gândhî.

Pendant ce temps, le jeune Mohandâs (il a six ans) apprend de sa mère, dont il est extrêmement proche, les rudiments de l'hindouisme et du jaïnisme, sans qu'il lui soit imposé de rejeter les autres religions qu'il côtoie en ville. Dieu est partout, lui enseigne-t-elle : dans les plantes, les animaux, le feu, l'eau, les étoiles ; les religions donnent des images différentes de l'Être suprême, du « *Sans-Forme* », tout aussi valables les unes que les autres ; et l'homme, maillon dans la chaîne des êtres vivants, peut, quelle que soit son obédience religieuse, espérer une vie meilleure dans une prochaine réincarnation. Tout cela, jamais Mohandâs ne l'oubliera : il mourra même d'avoir voulu comprendre le point de vue des musulmans.

Parallèlement, faute d'école, il apprend aussi, de son père, à écrire le gujarâtî en dessinant les lettres sur le sol avec ses doigts [109]. C'est alors la seule langue qu'il parle.

En 1876, la France et la Grande-Bretagne prennent définitivement le contrôle des finances publiques égyptiennes, cependant qu'à Bayreuth est inauguré le Festspielhaus et qu'aux États-Unis apparaissent le téléphone de Bell, puis le phonographe d'Edison, et que se poursuit aux États-Unis le génocide des Amérindiens des Plaines.

Mariage à Râjkot

Cette année 1876, le père de Mohandâs est recruté comme *diwân* à Râjkot, à 180 kilomètres à l'est de Porbandar. Râjkot n'est pas une ville côtière. Chaude et poussiéreuse, elle est plus peuplée et développée que Porbandar [128]. Le poste est donc plus intéressant pour le *diwân*. Ce changement, qui constitue une sorte d'avancement, n'a rien d'exceptionnel. Il arrive assez fréquemment qu'un *diwân* passe d'une ville à l'autre. Et Karamchând, qui a maintenant cinquante-trois ans, en a déjà passé vingt-huit comme *diwân* de Porbandar, où il est remplacé par son propre frère, Tulsidâs [154]. Avant de quitter Porbandar, selon la tradition, il fiance ses enfants : à Mohandâs échoit Kasturbâi, la fille d'un marchand de la ville, Gokuldâs Makanji ; une enfant ravissante et analphabète qui reste chez ses parents tandis que le promis suit les siens à Râjkot [54].

Les Gândhî s'installent sur ce qui est aujourd'hui Ghee Kanta Road, dans une jolie maison bientôt nommée *Kâbâ Gândhî no Delo*. Mohandâs, âgé de sept ans, entre en classe primaire où l'enseignement se dispense en langue gujarâtî. À cette époque, la situation économique dans le pays est catastrophique : les rendements agricoles commencent à baisser ; la population, qui dépasse 260 millions d'habitants, continue d'augmenter[80]. Malgré l'énorme capacité de production agricole, les désordres dans le stockage et les transports sont tels que la famine fait 4 millions de morts en Inde du Sud[80] ; des rapports attestent l'endettement des paysans ; des miséreux s'entassent dans des camps de réfugiés. Les émeutes reprennent et l'administration anglaise crée une *Famine Relief and Insurance* ; mais, à Madras, pour faire des économies, le gouverneur britannique, Richard Temple, réduit à presque rien les maigres rations alimentaires distribuées dans ces camps de misère[50]. Lord Lytton, le vice-roi, l'approuve : « *Faut-il maintenir en vie nos paysans à n'importe quel prix, sans regarder à la dépense*[50] *?* »

Au même moment, un brâhmane gujarâtî, Swâmi Dayânanda Sarasvatî, entend réformer l'hindouisme et fonde l'Ârya Samâj ou Société des nobles, pour défendre les Intouchables, promouvoir les unions inter-castes et le remariage des veuves ; il lance le concept de *swarâj* : droit à la maîtrise de soi, à l'autonomie, à l'autodétermination de chaque individu. On aura à en reparler, tout comme de Mohammed Ali Jinnah qui naît cette année-là dans une autre famille – musulmane – de marchands du Kâthiâwâr[50]. Et qui deviendra le fondateur du Pakistan, après avoir longtemps ferraillé avec Gândhî.

En 1877, l'annexion du Transvaal par les Britanniques provoque un premier soulèvement des Boers. La reine Victoria est proclamée impératrice des Indes et les 565 États princiers deviennent ainsi des « *vassaux de la*

Couronne ». On distingue désormais la British Army in India (exclusivement britannique, sur laquelle repose le maintien de l'ordre colonial) de l'Indian Army (qui recrute des centaines de milliers d'hommes chez les sikhs, les Gurkhâs, les Pâthâns et les Râjputs)[50]. Le Famine Relief and Insurance n'est plus qu'une caisse noire du ministère des Travaux publics[80].

Au Bengale, un jeune avocat, Surendranâth Banerjee, fait en vain campagne pour la simultanéité des examens en Inde et en Angleterre, afin d'en améliorer le niveau et de permettre l'accès des diplômés indiens aux emplois de la fonction publique du pays. En 1878, Lord Lytton, chargé par le Premier ministre, Benjamin Disraeli, de contrer l'avancée russe en Asie centrale, envoie à Kaboul une mission que le monarque, Shir Ali, refuse de laisser entrer, alors qu'il reçoit avec faste le général russe Stolyetov[60]. Cette année-là, Tolstoï publie *Anna Karénine* ; Monet peint la *Gare Saint-Lazare* ; et en Inde sont publiés les premiers journaux en langues locales.

À Râjkot, le père de Mohandâs doit affronter les foudres du fonctionnaire résident britannique. Pour l'avoir « *insulté* » et avoir refusé de présenter des excuses, il est arrêté. Même s'il est finalement libéré, sa carrière en prend un coup[154]. Pendant ce temps, le jeune Mohandâs, qui n'est pas un élève particulièrement doué, lit les vers du poète gujarâtî Shâmlâl Bhatt : « *Pour un verre d'eau, donne un bon repas, / Pour un accueil aimable, incline-toi avec zèle, / Rends un penny en or, / Rends dix fois les services que tu reçois. / Les vrais nobles savent que tous les hommes ne font qu'un / et aiment à rendre le bien pour le mal*[109]. » Bien plus tard, il comparera ce texte au Sermon sur la Montagne de Jésus.

Le 26 mai 1879, au moment où la France s'empare du Soudan (futur Mali), l'armée britannique occupe Kaboul et signe avec le monarque un traité de protectorat. Cette même année, Edison fait breveter une lampe à incandescence tandis que, à Paris, Jules Guesde crée le Parti ouvrier socialiste français.

En 1880, à Londres, le libéral Gladstone remplace le tory Disraeli au poste de Premier ministre. En Inde, la productivité agricole continue de baisser[80] ; une nouvelle « *subvention famine* » et un nouveau « *fonds d'assurance* » sont créés afin d'acheter des surplus de céréales à la Birmanie et de les distribuer aux populations en cas de sécheresse ou d'inondation[50]. Un nouveau vice-roi, George Robinson, rassure : « *Les progrès des moyens de communication, notamment le train, permettent maintenant de combattre la disette d'une façon qui était hors de portée des officiers des premiers temps*[50]. » En fait, une fois de plus, l'argent est détourné et le fonds en question sert à financer la construction de plus de 16 000 km de voies ferrées. L'abattage des vaches devient un grave sujet de controverse et de ralliement de la communauté hindoue, premier ferment d'un nationalisme encore largement imaginaire.

En 1881, tandis que paraît à Paris *Le Droit à la paresse* de Paul Lafargue et qu'à la surprise générale les paysans boers écrasent l'armée anglaise à Majuba Hill, roule à Berlin le premier tramway électrique. L'Inde traverse de nouveau une grave crise alimentaire : sécheresse, inflation, famines, mortalité[80], révoltes. Pendant ce temps, des troupes indiennes massacrent en Perse, en Chine, en Afghanistan, en Égypte, en Afrique noire, pour la plus grande gloire de la reine Victoria.

À Râjkot, « *Mohania* » – ainsi que le surnomme sa mère – entre au collège, comme ses deux frères avant lui. Le moins qu'on puisse dire est qu'il n'a aucun charisme. Chétif, poltron, timide, introverti, il ne brille pas en classe et n'est pas non plus un meneur dans la cour de récréation [154]. Très susceptible, il se plaint de tout et la moindre critique lui tire des larmes. Il commence à apprendre l'anglais, avec difficulté. Deux lectures le marquent cette année-là [109] : un drame antique, *Shravana Pitribhakta Nâtaka*, qui raconte l'amour d'un jeune garçon, Shravana, pour ses parents ; et l'histoire de Harishchandra, « *martyr de la vérité* [109] » – ce que Mohandâs sera lui aussi un jour.

L'année suivante (1882), Tolstoï publie *Ma confession* et *Les Évangiles*, tandis que Robert Koch fait connaître sa découverte du bacille de la tuberculose. Les troupes britanniques s'installent le long du canal de Suez, même si l'Égypte est toujours en principe une province de l'Empire turc : pour Londres, la route de l'Extrême-Orient doit absolument être contrôlée. En Inde, le vice-roi, Lord Ripon, lâche un peu la bride : un nouveau texte, le *Local Self-government Act*, met en place dans les grands bourgs, peu nombreux, des conseils municipaux élus par quelques notables. Un chef musulman de l'Inde du Nord et grand intellectuel, Sayed Ahmed Khan, objecte qu'un tel système fera vivre les musulmans sous la domination des hindous, six fois plus nombreux, et réclame pour eux une représentation séparée. La partition future est en germe dans cette remarque. Puis les taxes qui protégeaient les cotonnades indiennes de la concurrence des manufactures de Liverpool et de Manchester sont supprimées, ce qui menace les fragiles premiers fondements de l'industrie indienne.

Cette année-là, un ancien premier secrétaire du gouvernement de l'Inde – le plus haut fonctionnaire de l'Indian Civil Service –, Allan Octavian Hume, prend sa retraite après plus de trente ans de carrière[9] ; en lisant les rapports de la police secrète, il s'inquiète de l'imminence d'une insurrection rurale, constate l'absence de tout corps social intermédiaire et demande au vice-roi par écrit l'autorisation de fonder une association où se rassembleraient une fois l'an, en décembre, dans une « *assemblée panindienne* » (*All-India meeting*), des notables « *qui discuteraient dans un climat de confiance des questions sociales* ». Le vice-roi, Victor Bruce, approuve et ajoute en marge : « *également des questions administratives*[59] ». Allan Hume entreprend alors un tour de l'Inde pour convaincre des notables de participer à une première réunion. Il ne rencontre pas un écho considérable, mais ce mouvement deviendra un jour le principal parti politique indien et mènera le pays à l'indépendance avec Gândhî à sa tête.

Toujours en 1882, un autre fonctionnaire du Râj (indien celui-ci, et d'un rang très modeste), Bankim Chandra Chatterjee, écrit un roman, *Monastère de la Félicité*, qui narre la révolte des moines-soldats du Bengale au XVIIIe siècle[6]. On y trouve un « *Hymne à la Mère* » (le *Bandé Mâtaram*, « Je te salue, ô Mère ») qui sera plus tard mis en musique par Rabindranâth Tagore et deviendra l'hymne du nationalisme : il met en parallèle l'occupation (le viol) de la « Mère Inde » par les Britanniques et un passage du *Mahâbhârata* dans lequel Draiipadi, l'épouse des cinq Pândava, est dénudée par les frères Kaiirava, cousins et ennemis des Pândava. Cette même année, Swâmi Dayânanda Sarasvatî, dont on a parlé plus haut, fonde la première

« association pour la protection de la vache », prétexte au développement d'un nationalisme hindou excluant les musulmans[6].

Cette année-là encore (1882), comme un mariage coûte fort cher, les Gândhî profitent du mariage du puîné, Karsandâs, et de celui d'un cousin plus âgé pour organiser du même coup celui du cadet, Mohandâs. Il n'a que treize ans. Sa femme, Kasturbâi, en a douze, et est analphabète. Et de plus en plus jolie. Le mariage des deux enfants est assez vite consommé. Gândhî racontera plus tard que ses premières leçons de non-violence lui furent données cette année-là par sa jeune femme, qui résista à ses caprices sexuels « *tout en supportant sa bêtise avec une tranquille soumission* ». La sexualité sera une dimension envahissante, obsessionnelle, même, de sa vie ; elle sera aussi sans cesse pour lui une forme de violence.

Les deux autres mariés, son frère et son cousin, arrêtent alors définitivement leurs études. Mohandâs, lui, les reprend à la rentrée suivante à la High School de Râjkot : la famille semble investir maintenant à la fois sur son frère aîné, Lakshmîdâs, et sur lui pour succéder éventuellement à leur père et à leur grand-père comme *diwân*.

En 1883, Karl Marx meurt à Londres après avoir beaucoup écrit sur l'Inde, accusant les Anglais d'en détruire l'économie rurale en refusant d'irriguer, en introduisant la propriété foncière privée et en important des produits anglais. Il prédit, avec une extraordinaire prescience, que cette colonisation serait un « *outil de l'Histoire* » qui rendrait possible la « *régénération* » de l'Inde et permettrait la naissance d'une armée, d'une classe éduquée, d'une bourgeoisie nationale, d'une marine, de chemins de fer ; avec une lucidité rare en son temps, il prédit aussi qu'un jour, soit les armées anglaises renverseraient leur propre bourgeoisie, soit les Indiens chasseraient les Anglais « *suceurs de sang* », ce qui conduirait à « *de sérieuses complications, si ce n'est une insurrection générale* »...

Cette année-là aussi, Surendranâth Banerjee, dont on a parlé plus haut, est renvoyé de l'administration pour « activités nationalistes » ; il fonde un journal et une association, l'Indian Association, et convoque une Conférence nationale indienne à Calcutta. D'autres associations se forment dans d'autres provinces, visant le *swarâj* (l'autonomie), avec à leur tête des jeunes gens qu'on retrouvera plus loin autour de Gândhî, en particulier Gopâl Krishna Gokhalé qui cherche, lui, son inspiration dans l'orthodoxie hindouiste.

En France comme en Grande-Bretagne, la colonisation reste considérée par l'opinion comme une œuvre civilisatrice [59]. La Troisième République poursuit ainsi la conquête de la péninsule indochinoise entreprise par le Second Empire. Le 10 décembre 1883, à l'Assemblée nationale, Jules Ferry, dans une réplique à Georges Clemenceau, après l'assassinat du commandant Rivière à Hanoï par des troupes chinoises, déclare sous les applaudissements de presque tous les bancs : « *Provocatrice, la civilisation, quand elle cherche à ouvrir des terres qui appartiennent à la barbarie ? Provocatrices, la France et l'Angleterre, quand, en 1860, elles imposaient à la Chine l'ouverture d'un certain nombre de ports, et par conséquent une communication directe avec la civilisation* [17] *?* » En Annam, l'empereur reconnaît le protectorat de la France ; et le gouverneur général de l'Indochine, Paul Doumer, qui cherche à ouvrir des routes commerciales vers la Chine par le fleuve Rouge, justifie cette année-là l'annexion du Tonkin et le regroupement des pays indochinois en une « Union indochinoise » : « *La France a, dans l'Annam (attaché, lié à elle chaque jour davantage), un parfait instrument pour le grand rôle économique et politique auquel elle peut prétendre en Asie*[17]. »

Pour mener à bien leurs conquêtes, les Français comme les Anglais mettent à profit les contradictions des sociétés qu'elles colonisent et recrutent des collaborateurs, même militaires, parmi certains autochtones : ce que font les Anglais avec les sikhs, les Français le font avec les Khmers et les montagnards du nord et du centre du Vietnam, utilisant des tirailleurs cambodgiens rhadés ou thos pour réprimer les émeutes vietnamiennes[17].

Mohandâs continue d'étudier au collège sans brio particulier. Sa légende y puisera quelques anecdotes plus ou moins imaginaires[109]. Ainsi, il y aurait appris l'importance de la vérité quand le directeur de l'Alfred High School de Râjkot, Sorabji Edulji Gimi, l'aurait accusé d'avoir menti en prétextant un malaise de son père pour justifier une absence à une séance de gymnastique. Mohandâs, qui n'aurait pas voulu dire que son père était en fait très malade, en aurait conclu « *qu'on ne peut croire quelqu'un que s'il se montre très précis* ». Et, à l'avenir, il le sera. Son père, très malade en effet, fait venir à son chevet nombre de médecins et de prêtres de toutes les religions de la ville. L'adolescent, qui assiste à ces visites, y apprend beaucoup.

En 1884 encore, à la suite d'une pétition réclamant le droit pour les Indiens d'être recrutés par l'Indian Civil Service, un jeune poète bengali qui deviendra mondialement célèbre, Rabindranâth Tagore, critique l'attitude obséquieuse des élites indiennes vis-à-vis des colonisateurs : « *Pourquoi cette effusion auprès des Anglais ? [...] Que signifie cette pétition comique [...] réclamant qu'ils nous considèrent comme leurs égaux ? Ne pourrions-nous faire valoir la dignité de notre peuple par nos propres moyens ? [...]. N'est-ce pas à nous de remédier aux injures subies par nos peuples* [151] *?* »

Pendant que le vice-roi du moment, Victor Alexander Bruce, déclenche une nouvelle guerre anglo-birmane et annexe le royaume d'Ava, la première réunion du Congrès national indien, organisée et voulue par Allan Hume, a lieu à Bombay le 28 décembre 1885. Se retrouvent dans une salle exiguë 73 représentants venus de plusieurs parties de l'Inde, dont près des trois quarts sont des brâhmanes, sous la présidence d'un avocat de Calcutta, W.C. Banerjee, et en présence d'officiels britanniques, dont Allan Hume, qui en a eu l'idée [9]. Le portrait de la reine Victoria trône dans la salle ; et la première résolution du Congrès évoque les « *bienfaits de la Providence qui a placé l'Inde sous la domination de la grande nation britannique* [9] ». La réunion produit un cahier de timides doléances où sont demandés l'ouverture de la haute administration et des conseils législatifs à des Indiens, la réduction des dépenses militaires et l'allégement de la taxe sur le sel [10]. Il est décidé de faire élire par des comités de base, dans les villages, cantons et districts, des délégués à des comités de province (Pradesh Congress Committees, PCC) qui éliront à leur tour des délégués à un « *Congrès* », ou « *All-India Congress Committee* » (AICC), lequel se réunira une fois l'an, généralement en décembre, et chaque fois dans une ville différente [9]. Ce Congrès élira pour l'année à venir un président, qui lui-même choisira quatorze membres d'un « *comité directeur* » ; celui-ci formera avec lui le « *haut commandement* ». Un avocat de Bombay, Dâdâbhâi Naoroji, est élu premier président du Congrès.

Ce mode d'organisation perdurera jusqu'à l'indépendance, soixante-deux ans plus tard. On retrouvera au fil de ce livre les réunions annuelles du Congrès comme autant d'étapes incontournables, de rendez-vous nécessaires du nationalisme indien. Il faudra du temps pour que les Anglais y perdent de leur influence : sur les vingt-cinq premières sessions, ils en présideront cinq. Et le Congrès, qui ne compte donc au départ qu'une petite centaine de membres, en aura 4 millions en 1947 !

La France, cette année-là, achève la conquête de l'Indochine. Le 5 juillet 1885, ses troupes donnent l'assaut à la citadelle de Hué, qui abrite le palais impérial [117] : 1 500 Vietnamiens sont tués, contre 11 Français ; le palais, les archives, la bibliothèque sont réduits en cendres ; les trésors sont emportés, et les généraux eux-mêmes se servent : « *Un tel pillage à froid, qui a duré presque deux mois, surpasse de beaucoup celui du Palais d'Été de Pékin* », dira un journaliste français [117]. La fiction de la souveraineté de l'Annam et du Tonkin disparaît, comme a déjà disparu celle du Cambodge et comme disparaîtra celle du Laos. Le 28 juillet, Jules Ferry, président du Conseil démissionnaire, explique aux députés, sous les applaudissements de tous : « *Il y a pour les races supérieures un droit, parce qu'il y a un devoir pour elles : elles ont le devoir de civiliser les races inférieures.* » Et quand de rares députés protestent contre les massacres qui viennent d'avoir lieu en Afrique, il réplique : « *La Déclaration des droits de l'homme n'a pas été écrite pour les Noirs d'Afrique équatoriale*[17] *!* »

En 1886, tandis que John Pemberton, un pharmacien d'Atlanta, invente le Coca-Cola, que Karl Benz fait breveter le moteur à explosion à quatre temps et qu'est inaugurée à New York la statue de Bartholdi, *La Liberté éclairant le monde*, Tolstoï publie *Que devons-nous faire ?* Le Parlement de Londres rejette un premier projet de *Home Rule* pour l'Irlande ; la Birmanie est annexée à l'Inde britannique ; meurt Sri Râmakrishna, un contemplatif qui attire des gens du monde entier dans sa petite chambre du temple de Dakshinéswar, dans la banlieue de Calcutta, et dont Gândhî découvrira plus tard l'œuvre avec passion.

Cette année-là, Frederick Hamilton, devenu Lord Dufferin, le vice-roi, refuse encore d'ouvrir les portes de la haute administration aux fonctionnaires indiens en invoquant « *des différences essentielles et insurmontables de qualités raciales*[9] ».

La mort du père

C'est cette même année – 1886 – où disparaît Charles Trevelyan, le plus visionnaire des hauts fonctionnaires britanniques, que meurt aussi Karamchând Gândhî. Mohandâs, qui a alors seize ans, prend conscience qu'à l'heure exacte de ce décès il était, sous le même toit, enfermé dans sa chambre à faire l'amour avec sa femme[54]. L'enfant qui naîtra quelques mois plus tard mourra aussitôt et Gândhî y verra un châtiment divin[154]. La sexualité sera une nouvelle fois associée pour lui à la violence et à la mort.

La mort de Karamchând est une catastrophe financière pour la famille : aucun de ses enfants n'est en âge d'être *diwân* ni même d'exercer un métier quelconque. Karsandâs a déjà renoncé à toute formation et les espoirs familiaux se portent sur Mohandâs et son frère aîné, Lakshmîdâs, qui vient de partir étudier le droit à Bombay. Tous deux peuvent espérer devenir un jour *diwâns*, mais, en attendant, la famille doit survivre et compte sur l'aide des oncles.

Mohandâs est toujours aussi timide, incapable de parler en public et influençable ; il se lie au collège de Râjkot avec un élève musulman, Sheikh Mehtab, qui le pousse à consommer de la viande en arguant de la supériorité des Anglais, « *mangeurs de rosbeef* ». Une chanson estudiantine de cette époque dit : « *Voyez l'Anglais comme il est fort / Il asservit l'Indien chétif / S'il n'était un mangeur de viande / Il n'aurait pas tant d'impudence* [109]... » Mohandâs en goûte sans y trouver de plaisir ni éprouver de culpabilité particulière. Son ami l'initie plus en détail à l'islam. Il ne l'oubliera pas.

En 1887, il réussit sans brio particulier l'examen de sortie du collège de Râjkot. Sa timidité a empiré : lors de la cérémonie de remise des diplômes, il est incapable de prononcer sans bafouiller les quelques mots de remerciement qu'il a rédigés [54]. Longtemps il gardera ce handicap. Le surmonter au prix d'immenses efforts sera une façon de se construire, de prendre le contrôle de soi-même, ce que les hindous nomment le *swarâj*.

Que faire de lui ? Un avocat, décident ses oncles. C'est le métier le plus lucratif parmi ceux qui s'ouvrent à sa caste, le seul qui donne une chance de devenir un jour *diwân*, comme son père, son oncle et son grand-père. Il n'a pas de vocation particulière pour le barreau, mais il accepte.

Au début de l'année suivante, ses oncles l'envoient donc au Samaldas College de Bhavnagar, à 150 kilomètres au sud-est de Râjkot, toujours dans le Kâthiâwâr, parce que c'est la plus proche localité abritant un établissement d'enseignement supérieur. Il y prend un appartement, le meuble, s'y installe avec son épouse, devenue une très belle jeune femme. Mais les cours y sont dispensés en anglais et il est tout de suite dépassé [154]. De surcroît, il a tôt fait de se rendre compte que ce diplôme ne lui permettrait, si par chance il l'obtenait, que d'accéder à un poste de clerc, la charge de *diwân* étant désormais réservée à des gens issus d'une université indienne et possédant au moins un doctorat en droit ou ès lettres, ou issus d'une université anglaise et possédant une licence. De fait, l'administration constituant la seule filière d'ascension sociale, une course aux diplômes s'est engagée au sein de la classe moyenne indienne [68], et le *Covenanted Service* (engagement contractuel, qui recrute les fonctionnaires de rang moyen, au-dessous de l'*Indian Civil Service*, presque entièrement réservé aux Anglais) n'offre cette année-là que 16 postes à des Indiens sur 890, et ces postes sont pour l'essentiel réservés à des brâhmanes [68].

Au début de cette année, alors qu'il est encore au collège, lui naît un premier fils, Harilâl. Il n'a pas dix-neuf ans. Ce fils, qu'il n'a pas voulu, sera comme une charge, un obstacle pénible, et Gândhî deviendra un ennemi farouche du mariage des enfants.

Première rébellion : aller à Londres

En ce printemps de 1888, alors que toute la famille prend conscience qu'il ne brillera pas dans les études, un brâhmane ami, Mavji Davé, explique aux oncles de Mohandâs qu'ils devraient l'envoyer à Londres, où son propre fils étudie et où les diplômes, curieusement, semblent plus faciles à obtenir qu'en Inde. De fait, quelques centaines d'Indiens commencent alors à étudier en Grande-Bretagne, où les grandes familles comme celle de Motilâl Nehru – un brâhmane d'une famille du Cachemire attachée à la cour moghole – envoient leurs enfants faire leur droit. Mohandâs est enthousiaste : voilà une belle occasion de fuir Bhavnagar et de découvrir « *la terre des philosophes et des poètes, le vrai centre de la civilisation* [169] », qu'il ne connaît que pour avoir côtoyé quelques fonctionnaires du Covenant Service et de l'Indian Civil Service.

Sa mère, rentrée à Porbandar, s'y oppose : il n'a que dix-neuf ans, et sa femme vient d'accoucher ; pas question de le laisser partir ! Deux frères de son père, Dhoraji et Tulsidâs, sont réticents, et ils ont tout pouvoir sur lui. En revanche, celui de ses deux frères qui fait des études, Lakshmîdâs, est pour : Mohandâs pourra, en revenant diplômé, aider toute la famille [143]. On calcule le coût du séjour : 5 000 roupies ! C'est énorme ! Voilà pourquoi si peu d'Indiens y vont ! Comment trouver pareille somme ? L'oncle Tulsidâs, après avoir hésité, est prêt à investir un peu. Une bourse ? Quand Mohandâs va en solliciter une auprès de l'administrateur britannique de Porbandar, celui-ci, M. Lely, le reçoit sur le pas de sa porte, lui rit au nez et lui conseille d'obtenir au préalable un diplôme à l'université de Bombay.

Pour la première fois de sa vie, Mohandâs décide

de ne pas obtempérer à un ordre. Ce sera son premier *swarâj*, sa première prise en main de son propre destin.

Où trouver l'argent ? Vendre les bijoux de sa femme ? Elle refuse ! Mohandâs fait le tour de la famille : en vain. Il est découragé. Il ne sait d'ailleurs pas vraiment ce qu'il veut devenir. Avocat ? Peut-être. *Diwân ?* C'est si difficile ! Tout lui semble hors de portée. Son ami Mavji insiste : étudier à Londres est vital ! Sinon, il sera toute sa vie un petit fonctionnaire minable. Gândhî se laisse convaincre. Comment contourner le veto de sa mère ? Un autre ami de la famille, Becharji Swâmi, lui aussi de la caste des Modh Vanik, devenu religieux jaïn, trouve la solution ; devant sa mère, il fait prononcer à Mohandâs trois vœux solennels : à Londres, ne pas toucher au vin, à la viande et aux femmes. Le jeune homme jure. « *Maintenant*, dit Becharji à Putlibâi, *tu peux le laisser partir*[109]. » Elle se résigne, lui donne un peu d'argent, lui passe autour du cou un collier sacré dédié à Vishnu et va jeûner une nouvelle fois pour se punir de n'avoir pas réussi à le convaincre de rester.

Reste à obtenir l'accord des aînés de la caste et à trouver l'argent qui manque. Au cours d'une réunion solennelle, les aînés refusent : les Modh Vanik n'ont pas le droit de voyager, car les *Lois de Manu*, leur code religieux, définissent strictement les lieux propres à la célébration des rites. Mohandâs insiste, expliquant que d'innombrables Gujarâtîs sont commerçants en Afrique du Sud ; on lui réplique qu'ils sont tous musulmans, et l'on menace de l'exclure de la caste. Béni par sa mère, il maintient sa décision et est déclaré « *paria* » : « *Quiconque l'aidera ou ira lui dire adieu sur le quai sera passible d'une amende d'une roupie quatre annâs*[154] », dit l'édit d'exclusion. Il ne recule pas, vend les meubles de l'appartement de Bhavnagar où il vient de passer un semestre et, contre son gré, les bijoux constituant la dot de sa femme. Il en tire en tout 4 000 roupies. Cela ne suffit toujours pas. Tant pis : il ira quand même. Pour trois ans.

Fin août 1888, quand il part pour Bombay afin d'y prendre le bateau à destination de l'Angleterre, une cinquantaine d'amis, bravant l'interdit de la caste, viennent lui dire au revoir en gare de Râjkot. Il racontera plus tard : « *Ma femme s'est mise à pleurer. Je suis venu près d'elle, figé comme une statue pendant un moment, puis je l'ai embrassée. Elle m'a dit : "N'y va pas*[170]*."* » Il lui désobéit. Ce ne sera pas la dernière fois.

Il part, accompagné jusqu'à Bombay par son oncle Tulsidâs, le frère de son père, résigné à l'aider.

Au même moment, le jeune Mohammed Jinnah, un musulman chiite de la branche des ismaéliens, quitte le Gujarât pour devenir avocat à Karâchi et prendre part à l'essor commercial de la région.

À Bombay, Mohandâs s'arrête pour contempler avec émerveillement les lumières de la ville. Il n'a jamais vu ces magasins, ces véhicules, ces éclairages au gaz, ces journaux, pas plus qu'il n'a tenu entre les mains de fourchette. Son oncle le présente à un ami qui n'appartient pas à leur caste et qui accepte de lui prêter 1 000 roupies en échange d'une reconnaissance de dette sur cinq ans (il remboursera le tout)[154]. Il a rassemblé les 5 000 roupies nécessaires. Il peut partir.

Mohandâs est à la fois enthousiaste et angoissé : il ne connaît rien à l'Europe, il vient d'un endroit perdu où nul n'a jamais rencontré un Occidental – sauf, de loin, le résident britannique. Il garde précieusement sur lui le collier de sa mère et la photo de son père. Profitant de sa panique, un courtier américain lui vend une police d'assurance et lui garantit 10 000 roupies en cas de problème. Il achète quelques vêtements européens, les premiers qu'il portera. Maintenant il est pressé, la fin août approche : même si la rentrée scolaire à Londres ne s'effectue qu'en janvier, il lui faut trouver une université qui le reçoive. Son oncle obtient de deux amis gujarâtîs installés à Bombay des lettres de recommandation pour des membres de leur famille établis ou de passage dans la capitale britannique. Mohandâs achète un billet de seconde classe sur le steamer *SS Clyde*, un des premiers bateaux à vapeur à faire le trajet, et quitte l'Inde le 4 septembre 1888.

Le lendemain, le *Times* de Bombay mentionne son nom parmi la liste des voyageurs : c'est la première fois qu'un journal parle de lui...

Chapitre II

Shatâvadhâni
1888-1893

Quand le *SS Clyde* quitte le port de Bombay pour Southampton avec Mohandâs Gândhî à son bord, le jeune homme est inquiet : il a osé tout quitter pour échapper à un destin médiocre, mais il n'a pas la moindre idée de ce qu'il pourra faire pour gagner sa vie, même nanti d'un diplôme. On l'a poussé à faire des études d'avocat, mais il déteste prendre la parole en public. En outre, ce diplôme n'est pas du tout gagné d'avance. Il parle très mal l'anglais, ne connaît rien au mode de vie britannique. Il n'est même pas sûr d'avoir assez d'argent pour tenir le temps de ses études.

Sitôt à bord, il se rend compte qu'il ne vit pas sur la même planète que les autres passagers : il est là pour trois semaines et s'y sent mal à l'aise. Il croise pour l'essentiel des fonctionnaires britanniques, des militaires et leurs familles : il ne comprend rien à leur langue, à leur comportement, à leur façon de s'habiller. Le premier soir, il passe l'habit de flanelle blanche acheté à Bombay et, quand il entre dans la salle à manger ainsi accoutré, les femmes ricanent ; il s'installe à une table, regarde le menu comme si c'était une énigme, voit les autres se servir d'un couteau et d'une fourchette, manger de la viande et boire de l'alcool. Il se lève, file dans sa cabine et, pendant toute la traversée, ne se nourrit que de fruits pris à la cuisine et des sucreries préparées par sa mère. Il fait aussi la connaissance de quelques autres jeunes Indiens partis comme lui étudier à Londres.

À la mi-septembre 1888, le bateau traverse le canal de Suez au moment où est paraphée à Constantinople une convention internationale déclarant le canal neutre, « *libre et ouvert, en temps de guerre comme en temps de paix, à tous les navires de commerce ou de guerre sans distinction de pavillon* ». En fait, ce discours diplomatique ne vise qu'à justifier la présence anglaise sur le canal pour en garantir l'ouverture, assurant à la Grande-Bretagne un contrôle absolu sur la nouvelle route des Indes.

Le 28 septembre 1888, en vue des côtes anglaises, Mohandâs remet son habit de flanelle blanche pour débarquer à Southampton. C'est l'automne. Il fait froid. Nul ne s'habille plus ainsi. Nouvelle humiliation.

Le lendemain, il arrive à Londres, la capitale du plus grand empire du monde. Il y découvre le premier métro, une foule et une abondance inconnues. Mais c'est aussi une ville menacée. Les rivaux allemands, français, américains se font plus pressants : de nouvelles technologies, des découvertes majeures ont entraîné une spéculation boursière, qui a provoqué en 1882 des faillites annonçant le futur déclin de la Grande-Bretagne au profit des États-Unis d'Amérique.

Mohandâs se rend au Victoria Hotel, l'un des plus grands de Londres, où réside le docteur Prânjîvan Mehtâ, un médecin jaïn sorti de la faculté de médecine de Bombay, un Kâthiâwâri comme lui, ami d'amis de sa famille, qui séjourne alors à Londres et auprès duquel il a une lettre d'introduction. Traumatisé par la découverte de la ville, Gândhî s'enferme deux jours pleins dans cet hôtel. Le docteur Mehtâ lui explique en quoi les Anglais sont très différents des Indiens : « *Ici, on ne doit jamais toucher à ce qui appartient à autrui ; on ne doit pas non plus poser de questions ; on doit ne parler qu'à voix basse, dire "monsieur" à tout le monde, sans pour autant prendre un air obséquieux comme on fait chez nous en s'adressant aux Anglais*[154]. »

Mohandâs va voir ensuite un autre ami de la famille, un brâhmane du Kâthiâwâr, sa région, nommé Shukla, qui loue une chambre dans une famille du quartier de Richmond. Shukla lui explique à son tour : « *Les Anglais sont fondamentalement différents de nous : ils parlent avec fierté de leur pays, ce qui pour nous n'a pas de sens ; ils se soignent avec des médicaments, alors qu'il nous suffit de méditer ; ils parlent tout le temps de sexe, ce qui n'est pas un sujet de conversation. Si tu veux te sentir bien ici, fais comme eux et, pour commencer, mange de la viande*[109]. » Quand Mohandâs proteste et invoque la parole donnée à sa mère, l'autre se moque : un serment fait à une vieille femme illettrée n'a aucune valeur, surtout dans cette ville qui a des siècles d'avance sur l'Inde ! Pourtant, pas question pour Mohandâs de rompre son serment ! Shukla lui propose de partager sa chambre, ce qu'il accepte[64].

Il cherche une université, essaie Oxford, Cambridge, se fait rejeter, arrive finalement à l'université de Londres. La rentrée est pour janvier 1889, dans quatre mois. En attendant, il mène grand train, acquiert un violon pour 3 livres, suit des cours de danse et d'élocution, dont Shukla lui dit qu'il tirera profit pour ses études de droit. Il achète des vêtements à l'Army and Navy Store, apprend à porter jaquette, pantalons rayés, canne et chapeau haut de forme[64].

En novembre 1888, comme Richmond est loin de l'université, il déménage avec un des jeunes Indiens rencontrés sur le bateau, un dénommé Mazmudâr, dans une chambre mansardée au 20, rue Baron's Court, à West Kensington, dans la maison d'une veuve et de ses deux filles, que lui a conseillée le docteur Mehtâ[109]. Il paie à son hôtesse des repas qu'il ne consommera pas, et est très bien reçu ; le jeune Indien soupçonne même la vieille dame de vouloir le marier à l'une de ses filles. S'il goûte semble-t-il à l'alcool, il reste végétarien, même s'il lui est difficile de se nourrir ainsi dans le Londres de l'époque[109]. Un jour qu'il tombe malade, un médecin lui recommande de consommer de la viande ; il refuse et c'est avec réticence qu'il accepte de manger un œuf[128].

En décembre 1888, le Congrès tient sa réunion annuelle à Allahâbâd ; on dénombre maintenant 1 248 délégués, pour l'essentiel encore des brâhmanes, financés par des commerçants[68]. Le vice-roi (dont le mandat de cinq ans s'achève cette année-là), Lord Dufferin, qui a trois ans plus tôt salué avec chaleur la naissance du Congrès, le traite à présent de « *microscopique minorité*[68] », bien qu'il soit encore présidé par un Anglais.

En janvier 1889, c'est la rentrée à l'University College de Londres. Mohandâs choisit le français comme langue moderne et l'étude de la chaleur et de la lumière en sciences physiques [109]. Il découvre d'autres – rares – étudiants indiens : ils sont alors 380 en Grande-Bretagne, dont 320 à Londres, pour l'essentiel étudiants en droit. Il fait ses comptes : il a déjà beaucoup dépensé ; la vie est chère ; chaque manuel de droit coûte dans les 10 livres [64]. Son séjour reviendra donc à beaucoup plus que les 5 000 roupies dont il dispose : ce sera plus près de 13 000 ! Son frère, qui peine à nourrir toute la famille (dont Kasturbâi et son fils Harilâl), lui écrit qu'il ne peut absolument pas lui en envoyer davantage et qu'il espère que ses études se termineront vite et bien.

Mohandâs réduit ses dépenses de logement, de nourriture et de transport à 2 livres par mois ; il résilie la police d'assurance-vie souscrite au départ de Bombay ; il trouve le moyen de se procurer gratuitement tous les manuels dont il a besoin dans diverses bibliothèques, et rédige même un petit vade-mecum expliquant comment faire à l'intention des autres étudiants indiens [64]. Il se fait ses premiers amis parmi eux. Il lie aussi connaissance avec des étudiants anglais dont l'un, Charles Ollivant, va bientôt partir pour l'Inde dans le Covenant Service. Mohandâs travaille dur et découvre que, comme on le lui avait indiqué à Bombay, les examens de droit à Londres ne sont pas si difficiles, et que le pourcentage de reçus est élevé.

Son premier échec (à cause du latin) ne le rebute pas. Un de ses professeurs, Frederick Pincutt, lui recommande de lire davantage, en particulier des livres d'histoire, et d'observer la nature humaine [64].

Cette année-là, à Paris, on célèbre le centenaire de la Révolution par une Exposition universelle et par l'inauguration d'une tour métallique construite par

Gustave Eiffel. En Afrique du Sud, Cecil Rhodes, fils de pasteur parti en Afrique à dix-sept ans pour soigner son asthme, obtient une charte royale pour l'exploitation des mines d'or et de diamants, prélude à l'installation de colons anglais dans le pays qui portera son nom.

En Inde (où naît le 14 novembre 1889 le fils de Motilâl Nehru, Jawâharlâl, qui deviendra l'un des deux principaux compagnons de Gândhî), la famine perdure[50] ; le nouveau vice-roi, Henry Petty-FitzMaurice, reconnaît comme seule et unique cause de disette la « *fatalité climatique* », alors que les cultures d'exportation (opium, jute, thé, coton, blé, riz), qui représentent 60 % des exportations de l'Inde, privent l'agriculture vivrière des meilleures terres[50]. Bâl Gangâdhar Tilak, journaliste devenu rédacteur en chef des deux plus puissants quotidiens de l'Inde occidentale, le *Késari* et le *Mahratta*, lance une campagne de protestation ; partisan de la conquête de l'indépendance par la violence, il deviendra à la fois un grand dirigeant nationaliste, un partenaire et un adversaire majeur de Gândhî[50].

Fin novembre 1889, Mohandâs, pour faire encore des économies, déménage dans un deux-pièces sur Store Street[64]. En janvier 1890, il rencontre, fasciné, un voyageur indien, Nârâyanan Hemchandra, vêtu d'un *dhotî*, sorte de pagne noué en forme de pantalon, et d'une chemise nommée *kurthâd* : le costume traditionnel du Bengale. Bien plus tard, Gândhî s'en souviendra et en fera son unique tenue. Nârâyanan lui parle de sa lecture quotidienne de la *Gîtâ* et de l'idéal d'*aparigraha* (non-possession) : pourquoi s'encombrer de choses inutiles ? Il lui fait découvrir le *saccidânanda*, c'est-à-dire la perception de l'existence d'un « soi » présent dans le cosmos indépendamment de son incarnation dans des vies successives. C'est la première rencontre sérieuse de Gândhî avec l'immensité de la pensée d'un hindouiste en rébellion déclarée contre l'Occident, à un moment où lui, au contraire, fait tout pour s'y faire admettre. Il en est troublé, puis passe outre.

En février 1890, il croise à Piccadilly Circus Sir Pherozeshah Mehtâ, alors de passage à Londres, et n'ose l'aborder bien qu'il ait une lettre d'introduction auprès de lui[64]. Sir Pherozeshah est un modèle pour tous les jeunes Indiens de son temps : pârsi et zoroastrien, de la première génération d'Indiens ayant eu accès à l'enseignement britannique, il est devenu un avocat célèbre à Bombay et aide plusieurs jeunes étudiants de sa ville à financer leurs études en Grande-Bretagne. Il jouera bientôt un rôle important dans la vie de Mohandâs, qui n'ose pas non plus aller voir l'autre grand avocat indien, Dâdâbhâi Naoroji, qui a choisi, lui, de faire carrière dans la vie politique anglaise après avoir présidé le Congrès.

En juin 1890, au bout de dix-huit mois d'études, premier succès : il réussit son premier examen, le *matriculation*, qui lui permet d'entrer dans sa dernière année à l'université de Londres. Il parle mieux l'anglais, mais avec un très fort accent gujarâti qu'il ne perdra jamais.

Découverte de son identité

En juillet, à court d'argent, il déménage encore une fois dans un studio sur Tavistock Street, à 8 shillings la semaine[64]. Dans ce quartier de Farringdon Street, il découvre un restaurant végétarien où l'on discute de théosophie. Outre le premier repas vraiment conforme à ses goûts depuis qu'il a quitté l'Inde, il y trouve de la documentation théorique : jusque-là, être végétarien n'était pour lui qu'une façon d'obéir à un serment fait à sa mère ; il découvre que c'est aussi une discipline du corps et de l'esprit, laquelle va transformer sa vie. Avec le zèle d'un néophyte, il dévore des traités de diététique végétarienne qui expliquent que le siège du goût n'est pas la langue, mais le cerveau, et que le contrôle de la faim passe par la maîtrise de l'esprit.

À l'automne 1890, à quelques mois de l'examen final, il adhère à la Société végétarienne de Londres dont la devise est « Humanisme, Prospérité, Santé, Bonheur ». Il rédige (en anglais, qu'il écrit désormais beaucoup mieux) pour le journal de la Société, le *Vegetarian*, neuf articles décrivant l'alimentation, le système social et les fêtes indiennes[64]. Il devient membre du comité exécutif de la Société et participe à la conception d'un insigne pour ses membres. Il devient vice-président d'un club végétarien installé à Bayswater et s'y fait de nombreux amis, dont le docteur Josiah Oldfield, le président, le docteur Allison, le directeur du *Vegetarian*, Howard Williams, auteur de *L'Éthique de l'alimentation*, et Hills, un puritain, propriétaire des Ateliers Thames Iron[109]. Il rencontre Henry Stephens Salt, qui le met en contact avec le célèbre Sir Edwin Arnold, auteur d'une formidable biographie de Bouddha, *Light of Asia*[4], et de *Chant céleste*, magnifique traduction de la *Bhagavad-Gîtâ*[10]. Il rencontre aussi cette année-là Helena Blavatsky, la mystique russe fondatrice de la Société de théosophie, mais il refuse d'adhérer à ce qui lui apparaît comme une religion, différente de la sienne. Il assiste à des conférences d'une autre illustre végétarienne irlandaise, le docteur Annie Besant, qui vient d'adhérer à la Société de théosophie et s'apprête à partir s'installer à Madras pour y vivre sa passion de l'hindouisme. C'est une femme d'exception ; George Bernard Shaw, qui la connaît bien, dit qu'elle est capable de remplir les tâches de trois personnes : organiser, discourir et écrire. Mohandâs lit deux de ses livres, *Pourquoi je suis devenue théosophe* et *Le Livre sacré de l'hindouisme*. Il la retrouvera vingt-cinq ans plus tard, en Inde, où elle sera son adversaire au Congrès.

Les théosophes l'interrogent sur la *Bhagavad-Gîtâ*, littéralement « Chant du Bienheureux » ou « Chant divin », qu'Arnold a traduite sous le nom de *Chant céleste*. Gândhî se sent humilié d'avoir à reconnaître qu'il ne l'a jamais lue. Il la lit alors en anglais dans la traduction d'Arnold et découvre ce fabuleux texte[10], extrait du *Mahâbhârata*, qui conte l'histoire de Krishna, huitième avatar de Vishnu, manifestation du Brâhman et du prince d'Arjuna : au début de la grande guerre de Bharata, Arjuna hésite à lancer ses troupes dans la bataille de peur de causer la mort de membres de sa famille et converse avec Krishna. Composé deux siècles avant l'ère chrétienne, ce texte explique que le but de toute vie est d'échapper au cycle des renaissances à travers la réalisation du Soi, de « *découvrir* » ce qu'on est de façon permanente, au-delà de la personnalité et des émotions de chaque incarnation. Trois versets marquent particulièrement Mohandâs : le 2.39 (« *La connaissance du yoga permet d'agir sans être lié à ses actes* »), le 2.71 (« *Celui que les plaisirs matériels n'attirent plus, qui n'est plus esclave de ses désirs, qui a rejeté tout esprit de possession et qui s'est libéré de la tyrannie de l'ego, peut seul connaître la sérénité parfaite* ») et le 6.17 (« *Qui garde la mesure dans le manger et le dormir, dans le travail et la détente, peut, par la pratique du yoga, adoucir les souffrances de l'existence matérielle*[10] »). Il y voit une apologie de l'action désintéressée en même temps que le refus du retrait du monde. Trente-cinq ans plus tard, Gândhî écrira que c'est « *le plus important livre de philosophie qu'il ait jamais lu* » (*Mes expériences...*). C'est le début d'une urgence de la découverte de soi, du refus de l'occidentalisation. Après deux ans à Londres, il s'éloigne ainsi un peu de l'Occident. Il faudra deux décennies pour que cela devienne sa véritable identité.

Il lit aussi *La Lumière d'Asie*[4], la biographie du Bouddha par Arnold, y découvre le bouddhisme, presque disparu de l'Inde, parcourt le Nouveau Testament et trouve des similitudes entre le Sermon sur la Montagne et les vers du poète gujarâtî Shâmlâl Bhatt qu'il a lus dans son enfance[64].

Il assiste, au début de septembre 1890, à des réunions de la London Indian Society, créée par l'avocat Dâdâbhâi Naoroji, et de l'Anjuman Islamia, association d'étudiants indiens musulmans. Il y rencontre Saccidânanda Sinha, Syed Ahmed Khan, devenu Sir Syed, membre de l'Assemblée du Conseil impérial et de la Commission du service public, et Harkishan Lâl Gauba, un milliardaire du Penjab (qui en sera le premier président après les élections régionales de 1921). Il les retrouvera tous à des moments extraordinaires de sa vie. Il entend parler pour la première fois sérieusement de rêves nationalistes ; il discute longuement de la situation respective des musulmans et des hindous en Inde. Les hindous, pense Lâl Gauba, ont acquis les premiers une éducation occidentale et travaillent dans les services gouvernementaux, les professions libérales et le commerce, alors que la classe moyenne musulmane en est empêchée par suite de la mutinerie de 1857 (considérée par les Britanniques comme une révolte musulmane) et par les théologiens musulmans qui lui interdisent l'accès à l'éducation occidentale. Sir Syed milite pour que les musulmans créent une structure politique spécifique, indépendante du Congrès national indien. Les musulmans, affirme Syed, ne veulent pas d'une Inde indépendante, car les hindous les surpasseraient numériquement et ce serait comme « *un jeu de dés dans lequel l'un des joueurs a quatre dés tandis que l'autre n'en a qu'un*[110] » ! À moins d'imposer à l'avance, propose-t-il, la parité entre les deux communautés. Cette question sera l'un des principaux enjeux de l'histoire indienne des cinquante années suivantes. C'est aujourd'hui, sur la planète entière, l'enjeu de toutes les querelles communautaires.

Mohandâs commence aussi à lire divers journaux, notamment le *Daily Telegraph* et le *Liberal Daily News*. Il n'est pas attiré par les mouvements « socialistes » alors en vogue à Londres ; il ne s'intéresse ni à Marx ni à Darwin, dont les œuvres font pourtant sensation à l'époque. L'utilitarisme de Bentham n'a pas non plus de sens pour lui[109]. Il parle de choses très concrètes, par exemple du sel, « *article lourdement taxé en Inde*[22] », dont les Anglais se sont octroyé le monopole : il reviendra sur ce sujet quarante ans plus tard et en fera un élément phare de son combat.

En octobre 1890, il part pour quelques jours à Paris chez un correspondant théosophe afin d'assister à une exposition végétarienne[64]. Il visite l'Exposition universelle, monte trois fois à la Tour Eiffel, y dépense 7 shillings pour pouvoir dire qu'il y a déjeuné, pénètre dans Notre-Dame et en est bouleversé. À son retour, il lit des ouvrages de Rousseau et de Voltaire, et s'intéresse à la Révolution française.

Au début de 1891, alors que l'école devient obligatoire en Angleterre, que René Panhard et Émile Levassor construisent la première voiture à essence de série, Tolstoï écrit *Le Salut est en vous*[61], livre qui, bien plus tard, marquera fortement Gândhî. En février, il apprend par une lettre de son frère aîné que sa mère, Putlibâi, est très malade. Il a hâte de rentrer : encore cinq mois avant les examens.

En mars, vraiment à court d'argent après trente mois à Londres, il déménage avec Josiah Oldfield, le directeur du *Vegetarian*, dans deux chambres minuscules au 52, Stephens Garden, à Bayswater[64]. Il passe les examens fin mai et, avant même d'avoir les résultats, il prend, avec ses dernières livres, un billet de retour sur un bateau partant pour Bombay le surlendemain du jour où seront annoncés les résultats. Le 10 juin, il apprend qu'il a réussi toutes les épreuves, y compris celle de latin, et qu'il a fini 34e sur 309. Succès considérable pour ce jeune Gujarâtî inculte à son arrivée. Le 11, il s'inscrit au barreau de Londres, à l'Inner Temple où se regroupent les juristes. Le 12, un peu moins de trois ans après son arrivée à Londres, il s'embarque pour Bombay, pressé de revoir sa mère, dont il pressent la gravité du mal, avec « *juste une petite lueur d'optimisme mêlée à son désespoir* ». Le numéro du 13 juin 1891 du *Journal de la théosophie* publie sa photographie avec une note de remerciement pour les services qu'il a rendus à la Société.

« *Vivre légèrement pour atteindre Dieu* »

À son arrivée à Bombay, le 7 juillet 1891 (le voyage dure encore près d'un mois), il se précipite à Mani Bhavan, la résidence de Sir Pherozeshah Mehtâ – qu'il n'a pas rencontré à Londres –, où, selon les officiers du bateau, un câble l'attend. C'est là qu'il apprend par un message d'un de ses frères la mort de sa mère, quinze jours plus tôt. Il n'a même pas pu assister à sa crémation. C'est pour lui un effondrement : la seule femme qu'il aimait... Il porte toujours autour du cou le collier dédié à Vishnu qu'elle lui a offert lors de son départ.

Le soir même, chez Mehtâ, à ce tournant de sa vie où il aurait eu tant besoin de parler à sa mère, il rencontre un personnage qui va bouleverser son destin : Shrîmad Râjchandra ou Muni Ratanchandraji [52]. Ce ne sera pas l'unique fois qu'un nouveau guide surviendra sur sa route à l'heure où un autre meurt... Gândhî dira de Râjchandra : « *Son intelligence aussi élevée que son ardeur morale me servit constamment de refuge dans les moments de crise spirituelle* [170]. » Shrîmad Râjchandra apparaîtra comme une réincarnation de sa mère, lui apportant exactement ce qu'il attendait pour approfondir sa quête philosophique.

Shrîmad est un Gujarâtî de la même caste que Mohandâs, les Modh Vanik. Il est né le 9 novembre 1867 à Vavania Bandar, tout à côté de Râjkot. Il se qualifie d'« *érudit habité par l'espoir de voir Dieu face à face* [52] ». Gendre du frère du docteur Mehtâ, il jouit déjà, quand Mohandâs le rencontre, d'une réputation considérable : depuis l'âge de sept ans, il affirme avoir connaissance de certaines de ses vies antérieures ; il est ce qu'on appelle un *Jâti Smarana Jnâna*. À treize ans, il est devenu jaïniste et son père l'a initié à son métier de prêteur ; il a alors commencé à rédiger des poèmes et des essais sur l'art de la méditation[52]. À seize ans, il écrit un grand ouvrage sur le jaïnisme, le *Mokshamâlâ*[133]. Sa calligraphie est par ailleurs si belle que le mahârâjâ de Kutch, voisin du Gujarât, l'invite régulièrement à venir copier des documents importants. Il est encore capable de réaliser des tours exceptionnels : par exemple, rien qu'en voyant plusieurs plats, de dire lesquels sont les plus salés. Doué d'une mémoire quasi illimitée et d'une intuition hors pair, il est donc aussi ce que les Indiens nomment un *shatâvadhâni* (« *celui qui a la faculté de se rappeler ou de suivre cent choses à la fois* »). En 1887, à vingt ans, il en a fait la démonstration publique à Bombay en menant à très vive allure cinquante-deux activités intellectuelles simultanées, incluant échecs, multiplications et divisions, puzzles et jeux de langage. La même année, il épouse Zabakbâi, la nièce du docteur Mehtâ. Après ce mariage, il devient vite un abstinent sexuel, dans la tradition mystique, pour ne rien perdre de lui-même. Il affirme ainsi : « *Il n'y a aucun bonheur dans le contact physique ; si tu penses encore en trouver un, analyse sa nature réelle et tu verras que c'est une illusion. L'imperfection de ce bonheur ne réside pas dans la femme, mais dans ton âme, et quand la recherche de cette imperfection disparaît, ce que l'âme perçoit est vraiment merveilleux et plein de joie*[52]. » À vingt-deux ans, en 1889, il note : « *J'ai une grande expérience de l'âme, de la nature et des mutations de l'esprit, et des causes de l'interminable malheur [...]. J'ai aussi découvert le désintérêt, l'indifférence sereine. J'ai beaucoup médité sur la façon d'atteindre à l'immortalité et sur la minute de vie [...]. Je mesure l'infranchissable fossé entre l'état de mon savoir d'aujourd'hui et ce que j'étais quand j'aimais les choses de la vie*[52]. »

Quand Mohandâs le rencontre, Râjchandra, qui s'interdit de dépendre financièrement de qui que ce soit, travaille chez un diamantaire, Révâshankar Jagjîvan. Il se vêt d'un *dhotî*, sorte de pyjama fait d'un seul tissu sans couture, et d'un turban d'un autre tissu sans couture. Sans couture, comme le monde dont il rêve.

Ce soir-là, Mohandâs, qui ne croit pas en ses dons, lui demande de lire vite puis de réciter de mémoire une longue liste de mots latins et français, langues que Râjchandra ne connaît pas. L'autre s'exécute sans difficulté aucune, mais prie Mohandâs de ne plus jamais rien lui demander de tel : « *Je ne veux pas être un animal de foire. Seul Dieu m'intéresse. Je peux vivre sans eau ni air, mais pas sans Dieu*[52]. » Les jours suivants, les deux jeunes gens ont de longues conversations. Mohandâs a besoin de se trouver, sans renoncer pour le moment à l'Occident. Ayant commencé à découvrir sa culture à Londres, il est maintenant en état de l'approfondir, même si cela reste encore quelque chose d'extérieur qui ne conduit pas sa vie.

Il retourne à Râjkot pour y chercher sa femme et son fils ; il ne les a pas vus depuis trois ans. Il tente en vain d'être réadmis dans sa caste, et il s'installe comme avocat à Bombay. Dans le même temps, il poursuit sa quête personnelle et noue insensiblement avec Râjchandra une relation de disciple à maître. Râjchandra parle d'une voix douce, sourit en permanence, comme habité par « *une joie intérieure* », dira Gândhî. « *Il est une sorte d'incarnation de la déesse du savoir, Saraswati. [...]. Et il est certain que cette vie doit être la dernière pour lui, car il est incroyablement près de la libération*[170]. » La parole du gourou est magnifique : « *Celui qui, sitôt qu'il en a terminé avec la tâche de mener de pesantes transactions d'affaires, se met à écrire sur les choses cachées de l'Esprit, celui-là n'est pas un homme d'affaires, mais un vrai chercheur de Vérité*[52]. » Il explique aussi : « *Il faut vivre légèrement pour atteindre Dieu*[52]. » Et ajoute : « *Aucun objet en ce monde n'a d'intérêt. Nous sommes guidés par le désir divin*[52]. » Râjchandra raconte au jeune avocat à peine rentré de Londres les *Védas*, lui parle de l'islam, du christianisme, du zoroastrisme. Pour lui comme pour les jaïns, chaque religion est une voie permettant à l'homme d'accéder à Dieu ; aucune ne peut prétendre à la connaissance exclusive de la Réalité ultime. Gândhî y retrouve, à un tout autre niveau de puissance, l'enseignement perdu de sa mère. Râjchandra conseille à son ami de lire le *Panchikaran*, le *Mani-ratna-mâlâ*, le chapitre du *Yoga Vashistha* sur le non-attachement, la première partie du *Kâvya Dohana* et son propre livre, *Mokshamâlâ*[109]. Gândhi lit tout, fasciné ; il pense que Râjchandra est « *le meilleur Indien de l'époque*[170] ». Il lui demande : « Que dois-je faire si je vois qu'un serpent va me mordre ? » Râjchandra répond : « *Puisque nous savons que le corps est périssable, pourquoi tuer le serpent attiré par un tel corps ? Celui qui veut sauver son âme doit permettre à son corps de périr.* » Trente ans plus tard, Gândhî répétera cette phrase au mot près à un élève sur la chemise duquel se promène un serpent.

Reconnaissant ce qu'il doit à Râjchandra, il écrira : « *J'ai rencontré plus d'un chef religieux ou maître, j'ai essayé de rencontrer les meilleurs des différentes croyances, et je dois dire qu'aucun ne m'a fait une impression aussi forte que Râjchandrabhâi. Ses paroles ont pénétré profondément en moi*[170]. »

En fait, Gândhî a appris de lui des techniques mystérieuses de jeûne, de méditation, de perception du réel, qu'il appellera plus tard « *mon instinct* ». Souvent il suivra son « instinct » contre sa raison...

L'avocat manqué

Parallèlement à cet apprentissage, Gândhî essaie de devenir avocat. Piteuse tentative : en septembre 1891, il s'inscrit au barreau près la cour d'appel de Bombay et y trouve un appartement digne de ce qu'il pense être le statut d'un homme de loi. Il veut que sa femme et son fils s'habillent à l'européenne. Kasturbâi refuse. Il insiste. Il mange et leur fait manger au petit déjeuner, comme il le faisait à Londres, du porridge avec du chocolat [110].

Mais il n'est pas vraiment doué pour plaider ; il n'aime toujours pas parler en public. Même s'il se force, travaille, essaie de maîtriser à la fois sa timidité, sa nervosité, sa frénésie sexuelle. De surcroît, ses études en Grande-Bretagne ne comportaient rien sur le droit indien, mélange de droit anglais, de coutumes locales et de droit musulman. Les clients ne viennent donc pas et il échoue si lamentablement dans le contre-interrogatoire d'un témoin qu'il restitue son argent à la seule et unique cliente qu'il réussit à avoir...

Au début de 1892, soit au bout de neuf mois, il renonce la mort dans l'âme au métier d'avocat et se met en quête d'un poste de professeur d'anglais, n'importe où, juste pour gagner sa vie. Mais il n'a pas les diplômes nécessaires et doit y renoncer aussi. En mars, il se résigne à retourner à Râjkot [54]. En avril, il s'y établit avec sa femme de nouveau enceinte et son fils, pour travailler chez son frère Lakshmîdâs, devenu sur place un modeste avocat : lui aussi a presque tiré un trait sur ses grandes ambitions. C'est là que sa femme donne alors naissance à un second garçon, Manilâl.

Il passe par Porbandar, où il n'est pas réadmis dans la caste, mais il est nommé « *compagnon* » du prince de Porbandar, c'est-à-dire membre d'une assemblée sans le moindre pouvoir : quelle déchéance par rapport à son père qui régnait sur la ville !

C'est la fin de ses espoirs. À Londres, il a goûté à la liberté et la presqu'île du Kâthiâwâr lui semble bien provinciale. Il correspond tous les jours avec Râjchandra, à Bombay, qui l'aide à supporter ses désillusions. Il rédige des requêtes pour les petites affaires que traite son frère et se rend compte que, même là, il n'ira pas loin : les autres juristes de Râjkot, les *Vakil*, connaissent bien mieux que lui la loi indienne et demandent à leurs clients des honoraires de misère. C'est l'impasse.

Un ennui de plus : son frère, Lakshmîdâs, qui rêve encore un peu de devenir le prochain *diwân* de la ville, est accusé de mauvaise gestion par le nouveau « *résident* » (administrateur) britannique. Coïncidence : Mohandâs le connaît, il s'agit de Charles Ollivant, rencontré à Londres deux ans plus tôt ! Mohandâs se vante alors de pouvoir régler le problème, mais l'étudiant devenu fonctionnaire refuse de le recevoir et, quand Mohandâs insiste, il le fait jeter hors de son bureau ! Ulcéré, Mohandâs veut porter plainte[34]. Son frère le prie de ne pas insister : ces mécomptes adviennent quotidiennement à tous les Indiens.

C'est pour lui une humiliation majeure et son premier vrai contact avec la politique, qu'il suit jusqu'alors fort peu : ainsi n'est-il pas informé que, cette année-là, il est question de tenir la réunion plénière annuelle du Congrès indien à Londres ; ni que le dirigeant le plus radical, Tilak, propose de choisir le jour de la fête de Ganesh, le dieu à tête d'éléphant, comme fête nationale de l'Inde ; ni que vient d'émerger en pays marathe un autre leader nationaliste important, un professeur, brâhmane et modéré, Gopâl Gokhalé – dans vingt ans, Gândhî en sera le meilleur disciple, puis le successeur.

Cette année-là (1892) encore, à Londres, le gouvernement de Gladstone, revenu au pouvoir, entrouvre les conseils consultatifs des provinces à des notables indiens proposés au vice-roi par la Chambre de commerce de Calcutta et par les « *conseils provinciaux* », dont les membres sont eux-mêmes cooptés par les municipalités et les universités [59]. L'avancée est dérisoire : « *Le gouverneur général et les gouverneurs des provinces peuvent trouver commode et utile de consulter de loin en loin ces corps et de recueillir leurs avis et recommandations avant la sélection des membres* [indiens] *de la haute administration* [59]. » Le vice-roi de l'époque, Henry Petty George FitzMaurice, juge néanmoins trop audacieuse l'avancée et en bloque l'application. Lord Archibald Rosebery, ministre des Affaires étrangères de Gladstone et qui va bientôt devenir Premier ministre, résume bien l'opinion des Anglais sur eux-mêmes : « *C'est la mission de l'Angleterre de prendre sa part de responsabilités, et il est heureux que le monde, dans la mesure où il peut être façonné, reçoive l'empreinte anglo-saxonne et pas une autre* [59]. »

En janvier 1893, sur le conseil de Râjchandra, avec qui il continue à correspondre, Mohandâs se rend sur la rivière Godâvari, dans le Mahârâshtra, près de Nâsik, pour une cérémonie de purification près du temple de Naushya Ganapati où se trouve une très importante statue de Ganesh[109]. Il n'est pas autorisé à partager l'eau avec un brâhmane et doit se contenter d'un dîner offert par son frère aux membres de sa propre caste. Humiliation supplémentaire.

Faute de mieux

En mars, sa vie est un échec sur tous les plans, sauf familiaux. C'est le désespoir : une femme, deux enfants et aucun avenir. Partir ? Mais où ?

Il cherche un emploi à Ahmedâbâd, à Calcutta : rien. Il apprend alors qu'une firme de Porbandar, dirigée par un musulman gujarâtî, Abdullah Dudâ, qui fait du négoce avec l'Afrique du Sud, y est en litige pour 40 000 livres – montant énorme – avec la société d'un autre marchand musulman gujarâtî, la Surtee Muslims. Le représentant d'Abdullah à Porbandar lui propose d'aller à Durban, au Natal, pour traduire en anglais et commenter à l'intention des avocats locaux la comptabilité d'Abdullah, tenue en gujarâtî. Ce n'est pas vraiment un travail d'avocat, et il n'y a d'ailleurs aucun avocat indien dans les différents États d'Afrique du Sud. Le contrat est pour un an, avec voyage aller-retour en première classe, tous frais payés sur place, et 105 livres sterling d'honoraires. Ces conditions ne sont pas particulièrement intéressantes, très modestes mêmes. En outre, Gândhî ne connaît rien à ce droit et n'a aucune relation en Afrique du Sud. Mais il n'a pas les moyens de refuser ; c'est même pour lui une occasion inespérée. Faute de mieux, il doit donc accepter, et avec reconnaissance : au moment où tout va mal pour lui, des musulmans viennent à son secours. Il ne l'oubliera jamais. Il finira même par en mourir...

Le 19 avril 1893, après avoir séjourné à peine vingt mois en Inde, il laisse de nouveau à Râjkot sa femme, cette fois avec ses deux fils, Harilâl et Manilâl, et embarque sur le *SS Safari* à destination de Durban, capitale de la province du Natal. Parti pour douze mois, il y passera vingt et un ans...

Chapitre III

Satyâgraha

1893-1914

Le voyage commence mal : on a promis et vendu à Gândhî une cabine de première classe, mais quand il embarque, le 19 avril 1893, le commandant la lui refuse, prétextant que la prochaine visite du vice-roi des Indes au Mozambique, colonie portugaise, y attire beaucoup de monde et que la première classe est pleine. Refusant de voyager sur le pont, Gândhî obtient de partager la cabine du second du commandant de bord, un Indien. Étrangement, pendant ce voyage, les rivages qu'il longe ne semblent pas l'intéresser. Aucun commentaire, en tout cas, dans le récit furtif qu'il fera plus tard de ce périple [170]. Comme si les paysages l'ennuyaient. En revanche, il évoquera la prostituée « *rencontrée* » à l'escale de Zanzibar, sultanat devenu trois ans auparavant protectorat britannique. Il a vingt-quatre ans et pourtant, prétendra-t-il, « *ce départ [le] trouva à peu près libéré de tout appétit charnel* [170] ». On verra qu'il n'en est rien et qu'il n'en sera rien jusqu'à la fin de sa vie...

Les coolies

Quand il débarque à Durban le 20 mai 1893, après nombre d'escales et un mois de navigation, le Natal est une colonie anglaise baignée par la mer, flanquée de la colonie britannique du Cap et de territoires boers indépendants. Dans les unes et les autres, deux millions d'Africains, Zoulous pour la plupart, et des dizaines de milliers d'Indiens et de métis sont traités comme des esclaves par des milliers d'Anglais et de Boers[61].

Les implantations européennes ont débuté au XVIIe siècle avec les Hollandais calvinistes, qui ont détruit des civilisations africaines très anciennes et ont fondé la république maritime du Natal. En 1844, les Anglais, installés depuis 1806 au Cap et soucieux de protéger la route de l'Inde, leur enlèvent ce territoire. Les *Boers* (nom qui signifie « paysans » ou « éleveurs » en langue afrikaaner, ce néerlandais archaïque mêlé d'autres langues que parlent ces colons venus des Pays-Bas, auxquels se sont joints des huguenots français après la révocation de l'édit de Nantes en 1685) émigrent vers le nord (le « grand Treck ») et fondent à l'intérieur des terres la république du Transvaal, avec 25 000 Européens, et l'État libre d'Orange, avec 10 000 autres. Tout en massacrant l'un et l'autre nombre d'Africains autour d'eux, l'Orange parvient assez rapidement à la stabilité politique tandis que le Transvaal met plusieurs années à regrouper de petites entités autonomes. En mars 1854, le Natal se dote d'une constitution qui prévoit l'instauration de deux assemblées dont les membres seraient élus par un corps restreint d'électeurs pouvant faire état d'un patrimoine immobilier d'au moins 50 livres, ou d'une

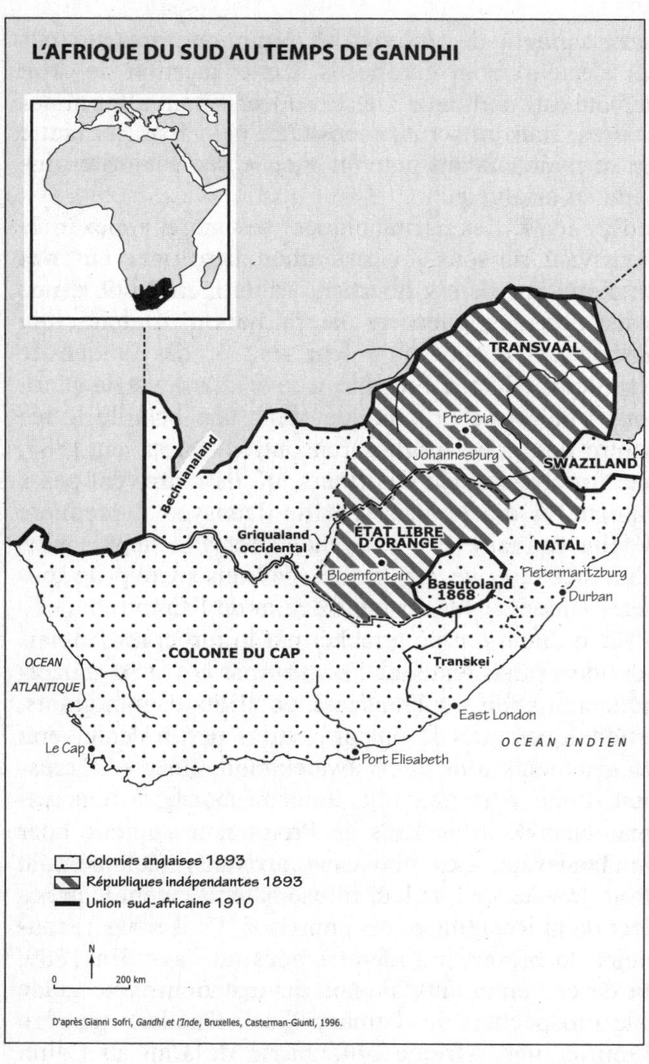

D'après Gianni Sofri, *Gandhi et l'Inde*, Bruxelles, Casterman-Giunti, 1996.

rente annuelle de 10 livres au minimum : presque tous les électeurs sont européens. Cette question du droit de vote est essentielle : les Européens étant ultra-minoritaires, seul un scrutin censitaire peut leur permettre de se maintenir au pouvoir face à une majorité africaine et asiatique.

En 1877, les Britanniques tentent d'annexer le Transvaal, au sous-sol particulièrement riche en or et en diamants. Ils s'y heurtent d'abord, en 1879, à une résistance des guerriers de la nation zouloue, qui n'obéissent encore qu'à leur roi ; le fils unique de Napoléon III et d'Eugénie trouve d'ailleurs la mort, sous l'uniforme britannique, dans une bataille livrée contre eux. Les Anglais rencontrent aussi, en 1881, une forte résistance des Boers, qu'ils n'arrivent pas à vaincre, et qui les chassent du Transvaal : première défaite militaire de la Grande-Bretagne depuis plus d'un siècle, et ce, contre des paysans ! Coup de tonnerre annonciateur du futur déclin de l'Empire...

Ce qu'ils n'ont pu arracher par la force, les Anglais vont désormais tenter de l'obtenir par la voie démocratique : en 1886, au Transvaal, un afflux d'immigrants, britanniques pour la plupart, attirés par la découverte de gisements d'or au Witwatersrand, suscite la création d'une ville nouvelle, Johannesbourg, à une cinquantaine de kilomètres de Pretoria, la capitale boer du Transvaal. Les nouveaux arrivants réclament le droit de vote, ce que leur refuse naturellement le président de la République du Transvaal, Paul Kruger, soucieux de préserver l'identité boer du pays. En 1889, un de ces émigrants anglais devenu richissime grâce à la prospection du diamant, Cecil Rhodes, qui rêve d'unifier une Afrique britannique du Cap au Caire, crée la British South Africa Chartered Company ; il obtient du gouvernement britannique une « *charte royale* » lui accordant le droit d'occuper par la force le nord du Transvaal. En 1890, Rhodes devient Premier ministre du Cap et occupe le Mashonaland et autres territoires, qui donneront bientôt naissance à la Rhodésie, pays qui portera son nom. Le Transvaal n'a plus alors accès à la mer que par le port de Lourenço Marques, dans la colonie portugaise du Mozambique.

Dans ces quatre entités au statut très différent (Orange et Transvaal boers, d'une part ; Le Cap et Natal anglais, d'autre part), les Africains représentent plus des deux tiers de la population ; les métis sont quelques dizaines de milliers, tout comme les émigrés indiens, soit plus que les Européens. Les Indiens appartiennent à deux catégories très différentes : ouvriers agricoles et marchands.

Les premiers sont des « *contractuels* » *(indentured)*, quasi-esclaves dans les plantations de thé, de café et de canne à sucre des fermiers anglais ou boers[61]. N'ayant nulle confiance dans les travailleurs africains, les Européens, depuis le début des années 1860, envoient des agents recruteurs dans les districts les plus pauvres de Madras, du Bengale, de Hyderâbâd, du Bihâr et des Provinces unies ; ces émissaires font miroiter aux paysans affamés un voyage gratuit vers un pays qu'on leur présente comme tout proche, où les attendent un travail facile, un salaire, un logement, le retour gratuit en Inde au bout de cinq ans, ou la possibilité de s'établir librement dans le pays au terme de leur contrat[61]. Des dizaines de milliers d'Indiens acceptent et partent vers Durban et Pretoria, comme d'autres migrent vers Madagascar, la Réunion, les Antilles ou les États-Unis. Ils ne trouvent sur place qu'un emploi de travailleur de force et certains repartiront au bout de cinq ans sans un sou vaillant. Anglais et Boers les appellent avec mépris *samis* (parce que beaucoup de leurs noms se terminent par *-swâmi*) ou *girmitiyas* (pour se moquer de la façon dont ils prononcent le mot *agreement*, « *contrat* »)[109]. D'aucuns, malgré l'opposition des Anglais et des Boers, réussiront à mettre assez d'argent de côté pour acheter de modestes lopins ou travailler dans les villes. Certains, assez nombreux, se convertiront au christianisme. Quand Gândhî arrive à Durban, ces *girmitiyas* sont environ 40 000 au Natal, et un peu moins chez les Boers[61].

Par ailleurs, dans ces quatre entités, qui formeront ce qu'on appellera plus tard l'Afrique du Sud, on dénombre aussi environ 3 000 commerçants indiens, pour l'essentiel des musulmans du Gujarât, la région de Gândhî ; ils fournissent aux *girmitiyas* les produits dont ils ont besoin, en particulier les denrées qu'ils font venir d'Inde. Les Européens les nomment *passenger Indians*, car, à la différence des *girmitiyas*, ils ont loué une cabine à bord des bateaux qui les ont conduits en Afrique. Ces *passenger Indians* concurrencent efficacement les commerçants européens, leur clientèle est loin d'être exclusivement indienne, et 250 d'entre eux ont même un revenu suffisant pour devenir électeurs à l'Assemblée du Natal[109]. C'est évidemment peu face aux 5 000 électeurs anglais...

Au total, quand y débarque Gândhî, il y a au Natal 43 000 Indiens (marchands musulmans, employés hindous et pârsis du Gujarât, ouvriers du bâtiment, Indiens chrétiens nés au Natal), contre 40 000 Anglais, quelques milliers de Chinois, autant de métis, et près d'un million d'Africains[62]. C'est dire combien les Anglais sont inquiets face à cette immigration indienne, qui leur est pourtant de plus en plus nécessaire.

Quel que soit leur statut, ces Indiens, comme les Chinois, sont traités avec mépris. Les Européens les nomment « *niggers* », ou « *Cafres* », ou « *Arabes* », ou « *coolies* » – ce dernier mot désigne en hindi la « *caste* » ; en tamoul il signifie « *salaire* » et en chinois « *esclavage* ». Les étudiants indiens sont des « *étudiants-coolies* », les commerçants indiens des « *commerçants-coolies* », les vapeurs affrétés par les Indiens des « *bateaux-coolies*[109] ».

Lorsque Gândhî arrive à Durban, le 20 mai 1893, juste avant qu'Anton Dvorak ne crée à New York sa *Symphonie du Nouveau Monde*, on n'y compte encore aucun « *avocat-coolie* ». Il n'est nullement préparé à cette situation. Certes, il a déjà éprouvé l'humiliation coloniale en Inde et en Grande-Bretagne, mais pas de la façon dont elle se manifeste dans une société où le pouvoir est tout entier exercé par des colons. En Inde, l'humiliation est permanente, mais n'est directement sensible qu'au contact – peu fréquent – avec les fonctionnaires et les militaires du Râj, ou avec leurs familles[109]. En Afrique du Sud, au contraire, elle se fait sentir à chaque coin de rue au contact des colons. Gândhî ne va pas tarder à en faire l'expérience.

L'humiliation de Pietermaritzburg

À peine débarqué, il rencontre son nouveau patron, Abdullah Dudâ, président d'Abdullah Dudâ & Co. C'est un musulman fort aimable, très religieux, l'un des plus riches *passenger Indians* du Natal. Il a bâti sa fortune en fournissant des produits alimentaires aux *girmitiyas*. Il est assez riche pour passer ses vacances à Monaco. Soucieux de l'issue du litige (qui porte sur des montants si importants qu'ils risquent de le ruiner), il envoie au plus vite Gândhî sur les lieux du contentieux, à Pretoria, au Transvaal, chez les Boers.

Six jours après son arrivée à Durban, le 26 mai, Mohandâs monte, muni d'un billet de première classe, dans un train pour Pretoria, vêtu comme un gentleman britannique. Cinq jours de voyage... Il est seul dans son wagon jusqu'à l'arrêt de Pietermaritzburg, toujours au Natal, où un Blanc le découvre, fait un scandale et exige du contrôleur son déménagement dans le fourgon à bagages avec les autres « *coolies* ». Le jeune avocat se rebiffe et exhibe son billet de première classe[66]. On lui rit au nez ; il insiste. Altercation. « *Aucun coolie en première classe !* » On menace d'appeler la police[66]. Il est jeté sur le quai de la gare de Pietermaritzburg juste avant que le train ne redémarre. Il est neuf heures du soir. Il fait froid : la ville est située en altitude. Gândhî passe la nuit dans la salle d'attente. Il est fou de rage. Que faire ? Il songe à repartir pour l'Inde, mais se reprend vite : il a un contrat à remplir, pas de billet de retour et aucun revenu à espérer dans son pays. Il est coincé là, en Afrique, quelles que soient les humiliations à venir.

Cet épisode représente pour lui une expérience cruciale sur laquelle il reviendra souvent, et notamment, trente ans plus tard, dans un petit livre de souvenirs rédigé en prison, à un moment où il sera particulièrement décrié. Il y reconstituera la scène, évidemment à sa propre gloire, comme s'il avait librement esquissé cette nuit-là le projet de toute une vie : « *Qu'était pour moi le devoir ? Fallait-il lutter pour défendre mes droits ? Retourner dans mon pays ? [...] Repartir pré-*

cipitamment pour l'Inde sans m'acquitter de mes obligations aurait été une lâcheté. Le traitement injuste que l'on m'infligeait n'était que superficiel ; pur symptôme du profond malaise qu'entretenait le préjugé racial. Il fallait essayer, autant que possible, d'extirper ce mal, quitte à pâtir de l'injustice en cours de route. Et ne se poser en redresseur de torts que dans la mesure où ce serait nécessaire à la suppression du préjugé racial. Je décidai donc de prendre le premier train à se présenter à destination de Pretoria. Ma non-violence active commença à partir de cette date[170]. » En fait, il n'emploiera cette expression de « *non-violence active* » qu'une quinzaine d'années plus tard... À noter que, à cette époque comme dans les décennies suivantes, le « *préjugé racial* » dont il parle n'est que celui qu'endurent les Indiens ; le sort des Africains, des métis ou des Chinois ne l'intéresse pas encore. En quelques occasions seulement, il se solidarisera avec eux et aidera certains de leurs leaders.

Premiers combats

Le lendemain matin, il reprend un autre train pour Pretoria, refuse de monter dans le fourgon à bagages avec les autres Indiens, quoique des marchands indiens entassés là lui expliquent que c'est le lot quotidien de leurs compatriotes d'Afrique du Sud. Il fait le reste du voyage assis à côté du conducteur, un Indien surpris de voir un de ses compatriotes aussi ignorant des règles locales.

À son arrivée à Pretoria, le 5 juin 1893, il rencontre l'avocat d'Abdullah Dudâ, Albert Baker, du cabinet

Baker & Lindsay. Baker est un Anglais de religion anglicane né au Natal, devenu le conseil d'un Indien musulman en territoire boer ! De treize ans plus âgé que Mohandâs, il lui trouve un logement chez une « *pauvre femme*[170] » boer qui accepte de cuisiner végétarien pour lui. Baker lui expose l'affaire qui justifie sa présence ; elle oppose deux puissantes firmes musulmanes originaires du Gujarât : Abdullah, la première firme indienne et musulmane installée au Natal, et Tyeb Sheth, le premier commerçant indien et musulman du Transvaal. C'est un litige très important : celui qui perdra risquera la faillite[66]. Baker explique à Gândhî que, n'étant pas inscrit au barreau – ce qui est impossible, dit-il, pour un Indien –, il ne pourra plaider et devra donc passer par Baker & Lindsay pour parler aux juges. L'Anglais en est désolé, mais c'est ainsi.

Le soir même, Baker lui propose de participer à sa prière quotidienne avec des amis chrétiens. Gândhî accepte et viendra souvent s'agenouiller avec eux. Comme beaucoup d'Indiens d'Afrique du Sud, il est même tenté par la conversion. Il rencontre là un quaker anglais, Michael Coates, qui deviendra l'un de ses plus proches amis[109]. Quand Coates lui demande de détacher le collier Vaishnava – à la gloire de Vishnu – que lui a remis sa mère avant son départ pour Londres et qui ne l'a jamais quitté (« *Cette superstition ne te va pas, laisse-moi le couper* »), Mohandâs refuse : « *Non ! C'est une offrande sacrée de ma mère. — Mais est-ce que tu y crois ? — Je ne connais pas sa signification et je ne crois pas que je souffrirais si je ne le portais plus ; mais je ne puis ôter ce collier qu'elle m'a noué autour du cou*[109]. »

En fait, il a bien d'autres préoccupations. Il n'arrive

pas à se remettre de ce qu'il a vécu dans le train. Il le rumine, le revit en permanence. Ce qu'il a appris de Râjchandra lui revient : ne jamais accepter d'être traité indignement. Être soi-même. C'est là que sa personnalité commence à s'affirmer et à s'épurer, comme un diamant sorti de sa gangue. Il se révolte, décide de réagir. Il aurait pu se résigner, ne penser qu'à remplir son contrat puis à rentrer, mais non, l'humiliation est un puissant ressort. Elle sera désormais le moteur de toute sa vie.

Il raconte sa mésaventure à tous les Indiens qu'il croise à Pretoria. Ceux-ci lui disent que leur situation n'est pas meilleure au Transvaal et que la même chose aurait pu aussi bien lui arriver ici. Il leur demande de protester avec lui contre ces injustices. Chacun trouve ce jeune homme bien impertinent de prétendre s'insurger contre une règle du jeu à laquelle nul Indien ne peut rien. Il insiste, va voir le consul britannique à Pretoria, lequel lui explique son impuissance dans cet État boer, tout en ajoutant, hypocrite, qu'au Natal la Grande-Bretagne ne saurait davantage s'immiscer dans les lois de la colonie. La semaine suivante, Mohandâs (qui, à Bombay, a été incapable d'affronter le tribunal local pour procéder à l'interrogatoire d'un témoin...) réussit, en prenant beaucoup sur lui, à élever la voix devant quelques Indiens rassemblés pour leur parler de « *leurs conditions de vie au Transvaal* ». Il leur propose de créer une association de défense de leurs intérêts. L'idée ne prend pas. Il y renonce provisoirement.

Durant l'été 1893, il reste à Pretoria afin de s'occuper du contentieux pour lequel il a été engagé ; il traduit du gujarâtî vers l'anglais plusieurs livres de comptes d'Abdullah et travaille à les interpréter en concertation avec Baker & Lindsay. Il découvre ainsi les pratiques commerciales britanniques et améliore si bien son anglais qu'il peut se proposer, contre un peu d'argent, pour l'enseigner à divers Indiens. Ses trois premiers élèves sont un coiffeur, un clerc et un boutiquier[66].

Un dimanche d'octobre, son nouvel ami, Albert Baker, l'emmène à une grande cérémonie au collège protestant de Wellington, à 50 kilomètres du Cap, au Transvaal, où vient prêcher ce jour-là l'un des plus fameux prédicateurs de l'Église réformée, le révérend Andrew Murray. Gândhî est ému par la foi de l'assistance, au point de se sentir touché, mais il reste sceptique : que Jésus soit le seul fils incarné de Dieu est pour lui, comme le lui expliqua naguère Râjchandra, difficilement acceptable. « *Si Dieu pouvait avoir des fils, nous tous serions Ses fils*[170] », écrira-il plus tard.

Le mois suivant, il visite au Natal la Trappe de Mariann Hill : il est frappé par le silence et la vie ascétique des moines. Il mettra l'un et l'autre en pratique et reconnaîtra plus tard sa dette envers Baker, Coates et leurs amis chrétiens du Natal, « *pour la quête religieuse qu'ils ont éveillée en [lui]*[170] ». Albert Baker restera d'ailleurs son ami et ils continueront à correspondre pendant un demi-siècle[54].

« Girmitiya Gândhî »

En novembre 1893, un travailleur contractuel, un *girmitiya*, fait irruption dans le bureau que Gândhî occupe au Cap ; il a les vêtements en lambeaux, deux dents cassées, la bouche en sang, et il sanglote[34]. Il tient son turban à la main, comme il est d'usage en présence d'Européens ou d'Indiens d'une caste supérieure [34]. Il explique que son patron le maltraite et qu'il ne peut plus le supporter. Il parle de se suicider. Il a entendu dire que Gândhî a réuni des Indiens pour protester contre leur sort, et sollicite son aide. Gândhî le conduit chez un médecin puis propose de plaider sa cause devant un juge européen [34]. L'autre accepte.

Aucun *girmitiya* n'est jamais venu plaider devant un tribunal. Gândhî montre au magistrat ébahi le contrat de travail de son client stipulant un traitement décent. Le juge hésite, puis décide d'adresser un avertissement au maître blanc ; victoire considérable. Et plus encore, il ordonne que le « *contractuel* » soit transféré chez un autre patron [34]. Ce jour-là, les Indiens sous contrat au Natal, au Transvaal et en Orange découvrent avec stupeur que quelqu'un s'occupe d'eux, qu'ils peuvent espérer obtenir le respect de leurs contrats d'embauche qui, jusqu'à présent, n'avaient pas plus de valeur que des chiffons de papier. Gândhî devient *Girmitiya Gândhî*.

Après cet épisode, il se met à porter un turban en sus de son costume anglais [54]. Son patron se moque de lui : seuls les serveurs de restaurant sont ainsi coiffés d'un turban ! Sa tenue évoluera encore au fil des ans, reflétant ses propres changements intérieurs : en se cherchant, en se trouvant, Gândhî a besoin de changer d'apparence... Pour s'affirmer, pour communiquer ce qu'il est, pour faire réfléchir l'autre à sa propre intégrité.

En février 1894, quand il arrive à l'audience devant statuer sur l'affaire d'Abdullah, le président du tribunal lui demande d'ôter son turban ; il refuse, expliquant qu'une pareille demande est humiliante [128]. On lui intime à nouveau l'ordre de le retirer ; il s'exécute, mais écrit aux journaux du Natal pour revendiquer le droit de porter un turban dans l'enceinte d'un tribunal. Les Blancs n'aiment pas ce genre de protestation : le lendemain, un article le présente comme un « *élément indésirable*[109] ».

Gândhî assiste donc aux débats sans turban ; renfrogné, il laisse Baker & Lindsay utiliser les documents et arguments qu'il leur a préparés. Un mois plus tard, le verdict tombe : Abdullah a gagné. Tyeb Sheth ne peut payer l'amende : c'est pour lui la banqueroute, ce qui, chez un musulman de Porbandar, entraîne nécessairement le suicide. Gândhî suggère à Abdullah d'accepter des paiements échelonnés, ce qui est fait. Il en tire cette conclusion importante pour l'avenir : « *J'avais appris la vraie pratique de la loi. J'avais appris à déceler le bon côté de la nature humaine et à trouver le chemin du cœur. Je me rendais compte que la véritable fonction d'un homme de loi était de réconcilier les parties adverses. La leçon se grava si profondément en moi qu'une bonne partie de mon temps, durant les deux décennies au cours desquelles j'ai exercé cette profession, s'est passée à susciter des règlements à l'amiable. Je n'y ai rien perdu – pas même d'argent, et certainement pas mon âme*[170]. » S'évertuer à trouver toujours le compromis, ne jamais humilier l'adversaire, chercher en tout un chacun, quel qu'il soit, le « *bon côté de la nature humaine*[170] » : voilà ce qu'il fera toute sa vie, même avec des émeutiers irrationnels, même avec les dirigeants anglais qui voudront sa mort, même avec Hitler.

Première victoire, donc. Comme convenu, Gândhî va recevoir une prime de son employeur et rentrer à Bombay. Il s'y prépare sans joie : il s'est découvert ici des amis, des luttes à mener. Il est devenu quelqu'un de respecté et d'utile, il a commencé à se trouver. Là-bas, en Inde, c'est le vide. De surcroît, il n'a pu économiser. Pourquoi partir ? Comment rester ?

« Le premier clou dans votre cercueil »

Le 22 mars 1894, veille de son départ, arrivant à une soirée d'adieux donnée en son honneur à Durban par son employeur, il tombe sur un article du grand journal local, le *Natal Mercury*, intitulé « Droit de vote indien » et décrivant un projet de loi, la « Franchise », qui vise à retirer au Natal le droit de vote aux Indiens, déjà fort restreint, on l'a vu, sur des critères de fortune[154]. Il en parle à ceux qui l'entourent : « *Les Anglais veulent vous retirer au Natal les droits qu'ils réclament pour eux-mêmes dans les États boers ! C'est inacceptable*[109] *!* » Ni Abdullah ni aucun des invités présents ne sont au courant : ils savent juste assez d'anglais pour s'entretenir avec leurs clients, mais ne lisent pas les journaux, et le droit de vote ne leur paraît pas constituer un enjeu majeur ; ils ne sont là que pour commercer avant de rentrer chez eux, fortune faite. D'ailleurs, soulignent-ils, cette mesure est beaucoup moins grave que celles qui sont prises en Orange (d'où des commerçants indiens viennent d'être chassés), et au Transvaal, où le même type d'expulsion se prépare. Gândhî insiste : « *Ça commence ainsi, après quoi ils vous chasseront d'ici comme ils le font là-bas. Vous devez réagir tout de suite : c'est le premier clou planté dans votre cercueil*[109]. » Il convainc si bien ses hôtes que ceux-ci lui demandent de reporter d'un mois son départ. Il accepte évidemment : il n'est pas du tout pressé de rentrer. La réunion d'adieux se transforme en comité de lutte contre le projet de loi en question.

En ce mois de mars 1894, Gândhî, aussitôt à la manœuvre, définit une stratégie d'une extrême précision qu'il ne cessera d'appliquer pendant plus d'un demi-siècle [109]. D'abord, faire prendre conscience aux Indiens, marchands ou *girmitiyas*, qu'ils ont une identité commune. Ensuite, faire comprendre aux Européens et au gouvernement du Natal les dangers inhérents à la décision projetée. Enfin, tenter de les faire connaître aussi en Inde et en Grande-Bretagne. Toute sa vie, il rééditera cette stratégie remarquablement moderne : s'appuyer sur l'opinion, surtout étrangère grâce aux médias alors encore balbutiants, pour peser sur une situation.

Il lance une première pétition, imprimée à 1 000 exemplaires, tout en veillant bien à ce que personne ne la signe avant d'en avoir compris et accepté le contenu. Elle recueille 400 signatures et est envoyée à l'Assemblée législative du Natal, où elle fait sensation [66].

En ce même mois de mars 1894, on peut lire dans un éditorial anonyme du *Natal Mercury* : « *L'introduction des Indiens n'est qu'un moyen de compenser la difficulté à trouver de la main-d'œuvre. Ils ont pris la place de nos Cafres semi-barbares* [les Africains], *mais les facilités qu'on leur a accordées démoralisent les travailleurs de ce pays* [169] *!* » Le 25 juin, le *Natal Press* renchérit : « *Les gens d'Asie sont nés au sein d'une culture archi-dépassée et n'ont encore aucune expérience ou connaissance des principes d'un gouvernement représentatif. C'est comme un enfant politiquement arriéré. [...] Ils pensent différemment des Européens, leur logique même est différente. Tout* *comme leur littérature védique nous semble absconse et incompréhensible, nos problèmes politiques sont tout aussi mystérieux à leurs yeux*[169]. » Le même article poursuit : « *1° Très peu d'Indiens lisent l'anglais et peuvent suivre les problèmes quotidiens de notre société ; 2° Il n'y a eu aucune contribution indienne à la construction du Natal ; 3° Par atavisme, les Indiens sont des parasites ; 4° Ce ne sont pas des inventeurs à l'esprit émancipé.* »

Quand, le 5 juillet, un rapport du procureur général (le plus haut représentant britannique dans la colonie) Sir Harry Escombe explique à Londres que « *la Franchise a pour objectif d'empêcher le gouvernement du Natal de tomber entre les mains des Asiatiques*[109] », Gândhî écrit à Dâdâbhâi Naoroji, cet avocat de Bombay rencontré à Londres et qui vient d'être élu aux Communes : « *Ils veulent rendre la vie des Indiens insupportable pour les inciter à quitter l'Afrique du Sud. Ils ont besoin de nous comme ouvriers agricoles et rien d'autre [...]. Qu'en pense le gouvernement à Londres*[109] *?* » Naoroji reprend l'argumentaire devant les parlementaires britanniques ; il explique que la démocratie de village indienne est bien plus ancienne que la démocratie britannique et donc que les Indiens sont parfaitement capables de se comporter en électeurs responsables. Gândhî adresse aussi aux membres du Parlement du Natal une lettre qu'il communique à la presse, tant à Durban qu'à Londres : « *Si la question est la couleur de peau de l'Indien, nous n'y pouvons rien. Mais si la haine envers les Indiens prend sa source dans l'ignorance, l'information peut être fournie aux Blancs*[169]. » Gândhî demande aux parlementaires de réfléchir à quatre questions : « *1° Les Indiens peuvent-ils être des citoyens du Natal ? 2° Sont-ils,* *comme le dit la constitution du Natal, "un peuple tribal et sauvage" ou, à l'instar des Européens, les descendants d'une civilisation aussi grande que celle de ces derniers ? 3° Le traitement réservé aux Indiens est-il conforme aux principes d'équité et de moralité ou aux principes chrétiens ? 4° Le départ brutal ou progressif des Indiens serait-il bon pour le Natal*[169] *?* »

Toujours pas un mot sur les Africains et les métis, traités pourtant eux aussi par les Blancs de « *peuple tribal et sauvage* ».

Le 7 juillet, un autre journal du Natal, le *Star*, tout en reconnaissant la contribution du travail indien à la prospérité du pays et en affirmant qu'« *Européens et Indiens sont des races proches*[169] », assène l'argument massue : « *Le Natal, après tout, est une création européenne, et accorder le droit de vote aux Indiens entraînerait ici la fin du règne du peuple caucasien*[169]. » Un autre périodique, le *Nineteenth Century*, ajoute en réponse à l'argumentation de Naoroji : « *La revendication des Indiens, qui disent que leurs milliers d'années d'expérience dans la démocratie de village seraient à la base du gouvernement représentatif, est absurde*[169]. »

La situation n'est pas meilleure au Transvaal où, cette année-là, une délégation de commerçants musulmans venue protester contre ces lois discriminatoires auprès du président Paul Kruger s'entend répondre : « *Vous êtes les descendants d'Ismaël et, par votre naissance, vous êtes condamnés à être les esclaves des descendants d'Esaü. En tant que descendants d'Esaü, nous ne pouvons vous reconnaître des droits qui vous mettraient sur un pied d'égalité avec nous. Vous devez vous contenter de ce que nous vous accordons*[66]. »

« Avocat-coolie »

Début août, Mohandâs n'a plus du tout envie de rentrer en Inde, d'autant plus que les colons anglais en Afrique du Sud entendent maintenant forcer tous les Indiens sous contrat à quitter le Natal au terme de leur engagement. Une telle mesure serait la ruine pour les marchands dont ils forment l'essentiel de la clientèle. Pour y parvenir, une nouvelle loi propose de créer une taxe annuelle de 25 livres sur chaque contractuel indien restant au Natal au-delà de cinq ans, ainsi que sur chaque membre de sa famille [154]. La plupart d'entre eux ne gagnant que 14 shillings par mois, cela reviendrait à les contraindre à partir. Si une telle loi était promulguée (il y faut l'approbation de Londres), les commerçants n'auraient plus qu'à fermer boutique : aucun Indien n'accepterait plus de venir travailler au Natal. Gândhî note alors ce qui deviendra l'un de ses *leitmotive* : « *C'est un mystère pour moi que des hommes puissent se sentir honorés par l'humiliation d'autres êtres humains* [169]. »

La lutte connaît alors un nouveau tournant : le 22 août (au moment où Rudyard Kipling, né à Bombay, élevé en Angleterre et vivant alors aux États-Unis, dans le Vermont, publie *Le Livre de la jungle*, conte nostalgique sur son enfance indienne), Gândhî fonde enfin l'organisation qu'il souhaitait mettre en place depuis l'incident de Pietermaritzburg, le Natal Indian Congress, qui vise à défendre les Indiens du Natal [66]. Le nom est choisi en pensant à Dâdâbhâi Naoroji qui fut quelques années plus tôt, en Inde, président d'une organisation que Gândhî connaît mal, le Congrès national indien [109].

Tout de suite, il fait preuve de grandes qualités d'organisateur. Il a l'esprit clair, un grand souci du détail, un goût du pouvoir efficace. Prenant le titre de « secrétaire général », il façonne le Congrès du Natal à sa manière : à la différence de son homologue indien, société de débats dont personne n'entend encore parler en dehors de sa session annuelle, le Congrès du Natal se veut une organisation politique structurée, intervenant sans cesse dans le débat public. La cotisation est de 5 shillings, ce qui est une forte somme pour nombre de *girmitiyas* ; aussi les adhérents sont-ils surtout des commerçants. Gândhî crée parallèlement une association réservée aux *girmitiyas*, à la cotisation plus modeste. En un mois, il recrute 300 membres, hindous, musulmans, pârsis, chrétiens, et même un Européen, ce qui lui permet de dégager un petit budget de fonctionnement [154].

Comme la « Franchise » menace toujours, les marchands demandent à Gândhî de rester au Natal et de développer le Congrès. Il n'attendait que cela, mais ne veut pas être rémunéré par son organisation militante : il tient à être avocat avec une vraie clientèle. Vingt marchands se mettent alors d'accord pour lui fournir du travail sur le plan juridique pour des émoluments annuels de 300 livres et « *une maison de bonne apparence, située dans un quartier correct* [54] ». Abdullah promet, en outre, de lui payer des meubles en échange du renoncement à sa gratification de départ.

Gândhî accepte et demande à la cour suprême du Natal à être autorisé à pratiquer. Scandale : aucun Indien ne l'a jamais été. Comme la loi ne permet pas officiellement de le lui interdire, les avocats anglais, regroupés dans la Natal Lawyers Association, s'opposent à sa requête, sous prétexte qu'il est déjà inscrit au barreau de Bombay. Mais les juges anglais de Durban accèdent à sa demande en reconnaissant avec une pointe d'amertume que, sur ce point, « *la loi ne fait aucune distinction entre Blancs et non-Blancs*[34] ». Premier avocat indien appelé à prêter serment devant la cour suprême du Natal, il y arrive accompagné de tous ses soutiens et coiffé de son turban, qu'il accepte d'ôter quand le président de la cour le lui demande. Devant la colère d'Abdullah : « *Tu es des leurs, maintenant ? Alors, tu leur cèdes ?* », il réplique : « *Fais à Rome comme les Romains*[109]. » Le voilà le premier *avocat-coolie*.

Nouvelles humiliations

Il reste végétarien et fait graver sur son papier à lettres qu'il est « *le représentant de la Société végétarienne de Londres au Natal* ». Il loue une belle maison de deux étages, *The Beach Grove Villa*, sur la plage de Durban, à côté de la résidence du plus haut fonctionnaire britannique de la colonie, le procureur général Harry Escombe, qui deviendra son ami. Il la choisit « *pour le prestige*[154] » et pour montrer, dira-t-il, que « *les Indiens sont capables d'avoir du goût*[154] ». La demeure est assez grande pour y loger plusieurs collaborateurs de son cabinet.

À l'automne 1894, trois autres lois anti-Asiatiques sont votées par le Parlement du Natal. L'une interdit de laisser pénétrer dans le pays tout étranger débarquant d'un bateau en provenance d'un port où sévit la peste ; une autre exige de tout immigrant, marchand ou contractuel en fin de contrat, qu'il soit capable de s'exprimer dans au moins une langue européenne ; la troisième autorise l'administration à interdire à un

Asiatique de faire des affaires au Natal. Gândhî proteste dans la presse et essaie d'obtenir du gouvernement anglais qu'il ne promulgue pas ces textes.

Si certains Anglais du Natal sont conscients de la condition tragique des ouvriers agricoles indiens, rares sont les articles de presse qui acceptent d'en parler. En octobre, le *Natal Press* écrit : « *La croissance du taux de suicide chez les ouvriers agricoles indiens est alarmante [...]. Des ouvriers agricoles repris après une évasion déclarent qu'ils préfèrent mourir plutôt que de retourner chez leur maître*[66]. » Le ton est généralement différent ; un autre journal, le *Star*, répond le 26 décembre : « *On ne doit pas oublier qu'une poignée d'Anglais règnent là-bas [en Inde] sur 200 millions d'Indiens [...]. La vraie question est de savoir si l'Afrique du Sud sera dirigée par des Blancs ou des Noirs*[66]. » C'est en effet toute la question. Car, pour les Anglais, les Indiens sont des « Noirs », à l'instar des Africains.

On l'a vu, Gândhî ne proteste toujours pas contre le sort réservé aux Africains ; il ne se sent pas concerné par leur condition, ne les considère pas comme des camarades de lutte. Il lui arrive même à cette époque, dit-on, de les appeler « *les plus brutaux des sauvages*[65] ». Rien d'étonnant ni de scandaleux pour cette époque. C'est un nationaliste indien qui ne s'intéresse qu'aux droits de sa propre communauté. Un des premiers succès du Congrès indien du Natal est d'ailleurs d'obtenir au bureau de poste de Durban une entrée distincte de celle des Noirs, espérant que ce ne soit qu'une étape avant de rejoindre celle des Blancs[65].

Une nouvelle pétition que Gândhî décide d'envoyer au secrétariat aux Colonies à Londres recueille cette fois 10 000 signatures, soit le quart de la population indienne du Natal. Il en fait imprimer un millier d'exemplaires qu'il adresse aux hommes politiques et aux journaux locaux et britanniques. Il décrit la situation des Indiens d'Afrique du Sud au Congrès national indien qui, dans sa session annuelle qui se tient cette fois à Madras, enregistre sa lettre. C'est la première fois que le Congrès entend parler de lui.

Sa voix commence aussi à être entendue dans le reste de l'Afrique du Sud. Pour la première fois, le 11 janvier 1895, un journal du Natal (*The Critic*) s'en prend à lui : « La Lumière de l'Asie *[le livre d'Erwin sur Bouddha] reconnaît que l'Inde est le berceau d'une civilisation qui était déjà très raffinée à l'époque où les Teutons, les Gallois, les Bretons étaient encore arriérés. Mais les ouvriers agricoles d'Afrique du Sud sont issus de la couche la plus basse dans le système des castes. Pourquoi Gândhî attendrait-il notre aide ? Il ferait mieux de remettre en cause le système de castes en Inde*[109] *!* »

Ce que Gândhî n'a pu arracher, c'est paradoxalement Lord Elgin, vice-roi des Indes, qui l'obtient : comme il a besoin de se débarrasser d'une main-d'œuvre pléthorique, il fait abaisser la taxe annuelle exigée au Natal de 25 à 3 livres, soit six mois de revenus d'un « contractuel », pour chaque membre de la famille du travailleur. C'est encore énorme, mais les *girmitiyas* peuvent espérer gagner plus en restant au terme de leur contrat.

Les vingt-sept questions

Par ailleurs, toujours habillé à l'occidentale mais avec un turban, Gândhî ne renonce pas à la réflexion sur son identité amorcée à Londres et poursuivie avec Râjchandra. Plus il défend des Indiens, plus il a envie de connaître sa propre culture. Il recommence l'étude de la *Gîtâ* et en lit d'autres traductions que celle de Sir Arnold, découverte à Londres. Il décide même de l'apprendre par cœur et en mémorise chaque jour un verset tout en faisant sa toilette.

Il écrit aussi régulièrement à Râjchandra en gujarâtî et lui pose cette année-là vingt-sept questions d'ordre théologique. Elles mériteraient d'être citées en détail, avec leurs réponses. Elles démontrent la volonté boulimique de Gândhî de tout comprendre du religieux, de toute religion, d'un point de vue hindou. Elles portent, dans l'ordre, sur la fonction de l'âme, le rôle de l'esprit, la nature de Dieu, le Salut, la transmigration des âmes, la nature du *dharmâ* (la religion), les *Védas*, la *Baghavad-Gîtâ*, les sacrifices, la rationalité, le christianisme, la Bible, la prophétie, les miracles, le destin de l'univers, la dévotion, Krishna, Râma, Brâhma, Vishnu, la non-violence [190]. Râjchandra lui répond longuement, point par point, que l'important n'est pas de suivre mécaniquement les préceptes de telle ou telle religion, mais de fournir un effort continu pour mener une vie pieuse et pratiquer les « *vertus de fidélité, compassion et indulgence* [190] ». Toutes ses réponses sont fascinantes, précises, poétiques, et infiniment inspirées [190]. Cette lettre comptera beaucoup pour Gândhî, qui l'apprendra par cœur et la citera souvent. Il y trouvera le socle de sa pensée.

On ne sait rien de la sexualité de Mohandâs, séparé depuis plus de deux ans et demi de sa femme, restée en Inde, après l'avoir été durant trois ans à Londres. Difficile de croire qu'il soit resté chaste si longtemps. Un seul indice : en décembre 1895, dans sa belle maison de Beach Grove, le jeune avocat reçoit la visite de Sheikh Mehtab, un ancien ami musulman du lycée de Râjkot qui l'avait poussé à consommer de la viande. Le jeune homme est venu là tenter sa chance comme chercheur d'or[54] et a échoué ; il est ruiné, il a faim. Gândhî le recrute comme majordome. Le mois suivant, le cuisinier vient chercher Gândhî à son bureau et le prie de le suivre de toute urgence chez lui ; escorté d'un de ses adjoints, Gândhî découvre Mehtab dans son propre lit en compagnie d'une prostituée. Il le renvoie en lui signifiant qu'il ne veut plus avoir la moindre relation avec lui. Mehtab menace alors Gândhî de « *tout dévoiler*[66] ». Celui-ci répond qu'il n'a rien à cacher. On n'en saura pas davantage[170].

En ce temps-là, l'Angleterre s'inquiète de la concurrence que lui font subir les autres nations d'Europe ; le 14 février 1895, le Premier ministre, Lord Robert Cecil Salisbury, déclare aux Communes : « *Il est de notre devoir [...] d'ouvrir des voies au commerce britannique, aux entreprises britanniques, au capital britannique, au moment où d'autres chemins sont fermés à l'énergie commerciale de notre race par l'émergence d'autres principes commerciaux. Nous voyons cela avec nos trois grands rivaux, France, Allemagne et États-Unis, qui mettent en place un protectionnisme maximal contre le commerce britannique*[50]. »

Découvrir Tolstoï

Au début de 1895, un de ses amis théosophes à Londres, l'écrivain Edward Maitland, fait parvenir à Gândhî un ouvrage de Tolstoï, *Le Royaume des cieux est en vous.* Mohandâs lit peu de livres occidentaux. Il feuillette pourtant celui de Tolstoï, puis le lit, et c'est un véritable choc. « *Son indépendance d'esprit, sa profonde moralité, sa sincérité m'ont irrésistiblement attiré et sauvé du recours à la violence*[170]. » Il y découvre une conception du christianisme qui l'intéresse. Pour Tolstoï, le Christ n'est pas le fils de Dieu rachetant les péchés du monde, mais un homme comme les autres, donnant aux autres hommes, dans le Sermon sur la Montagne, cinq commandements qui conviennent fort bien à Gândhî : ne pas haïr, ne pas convoiter, ne pas accumuler, ne pas tuer, aimer ses ennemis[109]. Il apprécie aussi de lire dans cet ouvrage qu'il faut remplacer la force brute par la force d'âme, et la haine par l'amour ; que Dieu et la Vérité sont des concepts interchangeables ; que les moyens ne sauraient contredire les fins sans les disqualifier. En revanche, il est en désaccord avec Tolstoï quand il critique la civilisation moderne qui, dit-il, place le progrès matériel avant le progrès moral[109]. Mais il le rejoindra bientôt sur ce point aussi.

En cette année 1895, le président du Transvaal, Paul Kruger, refuse toujours le droit de vote aux Anglais de cet État, qui y sont maintenant plus nombreux que les Boers. Cecil Rhodes, Premier ministre de la colonie du Cap, envahit alors le Transvaal : nouveau fiasco, qui débouche sur sa démission.

En mai 1896 – année où le baron Pierre de Coubertin ressuscite en Europe les Jeux olympiques –, Gândhî, tout en décidant de rester plus longtemps en Afrique du Sud pour mener à bien ses combats, obtient de ses mandants l'autorisation de repartir pour l'Inde afin d'en ramener sa femme et ses deux enfants ; il promet de faire par la même occasion une tournée en

Inde afin d'y faire connaître la cause des Indiens d'Afrique du Sud.

Les marchands le prient de ne pas s'éterniser. On a besoin de lui ici : la tension entre le Natal et le Transvaal rend la paix dans les deux pays encore plus précaire et grandit les risques de voir les Indiens traités encore plus mal.

La « Brochure verte »

Gândhî part en mai 1896 pour Calcutta à bord du *SS Pergola*, le port de Bombay étant fermé par suite d'une épidémie de peste amenée par un navire en provenance de Hong Kong. Ce sera son premier séjour en Inde comme homme public. Il n'est déjà plus le jeune homme timide parti pour l'Afrique du Sud, acculé par le besoin. Il a pris de l'assurance, il gagne de l'argent et vit confortablement. Il a encore des difficultés à s'exprimer en public, mais est bien décidé à se faire connaître. Il n'est pas spécialement pressé de retrouver femme et enfants après trois ans de séparation. Affronter les dirigeants indiens à la prochaine réunion du Congrès est pour lui au moins aussi important. La politique est devenue sa passion. La morale est en train de l'envahir. L'indianité va suivre.

À bord, il apprend des rudiments de tamil et de telugu, deux des langues de l'Inde du Sud parlées par des *girmitiyas*. De Calcutta, où il débarque, il prend le train pour Râjkot. À Allahâbâd, il profite d'une correspondance pour rendre visite à William Chesney, directeur du principal journal de la ville, *Pioneer*, qui, quoique d'accord avec les Blancs d'Afrique du Sud, lui propose de lui donner la parole ; Gândhî accorde là sa première interview à un journal indien. Il découvre que la situation des Indiens d'Afrique australe est très mal connue en Inde et décide de rédiger sur le sujet un texte explicatif. Il arrive à Râjkot au début de juillet, en même temps que la peste venue de Bombay. Il n'a pas vu sa femme et ses deux enfants depuis plus de trois ans. Il leur a peu écrit : Kasturbâi ne sait toujours pas lire.

La situation sur place est terrible : la mousson n'est pas arrivée ; le prix du blé est monté en flèche, et les dernières réserves alimentaires ont été expédiées en Angleterre. Au lieu de se préparer à emmener les siens au Natal ou même de passer quelque temps avec eux, Gândhî consacre la majeure partie du mois de juillet à rédiger sa brochure sur la situation des Indiens en Afrique du Sud, qu'il intitule éloquemment *L'Inquiétude des Indiens anglais en Afrique du Sud*[169]. Il y décrit avec virulence leur condition : « *Tout passant dans la rue qui hait l'Indien l'insulte et crache sur lui. On le traite de "ver qui ronge la société" [...]. Les trams ne sont pas pour les Indiens ; dans les chemins de fer, les administrateurs laissent les Indiens travailler comme des bêtes ; les hôtels et les restaurants leur sont fermés*[169]. » À cette lecture, bien des Indiens (en particulier Tagore, Aurobindo et son adjoint Jatîn Mukherjee)[95] penseront que le texte décrit aussi bien la situation des Indiens en Inde. Pas un mot, là non plus, sur le sort, pire encore, des Africains.

Le 14 août 1896, Gândhî fait imprimer ce texte à 10 000 exemplaires et l'envoie aux notables et aux journaux du Gujarât. La brochure, qu'on appellera bientôt la « *Brochure verte* » en raison de la couleur de sa couverture, connaît un gros succès, et il faut procéder à un retirage immédiat de 40 000 exemplaires. Au Natal non plus, la brochure ne passe pas inaperçue. Un mois après sa publication, le 14 septembre, une dépêche de l'agence Reuters, de Londres, précise : « *Une brochure publiée en Inde soutient que les Indiens au Natal sont volés, agressés et traités comme des bêtes, et ne peuvent obtenir réparation. Le* Times of India *recommande une enquête sur ces allégations*[109]. » À Durban, le scandale est énorme. La presse accuse Gândhî de n'être venu en Inde que pour dénigrer le Natal et créer une agence chargée de noyer le pays sous un flot d'immigrants. Avant de rentrer, et malgré l'insistance des marchands, Gândhî décide alors de faire le tour de l'Inde pour y exposer la situation de ses compatriotes d'Afrique du Sud et prévoit des étapes à Bombay, Poona, Madras et Calcutta.

En octobre, il est enfin autorisé à se rendre à Bombay, où la peste a quelque peu reculé, mais où la famine demeure terrible, une partie substantielle du Famine Fund ayant été détournée par l'armée britannique[80] pour financer la guerre en Afghanistan ; la police a ouvert le feu sur des gens qui manifestaient aux cris de : « *Gardez-nous en prison, là au moins nous ne mourrons pas de faim*[80] *!* » Il retrouve avec émotion son gourou, Râjchandra, à qui il n'a jamais cessé d'écrire. Il le découvre malade, mais plus lumineux que jamais. Celui qu'on nomme maintenant le « Lion » de la ville, l'avocat devenu Sir Pherozeshah Mehtâ, organise pour lui une réunion où il vient parler de l'Afrique du Sud devant une centaine d'auditeurs. Mais, une fois de plus victime du trac[54], il est incapable de lire jusqu'au bout le discours qu'il a préparé et que doit terminer à sa place un orateur local, Dinshaw Wacha, le bras droit de Mehtâ (qui présidera la session du Congrès de Calcutta en 1901). Gândhî y explique que les Européens essaient d'abaisser les Indiens d'Afrique du Sud au niveau du « *simple Cafre* » « *dont l'occupation principale est de chasser et dont la seule ambition est de rassembler du bétail pour acheter une femme et passer le reste de sa vie dans la paresse et la nudité*[65] ».

Il poursuit son voyage par Poona, en pays marathe, où il fait la connaissance de deux des membres les plus importants du Congrès de l'époque, Bâl Gangâdhar Tilak, rédacteur en chef de *Marâtha* (en anglais) et de *Késari* (en marâthî), favorable au recours à la violence et à la suprématie des hindous, qui se gausse de son ignorance de la politique indienne ; et Gopâl Krishna Gokhalé, professeur d'anglais et de sciences économiques, qui, en quête de jeunes militants de qualité pour son propre courant, s'intéresse à Gândhî qui se sent très proche de lui. Il décrira plus tard, de façon imagée, la nature de sa relation avec chacun des trois hommes qui joueront un rôle clé dans sa vie et dans l'histoire de l'Inde : « *Sir Pherozeshah m'avait fait l'effet de l'Himalaya ; Tilak, de l'Océan. Mais Gokhalé me fit penser au Gange. Le fleuve sacré invite à la fraîcheur du bain. L'Himalaya repousse l'escalade, et l'on hésite à se lancer sur l'Océan ; mais le Gange vous attire en son sein, c'est une joie de flotter et ramer sur ses eaux*[170]... » Gokhalé deviendra son maître à penser.

À Madras, l'étape suivante, d'où viennent beaucoup des travailleurs sous contrat au Natal, Gândhî reçoit l'appui de la presse, en particulier de l'*Hindu*. Dans toutes les villes traversées, il cherche à recruter des militants pour venir l'aider en Afrique du Sud. En vain. Au début de novembre, il est à Calcutta (où les notables locaux et la presse sont loin de se montrer aussi accueillants), quand il reçoit un câble des commerçants de Durban qui lui demande de revenir : ils l'ont laissé partir chercher sa famille, rien d'autre. Sans compter qu'une nouvelle urgence s'impose : une nouvelle loi vient d'interdire à tout Indien non déjà inscrit de devenir électeur, laissant le droit de vote à ceux qui le possèdent encore. En quelques années, il n'y aura plus d'électeurs indiens.

L'ombrelle de l'Anglaise

Le 30 novembre 1896, au moment où Henry Ford construit à Detroit la première *Ford T* et où Guglielmo Marconi établit en Grande-Bretagne une première communication par télégraphie sans fil, Gândhî quitte le port de Bombay, qui vient de rouvrir, avec sa femme de nouveau enceinte et ses deux jeunes fils. Il n'a réussi à convaincre personne d'autre de les accompagner.

Le bateau arrive à Durban le 19 décembre, en même temps qu'un autre bâtiment rempli, lui, d'immigrants indiens illégaux. La firme d'Abdullah est propriétaire de l'un des bateaux et armateur de l'autre. Pour certains Européens, excités par la dépêche de Reuter et manipulés par la presse et le gouvernement du Natal, ce n'est pas là un hasard. En ville, on raconte que Gândhî ramène sciemment la peste. Les deux navires sont placés en quarantaine par le procureur général Escombe, le voisin de Gândhî. Puis les Européens sont seuls autorisés à débarquer. Les Indiens restent à bord, hués en permanence par la foule qui menace d'aller les massacrer.

Le 13 janvier 1897, après plusieurs semaines de

quarantaine, les Indiens débarquent sous les vociférations, sauf Gândhî qu'Escombe tient à faire escorter nuitamment par la police afin de « *le protéger des émeutiers* ». Ce soir-là, un collaborateur européen d'Abdullah, Laughton, monte à bord pour le prévenir que les manifestants se sont dispersés et qu'il peut descendre à terre [154]. Mais, alors qu'il débarque avec sa famille, des manifestants qui s'étaient cachés foncent vers lui, lui arrachent son turban, lui lancent des œufs et des pierres. Sans l'intervention de la femme du chef de la police de Durban qui rentrait en calèche d'un dîner et qui vient le protéger en brandissant son ombrelle, sans doute aurait-il été lynché. La foule le suit jusque devant sa maison en chantant : « *Hang old Gândhî / On a sour apple tree* » (« *Pendez le vieux Gândhî à un pommier sauvage* [109] »). Une fois calfeutré chez lui, avec sa famille hébétée par un pareil accueil, il dit à son fils aîné, Harilâl, alors âgé de huit ans : « *Si ça arrive encore, il faudra se défendre par tous les moyens, même la violence* [109]. » La violence, une fois de plus, l'a effleuré. Il a mesuré la barbarie qui peut surgir d'une parole.

Cette scène le marquera beaucoup ; il en parlera à maintes occasions tout au long de sa vie, convaincu qu'il est alors passé à deux doigts de la mort. C'est pour lui la découverte aussi de ce que chaque homme peut devenir violent et que la non-violence suppose une profonde réforme de chacun. Plus de quarante ans plus tard, en 1940, il racontera encore avec son inimitable façon de réécrire l'histoire : « *Dieu est toujours venu à mon secours [...]. Mon courage a été mis à rude épreuve le 13 janvier 1897, quand j'ai débarqué et ai dû faire face à une foule hurlante décidée à me lyncher. J'étais entouré de milliers de gens [...] mais le courage ne m'a pas abandonné et je ne sais vraiment pas d'où me vint le cran de traverser cette foule, mais je l'eus. Dieu est grand !* » (*Harijan*, le 1er septembre 1940) Dieu, ce jour-là, ressemblait à l'ombrelle d'une vieille dame anglaise.

L'avocat prospère

L'affaire fait en tout cas grand bruit. De Londres, le secrétaire aux Colonies, Chamberlain, demande au gouvernement du Natal de poursuivre les agresseurs de Gândhî, qui pourtant refuse de porter plainte : « *C'est un de mes principes de ne pas résoudre des problèmes personnels devant une cour de justice, d'autant que je ne me vois pas dénoncer quelques jeunes gens échauffés sans rien mettre au compte des Européens influents, y compris les membres du gouvernement du Natal qui ont chauffé à blanc la population européenne de Durban*[169]. » La polémique retombe. Même le *Natal Mercury*, qui ne l'aime pas, reconnaît que « *M. Gândhî est dans son droit tant qu'il agit par des voies honnêtes, et ne saurait donc être blâmé*[169] ».

Toujours aussi résolu à devenir un avocat comme les autres, il demande à sa femme et ses deux enfants de tout faire pour s'insérer dans la société locale, sans pour autant renoncer à leur identité. Il leur enjoint donc de manger désormais avec fourchette et couteau. Et s'il ne leur demande plus, comme à Bombay, de s'habiller à l'européenne, il leur impose de porter une tenue pârsi ; parce que c'est, dit-il, aux yeux des Occidentaux, la tenue indienne « *la plus moderne*[110] ». Ils commencent par refuser ; Gândhî ordonne, et ils obtempèrent. Kasturbâi, qui est enceinte, veut chasser de la villa de Beach Grove les collaborateurs de son mari qui y logent. Il s'y oppose. Elle veut une vie de famille confortable ; elle se rebelle, et proteste *a fortiori* quand il lui demande de vider le pot de chambre d'un de ses collaborateurs, chrétien d'ascendance *panchma* (c'est-à-dire intouchable) ; et qu'il insiste pour qu'elle s'exécute avec joie, sous peine de devoir repartir pour Râjkot ! Gândhî, qui rapportera un jour la scène [170], reconnaît qu'il fut parfois un « *mari cruel* »...

Cette année-là (1897), Kasturbâi donne le jour à un troisième garçon, Râmdâs. Comme il ne veut pas demander pour ses enfants des faveurs refusées à ceux des autres Indiens, Gândhî s'interdit d'inscrire les deux premiers dans une école anglaise ou indienne : Harilâl, qui a maintenant neuf ans, et Manilâl, qui en a six, doivent se contenter des cours que leur père leur dispense sur le trajet qui le mène à son bureau : douze kilomètres à pied, aller et retour. Malgré les protestations de leur mère, Mohandâs n'acceptera jamais d'inscrire aucun de ses enfants dans une école européenne, parce que, dit-il, on n'y enseigne pas en gujarâtî.

Les affaires marchent bien. De 100 livres à son arrivée, son revenu annuel atteint désormais les 5 000 livres. Il peut se permettre d'être exigeant : quand un client se trouve dans son tort ou lui ment, il l'abandonne, parfois même au beau milieu du procès [66].

Il reprend la lutte pour l'abolition des lois discriminatoires et, le 6 avril 1897, envoie un long mémoire à Chamberlain, secrétaire d'État aux Colonies, tout en continuant de noyer tout le monde sous les pétitions. Toujours en vain.

Le jubilé de la faim

Cette année-là, la mise au point en Allemagne d'un colorant synthétique bleu foncé fait chuter le prix de l'indigo naturel produit en Inde à partir de l'indigotier ; on y reviendra. Les cérémonies pour la célébration du soixantième anniversaire du couronnement de la reine Victoria tournent au scandale [50] : d'après le magazine américain *Cosmopolitan*, plus de 100 millions de dollars sont directement ou indirectement dépensés en Inde pour ces festivités ; le journal publie même la photo de victimes de la famine dans les Provinces centrales à côté de celle d'un majestueux monument érigé au même endroit à la gloire de Victoria. Les émeutes se multiplient [40]. Le 22 juin 1897, dans Poona affamée et infestée par la peste, deux hauts responsables britanniques sont assassinés par deux Indiens à leur sortie de Government House, où ils étaient venus assister à un feu d'artifice donné pour le jubilé [50].

En septembre, Tilak, qui incite, dans ses journaux, les Indiens à manifester contre ce scandaleux gaspillage, est emprisonné pour dix-huit mois. Tagore proteste par un discours tonitruant à l'hôtel de ville de Calcutta et évoque les martyrs célèbres de l'Inde ; Sri Aurobindo prépare en secret une insurrection. En décembre, à la session annuelle du Congrès national indien, un avocat, Romesh Chunder Dutt, déclare que le jubilé marque, « *de par l'accumulation des calamités, l'année la plus sinistre que l'Inde ait connue depuis le temps où elle est passée des mains de l'East India Company à la Couronne* [40] ».

Car le fléau de la faim ne laisse pas de répit. En janvier 1898, la presse mondiale titre sur la « famine du siècle » : elle a déjà fait plus de 10 millions de victimes[80]. À Durban, Gândhî collecte des fonds pour les victimes en Inde parmi la communauté indienne d'Afrique du Sud. Cette même année, alors qu'il est sur le départ, le vice-roi, Lord Elgin, dans un discours au Club de Simlâ, sa somptueuse résidence d'été, affirme que « *l'Inde a été conquise au fil de l'épée et doit être gardée de même* ». L'assemblée du Congrès proteste violemment contre les arrestations opérées parmi ses membres, qui la vident peu à peu de sa substance. Au même moment, dans le haut Nil, les Français doivent reculer devant les Anglais à Fachoda. La politique anglaise en Inde prend un tour brutal. Au début de 1899, sitôt arrivé, le nouveau vice-roi, Lord George Nathaniel Curzon, déclare au demeurant que « *son ambition la plus haute, lors de son service en Inde, sera d'aider le Congrès déjà titubant à se dissoudre pacifiquement*[59] »...

Ambulancier au service des Anglais

À l'été 1899, la peste éclate à Johannesbourg ; Gândhî apprend que le directeur de l'Adam's Hospital, le docteur Booth, de la Mission anglicane, distribue gratuitement des médicaments aux Indiens démunis. Avec l'aide d'un ami pârsi, Rustomjee, il vient lui-même y travailler deux heures par jour[109] ; il y apprend les rudiments du métier d'infirmier et découvre les Indiens les plus pauvres, qu'il n'a jamais vraiment vus de près. Il constate aussi combien impuissante est la médecine de son temps.

En septembre, la tension s'aggrave entre le Natal anglais et le Transvaal boer. Ce dernier pays se révèle de plus en plus riche en diamants ; donc y arrivent de plus en plus d'immigrants anglais qui, s'ils disposaient du droit de vote, feraient tomber le pays dans le giron de la Couronne. Le secrétaire d'État aux Colonies, Chamberlain, fait alors masser des troupes à la frontière du Transvaal et adresse un ultimatum à Paul Kruger, exigeant la reconnaissance des droits politiques des Britanniques dans ce pays. Avant même d'avoir reçu celui de Chamberlain, Kruger lance son propre ultimatum, donnant quarante-huit heures aux Britanniques pour évacuer leurs troupes des frontières du Transvaal. Le 11 octobre 1899, c'est la guerre ; l'État libre d'Orange fait cause commune avec le Transvaal. Cette fois, les Anglais se donnent les moyens de ne pas être battus. Les forces engagées sont énormes : 100 000 combattants boers contre 500 000 soldats britanniques.

Gândhî n'hésite pas : malgré les humiliations subies par lui et par les autres Indiens du Natal, malgré la famine terrible que connaît l'Inde en ce moment, il prend le parti de Londres et exhorte les Indiens du Natal à s'engager dans son armée, car, dit-il, « *les Indiens sont en Afrique du Sud d'abord parce qu'elle fait partie de l'Empire britannique*[109] ». Il explique qu'« *aider les Anglais les forcera à reconnaître nos droits*[109] ». Déjà, comme il le fait en tant qu'avocat – et de cette attitude il ne se départira plus –, il pense qu'il faut traiter l'adversaire rationnellement si l'on veut être traité de même. Il propose de constituer un corps d'auxiliaires de santé et demande aussi aux commerçants de souscrire généreusement aux emprunts de guerre. Ni les marchands ni les *girmitiyas* ne sont transportés d'enthousiasme : « *Pourquoi se faire tuer pour aider les Anglais à obtenir un droit de vote qu'ils nous refusent ?* » Le gouvernement du Natal n'est pas non plus pressé de s'encombrer d'Indiens « *qui ne connaissent rien à la guerre et dont il faudra s'occuper* ». Quand un fonctionnaire de ce gouvernement objecte à Gândhî que cela lui paraît bien compliqué, celui-ci réplique ironiquement que ce « *travail ne demande sûrement pas une trop grande intelligence* ». Le fonctionnaire s'obstine à refuser, car, répond-il avec le plus grand sérieux, « *tout, même cela, requiert un entraînement*[109] ».

En décembre, quand les forces anglaises du général Buller enregistrent des pertes massives sur les rives de la Tugela, le procureur général du Natal, Harry Escombe, son voisin de Beach Grove, accepte néanmoins son offre[109]. Gândhî parvient à recruter 300 commerçants et 800 anciens travailleurs sous contrat, avec lesquels il forme un corps d'ambulanciers, hindous et musulmans réunis, placé sous les ordres du docteur Booth[154]. Avocats, comptables, artisans, ouvriers agricoles indiens hindous et musulmans soignent ainsi des Anglais qui se battent pour un droit qu'ils leur dénient ! Officiellement sergent-major, Gândhî en assure en fait le commandement à distance : il ne va pas lui-même au front, mais vérifie l'hygiène de ses troupes, reproche fréquemment adressé par les Européens aux Indiens. Il n'a pas l'occasion de croiser Winston Churchill, alors correspondant de guerre et qui, voyageant dans un train qui achemine de la poudre, est capturé par les hommes du général Botha puis s'échappe de Pretoria.

En janvier 1900, Lord Roberts, qui vient de perdre son fils unique dans la guerre, cède le commandement du corps expéditionnaire anglais à Horatio Kitchener, lequel reprend Kimberley le 15 février et libère Mafeking, assiégée, que défendait le général Baden-Powell, futur fondateur du mouvement scout. Le corps des ambulanciers (qui ne s'active sur le front que pendant six semaines, d'avril à juin 1900) déploie un dévouement tel que, au Natal comme à Londres, la presse en parle avec admiration. Un témoin (qui sera plus tard le premier biographe de Gândhî, aussi hagiographique que ses successeurs), le révérend Joseph Doke, raconte : « *Aider des gens réticents à être aidés est rare. Quand l'aide met en outre sa propre vie en danger, voilà qui est plus rare encore. Le comportement des Indiens est admirable*[38]. » Le correspondant du *Natal Mercury* souligne : « *Marcher sur cent miles en cinq jours en charriant blessés et bagages est digne des plus hauts éloges. Cela fut fait par le régiment indien, et ce type de tâche ferait la fierté de toute armée*[106]. » Le magazine *Punch* plaisante : « *Nous sommes tous les enfants de l'Empire, après tout*[59] *!* » C'est le moment que choisit le procureur Harry Escombe, mourant, pour dire à Gândhî combien il est désolé de la façon dont il a été accueilli à Durban, et qu'il ne pensait pas « *que les Indiens étaient capables d'autant de charité chrétienne* ».

Le 5 juin, Kitchener fait une entrée triomphale à Johannesbourg, la plus grande ville anglaise du Transvaal. À cette date, la première guerre de l'ère moderne, opposant deux peuples d'origine européenne, s'est déjà soldée par 7 000 morts sur un total de 100 000 combattants boers, et 22 000 morts parmi les 500 000 soldats britanniques. Le massacre n'est pourtant pas fini : à l'automne, les Boers en déroute entament une guerre de guérilla à laquelle Kitchener riposte en faisant détruire habitations et fermes, et en internant 200 000 Boers (hommes, femmes et enfants) dans des camps de concentration, imitation des premiers du genre créés quelques années plus tôt par les Espagnols à Cuba ; leurs serviteurs africains sont enfermés dans d'autres camps pires encore. Plus de 30 000 Boers et des centaines de milliers d'Africains y succombent, malgré les protestations d'une infirmière britannique, Emily Hobhouse, et le rapport d'une commission d'enquête britannique. C'est la fin : en novembre 1900, le Transvaal et l'État d'Orange, exsangues, renoncent à leur indépendance ; les Uitlanders (les Anglais du Transvaal) obtiennent les droits civiques. La langue des Boers, l'afrikaans, conserve droit de cité ; Londres s'engage à réparer les dommages de guerre au Transvaal et à indemniser les victimes des camps.

S'habiller à l'indienne

Cette guerre a été un traumatisme. Des horreurs ont été perpétrées par les deux camps, surtout par les Anglais. Les ambulanciers indiens sont venus raconter à Mohandâs qu'ils ont vu les soldats de la reine massacrer femmes et enfants boers, chrétiens comme eux ; et des Boers se livrer aussi à des atrocités. Le mépris de Gândhî envers ceux qui l'humilient devient de plus en plus un mépris envers l'Occident en général : une civilisation ne devant ni permettre ni commettre de telles exactions, l'Occident n'est donc pas un monde civilisé. Il reproche désormais aux chrétiens, Anglais et Boers, de ne pas suivre les Évangiles et rejette alors dans le même opprobre chrétiens et Occidentaux. Il déclare que les chrétiens sont incapables d'amour, du véritable amour, l'*ahimsâ* des jaïns. Il se prend en particulier d'une extrême détestation pour les médecins européens qui n'ont rien fait pour les blessés du camp adverse. Et, surtout quand on lui rapporte des cas de viols, il fait encore un lien entre sexualité et violence...

Puis survient une nouvelle humiliation : après avoir fondé, en juillet 1900, le Commonwealth d'Australie et avoir annexé le Transvaal, le gouvernement britannique crée une commission chargée d'abroger les lois du Transvaal, « *contraires à l'esprit de la Constitution britannique et incompatibles avec la liberté des sujets de la reine Victoria* [110] ». Naturellement, cette commission ne s'intéresse qu'à la liberté des Anglais ; les Indiens comme les Africains restent en dehors de la réforme. Autrement dit, aucun droit nouveau n'est envisagé pour eux. Mohandâs est outré : tous les efforts des Indiens dans cette guerre n'ont donc servi à rien ? Il a eu tort de croire qu'il pouvait obtenir quelque chose des Britanniques en se conduisant bien [143]. Il écrit à l'avocat Naoroji, toujours membre de la Chambre des communes, qu'il appelle « *le grand vieil homme de l'Inde* [109] », pour lui exprimer l'amertume des Indiens d'Afrique du Sud : ils ont été solidaires, parfois héroïques, leurs commerçants se sont montrés très généreux dans les collectes de guerre, mais rien ne pourra donc jamais effacer leur condition de « *coolies* ». Il n'y a décidément rien à attendre des Anglais.

Chez Gândhî, une transformation morale se traduit toujours sur le plan vestimentaire. À l'été 1900, il écarte parfois col dur et redingote pour s'habiller plus souvent à l'indienne, en tunique ; il lave lui-même ses vêtements, se rase et se coupe les cheveux [155]. Il demande à Kasturbâi, enceinte pour la quatrième fois, de nettoyer elle-même la maison, y compris les sanitaires. Il reconnaît que, avec sa femme, ce n'est que

« *querelles et trêves*[170] ». Cette année-là, le 22 mai, décidé à se passer de tout médecin ou sage-femme européens, il procède lui-même à la mise au monde de son quatrième enfant, Dévdâs. Il est désormais résolu à ne plus en avoir d'autres et, comme il est contre l'usage de toute méthode contraceptive, l'abstinence s'impose à lui. D'autant plus que rien ne va plus avec son épouse. Il mettra six ans avant d'officialiser sa décision qui deviendra une expérience d'ordre mystique, une réponse à sa propre violence, dont la sexualité est pour lui la cause principale et l'autre forme de manifestation.

Kallenbach remplace Râjchandra

En septembre 1900, dans un restaurant végétarien de Johannesbourg, Gândhî fait la connaissance d'un architecte en vue de la ville, Hermann Kallenbach, juif d'origine allemande né dans la région de Memel, à la frontière entre l'Allemagne (Prusse-Orientale) et la Lituanie, un peu plus âgé que lui. Ils se lient d'une amitié intense, qui deviendra bouleversante ; ils ne se quitteront plus, du moins en esprit, jusqu'à ce que la mort les sépare, quarante-cinq ans plus tard. Kallenbach est un jeune homme très capable. Il gagne très bien sa vie, mais il est animé des mêmes idéaux que Gândhî : aider l'humanité à découvrir son pacifisme. À la Noël de cette même année, quand Kallenbach vient offrir des cadeaux aux enfants de Gândhî, celui-ci les leur reprend pour qu'ils ne se sentent pas différents des enfants des Indiens les plus pauvres, au grand dam de Kasturbâi qui enrage de voir sa progéniture traitée comme des *sâdhus* (des « renonçants »)[54].

En décembre, à Lahore, le Congrès national indien réclame la reconnaissance des droits des Indiens du Transvaal. Le 21 janvier 1901, la reine Victoria s'éteint à l'île de Wight ; son fils Édouard VII sera couronné le 9 août. Cette année-là, les Anglais s'inquiètent de l'expansion russe en Asie centrale, et le vice-roi Curzon écrit au secrétaire d'État aux Colonies, Lord Hamilton, à propos du Tibet : « *Bien sûr, nous ne pouvons envahir leur pays. Ce serait folie pour nous que de traverser l'Himalaya et de l'occuper. Mais il est très important que personne d'autre ne le prenne, et il faut que cela devienne une sorte d'État tampon entre la Russie et l'Empire des Indes*[9]. » Naturellement, l'invasion du Tibet aura quand même lieu.

Le 9 avril, à Râjkot où Mohandâs a passé son enfance, le premier et seul maître que Gândhî se sera jamais reconnu, le gourou-joaillier Râjchandra, meurt de la peste à l'âge de trente et un ans, comme s'il fallait, pour laisser la place auprès de Gândhî à Kallenbach, que disparaisse celui qui avait occupé celle de sa mère. La veille de son décès, le jeune homme murmure des phrases magnifiques : « *Soyez certains que cette âme est éternelle ; elle va atteindre des niveaux de plus en plus hauts, et elle aura un magnifique avenir. Restez tranquilles, calmes et sereins. Il est possible que je ne puisse jamais plus vous le dire avec ma langue, mais je vous conseille de poursuivre vos efforts pour vous découvrir et vous réaliser.* » Un peu plus tard dans la nuit, il dit encore : « *Je retourne à la vraie nature de mon âme*[52] », puis il entre en méditation et expire.

Deuxième retour en Inde ; premier Congrès

Quand il apprend cette mort, c'est un véritable choc pour Gândhî. Il veut retrouver ses racines, être lui-même, revenir en Inde – sans trop savoir ce qu'il pourrait y faire. Il en parle à ses commanditaires durant l'été 1901 ; ils acceptent non sans réticence de le laisser partir, à condition qu'il revienne sur-le-champ s'ils le rappellent avant un an.

Le 18 octobre 1901, au port de Durban, au moment d'embarquer pour Bombay avec femme et enfants, il refuse, au grand dam de Kasturbâi, les cadeaux d'adieux de Kallenbach. Le 14 novembre, de retour à Râjkot, il envisage de s'établir comme avocat à Bombay. Mais, avant même d'avoir choisi un lieu de résidence et un métier, il laisse là sa famille et file assister pour la première fois à la réunion annuelle du Congrès, prévue pour le 27 décembre à Calcutta. Il passe d'abord par Bénarès où, fin novembre, il rencontre Annie Besant, installée en Inde depuis 1893 et dont le combat s'identifie désormais au nationalisme indien au moins autant qu'à la théosophie. Il voit avec dégoût couler le sang d'un animal sacrifié dans un temple de la ville.

Il arrive au Congrès en wagon de troisième classe, fait assaut d'amabilités, boutonne avec humilité la veste du secrétaire général. Les trois principaux dirigeants du moment (Mehtâ, Tilak et Gokhalé) sont là. Tilak s'affirme de plus en plus, à la tête de sa faction révolutionnaire, contre Mehtâ et Gokhalé, adeptes de la réforme. Gokhalé, que Gândhî a déjà rencontré lors de son voyage de 1896, lui demande une fois encore de rester travailler à ses côtés. Gândhî observe, choqué par le manque d'organisation qui sévit dans cette instance si différente de « son » Congrès au Natal : chaque chargé de mission délègue son travail à un autre, qui le délègue au suivant. Heureusement, pense-t-il, le Congrès ne se réunit que trois jours pour ensuite « *retomber en léthargie*[170] ». Les conditions sanitaires lui semblent désastreuses, idéales pour déclencher une épidémie. Comme nul ne veille à nettoyer les latrines[54], Gândhî, à la stupeur générale, propose de s'en occuper. Dans ce tohu-bohu, c'est en vain qu'il essaie de rencontrer Devendranâth Tagore, malade, et le moine-philosophe Vivékânanda, rentré d'une tournée de conférences en Occident, désormais isolé en méditation absolue et qui mourra quelques mois plus tard, à trente-neuf ans. De l'enseignement de Vivékânanda, il retiendra surtout que l'Inde doit s'éloigner de l'Occident pour se trouver, se réformer, avant de revenir apporter sa contribution au monde.

Il croise une jeune femme qui jouera plus tard un très grand rôle dans sa vie, Saralâ Dévi Ghosâl, apparentée à Tagore, musicienne et écrivain, disciple de Vivékânanda qui aurait voulu qu'elle l'accompagnât en Occident. À l'ouverture de cette session du Congrès, elle dirige un chœur de cinquante-huit chanteurs qui interprètent une œuvre de Tagore. Gândhî ne divulguera rien de sa rencontre avec elle dans ses souvenirs publiés un quart de siècle plus tard[170], alors qu'il y raconte les heures passées ce jour-là avec le père de la jeune femme, Janakinâth Ghosâl, l'un des secrétaires du Congrès, pour l'aider à répondre à son courrier. Saralâ Dévi réapparaîtra, quelques années plus tard, comme le grand amour de sa vie.

Gândhî réussit à faire passer une motion sur la condition des Indiens d'Afrique du Sud, sujet qui n'intéresse toujours pas grand monde : qu'est-ce que ces 100 000 immigrés, comparés aux 250 millions d'habitants de l'Inde ? Il est déçu par cette session où personne en fait n'a prêté attention à lui, hormis Gokhalé qui l'invite à Poona.

À la même époque – décembre 1901 –, Sully Prudhomme reçoit le premier prix Nobel de littérature, tandis qu'Henri Dunant, fondateur de la Croix-Rouge, et Frédéric Passy, président de la Société pour l'arbitrage entre les nations, se partagent le premier prix Nobel de la paix. Gândhî ne l'obtiendra jamais.

Il passe le mois de janvier 1902 à Poona avec Gokhalé qui le presse de rester et de devenir l'un de ses adjoints. Il hésite : il doit gagner sa vie comme avocat, et le Congrès lui paraît être une organisation encore bien dérisoire, anarchique et inefficace. Le 1er février, il visite Rangoon, puis revient à Râjkot où il a laissé sa famille.

En mars, il décide de s'installer comme avocat à Bombay. Il y loue une jolie maison dans le quartier de Santa Cruz. Kasturbâi est ravie de retrouver là son confort[54]. Un soir d'avril, leur deuxième fils, Manilâl, alors âgé de onze ans, est pris de convulsions ; le médecin, que Kasturbâi a voulu appeler contre l'avis de Mohandâs, le considère comme perdu et prescrit des œufs et du poulet[54]. Gândhî refuse de rompre l'obligation végétarienne malgré les supplications de sa femme. Il veille l'enfant et le couvre de compresses. Manilâl se remet. Gândhî se trouve renforcé dans sa critique de la médecine occidentale et élabore ses principes alimentaires, si différents de ceux qu'il édictait encore il y a peu : il faut manger cru, dit-il, et seulement des fruits. Surtout, pas de pain, ni alcool, ni thé, ni café, ni cacao, ni lait, ni légumineuses. Il faut se borner à deux repas par jour : petit déjeuner et dîner ;

surtout, pas de déjeuner[54]. Une alimentation sans sel (« *car le sel donne des hémorroïdes et de l'asthme*[177] » !). Les médicaments occidentaux sont à bannir, parce qu'ils sont censés contenir de la graisse et de l'alcool ! La terre est le meilleur médicament contre le venin de serpent, les affections des yeux et de la peau[177]. Il en fera bientôt un élément essentiel de la maîtrise de soi, et donc de la maîtrise de l'Inde.

En septembre 1902, les métis d'Afrique du Sud créent l'African Political Organization (APO), dont le docteur Abdullah Abdurhaman, élu au conseil municipal du Cap, prend la tête. Gândhî s'intéressera bientôt à leur combat[66].

*L'*Indian Opinion

En novembre 1902, soit six mois à peine après son installation à Bombay, au moment où Lénine publie son *Que faire ?*, les dirigeants des communautés indiennes d'Afrique du Sud le rappellent : Lord Chamberlain, secrétaire d'État aux Colonies, vient d'annoncer sa visite en Afrique australe, c'est une occasion unique de présenter leurs doléances au plus haut niveau et il n'y a que lui, Gândhî, pour s'en acquitter au mieux. Il hésite : à Bombay, il ne s'est pas encore constitué de clientèle ; il n'a pas non plus sa place au Congrès indien, et puis il a donné sa promesse. Il repart alors pour la seconde fois en Afrique du Sud avec sa femme et ses quatre enfants ! Cette fois, il a réussi à convaincre plusieurs jeunes gens de se joindre à lui, dont Maganlâl, petit-fils d'un frère de son père, et quelques autres cousins et petits-neveux[54]. Ces jeunes gens ne le quitteront plus, où qu'il aille, durant les décennies à venir. Son ascendant est désormais établi.

En décembre 1902, il débarque à Durban. L'accueil est moins violent et plus discret que les précédentes fois. Dès le mois suivant, devant Chamberlain, il plaide pour que les Indiens bénéficient des mêmes droits que les Européens. Le ministre écoute patiemment avant de répondre que les colonies ont un gouvernement autonome et qu'il n'y peut rien. Hypocrisie, évidemment, car tout se décide à Londres ; mais les Anglais n'entendent pas prendre le risque de perdre par le vote le pouvoir qu'ils viennent de s'arroger par les armes.

Gândhî ne s'avoue pas vaincu et, quand Chamberlain part pour le Transvaal, il décide de l'y suivre pour lui présenter les mêmes requêtes, cette fois au nom des Indiens de cette nouvelle colonie. On lui en interdit l'entrée. Il passe outre, grâce à un ami de Kallenbach, le superintendant Alexander[109]. Mais, arrivé sur place, il est exclu de la délégation reçue par Chamberlain sous prétexte qu'il n'est pas enregistré au Transvaal. Soit : il s'enregistre ! Et comme Johannesbourg est la principale ville de l'avenir, en février 1903 il s'y installe comme avocat, en accord avec ses financiers, avec une assistante écossaise, Miss Dick[66]. La maison où il emménage avec sa famille est moins belle que celle de Durban, mais c'est là qu'il lui faut être. Inutile de dire que les conséquences de tout cela sur la vie de famille et la scolarité des enfants sont désastreuses. Harilâl obtient de Gândhî l'autorisation d'aller suivre des études à Bombay, sous le contrôle d'un oncle, Lakshmîdâs. Harilâl est ravi[55].

En juin, Gândhî comprend qu'un journal lui est indispensable pour s'adresser aux communautés indiennes d'Afrique du Sud. Il y a tant de choses à réclamer, en particulier l'extension du droit de vote et l'annulation de la taxe de 3 livres qui frappe les Indiens sous contrat et qui est toujours en vigueur[154]. Il obtient 3 000 livres d'un marchand gujarâtî, Madanjit Vyâvhârik, pour créer une imprimerie, *The International Printing Press*, et un journal. Ce sera, à partir de la fin de 1903, le premier journal indien d'Afrique du Sud, l'*Indian Opinion*, dont le nom semble un hommage à celui du *Black Opinion – Imvo Zabantsundu* –, créé en 1884 par un leader noir, John Tengo Javubu, pour défendre les droits des Africains. Ce qui démontre la sympathie de Gândhî pour ce combat parallèle au sien. Le premier rédacteur en chef en est un Gujarâtî ; les suivants seront un pasteur anglican, le révérend Doke, puis deux journalistes juifs, Polak et West (Gândhî qualifiera plus tard les Juifs, avec lesquels il aura des rapports passionnés et difficiles, d'« *intouchables du christianisme* »). L'*Indian Opinion* est tout de suite un succès : le tirage passe vite de 1 500 à 3 000 exemplaires, ce qui est beaucoup, rapporté aux quelque 5 000 Indiens qui savent lire. Gândhî y tiendra pendant tout son séjour sud-africain un éditorial hebdomadaire, et y seront publiés en feuilleton des textes de Ruskin et Tolstoï, des biographies de Socrate, de Lincoln, de Washington et de Florence Nightingale. Cette année-là, il perd un millier de livres investies avec une Européenne dans la création d'un restaurant végétarien à Johannesbourg[66].

Cependant, la colonisation « civilisatrice » continue : le 4 août 1904, en violation des engagements pris par Lord Curzon, l'expédition du colonel Francis Younghusband, commissaire au Tibet, entre dans Lhassa après avoir massacré plus de 2 000 Tibétains à

Guru ; le Dalaï Lama s'enfuit vers la Mongolie, tandis que les Britanniques obtiennent des accords commerciaux dans la région et en interdisent l'accès aux Russes. À la même époque, Jean Jaurès fonde *L'Humanité,* et la guerre russo-japonaise éclate : c'est la première guerre entre un pays d'Asie et une puissance partiellement européenne. À Bombay, est fondée la première fabrique indienne de cotonnades, initiative que les Anglais voient d'un mauvais œil. Cette industrie va pourtant se développer. Gândhî y trouvera plus tard ses meilleurs soutiens.

Une Inde imaginaire en Afrique du Sud

Le 5 août, dans le train qui conduit Gândhî de Johannesbourg à Durban, son ami le journaliste anglais Henry Solomon Polak, alors rédacteur en chef d'un important journal du Natal, *The Critic*, lui donne à lire un livre de l'écrivain anglais John Ruskin, *Jusqu'au dernier*[139], rédigé en 1862. Ruskin est un historien et critique d'art, grand adversaire des idées de Viollet-le-Duc ; l'ouvrage est un des seuls traités d'économie qu'il se soit risqué à publier, et c'est un texte remarquable. Il y attaque la théorie économique et l'*homo œconomicus* qui agirait « *invariablement pour obtenir la plus grande quantité de biens indispensables, de facilités et de luxe avec la plus petite quantité de travail et d'efforts physiques nécessaires en l'état actuel des connaissances*[139] ». Pour Ruskin, la prospérité d'une nation ne doit pas se juger à l'aune de la richesse produite, qui peut être le résultat d'une exploitation des travailleurs, mais du bonheur humain qu'elle engendre. Il pense qu'on doit exiger de l'employeur qu'il rende le travail de ses employés « *agréable, attractif et positif* ». Il fait l'apologie d'une vie simple faite de travaux manuels, créant des « *êtres humains aux yeux brillants, à la respiration profonde et au cœur joyeux* [139] ». Cette pensée – incroyablement moderne, malgré son ton quelque peu emphatique – arrive à point nommé pour Gândhî et vient compléter celles de Râjchandra et de Tolstoï : l'une définit la métaphysique, l'autre la morale, la troisième l'économie. Plus tard, Gândhî écrira d'ailleurs [170] : « *Trois contemporains ont produit une profonde impression sur ma vie et m'ont captivé : Râjchandrabhâi, par son contact vivant ; Tolstoï, avec son livre* Le Royaume des cieux [161], *et Ruskin avec son* Jusqu'au dernier [139]. » Tout cela déclenche une transformation dans son mode de vie à quoi tout, jusque-là, le préparait : puisqu'il n'a rien à attendre de l'Inde et que l'Occident l'écœure, il ne lui reste plus qu'à créer une Inde imaginaire en Afrique du Sud.

Le lendemain matin, 6 août 1904, quand le train arrive à Durban, Polak et Gândhî décident de mettre en pratique les théories de Ruskin. Ils discutent avec Albert West de l'idée de transférer l'*Indian Opinion* dans une exploitation agricole où ils vivraient en colons. Voilà un trait constant de la vie de Gândhî qui le rend si différent des politiciens : la seule chose qu'il se reconnaisse le droit de recommander, c'est ce qu'il met lui-même en application ; il préfère donner l'exemple plutôt que de donner des leçons. C'est une mutation radicale de sa vie. Gândhî a décidément changé. Son ascendant sur les autres grandit ; ce petit homme timide devient quelqu'un de doux, aux gestes amples et lents, riant d'un rien, fragile et rayonnant. Le jeune avocat mondain devient le porteur d'une utopie.

Trois jours plus tard, de retour à « Jobourg », il donne Ruskin à lire à Kallenbach. L'architecte, tout aussi enthousiaste, annonce qu'il suivra Gândhî là où il voudra !

Vers le 15 août, Mohandâs fait part à Kasturbâi de son projet d'aller vivre dans une demeure collective. Furieuse, elle ne veut pas en entendre parler. Elle a déjà connu cela, d'une certaine façon, à Beach Grove, et vient à peine de recouvrer le confort d'une maison. Pas question de recommencer. Posément, il lui donne de nouveau le choix : ou le suivre, ou rentrer à Râjkot. Elle accepte de le suivre.

Reste à trouver l'argent. Kallenbach le fournit et, à la fin août, achète, pour quelque 1 000 livres, une belle propriété d'une cinquantaine d'hectares au milieu des plantations de canne à sucre, comportant une source et des arbres fruitiers, à 5 kilomètres de « Phoenix » et à 30 de Durban[67]. La ferme – ce n'est pas une coïncidence – est située à 2 kilomètres de celle de John L. Dube, premier président de l'Interstate Native Congress, l'organisation de défense des Africains qui deviendra huit ans plus tard – par imitation de l'Indian National Congress – l'African National Congress, l'ANC. Kallenbach connaît Dube et l'aide aussi[65]. Étrange mélange : un Allemand et un Indien, à mille lieues de chez eux, prennent la tête d'un combat pour les droits des plus pauvres. Le docteur Mehtâ, sollicité à Bombay, participera au financement de l'aventure.

Parmi les premiers colons à s'établir avec eux figurent Polak, West, les cousins et petits-neveux de Gândhî, des pârsis, des hindous, des musulmans[109]. En tout, une centaine de personnes, dont vingt enfants, auxquelles il faut ajouter, au début, des employés zoulous. Se crée ainsi la « ferme Phoenix », joyeux groupe ayant le sentiment d'être l'avant-garde du siècle qui commence.

Durant l'automne 1904 et l'année 1905, ils aménagent la ferme et s'en vont apprendre à forger chez un Chinois de Jobourg. Gândhî veut faire de l'endroit une sorte d'*âshram*, ce lieu protégé où s'épanouit tout gourou indien. Chaque colon reçoit un lot d'un hectare et demi qu'il ne peut vendre, mais seulement léguer à un autre membre de la colonie. Les sanitaires sont primitifs ; pas de citerne pour l'eau ; on construit huit bâtiments en tôle ondulée aux toits de chaume[66]. Un hangar abrite l'imprimerie et l'*Indian Opinion.* Tous les rédacteurs du journal participent aux travaux agricoles et perçoivent le même salaire. Gândhî et Polak corrigent les épreuves, puis les enfants plient et enveloppent le journal[54]. La sympathie pour la cause des Africains est certaine : l'imprimerie fabrique aussi le journal de Dube en langue zouloue, le *Ilanga Lase Natal* (« La lumière du Natal »), et Gândhî parle de Dube dans l'*Indian Opinion*, le qualifiant de « *notre ami et voisin*[66] ».

Gândhî et Kallenbach, qui installent là leurs familles, n'y sont pas souvent : florissants, leurs cabinets d'avocat et d'architecte sont à Jobourg, qui est très éloigné de Phoenix. Quand Gândhî est à la ferme, sa maison sert de pivot à la vie communautaire. Sa mutation personnelle s'accélère : il commence à jeûner régulièrement, cesse de consommer du lait, se coupe lui-même les cheveux, nettoie ses latrines, incite sa femme et ses amis à faire de même[169]. L'ambiance est gaie, chaleureuse, enthousiaste. Gândhî lit chaque jour à haute voix des passages de la *Bhagavad-Gîtâ*, surtout les chapitres traitant de la non-possession (*aparigraha*) et de l'égalité d'humeur (*sumbava*). Tous les dimanches, les résidents se retrouvent chez lui pour une prière en commun mêlant la *Bhagavad-Gîtâ*, la Bible, des hymnes chrétiens et des *bhajans*, chants sacrés hindous gujarâtîs[109]. Il dit : « *J'ai trouvé mon Dieu sur un continent abandonné par Dieu*[169]. »

Premières réformes en Inde

À la fin de 1904, à l'assemblée annuelle à Bombay, Gopâl Krishna Gokhalé est élu président du Congrès national indien, où il succède à l'Anglais Sir Henry Cotton après une bataille serrée contre les extrémistes de Tilak. En 1905, en Irlande, le Sinn Fein est fondé par Arthur Griffith. En Inde, au début de l'année, un tremblement de terre fait 20 000 victimes à Kângrâ ; 5 millions d'habitants périssent de malnutrition à Bombay et dans les Provinces unies.

En mars, Saralâ Dévi, la musicienne et militante rencontrée par Gândhî en 1901 se marie, sur l'insistance de ses parents qui cherchent à la mettre à l'abri de la police de Calcutta. Elle épouse un dirigeant nationaliste penjabi, Râmbhuj Dutt Chaudhuri, déjà deux fois veuf, qui appartient à l'Ârya Samâj, organisation de purification de la pensée védique dont il a déjà été question.

En mai, Gândhî applaudit dans l'*Indian Opinion* à la victoire maritime japonaise sur la Russie à Tsushima : premier revers d'une puissance européenne face à une puissance asiatique. (C'est de là qu'est issue l'expression « péril jaune ».) Le Japon s'empare de la Corée, de la région de Port-Arthur en Chine et d'une partie des îles Kouriles ; la Mandchourie du Sud est restituée à la Chine. L'*Indian Opinion* commence à être remarquée en Inde même : des dirigeants du Congrès et des collaborateurs directs du vice-roi s'y abonnent[109].

Durant l'été 1905, les Russes et les Anglais s'entendent pour se partager l'influence en Perse ; dans les Balkans, des guerres amputent l'Empire ottoman de quelques-unes de ses possessions européennes. L'islam indien commence à s'inquiéter du sort que la Grande-Bretagne réserve à l'islam au Moyen-Orient ; des poètes comme Iqbal et Shibli, des journalistes comme Abul Kalam Azad et Mohamed Ali attisent la haine entre musulmans et hindous[9]. Le vice-roi Curzon, sur le point de quitter ses fonctions, décide alors de partager le Bengale entre hindous et musulmans : il crée une zone hindoue à l'ouest autour de Calcutta (le Bengale occidental, qui inclut le Bihâr et l'Orissâ) et une zone musulmane à l'est avec Dacca pour capitale (le Bengale oriental, qui inclut l'Assam). Colère des Bengalis hindous devenus minoritaires à l'ouest face aux Bihâri et aux Oriyâ, et à l'est face aux musulmans[9]. En décembre 1905, le Congrès, réuni à Bénarès, condamne cette partition. Il renforce par ailleurs ses finances grâce à l'appui de groupements d'entreprises en butte à la concurrence britannique, comme la Bombay Millowners Association, l'Indian Tea Association, l'Indian Jute Mills Association et l'Ahmedâbâd Millowners Association. L'avocat de Londres, toujours membre du Parlement, Dâdâbhâi Naoroji, reprend la présidence du Congrès malgré la montée en force de Tilak et de son adjoint Lâlâ Lâjpat Râi qui forment alors, au sein du Congrès, le New Party[9]. Tilak appelle le pays à ne consommer que ce qui est fabriqué en Inde ; cet appel est sévèrement réprouvé par les Anglais. Tilak part alors pour Londres demander que l'Inde, « *partie intégrante de l'Em-*

pire », soit traitée avec considération. Depuis l'Afrique du Sud, Gândhî explique qu'il est opposé au boycott des produits anglais, car, pour lui, c'est « *une forme de violence* » et qu'il est favorable au « *consommer indien* » qui deviendra l'un de ses grands combats : tout programme doit être constructif et non négatif.

Au début de janvier 1906, la victoire du Parti libéral aux élections conduit John Morley au poste de secrétaire d'État à l'Inde ; Gilbert J. Elliot Murray Kynynmound (qui deviendra Lord Minto) remplace Curzon comme vice-roi. Les temps changent : Morley nomme à ses côtés un conseiller musulman et un conseiller hindou, et incite le vice-roi à promulguer une timide réforme permettant aux municipalités de désigner un ou plusieurs délégués indiens au Conseil législatif de chaque province[9]. Une délégation de chefs musulmans conduite par un des leurs, l'Agha Khan, vient demander au vice-roi que les électeurs musulmans puissent seuls élire aux assemblées régionales des députés musulmans[9]. Cette partition religieuse de l'électorat constituera désormais une des principales revendications musulmanes.

Un peu plus tard dans l'année, un groupe de notables musulmans fidèles à Londres crée la Ligue musulmane panindienne précisément dans le but d'attirer les suffrages des musulmans. Il n'est pas encore question de la partition que la Ligue finira par obtenir. Lord Morley notera plus tard : « *Des collèges électoraux ont été introduits pour les musulmans, ce qui empoisonne à la source l'évolution de la démocratie*[9]. » Lord Minto rassure l'Agha Khan : cette répartition en collèges aura lieu un jour. Quarante ans plus tard, elle débouchera sur des massacres et le démembrement du sous-continent.

À la même époque, Gândhî lit *La Désobéissance civile*[160] de Henry Thoreau (mort en 1863), ancien étudiant de Harvard devenu enseignant, très inspiré par la *Bhagavad-Gîtâ*. L'Américain expose le droit de refuser de plier devant toute forme de pouvoir. Point essentiel, où Gândhî se retrouve : il n'envisage pas de changement de la société sans un changement de l'homme, et s'applique cette règle à lui-même en démissionnant de son emploi de professeur, en se construisant une cabane et en cultivant son jardin au bord de l'étang de Walden. Thoreau s'indigne de la servilité imposée par les gouvernants : « *Si la machine gouvernementale veut faire de vous l'instrument d'une injustice envers votre prochain, enfreignez la loi*[160] *!* » Il ne souhaite pas, dit-il, se polluer les yeux et les oreilles avec la fumée, la vapeur et le sifflet de la locomotive : « *Avec le sifflet du train dans les campagnes arrivent les livres, mais l'esprit qui les a écrits s'en va*[160]... » Pour lui, le meilleur État est celui qui gouverne le moins, voire celui qui ne gouverne pas du tout. Il explique que se soumettre à une loi inique pour préserver sa liberté est un contrat immoral. « *Sous un gouvernement qui emprisonne injustement, la place de l'homme juste est en prison*[160] », affirme-t-il. Gândhî n'oubliera pas cet enseignement : changer de vie, se changer soi-même pour se trouver. C'est ce qu'il est en train de commencer à faire à sa ferme, et à cet égard il reconnaîtra souvent sa dette intellectuelle vis-à-vis de Thoreau.

Le 12 mai 1906, de Jobourg, il rédige pour son journal un article en faveur de l'autonomie de l'Inde : « *Au nom de la justice et pour le bien de l'humanité*[169]. »

C'est la première fois qu'il se mêle publiquement des affaires du sous-continent.

Il apprend aussi de son frère aîné Lakshmîdâs, resté à Râjkot, que son fils Harilâl, à dix-neuf ans, a épousé, en mai, à Râjkot, une jeune femme de son clan, Gutlab, avec l'accord de la caste.

Le 27 mai, il écrit à son frère aîné pour protester contre ce mariage, trop précoce. Son frère se désespère de le voir s'installer dans cette vie d'ascète[54] : il n'est plus, lui répond-il, un avocat à succès. Il veut une autre vie, son idéal est ailleurs. Son cabinet va maintenant dépérir.

Harilâl, avec sa jeune femme, rejoint Gândhî et travaille dans son cabinet d'avocat ; il aime ce métier.

Des massacres à l'abstinence

Toujours en mai, un des chefs du KwaZulu, Bhambatha kaMancinza, *inkosi* des Zondi, traverse la rivière Tugela, frontière entre le royaume wazulu et le Natal, et défie le gouvernement du Natal. Croyant Dinuzulu, dernier descendant des rois zoulous, à l'origine de la révolte de Bhambatha, les Anglais le déposent et lèvent en guise de représailles un impôt spécial sur les tribus Zondi. Les troupes de Bhambatha ripostent en tuant un officier anglais. Les journaux crient au scandale. Le roi Dinuzulu est arrêté et condamné à dix ans d'emprisonnement. Les massacres d'Africains (que les Anglais appellent pudiquement « guerre contre les Zoulous ») reprennent.

Malgré les déceptions endurées pendant la guerre des Boers, Gândhî propose encore une fois de prendre part aux combats aux côtés des Anglais. Se souvenant cette fois de la qualité du travail des ambulanciers indiens dans la guerre précédente, les Anglais acceptent chaleureusement et offrent même des soldes mirifiques aux engagés indiens. Gândhî écrit dans l'*Indian Opinion* du 9 juin : « *Le gouvernement a offert des rémunérations, ce que nous avons refusé. Car le poids de ces rétributions doit peser sur la communauté indienne, et c'est tout à notre gloire [...]. Nous avons par le passé été traités de "lâches" sur le plan de la guerre. C'est le moment de démontrer que c'est faux*[169]. » De nouveau il lève un corps d'ambulanciers et, cette fois, monte lui-même au front. Là, il assiste, bouleversé, au massacre des Africains armés d'arcs et de flèches face à la meilleure armée du monde. Il est surtout témoin de viols qui le bouleversent ; et sa haine de la sexualité se renforce. Il notera vingt ans plus tard : « *Je n'ai pas connu l'horreur de la guerre pendant celle des Boers, mais je l'ai vécue pendant la guerre contre les Zoulous. Ce n'était pas une guerre, mais une chasse à l'homme. Et beaucoup d'Anglais pensaient comme moi. Mais, après tout, notre rôle était de nous occuper des Zoulous blessés et, si nous n'avions pas été là, je ne suis pas certain que qui que ce soit s'en serait occupé*[170]. »

Pendant toute cette aventure, il a délaissé la ferme et beaucoup en sont partis. Les finances sont au plus bas ; il écrit un peu partout en Inde pour quêter de l'argent et obtient 25 000 roupies – presque rien – de la famille Tâta, de riches industriels, dont encore Mehtâ, et autant de quelques princes.

C'est une époque où la sexualité l'occupe beaucoup. Depuis son enfance, marié de force à douze ans, la sexualité est là, source de violence et de culpabilité. Depuis 1900, sans que ce soit un vœu explicite, il n'a plus de rapports physiques avec sa femme. Mais rien ne dit qu'il n'a pas de relations avec qui que ce soit d'autre, même si la contrainte sociale en ce domaine est pesante. Il se souvient d'un poème (*À la vue d'une jeune fille*) de son ami Râjchandra, qui lui manque beaucoup et qui, abstinent à vingt-cinq ans, lui avait fait prendre conscience des difficultés et des exigences de cette discipline. De plus, les viols auxquels il vient d'assister l'ont traumatisé. Le retour de son fils à la maison avec sa jeune épouse attise son trouble. Il relit Tolstoï qui affirme que, pour atteindre à la perfection, il faut commencer par s'assurer le contrôle de soi (lui qui y parvient si mal) : « *On peut survivre à un tremblement de terre, à une épidémie, à la maladie ou à toutes sortes de souffrances, mais la tragédie la plus poignante a été, est et sera toujours celle de la chambre à coucher*[161]. » Sans doute cette préoccupation est-elle si présente dans sa vie que Gândhî décrète alors qu'il lui est « *impossible de vivre à la fois selon la chair et selon l'esprit*[169] » ; il fait officiellement et définitivement vœu de chasteté. Les hindous appellent cela *brâhmachârya* : libération de la pensée du désir, qui conduit au contact avec Dieu (*Brahman*) et au salut (*moksha*).

Sitôt rentré du Zoulouland, Gândhî explique : « *Mari et femme n'y perdent rien*[54] » ; au contraire, ils prennent mieux soin de leurs enfants, s'occupent mieux l'un de l'autre ; il y aura, assure-t-il, « *moins de querelles, économie de sperme et meilleure santé*[54] ». Puis il échafaude là-dessus une théorie sur laquelle il reviendra beaucoup : « *La chasteté est l'une des plus hautes disciplines, sans laquelle l'esprit ne peut atteindre la fermeté requise. Un homme qui n'est pas chaste perd de sa vigueur, devient émasculé et lâche*[169]. » Pour mieux s'y astreindre, il expérimente divers régimes alimentaires ; il exposera plus tard que le régime qui aide le mieux à rester chaste consiste à ne manger que des fruits, en particulier des noix. Tout se tient : maîtrise de soi, maîtrise de la sexualité, maîtrise de la violence, maîtrise politique, indépendance de l'Inde. Sa vie devient un combat pour s'arracher à ce qu'il est, pour faire naître un être pur.

Les Anglais n'ont pas été les seuls, cette année-là, à massacrer les populations des pays qu'ils envahissent. Au même moment, les Hollandais exterminent près de 100 000 personnes à Aceh, à Sumatra. Le général Hendrikus Colijn décrit même ses exploits dans des lettres adressées à son épouse où l'on découvre qu'il a fait exécuter de sang-froid femmes et enfants qui imploraient pitié : « *C'est un travail déplaisant, mais je ne pouvais faire autrement.* » À Bali, avant d'être massacrés, les habitants des villages, hommes, femmes et enfants, revêtus de leurs plus beaux atours, marchent au-devant des troupes néerlandaises et se suicident collectivement en se poignardant face aux soldats sidérés.

Le serment du 11 septembre et l'échec du premier satyâgraha

Le 1er juillet 1906, face à une immigration indienne qui continue d'affluer et de s'installer, malgré toutes les lois qui la combattent, le gouvernement du Transvaal fait adopter l'*Asiatic Law* qui réclame l'enregistrement de toute la population indienne avant le 12 du même mois. C'est une arme absolue qui permet à l'administration de tout reprendre à zéro et de décider arbitrairement, cette fois, qui peut rester et qui doit partir. Tous les droits acquis sont remis en cause : c'est l'arbitraire érigé en système.

Énorme émotion parmi la communauté indienne : Gândhî reprend aussitôt le combat négligé depuis qu'il s'occupe de Phoenix. D'autant plus que les massacres de Zoulous l'ont éloigné des Anglais qui gèrent maintenant le Transvaal. Il entend porter un grand coup, réunir le plus de monde possible. Cet homme timide, devenu le maître d'un petit clan, se révèle aussi un chef politique : la maîtrise de lui-même va lui donner un ascendant sur les autres. Et c'est là essentiel : l'ascendant qu'il prend sur les autres, qui deviendra immense, prend sa source dans l'ascendant qu'il a pris sur lui-même. Aucune salle à Jobourg ne veut l'accueillir, hormis un théâtre appartenant à des amis juifs de Kallenbach, le Théâtre impérial[109]. Le 11 septembre 1906, il y rassemble 3 000 personnes venues protester contre l'*Asiatic Law*, « *même s'il faut aller en prison pour ça*[109] ». Le général Botha, qui préside alors le Transvaal, envoie William Hosken, un ami de Gândhî, l'avertir que leur action n'empêchera pas le texte d'être appliqué, car « *tous les Européens du Transvaal souhaitent cette loi, et vous autres Indiens savez parfaitement combien le gouvernement du Transvaal est puissant*[34] ». Gândhî lui demande de répéter ces propos devant l'assistance et traduit lui-même cette harangue en gujarâtî. C'est le tumulte. Un commerçant indien, Muhammad Kachhalia, s'écrie : « *J'ai écouté le discours de M. Hosken. Je connais la puissance du gouvernement du Transvaal. Mais il ne peut rien faire de pire que de promulguer cette loi. Il nous jettera en prison, confisquera nos biens, nous déportera, nous pendra. Tout cela, nous le supporte-*

rons allégrement, mais nous ne pouvons accepter cette loi. Je jure, au nom de Dieu, que je me ferai pendre plutôt que de me soumettre à cette loi, et je souhaite que tous ceux qui sont présents ici fassent de même[54]. »

S'inspirant de Thoreau qu'il vient de lire, Gândhî songe alors à proposer un acte de désobéissance civile, le premier d'une très longue série. Un acte qui va devenir sa marque et qui découle de ce qu'il est devenu : désobéir, c'est agir sans violence. Il rédige et met aux voix un court texte demandant aux 3 000 Indiens réunis dans la salle de prêter le serment de ne pas se soumettre à l'ordonnance sur l'enregistrement des Asiatiques, quelles qu'en soient les conséquences[54] : « *À chacun de savoir ce qu'il a dans le cœur. Si une voix intérieure lui dit qu'il a la force nécessaire, alors seulement il s'engagera, et cet engagement portera alors ses fruits. [...] Bien que nous nous engagions tous ensemble, nul ne doit ignorer que la rupture du contrat par un ou plusieurs ne peut libérer les autres de leurs obligations*[169]. » Tous votent dans l'enthousiasme.

Au lendemain de cette assemblée, Gândhî cherche à donner un nom à cette forme d'action qui n'est ni un boycott, ni une grève, ni même exactement un geste de désobéissance civile. Il devine qu'un acte devient beaucoup plus fort quand on trouve un mot simple pour le définir. Et plus encore quand on laisse ceux qui en seront les porteurs se l'approprier[173]. Il lance un concours dans l'*Indian Opinion* afin de trouver ce mot. Son neveu Maganlâl Gândhî, qui gère maintenant efficacement la ferme de Phoenix, propose *sadâgraha* (« *fermeté dans l'action juste* »). Gândhî l'amende en *satyâgraha* (« *fermeté dans la vérité* », ou « *s'en tenir à la vérité* »)[109]. Quarante ans durant, il donnera désormais ce nom à toute campagne de désobéissance civile ou à toute mobilisation non violente contre un acte de la puissance coloniale. Ce nom sera bientôt repris par des dizaines de millions d'Indiens pour devenir le symbole universel de l'éveil des humiliés.

De Poona où il soigne un début de diabète, Gokhalé écrit à Gândhî pour lui demander sur quelles forces il peut compter : au minimum sur seize *satyâgrahis*, répond-il, et au maximum sur soixante-six...

Pour diriger la campagne qui va s'amorcer, il quitte Phoenix, trop éloigné, et s'installe dans la modeste maison de Jobourg avec sa famille. Il y reçoit une jeune Anglaise, veuve, qui épouse son ami Polak. Kasturbâi se désespère de cette vie communautaire qui continue.

Première ambassade à Londres

Cela ne perturbe en rien l'administration du Transvaal : au tout début d'octobre, le texte obligeant tout Indien à s'enregistrer pour obtenir un titre de séjour est adopté par l'Assemblée législative. La Couronne britannique peut encore y mettre son veto, puisque le Transvaal fait désormais partie de l'Empire et n'est pas encore, comme le Natal, une entité en soi. Un avocat anglais de Johannesbourg, Gregovski, conseille à Gândhî de demander à Londres de refuser de promulguer la loi[109]. La résolution des Indiens, du 11 septembre, est alors expédiée au secrétaire britannique aux Colonies (Lord Elgin, l'ancien vice-roi de l'Inde) *via* le gouverneur du Transvaal. On décide aussi d'envoyer Gândhî à Londres, escorté d'un représentant de la communauté musulmane, pour plaider leur cause après maintes discussions sur le choix de ces deux délégués.

Ils débarquent à Londres le 21 octobre 1906 et s'installent, aux frais des commerçants qui les y ont envoyés, dans un des meilleurs hôtels de la capitale, le Cecil. Gândhî n'est pas revenu sur les bords de la Tamise depuis son départ précipité treize ans plus tôt, anonyme diplômé soucieux de s'occidentaliser. Désormais, il assume un refus du mode de vie occidental, s'habille parfois d'une tunique indienne et il devient le dirigeant reconnu d'une communauté en révolte dans une colonie britannique.

Deux jours après son arrivée, il écrit au rédacteur en chef du *Times*, mais sa lettre n'est pas publiée. On peut comprendre pourquoi : au même moment, le correspondant du même journal à Jobourg écrit que « *si l'émigration des Indiens n'est pas enrayée, les Blancs devront quitter l'Afrique du Sud*[67] » !

Gândhî rencontre d'abord aux Communes Dâdâbhâi Naoroji et des parlementaires amis de l'Inde. Le 7 novembre, une centaine d'élus conduits par Henry John Stedman Cotton (l'ancien administrateur de l'Assam, qui a présidé le Congrès national indien deux ans plus tôt) soutiennent sa position[67]. Il rencontre aussi le ministre des Colonies, Lord Elgin, qui commence par lui mettre sous les yeux, avec un large sourire, une lettre de deux autres Indiens du Natal (un chrétien et un médecin hindou marié à une Anglaise[54]) qui, n'ayant pas été choisis comme délégués, invitent Londres à se méfier de Gândhî, censé constituer un problème « embarrassant » pour la communauté indienne du Transvaal ! Lord Elgin n'entend rien céder : il ne souhaite pas s'aliéner le gouvernement du Transvaal.

« *La loi du Natal*, dit-il, *sera approuvée par notre gouvernement*[66]. » Un sous-secrétaire d'État aux Colonies assiste à la réunion : c'est Winston Churchill. Il a trente-deux ans, soit cinq de moins que Gândhî. Il prend la défense des Indiens devant Elgin : « *À tort ou à raison, ces gens ont été autorisés à venir en Afrique du Sud. Ils ont été autorisés à y travailler, à y faire fortune. Il est injuste de les traquer par des lois iniques*[109]. » Ce sera la première et dernière rencontre entre Gândhî et Churchill. À partir de là, ils seront à distance pendant quarante ans d'impitoyables adversaires, au point que le second souhaitera à plusieurs reprises la mort du premier.

La réunion tourne court et, à la fin de novembre, Gândhî rentre bredouille au Natal. « *La loi, pense-t-il, va être promulguée.* »

Au début de décembre 1906, Dâdâbhâi Naoroji, âgé de quatre-vingt-un ans, quitte Londres pour présider à Calcutta la session annuelle du Congrès. Sri Aurobindo, de plus en plus déçu par les modérés, crée un collège à Calcutta, avec Tagore comme professeur. Il élabore sa *Doctrine de la résistance passive*[8] avant de la publier en anglais en quatorze articles dans son journal sous le titre de *Bandé Mâtaram* ; il appelle au boycott des marchandises importées, des instances judiciaires et des établissements scolaires anglais, ainsi qu'à la création d'une résistance *défensive* pour l'indépendance qui est, dit-il, un *yajna* (sacrifice). Sri Aurobindo insiste : « *Nous, de l'école nouvelle, nous ne fixerons pas notre idéal un seul pouce en dessous de l'absolu Swarâj : le gouvernement indépendant tel qu'il existe au Royaume-Uni. Nous sommes formels. Aucun idéal inférieur à celui-ci ne peut inspirer de soulèvement national, ni stimuler le peuple pour la formidable lutte, ardente et acharnée, qui seule permettra à l'Inde de redevenir une nation. Nous sommes convaincus que ce peuple, aussitôt réveillé – et lorsqu'il aura concentré toute sa force –, ne pourra et ne devra entretenir nulle autre relation avec l'Angleterre, hormis celle d'égalité dans une confédération. Se contenter des relations de maître à subordonné ou de supérieur à inférieur serait une aspiration par trop mesquine et pitoyable, indigne de toute humanité ; lutter pour tout ce qui est au-delà d'une indépendance glorieuse et forte serait injurier la grandeur de notre passé et les possibilités magnifiques de notre avenir*[8]. » Il est jeté en prison. Gândhî est d'accord avec lui : il n'aime guère ceux des Indiens qui veulent simplement obtenir les mêmes droits que les Britanniques. Même éloigné de son pays, il devient un nationaliste exigeant.

Gândhî et Sri Aurobindo seront les deux géants de l'Inde du siècle à venir. Ils sont très différents. Sri Aurobindo a passé quatorze ans en Angleterre ; rentré en Inde, il étudie les langues modernes du pays et le sanskrit. Un des meilleurs connaisseurs de l'un et de l'autre écrit : « *Attiré par le projet extrémiste de Tilak, Sri Aurobindo jugera réanimateur et purificateur le rôle d'une violence contenue. Tous deux reconnaissent l'utilité de fonder des revues pour la diffusion des idées ; linéaire, Gândhî occupe, toute sa vie, le même plan pragmatique (union des hindous, musulmans, chrétiens ; intégration d'intouchables ; souci avec la libido), alors qu'en spirale ascendante les revues de Sri Aurobindo vont de problèmes socio-politiques* (Bandé Mâtaram *en 1906*) *à un nationalisme spiritualisé* (Dharma*, en bengali ;* Karmayogin*, en anglais, 1909*)*, pour aboutir à une synthèse pluridisciplinaire* *de connaissances, une harmonie des croyances orientales et occidentales, son rêve de l'Unité humaine, le règne de la Vie divine* (Ârya, *1914*)[95]. »

Tous les deux utilisent le jeûne contre eux-mêmes, le silence pour eux-mêmes. « *Tous deux, ils aiment rire. Gândhî est victorien. Pour Sri Aurobindo, "le rire de Dieu est parfois très indécent et impropre aux oreilles chastes ; il ne se contente pas d'être Molière ; il se doit d'être aussi Aristophane et Rabelais". Respectueux des expériences – souvent périlleuses – de Gândhî, Sri Aurobindo s'en méfie. Attiré par celui dont Tagore écrivait : "C'est l'âme qu'il a cherchée de la façon la plus vraie et qu'il a trouvée véritablement", Gândhî regrette les refus répétés de Sri Aurobindo de le recevoir*[95]. »

De retour à Durban, Gândhî écrit : « *Quand je vois agir certains Indiens nationalistes, je me sens sceptique. Ce qu'ils veulent n'est ni très indien ni très national. [...] Les nationalistes indiens que j'ai lus disent : "Offrez-moi une lutte électorale. J'ai le droit national de devenir Premier ministre !", ou : "Je suis furieux si je ne peux pas devenir rédacteur en chef du* Daily Mail.*" L'Anglais compatissant aura raison de lui répondre : "Fort bien, mon bon Indien, mais c'est nous qui avons inventé ça !" La liberté d'expression est un droit absolu, mais les Indiens ont aussi le droit d'être et de vivre en Indiens*[169]. » Gândhî manifeste déjà ici son obsession de refuser le modèle anglais de développement afin que l'Inde ne devienne pas ce qu'il appellera bientôt un « *Englishistan* ». Déjà, il exprime son désir d'être traité en être humain égal aux autres, ayant droit à concevoir sa propre définition du bonheur et du progrès.

Ne pas s'enregistrer

À peine rentré, en janvier 1907, déçu par son échec à Londres et attaqué de toute part par la presse du Natal, il décide de ne plus lire les journaux. Il tiendra cet engagement jusqu'à l'été 1910. Il ne lit plus guère que des ouvrages sur l'hindouisme qui contribuent à forger son identité. Il écrit dans l'*Indian Opinion* une série de huit articles en gujarâtî sur « *L'Éthique de la religion* ». On y trouve ce texte magnifique : « *L'hindouisme tel que je le connais satisfait pleinement mon âme, remplit mon être entier [...]. Quand le doute m'assaille, quand le découragement me regarde en plein visage, quand je ne perçois plus aucune lueur d'espoir à l'horizon, je me tourne vers la* Bhagavad-Gîtâ *et trouve un verset pour me consoler ; et je me mets à sourire aussitôt au beau milieu d'un écrasant chagrin. Ma vie a été remplie de tragédies et, si elles n'ont pas laissé de traces indélébiles en moi, je le dois aux enseignements de la* Bhagavad-Gîtâ [169]. »

Il ne renonce pas pour autant à la lutte : en avril 1907, il se rend à Pretoria pour protester contre l'*Asian Act* et rencontre pour la première fois le général boer Jan Christiaan Smuts, qui vient de remporter les élections au Transvaal contre Botha. Cet homme étonnant, qui deviendra maréchal britannique et successeur putatif de Churchill en 1942, sera le principal adversaire de Gândhî pour les sept années à venir, avec une incroyable estime réciproque. L'entrevue ne débouche sur rien et, le 30 juillet, le gouvernement de Londres, qui n'a toujours pas promulgué la loi, accorde l'autonomie au Transvaal, lequel, vingt-quatre heures après s'être doté d'un gouvernement encore présidé par le général Botha, promulgue la « Loi asiatique ». Un mois est laissé aux Indiens pour s'enregistrer, à défaut de quoi ils seront jugés en situation illégale.

Gândhî prépare la riposte ; il crée une Association de résistance passive qui organise le déploiement de cordons de manifestants devant les bureaux d'enregistrement. Le gouvernement du Transvaal convoque réunion sur réunion pour convaincre les Indiens de s'enregistrer. Pendant les vingt-cinq premiers jours, pas un Indien n'obtempère ; le gouvernement britannique proroge le délai. Londres suit l'affaire au jour le jour, mais le gouvernement local, encore très largement boer, l'informe chichement sur la situation et, par exemple, ne répondra que le 16 septembre aux questions posées par Londres le 16 juillet[109]. Le 31 juillet, le gouvernement du Transvaal menace d'amendes et de peines de prison quiconque ne se fera pas enregistrer. Ce jour-là, l'administration arrête un premier Indien, Pandit Râma Sundara ; une foule chahute durant son procès et vient le chercher, début août, pour fêter sa libération par un grand dîner[66].

Ce mois-là, Gândhî écrit à Smuts, devenu Premier ministre, pour lui suggérer un compromis : l'enregistrement serait facultatif et anonyme. Smuts refuse et le menace de prison. Les manifestations continuent ; Gândhî ne recule pas, organise la résistance passive, défend devant les tribunaux les résistants arrêtés. Le 30 novembre, seuls 511 Indiens sur 13 000 sont venus retirer leur certificat d'enregistrement. Gândhî nargue le pouvoir : « *Qu'en est-il de l'avertissement du général Smuts ? de la déportation*[66] *?* » Smuts lui fait savoir qu'il doit quitter le Transvaal sous peine de prison. Gândhî reste.

Début décembre, la date limite est encore reportée

au 28. Gândhî tient un meeting commun avec la communauté chinoise, qu'il a jusqu'ici tenue à l'écart dans cette lutte parce que, dit-il, « *ce ne sont pas des sujets britanniques* ».

Pendant ce temps, en Inde, la situation s'est durcie : un procès a lieu contre Sri Aurobindo en août 1907. Le gouverneur du Bengale déplore dans sa correspondance confidentielle avec Londres : « *Bien que nous ayons de précieuses preuves de la part importante qu'Aurobindo a dans ce complot, leur validité légale n'est pas forte. Cependant il est impérieux de l'empêcher de poursuivre ses activités pernicieuses*[95]... » Acquitté faute de preuves, Sri Aurobindo gagna encore en popularité. L'accueillant à bras ouverts, Tagore lui dit d'un ton badin : « *Enfin, vous nous décevez. Ni prison ni déportation ?...* » Dans un hommage public, Tagore salue Sri Aurobindo comme « *la voix incarnée et libre de la Patrie* », proclamant : « *Le messager radieux qui est descendu avec la lampe de Dieu, quel roi peut l'atteindre, quelle chaîne ou quel sceptre*[95] *!...* »

À la mi-décembre, en Inde, à Surat, la session annuelle du Congrès (l'organisation regroupant tous les nationalistes indiens) s'ouvre dans une atmosphère houleuse : les modérés et leur millier de délégués (sur 1 600) détiennent la majorité et plaident en faveur d'une réforme constitutionnelle progressive ; les cris de « *Swarâj !* » (« Autonomie ! »), lancés d'abord par Tilak au Mahârâstra, puis par Aurobindo au Bengale, gagnent du terrain. Le Congrès se scinde entre modérés et extrémistes. Il retrouvera son unité neuf ans plus tard. Au lendemain de cette session, Tilak est exilé en Birmanie et Aurobindo lui aussi arrêté. Tagore publie un long poème présentant Aurobindo comme l'incarnation de l'âme de l'Inde. Leur lien se resserre ; Devendranâth Tagore, père du poète, et Râjnârâin Bose, grand-père maternel de Sri Aurobindo, sont les fils de deux amis proches d'un dirigeant nationaliste, Râmohan Roy.

En Afrique du Sud, le 28 décembre, la cour de Johannesbourg ordonne à toute une liste de gens de partir sous quarante-huit heures pour certains, sous dix jours pour d'autres. Gândhî est de ceux-là.

La France continue de son côté à imposer son joug à ses colonies, en particulier en Indochine. En 1907, le roi Thanh Thaï est destitué et exilé à la Réunion par le gouvernement français qui choisit un enfant au hasard pour le remplacer[17].

Première prison

Le 10 janvier 1908, soit plus d'un an après le déclenchement du mouvement de protestation contre l'enregistrement, le général Smuts, non sans réticence et après beaucoup d'avertissements, met sa menace à exécution : Gândhî est arrêté à Johannesbourg et condamné à deux mois de détention pour avoir refusé de quitter le Transvaal, où il n'a pas de titre de séjour. Pour la première fois de sa vie, il est incarcéré. Il retournera plus tard onze fois en prison et y passera au total plus de cinq ans de sa vie.

Cette première fois est un traumatisme. Il se rend compte qu'il a vraiment changé de vie[109]. « *J'avais une maison, une famille, mon métier. Les réunions publiques étaient-elles seulement un rêve*[66] *?* » Comme les autres détenus, il doit endosser un uniforme sale alors qu'il est un maniaque de la propreté. La bataille s'étend. Il devient honorable d'aller en prison ; critiquable de ne pas y être. Nombre d'Indiens du Transvaal font alors tout pour être à leur tour arrêtés. Le général Smuts informe Gândhî qu'il est prêt à négocier avec lui, et le reçoit le 21 janvier, quoique encore prisonnier, dans son bureau de Pretoria. (Selon certaines sources, il l'aurait reçu en personne, mais selon d'autres, plus vraisemblables, il aurait envoyé un ami, le journaliste Albert Cartwright, le voir en prison.) Gândhî entend Smuts lui proposer l'abrogation de la loi à condition que les Indiens se fassent enregistrer de leur plein gré : c'est très exactement la proposition qu'il avait lui-même faite. Tout en se demandant s'il ne fait pas le jeu du gouvernement, Gândhî accepte. Le 30 janvier, Smuts le fait relâcher après lui avoir confirmé : « *Je vous assure que j'annulerai l'*Asian Act *dès que la plupart d'entre vous se seront enregistrés volontairement*[66]. »

Gândhî, qui ne décèle pas l'ambiguïté de cette vague promesse, exulte. Il y voit la « *victoire de la vérité* » ; il convoque un meeting à Johannesbourg et explique à une foule indienne sceptique les termes de cet étrange accord. Beaucoup protestent, certains murmurent même que Gândhî aurait reçu 15 000 livres de Smuts pour signer. Il souligne que c'est l'une des dimensions essentielles du *satyâgraha* que de croire en la parole de l'adversaire : si Smuts ne tient pas ses engagements, Gândhî reprendra la résistance. Et, pour prouver sa bonne foi, il s'inscrit lui même volontairement. Trois mille Indiens lui font confiance et l'imitent.

Mais, le 5 février, le général Smuts explique qu'il n'a jamais rien promis et fait marche arrière. D'autant plus, dit-il, que ceux qui se sont déjà enregistrés volontairement ne sont pas quittes : ils devront encore obtenir la validation de leur démarche par l'administration ! Coup terrible pour Gândhî : il a été trahi, s'il n'a pas trahi ! La « victoire de la vérité » tourne à la catastrophe. Le 10 février, en regagnant son bureau de Jobourg, il est violemment frappé à la tête par un groupe de Pâthâns (issus d'une communauté originaire de l'Afghanistan et du Cachemire), conduit par un certain Mir Alam. Gândhî refuse de porter plainte contre eux. Le 11 février, il est recueilli par le révérend Joseph Doke et reste quelques semaines chez lui, puis revient en convalescence dans sa maison à Jobourg où il héberge Henry Polak, nouvellement marié. Pendant cette convalescence, il dicte à un secrétaire une traduction en gujarâtî du livre de Ruskin sous le titre *Sarvodaya* (« Le bien-être de chacun »). La nouvelle Mme Polak raconte : « *Au cours des premiers jours de sa convalescence, il développa la faculté, qu'il conserva par la suite, de tomber endormi pendant son travail, là où il était assis, puis de se réveiller, tout frais, quelques instants plus tard, sans aucune discontinuité dans le cours de sa pensée.* » Elle poursuit : « *J'étais assise dans la pièce tandis qu'il dictait à son secrétaire quand tout d'un coup sa voix se tut, ses yeux se fermèrent. Le secrétaire et moi sommes restés immobiles ; puis, tout aussi soudainement, la voix s'est remise à dicter à partir du point précis où elle s'était arrêtée. Je ne me souviens pas qu'il ait jamais demandé : "Où en étais-je ? Qu'est-ce que je disais*[129] *?"* »

Brûler les cartes : le deuxième satyâgraha

Gândhî ne renonce pas. On lui a promis, on doit tenir. De mars à juin 1908, il exige de Smuts qu'il honore sa parole. En vain. Que faire ? Nul ne s'enregistre plus et l'administration pourrait expulser tous les Indiens, même ceux qui se sont enregistrés. Fin juillet, Gândhî imagine alors une contre-attaque : il décide que tous ceux qui lui ont fait confiance et qui ont pris leurs certificats les brûleront solennellement et « *attendront humblement les conséquences* » : « *Les Indiens*, ajoute-t-il, *se préparent à remplir les prisons.* » C'est le deuxième *satyâgraha.* Le meneur du groupe qui l'a agressé, Mir Alam, sorti de prison, vient lui serrer la main et va s'enregistrer, pour pouvoir brûler sa carte !

Le 16 août, à Jobourg, au cours d'une cérémonie solennelle, 230 Indiens (conduits par un Gândhî qui espère jusqu'au dernier moment un télégramme conciliateur du gouvernement) jettent l'un après l'autre dans un brasier leur certificat d'enregistrement[48]. Ils entrent ainsi volontairement dans l'illégalité. Le correspondant du *Daily Mail* compare cet acte au sabordage du thé anglais, le 16 août 1773, à Boston, avant la guerre civile américaine, qui enclencha le mouvement débouchant trois ans plus tard sur l'indépendance des États-Unis.

Smuts hésite : arrêter de nouveau Gândhî, c'est en faire un martyr ; ne pas l'arrêter, c'est se discréditer. Deux mois plus tard, le 15 octobre 1908, il le fait incarcérer pour la deuxième fois et conduire à la Volksrust Gaol. Les prisons, que les Indiens surnomment « Hôtel du roi Édouard », se remplissent. Celle de Johannesbourg, qui peut contenir 50 détenus, héberge jusqu'à 155 « *résistants passifs* ». Les peines sont plus sévères que la première fois ; on leur fait casser des cailloux, aménager des réservoirs, ouvrir des noix de coco [109]. L'un des jeunes détenus, Nâgâppâ, succombe à une pneumonie. Le soir et le dimanche, Gândhî, épuisé, lit la *Gîtâ* [54] ; il reçoit plusieurs fois la visite de son ami Albert Cartwright, dont le journal, *The Transvaal Leader*, soutient son combat, et qui lui a servi d'intermédiaire avec Smuts. Deux mois plus tard, le 12 décembre, il est libéré.

Au même moment, Sri Aurobindo est arrêté pour un an et devient le héros du mouvement nationaliste. Le Congrès, réuni à Madras, vote, parmi beaucoup d'autres, une résolution protestant contre le traitement infligé aux Indiens d'Afrique du Sud, qu'il qualifie d'« *injurieux pour l'Empire britannique* » si cher à leur cœur...

Cette année-là, Lénine écrit : « *À côté de la misère de la Russie tsariste, la seule qui puisse lui être comparée est celle de l'Inde* [123]. »

La prison, encore et encore

La machine répressive du Transvaal s'emballe : le 16 janvier 1909, Gândhî est incarcéré pour la troisième fois à Volksrust Gaol pour ne pas avoir pu produire son certificat d'enregistrement qu'il a brûlé ; puis il est relâché sous caution. Cela devient une sorte de routine. « *À chaque fois qu'il revenait, on sentait de manière confuse qu'il avait grandi pendant son séjour en prison* [130] », note la jeune Mme Polak. Harilâl est lui aussi emprisonné trois fois, comme son père. Il reproche à celui-ci de demander à sa nouvelle femme,

Gulab, qu'il a épousée sans l'accord de son père, de diriger Phoenix et de s'occuper de ses deux plus jeunes frères. Il veut s'en aller, retourner en Inde, faire des études, échapper à Phoenix.

D'autres Indiens, au Natal, se joignent au mouvement. Certains commerçants vendent des légumes la nuit sans licence, juste pour aller en prison. Certains, au contraire, cèdent à la pression. « *Près de la moitié de la population indienne,* écrira Gândhî peu après, *incapable de résister à cette lutte âpre et de supporter les rigueurs de l'incarcération, aima mieux quitter le Transvaal plutôt que de plier devant une loi dégradante. Une fraction de l'autre moitié, soit 2 500 individus environ, se laissèrent incarcérer au nom de leur conscience, d'aucuns jusqu'à cinq fois. Les peines variaient de cinq jours à six mois, assorties de travaux forcés dans la majorité des cas. De nombreux hindous se trouvèrent financièrement ruinés. [...] Le gouvernement était assuré que nous serions incapables d'endurer pareille épreuve*[170]. » Les *girmitiyas* se montrent particulièrement courageux. Pour se faire des alliés parmi les Européens, les commerçants indiens annoncent à leurs confrères qu'ils sont désolés de devoir annuler leurs commandes aussi longtemps qu'ils n'auront pas obtenu satisfaction. Un marchand pârsi écrit : « *Jusqu'au règlement de cette affaire, je consacre tout mon argent à la lutte et je me considère seulement comme le gardien de ma fortune*[66]. » Des mesures de rétorsion sont prises contre ceux qui ne signent pas : ainsi refuse-t-on aux musulmans, qui forment l'essentiel des commerçants indiens, des billets pour leur pèlerinage à La Mecque[66].

Les Chinois, eux aussi concernés par l'*Asian Law*, commencent à se manifester. Un « contractuel » chinois se suicide quand son maître européen menace de le licencier s'il ne s'enregistre pas. Des commerçants chinois créent une Association chinoise du Transvaal qui invite Polak à parler à l'une de ses réunions.

Le 20 janvier 1909, Gândhî sent que l'administration hésite devant l'épreuve de force, et peut céder. Il écrit dans la presse pour demander aux Indiens de se préparer à la lutte finale. Pour avoir lancé cet appel à la révolte, il est incarcéré le 25 février, pour la quatrième fois, à Volksrust Gaol et condamné cette fois à trois mois. Il y fabrique une paire de sandales à l'intention du général Smuts afin de lui signifier qu'il n'a ni haine ni ressentiment personnel envers lui. Vingt ans plus tard, le général en fera don à un musée et écrira que son « *destin avait été de combattre l'homme pour lequel il avait le plus grand respect*[109] ».

En mars, toujours en prison, Gândhî lit une *Lettre à un Hindou*, écrite en réponse à la violence de certains nationalistes indiens et inspirée d'un prophète bahaï, Baha'U'llah ; on dit que l'auteur en serait Tolstoï, mais rien n'est moins certain. Même si la réincarnation qui est si chère à Gândhî y est niée, cette lettre l'impressionne beaucoup ; il veut, le jour venu, la faire connaître en Afrique du Sud aussi bien qu'en Inde. Nombre de croyances séparent les deux hommes : le Russe Tolstoï est athée, internationaliste et anarchiste ; l'Indien Gândhî est croyant, nationaliste et favorable au système des castes.

Gândhî encourage par ailleurs les militants africains, qui se lancent dans des violences vite réprimées, à suivre sa voie. Il déclare au *Natal Mercury* : « *Si les indigènes adoptaient nos méthodes et remplaçaient la violence physique par la résistance passive, ce serait un jour positif pour l'Afrique du Sud*[66]. »

En mars, par solidarité avec ceux du Transvaal, quelques Indiens du Natal nantis d'un droit de propriété au Transvaal décident de franchir la frontière et de défier la loi sur l'enregistrement. Ils sont arrêtés à la frontière et jetés en prison. Les plus infortunés sont expulsés vers l'État d'Orange ou l'Afrique portugaise, voire l'Inde[34].

Le 2 mai, alors qu'il aurait dû être libéré, Gândhî est transféré de Jobourg à la prison centrale de Pretoria, où il se retrouve dans la compagnie de meurtriers européens et d'Africains. Cela, il ne peut le tolérer : « *Nous pouvions comprendre le fait de n'être pas classés avec les Blancs, mais d'être mis sur le même plan que les indigènes nous semblait trop difficile à supporter*[65]. » Il craint d'être pris pour un « *Kaffir* » (*Cafre*), mais aussi d'être sali à leur contact. Il insiste, par hygiène, pour qu'on lui coupe les cheveux et lui rase la moustache, mesure qui n'était alors imposée qu'aux Africains mais à laquelle il s'astreint.

« La douceur contre la grossièreté »

Le 24 mai, il est enfin libéré, mais la situation a empiré : les Anglais parlent maintenant de fusionner Orange, Natal et Transvaal, ce qui conduirait à exiger aussi l'enregistrement des Indiens du Natal. Pour lutter contre, les marchands indiens d'Afrique du Sud continuent de financer le Congrès du Natal, qui verse des allocations aux familles des militants emprisonnés.

À la demande du gouvernement britannique, et pour clarifier le statut, une réunion des minorités d'Afrique du Sud est organisée à Londres. La communauté indienne de Durban décide d'y renvoyer Gândhî :

depuis maintenant seize ans, il est toujours le principal négociateur de sa communauté.

Le 21 juin, il part donc de nouveau pour la Grande-Bretagne avec un Indien musulman, Hajji Habib, avec aussi le délégué des métis, Abdurhaman, des Chinois et des dirigeants africains, dont John Dube. Quand ils arrivent, le 10 juillet, dans la capitale britannique, celle-ci est sous le choc d'un attentat : un Anglais vient d'être tué par un Indien nommé Dhingrâ, influencé par Shyâmji Krishnavarmâ, et un médecin britannique est mort en essayant de porter secours à la victime[154]. Gândhî rencontre alors des étudiants indiens révolutionnaires (dont l'un, Sâvârkar, sera accusé à tort de son assassinat, près de quarante ans plus tard) ; ils discutent du colonialisme, de l'impérialisme, du terrorisme de la civilisation occidentale[170]. Il rencontre aussi Lord Ampthill, ancien secrétaire privé de Chamberlain au Colonial Office, puis gouverneur de Madras et vice-roi par intérim, rentré à Londres.

Pour faire connaître son mouvement, Gândhî pense lancer un concours avec une récompense portant sur la rédaction d'un *Essai sur l'éthique et l'efficacité de la résistance passive*[170]. On le critique : un tel concours contredirait le véritable esprit de la résistance passive en paraissant avoir pour objectif d'acheter l'opinion. La conférence pour laquelle il est venu s'enlise, car les Anglais ne veulent rien entendre : les droits des non-Européens en Afrique du Sud sont incompatibles avec leurs intérêts. Gândhî invite le leader métis Abdurhaman à déjeuner[66] ; il lui parle de la *Lettre à un Hindou* attribuée à Tolstoï, qu'il a lue en prison et qui l'a tant marqué ; l'autre lui répond que les militants de l'APO ne veulent pas entendre parler de la résistance passive, mais il lui propose d'écrire un article à ce sujet dans le journal de l'APO. Ce qu'il fait la semaine suivante[67].

Au début de l'automne 1909, Gândhî est encore à Londres. Il veut en avoir le cœur net : la *Lettre à un Hindou* est-elle vraiment de Tolstoï ? Le 1er octobre, il écrit à l'auteur de *Guerre et Paix* pour lui demander l'autorisation de faire imprimer sa *Lettre*, si elle est bien de lui, à 20 000 exemplaires[154]. Il ajoute des remarques importantes sur sa conception religieuse : « *À la fin de votre conclusion, vous paraissez vouloir détourner le lecteur de sa croyance en la réincarnation. Peut-être y a-t-il impertinence de ma part à vous dire ce qui suit ? J'ignore si vous avez étudié spécialement la question. La réincarnation ou transmigration demeure une croyance très chère à des millions de créatures en Inde, comme du reste en Chine. Il s'agit vraiment là, pour nombre d'Asiatiques, d'un fait d'expérience et non plus d'un postulat purement théorique. La réincarnation explique, avec le secours de la raison, bien des mystères de la vie. Elle fut la force consolatrice de nombre de résistants passifs durant leur incarcération au Transvaal. Mon but, en vous écrivant ces lignes, n'est pas de vous convaincre de la vérité de la doctrine, mais de vous demander s'il vous serait possible de retirer ce mot de réincarnation – notion qui, avec quelques autres, semble, dans votre lettre, empreinte de scepticisme. [...] Avec mes respects, je reste votre obéissant serviteur*[169]. »

La lettre de Gândhî arrive à Íasnaïa Poliana le 30 octobre, soit moins d'une semaine après avoir été postée. Tolstoï note ce jour-là dans son Journal : « *Reçu une lettre agréable d'un hindou du Transvaal* », et il lui répond en anglais le même jour, lui confirmant qu'il est bien l'auteur de la *Lettre à un hindou*, ajoutant : « *Nous menons ici la même lutte que vous là-bas : celle de la douceur contre la grossièreté, de la mansuétude et de l'amour contre l'orgueil et la violence. Nous voyons, chez nous, ce combat grandir chaque jour et se manifester sous sa forme la plus aiguë dans les conflits entre la loi religieuse et la loi civile – dans les refus du service militaire qui ne cessent de se multiplier. La foi dans la réincarnation ne peut être aussi ferme que la foi dans l'immortalité de l'âme et dans l'amour divin. Cependant, agissez selon votre désir pour ce qui concerne ce passage. Je serais très heureux de pouvoir collaborer à l'édition que vous projetez. La traduction et la diffusion de ma lettre ne peuvent que m'être agréables. Il ne peut être question de rémunération pécuniaire lorsqu'il s'agit d'un travail religieux. Je serais heureux de garder le contact avec vous. Avec mes salutations fraternelles*[169]... »

Le 10 novembre, lendemain du jour où le *Times* rend compte de l'échec des négociations du gouvernement avec les « minorités d'Afrique du Sud », Gândhî, toujours à Londres, répond à Tolstoï en joignant à sa lettre, avec beaucoup de fierté, sa première biographie que vient d'écrire et de faire paraître à Londres le pasteur sud-africain Doke. On sent poindre dans cette lettre l'orgueil pour le combat qu'il mène, qualifié de « plus grand des temps modernes[154] » : « *D'après moi, le combat mené par les Indiens du Transvaal est le plus grand des temps modernes. Il a été idéalisé comme tel, aussi bien à cause de son objectif que des moyens employés pour l'atteindre. Je ne connais pas de luttes où les combattants ne finissent par retirer quelque avantage personnel, je n'en connais pas où 50 % des gens qui y participent aient autant souffert et subi d'épreuves au nom d'un principe. Je n'ai pu encore faire connaître ce combat autant que je l'aurais voulu. Vous pouvez aujourd'hui atteindre le public le plus large possible. [...] Votre intérêt, votre sympathie me tiennent fort à cœur, aussi ai-je pensé que vous adresser cet ouvrage ne serait pas un geste vain. Si les faits relatés dans l'ouvrage de M. Doke vous suffisent, et si vous estimez que ces faits justifient mes conclusions, puis-je vous prier d'user de votre influence, de la manière que vous jugerez bonne, pour que ce mouvement soit connu dans le monde entier*[170] *?* » Tolstoï, malade, ne répond pas. Il lui reste moins d'un an à vivre. Gândhî est mortifié par ce silence.

Au même moment, Sri Aurobindo sort de la prison où il a séjourné un an ; c'est un bouleversement dans sa vie. Il explique y avoir expérimenté des états radicalement nouveaux de conscience. Il considère que sa mission dépasse désormais celle de l'indépendance de l'Inde et vise à la libération politique et morale de l'humanité tout entière ! Pour échapper aux Anglais, il s'établit à Pondichéry, ville alors encore sous autorité française, et donne pour consigne à ses anciens militants de suivre désormais Bâghâ Jatîn Mukherjee, son « bras droit » au sein de l'organisation clandestine.

Contre l'« Englishistan »

Le 13 novembre, Gândhî quitte l'Angleterre pour l'Afrique du Sud à bord du *SS Kildonan Castle*[109]. Il est convaincu de devoir retourner dès son arrivée, pour la cinquième fois, en prison où se trouve déjà, entre autres, son fils Harilâl, condamné, lui, pour la quatrième fois. Il s'attend à la fusion des États d'Afrique du Sud et à un durcissement de l'attitude anglaise envers les minorités.

Sur le bateau, marqué par sa conversation avec les jeunes extrémistes qu'il vient de rencontrer, partagé entre sa haine de l'Occident et sa détestation de la violence, il rédige d'une traite, entre le 13 et le 22 novembre, dans un gujarâtî familier, un manifeste hostile à la violence qu'il intitule le *Hind Swarâj* (*swarâj*, dans les *Védas*, désigne la maîtrise de soi)[179]. L'exorde est quelque peu emphatique : « *J'écris ceci parce que je ne peux plus le garder pour moi. J'ai beaucoup pensé et lu*[178]... » Une partie du livre consiste en un dialogue entre le « Pacifiste » (Gândhî), et le « Lecteur » (un terroriste). Ce dernier commence ainsi : « *D'abord nous assassinerons quelques Anglais, et nous sèmerons la terreur [...]. Nous nous engagerons dans une guérilla et nous vaincrons les Anglais*[179]. » À quoi Gândhî répond : « *En d'autres termes, vous voulez profaner la terre sainte de l'Inde. Ne tremblez-vous pas à l'idée de libérer l'Inde en commettant des assassinats ? Ce que nous devons faire, c'est nous sacrifier. Qui voulez-vous libérer au moyen d'assassinats ? Les millions d'Indiens ne le souhaitent pas. Ce sont ceux qui sont intoxiqués par une misérable civilisation moderne qui pensent ainsi [...]. La véritable autonomie est la maîtrise ou contrôle de soi.* » Et encore : « *La résistance passive ou force d'âme est supérieure à la force des armes. Comment, dans ces conditions, peut-elle être considérée comme l'arme du faible ? Les adeptes de la force physique ignorent tout du courage nécessaire à un résistant passif. Croyez-vous qu'un lâche puisse jamais enfreindre une loi qui déplaît*[179] *?* »

Gândhî émet des remarques sur les violences faites aux animaux : « *Un homme est juste aussi utile qu'une vache* », et « *la vache est le symbole de la fraternité entre l'homme et la bête*[179] ». La protection de la vache a une plus haute valeur éthique que le *swarâj*, car elle conditionne la « délivrance[179] » (*moksha*). Il ne faut pas blâmer les Anglais, dit Gândhî, mais les plaindre[109]. La Chambre des communes, qui ose s'intituler la « Mère des parlements », est en fait une prostituée qui n'aura jamais d'enfant. La prétendue « civilisation moderne » est une maladie : les gens vivent comme des demi-fous, les trains et les machines conduisent à la paresse et à l'esclavage[109]. L'Inde, dit Gândhî, ne sera jamais athée comme l'est devenu l'Occident. Gândhî reprend là une idée qu'il a lue, on l'a vu, chez Vivékânanda : « *L'Inde est écrasée par la civilisation moderne, pas par les Anglais. Avant leur arrivée, nous n'étions qu'un seul peuple. Ils ont créé nos différences. Ils nous dominent par leurs tribunaux, leurs médecines*[179]. » Il ajoute que la liberté, qui n'est pas une fin en soi, passe par la conquête de soi : « *On est libre de dire la vérité, pas libre de mentir ; libre de servir les autres, pas de les exploiter ; libre de faire le sacrifice de soi, pas de tuer ni de blesser*[179]. » Enfin, il conclut, avec son sens inné des formules : « *Si on essaie de moderniser l'Inde à l'anglaise, l'Inde deviendra l'*Englishistan[179]. »

Le 30 novembre, quand il débarque en Afrique du Sud, son texte est terminé. Contrairement à son attente, il n'est pas arrêté en posant le pied à terre. Il constate, en se rendant à Phoenix, que des poèmes, des affiches, des tracts ont été imprimés et diffusés partout par les militants. Un poème dit[54] : « *Si vous vous enregistrez en espérant un faux bonheur, vous serez de toute façon trompés et devrez quitter le Transvaal. Mieux vaut souffrir maintenant et sauver à la fin votre peau*[154]. »

Gândhî fait imprimer par les presses de la ferme, The International Printing Press, 20 000 exemplaires de la *Lettre à un Hindou* de Tolstoï, et publie son *Hind Swarâj* en deux livraisons dans l'*Indian Opinion*, les 11 et 19 décembre, puis sous forme de livre[54]. Il en fait lui-même une traduction anglaise, qui connaît un vif succès en Afrique du Sud ; elle est immédiatement interdite en Inde, où elle n'en circule pas moins. Tilak trouve l'ouvrage « *inutilisable* » ; Gokhalé, qui s'intéresse depuis longtemps à Gândhî, est déçu, déclare que c'est « *l'œuvre d'un imbécile* », puis prédit avec indulgence qu'il ne passera pas un an en Inde avant qu'il ne le renie.

Le 29 décembre, à Lahore, le Congrès, qui élit encore un Anglais à sa tête, applaudit distraitement à la lutte menée en Afrique du Sud. Gokhalé y expose les méthodes de résistance passive de Gândhî et demande qu'on s'y intéresse. Au même moment, Mukherjee, prénommé « *Jatîn* », sans doute en concertation avec Sri Aurobindo et comme en réponse au livre de Gândhî, lance une série d'actions terroristes.

Le 4 avril 1910, Gândhî envoie son *Hind Swarâj* à Tolstoï qui n'a pas répondu à sa précédente lettre : « *Je me sens confus de vous importuner, mais si votre santé vous le permet, et si vous avez le temps d'examiner mon ouvrage, inutile de vous dire que j'apprécierai hautement votre critique de mes pages*[169]. » Le 8 mai (au lendemain de la mort d'Édouard VII, remplacé par son fils George V), Tolstoï répond à Gândhî : « *J'ai lu votre ouvrage avec un très vif intérêt, car je pense que le problème dont vous traitez dans vos pages – la résistance passive – est d'une importance capitale non seulement pour l'Inde, mais pour l'humanité entière. Je ne retrouve pas votre première lettre, mais j'ai lu avec passion votre biographie par Doke : elle m'a permis de mieux vous connaître et de vous comprendre. Encore en convalescence actuellement, je suis contraint de faire effort pour ne pas vous écrire tout ce que j'avais à vous dire au sujet de ce livre et de toute votre activité que j'admire. Je le ferai dès que j'irai mieux. Votre ami et votre frère*[169]... »

Quelques jours plus tard, le 19 mai, à Baramati, près de Poona, dans une famille brâhmane et orthodoxe, naît Nâthurâm Godsé. Dans trente-sept ans, il assassinera Mohandâs Gândhî.

La ferme Tolstoï

À l'été 1910, comme Gândhî l'a redouté, les colonies du Cap, du Natal, d'Orange et du Transvaal fusionnent en une Union sud-africaine. Sur 3,5 millions d'habitants, un million sont d'origine européenne, dont plus des deux tiers afrikaaners. Moins de 200 000 sont indiens. Le reste, soit les deux tiers, sont des Africains. La nouvelle Constitution permet aux anciennes républiques boers d'appliquer un système électoral totalement ségrégationniste, alors que la colonie du Cap accorde le droit de vote à quelques Indiens, métis et Africains, moyennant des critères de revenus très restrictifs. La capitale de l'Union est fixée à Pretoria, et le siège du Parlement au Cap. Sont enclavés dans cet ensemble, sous protectorat britannique, le Basutoland (futur Lesotho), le Swaziland (royaume du Ngwane) et le Bechuanaland (futur Botswana). Les militants africains, que conduit John Dube, songent à se regrouper avec les autres minorités et se mettent à imaginer une nouvelle organisation pour lutter contre la discrimination terrible dont ils souffrent. Kallenbach et Gândhî les soutiennent en leur prêtant leurs moyens d'imprimerie [67].

Partout dans l'Union, notamment au Transvaal, la répression commence à affaiblir la communauté indienne : des ouvriers tamouls, particulièrement actifs, sont déportés en Inde, sans leur famille ; plusieurs commerçants au bord de la ruine se retirent de l'action ; le Congrès du Natal n'a plus les moyens de soutenir les familles de détenus au Natal ou ailleurs ; même si un riche industriel indien comme Sir Ratan Tâta fait au Congrès du Natal un don de 25 000 roupies [154], imité en cela par le Congrès national indien, la Ligue musulmane et le Nizam-Ul-Mull, c'est-à-dire la dynastie Asaf Jahi qui règne depuis des siècles de façon flamboyante à Hyderâbâd.

Gândhî en arrive à la conclusion que, pour loger et aider les familles de ces prisonniers, une ferme serait la meilleure solution ; mais Phoenix, distante de près de deux jours de train de Johannesbourg, est trop éloignée du Transvaal, principal théâtre des luttes. Ce n'est donc pas envisageable.

Le 30 mai 1910, Kallenbach (qui a déjà financé la ferme de Phoenix, près de Durban) achète un nouveau domaine de quelque 500 hectares à 35 kilomètres de Johannesbourg ; l'architecte écrit à Tolstoï pour lui demander l'autorisation de donner son nom à l'endroit. Pas de réponse. La ferme s'établit. Gândhî y instaure une discipline voisine de celle de Phoenix : trois repas, prière du soir, travail manuel [66]. Une famille africaine y est hébergée sans être considérée comme membre de la communauté[65]. Quand Gândhî est là, on n'a pas recours aux médicaments, comme si sa présence (disent des fidèles) suffisait à les protéger de la maladie. Comme son cabinet d'avocat est situé à Joburg, il est plus présent à Tolstoï qu'à Phoenix, où sa famille réside depuis cinq ans.

Harilâl, son fils aîné, en a assez de cette vie. Il a maintenant près de vingt-trois ans et veut partir avec sa femme pour l'Angleterre pour faire son droit, comme son père. Gândhî refuse, lui expliquant que c'est « *une perte de temps*[54] ». Quand, deux mois plus tard, une bourse est offerte par un ami de Gândhî à Londres à l'intention d'un jeune homme choisi par ses soins pour aller y étudier le droit, il choisit dans un impitoyable souci de justice un neveu, pas son fils ! Plus tard, Harilâl lui reprochera de l'avoir toujours découragé et d'avoir imposé ses diktats. C'est l'occasion d'une vraie rupture avec ce fils qui n'a que dix-huit ans de moins que lui ; Harilâl sera toujours porteur du malheur d'être le fils d'un homme célèbre. Écœuré, il envoie sa femme, Gutlab, et sa plus jeune fille, Raun, à Râjkot[54].

Cette année-là, le gouvernement désigne comme vice-roi le libéral Lord Charles Hardinge à la place de Lord Minto. Dès sa prise de fonctions, il annonce son intention de réunifier le Bengale, dont la division n'a entraîné que des désastres.

Le 15 août, Gândhî, qui attend toujours la réponse promise par Tolstoï, lui envoie une nouvelle lettre : « *J'apprécie beaucoup l'approbation générale que vous donnez à ma brochure sur* La Loi d'autonomie de l'Inde, *et, si vous avez le temps de m'écrire à nouveau, je me réjouis par avance de lire la critique détaillée de cet ouvrage que vous avez eu la bonté de me promettre dans votre lettre [...]. Je ne devrais pas vous imposer toutes ces vétilles, si je ne savais l'intérêt personnel que vous portez à la lutte de résistance passive qui est menée dans le Transvaal*[154]. » Plus tard, Gândhî récusera l'expression « *résistance passive* », qui lui semblera impropre pour décrire son action.

Le 7 septembre, de Kotchety, la propriété de sa fille aînée, Tolstoï répond enfin par une lettre très substantielle[154] : « *J'ai reçu votre périodique, l'*Indian Opinion, *en éprouvant une grande joie à lire ce qu'on y écrit à propos des non-résistants. [...] En réalité, cette non-résistance n'est rien d'autre que l'enseignement de l'amour, non faussé par des interprétations mensongères. L'amour, c'est-à-dire l'aspiration à l'harmonie des âmes humaines, et l'action qui résulte de cette aspiration – l'amour est la loi suprême, unique de la vie humaine. Tout homme le sait pour l'avoir senti au plus profond de son âme – nous le percevons si nettement chez les enfants –, jusqu'au jour où le mensonge de tous les enseignements du monde jette ses idées dans la confusion. Notre devoir est de supprimer tout régime bâti sur la violence avec ses impôts, ses institutions juridiques et policières [...]. C'est pourquoi votre activité au Transvaal, pays qui semble être aux confins de la Terre, est une réalisation centrale, l'accomplissement le plus important parmi tous ceux qui ont cours actuellement de par le monde*[169]. » Cette dernière phrase fait l'effet d'une magnifique récompense pour Gândhî.

Avec cette lettre de l'écrivain russe (qui mourra moins de deux mois plus tard, le 28 octobre, dans la bicoque du chef de gare d'Astapovo), Gândhî « *recevait de Tolstoï mourant* », écrira Romain Rolland, « *cette sainte lumière que le vieil apôtre russe avait couvée en lui, réchauffée de son amour, nourrie de sa douleur ; et il en faisait le flambeau qui a illuminé l'Inde. La réverbération en a touché toutes les parties de la Terre*[133] ».

En janvier 1911, à Jobourg, Gândhî négocie encore – mais toujours en vain – avec le général Smuts pour faire amender la loi sur l'enregistrement, cependant qu'en Inde le nouveau vice-roi, Hardinge, transfère la capitale de Calcutta à New Delhi et parle de renoncer à la partition du Bengale.

En février, Jatîn Mukherjee rencontre le Kronprinz en visite à Calcutta et obtient de lui la promesse de fourniture d'armes en vue d'une insurrection indépendantiste. Il prend contact avec divers militants en Europe pour aller les chercher et demande à ses hommes aux États-Unis de se préparer à une action clandestine d'envergure qui prendrait l'Inde en tenailles grâce à des troupes venues d'Afghanistan et de Thaïlande[95].

En Afrique du Sud, les pourparlers se poursuivent : Gândhî rencontre Smuts le 27 mars, puis les 22 avril et 3 mai ; il semble passer un accord provisoire sur le retrait de la loi.

Le 16 mai 1911, Harilâl n'en peut plus ; il s'enfuit de la ferme Tolstoï. Kallenbach part à sa recherche, le retrouve à Delogoa Bay et le ramène comme un délinquant. Grande crise. Le lendemain, le jeune est mis sur un bateau pour rejoindre sa femme et sa fille à Râjkot.

Le 1er juin 1911, les prisonniers du *satyâgraha* sont relâchés. Mais la loi reste en vigueur : Smuts n'ose contredire les colons.

Le 6 juillet, un jeune Vietnamien de vingt et un ans, Nguyen Tat Thanh (dit Nguyen Ai 'Quoc, et plus tard Hô Chi Minh), se fait embaucher sur un bateau de la Compagnie des chargeurs réunis et se retrouve à Marseille, puis près du Havre où, le 5 septembre, il formule une demande d'admission à l'École coloniale[17]. Demande rejetée. Il deviendra le maître de son pays trente-cinq ans plus tard.

Le 8 décembre, désespérant de parvenir à obtenir une solution, Gândhî invite Gokhalé, dans l'espoir que le grand leader indien obtiendra de Smuts ce que lui, modeste avocat, n'a pu obtenir.

Le 8 janvier 1912, des enseignants et des avocats africains, appuyés par quelques Indiens du Congrès national indien et par les métis de Sol Plaatje, créent à Bloemfontein l'African National Congress (ANC) et élisent John Dube à la tête de l'organisation. À la demande de Kallenbach et avec l'accord de Gândhî, l'*Indian Opinion* publie le manifeste de l'ANC[66]. Ce sera la seule coopération entre Gândhî et le mouvement dont Nelson Mandela sera un jour le chef.

Le troisième satyâgraha

Gokhalé arrive au Transvaal en mars 1912. Il est reçu comme un invité officiel par le gouvernement local, qui met à sa disposition un wagon-salon spécial pour ses déplacements. Gândhî se comporte comme son secrétaire et valet de chambre et lui demande d'essayer d'obtenir aussi l'abandon de la taxe de 3 livres frappant les travailleurs contractuels.

Le 16 mars, Gokhalé rencontre à Pretoria Louis Botha, devenu le premier dirigeant de la nouvelle Union sud-africaine, et le général Smuts, devenu ministre de l'Intérieur, de la Défense et des Mines. En sortant de cette entrevue, Gokhalé dit à Gândhî :

« *Tout est fixé : vous reviendrez en Inde dans un an. L'*Asian Act *sera résilié et la taxe de 3 livres abolie.*

— *J'en doute,* réplique Gândhî. *Vous ne connaissez pas ces ministres comme moi*[109]. »

Et, en effet, rien ne se passera.

Gokhalé est fasciné par le rayonnement et l'ascendant de Gândhî. Il note l'extraordinaire dévouement des militants qui l'entourent. Il presse Gândhî de le rejoindre au plus vite en Inde. Mohandâs est d'accord et va s'y préparer. Le 22 octobre, il accompagne Gokhalé jusqu'à Lourenço Marques, au Mozambique, puis à Zanzibar, dans son voyage de retour vers l'Inde. En rentrant à Bombay, Gokhalé déclarera à ces compagnons d'armes, en parlant de Gândhî : « *En sa présence, on a honte de faire quoi que ce soit de méprisable, et on a même peur de penser quoi que ce soit de méprisable*[154]... »

De fait, en novembre 1912, une fois Gokhalé parti, et comme Gândhî l'a prévu, le général Smuts déclare au Parlement d'Afrique du Sud que, malgré sa promesse, l'hostilité des Européens au Natal l'empêche d'abolir l'obligation d'enregistrement des Indiens tout comme la taxe de 3 livres frappant les ex-travailleurs implantés et leurs familles.

Le 12 décembre, en visite officielle en Inde, le roi George V annonce officiellement le déplacement de la capitale de l'Inde britannique de Calcutta à Delhi et confirme la réunification des deux Bengale. Ces deux décisions provoquent la fureur des musulmans, et le vice-roi Lord Hardinge échappe de justesse à un attentat.

Gândhî en a assez : toutes ses luttes sont vaines. Et Gokhalé qui a tant insisté... Il décide de rentrer en Inde à la mi-juillet 1913 et l'écrit dans l'*Indian Opinion*. Mais, une fois de plus, il va en être empêché.

La marche des femmes

Nouvel affront fait aux Indiens d'Afrique du Sud : le 14 mars, un jugement de la cour suprême de l'Union déclare que, en application de la nouvelle Constitution de l'Union sud-africaine, tous les mariages qui n'ont pas été célébrés selon un rituel chrétien et enregistrés par le Bureau des mariages sont invalides. Autrement dit, les unions contractées par les hindous, les musulmans et les pârsis deviennent du jour au lendemain illégales, et les enfants qui en sont issus se retrouvent illégitimes ! Cette fois, c'est on ne peut plus sérieux. Les femmes prennent la lutte en main[109]. Le 30 mars, elles manifestent partout dans le pays. Plusieurs, dont Kasturbâi Gândhî, dont c'est la première manifestation publique, sont expédiées en prison[54]. Le 12 avril, dans l'*Indian Opinion*, Gândhî proteste contre cette mesure. Les femmes sont libérées. Le 19 mai, il menace le gouvernement de nouvelles manifestations s'il ne tient pas ses promesses.

Le 7 juin, il repousse encore une fois son retour en Inde et se prépare à lancer un nouveau *satyâgraha* sur cette question de la validité des mariages. Le 28, il se dit prêt à négocier avec Smuts et commence à le faire, mais rien n'en sort ; le 13 septembre, il annonce l'échec des pourparlers et, le 15, relance la résistance passive d'une façon nouvelle : par une *marche*. Nul ne sait si c'est Mohandâs ou Kasturbâi qui a eu l'idée de cette forme d'action. En tout cas, elle reviendra désormais très souvent dans le mode opérationnel de Gândhî.

Seize personnes, dont Kasturbâi, partent de la colonie de Phoenix, au Natal, vers le Transvaal. Arrêtées sans permis à leur entrée au Transvaal, elles sont incarcérées le 23 septembre.

En sens inverse, quelques jours plus tard, onze femmes en provenance cette fois de la ferme Tolstoï, au Transvaal, entrent sans autorisation au Natal et se dirigent vers la cité minière de Newcastle ; avant d'être arrêtées, elles persuadent les mineurs de se mettre en grève pour obtenir l'abolition de la vieille taxe de 3 livres qui les empêche de rester en Afrique du Sud au bout de cinq ans. Les mineurs sont en effet des *girmitiyas* et leur unique sujet de préoccupation, c'est cette taxe : si on la lève, ils peuvent espérer devenir des citoyens libres d'Afrique du Sud, quitter la mine et rester dans le pays. Ils s'agitent, manifestent, parlent de saboter les mines. Le 17 octobre, pour prévenir tout acte de violence de leur part, Gândhî se rend à Newcastle et leur demande de cesser le travail dans le calme tant que subsistera la loi sur les 3 livres : 3 000 mineurs en font le serment et se mettent en grève.

La situation devient beaucoup plus préoccupante pour les Anglais : les mines, c'est sacré ! Aussi les propriétaires de concessions coupent-ils l'eau dans les habitations de leurs employés. Les mineurs se mettent alors à leur tour en marche[67]. À Balfour, ils sont arrêtés et entassés à bord de trains à destination du Natal ; ils refusent d'y monter sans en avoir reçu l'ordre exprès de *Gândhîbhâi* (« frère Gândhî »). On les contraint à obéir et on en enferme certains dans des mines, qui deviennent d'horribles prisons.

Le 24 octobre, Gândhî, ne trouvant pas d'aide au Natal, décide de marcher lui aussi vers la ferme Tolstoï, au Transvaal[66]. Il a rassemblé 2 037 hommes, 127 femmes et 57 enfants qui espèrent être arrêtés et emprisonnés en cours de route.

Le 28 octobre, la marche commence. En deux jours, les grévistes, nourris d'une livre de pain et d'une once de sucre, couvrent 50 kilomètres jusqu'à Charlestown, à la frontière. La légende veut qu'une femme continue de marcher malgré la mort de son enfant[154].

Avec cette marche, la grève s'étend. Des gens totalement illettrés, vivant comme des esclaves, quittent leur emploi, impassibles face à la violence. Nulle trace d'anarchie. À la demande de Gândhî, le nettoyage des rues et le travail dans les hôpitaux continuent[66]. Le 3 novembre, il annonce qu'il va pénétrer au Transvaal.

Le massacre de Durban

Le 5 novembre, il câble à Smuts pour lui demander d'abolir la taxe et de légaliser les mariages non chrétiens. En vain. Le même jour, à Durban, le gouvernement déclenche une fusillade sous le faux prétexte de jets de pierres de la part des manifestants : 4 morts, des dizaines de blessés. Le principal dirigeant africain, John Dube, fondateur de l'ANC, assiste au massacre et témoigne : « *J'ai vu 500 Indiens assis par terre, entourés d'intendants blancs, de femmes et de policiers blancs [...]. Les Indiens ont été battus avec des lanières de cuir : "Debout, au travail !" Aucun ne bouge. Puis un Indien répond : "Aussi longtemps que Gândhî Râjâ [le roi Gândhî] est en prison, nous ne travaillerons pas." Les autres leur tapent encore des-*

sus avec des fouets, des bâtons. Hommes, femmes, enfants sont frappés indistinctement. Beaucoup pleurent à fendre l'âme, mais sans bouger. Puis des cavaliers leur foncent dessus. Après cela, on amène un Indien, sans doute leur meneur, en piteux état. Soudain, un policier blanc crie à un policier de ma race [africain] : "Tue-le ! C'est ce qu'il mérite." Le policier noir le tue. Puis deux autres encore sont abattus[65]. »

Choc terrible dans l'opinion. Des Européens qui assistent à ces atrocités commencent à protester. La presse indienne en fait ses gros titres. Smuts lui-même est bouleversé. Gândhî, se sentant coupable, songe à arrêter le mouvement qui a provoqué des morts. Mais il ne le fait pas alors que, comme on le verra, placé dans des circonstances similaires, il le fera cesser en Inde un peu plus tard.

Le 6 novembre, des enfants de la colonne de Gândhî traversent la frontière les premiers sans que la police ose tirer. Le gouverneur général adresse au secrétaire aux Colonies à Londres un message rassurant : « *M. Gândhî est en grande difficulté. Il est fatigué par les fantômes qu'il a créés et ne veut plus avoir la responsabilité de les nourrir. Le département désirait l'arrêter, mais le ministre a pensé différemment*[169]. » Le 7 novembre, Gândhî est arrêté, puis relâché sur caution, et il rejoint les marcheurs. Le 8, il est de nouveau arrêté à Standerton ; reconnu puis libéré, il poursuit sa marche. Le 9, arrêté à Teakworth, il est emmené à Balfour. Le 10, il entame une demi-grève de la faim (un repas par jour) jusqu'au retrait de la taxe, et décide de porter la tunique des travailleurs contractuels. Il est plus que jamais « *girmitiya Gândhî* », adoré des mineurs qui ne font pas un geste sans son accord. Le 11, il est condamné à Dundee à neuf mois d'emprisonnement à régime sévère. Le 13, il est envoyé à Volksrust Gaol. Le 14, il est condamné à trois mois de prison supplémentaires ! Finalement, en arrivant le 16 à Johannesbourg, il est arrêté et condamné à 60 livres d'amende ou neuf mois de prison à régime sévère ; il choisit la prison[66].

Cependant, le massacre de Durban continue à faire ses effets dans l'opinion. Des manifestations ont lieu en Inde. Le primat anglican de l'Inde, Mgr Leroy, proteste dans une lettre ouverte à la presse. À Delhi, choqué, le vice-roi Lord Hardinge réclame une enquête sur les atrocités commises à Durban. Dans un extraordinaire discours prononcé à Madras le 17 novembre, il déclare : « *Des gens comme moi, qui ne sont pas indiens mais qui ont beaucoup d'amitié pour l'Inde, se joignent avec sympathie aux efforts des Indiens. Des incidents récents ont mal tourné. Des accusations ont été portées concernant des actes de violence qui ne peuvent être tolérés d'un gouvernement ou d'un peuple qui se qualifient eux-mêmes de civilisés. Le gouvernement sud-africain dément ces accusations. Mais il semble qu'il y ait un aveu dans ce démenti, et je pense que le gouvernement sud-africain n'a pas fait montre de sagesse. Il devient urgent de nommer une commission impartiale pour enquêter sur ces incidents et démontrer à l'Inde et au monde son objectivité. Vous pouvez être sûrs que le gouvernement de l'Inde, pour sa part, ne laissera aucune accusation sans réponse, et présentera l'affaire au gouvernement britannique*[169]. » Jamais un vice-roi ne s'était encore exprimé ainsi contre son gouvernement et contre le gouvernement d'une autre colonie anglaise. À Pretoria, Botha, furieux, demande à

Londres de rappeler Lord Hardinge. Londres hésite, mais n'ose accéder à cette requête : Hardinge est devenu immensément populaire en Inde et son mandat de cinq ans n'est pas encore terminé.

À ce moment, Minto considère Sri Aurobindo comme l'homme le plus dangereux et Curzon proteste contre l'idée de l'université d'Oxford de remettre à Rabindranâth Tagore un doctorat *honoris causa* : « *Il y a en Inde des gens plus remarquables que Tagore.* »

Au même moment, Tagore, après Rudyard Kipling et avant Romain Rolland, reçoit le prix Nobel de littérature. Sa « Maison de la Paix », fondée en 1901 à 75 kilomètres à l'ouest de Krishnanagar (au nord de Calcutta), devient l'université Vishva Bhârati, où des étudiants du monde entier viennent s'initier aux philosophies de l'Inde. Gândhî rêve de s'en inspirer pour créer son propre *âshram*.

Très malade, Gokhalé entreprend néanmoins une campagne de mobilisation pour les *satyâgrahis* d'Afrique du Sud et charge deux Anglais, disciples de Rabindranâth Tagore, le révérend C.F. Andrews et William Pearson, d'aller épauler Gândhî. Au même moment, en sens inverse, Gândhî songe à envoyer certains de ses compagnons chez Tagore et à retrouver Gokhalé, parti se faire soigner en Grande-Bretagne ; que Gândhî le rejoigne à Londres, écrit Gokhalé, et ils rentreront ensemble en Inde du Sud.

Mais il faut d'abord en finir avec la bataille en cours. Et, comme rien ne réussit, Gândhî pense à utiliser une autre arme : la grève de la faim.

La victoire par la grève de la faim

Fin novembre 1913, le général Smuts essaie de sauver la face en créant une commission d'enquête de trois membres... tous connus pour leurs positions racistes ! Gândhî refuse d'être auditionné et, le 6 décembre, il entame une grève de la faim, la première qu'il effectue pour raisons politiques. Dans son enfance, il a certes vu sa mère jeûner. Lui-même a déjà jeûné pour des motifs religieux. Il voit ses amis musulmans jeûner chaque année pour le ramadan. Il a toujours considéré le jeûne comme une façon de purifier son esprit et de se punir de ses propres faiblesses. Le jeûne n'est pas dans son esprit un chantage, mais une manière de montrer qu'il a conscience de son échec et, incidemment, de faire réfléchir l'autre sur ses propres lacunes[158]. Une façon pour le plus faible de prendre le dessus moral sur le plus fort.

Avec Smuts, cela réussit : débordé par les grèves, poussé aussi bien par son opinion que par la presse et le gouvernement de Londres, bouleversé par le massacre de Durban, il abolit la taxe de 3 livres sur les ex-travailleurs implantés, légalise les mariages célébrés selon les rites indiens, et un certificat de domicile portant l'empreinte du pouce devient suffisant pour être admis légalement dans l'Union sud-africaine.

Après huit ans de lutte, les principales revendications des trois *satyâgrahis* sont ainsi satisfaites – du moins en principe... Quant à Gândhî, le 18 décembre, il est libéré sans condition et cesse sa grève de la faim qui aura duré douze jours.

Quelques jours plus tard, il se lance pourtant dans une nouvelle grève de la faim de quatorze jours, cette fois pour se punir de ce qu'un membre de la ferme ait eu des relations sexuelles [109]...

Une fois cette bataille gagnée, il reçoit de nombreuses lettres de félicitations de l'Inde, dont plusieurs, en provenance du Gujarât, le nomment « *Mahâtmâ* », c'est-à-dire, selon la tradition hindouiste, celui dont les pensées, les paroles et les actes sont en complète harmonie : « *celui dont le cœur saigne pour les pauvres, les opprimés et les persécutés* », disait Vivékânanda.

Tout le monde veut le voir et recherche son aide. Ironie de l'histoire : les employés blancs de la South African Railways (les mêmes qui, un peu plus de vingt ans auparavant, l'ont expulsé d'un wagon de première classe, et qui le feraient sans aucun doute encore s'il s'y risquait) viennent lui demander son soutien ! Il refuse, non pour cette raison, mais au motif que le *satyâgraha* ne permet pas de s'en prendre à l'ennemi quand il est faible. Or Smuts, dit-il, vaincu par les Indiens, est en état de faiblesse...

Cette même année, en France, le lieutenant-colonel Do Huu Chanh, officier appartenant à une famille vietnamienne anciennement naturalisée, sollicite l'autorisation de suivre les cours de l'École de guerre. Le général Joffre, chef d'état-major de l'armée, refuse : « *Étant donné son origine, le lieutenant-colonel Do Huu Chanh ne doit pas accéder au sommet de la hiérarchie. Dans ces conditions, il n'est pas question de lui faire donner l'instruction militaire supérieure* [17]. »

Le 22 janvier 1914, l'accord avec Smuts est confirmé. La signature va demander encore quelques mois en raison des ratifications parlementaires. Le *satyâgraha* s'arrête et la ferme Tolstoï, qui n'a plus de raison d'être, est mise en vente. Gândhî décide d'envoyer ses hommes chez Tagore et parle de rejoindre Gokhalé au plus tôt.

Au début de février, les envoyés de Gokhalé, Andrews et Pearson, juste avant de repartir pour l'Inde, vont trouver John Dube, le leader de l'ANC, pour lui dire qu'à leur avis l'African National Congress devrait fusionner avec l'Indian Congress et apprendre de lui les techniques de la non-violence, qui viennent de porter leurs fruits. Dube leur répond que le massacre de Durban a beaucoup plus compté que la non-violence dans la victoire des Indiens et ajoute cette curieuse réponse : « *J'ai beaucoup étudié la lutte des Indiens sous la direction de M. Gândhî [...]. Nous ne pouvons pas faire ce que les Indiens ont fait. Nous n'avons pas cette propension divine à la souffrance. Si j'y conduisais mon peuple, nous serions détruits*[65]. »

Pour en finir avec l'Afrique du Sud

Avant de rentrer en Inde, sans aucun esprit de retour, laissant Phoenix entre les mains de son deuxième fils, Manilâl, Mohandâs, dans un numéro spécial de l'*Indian Opinion* commémorant les huit années de *satyâgraha*, rédige en mars 1914 une longue réflexion à ce sujet – une des plus théoriques qu'il écrira jamais – qui servira de base à son action future : « *Poussé à son extrême limite, le* satyâgraha *est indépendant de toute assistance financière ou matérielle, et certainement, même dans sa forme élémentaire, de la force physique ou de la violence. [...] En réalité, la violence est la négation de cette immense force spirituelle qui ne peut être cultivée ou utilisée que par ceux qui renoncent totalement à la violence. C'est une force utile aussi bien aux individus qu'aux communautés. Elle peut servir tant dans le domaine politique que dans la vie quotidienne. Ses possibilités d'application universelle sont une démonstration de sa permanence et de son invincibilité [...]. L'utilisation de cette force exige l'adoption de la pauvreté dans le sens où nous ne devons pas nous préoccuper de savoir si nous aurons les moyens de nous vêtir ou de manger*[169]. » Puis il revient sur les épreuves qu'il a vécues et sur le massacre de Durban : « *Durant cette lutte, tous les* satyâgrahi *n'étaient pas prêts à aller jusque-là. D'autres n'avaient de* satyâgrahi *que le nom. Ils vinrent sans conviction, souvent avec des motivations ambiguës ou plus rarement impures. Certains d'entre eux, même, alors qu'ils étaient engagés dans la lutte, auraient joyeusement recouru à la violence s'ils n'avaient été surveillés de près. C'est pourquoi la lutte dura ; car l'exercice de la force morale la plus pure, dans sa forme parfaite, donne presque d'emblée satisfaction. [...] Un des éléments essentiels de l'enseignement devrait consister à apprendre aux enfants que, dans la lutte pour la vie, il est aisé de vaincre la haine par l'amour, le mensonge par la vérité, la violence par l'acceptation de la souffrance*[169]. »

Toujours en mars, alors que peu à peu s'accumulent en Europe les tensions qui pourraient entraîner la Grande-Bretagne dans une guerre continentale, quelques nationalistes irlandais et indiens commencent à revendiquer leur indépendance respective et exigent même qu'elle leur soit accordée en préalable à leur appui à la Grande-Bretagne dans un éventuel conflit. Annie Besant le fait clairement savoir à Londres : « *Le prix de la loyauté indienne est la liberté de l'Inde.* » Pendant ce temps, Jatîn Mukherjee continue de mettre sur pied un réseau international de livraison d'armes en collaboration avec le gouvernement de Guillaume II.

En avril, Gândhî, qui sait que ses exploits en Afrique du Sud lui ouvrent des portes pouvant se révéler utiles dans la perspective de futurs combats en Inde, décide de se rendre d'abord à Londres et d'y retrouver Gokhalé. Il partira avec sa femme et deux de ses enfants. Manilâl reste pour gérer la ferme et l'*Indian Opinion*. Harilâl est déjà à Râjkot. Hermann Kallenbach pense les accompagner.

En juin, Tilak revient de Birmanie, où il a été exilé, et entreprend de refaire l'unité du Congrès entre réformistes et radicaux ; face à la guerre qui semble maintenant inévitable, il se fait docile : « *Il est du devoir de chaque Indien, grand ou petit, riche ou pauvre, de soutenir et d'aider du mieux qu'il peut le gouvernement de Sa Majesté*[154]. »

Le 30 juin, au lendemain de l'assassinat de l'archiduc François-Ferdinand d'Autriche à Sarajevo, Gândhî signe avec le général Smuts, devenu ministre de l'Intérieur du gouvernement de l'Union sud-africaine, l'accord qui satisfait les principales revendications des Indiens. Une semaine plus tard, Kallenbach confirme qu'il l'accompagne. Il est résolu à refaire sa vie en Inde et à mettre ses idées en œuvre avec son ami. Il est convenu qu'ils iront à Londres pour rejoindre Gokhalé, qui est soigné en France, avant de repartir ensemble pour l'Inde.

Le 6 juillet, Gândhî réunit ses amis pour une réunion d'adieux très émouvante. Il est venu là en tant que jeune conseiller d'une firme commerciale à 105 livres par an et il y a gagné jusqu'à 5 000 livres. Alors qu'à Bombay, jeune avocat, il avait été incapable de mener un contre-interrogatoire dans une affaire civile d'importance mineure, il a, en Afrique du Sud, renoncé à ses ambitions d'avocat, à ses vêtements anglais, il s'est rasé le crâne, ne mange plus que des fruits frais ou secs, s'abstient de parler une journée entière par semaine : le mardi puis le lundi. La lutte a été rude : il est allé cinq fois en prison pour un total de sept mois ; il a été agressé à sept reprises. L'avocat sans charisme est devenu un entraîneur de foule, à la tête d'une organisation politique majeure, fondée sur une foi de plus en plus inébranlable : « *C'est là que la foi religieuse devint en moi une force vivante. J'étais allé en Afrique du Sud pour y gagner ma vie et je m'y trouvai en quête de Dieu et de la réalisation de soi*[170]. » Il est longuement applaudi. Bien des gens pleurent. Il sait qu'il ne reviendra jamais. En fait, son action n'a pas fait totalement disparaître la discrimination dont souffrent les Indiens en Afrique du Sud. Le système du *girmitiya* et l'apartheid y sont toujours en place ; les commerçants indiens restent soumis à l'exigence d'un permis de séjour ; la plupart des Indiens n'ont toujours pas le droit de vote. Les Africains et les métis sont victimes de restrictions encore pire.

Le 18 juillet, au moment où il embarque pour l'Angleterre avec Kasturbâi, deux de ses enfants et Kallenbach, Gândhî est anxieux : l'Inde où il va bientôt se retrouver n'est pour lui, comme il le dit ce jour-là, qu'« *un pays étranger*[154] ». De fait, depuis qu'il l'a quittée en 1888, il y a séjourné moins de quatre ans, et chaque fois pour y plaider surtout la cause des quelques milliers d'Indiens d'Afrique du Sud, cause si dérisoire au regard des enjeux du sous-continent : le Natal et le Transvaal ne sont pas plus étendus, pris ensemble, que la plus petite des provinces indiennes, et leur population est deux mille cinq cents fois moindre ! Il n'a certainement pas encore l'ambition de diriger l'ensemble de la lutte anticoloniale, mais, comme en Afrique du Sud, il ne se voit pas autrement que comme chef.

Au même moment, informé du départ de Gândhî, le général Smuts murmure : « *Le Saint a quitté nos côtes, j'espère pour toujours*[66]. » Bien des années plus tard, devenu un héros de la Grande Guerre, un des fondateurs de la SDN et maréchal britannique, J.C. Smuts fera don de la paire de sandales fabriquée pour lui en 1909, en prison, par Gândhî au National Museum d'Afrique du Sud, déclarant qu'il ne se considère pas digne de les porter : « *Fatalité que d'avoir été l'adversaire d'un homme pour qui j'avais, à cette époque déjà, le plus grand respect. Pour Gândhî, tout a marché selon ses plans. Il a même pu jouir d'un bon repos en prison, ce qu'il désirait sans nul doute. Pour moi, défenseur de l'ordre, j'étais au contraire dans une situation impossible. J'avais à appliquer une loi relativement impopulaire et, par surcroît, j'ai dû subir l'humiliation de devoir l'abolir. Pour lui, en fait, tout cela fut une réussite totale*[169]. »

Chapitre IV

Hind Swarâj

1914-1930

Oublier Kallenbach

Le 18 juillet, Gândhî, Kasturbâi, leurs deux cadets et Kallenbach embarquent donc pour Londres. Coupés du monde pendant le voyage, ils n'apprennent que par la rumeur, aux escales, que le sort de l'Europe se précipite. Après l'assassinat de l'archiduc d'Autriche François-Ferdinand à Sarajevo, le 28 juin, l'engrenage s'est enclenché ; le 28 juillet, l'Autriche-Hongrie déclare la guerre à la Serbie ; le 1er août, l'Allemagne à la Russie ; le 2, la Grande-Bretagne à la Turquie ; le 3, l'Allemagne à la France ; le 4, l'Angleterre à l'Allemagne ; le 5, l'Autriche à la Russie. Le 6, à Calcutta, Lord Hardinge annonce l'entrée en guerre du Râj. Les princes et les leaders du Congrès, de Gokhalé à Tilak, n'y voient pas d'obstacle ; mais les musulmans, Azad et les frères Ali, attachés au sultan et calife ottoman allié des Allemands, préféreraient, selon les paroles de l'un d'eux, que « *le gouvernement de notre calife [l'empereur] fasse la guerre du côté du gouvernement de notre roi-empereur*[109] ».

Toutes les vagues réformes promises sans conviction par les puissances européennes sont alors gelées ;

les colonies ne sont appelées qu'à fournir des troupes ; le projet d'autonomie irlandaise est suspendu pour la durée de la guerre, et un dirigeant irlandais, John Redmond, exhorte même les membres de son groupe indépendantiste, les Irish Volunteers Forces (IVF), à s'enrôler dans l'armée britannique.

Ce jour-là, quand il débarque à Southampton, Gândhî découvre que l'Inde est en guerre, c'est-à-dire qu'il l'est lui-même contre Kallenbach, son ami qui a gardé la nationalité allemande ! Il n'est pas mal reçu, au contraire : le soutien accordé par le vice-roi à son action, après le massacre de Durban, a légitimé son mouvement aux yeux des Anglais. Par ailleurs, tout le monde, à Londres, a autre chose à faire que de s'occuper d'un obscur militant colonial : début août, les armées allemandes s'emparent de Liège, puis de Bruxelles, tandis que Tokyo déclare la guerre à Berlin pour envahir les positions allemandes en Chine.

Gândhî veut agir et pousser les Indiens d'Inde et d'Afrique du Sud à s'engager. Pour lui, en revanche, il n'est pas question de partir au front – il a quarante-six ans ; mais il propose de constituer un corps d'ambulanciers, le troisième après celui de la guerre des Boers et celui du massacre des Zoulous. En l'apprenant, Henry Polak, resté en Afrique du Sud, câble à Gândhî sa protestation : « *Comment un non-violent peut-il indirectement participer à la guerre*[155] *?* »

À Berlin, le chancelier Bethmann Hollweg, tenant la promesse faite à Jatîn Mukherjee à Calcutta, en 1911, par le fils du Kaiser, fournit à ce réseau de révolutionnaires les moyens d'affréter des navires sur la côte californienne et d'expédier des armes vers la côte orientale de l'Inde, éveillant les soupçons des services d'espionnage anglais et américains. Il a des hommes

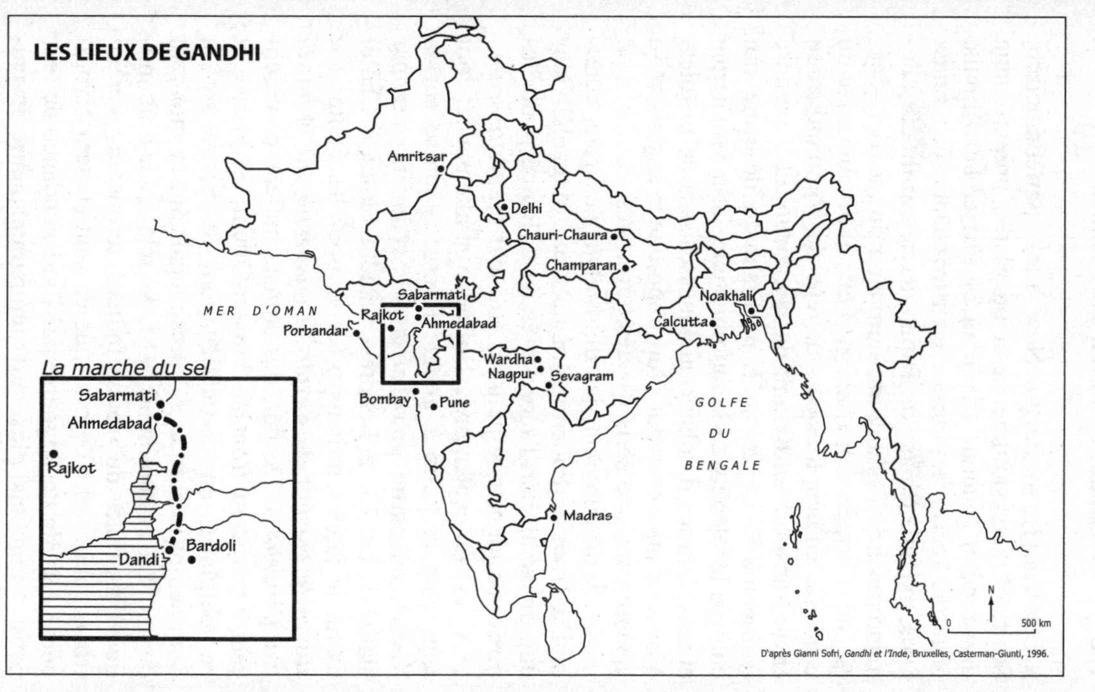

D'après Gianni Sofri, *Gandhi et l'Inde*, Bruxelles, Casterman-Giunti, 1996.

à Londres, Paris, Berlin, New York, San Francisco, Seattle[95]. Jatîn Mukherjee a un plan : préparer une insurrection générale (fixée au 21 février 1915), puis, une fois reçues les armes en provenance des États-Unis, expédiées par von Papen, attaché militaire allemand posté à Washington, s'emparer du quartier général de l'armée impériale à Fort William, près de Calcutta, couper tous les moyens de communication et de transport ferroviaire de la capitale et y prendre le pouvoir[95]. Le 26 août, profitant du désordre qui entoure les débuts de la mobilisation, Jatîn Mukherjee et ses hommes dérobent quelques caisses de pistolets Mauser dans l'entrepôt d'un importateur anglais et se lancent dans une série d'actes terroristes.

Au même moment, les dix-huit jeunes gens venus de l'*âshram* de Phoenix, conduits par Maganlâl Gândhî, arrivent chez Tagore, près de Calcutta, pour étudier avec lui ce que pourrait être leur propre *âshram*.

À la mi-septembre, l'offensive allemande, qui approche de Paris à grande vitesse, s'enlise sur la Marne, en partie grâce aux taxis réquisitionnés par Gallieni. Le 23, à Londres, Gândhî réunit à l'hôtel Cecil de jeunes Indiens présents pour les inciter « *à suivre le chemin du devoir, à concevoir du point de vue impérial* ». De fait, des soldats indiens commencent à partir au front au Moyen-Orient, en France et en Belgique, en particulier pour se battre sur la Somme, puis autour d'Ypres ; beaucoup y meurent durant l'été et l'automne 1914. Au total, plus d'un million d'hommes de troupe indiens seront envoyés au front, habités par l'espoir que ce soutien sera récompensé à la fin de la guerre par l'indépendance de leur pays. Vingt ans plus tard, un parlementaire britannique, Lord Lansbury, dépeindra l'impression produite en 1914 par la « *poignante tragédie du corps d'armée indien [...] qui, au prix de lourdes pertes, a arrêté le grand assaut allemand de l'automne 1914 et ainsi sauvé l'Empire britannique [...]. Ces troupes avaient été envoyées de leur patrie ensoleillée en France, la France qu'elles n'avaient atteinte qu'après une longue traversée. Nombre d'entre eux ne savaient pas quel était l'ennemi qu'ils venaient combattre, certains croyant même que c'étaient les Russes ! Absolument novices dans la tactique moderne, ces troupes avaient été subitement jetées dans l'affreux carnage d'Ypres* ».

Première déception : Gândhî espère retrouver Gokhalé, censé l'attendre, mais il n'est pas là, bloqué en France. Que faire ? Au même moment, il reçoit une lettre de Tagore lui annonçant l'arrivée de gens de Phoenix et le remercie de « *permettre à ses disciples d'être aussi les nôtres et de tisser un lien vivant dans la* sâdhanâ *de nos deux vies*[109] » ; il l'attend au plus tôt.

En octobre, le corps d'ambulanciers de Gândhî est opérationnel ; parmi eux, une jeune et riche Bengalie, Sarojini Nâidu, venue à Londres étudier la poésie, qui le surnommera plus tard « Mickey Mouse ». Elle ne le quittera plus pendant quarante ans. Comme en Afrique du Sud, il entend tout décider ; quand l'armée lui explique la hiérarchie et la discipline, et qu'elle veut placer son corps d'ambulanciers sous les ordres d'un officier britannique, il menace, du haut de son grade de sergent de réserve, de lancer un *satyâgraha*, autrement dit un mouvement de résistance passive... passible du peloton d'exécution ! Mais tout le monde a d'autres soucis que de s'occuper de ces deux cents infirmiers indiens, et on le laisse faire. Il est victime d'une grave pleurésie au moment où arrive enfin de

France, après avoir traversé la Manche malgré la guerre, Gokhalé, lui aussi très malade. Il lui explique que le Congrès est dominé par les modérés, à savoir Sir Pherozeshah Mehtâ et lui-même ; le leader des extrémistes, Tilak, récemment sorti de prison, se tient tranquille ; son adjoint, Lâlâ Lâjpat Râi, dirigeant du Penjab, est en exil ; l'autre radical, Sri Aurobindo, s'est retiré à Pondichéry. Gokhalé lui répète ce qu'il lui a dit en Afrique du Sud : « *Les musulmans indiens vivent mal l'entrée en guerre contre les Turcs et cela risque d'entraîner une guerre civile, voire la partition du pays : après tout, l'Inde est une invention anglaise. Vous avez très bien réussi avec les musulmans en Afrique du Sud ; ils vous apprécient [...]. Vous nous aidez à aller plus vite vers l'indépendance. Mais il vous faut comprendre l'Inde, que vous ne connaissez pas. Rentrons ensemble, allez à la rencontre de l'Inde, étudiez-la, voyagez. Puis venez travailler avec moi. Je vous demande de scruter l'Inde avec l'œil d'un épervier affamé*[169]. »

Gândhî est d'accord. Il est impatient de rentrer. Au reste, le climat londonien, froid et humide, est déconseillé pour sa pleurésie. Il essaie alors d'obtenir un visa indien pour Hermann Kallenbach ; mais le vice-roi, Lord Hardinge, a interdit l'entrée en Inde à tout citoyen allemand. Gândhî frappe à toutes les portes. Cela ne fait qu'attirer l'attention sur le cas de Kallenbach, qui est arrêté et interné. Gândhî laisse partir Gokhalé et promet de le retrouver à Bombay, le temps de tirer son ami de ce guêpier. Mais il n'y parvient pas, et, quelques semaines plus tard, le 19 décembre 1914, sur l'instance même de Kallenbach, il se résigne à le laisser sur place et à partir. Il va saluer ses ambulanciers qui partent pour les tranchées et embarque, bouleversé, pour Bombay, avec sa femme et deux de ses enfants, abandonnant son ami en camp d'internement. « *Ce fut un grand déchirement pour moi que me séparer de Kallenbach, et je vis que sa propre peine était grande*[170]. »

Beaucoup plus tard, Kallenbach sera autorisé à rentrer en Afrique du Sud. Les deux amis s'écriront pendant des années tous les quinze jours, puis leurs lettres s'espaceront. Ils ne se reverront qu'au bout d'un quart de siècle, dans des circonstances particulièrement tragiques dont nous aurons à parler.

Un épervier affamé

En abandonnant Kallenbach, Gândhî tourne la page et laisse à jamais derrière lui l'Afrique du Sud. Sur le bateau qui l'emmène vers Bombay, il décide d'agir en Inde comme il l'a fait en Afrique du Sud, pour apprendre aux gens à recouvrer leur dignité, à prendre leurs distances avec l'Occident, avec ses techniques et sa violence. L'Inde, pense-t-il, ne pourra aspirer à l'autonomie tant que chaque villageois ne sera pas devenu « *l'artisan de sa propre destinée*[169] » ; ce pays, explique-t-il, doit se réformer religieusement et socialement. Il faut, comme l'ont déjà voulu Râm Mohun Roy et ses successeurs, abolir vraiment le sacrifice des veuves (*sati*) et l'interdiction (*dâha*) de leur remariage, augmenter l'âge légal du mariage (dont Gândhî a eu lui-même à pâtir), supprimer le fardeau de la dot, abolir l'intouchabilité, promouvoir les populations en marge. Ensuite, l'autonomie viendra d'elle-même, sans combat ni violence. Il estime qu'il réussira à le faire comprendre aux Anglais en Inde, comme il persuada le général

Smuts en Afrique du Sud, et que la stratégie non violente utilisée à Durban portera ses fruits à Delhi et Calcutta.

À son arrivée à Bombay, le 9 janvier 1915, Gokhalé, rentré juste avant lui, épuisé, l'attend sur le port avec quelques amis. Ceux qui ne connaissent pas Gândhî découvrent un homme maigre, le cheveu rasé, vêtu comme un paysan, avec de grandes oreilles ; « *son gros nez pointe vers le bas tandis que sa lèvre inférieure pousse vers le haut, à sa rencontre* », il « *ressemble à une noix polie, brillante et luisante, sans graisse superflue*[56] ».

Trois jours plus tard, le 12 janvier, une somptueuse réception est donnée en son honneur au palais de Jahangir, quatrième empereur moghol. Toute l'élite de Bombay est là : les hauts fonctionnaires comme le monde des affaires et les journalistes. Chacun est au courant de ses exploits en Afrique du Sud : les papiers brûlés, les jeûnes, les marches, les geôles, les revers, les victoires, le massacre de Durban, etc. Le héros du jour arrive, l'air sombre, vêtu d'une cape du Kâthiâwâr, sa région natale, et d'un turban, tenue qui détonne dans ce milieu occidentalisé. Sir Pherozeshah Mehtâ, l'avocat et notable le plus en vue de Bombay, qui le connaît depuis son premier retour de Londres, le salue comme « *le héros de la cause de l'indépendance de l'Inde* » et présente Kasturbâi comme « *l'héroïne de l'Afrique du Sud* ». Mohandâs répond qu'il n'aime guère ce genre de cocktail mondain, et qu'il se sentait plus chez lui parmi les travailleurs contractuels du Natal. Silence gêné... Quand un jeune et élégant avocat, gujarâtî comme lui, Mohammed Ali Jinnah, lui adresse un compliment, Gândhî l'interrompt en lui reprochant en gujarâtî de parler l'anglais. Silence glacial... Quand un journaliste pârsi s'adresse aussi à lui dans la langue du colonisateur, il lui tourne le dos : « *En Afrique, je n'ai pas oublié ma langue maternelle !* »

On lui demande alors pourquoi, s'il aime si peu les Anglais, il a recruté pour eux des ambulanciers. Il répond qu'il faut les aider à remporter cette guerre afin que l'indépendance de l'Inde en découle[109]. Gokhalé, Jinnah et Tilak protestent : « *Jamais les Anglais ne l'accorderont de leur plein gré ! Cette guerre est la chance de l'Inde. Il faut en profiter pour prendre notre indépendance ; on verra après si on vient en aide aux Anglais.* » Gândhî leur réplique : « *En prêtant main-forte aux Britanniques et en coopérant avec eux en ces heures difficiles pour eux, nous pourrons améliorer notre statut*[170]. »

Ce soir-là, il rencontre aussi Annie Besant : l'Irlandaise se sent désormais totalement indienne. Un de ses amis, Srînivâsa Sâstri, adjoint de Gokhalé au sein de son petit groupe, écrit alors : « *Elle était persuadée, au fond de son cœur, que son âme et son esprit appartenaient à cette contrée, et qu'elle se réincarnerait dans ce pays pour en apprendre la culture, en diffuser la philosophie, en enseigner la religion. Sa grande ambition était d'être connue comme Indienne, d'être reconnue dans chaque foyer comme une Indienne*[32]. »

Gokhalé est amusé par le comportement de son jeune protégé. Il note « *l'énergie tapie dans ce corps anguleux [...]. Il marche très droit, rit à gorge déployée [...]. En entrant dans une pièce, Gândhî y apporte une bouffée d'air frais*[169] ». Gokhalé écrit alors que Gândhî « *est sans aucun doute de l'étoffe dont on fait les héros et les martyrs. Et même plus : il possède le pouvoir merveilleux de changer les hommes ordinaires qui l'accompagnent en héros et en martyrs*[109] »... Il lui suggère de demander un rendez-vous de courtoisie au gouverneur de Bombay, Lord Willingdon, qui le reçoit fort aimablement et le remercie pour ce qu'il a fait en recrutant des ambulanciers : « *Je ne vous demande qu'une chose : c'est que vous passiez me voir chaque fois que vous vous proposerez de prendre des mesures concernant le gouvernement*[109]. »

Gokhalé, qui souffre d'un diabète de plus en plus sévère, promet de l'aider à trouver un financement pour l'*âshram* qu'il veut créer et lui propose de rejoindre son groupe au sein du Congrès, les « *Serviteurs de l'Inde* », même si les amis de Gokhalé n'apprécient pas la phraséologie religieuse ni sa critique de la civilisation occidentale de Gândhî. Le 30 janvier, Gokhalé lui fait alors promettre de s'efforcer de mieux connaître l'Inde avant de prendre position, et de ne pas s'exprimer en public avant un an. Gândhî accepte.

Le 1er février 1915, Gokhalé, de plus en plus exténué, repart chez lui, à Poona. Gândhî, lui, va installer sa famille à Râjkot où il est reçu en héros, même si sa caste ne veut toujours pas de lui. À Gondal, dans le Kâthiâwâr, lors d'une réunion où il s'astreint à ne pas prendre la parole, pour tenir la promesse faite à Gokhalé, un paysan l'appelle « Mahâtmâ », comme d'aucuns le faisaient déjà dans des lettres, c'est-à-dire « *celui dont les pensées, les paroles et les actes sont en complète harmonie* » (*mânasyekam, vâchasyékam, karmanyékam*).

En première ligne

Gândhî part le 4 février de Râjkot pour aller chez Tagore, à Shântinikétan, au Bengale, pour y retrouver ses amis de Phoenix arrivés là depuis quelques jours. Le poète le salue en lui donnant du « *Mahâtmâ* », comme il a entendu faire les jeunes gens de Phoenix. (La légende retiendra à tort que cette appellation fut inventée par Tagore ; il sera le premier à le faire en public.) Andrews, qui est présent, raconte la conversation entre les deux hommes : « *Leur premier sujet de discussion est les idoles. Gândhî les défend, disant que les masses sont incapables de se hisser du jour au lendemain à des idées abstraites. Tagore ne supporte pas de voir traiter le peuple comme un enfant. Gândhî répond que, même en Europe, on utilise aussi des idoles : ce sont les drapeaux, et il propose le sien – un rouet ; il ajoute que le nationalisme peut conduire à l'internationalisme tout comme la guerre est parfois nécessaire pour parvenir à la paix. Tagore est en désaccord avec tout cela. Il pense que tout doit passer par la raison, la science, l'objectivité*[3]. »

Gândhî est déçu : l'*âshram* de Shântinikétan ne ressemble pas du tout à ce à quoi il s'attendait : désordre et manque d'hygiène. Il explique à Tagore le danger qu'il y a à faire frire le pain dans l'huile : « *cela en fait un véritable poison* ». Tagore réplique avec ironie : « *Ce doit être alors un poison à effet très lent, car j'en ai mangé toute ma vie et je ne m'en suis pas encore trouvé mal*[109]. » Mohandâs veut convaincre les étudiants et professeurs de Shântinikétan de mettre à la porte la trentaine de brâhmanes qui servent de cuisiniers et de faire eux-mêmes la cuisine, la vaisselle et le ménage. Tagore, amusé, les y encourage, mais quand

Gândhî parle de rebâtir les latrines, tout le monde s'esquive[109].

Quand, à ce moment, une flotte franco-anglaise attaque la Turquie dans les Dardanelles, une partie des musulmans indiens appellent à la guerre sainte contre Londres et veulent partir défendre le calife contre les Britanniques.

Le même jour – deux semaines après son arrivée chez Tagore –, Gândhî reçoit un télégramme de Poona : Gokhalé, qui allait le prendre sous son aile, vient de mourir du diabète à quarante-neuf ans, chez lui, en pays marathe. Gândhî est effondré : « *J'avais besoin d'un pilote sûr pour me lancer sur la mer tempétueuse de la vie publique indienne, et je ne me sentais en sécurité que sous l'aile de Gokhalé*[170] », écrira-t-il. En signe de deuil, il décide de marcher pieds nus pendant une année. Et il confirme l'engagement pris de ne pas parler en public pendant un an. Il perd le peu de confiance qu'il avait encore dans la médecine occidentale et explique[11] à Tagore que la guérison des maladies dépend de la maîtrise de soi, d'un environnement sain, d'une nourriture frugale et du refus de tout médicament, sauf ceux composés des cinq éléments (la terre, l'eau, le feu, l'air et l'« éther », que Gândhî nomme l'« immensité bleue »). Il ajoute : « *Produire assez de légumes, de fruits et de lait dans les villages est une part essentielle de tout traitement naturel*[11]. »

La mort de Gokhalé va jouer un rôle capital dans sa destinée : il avait besoin d'un maître ; il est plus vite que prévu en première ligne.

Premier « âshram »

Dès le début de mars 1915, après un mois passé auprès de Tagore, il part avec ses disciples en pèlerinage à Kumbhamélâ, sur les rives du Gange, tout près d'Allahâbâd, à 120 kilomètres de Bénarès, au confluent du Gange, de la Yamunâ et de la Sarasvatî, rivières divines et mythiques ; c'est l'un des lieux les plus sacrés de l'hindouisme et, tous les douze ans, plusieurs millions d'Indiens se rassemblent à Trivéni Ghât pour s'y baigner. Puis il revient à Bombay et, en mémoire de Gokhalé, demande à être admis chez les Serviteurs de l'Inde ; mais le nouveau dirigeant de ce groupe, Srînivâsa Sâstri, renâcle et Gândhî retire sa candidature ; ils deviendront néanmoins des amis et des compagnons de combat. Le 20 mai, il apprend avec tristesse la mort de son deuxième mentor, Mehtâ, l'avocat de Bombay qui l'avait si bien reçu et chez qui il avait rencontré Râjchandra.

À la fin du même mois, il lui faut choisir où loger le petit groupe de dix-huit jeunes gens, femmes et enfants, devenus vingt-cinq, qui ont lié leur sort au sien. Beaucoup de villes, dont Râjkot, lui proposent de le recevoir. Des industriels d'Ahmedâbâd, chef-lieu du plus gros centre de production textile du Gujarât, lui offrent de l'accueillir à Kochrab, un village voisin ; il accepte : c'est près à la fois de Bombay et des terres de son enfance.

Il installe sa petite troupe dans une superbe maison appartenant à un avocat, qu'il nomme pompeusement l'« *âshram du Satyâgraha* ». Comme en Afrique du Sud, tous font vœu de vérité, de chasteté (y compris les couples mariés), d'*ahimsâ* (non-violence), de pauvreté et de « servir le peuple indien ». Comme en

Afrique du Sud, c'est Gândhî qui décide de tout : emploi du temps, habillement, nourriture. Il rédige une liste de onze devoirs : la foi ; la vérité ; la tolérance ; la morale ; le renoncement ; la non-violence ; l'amour ; la discipline ; l'éducation ; la justice ; le service [149]. Le plus important pour lui est l'obligation de vérité ; en parole, en pensée et en action, car « *le mensonge, la hâte, les fausses promesses sont des formes de violence* [169] ».

Il fait encore évoluer son vêtement pour porter de temps à autre une tunique de *khâdi* (un *dhotî*), qui n'est qu'une sorte de drap noué autour de la taille. Il met lui-même le feu à ses derniers habits occidentaux et contraint la fiancée de son frère aîné à porter un *khâdi* blanc pour son mariage, alors que le blanc, pour les femmes, est en Inde couleur du deuil.

Sa première préoccupation est de faire vivre son *âshram*, comme il a fait en Afrique du Sud. D'abord en essayant d'assurer au maximum son autofinancement grâce à ses propres productions agricoles et textiles, puis en lui trouvant des ressources complémentaires. De plus, il faudra de l'argent pour payer ses déplacements, même s'il voyage modestement et est invité partout. Quelques hommes et femmes particulièrement fortunés seront toujours là pour l'aider : après Mehtâ, ce sera Tâta, Bâjâj et bien d'autres, qu'on rencontrera bientôt.

Le 7 mai 1915, la guerre prend une nouvelle tournure : au sud-est de l'Irlande, un sous-marin allemand coule un bateau britannique, le *Lusitania* ; il y a 1 198 morts, dont 128 Américains. La mer n'est plus sûre.

Le 9 septembre, sur une plage proche du golfe du Bengale, Jatîn Mukherjee attend les livraisons d'armes promises par les Allemands. En vain : il a été trahi aux États-Unis par des espions austro-hongrois. Les armes n'arriveront pas. Jatîn est tué avec quatre de ses compagnons [95].

Gândhî cherche alors l'appui de l'inspirateur de Jatîn Mukherjee, Sri Aurobindo, réfugié à Pondichéry. L'écrivain ne le reçoit pas. Il le trouve obséquieux, limité dans ses ambitions, médiocre. Il écrira plus tard : « *La loyauté de Gândhî n'est pas un modèle pour l'Inde, qui n'est pas l'Afrique du Sud. Un ton abject et servile n'a rien à voir avec la diplomatie et n'est pas de bonne politique ; il ne trompe ni ne désarme l'adversaire [...]. Il ne s'agit pas d'obtenir quelques privilèges, mais de créer une nation d'hommes dignes de l'indépendance, capables de l'acquérir et de la conserver* [103]. »

Le scandale de Bénarès

En octobre, première crise dans l'*âshram* de Gândhî : plusieurs habitants ont des enfants et souhaitent les envoyer en classe. Comme il n'est pas question de leur faire fréquenter une école hors de l'*âshram*, Gândhî se met en quête d'un instituteur. La Société des serviteurs de l'Inde lui en trouve un, Sâdâbhâi, enseignant à Bombay [109]. Lui, sa femme Dânîbehn et leur fille Lakshmî acceptent les règles de l'*âshram*. Seul obstacle, et il est de taille : ce sont des intouchables, et la plupart des hindous ne veulent pas cohabiter avec eux. Gândhî, lui, n'y voit pas d'inconvénient, mais Kasturbâi, ses enfants, son neveu, entre autres, s'y opposent. Et, comme chaque fois que ses proches ne sont pas d'accord avec lui, Gândhî leur dit que c'est à prendre ou à laisser : s'ils ne veulent pas admettre ces intouchables, ils n'auront qu'à partir[54]. Kasturbâi se résigne, son neveu Maganlâl part à Madras, de peur de la « *pollution* » ; certains de leurs financiers cessent de les aider, la ferme tombe quasiment en faillite. Gândhî ne cède pas et se prépare, dit-il, à aller travailler de ses mains dans les bas quartiers de la ville avec les intouchables[109], quand il reçoit un don anonyme de 13 000 roupies. Il apprendra par la suite que le discret donateur est le propriétaire d'une grande usine textile de la ville, Ambâlâl Sârâbhâi. Quelques mois plus tard, Maganlâl reviendra diriger la communauté. Un peu plus tard encore, la famille Sârâbhâi jouera un rôle considérable dans son destin.

En novembre, à l'occasion du 5e anniversaire de l'avènement du roi George V et sous la signature de Lord Hardinge – celui-là même qui s'était indigné contre le massacre de Durban –, Gândhî reçoit une éminente décoration britannique, le Kaiser-e-Hind, pour « services rendus en Afrique du Sud » ! En décembre, encore tenu par sa promesse de ne pas s'exprimer en public, il ne se rend pas à la conférence annuelle du Congrès, qui se tient à Bombay et où Annie Besant a pris une place importante. Sir Reginald Craddock, responsable de la police auprès du vice-roi, qui fait surveiller le Congrès, décrit cette dernière comme une « *vieille dame futile poussée par un désir passionné de diriger l'action* », et qualifie Tilak d'« *homme mordu par le venin de la haine antibritannique* ». Entre-temps, Gândhî visite l'Inde, comme Gokhalé le lui a demandé un an plus tôt.

Le 6 février 1916, Annie Besant, alors au faîte de sa notoriété, invite le vice-roi à l'inauguration de son Hindu Central University College à Bénarès. Toute l'élite du pays est là : des Anglais, des mahârâjâs et des étudiants du collège[34]. Pendant deux jours, c'est une débauche de discours sous la présidence du mahârâjâ de Dârbhanga, un hindou orthodoxe qui subventionne les activités de Mâlaviya et prône le retour à la stricte orthodoxie brahmaniste[109]. Annie Besant a aussi convié Gândhî : cela fait un an presque jour pour jour qu'il a promis à Gokhalé de ne pas parler en public. Son premier discours sera un coup de force.

En arrivant à Bénarès, il va d'abord visiter un des plus importants temples de l'hindouisme, celui de Vishwanâth, dédié à Shiva ; il est choqué de le trouver sale, en déshérence. Il accède à la réunion, furieux des fouilles successives qu'il lui a fallu endurer (en 1912, le vice-roi Hardinge avait échappé à un attentat) et du luxe des participants[109]. Annie Besant le présente comme un « *sage hindou* », ce qui le rend encore plus furieux, et l'appelle à la tribune. La colère l'habite. Et celui qui fut, et sera encore, l'avocat de la non-violence se révèle là capable d'une extrême violence verbale, qu'il lui faut d'abord maîtriser avant de maîtriser celle des autres. Il se lève, recouvert d'une cape *kâthiâwâri* et d'un turban. Il commence par s'excuser d'avoir à s'exprimer en anglais[54] : « *C'est avec un sentiment de profonde humiliation que je me vois contraint, sous les plafonds de ce grand collège, bâti au cœur de la cité sainte, de m'adresser à des compatriotes dans une langue qui m'est étrangère [...]. Est-il quelqu'un pour imaginer qu'un jour l'anglais pourrait devenir la langue nationale de l'Inde ? — Non, non !* » crient des étudiants, étonnés d'entendre ces propos après tant de discours convenus[109]. « *Si vous voulez que l'Inde vous écoute, ce n'est pas par des mots qu'il faut lui parler, mais par des actes. Vous revendiquez pour votre patrie l'autonomie alors que vous n'êtes même pas capables de gérer votre propre temple de Vishwanâth, dont l'état de saleté est révoltant*[109] *!* » Puis il s'adresse aux mahârâjâs : « *Quelle sorte d'autonomie serait-ce, qui ne profiterait pas d'abord aux paysans et aux travailleurs ?* » Il se tourne ensuite vers le vice-roi : « *Si vous représentez un empire si puissant, pourquoi avez-vous besoin de tant de mesures de sécurité ? Pourquoi avez-vous si peur*[109] *?* » Il dénonce encore ceux qui parlent de pauvreté en étant couverts de bijoux, critique la construction de palais avec l'argent des paysans[32]. Il se moque des avocats, des médecins, des propriétaires, puis exhorte de nouveau les étudiants à avoir le courage d'une confrontation légale, sans violence[32]. Il s'en prend ensuite aux errements des révolutionnaires et prône un monde sans maître ni policier[32].

Annie Besant tente de l'interrompre. La salle proteste. Beaucoup se lèvent. Gândhî continue, soulignant l'importance pour l'Inde de se réformer soi-même avant d'espérer quoi que ce soit des autres : « *C'est notre sycophantisme à nous, Indiens, qui est à la racine de cette arrogance anglaise si peu naturelle au génie de ce peuple insulaire. Aidons plutôt les Anglais à rester anglais quand ils administrent l'Inde*[32] *!* » Annie Besant lui intime de se taire. La séance est levée au milieu d'un brouhaha indescriptible[32].

Ce jour-là, dans la salle, l'écoute, ébahi, un jeune étudiant qui deviendra l'un de ses principaux disciples et son continuateur après sa mort, trente ans plus tard : Vinobâ Bhâvé.

Pendant ce temps, en Europe, les Irlandais choisissent, eux, la violence : le 24 avril 1916, jour de Pâques, à Dublin, Patrick Pearse tente un coup d'État et proclame la république. La riposte anglaise est immédiate : une semaine plus tard, Pearse est arrêté et exécuté avec James Connolly, fondateur du Parti républicain socialiste irlandais. C'est un signal clair donné à tous ceux qui voudraient profiter de la guerre pour se soustraire à l'Empire.

À l'été 1916, beaucoup plus modestes, Tilak et Annie Besant fondent à l'intérieur du Congrès la *Home Rule League* dont l'objectif est d'obtenir l'autonomie de l'Inde au sein de l'Empire britannique.

Le 18 juin, Tagore critique encore l'Occident devant l'université de Tokyo, appelant à un réveil de l'Asie face à l'Europe : « *La civilisation qui nous vient d'Europe est vorace et dominatrice : elle consume les peuples qu'elle envahit, elle extermine ou anéantit les races qui entravent sa marche conquérante. C'est une civilisation toute politique, aux tendances cannibales ; elle opprime les faibles et s'enrichit à leurs dépens. C'est une machine à broyer. Elle sème partout les jalousies, les dissensions. C'est une civilisation scientifique et non humaine [...]. Nous prophétisons sans la moindre hésitation que cela ne pourra durer éternellement, car le monde est régi par une loi morale souveraine qui s'applique aux collectivités comme aux individus*[151]. »

Le 7 décembre, à Londres, le Premier ministre, Herbert Asquith, est remplacé par David Lloyd George, cependant que la guerre s'enlise sur tous les fronts, en particulier en Turquie.

Première bataille : l'indigo de Champâran

En novembre 1916, Gândhî participe à la réunion du Congrès à Lucknow ; Annie Besant, qui en prend la présidence, sera la dernière Européenne à le faire. Tilak y trouve un accord avec la Ligue musulmane de Jinnah pour « *demander ensemble une autonomie rapide de l'Inde* ». C'est le « *pacte de Lucknow* » entre hindous et musulmans. Gândhî y présente encore une résolution sur la situation des Indiens d'Afrique du Sud, qui s'est dégradée depuis son départ. Il fait l'effort de s'exprimer en hindî, qu'il maîtrise mal. Quand l'assistance le prie de poursuivre en anglais, il réplique : « *Non ! Et d'ailleurs, puisque c'est comme ça, je prononcerai tous mes discours en hindî pendant un an*[109] *!* » Peu après, dans les couloirs du Congrès, un brâhmane de quarante-deux ans, Râjkumâr Shukla, l'aborde : il possède des terres et des buffles, emploie des travailleurs agricoles à Champâran, un district du Bihâr. Il est aussi planteur d'indigo, explique-t-il, et la situation chez lui tourne au désastre[155]. Il demande à Gândhî de proposer une résolution pour attirer l'attention du Congrès sur ses difficultés. Gândhî répond qu'il n'y connaît rien, mais, sur l'insistance du paysan, promet de se rendre sur les lieux dès qu'il le pourra. Pour être sûr qu'il tiendra sa promesse, son interlocuteur ne le lâchera pas pendant les trois mois suivants.

Alors qu'en mars 1917 commence à Pétrograd la révolution russe (les États-Unis entrent en guerre contre les empires centraux un mois plus tard), l'agriculteur expose son problème : le district du Champâran est le premier centre mondial de production d'indigo (ce colorant bleu tiré d'une plante de l'Inde, l'indigotier, dont le nom indique, en diverses langues, l'origine). Au début du XIXe siècle, le Râj Bettiah, le plus important propriétaire foncier du Bihâr, avait loué des parcelles à des Européens avec obligation d'y produire de l'indigo ; ces Européens, fonctionnaires pour la plupart, sous-louaient ces terres à des paysans et se faisaient payer en prélevant trois vingtièmes de la récolte [155]. Ce système, nommé *tinkâthiâ*, n'avait jamais pu être remis en cause jusqu'à ce que, au début du XXe siècle, la mise au point d'un indigo de synthèse par des chimistes allemands ruine le marché de l'indigo naturel. Les Européens, locataires en titre des terres mais vivant en ville, contraignent alors les paysans à payer, en lieu et place de leur part de la récolte, des droits sur des successions imaginaires, des taxes sur l'utilisation de l'eau de canaux d'irrigation qui n'existent pas, des contributions pour l'achat par l'Européen d'un éléphant, d'une maison, d'une voiture, etc. [155]. En août 1914, la situation s'est encore inversée : l'indigo chimique ne franchit plus les frontières de l'Allemagne et les paysans de Champâran sont de nouveau forcés de cultiver l'indigo sous peine d'amendes et de sévices. Depuis, les émeutes se multiplient. Un propriétaire blanc a été tué récemment. L'armée a dû intervenir [131].

Le 14 avril 1917, Gândhî arrive à Pâtnâ, capitale du Bihâr, pour sa première lutte sociale en Inde. Il sonne chez Râjendra Prasâd, jeune et brillant professeur de droit qu'il a rencontré l'année précédente à la réunion du Congrès à Lucknow [131]. Découvrant un homme si pauvrement habillé, le valet lui interdit jusqu'à l'usage des toilettes et lui demande d'attendre à la porte. Gândhî indique son nom, dit qu'il part attendre ailleurs en ville chez un ancien condisciple à Londres [131]. Une heure plus tard, Râjendra Prasâd le rejoint, gêné, l'écoute et décide de l'accompagner à Muzaffarpur et à Motihâri, deux villages du Champâran. Ils y partent dès le lendemain. Ils ne se quitteront plus[131].

Le 15 avril à minuit, un enseignant dans un collège d'État de Muzaffarpur, Kripalâni, vient les accueillir à la gare avec ses élèves devant le wagon de première classe[74]. Personne : les voyageurs ont débarqué d'un wagon de troisième classe et les attendent à l'autre bout du quai. Kripalâni deviendra l'un des principaux lieutenants de Gândhî et l'un des grands protagonistes de la lutte pour l'indépendance. Il sera le président du Congrès au moment de l'indépendance. Prasâd sera le premier président de l'Union indienne après l'indépendance.

Le lendemain, Gândhî visite des villages et pose des questions. En fait, il découvre l'Inde, ainsi que le lui a demandé Gokhalé. La situation y est encore plus misérable qu'il ne l'imaginait : la famine, l'analphabétisme, la saleté, tout le choque. Sa renommée l'a précédé : des attroupements se forment[155]. Le 17, le chef de la police locale lui enjoint de quitter le Champâran par le prochain train ; Gândhî refuse. Convoqué au tribunal pour le lendemain, il y vient entouré de milliers de paysans accourus des villages voisins. Quand le juge commence à l'interroger, Gândhî l'interrompt : « *Je plaide coupable* », et lit une déclaration : « *Je suis un citoyen respectueux des lois ; si j'ai refusé d'obéir à l'ordre qui m'était donné, ce n'est pas par manque de respect envers l'autorité légale, mais en accord avec la loi supérieure qui nous gouverne : la voix de la conscience*[109]. » Dans un tonnerre d'applaudissements, le juge annonce qu'il rendra son verdict trois jours plus tard et décide de relâcher Gândhî contre une caution de 100 roupies, que celui-ci refuse de payer.

Le juge cède et le libère piteusement, sans caution, sous les quolibets de la foule.

Soucieux, comme en Afrique du Sud, de faire connaître sa victoire le plus largement possible, Gândhî télégraphie au vice-roi, au Congrès, à la presse. Le 20 avril, l'administrateur britannique dans le district écrit au gouverneur de la province, Edward Gait : « *M. Gândhî est désireux de tenir le même rôle de martyr que celui qu'il joua en Afrique du Sud*[109] », et s'excuse même de l'avoir fait interpeller, ce qui, plaide-t-il, est le résultat d'une « *grave erreur de jugement* », et le policier qui a interpellé Gândhî l'a fait sans en référer à ses supérieurs, car, « *à ce stade, il est évidemment impossible d'empêcher un homme de l'expérience de M. Gândhî de faire son enquête, et l'attitude adoptée par le responsable local ne sert qu'à exciter l'opinion et à faire soupçonner le gouvernement de vouloir empêcher une enquête*[110] ».

Pour calmer le jeu, le vice-roi, sur la suggestion de son adjoint, Sir Reginald Craddock, demande au gouverneur du Bihâr de nommer une commission où siégerait Gândhî, afin d'enquêter sur la situation. Gândhî accepte et la commission se réunit sur-le-champ ; elle recommande à l'unanimité l'abolition du système et un remboursement de 25 % des prélèvements indûment extorqués par les propriétaires anglais[156]. Quand Râjendra Prasâd, qui l'accompagne, lui demande pourquoi il n'a pas réclamé l'intégralité de ces sommes, « *Gândhî [leur] expliqua que les planteurs, du fait de leur prestige, peuvent regarder de haut les émeutiers ; le simple fait d'abolir ce système et de les obliger à rembourser une partie de leurs profits illicites suffira à mettre à mal et même ruiner leur prestige*[131] ». Réponse importante : dès le début, Gândhî use en Inde de la méthode qu'il a appliquée en Afrique du Sud et qu'il appliquera jusqu'à sa mort : ne jamais humilier l'adversaire, surtout lorsqu'il est affaibli. Dans les dix années suivantes, tous les Européens auront quitté Champâran [109].

Pour des millions d'ouvriers agricoles, Gândhî devient le *Mahâtmâ* ou *Bâpu* (père). L'administrateur britannique à Bettiah, autre district du Bihâr, W.H. Lewis, écrit au juge local : « *Nous aurons beau considérer M. Gândhî comme un idéaliste, un fanatique, un révolutionnaire, pour le peuple indien, c'est un libérateur qu'il crédite de pouvoirs extraordinaires* [155]. » Un journal nationaliste de Calcutta, l'*Amrit Bazar Patrika*, s'exclame : « *Dieu bénisse Gândhî et son œuvre ! Nous voudrions avoir une demi-douzaine de Gândhî en Inde pour enseigner au peuple l'abnégation et le patriotisme désintéressé* [109]. » De fait, désormais, chaque fois qu'il paraît dans une gare, la foule s'amasse, des gens se précipitent pour avoir l'honneur de tirer à la place des chevaux la voiture qui le transporte.

À ce moment, Gândhî enrôle aussi Mahâdév Désâi, autre jeune avocat d'Ahmedâbâd, qui devient son secrétaire. Il lui dit : « *J'ai trouvé en vous l'homme qu'il me fallait* [37]. » Celui-ci ne quittera plus le Mahâtmâ jusqu'à sa propre mort (1942).

Kripalâni lui confie qu'il a lui-même découvert alors la réalité de l'Inde : « *Avant Champâran, nos contacts avec les masses se limitaient à nos domestiques* [74]. » Prenant connaissance par la presse de ce qui s'est passé à Champâran, le jeune Jawâharlâl Nehru écrira pour sa part : « *Une nouvelle image de l'Inde émergeait devant moi, une Inde affamée, misérable* [119]. »

Gândhî a lui aussi eu la révélation de la misère des campagnes indiennes ; elle le bouleverse et il entreprend aussitôt ce qu'il appellera plus tard un « *travail constructif* », c'est-à-dire une action concrète. En juin, il fait venir Kasturbâi et Dévdâs ; Désâi, le docteur Dev des Serviteurs de l'Inde, et le professeur Kripalâni, avec leurs épouses. Il ouvre dans les villages du Champâran des écoles primaires dans des abris de fortune prêtés par les habitants. Ceux-ci subviennent aux besoins des professeurs qui, en échange, enseignent, balaient les rues du village, curent les fosses d'aisance. Le programme comprend des rudiments de langue locale et des principes d'hygiène [109].

*L'*âshram *déménage : Sâbarmati*

En octobre, rentré à son *âshram*, Gândhî rencontre, à l'occasion d'une conférence à Godhra, un avocat, Vallabhbhâi Patel, qu'il convie à dîner à l'*âshram* de Kochrab. Le jeune homme explique que son père a participé à la révolte des cipayes, sous les ordres de la rânî Lakshmî Bâi. Après avoir fait des études de droit en Angleterre, Patel a ouvert un cabinet à Ahmedâbâd [55]. D'emblée, la relation entre les deux hommes est intense [55]. Patel deviendra, avec Nehru, l'un des deux principaux lieutenants de Gândhî et le premier vice-Premier ministre de l'Inde indépendante.

En Europe, la guerre s'enlise. De très nombreux jeunes Indiens, parmi tant d'autres, y perdent la vie. À Pétrograd, en juin, la crise russe s'accélère ; en Inde, d'aucuns y voient un espoir. Annie Besant, présidente du Congrès, écrit dans la *New India* : « *L'autocratie a été abolie en Russie, elle est chancelante en Alle-*

magne ; mais, sous le drapeau anglais, elle reste en place[109]. » À Londres, la Chambre des communes accorde le droit de vote aux femmes de plus de trente ans. Le 6 juillet, Lawrence d'Arabie entre dans Aqaba à la tête des armées de Fayçal : les Turcs sont en passe d'être évincés d'Arabie par cette coalition anglo-arabe. Le 20 août, Edwin Montagu, secrétaire d'État à l'Inde, parle d'ouvrir un peu plus l'administration indienne aux autochtones. Le même mois, Annie Besant est interdite de séjour dans plusieurs provinces pour ses déclarations, puis emprisonnée à Coimbatore.

Au même moment, la peste se déclenche à Ahmedâbâd. Les industriels du textile (en particulier Ambâlâl Sârâbhâi, qui a aidé Gândhî à financer son *âshram*) doivent octroyer aux ouvriers une « *indemnité de peste* » égale à 80 % de leur salaire pour les dissuader de fuir la ville.

En octobre, les États-Unis entrent dans le conflit mondial, dont l'issue continue d'être incertaine. Alors que, début novembre, un coup d'État bolchevique déclenche la « révolution d'Octobre », en Afrique du Sud, la taxe sur l'émigration, qui a été réintroduite, est de nouveau abolie. Gândhî affiche sa loyauté envers la Grande-Bretagne en guerre : « *La loyauté n'est pas méritoire ; c'est une obligation pour tout citoyen, n'importe où dans le monde*[112]. » Le 15 décembre, la Russie bolchevique et l'Allemagne décident d'ouvrir à Brest-Litovsk des négociations en vue d'un armistice. Gândhî en profite pour demander au Congrès de collecter des signatures à l'échelle de toute l'Inde pour appuyer un mémorandum adressé à Edwin Montagu, le tout nouveau secrétaire d'État à l'Inde, exigeant au plus tôt « *un gouvernement autonome* », tel que le Congrès et la Ligue l'ont réclamé à Lucknow. Sur sa suggestion, le mémorandum est rédigé dans toutes les grandes langues de l'Inde. En octobre, 8 000 signatures sont rassemblées au Gujarât grâce à Gândhî ; personne ne fait mieux dans le reste du pays. Chacun mesure sa popularité. Des discussions s'amorcent alors entre Edwin Montagu, Lord Chelmsford et les dirigeants du Congrès sur une éventuelle réforme – modeste – du statut de l'Inde au sortir de la guerre.

Au début de l'hiver 1917-1918, à Pétrograd, les commissaires du peuple (nouveau nom des responsables des ministères) du parti bolchevique qui vient de prendre le pouvoir appellent les peuples du Moyen-Orient et les Indiens à « *secouer la tyrannie de ceux qui [les] pillent depuis un siècle* ». Gândhî, lui, est revenu à son *âshram* de Kochrab. Il nomme Kripalâni, l'instituteur du Champâran, *âchârya* (principal) de l'école qu'il entend créer à l'intention des enfants de l'*âshram*[74]. Il veut en faire un exemple de ce qu'il commence à appeler, on l'a vu, « *un programme constructif* ».

En décembre, alors que les troupes d'Allenby prennent Jérusalem, l'épidémie de peste qui sévit à Ahmedâbâd gagne Kochrab. L'*âshram* déménage alors un peu plus loin, à Hriday Kanj, sur la rive gauche du Sâbarmati, sur une terre en hauteur de 75 hectares, propriété d'Ambâlâl Sârâbhâi ; l'industriel du textile réside sur l'autre rive de la rivière qu'on peut traverser à gué, sauf en période de mousson. Avec l'aide de ce riche voisin, la jungle est défrichée et l'on y construit des maisonnettes, dont celle de Gândhî, vaste et confortable avec quatre pièces et un patio autour d'un réfectoire, d'une école, d'une bibliothèque, d'ateliers de filage et de tissage, d'une laiterie ; des lopins de terre sont dévolus aux légumes et au coton. L'endroit est vaste et serein. Gândhî planifie tout et laisse à Maganlâl, qui a dirigé Phoenix, le soin de tout aménager. Mahâdév Désâi, le rejoint après avoir obtenu sa licence en droit à l'université de Bombay ; comme il est doué d'une belle calligraphie, Gândhî en fait son secrétaire et lui dicte son courrier [37]. Là encore, tout en s'évertuant à atteindre au maximum l'autofinancement grâce aux productions de l'*âshram*, Gândhî devra lui assurer des ressources complémentaires venues de grands industriels privés.

Cette année-là, la mort de Sir Dâdâbhâi Naoroji, l'avocat de Calcutta devenu parlementaire britannique, fait de Tilak et de Jinnah les deux principaux leaders du Congrès.

Sur Tilak, le secrétaire d'État aux Colonies, Edwin Montagu, qui jouera plus tard un rôle important dans la création de l'État d'Israël, note dans son Journal [109] : « *Tilak est probablement aujourd'hui la personnalité la plus puissante de l'Inde [...]. C'est un réformateur social qui a envie de trouver des compromis pour améliorer les conditions de vie du peuple. Il s'habille comme un coolie, ne cherche aucun avantage personnel, vit de l'air qu'il respire ; c'est un pur visionnaire* [93]. » Sur Jinnah, le même Montagu note que c'est un « *outrage qu'un homme tel que Jinnah n'ait aucune chance de gérer les affaires de son propre pays* [93] ». Il rapporte que le correspondant en Inde du *Manchester Guardian* lui aurait confié : « *Jinnah pense que, quand le docteur Annie Besant et Tilak auront disparu, il deviendra le chef* [93]. »

En décembre, lors de la réunion du Congrès à Calcutta, Gândhî appelle au boycott des textiles importés, générateurs d'un déficit financier aussi bien qu'identitaire. Quand les amis d'Annie Besant viennent lui demander conseil sur la meilleure façon d'obtenir sa libération de prison, il suggère qu'une centaine de volontaires entreprennent une marche sur les 1 500 kilomètres séparant Bombay de Coimbatore...

La jeune poétesse bengalie Sarojini Nâidu, revenue du corps d'ambulanciers indien sur le front, avec son style si particulier, définit Gândhî comme un « *capricieux rêveur de songes impossibles et gênants* » et décrit l'ascendant de celui qui est devenu pour beaucoup le « Mahâtmâ[109] » : « *L'apparition soudaine, aujourd'hui, de saint François d'Assise dans sa robe de bure, à Londres ou à Milan, serait à peine plus déconcertante que la présence de cet homme aux pieds nus, aux vêtements râpeux, aux yeux placides, calme, avec un gentil sourire ironique, qui refuse, même s'il le reçoit, un hommage tel que les empereurs ne peuvent en acheter.* »

Les deux premiers satyâgrahas *en Inde : Khedâ et Ahmedâbâd*

Puis deux affaires imbriquées, deux premiers *satyâgrahas* en Inde, toutes deux au Gujarât, près de chez lui, viennent consolider la réputation de Gândhî.

En décembre 1917, pendant la réunion du Congrès à Calcutta, deux paysans, Mohanlâl Pândyâ et Sankarlâl Parikh, du village de Sabha, district de Khedâ, dans le Gujarât, encouragés par le succès du Champâran, demandent à Gândhî de les aider à être exonérés d'impôts : l'administration fiscale, disent-ils, accorde une telle dispense quand la récolte est exécrable, ce qui est le cas cette année par suite des pluies torrentielles ; or le fisc, entrelacs de fonctionnaires indiens et anglais, ne veut pas en entendre parler.

Quinze jours plus tard, Gândhî, de retour au Champâran où il essaie d'implanter des écoles et d'améliorer l'élevage[155], reçoit la visite d'Anasûyâben Sârâbhâi, sœur d'Ambâlâl Sârâbhâi. Anasûyâben, qui a été élevée en Angleterre, lui explique que, l'épidémie de peste étant dissipée, les employeurs, dont son propre frère, veulent supprimer la prime de risque des ouvriers du textile, ce qui n'est pas juste puisque le coût de la vie a plus que doublé depuis 1914. Il promet d'étudier la question.

Alors que, le 8 janvier 1918, sans consulter les Européens, le président Wilson énonce un programme en quatorze points pour mettre fin au conflit mondial en proclamant le droit à l'autodétermination des peuples – y compris donc des Indiens –, Gândhî décide d'étudier en priorité le dossier de Khedâ. Il s'y rend et conseille aux paysans de refuser d'acquitter l'impôt et d'en supporter les conséquences. Il faut, dit-il, que deux conditions soient remplies : le comité exécutif du village doit approuver à l'unanimité cette stratégie qui impliquera des risques pour toutes les familles ; et ce comité doit accepter que la lutte soit dirigée par lui ou par quelqu'un qu'il désignera. Et il nomme pour cela Vallabhbhâi Patel, l'avocat d'Ahmedâbâd[56].

Patel est passionné à l'idée de diriger ce qui serait une première résistance passive, un *satyâgraha* en Inde. Mais il hésite : il lui faudrait renoncer à sa clientèle d'avocat pour une période indéterminée, c'est-à-dire courir de gros risques pour lui-même et pour ses deux enfants[55]. Mais il accepte. La seconde condition est remplie dès lors que s'abstient un membre réticent du comité de village. Trois mille paysans signent alors le serment de ne pas acquitter la taxe, quelles qu'en puissent être les conséquences. L'administration fiscale s'abat sur eux, multiplie les saisies de bétail et de meubles. Presque personne ne cède. Parfois, les réactions des grévistes sont rudes. Gândhî, qui veut absolument une « *guerre pacifique* », proteste quand des femmes et des enfants battent un *mamlatdâr* (agent des impôts) venu saisir leurs buffles.

Il va alors trouver l'administrateur de la province, Frederick Pratt, personnage intéressant, très représentatif de ce « *Corset de fer* » dont les Anglais sont si fiers : cet ancien percepteur à Khedâ, dont le père était aussi avant lui fonctionnaire en Inde, parle couramment le gujarâtî et est sincèrement convaincu que l'Empire se conduit correctement vis-à-vis des paysans indiens. Il prévient Gândhî : « *En Inde, défier la loi fiscale est très différent d'enfreindre les autres lois ; c'est franchir un pas inacceptable, car c'est menacer de saper l'administration*[55]. » Dans les cinq mois qui suivent, de janvier à mai 1918, Pratt négocie rudement avec Patel et parfois avec Gândhî, qu'il appelle respectueusement « *Mahâtmâ* » en public. Un accord est enfin trouvé : l'impôt n'est pas supprimé, mais les paysans les plus pauvres en sont dispensés. Deuxième succès en Inde, toujours à la campagne, mais, cette fois, non pas contre des planteurs, mais contre l'administration britannique. Et ce, grâce à la seule personnalité de Gândhî.

Kripalâni, qui va désormais le suivre partout, note son extraordinaire ascendant et observe la transformation de Patel au contact de Gândhî, comme celle de Désâi : « *Patel est sous l'influence de la personnalité de Gândhî. Jusque-là, il vivait comme un jeune avocat dans le vent [...]. Après quoi, il a renoncé à ses vête-*

ments étrangers et à sa vie confortable. Il vit avec les travailleurs, partage leur nourriture, dort à même le sol, fait tout par lui-même, lave son linge, marche sur de longues distances pour se rendre dans les villages... Mais il est on ne peut plus épanoui, drôle et rieur. J'ai très souvent vu cela dans la vie de nombre de nos dirigeants : dès qu'ils se sont joints à la lutte pour la liberté, c'est comme s'ils avaient laissé leur ancienne vie derrière eux. Ils sont born again as Indians[74]. »

Ayant confié à Patel l'essentiel de la bataille de Khedâ, Gândhî revient à Sâbarmati pour s'occuper des ouvriers du textile d'Ahmedâbâd confrontés à la suppression de la prime représentant 80 % de leurs salaires. Le 1er mars 1918, il leur conseille de faire grève pour obtenir une hausse de 50 % et de s'engager à respecter pendant la grève trois principes : non-violence, non-mendicité, non-compromis. Les ouvriers hésitent : jamais ils n'ont fait grève et ils n'ont aucune réserve financière. Puis ils acquiescent et jurent de s'en tenir à leur décision[55]. Le 4 mars, face à ce premier arrêt de travail dans l'industrie textile en Inde, les patrons procèdent à un lock-out. Pour les ouvriers, cela signifie la perte de toute ressource. La bataille est engagée.

La sœur d'un des patrons, Anasûyâben, l'amie de Gândhî, passe ses journées dans les logements des ouvriers à soigner les malades et à distribuer des vivres. Chaque matin de cette semaine-là, Gândhî rédige un bulletin d'information qu'Anâsûyâben fait imprimer à ses frais, et où il incite les grévistes à profiter de cette inactivité involontaire pour réparer leur maison, apprendre à lire, voire s'initier à un nouveau métier. Chaque soir, les ouvriers se retrouvent sous un *bâbul* (acacia) au bord de la Sâbarmati, du côté de l'*âshram*, face à la grande propriété des Sârâbhâi, pour écouter Gândhî. Il leur dit que, si la grève échoue et les accule à la famine, il sera le premier à se laisser mourir de faim. Au bout de quelques jours, le moral des grévistes commence à fléchir : nul ne trouve un autre emploi ; en outre, comme ils ont juré de ne pas chercher d'aides financières à l'extérieur, ils manquent de tout. Le 6 mars, les patrons, qui sentent la victoire proche, viennent trouver Gândhî : « *Nos ouvriers sont comme nos enfants ; ne vous mêlez donc pas de nos affaires de famille*[109]. » Le 9, Ambâlâl vient déjeuner avec Gândhî ; Anasûyâben est là, qui sert son frère ; le jeune homme, plus ouvert que ses homologues, accepte la constitution d'un jury d'arbitrage composé de trois représentants de chaque partie (patrons et ouvriers), sous la présidence du percepteur local, un fonctionnaire respecté, Ânandshankar Dhurva. Le 12, les médiateurs proposent une augmentation de 35 % au lieu des 50 % demandés. Les patrons rejettent cet arbitrage et annoncent que les ouvriers qui refuseront 20 % seront licenciés : il ne sera pas difficile de les remplacer. Le 15, certains acceptent. Gândhî les exhorte à résister ; l'un d'eux lui fait remarquer qu'Anasûyâben et lui, qui « *vont et viennent en voiture* » et « *mangent une nourriture raffinée* », ne peuvent rien comprendre à la situation de grévistes affamés, sans autre emploi en vue[109]. Cette remarque blesse Gândhî ; à la réunion de l'après-midi, il explique qu'il est navré de ne plus voir que « *mille visages tristes* », au lieu des « *quelque cinq mille visages rayonnants de détermination de naguère* ». Il ajoute : « *Je ne peux tolérer que vous rompiez votre serment. Désormais, je ne mange plus rien, je n'utilise plus ma voiture jusqu'à ce que vous ayez obtenu vos 35 % d'augmentation*[110]. » C'est sa première grève de la faim en Inde. Bien d'autres jeûnes – onze en tout exactement – rythmeront encore la vie de Gândhî. Chaque fois plus paroxystique, plus suivi nationalement puis mondialement. C'est pour lui un point clé : jeûner pour expier ses propres fautes et forcer les autres à réfléchir aux leurs.

Ambâlâl vient protester : « *C'est une histoire entre nous et nos ouvriers. Vous n'avez pas à mettre votre vie en danger.* » La sœur de celui-ci non plus ne veut pas qu'il jeûne. Plus tard, Gândhî dira qu'il a été tourmenté par l'angoisse de cette jeune femme « *qui [lui] était attachée avec l'affection d'une sœur*[169] ». Il reconnaît que son jeûne est une manière de chantage : « *Bien entendu, on ne peut nier que le jeûne reviendrait à exercer une sorte de coercition. Tels sont les jeûnes visant un objectif égoïste. Un jeûne entrepris pour soutirer de l'argent à quelqu'un, ou dans un but personnel comparable, équivaudrait à l'exercice d'une coercition ou d'une pression injustifiée. Je préconise sans hésiter de résister à de pareilles pressions. J'ai personnellement résisté aux jeûnes qui ont été entrepris contre moi ou dont j'ai été menacé. Si l'on prétend que la frontière entre l'égoïsme et l'altruisme est souvent très ténue, j'engage celui qui considère l'objectif d'un jeûne comme égoïste ou bas à refuser résolument d'y céder, même si ce refus risque d'entraîner la mort de celui qui jeûne*[169]. »

La négociation reprend fébrilement. Le 18, après trois jours de jeûne, les négociateurs mettent au point une formule complexe permettant à chacun de sauver la face. D'abord, les propriétaires acceptent l'arbitrage du percepteur ; ensuite, les travailleurs reprennent le travail avec une hausse de salaire de 35 % le premier jour, 20 % le deuxième jour, 27 % le troisième, et

35 % après. Le double résultat d'ensemble est l'acceptation de la procédure d'arbitrage et la création d'un syndicat des travailleurs du textile, l'Ahmedâbâd Textile Labour Association, premier syndicat du Gujarât.

Le 19 mars 1918, au bout de quatre jours, Gândhî rompt son premier jeûne indien. L'administrateur britannique, Pratt, qui observe, note : « *Aussi longtemps que les ouvriers suivront les recommandations de Gândhî Sahâb, ils obtiendront le bien-être et la justice*[109]. »

Bien plus tard, Frederick Pratt deviendra un important diplomate tandis que son frère cadet, William Henry Pratt, émigré en 1909 au Canada, sera mondialement célèbre comme interprète au cinéma du rôle de Frankenstein sous le nom de... Boris Karloff !

Sergent recruteur

Au sortir de ce jeûne, Gândhî apprend que la guerre en Europe tourne mal pour les Anglais, face aux Allemands comme face aux Turcs. Les troupes franco-britanniques, gazées dans les tranchées, sont épuisées. Le gouvernement de Londres décide alors d'enrôler 500 000 Indiens sur la base du volontariat pour relever les « *poilus* ». Comme beaucoup d'autres notables indiens, Gândhî est invité à Delhi par le vice-roi, Lord Chelmsford, pour en discuter. Arrivé au palais, il découvre que ni Tilak (qui s'est pourtant engagé à ne pas critiquer le gouvernement britannique), ni Jinnah, ni les frères Ali (qui ont pris parti pour la Turquie) n'ont été conviés. Il proteste : « *En leur absence, cette conférence perd beaucoup de son importance. Rien ne peut en sortir.* » Convaincu de sa capacité à l'emporter dans un tête-à-tête, il souhaite rencontrer le vice-roi sans prendre part à la conférence, puis accepte d'assister à celle-ci et encourage les autres dirigeants indiens à approuver la mobilisation : « *Les gens qui ne peuvent pas se battre ne peuvent donner de preuves des vertus de la non-violence*[109]. » Au cours de la conférence, il déclare publiquement : « *En pleine conscience de mes responsabilités, je donne mon assentiment à cette motion*[109]. » Il va plus loin encore et, sans que personne le lui demande, promet de recruter lui-même 600 hommes, soit un dans chacun des six cents villages du district de Khedâ où il vient de réussir une opération qui l'a rendu très populaire. Il écrit à Annie Besant et à Jinnah pour les inciter à se joindre à lui pour pousser les Indiens à s'enrôler en recourant à un argument fort éloigné de ses propres idées : cette guerre, dit-il, est une occasion unique d'apprendre à se servir des armes dont les Indiens sont privés, puisque le port d'armes est interdit depuis le début du Râj. « *Je ne dis pas que l'Inde doit se battre, mais que l'Inde doit connaître dans le détail l'art de la guerre. En participant à cet effort, nous tiendrons l'Anglais.* »

À partir de juin 1918, Gândhî sillonne donc le district de Khedâ, accompagné de Patel et de Kripalâni, pour recruter ; mais, malgré sa notoriété, il est mal reçu. « *Je traverse la pire épreuve de ma vie. Je veux envoyer des hommes au combat, c'est-à-dire risquer la mort [...]. Et j'imagine que, à travers cette mer de sang, je trouverai mon paradis. Je trouve des gens incapables de tuer. Comment leur prêcher la non-violence ? On leur apprend l'art de tuer. C'est affreux [...]. Parfois, mon cœur sombre*[131]. » Il se sent « *coupable de faire des plus lâches les plus coura-*

geux », souligne Patel. Il insiste auprès des paysans sur leur devoir de « *coopérer* » avec les Britanniques. Aucun succès, malgré les primes d'engagement. Au bout de dix semaines, il ne peut fournir que cent noms aux Anglais, dont celui de Patel et le sien. Râjendra Prasâd remarque que Gândhî est troublé : « *Je ne sais plus ce que Dieu désire*[131]. » Au même moment, à Sâbarmati, la femme d'Harilâl, Gulab, meurt, le laissant seul avec quatre enfants[54].

Le 11 août, au cours d'une campagne de recrutement à Nadiâd, dans une chaleur infernale, il s'effondre. Informés par Patel, Ambâlâl et sa sœur viennent le chercher et le ramènent chez eux, où il se repose un mois ; il est harassé, refuse les soins et insiste pour être transporté de l'autre côté du fleuve, à l'*âshram* de Sâbarmati, où il se sent tellement à bout de forces qu'il se prépare à mourir : « *Mon ultime message à l'Inde est qu'elle trouvera son salut à travers la non-violence ; c'est par la non-violence que l'Inde contribuera à sauver le monde*[169]. » Il délire un peu, déclare que ses actions sont dictées par Dieu ou par « *une voix extérieure*[54] » ; que la souffrance est rédemptrice ; la pénitence, source de joie : le sacrifice, une forme d'action. Puis l'envie de vivre lui revient ; il accepte de boire du lait de chèvre – il écrira que l'odorat joue un rôle essentiel dans le retour à la santé – et, assez curieusement, que « *la volonté de vivre se révéla plus forte que la dévotion à la vérité*[170] ».

Il se relève et va, en juillet, donner une conférence à des étudiants d'Ahmedâbâd, à qui il demande de nettoyer la ville au lieu d'étudier des sciences d'origine anglaise, inutiles et même nuisibles ; là, leur dit-il, est le véritable *swarâj*, la réelle autonomie. En août, au cours d'une session extraordinaire du

Congrès, à Bombay, Gândhî vend les derniers exemplaires de son livre *Hind Swarâj* et un petit bulletin hebdomadaire clandestin, le *Satyâgraha*. Tilak, en compagnie d'Annie Besant, lance une campagne exaltée contre la Grande-Bretagne et est réincarcéré.

Le 30 octobre, cependant que Gândhî se repose à Bombay dans la maison de son ami Prânjîvan Mehtâ, un armistice est signé entre la Turquie et le Royaume-Uni. Le 9 novembre, Guillaume II abdique ; le 11, l'Allemagne capitule à Rethondes. La guerre est finie. Kallenbach pourrait enfin rejoindre Gândhî, mais il se réinstalle à Durban, comme architecte, et se marie. Les vies des deux hommes sont définitivement séparées, même s'ils vont s'écrire deux fois par mois ; ils attendront une vingtaine d'années pour se revoir. En novembre 1918, Harilâl veut se remarier. Son père s'y oppose : « *Comment puis-je, moi qui ai toujours encouragé l'abstinence sexuelle, t'encourager à la rompre*[54] *?* »

Le 28 décembre, les républicains irlandais triomphent aux élections qui ont lieu comme promis ; à Paris un travailleur immigré, qui deviendra Hô Chi Minh, adhère aux Jeunesses socialistes. Au même moment, en Inde, le Congrès élit comme président Motilâl Nehru, qui présente son fils Jawâharlâl à Gândhî. C'est un avocat de trente ans, de retour des États-Unis et de Londres, qui rêve d'entrer en politique. À la demande de son père, qui ne tient pas à voir son rejeton s'engager dans cette sorte de combat, Gândhî lui dit : « *Le pays a besoin de grands avocats, devenez-le, cela nous sera utile*[157]. » Nehru n'est pas convaincu : « *Gândhî était trop distant, différent et apolitique pour nous, jeunes gens, à ce moment-là*[119]. »

Le premier swadeshi

La Grande-Bretagne sort exsangue de la guerre. Seules les colonies, en particulier l'Inde, fournissent encore à Londres les ressources nécessaires à une grande puissance. Mais leur participation à la Première Guerre mondiale, les quatorze points du président Wilson affirmant le droit des peuples à disposer d'eux-mêmes et l'appel lancé par l'Internationale communiste aux habitants des colonies à se soulever confèrent un poids nouveau à leurs revendications.

Aussi, en décembre 1918, au moment où l'épidémie de grippe dite « *espagnole* » ravage une population indienne déjà affaiblie par le paludisme et le choléra, le vice-roi décide de proroger les mesures d'urgence prises durant la guerre : ces lois, dites Rowlatt, du nom du juge qui présida le comité chargé de leur rédaction, accordent aux gouverneurs de provinces le droit d'interner toute personne sans jugement et d'interdire toute publication. Colère partout, en particulier au Penjab dont beaucoup d'hommes sont morts dans les tranchées.

En janvier 1919, Gândhî, furieux de constater qu'une fois de plus sa solidarité avec les Anglais n'a servi à rien, voit là une occasion de lancer sa première action politique d'envergure. Il va le faire sans passer par le Congrès.

Le 28 mars, il réunit à son *âshram*, comme pour un véritable complot, Vallabhbhâi Patel, B.G. Horniman (le rédacteur en chef britannique du *Bombay Chronicle*), Sarojini Nâidu, Umar Sobhani (un musulman propriétaire d'une filature à Bombay), Anasûyâben Sârâbhâi, Yâgnik et Shankerdal Banker, directeurs de journaux (*Young India* et *Navajivan*), et un activiste nationaliste qui l'a aidé financièrement (mais dont le nom est resté inconnu) qu'il nomme « *the Indian covenanters* » (« *les conjurés indiens* »). Il leur fait signer un texte qu'il a rédigé, lançant, sans consulter le Congrès, un appel au boycott des importations occidentales tant que les lois Rowlatt resteront en vigueur, et ce, à compter du 30 mars.

Il appelle ainsi au *hartal* (grève générale), au *satyâgraha* (désobéissance civile) et au *swadeshi* (boycott des produits étrangers).

Cela vaut pour toute l'Inde, hormis les États princiers « *dont les habitants n'ont pas été habitués à s'exprimer, et qu'il serait très difficile de garder sous contrôle pendant une telle campagne de masse* ». Le Congrès n'a pas eu son mot à dire. Les hommes d'affaires qui doivent leur fortune à leur coopération avec les Anglais refusent de s'associer au mouvement. Tagore s'inquiète de ce boycott des produits étrangers et l'écrit à Gândhî : « *Aucun peuple ne peut faire son salut en se détachant des autres*[150]. » Gândhî lui répond que seul compte pour lui le bien-être de l'Inde, pas celui de l'humanité[103]. Jinnah – qui décidément n'apprécie guère Gândhî, son esprit religieux, sa propension à l'auto-analyse, l'importance qu'il accorde à des abstractions et ce qui l'appelle son « *humilité exhibitionniste* » – proteste : « *Quelles qu'en puissent être les conséquences, j'en frémis d'horreur à l'avance*[109] *!* », mais il n'en dirige pas moins à Bombay une manifestation contre une cérémonie d'adieux au gouverneur de Bombay, Lord Willingdon, qui reviendra plus tard à Delhi en tant que vice-roi.

Le mouvement débute le 30 mars 1919. Il est très vite suivi et même débordé par des provocateurs.

Le massacre d'Amritsar

Dès les premiers jours, le mouvement dérape : à Ahmedâbad, des Anglais sont molestés, des maisons pillées ; la loi martiale est proclamée. Gândhî raconte, désolé, dans son journal : « *Au Khedâ, où le taux de criminalité est plus élevé que dans les autres districts, ces gens, aux cris de* "Mahâtmâ Gândhîji", *ont arraché des rails et fait dérailler des trains, et si la chance ne s'en était pas mêlée, auraient causé la mort de centaines de soldats. Les ouvriers des filatures d'Ahmedâbâd ont fait de même : une fausse rumeur s'est répandue selon laquelle Anâsûyâben avait été arrêtée ou agressée. Les ouvriers ont attaqué un poste de police, capturé un sergent anglais, l'ont tué, puis ont brûlé son corps en pleine rue ; ils ont incendié les bureaux de poste et causé de nombreux autres dégâts*[109]. »

Gândhî songe alors à arrêter un mouvement qui, lancé depuis dix jours à peine, lui échappe, mais il n'en a pas le temps : le 10 avril, à Amritsar, dans le Penjab (où se trouve le plus sacré des sanctuaires sikhs, le Temple doré), le gouverneur fait arrêter deux députés, un musulman, le docteur Kichlu, qui vient de rentrer de quatre ans au front en Europe, et un hindou, le docteur Satyapâl. Des manifestations massives dégénèrent. Cinq Européens et trente Indiens sont tués. Le 12, Gândhî tente d'aller sur place pour calmer le jeu, mais la police l'arrête à la sortie de Delhi et l'escorte jusqu'à Bombay. Dans une lettre à ce sujet du 12 avril, Tagore s'adresse directement à Gândhî en l'appelant « *Mahâtmâ* » pour la première fois par écrit et il rend publiquement le titre de noblesse que George V lui a décerné. Le 13 avril 1919, le quotidien anglo-indien *The Englishman* commente : « *Comme s'il importait de façon quelconque à la réputation, à l'honneur et à la sécurité du règne et de la justice britanniques que ce poète bengali restât un* knight *[chevalier] ou redevint un simple Babou !* »

Ce même jour, dix mille hommes, femmes et enfants se rassemblent dans un jardin de la ville, le Jalianwâlâ Bâgh (*bâgh* signifie « jardin » en punjabi et en urdu). C'est une manifestation pacifique qui prend prétexte des fêtes du Baïsâkhi, cérémonie traditionnelle du nouvel an punjabi. Mais le gouverneur de la province se croit débordé par des manifestants agressifs et envoie le général Reginald Dyer, né en Inde même, à la tête de 25 Gurkhâs et de 25 Pâthâns et Baluchis équipés de fusils 303 Lee-Enfield et de deux automitrailleuses. Le général fait bloquer l'entrée principale du jardin et ordonne de tirer sans sommation sur la foule, en particulier vers les quatre sorties encore ouvertes sur lesquelles se ruent les gens. Quand certains soldats hésitent et tirent en l'air, Dyer leur ordonne de viser plus bas sous peine de mort. La fusillade dure dix minutes ; des milliers de balles sont tirées ; 379 personnes sont tuées ; des milliers de blessés sont abandonnés sur place. Morts et blessés sont tous hindous en pays musulman. Le soir même, le gouverneur du Penjab félicite Dyer, décrète la loi martiale sur l'ensemble de la province qu'il ferme pour deux mois à tout visiteur ; 51 « *agitateurs* » sont condamnés à mort, et 46 à la prison à vie.

Formidable émotion dans tout le pays.

L'« erreur himalayenne »

Le lendemain 14 avril, de Nadiâd, dans le Khedâ, où il se trouve, Gândhî déclare qu'il a commis une « *erreur himalayenne* » (formule qui deviendra proverbiale en Inde) en lançant le mouvement *swadeshi* ; puis il rentre à Sâbarmati, à 100 kilomètres de là. Il écrira plus tard : « *J'ai compris que j'avais fait une erreur de calcul himalayenne en proposant la désobéissance civile à des gens qui ignoraient tout de l'art de* satyâgraha. *Cet art vient instinctivement à ceux qui sont naturellement respectueux de la loi*[170]. » Ce qui n'est pas, à son sens, le cas des masses indiennes. Il répétera désormais sans cesse que l'Inde devra se réformer avant d'agir.

Dans un texte essentiel pour comprendre sa conception de la non-violence, il ajoute même que la désobéissance civile doit aller jusqu'à l'acceptation tranquille du massacre de ceux qui protestent : « *Il n'était pas conforme au devoir de la population réunie à Jalianwâlâ Bâgh de fuir ni même de tourner le dos quand on a tiré sur elle. Si le message de non-violence l'avait touchée, elle aurait dû, lorsqu'on a ouvert le feu, marcher au-devant de lui, la poitrine nue, et mourir joyeusement dans la conviction que cela signifiait la liberté pour son pays [...]. Nous avons fait le jeu du général Dyer parce que nous avons agi conformément à ce qu'il avait prévu. Il voulait nous voir fuir devant le canon de son fusil, il voulait que nous nous traînions à plat ventre et tracions par terre des lignes avec notre nez. Cela fait partie de la politique du "à feu et à sang". Lorsque nous affrontons cette politique en la regardant droit dans les yeux, elle s'évanouit comme une apparition*[169]. » Il aura la même attitude, vingt ans plus tard, à propos de la Shoah, disant que les victimes juives doivent affronter le bourreau nazi avec le sourire...

Le 18 avril, revenu à Sâbarmati, il déclare qu'il entreprend trois jours de jeûne en guise de pénitence. Et qu'il suspend le *satyâgraha*. Colère des dirigeants du Congrès : pourquoi, au contraire, ne pas tirer parti de l'indignation provoquée par ce massacre pour intensifier le mouvement ? En général, les biographes de Gândhî, soucieux de ne point trop le critiquer, n'insistent pas sur ce choix ; un historien indien, Majumdâr, se risque même à dire que « *c'est là un acte mystérieux* [109] ». Ce geste, il le refera pourtant souvent : arrêter un mouvement parce qu'il a dérapé.

Le silence, le rouet, le dhotî

Et Gândhî prend au surplus trois décisions qui se révéleront définitives : le silence, le rouet, le *dhotî*.

D'une part, convaincu qu'il a agi trop vite, il décide de passer désormais tous les lundis sans exception dans le silence pour rechercher la paix intérieure selon les principes hindous du *maüna* (« *silence* » en sanskrit) et du *shânti* (« *paix* »). Il ne le faisait qu'épisodiquement jusqu'ici, il n'en déviera pas, à deux exceptions près, jusqu'à sa mort. De fait, il aime de plus en plus parler par gestes et multiplie les contacts physiques ; il bourre jeunes et vieux de tapes dans le dos, fait des grimaces, pose la main sur l'épaule des jeunes de l'*âshram* tout en marchant, leur passe la main sur le sommet du crâne en signe de bénédiction [54]. On verra que ces contacts physiques ne sont pas tous innocents...

Gândhî décide d'autre part de filer lui-même son coton, de tisser lui-même son étoffe, de confectionner lui-même ses vêtements. Dans un village, il aperçoit un rouet et en voit toute la portée symbolique. Il en installe un dans sa chambre et c'est pour lui une découverte majeure : à la fois discipline manuelle et occasion de se concentrer, de se couper du monde, de réfléchir, de se maîtriser, de protester contre l'influence occidentale, ce sera sa réponse à l'humiliation. Le rouet ne relève pourtant pas de la tradition indienne ; c'est un outil mis au point en Europe, il est sans rapport avec la roue de la destinée, même si les deux mots, en hindi (*charkhâ* et *chakra*), se ressemblent phonétiquement. Gândhî explique que le *charkhâ* (le rouet) et le *khâdi* (le tissu de coton) le mettent en relation [54] avec un tisserand du XVᵉ siècle originaire du nord de l'Inde, Kabîr, qui chercha à créer des liens entre hindous et musulmans, et avec Thiruvalluvar, poète du VIᵉ siècle qui prêcha dans le sud de l'Inde [54]. Il se servira désormais du rouet tous les jours de sa vie pendant au moins une heure, et y astreindra tous ses compagnons, même les plus rétifs ; imposant même, plus tard, la production d'une quantité minimale de fil à tout membre du Congrès afin d'en écarter les plus violents. Depuis sa retraite, Tagore lui écrit qu'il est hostile à cette tentative d'éloigner l'Inde de la modernité, à ce « *suicide spirituel* [150] ».

Gândhî décide enfin de simplifier encore son costume. Cela sera une fois pour toutes le *dhotî*, cette bande de tissu du sud de l'Inde qu'il a déjà portée et qu'il ne quittera plus. Ce tissu sans couture, comme l'est la pensée indienne qui glisse d'un concept à l'autre sans marquer de rupture, malgré tous les plis et torsions...

Rassembler les musulmans

Le 28 avril 1919, le traité de Versailles crée la Société des nations qui regroupe 45 nations (26 non européennes), parmi lesquelles des délégués fantoches de l'Inde, assurant en fait une voix supplémentaire à la Grande-Bretagne ; la Russie refuse d'en faire partie ; l'Allemagne en est exclue. Quant au président des États-Unis, Wilson, qui en est l'instigateur, il n'obtiendra pas la ratification du traité par le Sénat américain. La France récupère l'Alsace et la Lorraine. L'Empire ottoman est sur le point d'être démantelé par les négociateurs du traité de Sèvres.

En mai 1919, les troupes britanniques occupent le Moyen-Orient (à l'exception de la Syrie), des rives de la Méditerranée à celles de la Caspienne et aux confins du Caucase. Entre le Bélutchistan et la Mésopotamie, rien n'échappe à leur contrôle. Par ailleurs, la conquête à partir de l'Égypte – par des troupes indiennes, australiennes, néo-zélandaises et sud-africaines – de la Syrie, de la Palestine, de la Jordanie et de la Mésopotamie leur a ménagé une voie terrestre allant de la Méditerranée au golfe Persique. Cela s'est révélé fort coûteux pour le Trésor (« *L'aventure mésopotamienne a été l'un des plus mauvais investissements que nous ayons fait de toute notre existence* », déclare alors l'ancien Premier ministre britannique Lord Asquith[59]). Mais cela ouvre en fait à la Royal Dutch Shell et aux Anglais des droits de prospection pétrolière et leur assure le contrôle de l'Irak Petroleum ainsi que de toutes les concessions pétrolières que la Turquie leur a jusqu'ici refusées. Ainsi des conquêtes militaires, motivées principalement par la protection de la route de l'Inde, apportent-elles, presque par raccroc, le pétrole aux Anglais.

Les musulmans indiens s'inquiètent du devenir des Lieux saints. Depuis toujours, Gândhî se sent proche d'eux, qui l'ont aidé dans les moments difficiles de sa jeunesse : « *Je ne suis pas un hindou, mais un Indien. Je veux être un pont entre les deux communautés. Je veux lier, si possible, ces deux communautés avec mon sang*[36]. »

Au même moment, Lord Chelmsford et Edwin Montagu mettent la dernière main à un rapport sur l'état de l'Inde où ils s'inquiètent d'« *une division confessionnelle qui signifie la création de camps politiques organisés les uns contre les autres, et qui enseigne aux hommes à penser en partisans, non en citoyens. Le gouvernement britannique est souvent accusé de diviser pour régner ; alors, ne divisons pas les hommes sans nécessité alors même que nous les conduisons sur la voie de l'autonomie ; sinon, nous serons taxés d'hypocrisie*[93] »...

En fait de « *voie de l'autonomie* », ledit rapport débouche sur une réformette : le *Government of India Act*. Les conseils législatifs des provinces, élus au suffrage restreint, acquièrent la faculté de nommer et démettre des « *ministres régionaux* » chargés de l'Éducation, de l'Agriculture, de l'Administration locale, de l'Industrie et des Travaux publics ; les portefeuilles de la Police et de la Justice, les prisons et l'impôt foncier restent de la compétence des gouverneurs de province, qui ne rendent compte qu'au vice-roi. Au niveau national, un Conseil législatif impérial est subdivisé en deux chambres, une Assemblée législative et un Conseil d'État, l'un et l'autre sans pouvoir réel. L'Assemblée législative est élue pour les cinq septièmes et le Conseil d'État élu pour les trois cinquièmes, l'une et l'autre au suffrage censitaire très limité. De surcroît, une Chambre des princes réunit les représentants directs de 109 États, à quoi s'ajoutent 12 sièges qui en représentent 127 autres ; 326 États n'ont aucune représentation. Quelques Indiens sont aussi admis au sein d'un « Conseil exécutif du vice-roi » qui n'a, lui non plus, aucun pouvoir. Les premières élections de ces chambres sont fixées pour novembre 1923, dans quatre ans. Gândhî vient dire qu'il trouve le texte très insuffisant. Le Congrès, présidé par Motilâl Nehru, décide de ne pas participer à ces élections.

Gândhî préside une conférence réunissant des Indiens musulmans, l'*All India Khilafat*, qui réclame que la garde des Lieux saints de l'islam (La Mecque, Médine et Jérusalem) soit laissée au calife turc. Il émet l'idée d'un *satyâgraha* pour protester contre le démantèlement de l'Empire ottoman. Il demande à être reçu par le vice-roi, auquel il déclare : « *S'il veut gagner le cœur et l'esprit des musulmans de l'Inde, le gouvernement de Sa Majesté doit parvenir à un accord avec la Turquie*[169]. »

En septembre 1919, il invente le *Gândhî cap*, un calot blanc qu'il porte peu. Jawâharlâl Nehru le portera avec une grande élégance.

Pour en finir avec Amritsar

En octobre est enfin réunie à Delhi, après maintes réticences, une commission d'enquête sur les événements d'Amritsar. Elle est dirigée par un haut magistrat britannique, Lord Hunter, venu spécialement de Londres. C'est une mascarade : quand le juge demande poliment au général Dyer pourquoi il n'a pas fait soigner les blessés, dont beaucoup succombèrent dans les heures qui suivirent la fusillade, celui-ci répond que personne ne le lui a demandé ! Puis Lord Hunter interroge Gândhî :

Q. — *Je présume, M. Gândhî, que vous êtes l'instigateur du mouvement du* satyâgraha *?*

R. — *Oui, monsieur.*

Q. — *Voulez-vous l'expliquer brièvement ?*

R. — *C'est un mouvement entièrement fondé sur la vérité, destiné à remplacer les méthodes violentes. C'est, tel que je l'ai conçu, un prolongement du droit social dans le domaine politique, et mon expérience m'a conduit à conclure que ce mouvement, et lui seul, peut débarrasser l'Inde de la menace d'une violence qui s'étendrait à tout le pays en voulant mettre un terme aux abus.*

Q. — *Vous y avez recouru par opposition à la loi Rowlatt. Et, dans ce cadre, vous avez demandé à la population de signer l'engagement du* satyâgraha *?*

R. — *Oui, monsieur.*

Q. — *Aviez-vous l'intention d'intégrer le plus grand nombre possible d'hommes à ce mouvement ?*

R. — *Oui, conformément au principe de vérité de non-violence [...]. Depuis trente ans, je prêche et pratique le* satyâgraha *[...]. Le* satyâgraha *diffère de la résistance passive comme le pôle Nord du pôle Sud. La résistance passive a été conçue comme l'arme du faible, et n'exclut pas l'utilisation de la force physique ou de la violence, alors que le* satyâgraha *est l'arme du fort et exclut l'utilisation de la violence sous toutes ses formes [...]. Sa signification foncière est l'adhésion à la vérité – d'où son nom de "force de la vérité". Je l'ai également appelée "force de l'amour" ou "force de l'âme"*[169]. »

Quand Hunter lui demande : « *Qui détermine la vérité ?* », Gândhî répond : « *Cela incombe à chaque individu*[169]. »

La commission conclut que le général Dyer a commis une... « *grosse erreur de jugement* ». Rien de plus. Il est relevé de son poste et renvoyé sans aucune sanction en Angleterre, où il reçoit un accueil triomphal. Si la Chambre des communes exprime sa défiance à son endroit par 230 voix contre 129, la Chambre des lords estime, par 129 voix contre 86, qu'« *il s'agit d'un homme valeureux* ». Le *Morning Post* organise une collecte ; celle-ci rapportera au général une épée et 20 000 livres qui lui permettront de goûter une longue et paisible retraite.

Un grand amour

En octobre 1919, après le fiasco de la commission Hunter, Mohandâs, qui vient d'avoir cinquante ans, se rend pour la première fois à Lahore afin d'y mener ses propres investigations. Il est accompagné du pandit Mâlaviya, de Motilâl Nehru, alors président du Congrès, de Charlie Andrews, qui ne le quitte plus depuis 1913, et de Pyârélâl Nâyar (il n'a que dix-neuf ans). Ce jeune assistant dit trouver en Gândhî « *la calme assurance de la force ; l'accès à un réservoir caché de puissance qui pourrait traverser même un impénétrable mur de granit*[114] ». Il fait pendant trois mois la tournée du Penjab et interroge de nombreux témoins du massacre d'Amritsar tout en promouvant le *khâdi* et le *charkhâ*.

Gândhî voyage alors pieds nus, en troisième classe. Dans chaque chambre où on l'installe, il fait enlever lit, table et chaise. Quand quelqu'un fait son éloge, il l'interrompt et objecte qu'il ne faut admirer que le peuple, et il critique ceux qui s'adressent à lui en anglais [109]. De sa voix à peine audible, il harangue les gens et apparaît aux yeux des fonctionnaires anglais comme un réformateur religieux (tel que Mahâtmâ Munshi Râm ou Swâmi Vivékânanda), et non pas encore comme un homme politique. Les gens commencent à comprendre qu'il est doté de pouvoirs psychiques exceptionnels. Et, comme pour les plus grands gourous, on murmure qu'il faut croiser son regard (son *darshân*) pour obtenir sa bénédiction.

De nombreux dirigeants du Congrès du Penjab se trouvent encore en détention, dont Râmbhuj Dutt Chaudhuri dans la maison duquel Gândhî est hébergé. En l'absence de son hôte, il rencontre son épouse Saralâ Dévi, âgée alors de quarante-sept ans, nièce de Tagore, qui dirige le journal l'*Hindustâni* en remplacement de son mari [54]. Elle lui rappelle qu'elle l'a croisé dix-huit ans plus tôt, en décembre 1901, alors qu'elle dirigeait le chœur interprétant l'hymne d'ouverture de la session du Congrès, à Calcutta, que Tagore avait mis en musique.

Le coup de foudre est réciproque. Le 27 octobre, quelques jours après son arrivée à Lahore, Gândhî écrit : « *La compagnie de Saralâ Dévi m'inspire beaucoup de tendresse. Elle s'occupe très bien de moi* [154]. » Il est si captivé par cette relation – qu'il qualifie d'« *indéfinissable* » – qu'il songe à un « *mariage spirituel* [169] ». De fait, ils forment un couple exceptionnel : grande intellectuelle, elle le relie à Tagore et au Bengale, ensemble, ils sont l'Inde tout entière.

En décembre 1919, le Congrès tient sa session annuelle à Amritsar, en souvenir du massacre. Tilak et

Motilâl Nehru, qui préside, se rapprochent de Gândhî, qui recommande de refuser les réformes proposées par Montagu et Chelmsford. Le Congrès refuse la participation à ces élections au suffrage restreint. Les 7 000 délégués veulent porter Gândhî à la tête du Congrès, mais il préfère faire élire Lâlâ Lâjpat Râi, patron du Congrès du Penjab. La réunion débouche aussi sur la décision d'acheter le jardin où eut lieu le massacre afin d'en faire un site sacré. Gândhî propose de lancer une souscription pour réunir les 536 000 roupies nécessaires : « *Le mémorial devrait être le symbole national de la volonté honnête et soutenue de parvenir à l'union entre musulmans et hindous,* écrira-t-il plus tard. *Tout comme nous n'éprouvons pas de rancœur envers un dément, nous ne pouvons en nourrir vis-à-vis du général Dyer. Par conséquent, je viderai le mémorial de toute idée d'amertume et de rancœur*[169]. »

Un journal anglais proteste contre cette célébration : « *La proposition de M. Gândhî visant à commémorer la fusillade du Jalianwâlâ Bâgh ne risque guère de favoriser la concorde. C'est un tragique incident dans lequel notre gouvernement a été entraîné en traître, mais l'amertume de son souvenir vaut-elle la peine d'être cultivée ? Ne devons-nous pas tenter à présent de trouver une symbiose plus large, telle que Bouddha et le Christ l'ont prêchée ? Gândhî paraissait destiné à devenir l'apôtre d'un tel mouvement ; mais les circonstances le contraignent à chercher moyen de susciter des résistances et de former des groupes soudés. Peut-être même ira-t-il jusqu'à se donner pour mission de souder le monde*[169] ? »

La caste, épreuve « essentielle à une bonne évolution de l'âme »

Gândhî estime qu'une des raisons de l'échec du boycott est qu'il n'a pu donner ses consignes de calme de manière aussi détaillée qu'il le faisait à Durban dans l'*Indian Opinion*. Lui faut-il créer un journal ? Il hésite : en Inde, à la différence de l'Afrique du Sud, il y en a déjà beaucoup et le pays est immense, un seul journal ne touchera pas tout le monde. Et puis il se lance. Début 1920, ses amis industriels du textile d'Ahmedâbâd (qui faisaient partie des conjurés) lui confient deux mensuels [169] : l'un en gujarâtî, le *Navajîvan* (La Vie nouvelle), l'autre en anglais, le *Young India*. Leur tirage est alors de 40 000 exemplaires. Ils deviendront vite hebdomadaires et Gândhî les utilisera plus de vingt ans durant, comme il a fait en Afrique du Sud pour communiquer ses idées. Ses articles seront souvent repris dans nombre de journaux indiens, ce qui leur assurera un impact considérable dans tout le pays.

Dans ses premiers articles, Gândhî explique qu'il est contre toute forme de machines, même la bicyclette, exception faite de la machine à coudre Singer qui l'émerveille [154]. Il explique aussi que, pour lui, le concept central de l'hindouisme, le *Vârna dharma*, recouvre à la fois la notion de « *devoir* » dans la vie individuelle et celle de « *solidarité* » dans la vie sociale ; il prend la forme d'*Âshram dharma* dans la vie individuelle, celle de *Vârna dharma* dans le champ social. Le *Vârna dharma* doit permettre d'instaurer une société égalitaire fondée sur l'amour et la coopération mutuelle [169].

Dans un article capital, Gândhî approuve la division

de la société indienne en castes : « *Nous sommes tous nés pour servir la création divine, les brâhmanes avec le savoir, les kshatriyas avec le pouvoir protecteur, les vaïshya avec l'habileté commerciale, et les shûdra avec le travail corporel*[169]. » Pourtant, lui qui est un vaïshya n'est pas resté commerçant. Il ajoute que les castes sont « *nécessaires à l'harmonie personnelle et collective* ». Mais elles ne doivent pas pour autant constituer une hiérarchie sociale. Il écrit : « *L'esprit du système des castes n'est pas un esprit d'arrogante supériorité, il s'agit de la classification de différents systèmes de culture spécifiques*[169]. » Elles doivent donc être « *séparées mais égales* », et – point qui illustre bien la relation de Gândhî à la morale – elles constituent une épreuve « *essentielle à une bonne évolution de l'âme* » dans le long parcours de la réincarnation. Il ne demande donc pas l'abolition de ce système, mais précise que « *chacun doit savoir rester à sa place, par la maîtrise de soi* », ainsi que « *le demande la* Bhagavad-Gîtâ *en conseillant au prince Arjuna de tuer son cousin au combat à la seule condition qu'il n'y trouve ni intérêt personnel ni plaisir* ». En revanche, il dénonce l'intouchabilité, « *qui nuit à la cause de l'indépendance*[169] ».

Par ailleurs, bien qu'il soit de plus en plus amoureux et que sa relation avec Saralâ Dévi ne soit nullement platonique, Gândhî écrit que la généralisation de la chasteté ne conduit aucunement à la disparition de l'espèce humaine, que le mariage détourne l'homme de missions plus hautes, que seul le *brâhmachârya*, l'homme chaste, est un homme complet. Au même moment, il ne dissimule plus sa liaison, qui pose problème à tous dans l'ambiance prude de l'époque. Son fils Dévdâs et son collaborateur Mahâdév Désâi lui demandent d'y mettre fin[54]. Il leur obéira au bout de neuf mois, en juin 1920. « *C'est grâce à eux que je ne me suis pas précipité dans le feu de l'enfer* », dira-t-il en 1933.

Quand, en décembre de cette année-là, Saralâ Dévi se plaindra d'avoir été sacrifiée « *à Bâpu et à ses lois* », il lui répondra par une lettre qui montre bien que leur relation n'est pas que spirituelle[54] : « *J'ai analysé mon amour pour toi. Je suis ainsi arrivé à une définition du mariage spirituel. C'est une association entre deux personnes de sexe opposé d'où la dimension physique est totalement absente. C'est donc possible entre un frère et une sœur, entre un père et une fille. Entre deux* brâhmachâris, *c'est possible seulement en pensée, en paroles et en actes [...]. Possédons-nous cette exquise pureté, cette parfaite harmonie, cette parfaite fusion, cette similitude d'idéaux, ce total oubli de soi, cette fermeté d'intentions, cette totale confiance ? En ce qui me concerne, je puis répondre franchement que ce n'est là qu'une aspiration. Je suis incapable de cette sorte de camaraderie avec toi...* » Cette aventure le marquera beaucoup et jusqu'au bout il s'évertuera à se prouver à lui-même qu'il est capable de ce « *total oubli de soi* », de ce contrôle du désir qui le feront se lancer, on le verra, dans d'ahurissantes expériences de maîtrise sexuelle.

Quinze ans plus tard, lors d'une discussion avec Margaret Sanger, une Américaine venue plaider devant lui pour le contrôle des naissances, il dira encore, après avoir mentionné que sa femme était illettrée, qu'il avait « *presque succombé* » à « *une femme d'une vaste culture* », mais qu'heureusement il s'était libéré de « *cette transe*[109] ».

Un satyâgraha *pour l'islam*

La négociation du traité de Sèvres entre les Alliés et l'Empire ottoman s'accélère. Il est question de confier la garde des Lieux saints de Jérusalem à la Grande-Bretagne qui les occupe depuis 1917. Les musulmans indiens sont furieux. Gândhî voit là l'occasion d'une alliance entre eux et les hindous. « *Une telle occasion ne se représentera pas avant cent ans* », constate-t-il. Il veut alors relancer l'idée d'un *satyâgraha* pour l'islam.

En mars, en Palestine, des nationalistes arabes venus de Damas lancent un raid sur la Galilée ; les colonies juives subissent des attaques meurtrières. Les Juifs décident alors de s'armer. Le 4 avril et les jours suivants, les quartiers juifs de Jérusalem sont attaqués (18 morts juifs et 4 musulmans). Les Britanniques destituent le maire, Musa Kazim al-Husseini, et condamnent par contumace son frère qui a été arrêté mais est parvenu à s'enfuir. Le 24 avril, à la conférence de San Remo, les puissances alliées entérinent l'octroi au Royaume-Uni d'un mandat sur la Palestine et la Transjordanie.

En juin 1920, au moment où, après deux ans de silence, Gândhî reprend sa correspondance avec Kallenbach, rentré en Afrique du Sud[141], il participe à Allahâbâd à une réunion des représentants des principales communautés religieuses. Il y expose un programme de résistance non violente qu'il propose de lancer à compter du 1er août, pour obtenir que les Lieux saints musulmans soient laissés sous contrôle du sultan et pour contrer l'usage de produits étrangers, ce qu'il distingue du pur boycott : « *Tant que le Congrès s'en tiendra à une non-coopération non violente, le boycott des produits britanniques, considérés comme distincts des autres produits étrangers, devra être refusé*[170]. »

Peu après, le 7 juillet, au cours d'une session extraordinaire particulièrement animée du comité exécutif du Congrès, à Calcutta, Gândhî, qui loge exceptionnellement chez son fils Harilâl, demande « *réparation pour les torts causés au Penjab* » et la défense du califat. Il cite Thoreau : « *Je suis convaincu que si mille hommes, cent ou même dix que je pourrais nommer [...], si seulement dix hommes honnêtes [...], si même un seul homme honnête, dans cet État du Massachusetts, cessant d'avoir des esclaves, refusait effectivement cette pratique et était alors emprisonné, ce serait l'abolition de l'esclavage en Amérique*[160]. » Il ajoute que le *satyâgraha*, dont il vient d'importer la pratique en Inde, « *s'appuie sur l'antique loi de la "souffrance de soi" qui ne signifie pas une humble soumission à la volonté de celui qui fait le mal, mais une opposition de l'âme à la volonté du tyran, et une résistance à ses commandements injustes*[169] ». Cette phrase acquerra une résonance particulière quand débutera la Seconde Guerre mondiale.

Le déclenchement du *satyâgraha* est fixé au 1er août. Gândhî déclare à Muzaffarnagar, puis à Bombay, le 29 juillet : « *Le temps des discours sur la non-coopération était révolu et celui de l'application pratique était venu. Mais deux choses étaient nécessaires au succès complet : un environnement exempt de toute violence et l'esprit de sacrifice*[169]. »

Ce 1er août, jour du lancement du mouvement, meurt Lokamânya Tilak, épuisé par de longues années de prison et d'exil. Lors de sa crémation à Bombay, devant plus de 200 000 personnes, Gândhî le désigne comme « *le créateur de l'Inde moderne* ». Et Sri Aurobindo, faisant référence à la lutte qui commence, déclare : « *Un grand esprit, une grande volonté, un illustre et éminent conducteur d'hommes vient de quitter son champ d'accomplissement et de labeur. Pour ses compatriotes, Lokamânya Tilak représentait davantage encore, car il était devenu l'incarnation des efforts passés et le chef de la lutte actuelle pour une vie libre et plus ample [...]. [Sa] mort nous surprend alors que le pays traverse des heures troublées et poignantes. Elle survient en une période critique, elle coïncide même avec un tournant crucial où le Maître du Destin est en train d'interroger la nation, dont la réponse déterminera la force et la signification de son avenir*[8]... »

Ce même jour, Gândhî renvoie au vice-roi sa médaille d'or du Kaiser-i-Hind, sa médaille de la guerre zouloue, et celle de la guerre des Boers, avec ce mot : « *Ce n'est pas sans un serrement de cœur que je retourne ces médailles dans le cadre de l'opération de non-coopération qui débute aujourd'hui, en relation avec le mouvement [en faveur du maintien du rôle du calife comme protecteur des Lieux saints]. Bien que ces honneurs me soient précieux, je ne puis en conscience les porter tant que mes compatriotes musulmans seront obligés d'endurer l'affront infligé à leurs sentiments religieux*[169]. »

Le soir même de ce 1er août 1920, a lieu un premier autodafé d'étoffes étrangères.

La « loi de l'épée »

Le 10 août, le traité de Sèvres est signé entre les Alliés et les mandataires du sultan Mehmet VI, qui garde son trône. Le traité confirme le démembrement de l'Empire ottoman, crée une république indépendante d'Arménie et un territoire autonome des Kurdes. La SDN confie les provinces arabes à la France et au Royaume-Uni qui hérite des Lieux saints de Jérusalem. L'Italie et la Grèce obtiennent des lambeaux de l'Empire. Istanbul, les côtes de la mer de Marmara et les Dardanelles sont démilitarisés. Les Détroits sont placés sous le contrôle d'une commission internationale. Le mandat sur la Palestine stipule que la Grande-Bretagne doit « *placer le pays dans des conditions politiques, administratives et économiques qui permettront l'établissement d'un foyer national juif et le développement d'institutions d'autogouvernement* ».

Le 11, dans *Young India*, Gândhî publie un article important, « *La loi de l'épée* », dans lequel il admet pour la seule fois de sa vie que la violence peut être licite : « *Je crois que si le seul choix était entre la lâcheté et la violence, je conseillerais la violence. Je préférerais que l'Inde recoure aux armes pour défendre son honneur plutôt que de devenir ou de rester, par lâcheté, une immense victime de son déshonneur. Je ne plaide donc pas pour que l'Inde pratique la non-violence par faiblesse, mais en étant consciente de sa force et de son pouvoir. Je crois pourtant que la non-violence est infiniment supérieure à la violence*[169]. » Il réaffirme son inclination : « *J'aime beaucoup la doctrine qui pose la réalité comme plurielle. Cette doctrine m'a appris à juger un musulman en me plaçant de son point de vue, et un chrétien du sien*[169]. »

Il rejette la démocratie parlementaire par refus de la centralisation, et prône la démocratie directe. Il ajoute : « *Je ne suis pas un visionnaire. Je me présente comme un "idéaliste pratique*[169] *"*. »

En août 1920, Sri Aurobindo explique au docteur Moonjé, lieutenant de Tilak, les raisons de son refus de présider le Congrès : « *Je ne suis plus un homme politique. J'ai entrepris, de manière décisive, un autre genre de travail ayant pour base la spiritualité, un travail de reconstruction spirituelle, sociale, culturelle et économique de nature presque révolutionnaire, et j'effectue ou du moins veille sur une sorte d'expérience de laboratoire qui capte toute l'attention et l'énergie dont je suis capable [...]. Et je l'ai entreprise comme la mission du reste de ma vie [...]. Je peux néanmoins me permettre de vous signaler que vous faites un choix erroné en me demandant d'occuper la place de Tilak. Personne aujourd'hui en Inde, du moins personne de connu encore, n'est capable d'occuper cette place, moi moins que quiconque. Je suis idéaliste jusqu'à la moelle ; je ne puis être utile que lorsque quelque chose de drastique doit s'effectuer, un virage radical ou révolutionnaire à prendre (par révolution, je n'entends pas violence)... La politique de Tilak [...] est sans doute la seule alternative à une certaine forme de non-coopération de la résistance passive*[8]. »

Au même moment, à Moscou, au IIe congrès de la IIIe Internationale, Lénine souligne la nécessité de soutenir les mouvements « *nationaux révolutionnaires* ». Financés par Moscou, le Parti communiste de l'Inde et les radicaux de Dhâkâ (*Anushilan*) mènent une violente campagne contre Gândhî, cependant que les hommes de Sri Aurobindo, en exil intérieur, sont en quête d'un nouveau maître.

L'imprudente promesse : l'indépendance dans un an

Depuis août, le *satyâgraha* continue sans beaucoup d'impact : la mouche de Gândhî n'a pas ébranlé l'éléphant du Râj.

En décembre 1920, au moment où le IIIe Congrès islamo-chrétien de Haïfa réclame l'arrêt de l'immigration juive et la création d'un État arabe de Palestine, le Congrès national indien se réunit à Nâgpur, nœud ferroviaire au centre géographique de l'Inde. Cette fois, il s'agit de 14 000 délégués, hindous et musulmans : une véritable cité !

Le Congrès est maintenant très organisé : chaque village comptant cinq adhérents est considéré comme une antenne du mouvement ; au-dessus, on trouve l'échelon du canton, puis celui du district et vingt et un comités provinciaux désignés par les comités de district[68]. Chaque comité provincial envoie aux sessions annuelles du Congrès un nombre de délégués proportionnel à la population de l'aire linguistique qu'il recouvre. Les juristes représentent encore entre la moitié et les deux tiers des délégués – d'où l'attention particulière accordée par le Congrès aux droits individuels et aux procédures démocratiques de type occidental[68].

Les choix tactiques sont faits par le *high command* (le comité directeur), en pratique par Gândhî lui-même : six ans seulement après son retour en Inde, il a réussi, par son action à l'extérieur du Congrès, à devenir le maître du Congrès sans jamais chercher, du moins pour l'instant, à en devenir président. Il refuse même de voir le Congrès comme un parti, « *pas plus que ne l'est le Parlement britannique qui contient lui aussi différents partis, l'un d'eux étant par moments plus fort que les autres* ».

Beaucoup de délégués imitent son costume, ce que Jinnah ou Motilâl Nehru et son fils Jawâharlâl se refusent à faire. Beaucoup, comme Jawâharlâl Nehru, se montrent si respectueux de Gândhî qu'ils ne lui tournent jamais le dos. Chacun se réfère à lui comme au « *Mahâtmâ*[23] ». Quand Mohammed Ali Jinnah oublie dans son discours de le faire et le nomme simplement « *Gândhî* », le chef du Mouvement du Khilafat, Maulana Mohammed Ali, l'interrompt pour lui demander de l'appeler « *Mahâtmâ* », « *comme tout le monde* » ; de nombreux délégués applaudissent alors. Jinnah continue, imperturbable, mais une partie de l'assemblée l'invective : « *Assis*[23] *!* » Le président de séance, Sri Vijayarâghavâçhâri, prie Jinnah de respecter les usages. Jinnah persiste. Gândhi se lève alors et dit : « *Je ne suis pas un Mahâtmâ. Je suis un homme ordinaire. En obligeant Jinnah à choisir ce vocable particulier, vous ne me rendez pas hommage. Nous ne pouvons gagner la véritable liberté en forçant autrui à adopter nos vues. Un homme est libre de penser ou de dire tout ce qu'il veut des autres si son langage n'a rien de désobligeant ni de péjoratif*[23]. » Applaudissements enthousiastes. Furieux, Jinnah (qui en 1915, à Bombay, avait déjà été humilié publiquement par Gândhî) quitte la salle. Il écrira au Mahâtmâ : « *Vos méthodes ont provoqué éclatement et division dans pratiquement chaque institution que vous avez approchée. Dans tout le pays, les gens sont désespérés, et l'extrémisme de votre programme n'a frappé que* *l'imagination d'une jeunesse inexpérimentée, des ignorants et des analphabètes*[23]. »

Pour gagner la confiance des milliers de radicaux désemparés par la mort de Tilak, Gândhî propose à Sri Aurobindo la présidence du Congrès. Comme les autres fois, celui-ci décline l'offre et s'en explique : « *En premier lieu, je n'ai jamais signé et ne signerai pas de profession de foi dans le Congrès, la mienne étant d'un caractère différent. Ensuite, depuis ma retraite en Inde française, j'ai développé une attitude et des points de vue qui ont divergé considérablement de ceux que je cultivais autrefois, et je me trouverais très embarrassé par ce que j'aurais à dire au Congrès. Je reste en totale sympathie avec tout ce qui se fait tant que l'objectif est d'atteindre la liberté pour l'Inde, mais je me verrais dans l'impossibilité de m'identifier au programme d'aucun*[8]... » Pour écarter du Congrès les partisans de la violence, Gândhi propose que tout membre soit obligé de filer une bobine de fil et de l'envoyer à l'organisation centrale, All India Khâdi Board.

C'est alors que survient l'imprudence[109]. Parvenu à s'imposer comme « *la seule autorité exécutive* » du Congrès, Gândhî affirme à la tribune, ce jour-là, 21 décembre 1920, que si le Congrès acceptait d'élargir le *swadeshi* (c'est-à-dire le boycott des produits étrangers) aux écoles, aux élections, aux tribunaux, donc aux institutions judiciaires et scolaires, que si les Indiens voulaient bien démissionner des postes gouvernementaux qu'ils occupent, déserter l'armée, rejeter les titres et les honneurs britanniques, refuser même tout contact avec les Anglais, que si chacun s'employait à effacer les différences de tenue vestimentaire, à porter le *khâdi*, à utiliser le rouet dans chaque maison au moins une heure par jour, que si tout cela se faisait avec discipline et esprit de sacrifice, alors les Anglais seraient débordés, le pays tomberait comme un fruit mûr, le *swarâj* (l'autonomie) deviendrait réalité en l'espace d'un an[34]. Tout le monde est abasourdi : Gândhî promet *l'indépendance d'ici un an !!!*

Un disciple de Jatîn Mukherjee, Bhûpendra Kumâr Datta, l'interrompt : « *Voulez-vous dire que, dans un an, vous érigerez le Congrès en parlement de la démocratie indienne indépendante si le peuple souscrit à votre appel ? — Oui*[95] », lui répond Gândhî sous les applaudissements. Datta lui accorde alors pour un an la collaboration de ses partisans extrémistes. « *Mais, l'année révolue, nous comptons reprendre notre programme qui ne recule pas devant la violence.* » Gândhî réplique : « *Je serais plus heureux si vous acceptiez la non-violence comme un principe, et non comme une politique*[95]. » Informé par Datta, Sri Aurobindo est sceptique : « *Gândhî a montré une grande énergie. Il pourra mener la lutte assez loin, mais je ne crois pas qu'il saura libérer le pays du jour au lendemain. Ne vous laissez pas aller. Vous aurez de nouveau à agir selon vos convictions. Ne vous opposez pas pour le moment, coopérez. Mais je ne veux pas que vous fassiez de la non-violence un fétiche*[102]. »

Le Congrès débat, discute, tergiverse. Dâs et Motilâl Nehru soutiennent Gândhî sans faiblir, puis le Congrès accepte son projet par 1 855 voix contre 873. Pour dissiper toute tension, Gândhî ajoute, comme il aime à le dire : « *Une décision du Congrès n'empêche nullement un de ses membres de mener une action contraire*[154]. » D'autres viennent alors rejoindre le premier cercle de ses collaborateurs, successivement :

Bhâvé, Patel, Kâlelkar, Kriplâni, Prasâd, Nâyar, Désâi, Jawâharlâl Nehru ; les imiteront bientôt Jamnâlâl Bâjâj, Ghanshyâm Dâs Birlâ, Swâmi Ânand. Un quart de siècle plus tard, ceux de ces jeunes gens qui seront encore en vie dirigeront l'Inde.

Au même moment, en France, au congrès de Tours, un jeune militant d'une section parisienne du Parti socialiste, le jeune Quôc, dont on a déjà parlé, vote avec la majorité du Parti socialiste pour l'adhésion à la IIIe Internationale. On le retrouvera, bien plus tard, sous le nom d'Hô Chi Minh [17].

En Irlande, après la mort du maire de Cork, Lord Mac Swiney, après soixante-treize jours de grève de la faim, et l'exécution en signe de représailles, par l'IRA, de quatorze membres des services secrets britanniques à Dublin, le 21 novembre 1920, l'armée britannique tire sur la foule, au stade de Crow Park, à Dublin. C'est le « *Bloody Sunday* ». Le 23 décembre, le gouvernement signe le *Government of Irland Act* accordant l'autonomie à l'Irlande du Sud.

Pour atténuer le sentiment de triomphe qu'il pourrait tirer de la session du Congrès, Gândhî écrit dans *Young Indian* le 12 janvier 1921 un article sur le lien entre non-violence et humilité : « *L'esprit de non-violence conduit nécessairement à l'humilité [...]. Les non-coopérants ne doivent pas s'enorgueillir de leurs succès stupéfiants au Congrès. Nous devons agir tout comme le manguier qui penche lorsqu'il est chargé de fruits* [170]. »

L'année du tout ou rien

Gândhî a peur que la violence ne redémarre avec le *satyâgraha* comme en 1919. Il écrit le 27 janvier dans *Young India* : « *Le* satyâgraha *exclut le recours à la violence sous toutes ses formes, que ce soit en pensées, en paroles ou en actes. Avec une cause juste, l'aptitude à souffrir indéfiniment et la renonciation à la violence, la victoire est certaine*[169]. »

Il a raison d'avoir peur : le 29 janvier 1921, des ouvriers du textile et des paysans de la région de Bardoli, dans le Gujarât, refusent d'acquitter leurs impôts, ce qui n'est pas prévu dans le mot d'ordre du mouvement. Une bataille commence, conduite par Patel et elle durera en fait sept ans.

Tandis que, le 10 février, est posée la première pierre d'un arc de triomphe sur le port de Bombay, Gândhî écrit : « *La non-coopération et la désobéissance civile ne sont que différentes ramifications de l'arbre appelé* satyâgraha *: le* satyâgraha *est la recherche de la vérité ; et Dieu est vérité. L'*ahimsâ *est la lumière qui me révèle cette vérité*[169]. »

En mars, dans *Young India*, Gândhî décrit les vêtements occidentaux comme « *repoussants* ». Il revient de façon obsessionnelle sur le rouet : « *L'utilisation du rouet dans tous les foyers et l'adoption de vêtements filés et tissés à la main, à l'exclusion de tout autre, par tous, sont absolument indispensables à la liberté de l'Inde*[169]. » Il ajoute : « *Nulle autre préoccupation que le rouet ne devrait être introduite dans les écoles indiennes.* » Et enfin : « *Le* swarâj *est impossible sans l'abolition complète de l'intouchabilité par les hindous*[169]. »

Tagore écrit dans la presse indienne, le 2 mars

1921 : « *Le jour viendra où le frêle homme de cœur, complètement dégagé de l'armure, prouvera que ce sont les doux qui héritent de la terre. Il est donc logique que le Mahâtmâ Gândhî [...] évoque l'immense pouvoir de l'humanité de l'Inde outragée et destituée. Les destinées de l'Inde ont choisi pour alliée [...] la puissance de l'âme et non celle du muscle. Elle doit élever l'histoire humaine, du niveau fangeux de la mêlée matérielle aux cimes des batailles de l'esprit*[153]. » Trois jours plus tard, il dit de Gândhî : « *J'ai essayé [...] d'y découvrir une mélodie ; mais l'idée de non-coopération, avec son formidable volume sonore, sa menace agglomérée, ses clameurs de négation, ne me chante rien. Et je me dis : "si tu ne peux marcher du même pas que tes compatriotes, en cette grande crise de leur histoire, garde-toi de dire qu'ils ont tort et que tu as raison ; abandonne ton rôle de soldat, retourne dans ton coin de poète, et sois prêt à accepter la dérision et la disgrâce populaire*[151]*"*. »

En avril, Gândhî lance une collecte pour soutenir le mouvement qui s'étend. Mais, à ses yeux, le nombre n'est ni nécessaire ni suffisant. Il écrit : « *Étant donné qu'une armée de résistance civile est ou devrait être exempte de passion, puisque sans esprit de revanche, elle a besoin d'un nombre moins important de soldats [...]. En réalité, un seul résistant civil parfait suffirait à gagner la bataille contre le mal*[170]. »

L'Inde attire alors l'attention des pacifistes qui la considèrent, déclare Romain Rolland en recevant Tagore, comme une « *force spirituelle [...] capable d'aider l'Europe à surmonter ses querelles nationales dont vient de souffrir le Vieux Continent et à dépasser le matérialisme de la civilisation moderne*[137] ».

Premier échec

Le 6 septembre 1921, Gândhî voit Tagore, qui publie le 1er octobre un article reconnaissant ce qu'il y a de positif dans son apport : « *Il se tenait sur le seuil de la chaumière de milliers de déshérités, vêtu comme un d'eux. Il leur parlait dans leur propre langue. Là enfin était la vérité, et non une citation de livre*[103]... » Quelque temps plus tard, Tagore écrit cependant, à un correspondant français : « *C'est l'isolement moral, constant, invisible fardeau pour l'esprit, qui m'oppresse le plus. Je voudrais qu'il soit possible d'unir mes mains à celles du Mahâtmâ Gândhî, et ainsi de m'abandonner au courant d'adhésion populaire. Mais je ne peux me dissimuler plus longtemps que notre conception et notre quête de la vérité s'opposent tout à fait...* »

Le vice-roi n'entend pas laisser se perpétuer ces manifestations. Pas question de céder à l'ultimatum : il déclare alors hors la loi les militants du parti, et les arrestations de masse commencent : 30 000 personnes sont interpellées, dont Mahâdév Désâi, Maganlâl Gândhî, Pyârélâl Nâyar, Lâjpat Râi, Abul Kalam Azad, C. Râjâgopâlâchari, Vallabhbhâi Patel, Râjendra Prasâd, Motilâl et Jawâharlâl Nehru[54]. On assiste même à une émulation entre membres du Congrès pour savoir qui écopera de la plus lourde condamnation. Le 17 novembre, un jeune dirigeant, Subhâs Chandra Bose, né en 1897, formé à Cambridge et qui vient de démissionner de l'Indian Civil Service pour travailler avec C.R. Dâs, un avocat du Bengale très engagé dans la lutte, organise le boycott de la visite du prince de Galles à Bombay, ce qui lui vaut d'être incarcéré. On le retrouvera vingt ans plus tard. Pour expier ces émeutes et ces violences, Gândhî entame un jeûne de cinq jours.

Début décembre, Gândhî, de nouveau débordé, voit avec inquiétude l'Irlande coupée en deux, les six comtés du Nord étant intégrés au Royaume-Uni. Il ne veut pas que le « *corps de l'Inde* » subisse semblable amputation. À la fin du mois, lors de la session annuelle du Congrès à Ahmedâbâd, presque tous les leaders sont sous les verrous, hormis Gândhî. La promesse de l'indépendance sous un an n'a pas été tenue. Il est discrédité et c'est Dâs qui est élu président.

Au même moment, la BBC diffuse ses premières émissions radiophoniques. Gândhî saura bientôt se servir de cet outil.

Le massacre de Chauri-Chaurâ

Gândhî constate que, malgré l'arrestation de tant de manifestants, beaucoup veulent élargir la désobéissance civile et organiser une grève des impôts ; il écrit le 19 janvier 1922 : « *J'observe en plusieurs endroits un désir de participer à la désobéissance civile de masse en suspendant le paiement des impôts. Mais je recommande la plus grande prudence avant de se lancer dans cette dangereuse aventure*[169]. » Puis, devant l'échec des autres formes d'action, il décide d'y recourir. Le 1er février, il envoie un ultimatum au vice-roi, Lord Reading, menaçant d'une grève générale des impôts si les prisonniers politiques ne sont pas libérés. Le vice-roi refuse. Avec le soutien sceptique de ce qui reste du comité directeur du Congrès, Gândhî ordonne alors la grève générale des impôts à partir du 12 février. Londres à l'évidence ne peut le tolérer. Le secrétaire d'État aux Colonies, Montagu, pense que Gândhî est devenu fou, qu'il aurait dû être arrêté depuis belle lurette et qu'il doit maintenant l'être sans plus tarder.

Le 4 février, à Chauri-Chaurâ, près de Gorakhpur, dans l'Uttar Pradesh, une foule de 2 000 personnes, qui veut obtenir la fermeture d'une boutique vendant de l'alcool, déborde le cordon de policiers. Ceux-ci paniquent, tirent en l'air, reçoivent des pierres, paniquent davantage encore et tuent trois manifestants (deux hindous, un musulman). La foule en colère assiège les forces de l'ordre réfugiées dans leur poste, attend que leurs munitions soient épuisées pour y mettre le feu, et extermine vingt-deux policiers en renvoyant même dans les flammes ceux qui essaient de fuir. Le gouvernement de Londres impose alors la loi martiale, et 172 personnes sont inculpées : 19 seront condamnées à mort et 113 à des peines allant de deux ans de prison à la perpétuité ; 38 seront acquittées « *faute de preuves* », et 3 mourront sous la torture au cours de l'instruction.

C'est le troisième massacre lié à une manifestation organisée par Gândhî en l'espace d'un an. Il est, disent les témoins, démoralisé. Le 10 février, pour se punir de cette violence, comme il l'a déjà fait après le massacre d'Amritsar, il décide de jeûner cinq jours et demande une nouvelle fois, à la stupeur générale, la cessation du mouvement.

Le 13, il écrit dans *Young India* : « *C'est la pire humiliation que j'aie ressentie, mais le pays a beaucoup à gagner à mon humiliation et à la confession de mes erreurs*[169]. »

Les dirigeants du Congrès, qu'ils soient libres ou emprisonnés, qu'il s'agisse de C. Râjâgopâlâchâri,

Azad ou même du fidèle Mahâdév Désâi, pestent : pourquoi tout arrêter à cause d'un incident marginal, sans rapport avec le mouvement ? Jawâharlâl Nehru écrit ainsi : « *Le gouvernement anglais était en perte de vitesse, mais, grâce à cette décision de Gândhî, il peut reprendre l'initiative*[120]. » Seul Motilâl Nehru souscrit à la décision de Gândhî : il a prévu que cela tournerait mal.

Gândhî écrit alors le 16 février dans *Navajîvan* : « *Confesser une erreur agit comme un balai qui ôte la poussière et nettoie le sol.* » Il ajoute : « *L'objectif n'est pas la non-violence, mais la liberté. Mais, sans la non-violence, nous n'aurons pas la liberté*[169]. » À Kallenbach, il écrit pour lui confier qu'il s'attend à être arrêté et déporté[141].

Le 28 février, jour où le gouvernement anglais accorde l'indépendance à l'Égypte (la suzeraineté ottomane a déjà été abolie en 1914) tout en gardant le contrôle du canal de Suez, passage essentiel pour la route des Indes, il reçoit à l'*âshram* la fille d'un dirigeant du Congrès du Bihâr, Brajkishore Prasâd. Elle s'appelle Gândhî Prabhâvati et s'est mariée en 1920, à l'âge de quatorze ans, à un certain Jaya Prakâsh Nârâyan, parti étudier aux États-Unis. Kasturbâi et Mohandâs veillent sur elle, comme sur d'autres femmes de l'*âshram* ; elle fait alors vœu de chasteté.

Le 12 mars, Gândhî écrit à un dirigeant musulman, emprisonné, Hakim Ajmal Khan[109] : « *Sans notre unité, nous ne pourrons obtenir notre liberté, et les musulmans d'Inde ne pourront apporter au Califat toute l'aide qu'ils souhaitent lui prodiguer*[106]. »

Six ans de prison

Le 10 mars 1922, malgré l'interruption de son action, Gândhî est arrêté et jugé pour « subversion » à Ahmedâbâd. Le procès concerne trois articles de *Young India*, et le directeur du journal, Shankarlal Banker, a été arrêté avec lui. Quand il pénètre dans la salle d'audience, le juge Broomfield et l'avocat général se lèvent. Gândhî assure seul sa défense, admet tout ce dont on l'accuse, proclame même que c'est un honneur que d'en être accusé[109] : « *Je suis ici pour vous demander de m'infliger la peine la plus lourde pour ce qui est, aux yeux de la loi, un crime délibéré et, pour moi, le plus haut devoir d'un citoyen. Votre seul choix, monsieur le Juge, est entre démissionner et m'infliger la peine la plus sévère, si vous croyez que ce système légal que vous aidez à administrer est bon pour le peuple*[169]. » Il est condamné à six ans de prison. À Londres, l'Inner Temple, où il s'est inscrit au barreau trente ans plus tôt, le radie.

Il est emmené à la prison Geeta, à Poona, près de Bombay. Ses deux journaux, le *Navajîvan* et *Young India*, continuent d'être publiés sous la direction de Vinobâ Bhâvé, de Kâkâ Kâlelkar et d'Anasûyâben Sârâbhâi.

Le 4 juillet, à Londres, les Communes adoptent la charte du mandat sur la Mésopotamie et la Palestine : une administration civile remplace l'occupation militaire. Elle est ratifiée par la SDN. L'article 2 reprend la déclaration Balfour de 1917 (l'annonce de la création à venir d'un « *foyer national juif* » en Palestine) ; les Arabes refusent de le reconnaître et ils boycottent les institutions mandataires.

À l'été 1922, les dirigeants du Congrès sont libérés

l'un après l'autre, même si d'aucuns refusent de quitter leur cellule. Jawâharlâl Nehru est furieux d'être parmi les premiers libérés : « *Continuons la lutte* », écrit-il avec une emphase qui ne lui ressemble pas ; « *suivons notre grand leader, Gândhî, et soyons loyaux à l'égard du Congrès. Soyons organisés, vigilants, et n'oublions ni le rouet ni la non-violence !* »

De la prison où il s'apprête, lui, à passer six ans, Gândhî change de thème de combat et choisit l'intouchabilité, parce que les Anglais ne pourront lui reprocher de la combattre. De fait, ceux-ci sont même satisfaits, estime-t-il, de le voir détourner l'énergie des nationalistes vers un but autre que l'indépendance. Il dit : « *Les hindous orthodoxes croient encore qu'adorer Dieu et toucher une partie de leurs coreligionnaires sont deux choses incompatibles, et que la vie religieuse se résume à faire ses ablutions et à éviter les souillures physiques. [...] Je ne souhaite pas me réincarner, mais si je devais renaître, je naîtrais intouchable*[169]. »

Il n'est pas bienvenu sur ce terrain : le mouvement des intouchables, dirigé par une nouvelle figure, Bhîmrâo Râmji Ambedkar, le taxe d'hypocrisie. Ambedkar, âgé de trente ans, est issu des intouchables « *mahars* » qui ont donné leur nom à l'État du Mahârâstra. Il ne peut pardonner les humiliations dont il a souffert à l'école du village quand il devait s'asseoir hors de la salle de classe[2]. Le mahârâjâ de Baroda (Vadodara) a payé ses études à l'Elfinstone College de Bombay, puis à Columbia University, aux États-Unis, et à la London School of Economics. Premier intouchable à avoir passé un doctorat, il est devenu membre du barreau de Londres. Ambedkar dénonce l'« *inégalité graduée* » de la société indienne, « *ordre progres-*

sif de la révérence et ordre dégressif du mépris [...] où la division en une multitude de sous-groupes rivaux rend impossible toute action concertée[2] ». Il appelle *dalit* les intouchables, traduction en marathi de l'expression anglaise « *hommes cassés* ». Il plaide pour un électorat séparé, crée à Bombay un journal, *Mooknayak* (le « *Guide des silencieux* »), et prend parti contre l'indépendance, car elle affaiblirait les intouchables ; il menace d'inciter ses compagnons à abjurer l'hindouisme. La religion, lui rétorque Gândhî, n'est pas objet de troc : « *Ce serait affreux si les âmes de 50 millions de gens étaient mises aux enchères*[169]. »

En décembre 1922, quand s'ouvre la session plénière annuelle du Congrès à Gayâ, au Bîhar, Gândhî, toujours incarcéré, a totalement échoué : les douze mois n'ont été qu'émeutes, trains brûlés, policiers tués par des foules hurlant son nom. Et, surtout, l'indépendance qu'il a promise n'est pas là. Il réussit néanmoins à faire voter une résolution demandant que chaque participant au mouvement de non-coopération signe l'engagement suivant : « *En tant qu'hindou, je crois en la justice, et en la nécessité de supprimer ce mal qu'est l'intouchabilité ; je chercherai chaque fois que possible le contact personnel avec les basses classes, et m'efforcerai de leur rendre service*[169]. » Le Congrès se scinde en deux groupes en fonction de l'attitude adoptée vis-à-vis des élections toujours prévues pour novembre 1923 : les « *no-changers* » (Patel, Râjendra Prasâd, Jawâharlâl Nehru et Râjâgopâlâchâri) ne veulent pas revenir sur la décision déjà prise de ne pas y participer. Les « *pro-changers* » (Motilâl Nehru, C.R. Dâs) souhaitent y prendre part.

D'autres dirigeants comme V.D. Sâvârkar, que Gândhî a rencontré à Londres en 1909, sont beaucoup plus radicaux. Ils pensent qu'il faut « *purifier* » le sol de l'Inde de toute présence étrangère, même par la violence. Certains autres hindouistes traditionnels au contraire pensent que l'intouchabilité est du ressort du religieux et n'a pas à être mêlée à la lutte politique pour l'indépendance. Gândhî continue de soutenir le boycott, même s'il n'a pas réussi ; mais il reconnaît que la charte du Congrès ne comporte qu'un objectif : « *Obtenir l'indépendance par tous moyens légitimes et pacifiques.* » Certains congressistes, dont Motilâl Nehru et C.R. Dâs, critiquent à présent le boycott « *qui a échoué* » et qui, pour eux, ne peut que tourner à la catastrophe ; ils fondent au sein du Congrès un parti modéré, le « *parti Swarâj* ».

Lire, écrire

L'année 1923 est pour Gândhî, en prison, celle de l'écriture et de la lecture. Il lit cent cinquante ouvrages, surtout religieux, et file le coton au rouet. Il rédige un texte sur *Le Satyâgraha en Afrique du Sud*[173] et commence à travailler à son *Autobiographie*[170]. Il demande aux autres militants incarcérés de ne pas faire d'obstruction systématique, même s'ils ne sont pas reconnus comme prisonniers politiques : « *Nous devons faire de la prison une institution neutre dans laquelle nous pouvons, non, nous devons, coopérer dans une certaine mesure*[154]. » Il fait parvenir des mots d'ordre à ses troupes : « *L'intouchabilité est une malédiction pour l'Inde* », « *L'harmonie intercommunautaire est le fondement de l'indépendance* », « *Allez dans les villages* »... Il adresse à son fils Manilâl, qui dirige l'*Indian Opinion* en Afrique du Sud, une lettre dans laquelle il lui dépeint l'amour physique comme « *le plus bas de tous les actes*[170] ». Beaucoup lui écrivent pour lui poser des questions religieuses et le considèrent comme un maître, un *rîshi* ; il répond que tout ce qui n'est pas dans la *Bhagavad-Gîtâ*, en particulier l'intouchabilité, n'est pas hindou.

Au même moment, la fille de Jawâharlâl Nehru, Indirâ, à onze ans, crée la « Brigade des singes ». Ce groupe d'enfants a notamment pour tâches de surveiller la police et de distribuer des tracts indépendants. Élève à Poona, elle rend souvent visite à Gândhî dans sa prison.

En Turquie, le colonel Mustapha Kémal, leader des Jeunes-Turcs, prend le pouvoir ; le 29 octobre 1923, il dépose le sultan, se fait proclamer président de la République et ne s'intéresse plus aux Lieux saints. Le parti du Califat en Inde, qui souhaitait les voir confier à la Turquie, n'a plus de raison d'être.

En novembre, les élections aux conseils législatifs des provinces sont boycottées par la majorité des nationalistes. Les « *swarâjistes* » – comme on désigne maintenant ceux qui soutiennent Motilâl Nehru – remportent l'essentiel des sièges à l'Assemblée législative centrale et dans les assemblées provinciales. Ce dernier dirige le parti Swarâj à l'assemblée centrale et Dâs en prend la tête au conseil législatif du Bengale[109], où il constitue le groupe le plus important et où il conclut un pacte avec les musulmans. Jawâharlâl Nehru devient maire d'Allahâbâd. Vithalbhâi Patel (frère de Vallabhbhâi) est élu à l'un des deux sièges réservés aux musulmans de la municipalité de Bombay, et Jinnah à l'autre. Partout ailleurs, les swarâjistes sont battus par des partis locaux.

À la fin de l'année, toujours derrière les barreaux,

Gândhî est élu président du Congrès, au cours d'une session extraordinaire réunie à Delhi. Au même moment, Romain Rolland écrit à Tagore : « *J'ai terminé mon [livre sur] Gândhî dans lequel je rends hommage à mes deux grandes âmes, fleuves débordant d'esprit divin*[136]. » Ce petit ouvrage de l'auteur de *Jean-Christophe* fait connaître le Mahâtmâ en Europe. L'écrivain français y écrit : « *La religion de la non-violence n'est pas seulement pour les saints, elle est pour le commun des hommes. C'est la loi de notre espèce, comme la violence est la loi de la brute*[133]. »

Libération dans l'échec

Début janvier 1924, alors qu'il est soumis depuis près de deux ans à un régime carcéral très dur et qu'il lui reste encore quatre ans à purger, Gândhî ressent de vives douleurs à l'abdomen. Il refuse de voir des médecins, non parce qu'ils sont anglais, mais parce qu'il ne croit pas à leur compétence. Il explique que plus une ville compte de médecins, plus elle déplore de malades ; que la guérison passe par le moral – et il reprend sa théorie de l'équilibre entre la terre, l'eau, le feu, l'air et l'éther. Une jeune praticienne, Sushilâ Nâyar, sœur de son secrétaire, Pyârélâl, le soigne alors à la quinine pour une malaria ; elle deviendra une de ses « *compagnes secrètes*[90] ». À sa demande, il accepte de se rendre à l'hôpital Sassoon (du nom d'une des très grandes familles juives de l'Inde qui l'a fondé) de Poona, où les médecins anglais diagnostiquent une appendicite aiguë. Il est opéré le 12 janvier par un médecin-colonel britannique (qui doit achever l'opération à la lumière d'une lampe-tempête par suite d'une panne d'électricité). Les messages de sympathie affluent du monde entier. L'hôpital devient alors bien fréquenté : presque personne n'a rencontré Gândhî depuis deux ans ! La presse et les personnalités de tout le pays viennent le voir. Se considérant encore comme un prisonnier, il refuse de parler politique avec qui que ce soit.

Le 5 février, il quitte l'hôpital pour retourner derrière les barreaux. Reflet du paradoxe de la situation : les médecins et infirmières britanniques, qui ont tout fait pour le garder le plus longtemps possible dans un lieu plus hospitalier que la prison, lui font une haie d'honneur à sa sortie et le prient de ne pas oublier qu'il a été opéré par un chirurgien anglais aidé d'infirmières anglaises et de médicaments anglais, et que l'ombrelle qui l'abrite du soleil lorsqu'il quitte l'hôpital est elle aussi anglaise[54]... Il répond qu'il n'a pas demandé qu'on boycotte les produits anglais parce qu'anglais, mais que les Indiens portent des tissus fabriqués par des Indiens[54].

Moins d'une semaine plus tard, le 9 février, le vice-roi estime que cette réapparition de Gândhî en pleine lumière risque de rendre son séjour en prison très impopulaire et qu'il est bien plus utile à l'extérieur depuis qu'il tient à s'occuper des intouchables qu'en luttant pour l'indépendance. Il est libéré.

Comme il lui reste encore quatre ans à purger, il sera surveillé pendant cette durée avec obligation de faire connaître ses lieux de séjour et ses activités.

À l'instant où il devient célèbre, il perd beaucoup de son crédit auprès des militants. Il a démontré son incapacité à conduire une révolution à l'échelle du pays. D'autant plus que la non-violence n'a plus le vent en poupe : en avril 1924, Bose est élu maire de

Calcutta avant d'être arrêté, en octobre, pour présomption d'activités terroristes et exilé à Mandalay, en Birmanie, où Tilak a déjà passé six ans.

En mai, Gândhî part se reposer à Juhu, station balnéaire voisine de Bombay où un ami industriel pârsi, Shântikumâr Morârji, possède une villa ; il y retournera à plusieurs moments clés de sa vie. Il reprend la direction de la *Young India* et du *Navajîvan*, voyage de village en village avec son *charkha* sous le bras pour faire la promotion du rouet et du *khâdi*. Il assume même concrètement la présidence effective du comité exécutif du Congrès. Le 24 mai 1924, Gândhî écrit : « *J'ai connu les points de vue de Sri Aurobindo par l'intermédiaire de mon fils qui s'est rendu exprès auprès de lui [...]. Je reconnais que notre base doit être spirituelle. Et je tâche, avec mes propres limites, de diriger chaque activité d'un point de vue spirituel*[169]. »

En juin 1924, lors de la session du Congrès provincial du Bengale, l'avocat C.R. Dâs, président du parti Swarâj, rend hommage au patriotisme d'un jeune homme, Gopinâth Sâhâ, qui vient d'assassiner un Anglais innocent qu'il a pris pour Tagart, le commissaire de police anglais exécuteur de basses œuvres et qui aurait tué Jatîn Mukherjee. Gândhî s'insurge contre cet éloge et propose au Congrès, réuni à Ahmedâbâd, de subordonner l'appartenance au Congrès à l'obligation de filer le coton. Les adhérents au parti Swarâj refusent. Gândhî fait marche arrière, mais se lance dans une sévère critique du terrorisme et de l'action de Sâhâ. Le rapport de la police secrète note qu'il est « défait et humilié » : « *Alors qu'on s'attendait à sa victoire, Gândhî a été contraint de battre en retraite*[169]. »

Anecdote[145] : il visite, le même mois, Shimoga, dans l'État de Mysore, à proximité des plus importantes chutes d'eau de l'Inde, les Jog Falls. Kâkâ Kâlelkar et Mahâdév Désâi, qui l'accompagnent, souhaitent aller visiter le site et essaient de le persuader de faire le détour. Il refuse, déclarant que c'est là un luxe qu'il ne peut se permettre : il est à Mysore pour délivrer un message, et le temps qu'il mettrait à aller jusqu'aux chutes et à en revenir ne peut être mis à profit pour rencontrer de nombreux ouvriers. Kâkâ Sâheb, qu'il autorise à faire l'excursion, le prie d'y autoriser également Mahâdév Désâi. Réponse de Gândhî : « *Non. Pour Mahâdév, je suis la cascade. Mahâdév restera*[109]. » Quinze ans plus tard, il lui accordera cette permission.

Plus généralement, il s'intéresse peu aux paysages[54]. Dans son seul récit de Souvenirs[175], il n'évoque la nature qu'à trois reprises : en 1893, en route pour l'Afrique du Sud, il remarque la végétation de Zanzibar ; en 1896, de passage à Calcutta, il « *admire la beauté* » de l'Hoogly River ; en 1914, il décrit Hardwâr, dans l'Uttar Pradesh, un des lieux les plus sacrés de l'Inde où a lieu un bouleversant pèlerinage annuel au début de l'année solaire indienne.

Le satyâgraha *de Vykom*

En juin, au Kerala (dans le sud de l'Inde), à Vykom, dans l'État princier de Travancore, un incident confère une nouvelle actualité au combat des intouchables : certains d'entre eux, à qui l'on interdit d'emprunter des routes passant devant des temples ou des demeures de brâhmanes, lancent une action non violente consistant à essayer d'accéder chaque jour, à heure fixe, à ces rues interdites, et à passer le reste du temps à attendre devant les barrages.

Enthousiaste, Gândhî suggère au Congrès un référendum sur les castes, mais personne ne veut en entendre parler. Il propose alors d'appuyer cette manifestation pacifique qui n'est encore que symbolique. Certains dirigeants intouchables comme Sri Nârâyanan Guru, du Kerala, désapprouvent ouvertement ces méthodes trop douces et suggèrent aux habitants de Vykom « *de pénétrer dans les rues interdites et d'escalader les barrages. Ils devraient pénétrer dans les temples et s'y asseoir avec d'autres pour dîner*[169] ». Gândhî leur répond en septembre 1924 : « *Par ces méthodes [...], s'ils sont forts et prêts à mourir en nombre suffisant, ils pourraient parvenir à leurs fins. Mais j'estime simplement qu'ils y seraient parvenus par un moyen qui est à l'opposé du* satyâgraha *; en outre, ils ne convaincraient pas les orthodoxes de partager leur point de vue, mais le leur auraient imposé par la force.* » Il ajoute : « *Je sais que cette souffrance silencieuse et aimante finira par briser le mur des préjugés. Je tiens en conséquence à ce que les réformateurs prennent pleinement conscience de leurs responsabilités et ne s'écartent pas d'un cheveu de la discipline qu'ils se sont imposée*[169]. »

C'est bientôt la victoire : non seulement la route conduisant aux temples, mais toutes les rues de Vykom sont ouvertes aux intouchables[54]. Mais, pour certains d'entre eux, cela ne suffit pas : ils souhaitent poursuivre la lutte et sollicitent le soutien de Gândhî. Celui-ci leur répond par une lettre où apparaît clairement la manière dont il conçoit son rôle dans un combat. Lettre superbe, révélatrice de son style et de la façon dont se construit son ascendant : « *Les* satyâgrahis, *s'ils comptent sur moi, doivent savoir qu'ils s'appuient sur un roseau cassé [...], puis essuyer leurs larmes, s'ils le peuvent ; mais la souffrance est leur privilège personnel et à cette souffrance succédera sûrement la victoire pourvu qu'ils soient purs [...]. Les* satyâgrahis *de Vykom mènent une bataille aussi lourde de conséquences que celle du* Swarâj *[...]. Le cœur le plus dur, l'ignorance la plus grossière doivent disparaître devant le soleil levant de la souffrance sans colère ni malice*[169]. »

Certains décident alors de continuer le combat pour obtenir plus. Une missive bouleversante adressée à Gândhî expose leur quotidien ; elle mérite d'être lue, car elle donne à comprendre l'Inde de ce temps et à mesurer le dévouement qu'inspire Gândhî à ceux qui le suivent : « *Désormais, il n'y a plus que dix volontaires, moi compris. Chaque jour, l'un d'entre nous fait la cuisine, tandis que les autres pratiquent le* satyâgraha *par périodes de trois heures chacune. En comptant l'aller et le retour, le* satyâgraha *dure quatre heures. Nous nous levons régulièrement à 4 h 30 et consacrons une demi-heure à la prière. De 5 à 6, nous balayons, tirons de l'eau, faisons la vaisselle. À 7 heures, à l'exception de deux d'entre nous (qui sont partis pour le* satyâgraha *à 5 h 45, après le bain), nous rentrons du bain et filons ou cardons jusqu'à l'heure d'aller au barrage. Nous produisons presque tous 1 000 mètres [de fil] par jour, quelques-uns davantage. La production moyenne dépasse les 10 000 mètres par jour. Je n'insiste pas sur le travail réalisé le dimanche, car chacun agit selon sa volonté ; certains d'entre nous cardent et filent encore deux ou trois heures, mais, de toute façon, aucun travail n'est remis ce jour-*

là. Ceux qui sont membres du Congrès filent le dimanche pour la cotisation au Congrès. D'autres consacrent des heures à notre humble contribution au fonds du Mémorial Deshabandu de l'Inde que vous avez créé. Nous avons l'intention de vous envoyer un petit colis de fil, le 4 septembre. J'espère que vous serez heureux de le recevoir. Nous le tisserons hors de nos heures de travail habituelles. Nous envisageons soit de mendier, soit de filer pendant toute cette journée favorable, et de vous envoyer ce que nous aurons obtenu. Nous n'en avons pas encore décidé[169]. »

Sur la touche, face à la violence

Alors que la communauté hindoue reste divisée par la querelle sur l'intouchabilité, un nouvel incident, cette fois entre hindous et musulmans, tourne au drame : le 9 septembre 1924 à Kohat, dans le nord-ouest de l'Inde, des hindous insultés dans un journal musulman répliquent dans un journal hindou. Le ton monte, c'est bientôt l'émeute : 150 hindous et musulmans s'entretuent. On assiste à des incendies, à des pillages. Des hindous sont contraints de manger de la viande, ou convertis de force ; des femmes sont violées.

Gândhî en veut à la presse des deux communautés d'avoir attisé la haine ; il décrit les journalistes comme « *une peste rampante qui sème la contagion par des mensonges et des calomnies* ». Il souhaite se rendre à Kohat, mais il est encore sous contrôle judiciaire et le vice-roi lui en refuse l'autorisation. Le 18 septembre, il décide de faire vingt et un jours de jeûne dans la maison de Mohamed Ali, un des dirigeants du parti du

Califat à Delhi. Les hindous sont outrés de le voir se solidariser ainsi avec les musulmans alors que les victimes de Kohat sont en majorité hindoues. Il répond que la question des relations intercommunautaires est devenue la « *question des questions*[54] ».

En décembre, il est enfin autorisé à se rendre à Kohat avec un des leaders musulmans, Shaukat Ali. Tous deux condamnent les émeutes et le rôle de l'administration britannique locale, mais Ali considère que les musulmans ont autant à en pâtir que les hindous, et qu'il faut donc tout oublier, alors que Gândhî pense au contraire que les hindous ont été beaucoup plus touchés, et qu'il convient de remettre en cause les conversions forcées.

Toujours en décembre 1924, le Congrès tient sa session annuelle à Belgaum, dans le Karnâtaka, à 300 kilomètres au sud de Poona. Gândhî, dont la présidence s'achève, la transmet à la poétesse Sarojini Nâidu. La non-violence a échoué ; elle n'a pas tenu ses promesses. Le terrorisme a repris et le Congrès hésite à le condamner. D'autres nationalistes, comme Lâjpat Râi, pensent qu'il faut n'accepter de musulmans en Inde que s'ils cessent de l'être. Une résolution présentée par Gândhî pour condamner le meurtre d'un Anglais est adoptée de justesse ; il se sent désavoué, se dit « *défait et humilié* » : « *À quelques exceptions près, il y a un grand fossé entre la classe cultivée indienne et moi [...]. Toute l'élite de la nation semble contre moi, contre mon style de vie et ma pensée. Mais le peuple m'aime*[169]. » L'obsession du rouet continue : Gândhî impose un rendement obligatoire de 2 000 mètres de fil par mois aux membres du Congrès. Au lieu d'obtenir 10 millions d'adhérents, le Congrès n'en a que 200 000 en 1924[41].

À la même époque, après six années passées en France, celui qui va devenir Hô Chi Minh quitte Paris pour Moscou, où le Parti communiste forme les cadres des mouvements anticolonialistes [17].

À la fin de 1924, le deuxième fils de Gândhî, Manilâl, alors âgé de trente-deux ans, resté en Afrique du Sud pour diriger l'*âshram* de Phoenix et l'*Indian Opinion*, rend brièvement visite à son père : le journal marche bien ; la ferme s'est développée ; l'apartheid est de plus en plus sévère ; la lutte des Indiens est désormais commune avec celle de l'ANC, mais la non-violence est de plus en plus contestée. Mohandâs recommande à son fils de se marier ; Manilâl va lui répondre que justement... mais il ne veut pas lui en dire davantage.

En janvier 1925, le Mahâtmâ voyage, en particulier au Bengale, toujours soutenu financièrement par Ambâlâl et Bâjâj, afin de plaider la cause des intouchables, cependant que les mouvements nationalistes hindouistes se font de plus en plus violents. Un groupe de brâhmanes du Maharâshtra constitue le parti Râshtrîya Swayamsévak Sangh (RSS), qui se donne l'émancipation de la « *nation hindoue* » pour objectif. Le RSS impose à ses membres le port de l'uniforme, le salut, un drapeau ; ils font la chasse à tous les *yavans* (le mot désigne à la fois les « *étrangers* » et tous les non-hindous). Dans une manifestation, un membre du RSS apostrophe Gândhî en lui demandant s'il vaut mieux laisser 330 millions de personnes en esclavage ou massacrer quelques milliers d'Anglais, il répond : « *Tuer tous les Anglais n'améliorerait pas la situation des Indiens. Je ne m'oppose pas à la violence d'un point de vue moral, mais pour des raisons pratiques : elle serait inefficace [...]. La violence ne fera que remplacer la dictature anglaise par une autre*[169]. » « *Renverser un Satan par les armes revient à donner naissance à un autre Satan. Tuer ne peut jamais être noble*[169]. » Toujours il condamnera les attentats, ce qui donnera à certains le sentiment qu'il approuve le cortège de pendaisons qui s'ensuit inexorablement.

Dans un discours prononcé en février 1925, à Bhavnagar, lors de la troisième conférence politique du Kâthiâwâr, Gândhî précise de nouveau son rejet du terrorisme et définit les relations entre l'Inde et la Grande-Bretagne – comme celles d'un fils et de son père : « *Que fait un fils lorsqu'il s'oppose à une action quelconque de son père ? Il demande au père de revenir sur sa décision contestable ; il lui présente des requêtes respectueuses. Si le père n'accepte pas, en dépit de ces prières répétées, le fils refuse de coopérer avec lui, et va même jusqu'à quitter le toit paternel. Cela est pure justice. Le père lui-même comprend cette affectueuse non-coopération. Il ne peut supporter d'être abandonné par son fils, ni séparé de lui ; foncièrement désespéré, il se repent*[169]. »

En fait, Gândhî se montre très pessimiste sur les relations entre hindous et musulmans. Il écrit alors : « *Jamais je n'accepterai l'échange du sang contre le sang, ni du temple contre la mosquée. Mais qui m'écoute*[169] *?* »

Mîrâbehn et autres femmes

Sa femme vit à Sâbarmati ; son deuxième fils, Manilâl, est retourné en Afrique du Sud. Il envoie le cadet, Dévdâs, voir Sri Aurobindo à Pondichéry ; ce dernier, toujours sceptique, lui demande[155] : « *Que feriez-vous, avec votre non-violence, si l'Afghanistan décidait d'envahir l'Inde ?* » L'aîné, Harilâl, devenu directeur de la société All-India Stores Limited à Lyallpur, au Penjab, veuf avec quatre enfants, boit beaucoup et inquiète sa mère. En mars 1925, une lettre apprend à Gândhî que Harilâl se serait rendu coupable de malversations. Il s'en désolidarise aussitôt publiquement : « *Pour moi, la loi du* satyâgraha*, loi de l'amour, est un principe éternel. Je coopère avec tout ce qui est bien. Je désire ne pas coopérer avec ce qui est mal – fût-ce venant de ma femme, de mon fils ou de moi-même*[169]. » Il découvre aussi que sa propre épouse a gardé par-devers elle quelques centaines de roupies destinées à l'*âshram*. Au lieu de régler l'affaire en famille, là encore, il y consacre un article dans le *Navajîvan*, dénonçant les turpitudes de sa femme dont il dit se sentir lui-même responsable et coupable.

Il apprend en mai la mort de l'avocat Dâs, qui a fondé le parti Swarâj avec Motilâl Nehru, et qui l'avait soutenu pendant le congrès de Nâgpur, en 1920, quand il a promis l'indépendance du pays dans l'année à venir...

En juin, alors que le petit livre de Romain Rolland le fait connaître au reste du monde, l'idée l'effleure d'accepter les innombrables invitations qu'il a reçues d'Europe et des États-Unis. Puis il s'y refuse et répond à des Américains qui l'ont invité : « *Soit dit sans arrogance de ma part mais avec humilité, mon message et mes méthodes valent vraiment, dans leur principe, pour le monde entier. Si le mouvement que j'aspire à représenter en a la vitalité et bénéficie de la bénédiction de Dieu, il gagnera le monde entier sans avoir eu besoin de ma présence physique où que ce soit*[169]. »

Des étrangers viennent lui rendre visite. En novembre arrive ainsi à Sâbarmati une certaine Madeleine Slade. Elle a trente-trois ans et est la fille d'un officier de marine. Après une enfance heureuse, songeant à devenir pianiste, elle a lu la biographie de Beethoven par Romain Rolland, à qui elle a rendu visite en 1924 à Villeneuve, en Suisse, où le pacifiste a dû se réfugier. Il lui a parlé du livre qu'il a récemment publié sur Gândhî, qu'il qualifie d'« *autre Christ* ». Elle l'a lu en rentrant à Londres, en a été bouleversée, a écrit à Gândhî pour lui demander de la recevoir et a pris immédiatement un billet pour Bombay. Gândhî lui a répondu de prendre un an pour réfléchir, d'apprendre à dormir à même le sol, à filer le coton, à devenir végétarienne. Elle s'est abonnée à la *Young India*, a lu la *Bhagavad-Gîtâ* et un peu du *Rig Veda* en français. Elle a vendu son piano et envoyé 20 livres au Mahâtmâ avec un échantillon de laine filée par elle. Le 24 juillet 1925, il lui répond de Calcutta, où il se trouve, qu'il est prêt à l'accueillir : « *Rappelez-vous que la vie à Sâbarmati n'a rien de rose. Elle est rude. Du travail manuel est confié à chaque membre. Le climat du pays n'est pas un aspect secondaire*[109]. »

Début septembre 1925, la jeune femme quitte Londres ; son père l'accompagne jusqu'à Paris ; elle ne le reverra plus. Elle repasse par Villeneuve, où Romain Rolland lui dit qu'il l'envie de rencontrer celui qu'il admire tant sans le connaître.

Gândhî l'attend avec grande impatience : une Anglaise qui aspire à devenir sa disciple ! Le 6 novembre, Dévdâs, le fils cadet du Mahâtmâ, l'accueille à Bombay à sa descente de bateau. Le lendemain, elle est attendue en gare d'Ahmedâbâd par Mahâdév Désâi, Vallabhbhâi Patel et Swâmi Ânand, qui la conduisent jusqu'à l'*âshram* où Gândhî la reçoit. Coup de foudre ! Il lui dit : « *Tu seras ma fille* » (il n'en a pas et c'est la seule fois qu'il manifeste comme un regret à ce sujet) ; il l'installe dans une des maisonnettes de l'*âshram*, à quelques mètres du bâtiment principal où il loge. Le 13 novembre, il écrit à Romain Rolland : « *Quel trésor vous m'avez envoyé ! Je retourne chaque pierre pour l'aider à devenir un pont entre l'Orient et l'Occident. Comme je suis trop imparfait pour avoir des disciples, elle va être pour moi un compagnon de recherche ; et, comme je vous dépasse en âge et probablement en expérience spirituelle, je propose de partager avec vous l'honneur de la paternité. Miss Slade montre de remarquables facultés d'adaptation et nous a déjà mis très à l'aise avec elle*[169]. » De fait, elle se met à cuisiner ce que Gândhî aime à manger, se vêt d'un sâri blanc, se coupe les cheveux, fait vœu de chasteté, apprend l'hindi et accepte le nom que Gândhî lui donne, celui d'une princesse rajput de la période médiévale[54] qui renonça à tout pour Dieu : Mîrâ, donc Mîrâbehn.

Fin novembre, apprenant que certains membres de l'*âshram* ont des relations sexuelles entre eux, Gândhî décide de jeûner durant sept jours. Il écrit dans *Young India* : « *Je tiens à ce que l'*âshram *soit débarrassé des erreurs qui sapent la virilité de la nation et minent la personnalité de la jeunesse. Mais il n'était pas envisageable de punir les enfants pour leurs fautes. L'expérience acquise dans deux écoles sous ma direction m'a enseigné que la punition ne purifie pas, mais ne fait qu'endurcir les enfants. Dans des cas semblables, en Afrique du Sud, j'ai recouru au jeûne, avec à mon avis d'excellents résultats*[169]. » Suit une phrase stupéfiante qui montre l'étendue des pouvoirs qu'il se reconnaît : « *Si je peux vouloir m'identifier à la souffrance des plus humbles de l'Inde, et si j'en ai le pouvoir, permettez-moi de m'identifier aussi aux péchés des enfants dont j'ai la charge. Agissant ainsi en toute humilité, j'espère voir un jour Dieu, c'est-à-dire la Vérité, face à face*[169]. » Le 6 décembre, il ajoute : « *Si je pouvais agir sans mes yeux, alors je pourrais aussi agir sans jeûner. Les yeux me sont nécessaires pour voir le monde extérieur, le jeûne pour voir le monde intérieur*[169]... »

Au lendemain de ce jeûne, un autre esclandre d'ordre sexuel éclate – mais, cette fois, c'est lui qui est visé : un ancien membre musulman de l'*âshram* se plaint que Gândhî ait incité sa bru à ne plus porter le voile et lui reproche par-dessus tout de « toucher » les femmes de l'*âshram* ! Face au scandale public, Gândhî reconnaît dans *Navajîvan*, son journal en gujarâtî, qu'il n'est pas un *yogi* et reste donc soumis aux exigences de la nature humaine : « *Comme tout le monde, je suis une créature terrestre, sujette au même instinct sexuel*[169]. » Il rappelle qu'il a fait vœu de chasteté vingt ans plus tôt, qu'il ne connaît « *aucun autre endroit en Inde*[169] » où les femmes jouissent d'autant de liberté que dans son *âshram*, qu'il les considère comme des mères, des sœurs ou des filles, mais il reconnaît que les femmes de l'*âshram* le « *touchent* ». Ce faisant, il se défend : si elles le « *touchent* », c'est d'une manière toute « *maternelle* » ; et lui, son « *contact* » est celui « *d'un père touchant innocemment sa fille en public*[169] ». Il poursuit ses aveux : « *Je n'ai jamais apprécié l'intimité. Quand les jeunes filles sortent se promener avec moi, je leur pose la main sur l'épaule tout en marchant. Elles savent, comme tout un chacun, que ce contact est toujours innocent*[169]. »

Il ajoute : « *À part moi, aucun autre homme n'a de contact avec les jeunes filles, car ils n'en ont pas l'occasion. On n'établit pas de relation paternelle à son gré*[169]. »

En fait, depuis quelques mois, voire plus, sous prétexte des frissons que lui occasionne la malaria, il a commencé à dormir avec une ou deux jeunes filles qui le massent et le réchauffent. Il se garde de le faire avec Mîrâ qui vient d'arriver.

Fin 1925, affecté par ces attaques, recru de fatigue, il a perdu dix kilos. Rien n'a réussi[34] : ni l'indépendance, ni l'autonomie, ni la campagne en faveur des intouchables. Et voilà que sa réputation elle-même se trouve mise en cause. Il décide de ne plus sortir de toute une année de Sâbarmati : il s'inflige un an de la prison dont il a été libéré.

*Un an à l'*âshram

En décembre, il ne se rend donc pas à Kânpur, où Sarojini Nâidu est la première femme à présider une session annuelle du Congrès. Là se croisent, au milieu de sept mille délégués, deux jeunes écrivains de passage, encore presque inconnus : Naipaul et Aldous Huxley. Cette année-là, en Allemagne, un certain Adolf Hitler publie *Mein Kampf* ; en Italie, le parti fasciste au pouvoir devient parti unique ; Tchang Kaïchek devient le maître de la Chine. Le désir de paix pousse Briand, Mussolini, A.N. Chamberlain et Stresemann à signer le traité de Locarno. À Moscou, le futur Hô Chi Minh rédige une brochure, *Le Procès de la colonisation française*, dans lequel il dénonce le monopole colonial sur le sel, l'alcool, l'opium, le caoutchouc : « *Des dizaines de milliers d'ossements engraissent les arbres à caoutchouc, de même que notre sueur engraisse les Français*[17]. » Gândhî ne s'intéresse pas aux autres mouvements de libération nationale, ni aux mouvements fascistes d'Europe, sauf pour condamner leur violence ; il est en général beaucoup plus préoccupé par les mouvements communistes, parce qu'il devine l'importance que l'Union soviétique commence à prendre dans les esprits de certains jeunes nationalistes indiens.

Ceux qui rencontrent alors Gândhî cloîtré à Sâbarmati – dont le financement, cette année-là, est difficile – décrivent un homme abattu. Jawâharlâl Nehru remarque « *de profondes marques de tristesse*[119] » dans ses yeux pétillants. Mehtâ écrit : « *Il faut qu'il se soit passé quelque chose de terriblement pathétique en lui, car je me sentais toujours profondément bouleversé en sa présence*[91]. » Il n'apprécie plus la vénération qu'on lui porte. À une autre Anglaise qui lui demande de bien vouloir lui tenir lieu de gourou, il répond : « *Si vous voulez venir, venez ; mais rappelez-vous que je suis fait de chair et de sang, et que nos âmes indestructibles peuvent communiquer à des milliers de kilomètres l'une de l'autre*[109]. » Il n'aime plus qu'on l'appelle « *Mahâtmâ* » : « *La puanteur de ce mot m'est insupportable* », dit-il, et il travaille à son rouet pour y échapper. Il abandonne les droits d'auteur de ses livres à l'*âshram*, puis les transfère au journal *Navajâvan*. Il dicte une sorte de testament : « *Je n'ai aucune propriété personnelle. Si on en trouve après ma mort, cela devra être donné aux administrateurs de l'*âshram*, Revashankar Zâveri, Jamnâlâl Bâjâj, Mahâdév Désâi, Imam Saheb, Chaganlâl Gândhî*[169]. »

Mélange composite : un milliardaire ami, des membres de sa famille et des collaborateurs.

Début février, dans sa prison volontaire, il étudie l'hindoustani (amalgame d'hindi et d'ûrdu), qu'il voudrait imposer comme langue nationale : c'est une langue facile à comprendre, au contraire de l'antique sanskrit que d'aucuns essaient de promouvoir.

Quand, en février 1926, meurt à Londres le père de Mîrâbehn, Gândhî veut la renvoyer en Grande-Bretagne ; elle refuse, abandonne son héritage à l'*âshram* et demande à s'absenter pour aller apprendre l'hindoustani à Delhi. Il s'oppose à son départ. Elle reste et s'engage davantage encore. Attaquée par la presse anglaise qui l'accuse d'avoir vendu tous ses livres, d'avoir fait don de son héritage à Gândhî et de « *vivre dans la secte d'un fou anti-anglais* », elle répond dans *Young India* du 7 février : « *Je n'ai pas perdu le contact avec ma famille [...]. Je vis au milieu de deux cents enfants, femmes et hommes de l'Inde, dans un lieu très bien organisé. Ces gens ne considèrent pas Gândhî comme un gourou ; ils l'appellent* bâpu *(ce qui signifie "père") ; c'est un éclaireur social. Je n'ai pas vendu mes livres, ils sont très utiles ici. J'ai renoncé à toute propriété privée. Gândhî m'a demandé de réfléchir un an avant de venir. Je n'ai pas été contrainte à prononcer des serments [...]. Je pense que je suis arrivée dans un lieu où mon âme est en paix. Je passe mon temps à apprendre l'hindi et à filer le coton*[169]. »

La vie à l'*âshram*, cette année-là, est particulièrement austère, rythmée par la prière du matin et du soir. Celle du matin commence à 4 h 10 précises et inclut des textes musulmans, bouddhistes et chrétiens ; celle du soir est plus courte[54]. Ces prières ont lieu en plein air, assis sur le sol, sous un arbre *neem* ou près de la rivière. Aucune divinité n'est invoquée[54]. Gândhî chante brièvement, ce qui lui insuffle « *paix, vérité et beauté* ». Mîrâ racontera que, au point du jour, « *il était le premier à arriver pour la prière du matin et, comme c'était l'heure, il se mettait à chanter. Sa voix était magnifique*[54] ». Après la prière, on file le coton pendant une heure au bénéfice des *daridranârâyan* (en sanskrit, « *Dieu [déguisé] en pauvre* »). Comme en Afrique du Sud, la cuisine est collective : ni plan de table ni hiérarchie ; femmes et hommes assurent les mêmes travaux[54]. Tout le monde nettoie, car, « *comme le travail est sacré, il n'y a pas de serviteurs*[174] ». Gândhî dort très peu ; il est comme toujours obsédé par l'hygiène, la propreté, et déteste le laisser-aller sous toutes ses formes, que ce soit dans la pensée, l'écriture ou de l'emploi du temps de la vie quotidienne.

Très meurtri par les attaques dont il a fait l'objet, il note cette année-là : « *Comment les gens peuvent-ils s'élever en abaissant les autres ? [...] Ma conscience obéit à une loi plus haute que la loi [...]. Les expériences avec la vérité sont comme celles qu'un spécialiste conduit dans son laboratoire*[169]. »

Il termine alors le livre qu'il a commencé en prison, dans lequel il raconte ce qu'il nomme ses « *expériences de vérité* » et qu'il arrête en 1921 (« *au milieu de la bataille*, dit-il, *comme le moment où se déroule la* Bhagavad-Gîtâ »). Ce qu'il appellera une « *autobiographie*[170] » n'est en fait qu'un passionnant plaidoyer *pro domo*, rédigé alors qu'il doit affronter un échec politique, un scandale personnel et le renoncement à un grand amour. Il l'écrit en gujarâtî, alors que ses meilleurs textes, comme le discours prononcé à l'université de Bénarès ou sa harangue devant le tribunal d'Ahmedâbâd, sont, quoi qu'il en dise, en anglais. Il y enjolive sa vie, et ne raconte pas tout : par exemple, il ne souffle mot de Saralâ Dévi. Sri Aurobindo en dira : « Son autobiographie deviendra un classique dans la lignée des *Confessions* de Jean-Jacques Rousseau ou de saint Augustin[8]. »

Tout occupé à régler la vie de l'*âshram* jusque dans les moindres détails, y compris son financement, il répond lui-même à nombre de lettres. « *Un jour,* se souvient Pyârélâl, devenu son secrétaire, *j'ai compté exactement cinquante-six lettres qu'il venait d'écrire de sa main ; il avait relu chacune d'elles, de la date jusqu'à l'adresse finale, avant de les donner à poster. À la fin, il était si fatigué qu'il pressait ses tempes entre ses doigts, et il s'est couché à même le sol, là où il était assis, sans même déployer la literie contre laquelle il a pris appui*[109]. » C'est coupé de la réalité du pays qu'il écrit ses éditoriaux, et dénonce dans *Young India* « *l'injustice quotidiennement perpétrée aux États-Unis contre les Noirs dans le but de perpétuer le principe de la supériorité blanche* », tout en rappelant aux Indiens que « *leur façon de traiter les soi-disant "intouchables" n'est pas meilleure que celle dont les Blancs traitent les Noirs aux États-Unis*[169] ».

Il devient maniaque et s'emporte quand on ne tient pas compte de ses exigences : son crayon, par exemple, doit être posé à droite et non pas à gauche de son bureau[165]. Quand Râm Nârâyan Chaudhari, l'un de ses assistants, lui demande : « *N'est-ce pas sans importance ?* », Gândhî réplique : « *Dans notre vie, il doit y avoir de la méthode. Si le Soleil, la Lune et la Terre n'observent pas leurs lois, l'univers entier s'effondrera. Chaque minute de mon emploi du temps est consacrée à certaines tâches. Si je ne trouve pas mes objets à la place qui est la leur, je vais gaspiller beaucoup de mon temps, ce qui entraînera beaucoup d'inconvénients, et mon travail en pâtira. Mes proches doivent garder cela présent à l'esprit*[165]. »

Un jour, il remarque que l'un des membres de l'*âshram*, Kâkâ Kâlelkar, a pour habitude de briser de petits rameaux de l'arbre *neem*, dont on se sert en guise de cure-dents, alors qu'il n'a guère besoin que de quatre ou cinq feuilles[165]. Il lui fait observer : « *C'est de la violence [...]. Ces feuilles doivent être cueillies humblement, en s'excusant auprès de l'arbre*[165]. »

Retranché dans l'*âshram*, il « *se rend tous les jours à l'infirmerie pour passer quelques minutes auprès de chaque patient. Il applique lui-même les bandages, administre les lavements. Les gens de l'*âshram *disent que, pour rencontrer Gândhî chaque jour et passer avec lui quelques moments, il faut tomber malade*[165] ». Un jour, un jeune garçon originaire du sud de l'Inde est atteint de dysenterie et réclame du café. Or ni le thé ni le café ne sont autorisés à l'*âshram*, mais il y en a dans un petit placard qui jouxte la chambre de Kasturbâi[165]. Gândhî, qui a interdit le café à tout un chacun, lui répond : « *Un café léger peut faire du bien à l'estomac. Nous n'avons ni* idlis *ni* dosâs [gâteaux du sud de l'Inde], *mais des toasts grillés vont aussi bien avec le café.* » Et il lui sert lui-même sur un plateau un verre de café avec deux tranches de pain grillé[165] !

Il commence même à boire sa propre urine, disent ceux qui en vantent les qualités curatives : elle contient, disent-ils, de la mélatonine, du magnésium et du phosphore...

En mars 1926, un message en provenance du Cap

lui annonce que son fils Manilâl, âgé maintenant de trente-quatre ans et qu'il a laissé douze ans plus tôt à la tête de l'*Indian Opinion*, souhaite se marier, ainsi qu'il l'a laissé entendre lors de sa visite. Surprise : il veut épouser Fatima Gool, la fille d'un marchand musulman du Cap, Yusuf Gool, chez qui Gândhî avait passé quelques jours en 1914, juste avant son retour en Inde. La famille Gool et en particulier Timmie (Fatima) acceptent ce mariage, malgré la différence de religions. Par lettre du 3 avril, en revanche, le Mahâtmâ interdit à son fils cette union : « *Ton mariage aurait un puissant impact sur la question hindoue-musulmane [...]. Tu ne peux oublier, la société ne peut oublier que tu es mon fils.* » Il menace : « *Je crains que si tu noues ce lien, tu ne sois plus l'homme indiqué pour t'occuper de l'*Indian Opinion. » Pis encore : « *Je crois qu'il te sera impossible, après cela, de revenir t'installer en Inde* » – avant d'ajouter avec une hypocrisie abyssale : « *Mais tu es un homme libre, et je ne puis te contraindre à faire quoi que ce soit*[55]. »

Le journal est depuis son enfance toute la vie de Manilâl, et se voir interdire de rentrer en Inde lui paraît inconcevable, même si son père n'a pas un tel pouvoir. Il cède et renonce à son mariage avec Timmie ; il accepte même d'épouser une fille quelconque que lui choisirait son père[54].

Gândhî s'obstine encore dans son refus de sortir de l'*âshram*. Même quand, en mai 1926, le nouveau vice-roi, Edward Frederick Lindley Wood, troisième vicomte Halifax, lui demande de venir le voir, il n'entend pas quitter Sâbarmati. À la fin de l'été, il n'en sort que pour donner des conférences sur la Bible et la *Gîtâ* à l'université Gujarât Vidyâpîth d'Ahmedâbâd, à quelques kilomètres de là. Ces exposés l'amènent à clarifier sa pensée. Il se livre désormais à une interprétation métaphorique de la *Gîtâ* : le corps humain est le chariot ; Arjuna, l'esprit ; Krishna, le guide. Dieu, comme Krishna, veut que les hommes combattent leurs propres faiblesses, et non pas d'autres hommes. La *Gîtâ* est donc un texte sur la maîtrise de soi, et non pas sur la guerre [54].

Le 2 septembre 1926, il note : « *C'est le devoir de tout homme ou femme cultivé de lire avec empathie les textes sacrés de tous les peuples du monde. Si nous acceptons de respecter la religion d'autrui comme nous voudrions qu'il respecte la nôtre, alors l'étude amicale des religions du monde est un devoir sacré* [169]. » Manifestation de tolérance particulièrement savoureuse après sa décision de s'opposer au mariage de son fils avec une musulmane. Respecter l'autre, oui, mais chacun chez soi ! Exactement comme pour ce qui est des castes...

Début décembre, Manilâl vient en Inde, deux ans après sa dernière visite, pour épouser une jeune fille que lui a choisie son père : c'est la nièce d'un de ses collaborateurs, Sushilâ, dix-neuf ans, issue d'une famille de commerçants aisés de la caste Baniâ, comme lui. Gândhî exige que le mariage soit extrêmement simple, et que tous les présents offerts au couple soient transférés à l'*âshram*. Il n'offre aux jeunes mariés qu'une copie de la *Gîtâ*, un recueil des chants de prière de l'*âshram* et un rouet.

Fin décembre, le père ose encore écrire à son fils, qui vient tout juste de regagner l'Afrique du Sud : « *Je veux l'assurance solennelle de ta part que tu respecteras le libre arbitre de Sushilâ, que tu la traiteras comme ta compagne, non comme ton esclave[...], et que tu ne prendras ton plaisir avec elle que si elle est consentante*[169]. »

Nouvelles tournées

Il considère à présent qu'il peut sortir de l'*âshram* et se rend à Gauhâti, capitale de l'Assam (dont le nom signifie en sanskrit « *marché de la noix* »), où a lieu, à la fin de décembre 1926, la session annuelle du Congrès ; il y est chaleureusement accueilli : le scandale sexuel de 1925 est oublié. Il décide d'aller ensuite visiter une exposition géante de *khâdi* à Bangalore.

Mîrâbehn, qui l'a accompagné à Gauhâti, espère pouvoir le suivre à Bangalore, mais il l'envoie étudier l'hindoustani à l'*âshram* Bhagavadbhakti, à Rewari, ainsi qu'elle l'a souhaité. Elle y reçoit, expédiée le jour même de son départ, une lettre qui jette sur l'évolution de leurs relations une lumière particulière[110] : « *Partir aujourd'hui,* écrit Gândhî, *m'a été difficile, car je vous ai fait de la peine, mais c'était inévitable. Je veux que vous deveniez parfaite ; je veux que vous fassiez disparaître tous les angles[...] que vous vous débarrassiez de toute nervosité. [...] Mon esprit sans mon corps est toujours avec vous. Et c'est beaucoup plus que l'esprit faible emprisonné par toutes les limitations de la chair. [...] Vous devez conserver votre personnalité, me résister quand vous le devez. Car je puis me tromper à votre égard, en dépit de tout mon amour pour vous. Je ne veux pas que vous me croyiez infaillible*[169]. »

Comme il est encore mal remis de sa dysenterie, il

reste beaucoup plus longtemps que prévu à Bangalore et passe les premiers mois de 1927 chez l'un de ses compagnons de lutte, C. Râjâgopâlâchâri, qu'il connaît depuis près de neuf ans et qui lui sert parfois de garde du corps. Là, autre coup de foudre : son quatrième fils, Dévdâs, âgé maintenant de vingt-six ans et qui assiste son père, demande en mariage Lakshmî, la plus jeune fille de C. Râjâgopâlâchâri, qui en a quinze. Le mariage entre une brâhmane et un baniâ est rare, et les deux pères, qui ne refusent pas le mariage, décident d'éloigner les jeunes gens quelques années sans possibilité de s'écrire ni de se voir. Dévdâs retourne donc dans le nord de l'Inde, tandis que Lakshmî part avec son père et le Mahâtmâ convalescent pour Kolhâpur, dans le sud du Mahârastrâ.

À Ceylan comme dans le Karnâtaka, alors que Gândhî vient de marier un de ses fils dans sa caste et accepte d'en marier un autre avec une brâhmane, il explique que toutes les jeunes filles hindoues devraient épouser un intouchable. Dans le sud de l'Inde, il demande qu'on écrive en se servant de l'alphabet sanskrit, le *dêvanâgari*.

L'Inde entre alors dans l'actualité planétaire. En février 1927, le premier « *Congrès anti-impérialiste* » réunit à Bruxelles « *différents peuples vivant sous le joug du colonialisme européen* ». Y assistent Albert Einstein, Henri Barbusse, Romain Rolland, Jawâharlâl Nehru, la veuve de Sun Yat-sen, des délégués du Kuomintang et du gouvernement de Canton, deux partis communistes et révolutionnaires d'Indochine. Y est créée une Ligue contre l'oppression coloniale et l'impérialisme par des Africains et Antillais, Lamine Senghor, Tiémoko Garan-Kouyaté, Camille Sainte-Rose, etc.

Quand Nehru part ensuite pour la Suisse, Gândhî lui écrit un mot de recommandation pour Romain Rolland, le présentant comme « *l'un de ses plus chers amis et collègues*[54] », même si l'intérêt de Nehru pour le marxisme l'inquiète.

Cette année-là, il ne bouge toujours pas sur le plan politique. Il s'occupe de son *âshram*, qui atteint presque à l'autosuffisance. Il reçoit de nombreux visiteurs venus du monde entier. Il s'occupe de son Association de fileurs au rouet et persiste à ennuyer son entourage avec ses manies.

Alors qu'en mai 1927 Lindbergh traverse l'Atlantique sans escale, Harilâl, l'aîné des fils de Gândhî, mène une vie d'errance et de dettes. Tandis que les parents et les sœurs de sa femme s'occupent de ses quatre enfants, il publie une diatribe contre son père. Gândhî écrit à Kallenbach, qui se trouve alors dans sa maison d'Inanda, dans la banlieue de Durban[141] : « *En un sens, Harilâl est un brave gosse, mais il est en rébellion ouverte*[54]... »

Première rupture avec Nehru

Début octobre, le vice-roi, Lord Irwin, qui a remplacé Reading l'année précédente, invite une nouvelle fois Gândhî à Delhi. De Mangalore, au sud du Karnâtaka (ancienne colonie portugaise où vit une forte communauté catholique), Gândhî prend le bateau pour Bombay, puis le train pour Delhi. Là, Irwin lui annonce qu'une commission présidée par Sir John Simon viendra en Inde dans quelques mois faire des propositions en matière constitutionnelle. Gândhî lui répond que si c'était pour lui dire ça, il aurait pu se contenter de lui envoyer une lettre avec un timbre à un penny : cette commission ne comportera aucun membre indien. Personne, dit-il, ne voudra la recevoir ! Il laisse entendre que Simon va proposer un statut de dominion, ce dont les plus jeunes, dont Jawâharlâl Nehru, ne veulent pas, mais que Gândhî est prêt à accepter. C'est leur première rupture.

Le 30 octobre 1927, dans un discours à Chidâmbaram, Gândhî rend hommage à un grand « intouchable », Nandanar, un paria du sud de l'Inde, adepte de la résistance passive, qui a pu naguère, grâce à un miracle, pénétrer dans le temple de Chidâmbaram malgré l'opposition de son employeur et de brâhmanes. Il lui attribue un *satyâgraha*, même si le mot n'existe pas encore : « *Lorsque j'entendis parler, puis lus l'histoire de Nandanar et de son* satyâgraha *exceptionnellement élevé, ainsi que de son grand succès, ma tête s'inclina devant son courage et, tout au long de la journée, je me sentis grandi de me trouver à l'endroit sanctifié par les pieds bénis de Nanda*[169]. »

La session annuelle du Congrès, qui doit se tenir cette année à Madras, revêt une extrême importance : que faire de la commission Simon ? La rencontrer ? La combattre ? Motilâl Nehru, qui a changé d'avis et souhaite maintenant que son fils entre en politique, demande à Gândhî de l'aider à se faire élire à la présidence du Congrès. Patel, beaucoup plus proche de Gândhî, est lui aussi candidat. Ce dernier est pour l'acceptation du statut de dominion. Pas le jeune Nerhu, qui se rebelle contre le Mahâtmâ.

Le 1er novembre, Jawâharlâl Nehru écrit à Gândhî[163] une lettre d'une rare violence contre l'acceptation du statut de dominion : « *Aucune organisation nationaliste n'acceptera de considérer le statut de dominion comme un objectif. Vous nous réduisez à un débat entre écoliers, nous censurant tel un instituteur irascible [...] qui ne nous enseigne rien, mais nous morigène de temps à autre*[162]. » Il se moque du projet de boycott des produits étrangers. « *L'Occident n'est pas plus décadent que le rêve du "Royaume-Uni de Râma" n'est un objectif alléchant. En décontaminant l'industrie des virus du capitalisme, l'industrialisation sera la seule réponse face à la misère de l'Inde*[157]. » Gândhî répond le 17 novembre 1928, sans se fâcher mais sans varier de position : « *Je suis désolé de perdre un collègue héroïque de votre envergure, mais il convient de sacrifier même des collègues si l'on veut réaliser une grande mission*[162]. »

Jawâharlâl Nehru ne cède pas, conduit avec Subhâs Chandra Bose (qui vient d'être libéré à Mandalay, en Birmanie) l'aile gauche radicale du Congrès, et fait adopter une résolution réclamant l'indépendance totale de l'Inde (et non le statut de dominion). Gândhî refuse de s'y associer. Dans *Young India* du 12 janvier, il explique : « *Le statut de dominion peut aisément être davantage que l'indépendance si nous nous en donnons les moyens*[169]. »

Tout le monde s'accorde pour refuser de travailler avec la commission Simon et pour créer une autre commission proprement indienne, présidée par Motilâl Nehru afin de rédiger un autre schéma constitutionnel.

Dans les couloirs, deux jeunes activistes antibrâhmanes remettent à Gândhî un pamphlet dénigrant C. Râjâgopâlâchâri, père de la fiancée d'un de ses fils, parce qu'il est un brâhmane. Gândhî prend sa défense et précise pour la première fois qu'il entend en faire son successeur : « *Ce pamphlet montre que vous vous repaissez de mensonges. Je dis et répète que Râjâgo-*

pâlâchâri est mon unique successeur possible... » De fait, celui-ci compte alors au moins quatre rivaux : Patel, Nehru, Prasâd et Azad (un musulman favorable à l'unité hindoue-musulmane et proche de Dâs). Sauf Azad, tous sont avocats. Pour ne pas avoir à choisir, Gândhî pousse Motilâl Nehru (et non pas son fils) à la présidence du Congrès.

En janvier 1928, à Sâbarmati, le troisième fils de Gândhî, Râmdâs, de deux ans l'aîné de Dévdâs, épouse à son tour une jeune fille choisie par ses parents, elle aussi de leur sous-caste : Nirmalâ Vôrâ est de la famille de la femme d'un neveu de Gândhî. Comme les Gândhî, les Vôrâ sont des baniâs du Kâthiâwâr. Après une brève cérémonie religieuse, Gândhî parle à Râmdâs et à Nirmalâ de la pauvreté qu'il a imposée à ses enfants et, « *ému aux larmes* », demande à son fils de traiter son épouse en véritable compagne et non en servante : « *Vous gagnerez tous deux votre pain à la sueur de votre front, comme les pauvres [...] Que la* Gîtâ *soit pour vous une mine d'or*[54] *!* »

Le 5 février, la commission Simon débarque en Inde, reçue aux cris de « *Simon, go back !* ». Tous les partis la boycottent. Motilâl Nehru rédige la première Constitution de l'Inde élaborée par des Indiens. À la surprise de son propre fils, il se range à l'avis de Gândhî et demande le statut de dominion. Son rapport est rejeté par son fils, par Subhâs Bose et par les autres nationalistes, ainsi que par les musulmans dirigés par Jinnah, pour qui l'indépendance les placerait sous contrôle hindou.

Les « travailleurs silencieux »

Six ans se sont écoulés depuis la condamnation de Gândhî, le 19 mars 1922 : il se reconnaît désormais le droit d'intervenir de nouveau en public, et s'adresse à des étudiants : « *Nous sommes nés pour servir nos semblables, et nous ne pouvons le faire convenablement que si nous sommes totalement réveillés*[169]. » Ce qui fait écho à une pensée de Henry Thoreau dans *Walden* : « *Le matin, c'est quand je suis réveillé et que c'est l'aube pour moi. La réforme morale est un effort pour sortir du sommeil*[160]. »

Tragédie familiale : en avril 1928, Maganlâl, le petit-neveu de Gândhî, venu en 1902 avec lui en Afrique du Sud pour l'aider et qui a assuré, depuis vingt-six ans, la gestion quotidienne de Phoenix, de Tolstoï, de Kochrab puis de Sâbarmati, meurt à l'âge de quarante-huit ans à Pâtnâ. Gândhî écrit à sa veuve, Santok. Rappelant les talents de Maganlâl (« *charpentier, jardinier, tisserand, imprimeur, mécanicien, gestionnaire*[169]... »), il évoque ces « *travailleurs silencieux* » qui, comme Pyârélâl, Désâi, Kâlelkar et Kriplâni, le suivent aveuglément : « *Lui que j'avais choisi comme héritier n'est plus [...]. Il avait opté pour la voie du silence, le don de soi constructif. Il était mes mains, mes pieds et mes yeux. Le monde ne sait pas assez combien ma prétendue "grandeur" dépend du labeur incessant et fastidieux de travailleurs, hommes et femmes, silencieux, dévoués, capables et purs. Si la foi en Dieu ne me soutenait pas, je deviendrais fou à la perte de celui qui m'était plus cher que mes propres fils*[169]. »

Les manifestations contre la commission Simon continuent. À Lucknow, Govind Ballabh Pant est blessé très grièvement par la police en voulant protéger Jawâharlâl Nehru. Le 30 octobre 1928, alors que la commission Simon est à Lahore, Lâlâ Lâjpat Râi, le « *lion du Penjab* », soixante-trois ans, qui, en tête d'une marche silencieuse et non violente, est violemment frappé par un commissaire de police, Scott, et meurt quelques jours plus tard. Un révolutionnaire, ancien élève de Lâlâ Râi au collège de Lahore, Bhagat Singh, jeune Penjabi de vingt ans, admirateur de Jatîn Mukherjee, veut le venger : il organise l'assassinat de Scott, mais se trompe et tue à sa place un autre policier anglais, Saunders. Prenant alors le train en première classe et se faisant passer pour un Anglais, il parvient à s'échapper ! Il devient aussitôt immensément célèbre dans le pays. Un rapport des services secrets, le Criminal Intelligence Department, note que, « *un temps il parut à même d'évincer M. Gândhî comme l'homme politique phare du moment*[154] ».

En décembre 1928, le Congrès tient son assemblée annuelle à Calcutta et Gândhî revient sur le devant de la scène. Il fait adopter les mots d'ordre : lutte contre le statut des intouchables, campagne du *khâdi*, tempérance, droits des femmes. Motilâl, qui préside, a encore le projet de transmettre la présidence à son fils. Bhagat Singh, le héros de Lahore, est là clandestinement. De nombreux délégués, exaltés par son attentat et par les manifestations contre la commission Simon, se prononcent, comme l'année précédente, en faveur de l'indépendance immédiate, alors que la résolution soumise au vote ne réclame, comme le rapport de Motilâl Nehru, qu'un statut de dominion. La discussion s'emballe. Gândhî suggère alors qu'un ultimatum soit envoyé aux autorités britanniques, exigeant que le statut de dominion soit accordé à l'Inde dans les deux ans. Si le gouvernement refuse de satisfaire à cette demande, le Congrès réclamera l'indépendance totale et, pour l'obtenir, lancera une campagne de désobéissance civile.

Sous la pression des extrémistes, Gândhî accepte de ramener l'ultimatum à un an : si, à la date du 31 décembre 1929, l'Inde n'est pas dotée d'un statut de dominion, le Congrès proclamera unilatéralement l'indépendance de l'Inde et agira par la désobéissance civile pour que cette indépendance soit effectivement reconnue par Londres.

Ainsi, de nouveau, Gândhî lance un ultimatum, analogue à celui de 1921, qui fut un cuisant échec. Peu de dirigeants du Congrès voient qu'il n'y a aucune raison pour qu'il en aille autrement en 1928 : l'armée et l'administration sont toujours bien tenues en main. C'est encore un « *Corset de fer* ». Le pays n'est d'ailleurs pas à feu et à sang.

Pour la présidence du Congrès, Gândhî hésite encore entre Patel, le préféré des militants, et Jawâharlâl Nehru, qui rentre d'un voyage en URSS. Il opte finalement pour Nehru afin de l'écarter de la tentation communiste et ses partisans avec lui. Alors que Sir Samuel Hoare, le futur secrétaire d'État à l'Inde, écrit qu'« *il ne donne jamais l'impression de souhaiter travailler avec quelqu'un* », Gândhî propose donc aux suffrages des délégués Jawâharlâl Nehru, dont il vante « *le courage, la détermination, l'application, l'intégrité qui ont enflammé l'imagination de la jeunesse du pays. Il est en résonance avec les paysans. Ses relations étroites avec la politique européenne constituent un grand atout pour gérer la nôtre [...]. Ceux qui connaissent les relations existant entre Jawâharlâl et moi savent que nos cœurs sont en résonance, ils connaissent son sens de la discipline, sa loyauté. C'est un camarade inestimable en qui on peut avoir une confiance absolue*[169] ». Et, pour atténuer l'amertume de Patel : « *Au demeurant, le président du Congrès n'est pas un autocrate*[169]. »

Que faire pour donner un sens à cet ultimatum ? Nul n'en sait trop rien. Un emballement de plus face au flegme britannique...

Au même moment, Bhagat Singh, toujours clandestin, rend visite dans son village natal de Chânnâ, près de Calcutta, à un gourou révolutionnaire, Swâmi Nirâlamba, qui fut un des compagnons de Jatîn Mukherjee.

« Le gospel des révolutionnaires »

En janvier 1929, Bhagat Singh fonde l'Armée républicaine socialiste clandestine et, dans un texte d'une rare violence, reproche à Gândhî de s'être retiré dans son *âshram* et lui conteste le droit de s'exprimer au nom du peuple[154] : « *Ces dernières années, Gândhî a-t-il pris part à la vie sociale des masses populaires ? S'est-il assis la nuit au coin du feu avec un paysan pour tenter de savoir ce qu'il pense ? A-t-il passé ne fût-ce qu'un soir en compagnie d'un ouvrier d'usine ? Nous, nous l'avons fait et, pour cette raison, nous déclarons savoir ce que pense le peuple. Nous assurons Gândhî que l'Indien moyen, tout comme l'être humain moyen, comprend fort peu de chose aux subtilités de l'*ahimsâ *et du "Aime tes ennemis". Ainsi va le monde... Vous avez un ami, vous l'aimez, parfois tellement que vous vous faites tuer pour lui. Vous avez un ennemi, vous l'évitez, vous le combattez et, si pos-*

sible, vous le tuez. Le gospel des révolutionnaires est simple et franc. »

Pourtant Gândhî voyage : il se déplace de village en village pour prêcher la fabrication individuelle de *khâdi* et le boycott des vêtements étrangers, qui n'a en principe pas été interrompu. Il souffre encore de dysenterie.

En février, Rasik, second fils de Harilâl, meurt de la typhoïde à dix-sept ans à Delhi, où il a rejoint son oncle Dévdâs, devenu journaliste. Très proche de ce petit-fils, Gândhî estime sa mort « *enviable* ». Il publie dans le *Navajîvan* un article bouleversant intitulé « Coucher de soleil au matin » : « *Je vois la vieillesse s'approcher.* »

Le 8 avril, Bhagat Singh et l'un de ses amis, Batukeshwar, sortent de leur cachette : portant l'un et l'autre avec élégance des costumes européens, et pourvus de laissez-passer de visiteurs, ils pénètrent dans la chambre du Conseil, à Delhi, au moment de la présentation d'un projet de loi sur les conflits syndicaux, en criant : « *Inquilab Zindabad !* » (« Longue vie à la Révolution ! »). Lord Simon assiste aux débats d'une galerie. Les deux hommes répandent des tracts dont le texte commence par : « *Il faut un grand bruit pour que les sourds entendent...* » et jettent un engin explosif sciemment inoffensif. Nul n'est blessé. Les deux amis sont arrêtés. L'enquête révèle que Bhagat Singh a assassiné le policier Saunders, l'année précédente. Sa condamnation à mort est inévitable, malgré l'énorme émotion populaire qu'a déclenchée son acte d'insolence et de non-violence. Gândhî n'excuse pas les deux jeunes gens et fait à leur propos une déclaration ambiguë qui lui sera reprochée : « *Les autorités n'ont pas de demi-mesures pour châtier les coupables. Mais leur indifférence à l'égard des sentiments du peuple exaspère la nation, et l'exaspération peut engendrer l'irréparable*[169]. » C'est le maximum qu'il peut dire pour comprendre la violence des humiliés.

Choisir un combat

À Londres, Ramsay MacDonald devient Premier ministre ; les Anglais ne réagissent pas à l'ultimatum du Congrès ; Gândhî poursuit ses tournées de promotion du *khâdi* : il est en Inde du Nord puis en Birmanie en mars, à Andhra en avril ; l'été, il part pour Kausani, dans l'Himalaya, où il rédige une introduction à sa traduction de la *Gîtâ* en gujarâtî. Puis il rencontre Ghaffar Khan à Lucknow. L'ultimatum s'écoule, dans l'indifférence...

En août, il est fatigué. Il se sent vaciller et songe à passer la main. Il écrit dans *Young India* : « *La bataille du futur doit être menée par des hommes et des femmes plus jeunes*[169]. » En Palestine, au même moment, commencent de nouveaux combats entre Juifs et Arabes à Hébron, Safed, Jaffa, Jérusalem, où la police anglaise est débordée.

Le 24 octobre, alors que Gândhî séjourne dans l'Uttar Pradesh, se déclenche à New York un krach boursier dont Gândhî dira plus tard : « *Je suis convaincu que la crise économique qui s'est propagée à tous les pays, y compris les États-Unis, est une conséquence de cette guerre mondiale que des gens osent appeler la Grande Guerre*[169]. »

Le 31 octobre, soit deux mois avant la session annuelle du Congrès qui doit se tenir le 23 décembre à Lahore, capitale du Penjab, le vice-roi (ou plutôt un représentant chargé de son intérim) fait savoir, comme il fallait s'y attendre, que la montagne a accouché d'une souris : la commission Simon se borne à proposer d'assouplir les règles du suffrage censitaire afin que davantage d'Indiens puissent voter et il promet une « *table ronde avec des délégués indiens* ». Ridicule ! Gândhî demande alors à rencontrer le vice-roi avec Motilâl Nehru. Aucun rendez-vous n'est accordé. C'est la rupture absolue.

Dès lors, l'affrontement programmé par la résolution du Congrès de l'année précédente devient inévitable[54]. L'ultimatum est arrivé à son terme. Il faut en tirer les conséquences. Jawâharlâl Nehru fait voter la résolution du Pûrna – le « *Pûrna Swarâj* » –, véritable déclaration d'indépendance.

Le 31 décembre 1929 à minuit, les délégués du Congrès national hissent sur les rives du fleuve Râvi le drapeau de l'Inde : trois bandes horizontales orange, blanc et vert, avec en son milieu un rouet dessiné par Gândhî. Le 26 janvier 1930, date de la promulgation de la déclaration, devient « Journée nationale de l'indépendance ». 172 élus démissionnent des assemblées régionales en signe de soutien à ce texte.

Il faut alors aller plus loin ; mais comment ? Comment obtenir la concrétisation de ce qui n'est qu'un vœu ? L'administration britannique ne va pas s'effondrer toute seule et le « *Corset de fer* » est toujours intact. Chacun se souvient de l'échec de 1921. Il faut donc choisir une stratégie d'affrontement. Tout juste sorti de prison, Subhâs Chandra Bose propose la création immédiate d'un gouvernement provisoire ; Bâjâj suggère une marche sur le palais du vice-roi ; Patel conseille le refus d'acquitter l'impôt et la lutte contre la vente d'alcool. Un des principaux alliés musulmans de Gândhî, le docteur Ansari, qui a déjà présidé le Congrès, est sceptique : la situation n'est pas aussi favorable qu'en 1919 où l'inflation, les lois Rowlatt, la loi martiale et le problème du sultan avaient uni tous les Indiens[110]. En 1930, au contraire, le gouvernement de Londres est travailliste ; le vice-roi, Lord Irwin, prône « *une approche chrétienne du problème indien* » ; les relations entre hindous, musulmans et sikhs sont exécrables, et le Congrès divisé.

C'est à cette époque qu'un fonctionnaire subalterne, M. Godsé, est muté à Ratnagiri, dans le Mahârâshtra, sur la côte d'Oman. La ville abrite un prisonnier politique important dont on a déjà parlé : Vinâyak Dâmodar Sâvârkar, condamné à cinquante ans de prison. Le fils de ce fonctionnaire, Nâthurâm Godsé, s'entretient à plusieurs reprises avec le détenu de l'indépendance du pays, de l'inviolabilité de la mère patrie, de l'abolition du système des castes, de l'émancipation des classes inférieures, de la récupération des hindous convertis de force à l'islam ou au christianisme.

Moins de vingt ans après, ce même Nâthurâm Godsé assassinera Mohandâs Gândhî.

« Harasser le gouvernement »

Le 18 janvier 1930 marque une consécration : Tagore, avant de partir pour un voyage en URSS, vient visiter Gândhî à Sâbarmati et lui demande s'il a une stratégie pour que ce nouveau défi ne soit pas, comme celui de 1919, un coup d'épée dans l'eau : « *J'y pense nuit et jour et ne vois aucune lumière*[168] », répond mystérieusement Gândhî. Beaucoup croient que le Mahâtmâ va se ranger à l'avis de Subhâs Bose et proposer la création d'un gouvernement parallèle, d'autant plus qu'il déclare le 23 janvier : « *La domination britannique doit cesser [...]. Le peuple britannique doit comprendre que l'Empire est parvenu à sa fin. Mais il ne le comprendra pas à moins que nous, en Inde, n'ayons créé un pouvoir qui nous permette d'imposer notre volonté*[169]. » Le même jour, à peine sorti de sa prison birmane, Bose est arrêté de nouveau pour avoir organisé une manifestation interdite.

Le 26 janvier, lors de la première célébration du « *Jour de l'Indépendance* », des meetings illégaux sont organisés à travers toute l'Inde. L'un d'eux rassemble 10 000 personnes à Delhi. Un message de Gândhî, lu dans chacun de ces meetings clandestins et soumis au vote à main levée annonce un mouvement de désobéissance civile, sans davantage de précision. Le texte mérite d'être cité[169] : « *Le gouvernement britannique en Inde n'a pas seulement privé le peuple indien de sa liberté, mais il s'est fondé sur l'exploitation des masses et a ruiné l'Inde économiquement, politiquement, culturellement et spirituellement. En conséquence, nous croyons que l'Inde doit rompre ses liens avec la Grande-Bretagne et obtenir une indépendance complète [...]. Nous reconnaissons cependant que le moyen le plus efficace pour obtenir notre liberté n'est pas la violence. C'est pourquoi nous entendons nous préparer à renoncer, pour autant que nous le puissions, à toute association volontaire avec le gouvernement britannique, et nous préparer à la désobéissance civile, y compris par le refus de payer l'impôt... C'est pourquoi nous nous engageons solennellement aujourd'hui à suivre les instructions que donnera le Congrès dans le but d'instaurer l'indépendance totale*[169]. » De nombreuses régions du pays invitent Gândhî à venir chez eux conduire lui-même cette nouvelle campagne de désobéissance civile. Il ne dit toujours rien du principal mot d'ordre qu'il entend retenir, même s'il a évoqué dans son message le thème le plus sensible, la grève de l'impôt. Entretient-il le doute, ou bien n'a-t-il pas encore choisi ?

À Ahmedâbâd, des enfants refusent de chanter le *God Save the King*, comme il est exigé dans tous les collèges, et chantent à la place le *Bandé Mâtaram*, le « Salut à la mère Inde ».

Le 15 février 1930, Gândhî a la « *révélation* » (c'est en tout cas ce qu'il dira plus tard [169]) que la bataille doit commencer par le sel pour s'étendre ensuite à d'autres enjeux afin de rendre impossible le fonctionnement même du Râj, de rompre le « *Corset de fer* », de déborder les Anglais et de les contraindre à partir.

Comme il le répétera ultérieurement en public, son objectif est de « *harasser le gouvernement* ».

Sans dévoiler encore ses intentions, Gândhî écrit donc la semaine suivante un article sur le sel. Même s'il a, par le passé, affirmé que le sel était « *un poison* », il en vante à présent les mérites [168] : « *Avec l'air et l'eau, le sel est peut-être l'élément principal dont les gens ont besoin. C'est le seul condiment pour les pauvres ; le bétail ne peut pas non plus vivre sans sel* [169]. » De surcroît, défier les Anglais sur ce terrain est moins grave que de ne pas payer l'impôt. « *En dehors de l'eau, il n'y a pas d'article comme le sel dont la taxation permette à l'État d'atteindre les millions d'affamés, les malades, les infirmes, les pauvres sans aucune ressource. Par conséquent, cet impôt constitue la taxe la plus inhumaine que l'ingéniosité de l'homme ait pu imaginer [...]. L'illégalité, c'est qu'un gouvernement vole le sel du peuple et lui fasse payer cher l'article volé*[170]. »

La première bataille, pense Gândhî sans encore l'exprimer, consistera donc à aller ramasser du sel – ce qui est illicite – sur tout le littoral du pays et à en faire commerce ; il faudra ensuite entreprendre d'autres actions sur d'autres thèmes de plus en plus paralysants. Il veut lui-même marcher, depuis l'*âshram* jusqu'à la mer et y récolter du sel. Il est persuadé qu'il ne pourra mener cette marche à son terme : même si, tant que le sel n'est pas ramassé, rien d'illégal n'est commis, il pense que les Anglais l'arrêteront avant d'arriver à la mer. Et comme il tient absolument à partager cette équipée avec ceux qui lui sont le plus chers, il fait venir d'Afrique du Sud son fils préféré, Manilâl, sans s'ouvrir à lui de ce qui l'attend...

Pendant plusieurs jours encore, il garde son idée secrète, car il sait que le Congrès est de plus en plus infiltré d'agents du Criminal Intelligence Department, c'est-à-dire du service d'espionnage anglais. L'idée le transforme ; lors de la prière de l'*âshram*, il parle « *avec un éclat particulier dans le regard*[74] ». Le 20, il demande à Mahâdév Désâî, Vallabhbhâi Patel, Mohanlâl Pândyâ et Revashankar Vas de réfléchir à une marche à partir de l'*âshram* et évoque « un rendez-vous en bord de mer ». Le 23, il envoie Patel parcourir le Gujarât pour trouver le village d'arrivée. Il opte pour Dândi, à 400 kilomètres à partir de Sâbarmati, soit, à son rythme rapide, trois semaines de marche. Gândhî expliquera un peu plus tard ce choix de Dândi : « *L'histoire de Dândi est elle-même tragique. C'est un bel endroit au bord de la mer. En réalité, il tire son nom du fait qu'il y avait là un* "diva Dândi"*, c'est-à-dire un phare. À présent, c'est un vil-*

lage désert. Un Européen puis des Indiens ont en vain essayé, à rebours de la nature, d'en rendre le sol cultivable[169]. »

Mais Patel est arrêté en cours de route et expédié en prison pour trois mois. Il ne prendra pas part à la marche...

Le 27 février 1930, sans parler encore du sel, Gândhî annonce dans *Young India* que, pour une fois, même si la violence se déclenche, il n'interrompra pas le mouvement : « *Il doit être tenu pour acquis que, lorsque le mouvement de désobéissance civile débutera, mon arrestation deviendra une certitude [...]. Il sera alors du devoir de tous ceux qui veulent le succès du mouvement de maintenir la non-violence et la discipline. Chacun devra rester à son poste, sauf en cas de rappel de son chef. S'il y a réaction spontanée des masses, ce que j'espère, et si l'expérience est vraiment un guide, elle sera largement autorégulée [...]. En conséquence, alors que tous les efforts possibles et imaginables doivent être entrepris pour contrecarrer les forces de la violence, cette fois la résistance civile, après avoir commencé, ne pourra et ne devra plus s'interrompre tant qu'un seul résistant sera encore en liberté ou en vie. Tout partisan du* satyâgraha *devra se trouver dans une des situations suivantes : en prison ou dans une position analogue ; engagé dans la résistance civile ; dans l'attente des ordres, filant ou effectuant une tâche constructive et utile au* swarâj[169]. »

En février, Hô Chi Minh aspire à quitter Moscou pour l'Indochine ; mais, sa tête étant mise à prix par les Français, il s'installe à Hong Kong, territoire britannique, où il crée le Parti communiste vietnamien[17].

Les onze requêtes

Le 2 mars, Gândhî adresse au vice-roi une longue et habile missive, à laquelle il a beaucoup travaillé avec Patel, avant son arrestation, puis avec Désâi et Nehru, et dont la teneur sera gardée secrète pendant une semaine [168]. Nehru n'est toujours pas au courant du choix du sel comme thème du premier combat, et la lettre ne le révèle pas encore.

Gândhî commence par menacer le vice-roi de violences : « *Attendre plus longtemps est un péché. Il est notoire que, quoique désorganisé et pour l'heure encore insignifiant, le parti de la violence gagne du terrain et fait sentir sa présence. Son objectif est le même que le mien ; mais je suis convaincu qu'il ne peut apporter aux multitudes silencieuses la satisfaction désirée* [168]. » Si le vice-roi ne veut pas de la violence, il faut qu'il satisfasse à onze revendications longuement mûries. À défaut, ce sera la grève générale [109]. La libéralisation du commerce du sel n'est qu'une de ces onze requêtes, la quatrième, évoquée comme en passant, sans insister. Les voici toutes : 1. Interdiction de la vente d'alcool ; 2. Un meilleur taux de change entre la roupie et le shilling ; 3. Réduction de moitié de la taxe foncière ; 4. Abolition de la taxe sur le sel ; 5. Réduction de moitié des dépenses militaires ; 6. Réduction des salaires des hauts fonctionnaires ; 7. Instauration de droits de douane sur les vêtements étrangers ; 8. Octroi du monopole du trafic côtier aux bateaux indiens ; 9. Libération de tous les prisonniers politiques, sauf ceux accusés de meurtre ; 10. Dissolution du Criminal Intelligence Department, ou son contrôle par des représentants élus ; 11. Droit des Indiens au port d'armes.

Ces onze demandes constituent un parfait résumé des aspirations concrètes des Indiens de l'époque. Gândhî lui-même est à l'origine de toutes, sauf la deuxième, la troisième et la onzième [110].

Gândhî continue sa lettre en annonçant au vice-roi qu'il va lancer un mouvement, mais il le fait en termes vagues, comme par allusion [168] : « *Cette non-violence s'exprimera par le moyen de la désobéissance civile, restreinte pour le moment aux pensionnaires de l'*âshram *du* Satyâgraha, *mais destinée en fin de compte à toucher tous ceux qui décideront de se joindre au mouvement, avec ses limites évidentes.* » Il termine par un formidable résumé en quelques lignes de ses relations avec la puissance coloniale : « *Mon ambition n'est rien de moins que de convertir le peuple britannique par la non-violence et de lui montrer de la sorte le tort qu'il a fait à l'Inde. Je ne cherche aucunement à nuire à votre peuple. Je veux le servir, tout comme le mien. Je crois que je l'ai toujours servi. Je l'ai servi aveuglément jusqu'en 1919. Et même lorsque mes yeux se sont dessillés et que j'ai conçu la non-coopération, mon objectif est resté le même* [169]. »

Le lendemain 3 mars, sans attendre la réponse du vice-roi – laquelle ne viendra pas –, il dévoile au comité directeur du Congrès réuni près de chez lui, à Ahmedâbâd, la méthode qu'il a choisie sans les consulter : ce sera une marche de 400 kilomètres de Sâbarmati à Dândi pour aller, en violation de la loi, y récolter du sel. Départ dans neuf jours, le 12 mars à l'aube. Arrivée le 6 avril. On parcourra de 15 à 20 kilomètres par jour.

Pour le comité directeur et son président Jawâharlâl Nehru, c'est une énorme surprise. Nehru s'en souviendra : « *Dans nos rangs, ce fut l'ahurissement : on ne voyait pas très bien ce que le sel venait faire dans la lutte pour l'indépendance nationale [...]. Brusquement, le simple mot de "sel" prit l'allure d'une formule magique et se chargea de mystérieux pouvoirs*[119]. » Placés devant le fait accompli, les leaders du Congrès autorisent Gândhî à se lancer dans la bataille du sel. Tout le monde alors veut en être. Gândhî impose silence : « *Je choisirai moi-même ceux qui partiront. Ce seront surtout des membres de l'*âshram, *plus quelques-uns d'entre vous*[169]. » Il ne dit pas lesquels. À l'un de ses compagnons qui s'inquiète pour sa santé, il répond qu'il aura la force de marcher : « *Je prends soin de moi comme une femme enceinte prend soin de sa santé pour le salut du bébé qu'elle porte ; moi, c'est pour le salut du* swarâj *que je porte en moi*[169] ». Il précise : « *Au cas où je serais arrêté, il serait dangereux d'interrompre le mouvement. Si tout se passe bien, je devrais arriver à Dândi le 5 avril. Par conséquent, il me semble que le 6 est tout indiqué [pour commencer la récolte illégale du sel]. C'est le premier jour de la Semaine nationale et l'anniversaire du* satyâgraha *qui, en 1919, a vu une prise de conscience de masse inconnue jusque-là*[169]... » Il fait ici allusion au premier *satyâgraha* qu'il lança en Inde le 30 mars 1919 contre les lois Rowlatt et qui déboucha, quinze jours plus tard, sur le massacre d'Amritsar. D'où son insistance à déclarer que, quoi qu'il arrive, même s'il y a des incidents sanglants, on ne s'arrêtera pas. Il songe aussi au long chemin parcouru depuis la toute première marche, celle qui déclencha tout : la marche des femmes de 1913, en Afrique du Sud... Il pense également qu'il est vieux, plus vieux que son père à sa mort, et se compare alors, auprès de plusieurs amis, à Jésus entrant dans Jérusalem pour y être crucifié.

Derniers préparatifs

Gândhî expose alors les détails à ses troupes. Il énumère les noms des soixante-dix-neuf marcheurs qu'il a lui-même choisis. Parmi eux, Jawâharlâl Nehru, Sarai Naidu, Manilâl Gândhî, Kânti, un des fils de Harilâl (lui-même envoyé préparer un mouvement du même type à Bénarès), Pyârélâl Nâyar, Chaganlâl Joshi (gestionnaire de l'*âshram* depuis le décès de Maganlâl), Nârâyan Kharél (maître de musique de l'*âshram*), Abbas Tyabji, juge musulman à la haute cour de Barodâ, devenu « *professeur de rouet* » à l'*âshram*, Valji Désâi (traducteur en anglais des écrits de Gândhî), un étudiant gujarâti d'Amérique, Haridâs Muzumdâr, surnommé « *l'Américain* », deux fils de Kâlelkar (Satîsh et Bâl) et des délégués des cinquante-cinq provinces indiennes, dont deux musulmans, un chrétien et quatre intouchables ; le plus jeune du groupe est Vithalâl Thakkar, âgé de seize ans. Gândhî, à soixante-deux ans, est le doyen. Patel, qui a tout préparé avec le Mahâtmâ, est encore en prison. Gândhî exige de chacun une prière quotidienne, le filage de 190 mètres de coton en trois heures et – incroyable exigence ! – la rédaction chaque jour d'un journal intime qu'il pourra consulter à tout moment...

Il énumère ce qu'il attend de chaque village-étape : une nourriture simple (que les marcheurs cuisineront eux-mêmes), un emplacement propre où dormir, un lieu clôturé où les *satyâgrahas* pourront « *satisfaire aux besoins naturels*[168] ».

Dix-huit étudiants de l'université Vidyâpîth d'Ahmedâbâd, membres de l'Arun Tukdi (« *Unité du Soleil levant* »), choisis par Kâlelkar, devenu vice-chancelier de l'université, sont envoyés en avant-garde pour veiller à l'installation des cuisines, des dortoirs, des latrines. Incorrigiblement moderne, Gândhî en profite pour commander une première enquête sociologique d'une étonnante modernité sur les populations traversées ; il demande qu'à chaque halte les informations suivantes soient collectées : « *effectifs du village (combien d'hommes, de femmes, d'hindous, de musulmans, de pârsis, etc.) ; nombre d'intouchables et, le cas échéant, leur degré d'instruction ; nombre de garçons et de filles fréquentant l'école du village s'il y en a une ; effectifs du cheptel, nombre de rouets, nombre de personnes portant le* khâdi ; *montant et taux de l'impôt foncier, superficie des champs cultivés en commun ; consommation de sel*[168] ». Toujours sa volonté d'être « *l'épervier assoiffé* » dont parlait Gokhalé quinze ans plus tôt.

La presse du monde entier est peut-être plus encore fascinée par cette marche que ne l'est celle de l'Inde. Gândhî organise un service de presse qui publiera des communiqués quotidiens. Des journalistes affluent d'Europe et d'Amérique, dont quatre cinéastes. Un correspondant de presse demande à Gândhî : « *Pensez-vous que la violence pourrait exploser par suite de votre combat ? – Oui, c'est une possibilité, que je réduis en choisissant l'itinéraire que j'ai retenu.* » Un itinéraire qui ne passe par aucune grande ville et qu'aucune route majeure ne traverse[36]. Mais, cette fois, pas question d'arrêter la marche si la violence vient à éclater du fait des Anglais.

Le 10 mars, à deux jours du départ, dans une

adresse à ceux qui vont l'accompagner, réunis le soir à la prière, Gândhî déclare : « *Je veux que vous soyez bien conscients que nous allons atteindre notre objectif, ou bien mourir. Nous n'allons pas faire maintenant demi-tour. Tous les soldats qui viennent avec moi doivent savoir qu'ils peuvent fort bien ne pas revenir. Ceux qui sont mariés doivent demander le consentement de leur épouse et les remercier de nous offrir des hommes pour ce combat*[168]. » Il explique aussi qu'il espère être imité partout en Inde. Il dit notamment : « *Supposons que dix personnes dans chacun des sept cent mille villages de l'Inde décident de produire du sel et de désobéir ainsi à la loi, que pensez-vous que le gouvernement pourra faire ? Même le pire dictateur que vous puissiez imaginer ne réussirait pas à disperser des régiments de militants pacifiques de la résistance civile en faisant parler ses canons. Pour peu que vous décidiez de vous mobiliser, je vous assure que vous serez capables de harasser ce gouvernement en très peu de temps*[169]. » Telle est très exactement sa stratégie d'ensemble : « *harasser le gouvernement.* »

Le lendemain, à sa grande surprise, il n'est toujours pas arrêté : le vice-roi hésite encore, malgré les demandes instantes du gouverneur de Bombay dont dépend la région de Dândi. Dans la nuit du 11 au 12, Gândhî harangue une foule immense rassemblée sur les rives de la Sâbarmati. Près de lui, Ambâlâl Sârâbhâi, son voisin et ami, l'industriel du textile face à qui il mena la grève de 1917, et Anâsûyâben Sârâbhâi, sa sœur, qui l'épaula alors avec Nâidu et Bâjâj, fait partie de ses principaux financiers. « *Il est fort probable*, dit Gândhî, *que ce discours soit le dernier que je vous adresse. Même si l'administration me permet demain d'entamer cette marche, ce sera mon ultime discours sur les rives sacrées de la Sâbarmati. Il n'est même pas exclu que ces paroles soient les dernières de ma vie*[169]. »

Puis il donne aux participants des consignes qui peuvent nous paraître ahurissantes, mais qui semblent pourtant toutes naturelles dans le climat du moment : « *En dépit de la fatigue liée à la marche, la discipline de l'*âshram *devra être suivie par tous, principalement sur trois points essentiels : la prière, le filage, la rédaction quotidienne du journal [...]. On a souvent l'impression d'être mort de fatigue et l'on s'endort avant d'avoir terminé la rédaction de son journal ; en certains endroits, on a du mal à se procurer un rouet, ou plus précisément un nombre suffisant de rouets, et, pour celui qui file lentement, il est difficile d'atteindre le quota de 190 mètres en moins de trois heures. Notre pèlerinage est sacré, nous devons en avoir conscience à chaque minute de notre temps. Ceux qui ne pourront atteindre leur quota ou qui ne trouveront pas le temps de filer ou de rédiger leur journal devront venir me voir. Je m'entretiendrai avec eux. Leur emploi du temps aura sans doute été inadapté, et je les aiderai à l'améliorer*[169]. »

Mîrâbehn, qui ne fait pas partie des marcheurs, se souvient de l'émotion qui les étreignit tous la nuit précédant le départ. Elle écrira : « *Chacun croyait que Gândhî allait être arrêté d'un instant à l'autre. La nuit tomba, mais aucun policier ne se profila [...]. Alors qu'il se préparait à se coucher, Kasturbâi lui massa la tête avec de l'huile tandis que j'appliquais du* ghee *[beurre clarifié utilisé pour les massages] sur ses pieds ; nous gardions le silence, car nous sentions qu'il réfléchissait. Il sombra dans le sommeil en un clin d'œil. Les gens qui se trouvaient à l'*âshram *ne* *voulurent pas rentrer chez eux ; ils entendaient rester éveillés pour le protéger. Je crois que Gândhî fut le seul à dormir cette nuit-là*[92]. »

À l'aube du 12 mars, les quatre-vingts marcheurs s'enveloppent d'un *khâdi* ou d'une tunique simple (sauf Nâidu, qui n'a pu s'empêcher de revêtir un ravissant sari en soie...) et la plupart coiffent le calot blanc que Nehru rendra célèbre. Tous, y compris Gândhî (qui ne porte pas de calot), portent une besace contenant un sac de couchage, un vêtement de rechange, un *takli* qui sert à maintenir le fil dans le rouet), un cahier et un gobelet métallique. Kasturbâi peint sur le front de Gândhî le *tilak*, signe hindou de bon augure fait de curcuma séché et de jus de citron, et lui passe autour du cou une guirlande de coton. Kâlelkar lui tend une canne de bambou qu'on verra bientôt dans les journaux et les actualités cinématographiques du monde entier.

Le dernier à le saluer avant le départ est Ambâlal Sârâbhâi ; il est là avec sa fille qui, enfant, jouait à traverser à gué la rivière. Gândhî murmure à son vieil ami qu'il ne remettra plus les pieds à l'*âshram* aussi longtemps que l'Inde ne sera pas libre. Les larmes perlent à leurs yeux...

Ce matin-là, la presse publie, à côté des photos de Sâbarmati, des extraits de la traduction en gujarâtî de la *Bhagavad-Gîtâ* qu'il a faite avec l'aide de Swâmi Ânand.

La marche du sel

La marche démarre à 6 h 30. Il porte ostensiblement, comme très souvent, une montre de gousset sur la poitrine. La colonne s'ébranle. Il se retourne une dernière fois, pressentant peut-être qu'il ne reviendra jamais plus à Sâbarmati.

Pyârélâl Nâyar et Chaganlâl Joshi marchent sur ses talons. Puis viennent Nehru et Sarojini Nâidu, et ceux qu'on a cités plus haut, dont Nârâyan Kharél, le maître de musique de l'*âshram*, venu bien que son fils Vasant ait succombé à la variole quelques jours auparavant, et, derrière les représentants des cinquante-cinq provinces, évidemment un agent des renseignements britanniques ! Patel est alors encore en prison. Derrière encore et sur les bas-côtés, des gens chargés de la logistique, ceux de la presse et une nuée de curieux qui se relaient ou les escortent en charrette ou en voiture...

Les premiers jours, ils ne font pas beaucoup de chemin, puis se calent sur une moyenne quotidienne de 17 kilomètres.

Dans de nombreux villages qui jalonnent leur itinéraire, les rues sont décorées et arrosées pour éviter la poussière, et même les fonctionnaires locaux applaudissent [168]. Dans d'autres villages, la population se montre hostile, en partie parce que Gândhî adopte une attitude favorable aux intouchables. Le 15 mars, dans celui de Dabhan, Gândhî se rend directement au quartier des intouchables pour y puiser de l'eau [168], défiant le comité d'accueil qui n'imaginait même pas que lui, Gândhî, pût tirer lui-même de l'eau de leur puits et qui avait prévu quelqu'un pour le faire.

La presse rapporte tout avec un luxe de détails. Le 20 mars, elle explique que la marche va bientôt s'interrompre, dix-huit personnes étant mal en point. Gândhî dément : « *Il est parfaitement exact qu'ils ont dû prendre deux jours de repos au* sévâshram *de Broach, car ils étaient épuisés et avaient les pieds blessés. À l'exception d'un cas de variole qui s'est révélé sans gravité, il n'y a pas eu de maladie à proprement parler [...]. À présent, ils vont bien, quoiqu'ils soient obligés de prendre encore quelques jours de repos. Ils espèrent rejoindre la colonne à Surat*[169]. »

Vers le 25, alors que les marcheurs approchent du but dans l'euphorie générale et que Gândhî n'a toujours pas été arrêté, il commence à laisser entendre ce qu'il prépare pour l'étape suivante du mouvement, après la marche du sel. Dans un texte du 27 mars, il annonce que, une fois la marche du sel terminée, il fera disposer des piquets de grève devant les boutiques d'alcool, les fumeries d'opium, les magasins vendant des tissus étrangers. « *Nous devons supprimer ces plaies un jour ou l'autre. En conséquence, partout où les militants estiment pouvoir poster des piquets de grève sans prendre de risques inconsidérés [...], ils doivent entamer cette campagne, mais en aucun cas se sentir obligés d'agir en ce moment, et parce qu'ils ne verraient pas comment faire abroger les lois sur le sel. Il me semble beaucoup plus raisonnable de se consacrer pour l'heure à ces dernières*[169]. »

Le 29, à Londres, les conclusions de la commission Shaw chargée d'étudier les causes des affrontements entre Juifs et Arabes en Palestine préconisent de limiter l'immigration des Juifs en leur rendant plus difficile l'achat de terres et en cherchant à mettre en place un statut d'association pour la population arabe.

Ce même jour, au matin, à Dândi, l'euphorie des marcheurs retombe quelque peu du fait de la fatigue accumulée. Dans la journée, deux menus incidents fâchent Gândhî : Muzumdâr, l'« *Américain* » du groupe, accepte une glace ; quelques marcheurs houspillent un des valets qui les escortent en portant sur sa tête une lourde lampe à pétrole[168]. Le soir, à l'étape, Gândhî réunit les marcheurs exténués et les sermonne en exprimant sa « *brûlante vérité* » : « *Nous sommes des faibles, faciles à tenter. À la lumière de ce que j'ai découvert aujourd'hui, comment pourrais-je avoir le droit d'écrire au vice-roi une lettre où je critique sévèrement son salaire ? [...] Nous agissons au nom des affamés, des déshérités, des chômeurs [...]. Aucun travailleur libre et respecté n'accepterait de porter un tel fardeau sur la tête. Nous nous opposons au servage, au travail forcé. Mais qu'est-ce que cela, sinon du servage ? Rappelez-vous que, dans le* swarâj, *nous espérons amener la prétendue basse classe à présider aux destinées de l'Inde*[110] *!* » L'officier de renseignement britannique qui suit la marche note que, ce soir-là[168], « *l'atmosphère est devenue électrique* ».

Le 3 avril, à deux jours de l'arrivée, étonné de la passivité des Anglais, Gândhî reconnaît qu'il est « *pris au dépourvu par cette non-intervention exemplaire des Anglais* », puis constate qu'en fait ceux-ci ne sont pas demeurés inactifs : « *Partout où le sel naturel risquerait d'être emporté par les populations vivant à proximité pour leur usage personnel, des fonctionnaires le détruisent. Ainsi, une richesse nationale est détruite aux frais de la nation et le sel retiré de la bouche des gens*[169] *!* » Ce même jour, il raconte à la presse une anecdote édifiante sur un ton révélateur du climat qui entoure l'expédition : « *Shrimati Khorshedbai Naorâji s'est rendue [en voiture] à Sandhiar, étape du jour, avec Mridulâbehn, la fille d'Ambâlâl Sârâbhâi [qui est venue avec son père le saluer à son départ]. Elles avaient dû attendre que l'on vienne les chercher pour les conduire à Sandhiar. Les abords de la localité n'étant pas très propres, elles décidèrent de nettoyer* *et demandèrent des balais aux villageois surpris. Ceux-ci se joignirent à ces balayeuses nationales appartenant à des familles aristocratiques ; jamais sans doute le village de Sayran n'avait été aussi propre que lorsque ces sœurs ont consacré leur temps libre à balayer. Je recommande cet authentique service, ce discours muet des sœurs, à l'armée de jeunes gens qui tiennent à servir et à libérer la nation*[169]. »

Le 4 avril, les marcheurs sont autorisés par l'escorte policière à aller jusqu'à Dândi. Mais des éclaireurs viennent prévenir Gândhî que, là-bas, tout le sel a été récolté par la police ! Il effectue alors une reconnaissance autour de Dândi à bord d'une voiture empruntée pour l'occasion, et songe à organiser un raid sur trois gros tas de sel gardés comme de l'or dans un entrepôt gouvernemental à Dharasanâ, à 35 kilomètres au sud de Dândi. Ce dépôt va désormais focaliser l'attention de tous.

Dans la nuit du 5 au 6 avril, après avoir parcouru 386 kilomètres en vingt-cinq jours, les marcheurs atteignent Dândi. Gândhî écrit alors en anglais, sur une banderole, à l'intention des journalistes étrangers de plus en plus nombreux : « *Dans cette bataille du droit contre la force, je veux la sympathie du monde*[54] *!* »

Le 6 avril à 10 heures du matin, face aux photographes soigneusement disposés, le Mahâtmâ, dans une sorte de chorégraphie très étudiée, se baigne dans l'océan, ramasse un peu de sel dans ses mains, puis se redresse et l'exhibe à la foule : il est l'Inde prenant en main son destin.

C'est une explosion de joie. On applaudit, on danse, on chante. Sarojini Nâidu s'adresse à Gândhî en le nommant le « *violeur de lois* ». Il déclare : « *C'est un devoir pour ceux qui ont conscience du mal terrifiant causé par le système gouvernemental de l'Inde, que d'être déloyaux et de prêcher ouvertement la déloyauté. Vraiment, la loyauté envers un État aussi corrompu est un péché, et la déloyauté une vertu*[169]. »

Après trois jours de repos, que Gândhî passe dans un camp de fortune aménagé non loin de là, à Karadi, distant de 6 kilomètres de Dândi, nombre de marcheurs sont arrêtés alors qu'ils venaient de récolter du sel à Aat, près de Dândi. Parmi eux Jawâharlâl Nehru, Jamnâlâl Bâjâj, Mahâdév Désâî et Manilâl. Gândhî proteste : « *Le gouvernement n'avait pas le droit d'agir comme il l'a fait aujourd'hui au village d'Aat, à 6 kilomètres de Dândi. La police a usé de la force pour essayer d'arracher le sel aux résistants civils. Elle n'en avait pas le droit dès lors qu'elle est l'émanation d'un gouvernement civilisé. Il n'y a eu aucune provocation. Les résistants ne cherchaient pas à fuir avec le sel. La police peut arrêter les résistants civils et leur confisquer poliment le sel, mais il ne peut leur être pris qu'après leur arrestation et non pas en le leur arrachant brutalement des mains*[169]. »

Déborder le Râj

Le soir du même 9 avril, Gândhî décide de passer à l'étape suivante et en fait part au pays dans un message qui peut nous paraître quelque peu grandiloquent, mais dont les circonstances et l'enjeu expliquent l'emphase. Il s'agit pour lui d'annoncer une stratégie de débordement : « *Enfin l'heure si longtemps attendue semble arrivée. Au cœur de la nuit, mes collègues et compagnons m'ont tiré d'un profond sommeil et demandé de leur délivrer un message. En conséquence, je dicte ce qui suit, bien que je n'en aie pas la moindre envie. J'ai déjà délivré suffisamment de messages [...]. Les hindous doivent renoncer à l'intouchabilité ; hindous, musulmans, sikhs, pârsis et chrétiens doivent s'unir ; et la majorité se contenter de ce qui restera lorsque les minorités auront été satisfaites*[169]. » Puis cette consigne générale, qui vise à mettre en branle le pays tout entier : « *Si les étudiants quittent leurs écoles et universités d'État et si les fonctionnaires du gouvernement démissionnent pour se consacrer au service de la population, nous constaterons que le* pûrna swarâj *viendra frapper à notre porte*[169]. » Enfin cette directive plus précise : « *Les femmes doivent organiser des piquets de grève devant les débits de spiritueux, les fumeries d'opium, les boutiques vendant des tissus étrangers. Jeunes et vieux, dans tous les foyers, doivent utiliser le* takli, *filer et tisser quotidiennement. Le tissu étranger doit être brûlé.* » Et plus concrètement encore : « *Dix femmes au moins sont nécessaires pour composer un piquet de grève devant une boutique de tissus étrangers ou un débit de spiritueux. Elles doivent se choisir une responsable. Elles doivent au préalable se rendre en délégation chez le marchand pour lui demander de renoncer à poursuivre son commerce, et lui remettre des tracts exposant faits et chiffres relatifs à l'alcool ou aux tissus étrangers, selon le cas. Inutile de dire que ces tracts doivent être rédigés dans une langue connue du commerçant. Si le commerçant refuse de renoncer à son activité, les volontaires doivent prendre position devant sa boutique en laissant le passage libre, et faire personnellement appel aux sen-*

timents des aspirants acheteurs[170]. » Ce sont des consignes surtout urbaines[169] : il n'est ni envisagé ni possible de mettre en mouvement les masses rurales.

Le lendemain 10 avril, il félicite les femmes qui, dans certaines villes, dont Bombay, viennent d'implanter les premiers piquets de grève : « *Dans cette guerre non violente, leur contribution devrait être beaucoup plus grande que celle des hommes [...]. Si, par force, on entend puissance morale, dans ce cas la femme est immensément supérieure à l'homme. N'a-t-elle pas davantage d'intuition, n'a-t-elle pas un grand esprit de sacrifice, n'est-elle pas plus résistante, n'a-t-elle pas davantage de courage ? Sans elle, l'homme ne pourrait exister. Si la non-violence est la loi de notre existence, l'avenir appartient à la femme*[169]. »

La répression s'abat. Le « *Corset de fer* » tient bon. Les arrestations s'accélèrent dans tout le pays et parallèlement le mouvement s'étend. Au sud du Khedâ, dans le village côtier de Bhâgalpur, près de 20 000 personnes ramassent du sel et, dans la moitié des villages de ce district, les élus démissionnent de leur poste et ne reconnaissent plus l'autorité du Râj. À Peshâwâr, au nord-ouest du pays, quand leur chef Ghaffar Khan est interpellé, des centaines de « *Serviteurs de Dieu* », les *Khudaï*, ces « soldats non violents » qui constituent sa garde rapprochée, rendus furieux par l'arrestation de leur vieux chef, affrontent dans le bazar le feu des mitrailleuses anglaises ; des centaines de personnes sont tuées ou blessées, mais la foule reste calme face aux soldats. Envoyés en renfort, les Gârhwâli, bataillon réputé pour sa loyauté à l'Empire, refusent de tirer sur leurs compatriotes désarmés. Pendant cinq jours, la ville reste aux mains des insurgés.

En tout, 60 000 personnes sont arrêtées à travers le pays. L'Empire tient pourtant le choc.

Le 13 avril, Gândhî s'insurge contre les violences de ses propres partisans. Il les ressent dans sa chair comme s'il était l'Inde incarnée : « *Je reconnais que je suis totalement démuni face à la violence, quand elle est de notre fait ; et, lorsque j'en entends parler, un médecin prenant mon pouls constaterait aussitôt l'accélération des battements de mon cœur. J'ai besoin de quelques instants, consacrés à l'attente de l'aide de Dieu, pour que mon cœur recouvre un rythme normal. Je suis incapable de remédier à cette faiblesse. Je la nourris. Cette émotivité me permet de rester apte à servir et à guider, de rester humble et de garder confiance en Dieu. Lui seul sait quand je serai assez contrarié et bouleversé par nos actes de violence pour que se trouve justifié un jeûne temporaire ou permanent. C'est l'arme ultime du* satyagrâhi *contre ceux qu'il aime*[169]. »

Le 17 avril, dans un texte révélateur de ses obsessions et qui fait écho à l'attitude des hommes de Gaffar Khan quelques jours auparavant, il réitère l'ordre de ne pas fuir devant la violence d'autrui : « *Après le massacre de 1919* [celui d'Amritsar], *j'ai souvent dit et redit l'espoir que, la prochaine fois, nulle part en Inde les gens ne fuiraient devant les balles, mais qu'ils les recevraient dans la poitrine, bras croisés, avec une résignation courageuse. Il me semble que cette épreuve se rapproche plus vite que prévu. Mais si nous voulons nous exercer à essuyer des blessures par balles ou des charges à la baïonnette, la poitrine nue, nous devons nous accoutumer à rester impassibles face aux charges de cavalerie ou aux matraques. Je sais combien c'est plus facile à dire qu'à faire*[169]... »

Le 24 avril, au cours d'une manifestation du même genre à Bénarès, son fils aîné Harilâl est arrêté. Un dirigeant du Congrès, Sri Prâkasa, lui écrit de cette ville : « *Il semble que je doive porter à votre connaissance le comportement du volontaire Harilâl qui, à mon avis, s'est le plus fidèlement conformé à vos instructions relatives à l'attitude à avoir lorsque la police rafle notre sel. [...] Presque tous les autres volontaires ont été blessés, mais sa conduite à lui mérite d'être mentionnée, et c'est avec fierté que je cite son nom*[54]. »

Le 27, une lettre rédigée par Gândhî et cosignée par vingt-huit femmes (hindoues, musulmanes, pârsis) parvient au vice-roi pour protester contre la vente d'alcool et de vêtements importés[169].

Le 1er mai, Gândhî hausse encore le ton et annonce qu'il va s'en prendre au grand dépôt de Dharasanâ, à côté de Dândi, où les Anglais ont rassemblé tout le sel de la région depuis que la marche a été annoncée. Le vice-roi dénonce par avance « *ce raid contre une propriété privée* ».

Le 3, toujours plus provocateur, Gândhî écrit à ce dernier une lettre d'une ironie mordante l'avertissant explicitement qu'il va entrer dans le dépôt à une date qu'il garde secrète :

« *Cher ami. Si Dieu le veut, j'ai l'intention, avec mes compagnons, de partir le... pour Dharasanâ, d'y arriver le..., et de prendre possession des entrepôts de sel. Vous avez dit à la population que ces installations étaient une "propriété privée". Ce n'est là qu'un camouflage : Dharasanâ est placée aussi efficacement sous le contrôle du gouvernement que votre propre résidence. Aucune pincée de sel ne peut en sortir sans votre consentement. Il vous est possible d'empêcher ce* raid *(comme vous l'avez appelé non sans ironie et malveillance) de trois façons :*

1. – en abolissant la taxe sur le sel ;

2. – en m'arrêtant, ainsi que mes compagnons, mais j'espère que le pays sera en mesure de remplacer ceux qui auront été pris ;

3. – par la violence, mais j'espère aussi que tout crâne fracassé sera remplacé. [...]

Si vous ne pouvez comprendre la nécessité d'abolir la taxe sur le sel et d'autoriser les Indiens à récolter et fabriquer leur sel, je me verrai dans l'obligation d'entamer la marche annoncée dans le premier alinéa de cette lettre.

Je suis et reste votre ami[169]. »

Gândhî n'a même pas le temps d'envoyer ce message : le 4 mai, peu après minuit, trois officiers (deux Britanniques et un Indien) et une trentaine de policiers indiens en armes pénètrent dans le camp de Karadi et l'y arrêtent, en vertu de la loi de 1827 qui permet une incarcération sans jugement[168]. Gândhî demande à son petit-fils Kânti de lui préparer un sac de couchage et à Désâî d'envoyer sa lettre au vice-roi, puis il emporte avec lui un rouet et une balle de mèches de coton[54]. Il obtient la permission d'écouter le *Vaishnava Jana*, chant de Narsingh Mehtâ qu'il a inclus depuis vingt ans dans ses prières et qui a accompagné la marche, puis il se laisse emmener en souriant (« *Enfin je vais pouvoir dormir !* »)[54].

« Yerawadâ Palace »

Il est conduit à la prison de Yerawadâ, à Poona, qu'il a quittée six ans plus tôt ; il y retrouve le maire de Calcutta, Sarojini Nâidu, Patel et Kâlelkar, sans être autorisé à leur parler. Il se lie d'amitié avec un gardien irlandais, Patrick Quinn, à qui il dispense des cours de gujarâtî et qui porte en évidence, épinglée à sa chemise, une note écrite de la main de Gândhî : « *Soyez gentils avec les prisonniers. Si on vous provoque, ravalez votre colère !* »

Le détenu apprécie d'avoir le temps de dormir et de filer le coton. Il renoue par écrit avec une amie de Poona, Lady Premlilla Thackersey, chez qui il a séjourné en convalescence en 1924, et qui lui apporte une machine à coudre. Lady Thackersey est la veuve de Sir Vithal das Thackersey (dont le nom semble être une forme anglicisée de *Thâkur*, « maître spirituel », d'où dérive aussi celui de Tagore). L'autorité pénitentiaire l'autorise à écrire des lettres à contenu non politique ; il en rédige une dizaine chaque jour. Il s'agit souvent de réponses à des questions qui se posent à l'*âshram*, où il s'est engagé à ne plus revenir avant l'indépendance[54]. Après contrôle, ses lettres sont envoyées à l'*âshram* de Sâbarmati, où Nârândâs Gândhî, frère de Maganlâl, qui a remplacé Joshi, arrêté, les distribue. Au début, Gândhî donne pour adresse de l'expéditeur[54] « *Yerawadâ* », puis « *Yerawadâ Palace* », enfin « *Yerawadâ Mandir* » (le « Temple de Yerawadâ »).

Dehors, la lutte continue : le 12 mai, un avocat musulman, Abbas Tyabji (soixante-quinze ans), prend la tête d'une marche sur Dharasanâ ; arrêtés au bout de quelques minutes, les manifestants sont incarcérés. Le 21, Sarojini Nâidu, accompagnée de Manilâl et de Pyârélâl, prend le relais et se met à la tête de 2 500 *satyâgrahis* avant d'être bousculés et arrêtés.

Le même mois, les Britanniques expédient un important détachement militaire en vue d'assiéger Utmanzai, où les Khidmatgars de Gaffar Khan sont sommés de se dépouiller de leurs chemises rouges. Battus et humiliés, ils refusent d'obtempérer. Les maisons sont incendiées, les « chemises rouges » sont jetés en prison. Ceux qui n'en portaient pas en endossent une : alors que Gaffar Khan n'avait recruté qu'un millier de combattants, la répression britannique permet d'en rassembler quelque 80 000 !

À la mi-juin, Chakravarti Râjâgopâlâchâri, dit C.R., et cent *satyâgrahas* sont arrêtés, au terme d'une marche de 240 kilomètres jusqu'à Védâranyam, village de pêcheurs, au Tamil Nâdu.

En octobre, le gouvernement britannique organise à Londres une table ronde sur la question indienne sans la présence de représentants du Congrès, déclaré organisation illégale. À la demande d'Ambedkar, la conférence accepte le principe d'un électorat séparé pour les intouchables. À l'issue de la conférence, convaincu que rien ne se passera plus avant longtemps, Jinnah s'installe comme avocat à Londres.

Un homme d'affaires de Bombay résume ainsi la situation à la journaliste française Andrée Viollis, membre du Parti communiste, venue enquêter : « *Pure perte de temps que cette table ronde ! Il n'y a qu'une seule issue à la situation présente : les Anglais veulent-ils, oui ou non, nous laisser le contrôle de notre bourse, la gestion de nos finances*[67] ? » Au total, une centaine de milliers de personnes seront arrêtées durant l'année 1930.

À la session du Congrès qui se tient en cette fin d'année 1930 à Karâchi, tous les principaux dirigeants étant incarcérés, Vallabhbhâi Patel, qui n'a participé à aucune marche et qui vient, lui, d'être libéré, prend la présidence. Le vœu d'indépendance de l'année précédente est réitéré, mais sans aucun moyen de le mettre en œuvre : « *Nous tenons pour un crime contre l'homme et contre Dieu de se soumettre à une loi qui a conduit notre pays au désastre*[109]. » Le « *Corset de fer* » a enrayé la marche. Le peuple, contrairement à ce qu'espérait Gândhî, ne s'est pas levé par millions...

*

Le 2 octobre 1930, alors que Gândhî est sous les verrous pour une période indéterminée et qu'à l'évidence il ne reviendra pas de sitôt à l'*âshram*, une certaine Premâ Kantak, qui y enseigne, lui écrit qu'elle désire conserver en souvenir de lui des socques à semelle de bois qu'il a portés. Il lui répond depuis sa cellule. Une lettre très intéressante où, pour la première fois depuis très longtemps, il parle de son père[54] : « *Si vous en avez envie, bien sûr que vous pouvez garder ces socques. Mais qu'allez-vous faire de ces bouts de bois ? Je conservais sur moi une photographie de mon père. J'avais collé des photos de lui dans la penderie de ma chambre, en Afrique du Sud. À présent, je me suis débarrassé de tout ça. Cela ne veut pas dire que je l'honore moins. Si je voulais conserver toutes les photographies des gens que j'aime, je n'aurais pas de place où les mettre. Et si je voulais conserver leurs sandales, je serais obligé d'acquérir un champ où les entreposer. [...] Je vous conseille de me suivre quand je marche sur la voie juste. Cela vaudra mille fois mieux que de garder mes socques*[54]... »

Le 5 janvier 1931, l'hebdomadaire américain *Time Magazine* désigne Gândhî « personnalité de l'année 1930 », après avoir hésité entre Sinclair Lewis, MacDonald, Staline, Hitler et Al Capone...

CHAPITRE V

Ahimsâ
1931-1939

Le 6 février 1931, Mohandâs Gândhî est en prison, sans savoir pour combien de temps, quand Motilâl Nehru s'éteint à l'âge de soixante-dix ans. Mohandâs aimait beaucoup l'avocat kâshmîri, même si celui-ci considérait avec un brin de mépris le *khâdi*, et lui préférait son élégante garde-robe. Et, comme toujours dans la vie du Mahâtmâ, un homme se lève chaque fois qu'un autre disparaît : Râjchandra a pris le relais de sa mère, Kallenbach a pris celui de Râjchandra, Gokhalé celui de Kallenbach, puis Motilâl celui de Gokhalé. Qui viendra après Motilâl Nehru ? Son fils Jawâharlâl.

Même s'il ne partage ni son amour de la modernité ni son intérêt pour les exploits de l'Union soviétique, il le considère comme le seul, avec Patel, capable d'assumer un jour la charge du gouvernement d'une Inde indépendante. Patel est plus solide, plus précis ; mais Nehru a plus d'envergure internationale. Dans l'esprit de Gândhî, Jawâharlâl devient un fils spirituel.

Il se sait de nouveau au centre de tout : celui qui débarqua, totalement ignoré, à Bombay en 1890, est maintenant une icône planétaire, porteur d'une philosophie et d'une stratégie qui ont su entraîner des millions d'hommes. Il est – c'est la seule chose qui l'intéresse – incontournable dans le combat nationaliste et le maître du Congrès.

Mais ce statut est-il mérité ? Il y a déjà dix ans qu'il a promis au pays l'indépendance dans l'année ; or l'Inde est toujours anglaise ; la marche du sel n'a débouché sur rien ; le boycott des débits de boissons alcoolisées et des tissus importés s'est effiloché, les intouchables sont toujours tenus à l'écart ; musulmans et hindous font de plus en plus montre d'agressivité les uns envers les autres ; la désobéissance civile continue à petite vitesse ; le « *Corset de fer* » britannique a parfaitement assuré l'arrestation et l'emprisonnement de 78 000 membres du parti du Congrès, dont beaucoup ont sacrifié leur fortune et leur santé à leur engagement. Au surplus, un de ses propres fils est à la dérive et ses relations avec les femmes font scandale. Il sombre dans la mélancolie.

Mais, chez lui, la dépression est, d'ordinaire, le prélude à un regain de gaieté ; et rien ne peut plus alors entamer son optimisme. Il croit au triomphe du Bien et trouve « *du délice à vivre selon le dessein de l'univers* ». À soixante-deux ans, il ne s'est jamais senti dans une aussi bonne forme physique et intellectuelle ; il a montré qu'il est capable de marcher durant des heures, de jeûner pendant des jours, de filer des centaines de mètres de coton. Il connaît son ascendant, son rayonnement. Il se voit à la fois comme le « *père de l'Inde* » et comme son fils, un peu comme le petit garçon qui portait ses parents juchés sur ses épaules dans le roman qu'il se plaisait à lire, enfant[54].

Le « pacte de Delhi »

Le vice-roi sait bien que, même si Gândhî a perdu, le *statu quo* est impossible : il faut évoluer, sous peine de tout perdre, à commencer par les matières premières et les débouchés indiens. Et la Grande-Bretagne en a absolument besoin, au moment où la crise mondiale a fait fondre la demande des pays plus avancés. Même s'il ne craint plus ni de voir l'économie du pays progressivement paralysée par la désobéissance civile ni l'État écrasé sous la masse de ses prisonniers ; et même si la haute administration continue, imperturbable, à gérer le sous-continent, le vice-roi ne peut laisser sans réponse ce formidable mouvement au retentissement international si ample. Mais avec qui négocier le changement, sinon avec Gândhî ? Nehru et Subhâs Bose sont beaucoup moins conciliants.

Aussi, alors que, dans toutes les autres colonies, les dirigeants indépendantistes sont systématiquement neutralisés par des moyens plus ou moins légaux, en Inde, ce vice-roi, comme ses prédécesseurs, en vient à la conclusion qu'il a tout intérêt à protéger et à ménager Gândhî, voire à lui offrir une issue honorable. Srînivâsa Sâstri (qui n'a pas voulu de lui en 1915 parmi les Serviteurs de l'Inde, l'organisation de Gokhalé), indique à Irwin la bonne façon de le séduire : « *Avant de l'aborder, il faut vous purifier, faire des prières, revêtir l'habit spirituel le plus pur*[154]. » À Londres, on regrette même de ne pas avoir un autre Gândhî sous la main en Palestine.

Londres et le vice-roi en concluent qu'il faut commencer par parler avec Gândhî à Delhi, puis, en fonction de sa réaction, faire venir tous les acteurs du pays à Londres pour parvenir à un accord sur une évolution – minimale, cela va sans dire – du statut du Râj.

Le 17 février 1931, Irwin, à deux mois du terme de son mandat, fait libérer Gândhî après deux mois de prison. Il l'invite à loger et à négocier dans son nouveau palais néoclassique, construit par Edwin Lutyens à Delhi, au bout de l'avenue conduisant aux ministères du Râj. Gândhî accepte. Soucieux de son bien-être, Irwin a fait venir Mîrâbehn afin qu'elle surveille la cuisine pour le Mahâtmâ. Situation insolite : l'ancien prisonnier et son geôlier se croisent chaque jour dans le magnifique palais. Ils ont huit séances de travail échelonnées sur trois semaines et négocient les bases d'une refonte des institutions indiennes. Les autres dirigeants du Congrès – en premier lieu Nehru et Subhâs Bose –, qui ne sont pas encore libérés de prison, enragent, d'autant plus que Gândhî ne songe pas une seconde à les associer aux pourparlers : il est l'Inde.

À Londres, Churchill, alors dans l'opposition, est tout aussi furieux : « *Il est consternant et même nauséabond de voir un avocat félon, qui se pose maintenant en fakir d'un genre bien connu en Orient, avaler à demi nu, à grandes enjambées, les marches du palais du vice-roi pour négocier d'égal à égal avec le représentant du roi-empereur, alors que, dans le même temps, il fomente et dirige une campagne de provocation à la désobéissance civile*[25]. » On ne saurait faire description plus exacte de la situation. Car, au moins officiellement, la campagne de désobéissance civile continue.

Le 5 mars à midi, le « *fakir à demi nu* » et le « *représentant du roi-empereur* » signent ce qu'on appellera le « *Pacte de Delhi* » : le gouvernement britannique élargit 88 000 prisonniers politiques et autorise la production par les Indiens de sel marin en échange d'une suspension du mouvement de désobéissance civile et de l'arrêt de l'incitation à la désertion des soldats et des fonctionnaires ; la question de la future Constitution est renvoyée à une « conférence de la table ronde » convoquée à Londres pour le mois de septembre. Rien de plus.

Libérés, Nehru, Ambedkar, Subhâs Bose et autres explosent de colère : Gândhî a cédé sur toute la ligne ! Il n'a rien obtenu sur le statut de l'Inde, hormis sur cette question du sel qui devait n'avoir qu'une portée symbolique et qui est devenue son seul enjeu ! Comme en Afrique du Sud, à tant et tant de reprises, Gândhî vient de lâcher la proie pour l'ombre, alors que chacun sait qu'un mouvement de désobéissance civile ne peut être « *suspendu* » : ou il reste en vigueur, ou il est définitivement clos. Une fois de plus, Gândhî a cru à la bonne foi des Anglais[34], et s'est fait rouler. D'autant plus que le futur vice-roi, ancien gouverneur de Bombay puis du Canada, Lord Willingdon, qui va bientôt remplacer Lord Irwin, ne vient pas du tout pour négocier.

Affecté par le deuil de son père, Jawâharlâl estime que Gândhî est devenu bien « *encombrant*[119] ». D'aucuns vont jusqu'à murmurer qu'il faut exclure le Mahâtmâ du Congrès. Ambedkar, qui constate lui aussi l'échec du mouvement d'entrée dans les temples, souhaite radicaliser la lutte des intouchables. Patel, le fidèle second, défend Gândhî du mieux qu'il peut ; il organise la session du Congrès qui doit, fin mars, désigner les représentants à envoyer à la table ronde de Londres. Nombre de gens manifestent dans les rues de Bombay contre Gândhî qui ignore superbement ces critiques et prévient qu'il quittera le Congrès si « son pacte » n'est pas entériné par le Congrès. Mieux encore, le 19 mars, il déclare qu'il entend être le seul représentant du Congrès à Londres. Il ne veut personne à côté de lui, si ce n'est quelques assistants : « *Les organisations démantelées auront à peine eu le temps de se restructurer. Les délégués, dont la moitié sortira tout juste de prison, n'auront guère eu le temps de recouvrer leurs esprits. Le Congrès n'en connaîtra pas moins un prestige encore jamais atteint, conscient qu'il est de sa puissance née des souffrances endurées par des dizaines de milliers d'hommes, de femmes et d'enfants, victimes sans doute non pareilles dans l'Histoire en ce sens qu'elles ont souffert sans exercer de représailles* [169]... » Incapables de résister à l'incroyable rayonnement du Mahâtmâ, les autres acceptent de l'envoyer seul à Londres. Grossière erreur : il va se trouver noyé parmi les représentants de mille et un princes, partis, groupes de pression et administrations et ne pourra guère faire entendre la voix d'une organisation représentant l'Inde tout entière.

Plaider pour un terroriste...

Au même moment, Bhagat Singh, qui a, deux ans auparavant, fait exploser une bombe inoffensive dans les couloirs de la chambre du Conseil, à Delhi, en criant : « *Inquilab Zindabad !* » (« Longue vie à la Révolution ! »), a épuisé toutes les voies de recours : et sa condamnation à la pendaison est devenue définitive. Il a fait une grève de la faim de soixante-trois jours pour obtenir le statut de prisonnier politique, le droit de lire la presse et celui d'être fusillé par un peloton d'exécution ; il a rédigé en prison *Pourquoi je suis athée*. Le 20 mars, Gândhî vient plaider sa cause auprès d'Irwin, le vice-roi sur le départ. Il croit que son charisme va opérer. Après tout, le vice-roi vient de faire libérer 90 000 personnes et de commuer plusieurs condamnations à mort. Gândhî explique qu'il faut gracier ce jeune homme de vingt-quatre ans. Irwin racontera plus tard : « *En écoutant M. Gândhî m'exposer sa demande de commutation, je réfléchis d'abord à la signification que pouvait avoir, pour l'apôtre de la non-violence, le fait de plaider aussi sérieusement pour la cause de gens aux convictions si éloignées des siennes, mais j'ai tenu à m'écarter de toute considération politique et n'ai pas vu de cas où, d'après la loi, la peine eût été plus méritée*[154]. » Le vice-roi ne cède pas. Singh et deux de ses camarades sont pendus trois jours plus tard. Le jour même, sa dépouille est transportée par avion et incinérée dans le village de Hussainiwala, sur la rive du fleuve Sutlej, dans l'État du Penjab. Gândhî écrit : « *De mémoire d'homme, aucune autre vie n'aura été aussi romantique que celle de Bhagat Singh*[169]. »

Très mauvais signal pour les négociations qui s'ouvrent : mort, Bhagat Singh fait figure de héros pour le pays entier : une sorte de contre-image de Gândhî, qui accepte, lui, de partir pour Londres et de négocier avec les assassins de Bhagat Singh. Maints jeunes nationalistes ne pardonneront jamais au Mahâtmâ de ne pas avoir observé une période de deuil pour Bhagat Singh comme il l'a fait pour Gokhalé.

C'est aussi un mauvais signal pour le Congrès qui, deux jours après cette pendaison, le 25 mars 1931, à Karâchi, dans l'ex-Balûchistân, accorde un soutien massif au « pacte de Delhi » et plébiscite Gândhî pour le représenter, seul, à la table ronde de Londres, en septembre. Unité de surface, car, dans la coulisse, Subhâs Chandra Bose et Jawâharlâl Nehru sont radicalement hostiles à ces négociations et bien décidés à ne pas se contenter de leur résultat, qu'ils prévoient minuscule.

Une star à Londres

Gândhî ne s'inquiète pas outre mesure. Il se fait fort d'arriver personnellement à un accord significatif avec Ramsay MacDonald, comme il y est parvenu avec Irwin. Le 30 avril, il expose dans *Young India* une curieuse tactique de négociation : « *En qualité de* satyâgrahi, *je crois à l'efficacité absolue de la capitulation complète. Si les Anglais abandonnaient la baïonnette pour vivre parmi nous en toute simplicité et amitié, je plaiderais volontiers en leur faveur. La loi de la capitulation et de la souffrance est universelle, elle ne comporte aucune exception*[169]. »

À l'époque, on ne saurait dire que la non-violence soit de règle du côté des puissants, qu'ils soient anglais ou français : comme Bhagat Singh, le secrétaire général du Parti communiste indochinois, Tran Phu, est arrêté et exécuté dans une geôle française. Plus de dix mille autres prisonniers de l'armée française s'entassent à Poulo Condor, un archipel au large de Saigon, et beaucoup y meurent[17].

Le 29 août, Gândhî embarque sur le *SS Râjputânâ* à destination de Marseille avec Mîrâbehn, plusieurs autres jeunes femmes, quelques collaborateurs, dont Mahâdév et Pyârélâl, devenus ses plus proches conseillers et secrétaires, et... une chèvre, dont il boit le lait ! Journalistes et badauds ne vont pas le lâcher une seconde de tout le voyage. Le 11 septembre, il débarque à Marseille (le voyage dure désormais treize jours, soit quatre fois moins que lors de sa première traversée). Le 12, il arrive en train à Boulogne-sur-Mer, et le 13 à Folkestone. À chaque arrêt, la presse est là, une foule énorme l'applaudit. Il ne porte toujours qu'un *dhotî*, malgré le froid, et déclare à Londres aux très nombreux journalistes qui l'accueillent et le harcèlent que les couleurs sont autant de « *taches affreuses* » !

Gândhî découvre d'abord que Ramsay MacDonald a autre chose à faire que négocier en tête à tête avec lui. La Grande-Bretagne a décidé d'abandonner l'étalon-or et de concéder des pouvoirs aux dominions : l'Empire n'est déjà plus l'Empire. Il doit aussi constater qu'alors qu'il est seul à représenter la première force politique de l'Inde, il y a autour de la table 23 représentants des États princiers, 89 de l'Inde britannique et 20 hauts fonctionnaires anglais bien décidés à cultiver les divergences entre hindous et musulmans, et entre les princes et les minorités. Les Anglais ne sont pas prêts à lâcher davantage que le renforcement des gouvernements locaux qui ne traiteraient, comme depuis 1923, que les problèmes économiques et sociaux, et à intégrer dans les deux Chambres centrales les États princiers, jusque-là exclus du système législatif ; l'essentiel du budget, notamment militaire et administratif, resterait placé sous le seul contrôle du vice-roi. Rien de vraiment nouveau.

À l'ouverture, il retrouve son ami Birlâ, l'industriel de Delhi, venu en tant que représentant des milieux d'affaires. Gândhî ne parle même pas lors de la séance d'ouverture, pourtant particulièrement médiatisée, car elle a lieu un lundi (jour où il se tait), justement choisi pour le réduire au silence. Le 22 septembre, il rencontre Charlie Chaplin, alors à Londres au terme d'une tournée mondiale pour présenter *Les Lumières de la ville*, au moment où le cinéma devient parlant. Le 25, il revoit l'ancien vice-roi Lord Irwin, rentré dans la capitale britannique, à Eaton Square. Le 29, il s'entretient avec l'Agha Khan III, chef héréditaire de la communauté ismaélienne. Le 10 octobre, il confère avec le chef du Parti travailliste, George Lansbury. Puis il s'échappe à nouveau : le 18, il va rencontrer les ouvrières de l'usine textile de Greenfield Mill à Darwen, dans le Lancashire, et leur parle du rouet ; alors qu'ils passent en voiture devant Milton Heath où Mîrâbehn a vécu, enfant, celle-ci refuse de s'arrêter : elle n'a plus rien de commun avec Madeleine Slade.

Les négociations piétinent. En novembre, devant ces palinodies, de jeunes nationalistes indiens viennent lui parler de Bhagat Singh. Il s'insurge : il ne cherchera pas à obtenir l'indépendance par la force. « *Je répéterai autant de fois qu'il le faudra à la Terre entière que je ne paierai pas la liberté de mon pays du prix de la non-violence. Mon union avec la non-violence est si absolue que je préférerais me suicider plutôt que de dévier de ma position*[169]. »

Il n'en délaisse pas moins les pourparlers. Il accepte de poser pour un sculpteur. Le 21 novembre, il prononce un discours devant la Société végétarienne de Londres qui l'avait accueilli lors de son premier séjour : « *Si quelqu'un me disait que je mourrais si je ne mangeais pas de ragoût de mouton ou de bœuf en pot-au-feu, même s'il s'agissait là d'un avis médical, je choisirais la mort. Telle est la base de mon végétarisme*[169]. »

À la fin de novembre, furieux, il sent que les Anglais l'ont égaré : il a lâché la proie pour l'ombre ; il va lui falloir tenter de relancer le mouvement de désobéissance civile qu'il a interrompu, mais, pour l'instant, il garde cela secret. Décidément, comme il l'a écrit dès 1911, « *l'Occident ne vaut rien* ». Quand un journaliste lui demande : « *Monsieur Gândhî, que pensez-vous de la civilisation occidentale ?* », il répond avec une hargne à peine contenue : « *Ce serait une très bonne idée [que d'en inventer une].* »

La chèvre chez Mussolini

Le 5 décembre, il quitte enfin la Grande-Bretagne, la rage au cœur. La table ronde n'a accouché que d'une réformette renforçant les pouvoirs des autorités locales. Comment alors tenir les grandes promesses de l'hiver 1930, et honorer ce drapeau hissé un peu trop vite ?

En Inde, les mouvements de désobéissance civile reprennent lentement ; un *satyâgraha* est organisé à Guruvayoor, au Kérala, pour ouvrir la ville aux intouchables. En vain. Au total, le rôle de Gândhî à la conférence de Londres est perçu comme « *une malheureuse farce* ».

Sur la route du retour, Gândhî passe les 5 et 6 décembre 1931 à Paris, retourne à Notre-Dame, visitée quarante ans plus tôt ; il donne une conférence chez Louise Guieyesse, fondatrice d'une Association française des amis de Gândhî : « *Il me semble que le combat de l'Inde pour son indépendance est quelque chose que chaque Français, chaque Française devrait comprendre. Ce pays de 250 millions d'habitants, soit le cinquième de l'humanité, tente d'obtenir sa liberté par des moyens totalement exempts de violence*[169]. »

Le 7 décembre 1931, il part pour la Suisse, invité à parler à Lausanne devant une assemblée de fonctionnaires internationaux, mais il n'est pas autorisé à s'exprimer à Genève dans l'enceinte de la SDN, dont les Anglais ont fait de l'Inde un membre fantoche : pas question pour eux de lui offrir une telle tribune !

Puis il monte à Villeneuve, pour rencontrer Romain Rolland qui vit à la villa Olga depuis 1914. Il y arrive le 8 décembre. Rolland lui parle pendant une heure et demie du déclin moral de l'Europe et discute avec ses compagnons de voyage. Miss Slade se souvient que c'est dans cette même pièce qu'elle a entendu parler pour la première fois de Gândhî. Et comme elle était jadis venue parler à Rolland de Beethoven, il se met au piano et joue pour elle la sonate *Appassionata.* Mahâdév et Pyârélâl sont émus. Réaction de Gândhî, le lendemain : « *Ce doit être beau, si vous le dites que ça l'est*[36] *!* » Romain Rolland voudrait le convaincre de prôner l'insoumission et le refus de payer l'impôt dans tout État en guerre, mais surtout de dénoncer les régimes et mouvements fascistes plus que les démocraties, même si elles possèdent des colonies. Il explique là son point de vue de démocrate européen : « *Vous savez, le fascisme est un danger beaucoup plus grave que le colonialisme. Nous devrions faire front commun avec les communistes et l'Union soviétique contre les fascistes et les nazis*[54]. »

Gândhî ne s'intéresse pas à ces sujets-là. Pour lui, le fascisme, qui n'a pas de ramifications en Inde, n'est pas particulièrement condamnable. En revanche, le communisme, présent en Inde, l'est : « *Je n'ai rien contre la théorie ou, si l'on veut, la philosophie du socialisme. Mais leur programme, tel qu'il est formulé ici, en Europe, ne peut se réaliser sans violence. Les socialistes d'Europe [...] prendraient sans hésiter les armes s'ils pensaient qu'ils avaient une chance d'accéder ainsi au pouvoir*[169]. » Or de cela, il ne veut pas.

Rolland lui répond qu'il pensait que, selon Gândhî, les moyens viciaient les fins, et qu'user de la violence ne pouvait servir une cause non violente. Or cela, lui dit-il, devrait l'inciter à dénoncer les fascistes. Mais, révèle Gândhî à un Rolland consterné, il entend profiter de son séjour en Europe pour aller à Rome rendre visite au pape et à Mussolini. L'écrivain s'insurge : pourquoi aller trouver un fasciste ? Gândhî insiste : tout le monde peut être convaincu, ou plutôt tout le monde peut être utile à la cause de l'Inde[54]. D'ailleurs, ajouta-t-il, même Tagore est allé voir Mussolini ! Oui, rétorque Rolland, mais c'était en 1926 ; on ne savait pas grand-chose du fascisme ; et par ailleurs, dans un article du *Manchester Guardian*, Tagore a déclaré ensuite avoir eu tort. Rolland le supplie de ne pas être la dupe de ces indianistes italiens qui font tout pour attirer vers Mussolini l'élite des nationalistes du Congrès. Qu'il n'y aille pas ! Gândhî ne l'écoute pas[54].

Le 12 décembre, il est à Rome. Pie XI refuse de le recevoir, parce qu'« *il n'est pas habillé de façon convenable* ». Le Duce, lui, l'accueille magnifiquement et le fait accompagner en permanence par une cohorte de jeunes fascistes enthousiastes et de photographes. Sur la place de Venise, au milieu de la foule massée pour le voir paraître au balcon du palais du Duce, la fille de Tolstoï crie son nom. Elle le rencontre ensuite et lui offre un émouvant dessin de son père assis à son bureau, qu'elle vient d'exécuter. Le soir même, Mussolini donne un concert en l'honneur de Gândhî à la villa Torlonia. Le lendemain, avant de quitter la Ville éternelle, Gândhî confie à un journaliste italien qu'il relancera fortement la désobéissance civile dès son retour en Inde. Il a beau démentir, le journaliste confirme son propos, et le vice-roi écume en l'apprenant.

Au lendemain de cette tournée « *triomphale* » où ne manquait à son palmarès que le futur chancelier Hitler, déjà à quelques enjambées des marches du pouvoir, un journal londonien, le *Star*, publie une caricature montrant Gândhî à demi nu à côté de Mussolini, Hitler, De Valera et Staline portant respectivement une chemise noire, brune, verte et rouge, avec pour légende : « *Lui ne porte pas de chemise du tout.* »

Ce voyage est désastreux pour son image en Europe et en Amérique. Le monde comprend que rien d'autre n'intéresse le héros de la « *marche du sel* » hormis l'indépendance de son pays.

Retour à Yerawadâ

Le 14 décembre 1931, il reprend le bateau pour Bombay où il arrive le 28. Il s'installe au 19, Laburnum Road, où il retrouve, au premier étage, la grande chambre dans laquelle il aime à se reposer, écrire et filer. Il sent bien que la situation a évolué : il est parti pour l'Europe en héros national, cajolé par un vice-roi finissant, soutenu par ses amis ; il revient discrédité, délaissé par ses partisans, traqué par un nouveau vice-roi, le marquis de Willingdon, qui se vante d'assurer à sa façon « *le rétablissement de la paix en six semaines* ».

De fait, le 4 janvier 1932, soit moins d'une semaine après son retour, Gândhî est arrêté avec Patel, toujours sur la base de l'article 25 de la loi d'exception de 1827, et incarcéré à la prison de Yerawadâ pour avoir déclaré qu'il allait relancer la désobéissance civile. Séparée de son mari pendant les quatre mois de son séjour en Angleterre, Kasturbâi le perd à nouveau sept jours après l'avoir revu. De très nombreux dirigeants et militants sont arrêtés en même temps que lui. Presque tous ceux qui viennent d'être libérés par Irwin sont renvoyés en prison par Willingdon. Au total, 14 803 personnes sont arrêtées durant le seul mois de janvier 1932.

Avant de retourner en prison, Gândhî autorise son fils Dévdâs à épouser Lakshmî Râjâgopâlâchâri, dont le père a été interpellé en même temps que lui. Mais Dévdâs est lui aussi arrêté et incarcéré à Gorakhpur, dans l'est de l'Uttar Pradesh. Alors qu'il est gravement malade de la typhoïde, les lettres de son père ne lui sont pas remises, les censeurs ne comprenant pas le gujarâtî. Mîrâbehn, emprisonnée elle aussi, est d'abord détenue à la prison d'Arthur Road puis rejoint le Mahâtmâ à Yerawadâ. En mars, Désâi les y rejoint, transféré également d'une autre prison. Un ancien membre de l'*âshram* de Sâbarmati, étudiant en sanskrit, Parchûre Shâstri, atteint de la lèpre, se trouve lui aussi à Yerawadâ [37]. Il apprend à Gândhî que l'*âshram* qu'il a quitté en pleine effervescence pour la « *marche du sel* » est désormais vide ; le mobilier de Sâbarmati a été confisqué par les Britanniques en riposte au refus des ashramites d'acquitter certaines taxes. Ce n'est pas le seul cas : des milliers de gens à travers l'Inde ont perdu tous leurs biens [109]. Comme chaque fois que Gândhî séjourne en prison, le gouvernement surveille rigoureusement ses conversations et sa correspondance ; les journaux n'ont pas le droit de livrer des informations sur ses faits et gestes, ni de publier des photos de lui.

Le vice-roi est ravi et promet à Londres de faire oublier le nom de Gândhî. À Yerawadâ, les trois compagnons de cellule se morfondent. Ils adoptent la chatte de la prison et ses petits. Patel fabrique des enveloppes et court après le papier inutilisé, « *avec la concentration du chat courant après la souris*[37] », écrit Désâî dans son Journal (14 juin). Gândhî rédige l'*Histoire de l'âshram du Satyâgraha*[173] dans laquelle il expose les vœux et règles de vie de leur communauté (vérité, non-violence, célibat, non-propriété, refus de l'intouchabilité, courage). À une lettre de Srinivâsa Sâstri, lui demandant si la solitude ne le déprime pas, Gândhî répond que le « Sardâr Vallabhbhâi » (*Sardâr* : commandant) est à ses côtés et que ses blagues le font mourir de rire plusieurs fois par jour[154]. Puis, cyclothymique comme toujours, le 11 juin, Gândhî se met à parler de sa mort, « *d'un jour à l'autre* ». Patel le reprend : « *Non, non, ne nous laissez pas dans l'embarras. Conduisez le navire jusqu'au rivage, après vous irez où vous voulez. Et je vous accompagnerai. Il ne faut pas vous en aller avant l'indépendance. Après, nous partirons ensemble*[37]... » Grâce à un télescope prêté par Lady Thackersey, voisine de la prison, il étudie les constellations. « *Les étoiles nous adressent des discours silencieux. C'est une sainte compagnie* » (1er juillet). Il imagine des humains atterrissant sur les planètes et écrit à Kâlelkar, redevenu doyen de l'université d'Ahmedâbâd : « *Sans doute, une fois qu'on sera capable d'atteindre les planètes et les étoiles, fera-t-on la même expérience du bien et du mal qu'ici-bas, sur*

Terre. Mais l'influence pacifiante de leur froide beauté est vraiment divine [...]. Tous ces songes ont fait de moi un ardent contemplateur des espaces infinis[37]... » Gândhî s'initie à l'ûrdu et apprend le sanskrit « *avec la rapidité d'un cheval arabe*[37] » (28 août).

Cependant, les arrestations ne cessent pas : 17 818 en février, 6 909 en mars, 5 254 en avril, 3 818 en mai, 2 791 en septembre. Le mouvement est une nouvelle fois étouffé. Le « *Corset de fer* » se maintient. Le peuple indien ne se soulève pas en masse. Gândhî comprend que, désormais, il lui suffira de dire qu'il envisage un mouvement pour que des dizaines de milliers de personnes soient expédiées en prison sans jugement. Mais cela ne suffit pas pour autant à faire s'écrouler l'Empire.

*L'*ahimsâ *: une éthique préalable à l'indépendance*

En ce début des années 1930, il réfléchit à sa doctrine. Il s'est contenté jusque-là d'énumérer des actes qu'il condamne politiquement comme autant de « *péchés* ». Tels sont à ses yeux le fait de siéger dans les conseils municipaux créés par les Anglais, celui d'étudier dans une université de langue anglaise, d'être juge ou même avocat dans un tribunal colonial, de s'habiller à l'occidentale, de servir dans l'armée ou dans l'administration de l'Empire. Ce n'est pas une analyse suffisante. Il lui faut aiguiser cette critique morale, en particulier préciser le terme d'*ahimsâ* qui lui vient des jaïns : « *non-désir de faire violence* ». Il pense que l'*ahimsâ* permet de faire triompher la vérité en s'imposant de la souffrance ; c'est le rejet de la haine de l'ennemi. Faute de meilleurs termes en anglais, il parle de « *non-violence constructive* ».

Pour lui, cette réforme morale de soi devient plus importante encore que l'indépendance. Avant de lutter pour l'indépendance, l'Inde doit enfin, pense-t-il, se retrouver afin que celle-ci ne soit pas qu'une vaine illusion. Dans son vocabulaire, l'*ahimsâ* (non-violence) compte désormais plus que le *Hind Swarâj* (indépendance). Il n'est plus seulement en quête de la liberté, mais d'une utopie morale.

Il écrit : « *La vraie démocratie [*swarâj *des masses] ne peut jamais être obtenue par des moyens déloyaux et violents [...]. Un régime de libertés individuelles [...] ne peut trouver son plein épanouissement que quand règne l'*ahimsâ *à l'état pur*[173]. » Il relit un texte écrit dix ans plus tôt : « *La non-violence parfaite est l'absence totale de malveillance à l'encontre de tout ce qui vit... [Bien plus encore], sous sa forme active, la non-violence s'exprime par la bienveillance à l'égard de tout ce qui vit*[169]. » Cela lui paraît désormais insuffisant : la non-violence n'est pas le simple respect jaïniste de la vie, c'est aussi l'acceptation de la souffrance : « *Nul ne s'est jamais élevé sans avoir passé par le feu de la souffrance [...]. Le progrès ne consiste qu'à purifier la souffrance en évitant soi-même de faire souffrir*[169]. » Il entend donc s'attacher à enseigner aux Indiens non pas à conquérir le pouvoir, mais à y renoncer et à accepter de souffrir pour être vraiment libres. Il se veut désormais un maître spirituel, non plus un leader politique[149]. En particulier, il ne peut imaginer une Inde indépendante où musulmans et hindous s'entretueraient et où les intouchables resteraient des exclus. Ces deux combats lui paraissent désormais essentiels et même préalables à l'indépendance. Il ne changera plus d'avis sur ce point, jusqu'à son dernier souffle.

Défendre les intouchables contre leur gré

L'occasion va lui être très vite donnée de passer aux actes. Le 20 septembre 1932, alors qu'approchent les élections locales prévues par la table ronde de 1931, et qu'il est encore en prison, le vice-roi, les rares dirigeants du Congrès encore en liberté et les leaders des intouchables parviennent à un accord sur une base déjà évoquée par les Anglais lors de la première table ronde de 1930 à Londres : un statut électoral séparé est accordé aux intouchables. Gândhî s'insurge : pourquoi accepter d'entériner ainsi la mise à l'écart des intouchables ? N'ayant d'autre moyen de protester depuis sa prison, il décide d'entamer un jeûne illimité.

Nehru et Subhâs Bose, comme Ambedkar, dirigeant des intouchables, trouvent cette grève de la faim absurde. Ambedkar vient trouver le prisonnier dans sa cellule et l'exhorte à y mettre fin. Gândhî lui répond en souriant : « *Si ma vie vous intéresse, vous savez ce qu'il faut faire pour l'épargner.* » Ambedkar est hors de lui : s'il cède, il se déjuge ; s'il persiste, il tue Gândhî. Il hésite[154]. Le 27 septembre, au bout de sept jours de grève de la faim, Gândhî lance même une « *semaine pour l'abolition de l'intouchabilité* ». Le lendemain, Ambedkar lui envoie un célèbre intouchable, Palwankar Baloo, champion de cricket. En vain. Le pays entier vit au rythme de cette grève dont la radio parle sans relâche. Le 29, après neuf jours de jeûne, alors que les médecins le disent perdu, Ambedkar renonce au vote séparé en échange de l'engagement pris par Gândhî, sans même consulter les dirigeants du Congrès, de faire réserver des sièges à des candidats intouchables. Gândhî met un terme à sa grève de la faim.

Dans les campagnes les plus reculées, c'est une émotion sans précédent. Des temples s'ouvrent aux intouchables, des femmes de hautes castes acceptent publiquement de la nourriture de leurs mains. Nehru dénonce avec force cet accord dont le Congrès a été exclu et adresse à Gândhî une lettre « *tout à fait furibarde*[89] ».

Le 13 octobre, alors que le gouvernement anglais vient d'accorder l'indépendance à l'Irak, à Delhi le vice-roi observe, triomphant, dans une interview : « *Il y a dix-huit mois, quand je suis arrivé, c'était la pagaille. Je peux garantir que les conditions d'aujourd'hui sont à cent pour cent meilleures qu'alors, et je vais même plus loin : j'affirme que le peuple indien est cent pour cent plus heureux*[109]. » Il aurait pu ajouter qu'il a réussi, comme les Anglais aiment tant à le faire depuis un siècle, à semer la discorde entre les notables du sous-continent.

En décembre 1932, des lecteurs de *Navajîvan* et de *Young India* protestent parce que Gândhî les appelle « *intouchables* ». De sa prison, il demande des suggestions pour trouver un autre terme. Un lecteur suggère un mot (« *Harijan* » ou « *Les enfants de Dieu* ») utilisé par un poète gujarâtî du XVe siècle Narsingh Mehtâ dans son poème « *Vaishnava jan to téné kahiye* ». Gândhî accepte. Il ne les appellera plus qu'ainsi, même si beaucoup protestent, arguant que le mot désigne déjà les enfants des prostituées des temples...

Pendant ce temps, les Britanniques continuent d'élaborer leur projet de réforme constitutionnelle inspiré de la table ronde de l'année précédente, visant à renforcer quelque peu les autorités locales. Ce projet est soumis à un *Joint Committee on Indian Constitutional Reform* ; il est de nouveau boycotté par le Congrès ou plutôt par ce qu'il en reste.

En Palestine, une manifestation contre la présence britannique provoque une trentaine de morts. David Ben Gourion, patron du comité exécutif de l'Agence juive, favorable à la reconnaissance de droits politiques aux Arabes en échange de la liberté d'immigration, a des contacts personnels avec diverses personnalités palestiniennes, notamment Shakib Arslan.

Au même moment, en Inde, le vice-roi permet à Gândhî de lancer, depuis sa cellule, sa campagne en faveur des intouchables, qu'il prépare depuis son précédent séjour en prison. Le 11 février 1933, le Mahâtmâ reçoit l'autorisation de faire paraître un nouveau journal en anglais, le *Harijan*, qui s'accompagne rapidement du *Harijanbandhu* (en gujarâtî, « *Amis des Harijan* ») et du *Harijan Sévak* (en hindi, « *Serviteur des Harijan* »). Ambedkar décline la proposition de Gândhî de rédiger l'éditorial du premier numéro. Pour lui, « *seule l'abolition du système de castes mettra fin aux intouchables ; il y a des hors-castes parce qu'il y a des castes* ». Gândhî, qui n'est pas contre le système des castes, signe lui-même l'éditorial sur le jeûne qu'il vient d'observer : « *Le jeûne est une institution très importante de l'hindouisme, comme peut-être d'aucune autre religion, et je crois qu'il n'y a pas de prière sans jeûne ni de jeûne sans prière. Mon jeûne était la prière d'une âme souffrante*[169]. »

Tous se liguent alors contre lui : Nehru, qui vient de rentrer d'une brève tournée en Europe (pour y faire soigner sa femme), Subhâs Bose (parti se soigner à

Vienne), et Ambedkar. Comment peut-il agir ainsi et choisir comme thème de lutte un sujet de controverse entre hindous, au lieu d'affronter les Anglais ; et cela sans consulter personne ? Le 12 février, Ambedkar déclare que « *les intouchables se moquent bien de pouvoir entrer dans un temple !* ». Gândhî répond avec flegme : « *J'invite le docteur Ambedkar à se défaire de son amertume et de sa colère, et à essayer d'apprendre les beautés de la foi de ses ancêtres. Qu'il ne blasphème pas l'hindouisme avant d'en avoir fait une étude objective ; s'il n'y trouve pas de soutien dans sa détresse, alors qu'il l'abandonne*[54]. » Le 16 février, Gândhî déclare à Patel et Désâi qu'on ne peut laisser « *des millions de* Harijan *penser qu'ils sont abandonnés* ». Le 15 avril 1933, il écrit dans *Harijan* : « *Ce qui est nécessaire, ce n'est pas tant l'entrée des* Harijan *dans les temples que la conversion des orthodoxes à la conviction qu'il est mal d'empêcher les* Harijan *de pénétrer dans les temples [...]. Un tel appel ne peut se lancer qu'avec des prières, le jeûne, les souffrances de ceux qui le lancent*[169]. »

Inquiet, Désâi le met en garde : « *Nous risquons d'être broyés comme entre deux meules : des orthodoxes hindous et des partisans d'Ambedkar*[54] » et il conseille de « *les laisser se chamailler entre eux*[36] ».

Gândhî mourra quatorze ans plus tard de ne pas avoir suivi ce conseil de Désâi.

Rupture avec le Congrès

Rien ne va plus, décidément, entre Gândhî et le Congrès. Et comme le mouvement de désobéissance civile s'étiole, il décide, encore une fois sans consulter personne, d'entamer une nouvelle grève de la faim : le 7 mai, alors que Hitler est chancelier du Reich depuis le 30 janvier et qu'un groupe d'étudiants propose qu'un pays musulman soit créé au nord de l'Inde sous le nom de *Pakistan* (« *Terre des Purs* »), Gândhî se lance sans préavis dans un nouveau jeûne qui dure vingt et un jours[55]. Ce jeûne de « *purification de soi* » n'a d'autre fin que de faire pression sur lui-même : « *Je me suis couché cette nuit sans avoir la moindre idée que j'entamerais un jeûne le lendemain matin. Vers minuit, quelque chose m'a réveillé d'un coup, puis une sorte de voix (de l'intérieur ou du dehors, je ne saurais le dire) a chuchoté : "Tu dois entreprendre un jeûne" [le pronom anglais employé est* Thou*, par lequel on s'adresse d'ordinaire à Dieu.] — "De combien de jours ?" ai-je demandé. La voix s'est à nouveau élevée : "Vingt et un jours." — "Quand dois-je commencer ?" demandai-je. On m'a dit : "Tu commences dès demain." Je me suis rendormi après avoir pris cette résolution*[54]. »

Le 9 mai, premier jour de ce jeûne, il dicte une longue déclaration annonçant une nouvelle suspension pour six semaines du mouvement de désobéissance civile qu'il a relancé en rentrant d'Europe : « *Mes vues sur la désobéissance civile n'ont en aucune façon changé. Je n'ai qu'éloges à adresser pour la bravoure et l'esprit de sacrifice des nombreux résistants civils, mais je ne peux manquer d'ajouter que la clandestinité qui a accompagné le mouvement a été fatale à sa réussite... Il ne fait pas de doute que la peur a saisi la population, les ordonnances l'ont rendue lâche. [...] Je voudrais maintenant lancer un appel au gouvernement. S'il aspire réellement à la paix dans ce pays, qu'il profite de cette suspension du mouvement pour libérer sans condition tous les résistants civils... S'il y a bonne volonté du gouvernement, un* modus vivendi *peut être trouvé*[54]. » Et il demande aux résistants ainsi démobilisés de s'investir dans le « programme constructif » élaboré par le Congrès : « *Ma déclaration puise son inspiration dans une conversation personnelle que j'ai eue avec les partenaires et associés de l'âshram du* satyâgraha *[...]. Tout d'un coup, j'ai vu que je devais pour le moment rester le seul et unique représentant de la résistance civile en action*[169]... »

En prison, dans la clandestinité ou en fuite, les dirigeants du Congrès sont furieux : voilà que, sans les consulter, le Mahâtmâ déclare la suspension d'un mouvement de masse et y substitue un jeûne personnel ! D'Autriche, Subhâs Chandra Bose prend ouvertement parti contre lui : « *Gândhî a échoué en tant que leader politique et il est temps de réorganiser de fond en comble le Congrès sur des bases nouvelles, avec de nouvelles méthodes et un nouveau dirigeant*[169]. » Jawâharlâl Nehru, qui a du mal à contenir sa colère, considère que c'est « *un spectacle inouï que donne là le leader d'un mouvement politique*[89] » ; il en éprouve un « *élancement douloureux* » et sent que « *le serment d'allégeance qui le liait à Gândhî depuis de nombreuses années vient de casser net*[89] ».

Ce même soir, les médecins indiquent à Gândhî que s'il se remet à jeûner, il risque sa vie : huit mois plus tôt, au bout d'une semaine de grève de la faim, il était aux portes de la mort. Alors où en sera-t-il après vingt et un jours... Réponse : « *Si Dieu a besoin de se servir de mon corps, même un jeûne ne l'anéantira pas, et Il fera apparaître des hommes et des femmes qui soutiendront ce bon travail*[109]. » Le vice-roi, qui n'est pas loin de souhaiter sa mort, préfère néanmoins ne pas prendre le risque qu'il agonise en prison et, le jour même à 21 heures, le relâche sans condition avec tous ses camarades, dont Patel, Kripalâni, C. Râjâgopâlâchâri, entre autres... Gândhî n'en poursuit pas moins son jeûne.

Il est conduit, pour cette épreuve de vingt et un jours, à « *Parnakuti* », dans la somptueuse résidence de Lady Leelâbâi Thackersey au sommet d'une colline de Poona. Là, il télégraphie au vice-roi, lui demandant de le recevoir pour un entretien qui « *permette d'explorer les possibilités de paix* » ; naturellement, Lord Willingdon refuse et fait adresser par son secrétaire privé une lettre toute britannique : « *En réponse à votre télégramme sollicitant un entretien, Son Excellence m'a prié de répondre que si les circonstances avaient été différentes, elle eût été heureuse de vous recevoir. Mais il semblerait que vous êtes opposé à l'abandon sans condition de la désobéissance civile, et que vous ne cherchez un entretien que dans le but d'entamer des négociations*[109]. » Il n'y aura pas de réédition du pacte Gândhî-Irwin.

Le 14, au bout de cinq jours de jeûne, Gândhî tombe dans un état comateux. C. Râjâgopâlâchâri, qui vient d'être libéré, télégraphie à Vallabhbhâi Patel, libéré lui aussi et qui se tient aux côtés de Gândhî : « *Il est stupide de penser que* Bâpu *va pouvoir survivre à cette épreuve ; cette tragédie va nous faire tous revenir en arrière, les* Harijan *et le pays.* » Patel réplique qu'il « *est encore plus stupide d'essayer de le persuader de renoncer* ». Et en effet, Gândhî poursuit sa grève de la faim. Shaukat Ali, le dirigeant musulman, télégraphie lui aussi à son vieil ami. En vain.

Le 28 mai, à l'aube du vingt et unième jour de jeûne, Nehru prend sur lui et, malgré sa colère, lui télégraphie à son tour pour le supplier d'arrêter et lui signifier sa complète incompréhension dans une phrase qui résume leur relation : « *Que puis-je dire sur des sujets que je ne comprends pas ? Je me sens perdu dans une étrange contrée dont vous êtes l'unique point de repère*[154]. »

Le 29 mai, à la date prévue, Gândhî interrompt son jeûne. La semaine suivante, alors qu'il se remet lentement, les leaders du Congrès viennent le voir et lui expliquer qu'il faut abandonner définitivement la désobéissance civile. Pour les uns, le seul recours est la violence. Pour les autres, c'est la voie électorale.

Au même moment, Nehru écrit à sa fille à propos de l'accueil des Juifs en Palestine et de la reconnaissance par les Anglais de leur droit à s'y installer : « *Un fait important semble avoir été occulté. La Palestine n'était pas une terre vierge [...]. C'était déjà le foyer de quelqu'un d'autre. Donc, ce geste généreux du gouvernement britannique s'est effectué aux dépens du peuple qui vivait déjà là en Palestine.* »

Quinze jours plus tard, le 16 juin 1933, après cinq ans d'attente, Dévdâs, libéré lui aussi, épouse Lakshmî, chez Lady Thackersey. Les fiancés étant de castes différentes, c'est un jeune religieux réformiste, Laxman Shâstri Joshi, qui officie devant les parents des deux mariés et une poignée d'invités. Encore affaibli, Gândhî se lève pour les bénir, mais il lui faut cinq longues minutes pour trouver la force d'articuler des propos que rapporte, le lendemain, le *Hindustan Time* : « *Dévdâs, tu sais quels espoirs je place en toi. Puisses-tu les remplir... Qui aurait cru que votre mariage se tiendrait sous le toit de l'âme pure qu'est Lady Thackersey ? Qui aurait cru qu'un homme de grand savoir et d'un caractère aussi irréprochable que Laxman Shâs-*

tri serait amené à officier ? Aujourd'hui, tu as dérobé à Râjâgopâlâchâri un joyau adoré. Prends-en grand soin[55] *!* »

Quelques jours plus tard, le 8 juillet, Gândhî publie dans *Harijan* un très beau texte sur son jeûne : « *Ce jeûne a été une prière ininterrompue de vingt et un jours dont je ressens actuellement les effets. Je suis à présent convaincu qu'il n'y a pas de prière sans jeûne, même si ce dernier est très limité... L'intégration complète de la prière signifie l'exclusion de toute activité physique jusqu'à ce que la prière envahisse la totalité de l'être et que nous nous élevions au-dessus, que nous soyons complètement détachés des fonctions physiques. Cet état ne peut être atteint qu'après une crucifixion continue et volontaire de la chair*[169]. »

En exil en Europe et de plus en plus radical, Subhâs Bose apprend alors la mort de son père, mais n'est autorisé à séjourner en Inde que pour quelques heures sans même quitter l'enceinte de l'aéroport de Calcutta où a lieu le rituel funèbre. Il repart ensuite pour l'Europe où il restera trois ans, pour l'essentiel en Allemagne où les nazis viennent de prendre le pouvoir. Ce séjour aura une influence considérable sur l'histoire de l'Inde.

*Un « *âshram *nomade »*

Gândhî est donc libre, mais sans plus aucun moyen d'action. Il a interrompu l'action collective, remplacée par un jeûne personnel sans impact. Le 26 juillet, il est à Ahmedâbâd chez des amis, avec Kasturbâi, quand il apprend que le Râj s'apprête à occuper Sâbarmati, dépouillé de tous meubles, où il n'est pas retourné, comme promis, depuis la « *marche du sel* » ; il décide alors de fermer définitivement l'endroit et écrit au représentant du ministre de l'Intérieur dans la province de Bombay pour lui demander de prendre en charge la gestion de la propriété : « *Chaque tête de bétail, chaque arbre a son histoire et des liens sacrés. Nous sommes tous membres d'une vaste famille. Ce qui naguère était une parcelle de terre dénudée s'est changé, grâce aux efforts de l'homme, en un jardin assez vaste pour une colonie modèle. Ce n'est pas sans larmes que nous allons disperser familles et activités*[169]. » Le stock de *khâdi*, les métiers à tisser, les *charkhâs* de l'*âshram*, le bétail, les quelques roupies qui s'y trouvent sont transférés à Ahmedâbâd dans des foyers amis[54]. Les onze mille ouvrages de la bibliothèque de l'*âshram* sont offerts à la municipalité d'Ahmedâbâd. À soixante-quatre ans, Gândhî ferme lui-même ce qui fut sa maison pendant seize ans, alors qu'en Afrique du Sud, la ferme Phoenix continue de vivre sous la houlette de son second fils.

Il attend désormais de chaque ancien résident de l'âshram qu'il « *constitue un* âshram *nomade en portant avec soi la responsabilité de réaliser l'*âshram *idéal [...], que ce soit en prison ou en pleine nature* ». Lui-même, infatigable, se transformera sur-le-champ en un « âshram *nomade* » : le 30 juillet, il informe le gouverneur de Bombay de son intention de marcher d'Ahmedâbâd à Râs, village du Gujarât qui a beaucoup souffert pendant le mouvement de désobéissance civile ; il compte emmener avec lui trente-trois personnes pour relancer le mouvement, mais, cette fois, en le restreignant à des individus choisis.

Le vice-roi comme les dirigeants du Congrès – pour des raisons opposées – sont hors d'eux : le vice-roi, car il espérait le voir ne plus s'occuper que des intouchables et ne pas en revenir à ce qui avait motivé sa première arrestation ; les dirigeants du Congrès, car ils escomptaient qu'il avait compris que la désobéissance civile était inefficace.

Le lendemain, il est de nouveau arrêté et renvoyé à la prison de Yerawadâ puis, trois jours plus tard, expédié en résidence surveillée chez la bonne Lady Thackersey. Il défie cet ordre, est derechef interpellé et, comme le vice-roi tient vraiment à le faire taire, condamné cette fois à un an d'emprisonnement. Il ne se laisse pas abattre : dans une autre prison, le 16 août, il entame son troisième jeûne en moins d'un an parce que le gouvernement ne lui accorde pas les mêmes facilités qu'à Yerawadâ pour mener sa campagne en faveur des *Harijan* !

Au sixième jour de ce nouveau jeûne, il est transféré à l'hôpital de la prison de Poona, puis relâché alors que son état est devenu critique. Il refuse de sortir, on le pousse dehors : « *Cette libération ne me réjouit pas, elle me fait honte : j'entraîne mes camarades en prison, et moi j'en sors à cause du jeûne*[109] *!* » Chez Lady Thackersey, il se réalimente, mais décide de se considérer comme prisonnier jusqu'à la fin de sa peine, soit au mois d'août suivant[109]. C'est là qu'il apprend la mort du docteur Prânjîvan Mehtâ qui l'avait si bien reçu à son arrivée de Grande-Bretagne, où il avait rencontré Râchjandra. Et qui avait ensuite financé ses activités depuis la création de la ferme de Phoenix.

La folle tournée

Dans le vide de l'action nationaliste, Gândhî ne veut pas s'arrêter. Pour masquer ce vide, et entretenir la dynamique de son action, il entame une folle tournée de plus d'un an, afin de lever de l'argent pour les intouchables. Il se rend d'abord à Wârdhâ où il annonce qu'il fait don d'une partie des biens de Sâbarmati à un fonds destiné aux *Harijan*. Puis il donne une conférence au King Edward's College de Peshâwâr sur l'intouchabilité, et se lance dans des collectes à travers le pays pour alimenter ce fonds.

À chaque étape, Mîrâbehn et Mahâdév Désâi, qui l'accompagnent, lui préparent son lit, lui font à manger, lavent ses vêtements, gèrent son énorme courrier, tiennent les comptes, étudient les cartes et les guides de chemin de fer pour mettre au point les itinéraires, prennent en notes discours et conversations[109]. Un compte rendu hebdomadaire en est fait pour les lecteurs de *Young India* et du *Harijan*. Lui-même écrit surtout en voyage, dans un compartiment de troisième classe aménagé, ce qui conduit S. Naïdu à remarquer d'un ton gentiment ironique : « Bâpu *nous coûte cher avec son goût de la simplicité !* » Il continue de se faire masser par le docteur Sushilâ Nâyar et par sa nièce Âbhâ Gândhî ; et elles dorment parfois avec lui.

En dix mois, il récolte quelques milliers de roupies qu'il aurait pu obtenir d'un seul industriel. Mais l'essentiel pour lui est le voyage, plus que l'argent collecté. À Malabâr, une jeune fille lui offre des bijoux en or ; il lui dit : « *Ton renoncement est un ornement plus vrai que cette joaillerie dont tu t'es séparée*[109]. » Il marchande avec une femme : « *Un bracelet contre un autographe !* » Il se moque des habitants d'un village, Télugu : « *Allez, donnez ! Les Ândhras ne sont pas des Écossais !* » « *Y a-t-il un remède contre l'intouchabilité*[54] *?* » demande-t-il au médecin d'un village. Dans un autre, il convainc une coiffeuse venue tout embijoutée pour le raser de faire don de ses parures à son fonds[54]. Il exhorte les hindous à se débarrasser de leurs préjugés à l'égard des intouchables, de leur ouvrir les temples et, à l'inverse, il presse les *Harijan* d'en finir avec les drogues et l'alcool : « *Les temples sont faits pour les pécheurs, non pour les saints ; mais qui va juger quel homme est sans péché*[54] *?* » Il se gausse de la superstition qui veut que l'ombre ou le contact d'un humain puisse en souiller un autre[109]. Dans certains villages, les orthodoxes (*Sanâtanistes)* organisent des contre-manifestations et tentent de l'empêcher de tenir ses réunions[109].

Le 15 janvier 1934, alors qu'il se trouve au Bengale, un séisme de 8,4 degrés sur l'échelle de Richter secoue le Bihâr, y tue 4 000 personnes et détruit un quart des habitats. Gândhî suspend sa tournée pour s'y précipiter. Une journaliste américaine, Agatha Harrison, qui l'accompagne, rapporte que ce qu'elle y voit est « *encore plus effroyable que ce qu'elle a vu au Japon après le grand tremblement de terre de 1923* ». Son rayonnement est encore immense : les sans-abri se rassemblent par milliers le long des routes où il passe pour le saluer ; les villages en ruine sont décorés d'arches de bambou et de feuillage : « *Je ne veux pas de mendiants,* leur dit-il. *Il serait déplorable que ce tremblement de terre nous transforme en quémandeurs*[169]. » Une victime lui lance : « *Le Dieu qui nous a envoyé ce tremblement de terre est-il sans cœur ? — Non ! [...]. Mais Ses voies ne sont pas les nôtres*[109]. » Quand il ajoute que le séisme est la punition du péché commis par les castes qui ne laissent pas les intouchables accéder à leurs temples, Tagore s'indigne [103] : « *Si le Mahâtmâ impute le tremblement de terre au péché d'intouchabilité, ses adversaires seront enclins à prétendre, au contraire, que le tremblement de terre est une vengeance de Dieu pour l'hérésie qu'il était en train de prêcher !* » Gândhî lui réplique [103] : « *Pour moi, le tremblement de terre n'est pas un caprice de Dieu ni la manifestation de simples forces aveugles. Nous ne connaissons pas les lois de Dieu, ni leur fonctionnement. Le savoir du plus grand savant ou philosophe est comme une particule de poussière. Dieu règle le moindre détail de ma vie. Je crois que pas une feuille ne bouge sans qu'Il le veuille, chaque respiration que je prends dépend de Son bon vouloir* [169]. »

En février 1934, il visite le Tamil Nâdu, dormant pendant ses déplacements en train ou en voiture. Quand, au moment d'arriver dans une gare où une foule est massée à l'attendre, Désâi lui fait remarquer que son *dhotî* est taché, il disparaît dans les toilettes et retourne le vêtement en mettant le bas au niveau de la taille [165]. Il ajoute non sans un sourire certain : « *Il fut un temps où, jeune étudiant à Londres, je prenais dix minutes pour me coiffer. À présent, je n'ai besoin que d'une demi-minute pour ma toilette entière* [165]. » Au total, de novembre 1933 à mars 1934, il parcourt 20 000 kilomètres. Le 7 avril 1934, il met un point final à la campagne de désobéissance civile.

Premiers attentats

En juin, il jeûne plusieurs jours pour expier le comportement, qu'il juge déplaisant, d'un de ses compagnons de voyage à l'égard des intouchables, sans dévoiler son nom.

Le 6 juin, le gouvernement annonce que, la désobéissance civile étant officiellement arrêtée, le Congrès redevient légal. Pour bien des congressistes, c'est une piètre revanche en regard des sacrifices consentis. Jawâharlâl Nehru se plaint de son « *isolement spirituel* » et de la disparition des idéaux du Congrès.

Le 17 juin, à Purî, dans l'Orissâ, Gândhî est pris à partie et malmené à l'entrée d'un temple ; on lui souffle que des attentats se préparent contre lui. Il décide de continuer à pied pour s'exposer davantage à ses ennemis. « *Je ne cherche pas le martyre, mais, s'il vient à ma rencontre alors que j'accomplis ce que je considère comme mon devoir suprême dans la défense de la foi que je partage avec des millions d'hindous, je l'aurai bien mérité*[169]. » Le 25, à Poona, alors qu'il se rend dans une salle municipale, une bombe est jetée sur son groupe, blessant sept personnes. Gândhî, sorti indemne, exprime sa « *profonde pitié* » pour les poseurs de bombe.

Durant cet été 1934, il fait l'objet de deux autres tentatives d'assassinat. Les orthodoxes n'acceptent pas qu'il défende les intouchables.

« L'Inde du polo et de la chasse au sanglier »

Le Congrès prend ses distances avec la non-violence et donc avec Gândhî. C'est que se prépare sans lui la prochaine session qui doit se réunir à Bombay. Jaya Prakâsh Nârâyan (« *J.P.* ») fonde un parti socialiste que Gândhî décrit comme un « *rassemblement d'hommes pressés* ». Bose et Nehru continuent de s'opposer à lui. Gândhî a peur du premier qu'il juge incontrôlable, et lui préfère le second, qui, malgré leur rupture, lui reste fidèle sur l'essentiel. Nehru ne veut que l'indépendance. Gândhî y ajoute son utopie d'une société nouvelle. Il lui écrit le 17 août : « *Je suis le même que celui que vous avez connu en 1917 et après. J'ai toujours la même passion que vous me connaissez pour le bien commun. Je veux l'indépendance complète du pays, au plein sens anglais du terme. Chaque résolution qui vous chagrine a été conçue dans ce but. Mais je reconnais que je suis le mieux placé pour savoir quand il faut prendre son temps*[154]. » Jinnah rentre en Inde et reprend la direction de la Ligue musulmane.

À Londres, le Parlement met à son ordre du jour la réformette, maigre résultat de la table ronde : une plus grande autonomie aux provinces, un droit de vote élargi : désormais, plaident les partisans de la réforme, 43 % des hommes et 10,5 % des femmes adultes de l'Inde britannique auront le droit de vote. Le gouvernement central et les deux Chambres engloberont les États princiers, exclus auparavant du système législatif ; aux côtés de membres directement élus, les deux chambres nationales comporteront des représentants des minorités désignés au suffrage indirect, ainsi que des membres désignés par les princes pour près du tiers des sièges. Une part substantielle du budget, notamment militaire et administratif, resterait sous le contrôle exclusif du vice-roi.

Pour défendre le point de vue des nationalistes, Gândhî envoie Mîrâbehn pour une première mission diplomatique à l'étranger. À Londres, elle rencontre Lloyd George, Lord Halifax, le général Smuts, Sir Samuel Hoare et Winston Churchill. Mîrâ se rend ensuite à New York, Philadelphie, Boston, Harvard et Washington où elle rencontre Eleanor Roosevelt à la Maison-Blanche.

Au même moment, Subhâs Bose, lui aussi à Londres, s'entretient avec les dirigeants travaillistes : George Lansbury, Clement Attlee, Arthur Greenwood, Harold Laski, J.B.S. Haldane, Ivor Jennings, G.D.H. Cole, Gilbert Murray et Sir Stafford Cripps. Les conservateurs ont refusé de le recevoir. Il explique que son modèle est un gouvernement du type de celui d'Atatürk en Turquie. Les Anglais se méfient de lui et ne l'autorisent pas à se rendre en Turquie où il veut rencontrer son modèle. Il va alors rendre visite à Romain Rolland, lui offre son nouveau livre, *Le Combat indien*, et essaie de le convaincre que la stratégie de Gândhi est vouée à l'échec. Rolland lui répond que le Mahâtmâ est « *la lumière la plus sûre, la plus pure à briller dans le ciel sombre de notre temps... L'étoile qui nous montre la route – la seule qui reste ouverte vers le salut* ». Rolland ajoutera que si Gândhî se trouvait en conflit avec la cause des travailleurs et ouvriers, il sera « *toujours avec le monde du travail* [137] ». Plus loin : « J'ai décidé que *la non-violence ne pouvait être le pivot central de toute l'action sociale. <u>Ce n'est qu'un des moyens</u>* [souligné par R. R.] [136]. »

Évoquant aux Communes le rôle des soldats indiens dans la Grande Guerre, un député favorable à une réforme plus ambitieuse s'exclame : « *On était allé chercher ces hommes afin de lutter pour la liberté et le droit des peuples à se gouverner eux-mêmes. Et aujourd'hui on leur dit qu'ils sont incapables de diriger leurs propres affaires !* » Sir Samuel Hoare, secrétaire d'État à l'Inde au sein du cabinet britannique, se bat contre Winston Churchill, pour qui l'avenir des peuples de l'Inde sera mieux assuré entre les mains des administrateurs britanniques et pour qui Gândhî tout comme le Congrès doivent être écrasés. Samuel Hoare, qui deviendra Lord Templewood, dira très joliment de Churchill : « *Les souvenirs magnifiques qu'il avait rapportés de l'empire des Indes l'avaient rendu aveugle aux changements intervenus depuis l'époque de Clive, Wellington, Lawrence et Kipling. L'Inde où il avait servi dans le 4e hussards, dans les années 1890, était celle du polo et de la chasse au sanglier, des raids impétueux aux frontières, d'un gouvernement paternaliste librement accepté et de la grande impératrice blanche révérée comme une mystérieuse divinité*[154]... »

Le « programme constructif »

Le texte de la réforme née de la table ronde finit par être adopté par le Parlement britannique et les élections en Inde sont programmées pour février 1937. Le 17 septembre 1934, le Congrès, en accord avec Gândhî, hésite à participer aux élections régionales et à gérer des municipalités. Gândhî souhaite alors confier la présidence du Congrès à Nehru : non qu'il se fie particulièrement à lui, mais il veut à tout prix éviter Subhâs Chandra Bose dont il devine les penchants de plus en plus autoritaires.

Et puisque la désobéissance civile est maintenant écartée, il songe à une autre forme d'action : laissant à d'autres la quête d'une indépendance qui ne lui convient pas si elle se borne à importer le mode de vie occidental, il veut faire la démonstration qu'il est possible de changer l'Inde en profondeur, en particulier dans les campagnes. Alors que les autres dirigeants se contentent d'élaborer des plans pour changer le monde depuis leur bureau, il va tenter de le transformer par lui-même. Il ne cherche pas à imposer une « *société neuve* », un « *homme nouveau* », mais il va tenter de le devenir lui-même et de convaincre ensuite par la vertu de l'exemple.

Beaucoup le taxent de naïveté. Or son ambition est de créer une Inde nouvelle, simple et frugale, où chacun vivrait du tissage du *khâdi*, où les villages seraient propres et sains sans qu'il y ait besoin d'y développer une médecine occidentale, où la religion de chacun serait respectée, où les intouchables seraient admis. Cette idée de l'Inde compte plus pour lui que l'indépendance. Il la baptise « *programme constructif* » et fonde à cette fin au début d'octobre 1934 une Association panindienne des Industries de village, une Coopérative pour le *khâdi*, et le *Harijan Sévak Sangh*, organisation ayant vocation à lutter pour l'abolition de l'intouchabilité, mais sans intouchables ! Un de ses proches, Vinobâ Bhâvé, crée simultanément le *Gram Sévâ Mandal* (Cercle pour le service des villages) qui œuvre aussi pour l'abolition de l'intouchabilité et la propagation du *khâdi* en milieu rural. Ses adversaires prétendent qu'il veut « *effacer la distinction entre la vie d'un moine et celle d'un chef de famille, en faisant en sorte que tous les gens ordinaires se comportent comme des moines*[74] ».

Au début du même mois, son fils aîné, Harilâl, âgé de quarante-six ans, qui n'a cessé, depuis la mort de sa femme quinze ans plus tôt, de boire, de s'endetter, de se quereller avec ses belles-sœurs, de publier dans les journaux des articles dirigés contre le père[54], lui écrit une série de lettres dans lesquelles il explique qu'une de ses filles lui a appris à filer le coton et à tisser le *khâdi*[54] ; il souhaite recommencer une nouvelle vie, s'établir et se remarier[54]. Kasturbâi est sceptique ; Mohandâs veut le croire, et lui répond, le 17 octobre, qu'il serait heureux de le voir épouser une veuve, qu'il est prêt à l'aider à en trouver une, ajoutant avec un rarissime accent d'émotion paternelle : « *Je ne puis m'empêcher de penser tout le temps à toi... Si le changement dont tu as parlé tient la route, cela me rendra heureux pour le restant de mes jours*[54]. »

Sévâgrâm : le village expérimental

Gândhî aspire alors à créer une communauté villageoise de « *programme constructif* ». Un modèle de vie rurale éthique, non pas un *âshram*, mais un exemple de lutte villageoise contre l'intouchabilité, pour l'éducation de base, l'hygiène et le *khâdi*.

En novembre aussi, Jamnâlâl Bâjâj – un industriel qui possède les trois quarts des terres dans la région de Wârdhâ – lui offre une parcelle où installer une communauté, près du village de Segaon rebaptisé Sévâgrâm (« ville de service »). L'endroit est près du centre géographique de l'Inde, éloigné de tout, infesté de serpents, de scorpions, de moustiques – cause d'une malaria endémique [54] – et les conditions de vie y sont pour le moins primitives. Ses compagnons et lui y emménagent. On y édifie des maisons, on y installe des cuisines, on fait venir des rouets et autres instruments de filage. L'endroit devient presque souriant. Tout le monde se lève à 5 heures du matin. À tous les repas, on sert de la courge bouillie avec un peu de pain. À Sévâgrâm, le lundi, Gândhî fait des blagues en silence, grimace à l'adresse des enfants. Il ne veut pas de relations sexuelles, en sorte que « *Sévâgrâm ne se transforme pas en maternité* ». Ils sont là plusieurs centaines, dont tous ses fidèles, sa femme, son secrétaire Pyârélâl, plusieurs jeunes femmes à côté desquelles il aime à dormir...

Les mois suivants voient se dérouler quatre événements importants. En novembre, un anthropologue devenu son secrétaire, Nirmal Kumâr Bose, l'interroge sur ce qu'il pense de l'Union soviétique : n'est-ce pas là un authentique « *programme constructif* », l'expression d'une volonté de changer l'homme en profondeur ? Gândhî se lance dans une virulente critique de la société soviétique et du socialisme en général : « *L'État constitue la violence concentrée et organisée. L'individu a une âme mais l'État représente une machine sans âme qui ne peut se débarrasser de la violence qui l'a fait naître. Je vois croître le pouvoir d'État avec beaucoup de crainte, parce qu'il se vante de faire le bien en réduisant l'exploitation capitaliste alors qu'en réalité il cause les plus graves dégâts en annihilant l'individualisme qui est à la racine de tout progrès* [169]. »

En février 1935, alors que Sévâgrâm commence à

prendre forme, Râmdâs, son troisième fils, qui y travaille, prétend envoyer ses enfants dans une école hors de l'*âshram*. Le Mahâtmâ s'y oppose (« *ils y recevraient une éducation d'esclaves* ») et dit à son fils : « *S'ils vont à l'école, tu quittes l'*âshram. » Râmdâs s'en va et part travailler en ville, à Nagpur.

Harilâl reparaît, hâve et d'une saleté repoussante. Pendant quelque temps, il semble se reprendre et parle de se remarier avec Margarete Spiegel, une enseignante juive allemande, venue en Inde attirée par Gândhî[54]. Il souhaite s'installer dans le village. Gândhî en est heureux : « *J'aurai plaisir à mourir dans tes bras*[56]. » Mais Margarete Spiegel renonce au mariage.

Début avril, deux leaders afro-américains, Benjamin E. Mays et Channing H. Tobias, viennent le voir à Sévâgrâm. Gândhî leur répète que seule la non-violence peut leur assurer le succès : « *Le droit est de leur côté ; s'ils choisissent comme seule et unique arme la non-violence, un brillant avenir leur est garanti.* » En mai, Harilâl retourne à Râjkot ; Mohandâs prévient Nârândâs, l'un de ses neveux établi là-bas : « *Dieu sait où le destin de Harilâl va le conduire ! Nous pouvons seulement prier Dieu que notre fils prodigue ne soit pas à nouveau perdu*[54]. »

Le 3 avril, à Villeneuve, Bose a plusieurs entretiens avec Romain Rolland. L'écrivain reconnaît que Gândhî « *est partout un frein à la marche en avant. Il a toujours eu bien soin d'éviter que l'accent fût mis sur la question économique, qui mène aux divisions entre les classes [...]. Toute révérence et affection due et conservée à la haute âme de Gândhî (et en cela Bose est d'accord avec moi), je ne me tiens aucunement lié à sa doctrine, qui n'est, à mes yeux, qu'une grande expérience. Si, malgré les résultats insuffisants ou négatifs, Gândhî s'obstine, surtout dans les conflits inévitables entre le capital et le travail, c'est avec Bose que j'irai, fût-ce contre Gândhî. Je ne l'ai jamais caché*[136]. »

Durant l'été 1935, Nirmal Kumâr Bose révèle que, dans son village « *constructif* », Gândhî fait dormir avec lui des femmes nues à qui il demande de se coller contre lui. Bose le critique : « *La femme n'est pas un objet d'expérience.* » Gândhî nie ; puis reconnaît que c'est vrai. Les jeunes femmes confirment, mais précisent qu'il ne leur a jamais parlé de son obligation de chasteté...

Toujours durant l'été, Nehru se rend en Allemagne pour faire soigner sa femme mourante dans les meilleures conditions. Il se refuse à rien acheter en dehors des magasins juifs[157]. De retour, il demande aux Anglais d'accueillir les Juifs allemands en Inde[157]. Londres refuse.

« Mon fils ? Une épave »

Le 2 août 1935, la réforme, en négociation depuis des années, est enfin promulguée par le roi : aux termes de ce nouveau *Government of India Act*, le droit de suffrage est élargi : les musulmans votent séparément ; le gouvernement central et les deux Chambres englobent les États princiers ; une part substantielle du budget, notamment militaire et administratif, reste exclue des pouvoirs de la législation fédérale. Les premières élections selon ces nouvelles règles restent prévues pour février 1937.

En décembre 1935, à Lucknow, dans l'Uttar Pradesh, la session nationale du Congrès discute du point de savoir s'il doit, en tant que parti, prendre part à ces élections. Nehru est contre et traite la nouvelle loi de « *charte de l'esclavage* », car elle confère aux Indiens un peu de responsabilité sans leur accorder le moindre pouvoir. « *Nous gouvernerons, mais serons impopulaires, parce que nous n'aurons pas les moyens d'agir*[169]. » Débat difficile : accepter, comme le veut Subhâs Bose, c'est faire du Congrès un parti parmi d'autres, en situation de cohabitation avec l'occupant ; refuser, comme le demande Nehru, c'est laisser le champ libre à d'autres qui sont hostiles à l'indépendance. Même s'il a pris ses distances, Gândhî se rend à la réunion et vérifie que son ascendant sur les délégués reste intact. Tout à son programme d'« *action constructive* », il voit dans la nouvelle Constitution, à l'opposé de Nehru, un moyen d'obtenir que les futurs ministres provinciaux financent l'artisanat villageois, interdisent l'alcool, favorisent le port de vêtements tissés à la maison, développent l'instruction et combattent l'intouchabilité. De plus, dit-il, cette réforme, quoique limitée, peut être une façon de substituer la démocratie à la violence, qu'il sent monter.

À l'issue de longs débats, le Congrès prend la décision de participer aux élections. Un seul argument a porté, celui de Bose : ne pas laisser le champ libre aux antinationalistes. Gândhî n'empêche pas le Congrès d'adopter le socialisme pour but et porte Nehru, pourtant opposé à la participation aux élections, à la présidence du Congrès.

Puis il retourne à Sévâgrâm et, le 14 janvier 1936, y reçoit Margaret Sanger, une Américaine spécialiste du planning familial, venue solliciter son appui pour promouvoir la contraception en Inde ; Gândhî, lui, défend l'abstinence : la contraception est à ses yeux un péché, mieux vaut développer le contrôle de soi. Il lui fait des confidences sur son amour de 1920, Saralâ Dévi, qu'il garde toujours présente à l'esprit.

Le 20 janvier 1936, alors que le roi Édouard VIII succède à son père, George V, le mahârâjâ de Travancore ouvre les temples de sa province aux intouchables. Au même moment meurt le docteur M.A. Ansari, dirigeant musulman du Congrès, chez qui Gândhî avait l'habitude de loger à Delhi.

En février, les visiteurs venus du monde entier se succèdent à Sévâgrâm[55]. À des religieux évangélistes (John Mott, Franck Buchman, Stanley Jones, Toyohiko Kagawa), Gândhî explique qu'il n'aime pas les prosélytes : « *La rose n'a pas à dire : "Viens et sens-moi"*[54]. » Un couple afro-américain, H. Thurman, doyen de la Rankin Chapel à l'université Howard, et sa femme, Sue Carroll, lui demande pourquoi il n'utilise pas le terme « *love* » au lieu de « *non-violence* » ; il répond que la « *non-violence* », pour lui, n'est pas que de l'amour, c'est aussi une action positive : c'est l'amour *plus* le combat[54]. Il ajoute qu'il fait un lien entre intouchabilité et esclavage, et voit certaines similitudes entre le combat de l'Inde contre l'impérialisme et la lutte des Noirs américains contre la ségrégation. Sue Thurman lui demande comment appliquer la non-violence au cas du lynchage ; il conseille la non-coopération, « *jusqu'à l'auto-immolation*[54] ». Il les prie de lui chanter un *negro spiritual* et déclare que c'est « *peut-être à travers les* negro spirituals *que le message inaltéré de la non-violence sera transmis au reste du monde*[54] ».

À la fin d'avril, Gândhî retrouve Harilâl à Nagpur,

à 50 kilomètres de Sévâgrâm. Son fils va de nouveau très mal. Il a de la peine à garder un emploi, à s'abstenir de boire, à ne pas s'endetter. Il raconte « *combien les attentions dont il est l'objet de la part de certains prosélytes l'amusent*[54] ».

Un mois plus tard, le 30 mai, tandis que Mohandâs et Kasturbâi séjournent à Bangalore, des journaux lui annoncent que Harilâl s'est converti, quinze jours plus tôt, à l'islam, dans l'une des principales mosquées de Bombay. Il s'appelle désormais Abdullah, prêche l'islam en différents lieux et déclare aussi qu'il cessera de boire si ses propres parents se convertissent à l'islam. Le 2 juin, Gândhî, interrogé par un journal, fait une déclaration d'une extrême dureté : « *Si cette conversion vient du cœur, qu'elle est pure de toute considération mondaine, je ne la contesterai pas... Mais j'ai les plus grands doutes à ce propos[...]. Quiconque connaît mon fils Harilâl sait que depuis des années, il est dépendant de l'alcool et qu'il a l'habitude de fréquenter les maisons de mauvaise vie. Dieu peut faire des miracles ; on Le sait capable de changer en un instant les cœurs les plus endurcis et les pécheurs en saints. Rien ne me ferait plus plaisir que de voir [...] qu'[Harilâl] est soudain devenu un autre homme. Mais les reportages ne donnent pas cette impression [...]. L'apostasie de Harilâl n'est pas une grande perte pour l'hindouisme ; son admission dans l'islam est source de faiblesse pour ce dernier si, comme je le crains, il est resté la même épave qu'avant.* » Il traite ainsi publiquement son fils d'« *épave*[170] »...

À la même époque on assiste en Palestine à un ample soulèvement arabe qui prend à la fois la forme d'une désobéissance civile et d'une grève des impôts, suivie d'une grève générale, suscitant une réaction brutale des Britanniques, en particulier à Jaffa. Le 30 juillet, ceux-ci instaurent la loi martiale et font venir 20 000 hommes en renfort.

En décembre, alors que Édouard VIII abdique (pour des raisons sentimentales), Harilâl retourne à l'hindouisme et adopte un nouveau nom, Hîrâlâl[55]. Il ne veut plus rien devoir, pas même un nom, à ce père qu'il adore et piétine à la fois.

Le Mahâtmâ fait les gouvernements

En janvier 1937, à deux mois des élections, le Congrès se réunit à Faizpur, dans l'Uttar Pradesh, au sud de Lucknow, et Nehru, dont la femme vient de mourir, est réélu président. Gândhî prononce un discours très applaudi. Il a recouvré tout son ascendant et a obtenu que soit organisée dans l'enceinte même de la session une exposition de produits de l'artisanat villageois : son « *programme constructif* » envahit ainsi l'enceinte du Congrès. Subhâs Bose, rentré d'exil, explique que rien n'a de sens tant que le pays ne dispose pas d'une armée placée sous le contrôle d'un gouvernement et que cette Constitution, qui place l'armée sous le contrôle des Anglais, n'en est pas une.

Au même moment, sollicité par la branche norvégienne des Amis de l'Inde, un député du Parlement norvégien, Olë Colbjørnsen, propose la candidature de Mohandâs Gândhî au prix Nobel de la paix. Après une première sélection, il reste l'un des treize candidats retenus pour une ultime sélection. Mais le rapporteur, le professeur Jacob Worm-Müller, émet un avis très négatif, qui demeure alors secret : « *Gândhî est un combattant de la liberté mais un dictateur, un idéaliste mais un nationaliste. Souvent il fait figure d'un Christ, puis, soudain, de politicien ordinaire. Par ailleurs, plusieurs membres du mouvement pacifiste international lui reprochent d'avoir ignoré que son mouvement de non-violence ne pouvait que déboucher sur des actions violentes et du terrorisme, comme, par exemple, lors de l'épisode où la foule, à Chauri-Chaurâ, massacra plusieurs policiers britanniques et mit le feu au commissariat de police. On lui reproche aussi son absence d'universalité lorsqu'il ne défendit que les ressortissants indiens en Afrique du Sud.* »

Cette année-là, le prix Nobel de la paix est attribué à un certain Lord Cecil of Chelwood, un des architectes de la SDN et dont la principale qualité est d'être le fils du marquis de Salisbury, trois fois Premier ministre. Olë Colbjørnsen proposera de nouveau la candidature de Gândhî les deux années suivantes, sans plus de succès. Il faudra attendre 1960, avec Albert John Luthuli, président de l'ANC, pour que le prix Nobel de la paix échappe à un Occidental...

En janvier 1937 s'ouvre la campagne officielle pour les élections. De très nombreuses organisations se sont érigées en parti pour jouer le jeu de cette démocratie coloniale. D'abord le Congrès lui-même, puis le Parti socialiste du Congrès, né d'une scission du Congrès, la Ligue musulmane de Jinnah, rentré de Londres pour prendre la tête de la campagne, enfin le Parti travailliste indien, dirigé par B.R. Ambedkar. En revanche, le Parti Swarâj, créé par Motilâl Nehru, à la suite de la réforme de 1919, au sein du Congrès (et qui a réussi à constituer un véritable groupe parlementaire à l'assemblée de New Delhi en 1920), s'est dissous. Le manifeste électoral du Congrès réaffirme le rejet « *en bloc* » de la nouvelle loi électorale et réclame l'élection d'une Assemblée constituante.

Jawâharlâl Nehru s'investit beaucoup dans la campagne électorale. Il demande aux Indiens de choisir « *entre le Congrès et les Anglais* ». Jinnah rétorque, à la grande colère de Gândhî : « *Il y a un autre parti : les musulmans. On ne va pas se laisser imposer quoi que ce soit par qui que ce soit*[1]. » Gândhî participe à quelques réunions en mettant l'accent sur la prohibition de l'alcool et sur l'éducation. Vallabhbhâi Patel, qui l'escorte, imagine un système de micros et de haut-parleurs qui vont le suivre désormais dans toutes ses pérégrinations. Là où il y aura l'électricité...

Les élections constituent d'abord un succès pour la réforme elle-même : 54 % des électeurs viennent voter. C'est aussi une victoire pour le Congrès, mais pas un triomphe : il obtient à lui seul la majorité dans cinq provinces (les Provinces unies, le Bihâr, l'Orissâ, les Provinces centrales et Madras). À Bombay, il remporte presque la moitié des sièges, et peut former un gouvernement de coalition. En Assam et dans la province de la Frontière du nord-ouest, il est aussi la formation la plus importante. Il gagne même l'essentiel des sièges réservés à des musulmans. Au total, il remporte 716 des 1 550 sièges des assemblées provinciales et peut former le gouvernement dans sept provinces, dont cinq à lui seul. La Ligue musulmane de Jinnah est largement battue, et le choix de l'électorat séparé, sur lequel Jinnah et sa Ligue avaient misé au cours de toutes ces années, n'a pas réussi à leur procurer une véritable participation au pouvoir politique. Jinnah, furieux de sa défaite, entame une violente campagne contre le Congrès et contre Gândhî : « *Le fait est que le Congrès entend dominer l'Inde à l'abri des baïonnettes britan-*

niques », et encore : « *Le Congrès encercle la Ligue musulmane et essaie de briser sa solidarité.* » Il traite Gândhî de « *dictateur et unique interprète du Congrès* » qui « *tente d'assujettir et de vassaliser les musulmans sous un Râj hindou, de les annihiler*[163] ». L'élégant avocat entre ouvertement en rébellion contre l'existence même de l'Inde. Il n'a jamais oublié l'humiliation que le jeune homme revenu d'Afrique du Sud lui fit subir, plus de vingt ans auparavant, le 12 janvier 1915, à Bombay.

Se pose maintenant aux partis la question de savoir s'ils vont participer aux assemblées et former des gouvernements. Il s'agit d'un véritable problème de cohabitation avec les exécutifs britanniques. Gândhî, qui a recouvré toute son influence, se mêle de tout. Il est pour la participation : « *Le boycott des assemblées, permettez-moi de vous le dire, n'est pas un principe éternel, comme celui de la vérité et de la non-violence. Mon opposition a cessé, mais cela ne signifie pas que je reviens en arrière ; c'est une question de stratégie : ce qui convient le mieux à un moment donné*[169]. »

Le faux pas avec Jinnah

Au début de mai, alors que le Congrès n'a pas encore décidé de participer aux gouvernements, Jinnah fait demander à Gândhî, par le truchement d'un leader du Congrès, l'avocat B.G. Kher, de favoriser une coalition entre le Congrès et la Ligue à Bombay. Gândhî, qui n'a pas supporté la campagne antihindous de Jinnah, est réticent[34]. Il répond par écrit, le 22 mai 1937 : « *J'aimerais pouvoir faire quelque chose, mais je suis totalement dépourvu de pouvoirs. Ma foi en l'unité est aussi resplendissante que jamais ; pour autant je ne vois pas poindre le jour.* » Jinnah en est mortifié. C'est là un moment charnière : cette rebuffade sera la dernière qu'il essuiera. Jamais plus Jinnah n'acceptera de négocier quoi que ce soit avec Gândhî, qui porte là une lourde responsabilité.

Le Mahâtmâ propose que le Congrès ne participe à des gouvernements que dans les provinces où il a obtenu la majorité à lui seul. Le Congrès le suit et entend exiger par surcroît que les administrateurs anglais de ces provinces n'interfèrent pas dans le travail des ministres. Encore un problème de cohabitation. Le vice-roi, après en avoir débattu avec le secrétaire d'État à Londres et avec les gouverneurs en province, publie une longue déclaration on ne peut plus claire : le texte de la réforme sera appliqué, sans plus. « *Rien ne permet de redouter que les gouverneurs outrepassent ce qui relève de leurs responsabilités.* » Au cours d'une réunion qui se tient à Sévâgrâm le 3 juillet, Gândhî pousse le comité directeur du Congrès à accepter de gouverner. Tout le monde, même Nehru, accepte, et il est donc décidé de former des gouvernements du Congrès dans les six provinces où il est majoritaire : un parti politique luttant pour la liquidation de l'Empire britannique va donc administrer six provinces dudit Empire.

En fait, Gândhî, contrairement à ce qu'il écrit à Jinnah, a tous pouvoirs : il revoit lui-même la composition des six gouvernements, province par province [109]. Jinnah demande à Patel de prendre deux membres de sa Ligue dans le gouvernement de Bombay. Patel, sur instruction de Gândhî, accepte à condition que les groupes parlementaires de la Ligue fusionnent partout avec le Congrès. Ce serait la mort de la Ligue, et Jinnah refuse[34]. La Ligue reste donc dans l'opposition. Elle y prospérera.

Une fois les gouvernements provinciaux en place, Gândhî ne les lâche pas pour autant. Il conseille aux ministres de donner l'exemple de la simplicité et de la frugalité ; de cultiver « *zèle, intelligence, intégrité, impartialité et une attention infinie aux détails*[169] », de promulguer des réformes agraires pour protéger les métayers contre les propriétaires et pour atténuer la dette des paysans[27].

Le Premier ministre de Bombay ayant introduit la prohibition, Gândhî le félicite dans *Harijan*, dénonçant ces « *électeurs à la mode qui pensent qu'ils ont besoin de boissons alcoolisées comme ils ont besoin d'eau. S'ils n'apprécient pas l'abstinence, qu'ils pensent à leurs frères pauvres*[169] *!* » Gândhî l'approuve aussi quand, avec l'accord du gouverneur, il fait relâcher Sâvârkar dont le mouvement, Hindu Sanghatan, devient un parti politique sous le nom de Hindu Mahâsabhâ, appelant à faire de l'Inde une nation hindoue et laïque : « *Nous ne tolérerons pas que les hindous soient spoliés de leurs droits pour permettre aux musulmans d'obtenir plus que leur dû sous prétexte qu'ils sont musulmans et qu'ils refuseraient de se comporter en citoyens loyaux.* » Dix ans plus tard, Sâvârkar sera accusé, à tort, du meurtre de Gândhî.

Le programme de Wârdhâ

De noirs nuages s'amoncellent partout dans le monde. Le 7 juillet 1937, les propositions de la commission Peel, préconisant un partage de la Palestine, sont rejetées par les Arabes. Ce rejet est suivi de la création, à l'été, d'une « Force de défense des colonies juives », l'Irgoun, et de l'assassinat par un Arabe du commissaire britannique pour la Galilée, qui entraîne la dissolution par Londres du Conseil suprême arabe ; le mufti est démis de toutes ses fonctions. Le 26 juillet, ce qui va devenir la Seconde Guerre mondiale commence par l'invasion par les Japonais du Mandchoukouo en Chine. S'y ajoutent l'invasion de l'Abyssinie par l'Italie, la réoccupation de la zone démilitarisée de l'Allemagne, l'annexion de l'Autriche, la guerre civile espagnole. En Grande-Bretagne, Neville Chamberlain est nommé Premier ministre. Édouard VIII épouse Mrs Simpson juste avant que le nouveau roi, George VI, n'échappe le 28 juillet à un attentat de l'IRA.

Au nom du Congrès, Nehru réagit sévèrement à la diplomatie anglaise d'apaisement, dénonce les actes d'agression du Japon, de l'Italie, de l'Allemagne, condamne la suppression des libertés civiles dans ces pays, les persécutions religieuses et raciales, la liquidation des opposants politiques. Gândhî ne s'associe pas à ces déclarations.

Il ne s'intéresse qu'au sujet qui lui tient le plus à cœur dans son « *programme constructif* » : l'éducation. En octobre 1937, il réunit à Wârdhâ, près de son *âshram*, tous les ministres de l'Instruction membres du Congrès, et leur énonce ses directives qui montre bien l'Inde idéale qu'il imagine : un cursus de sept années d'école primaire financé par la vente d'objets fabriqués à l'école ; des programmes établis à partir de situations concrètes, en relation avec l'artisanat et avec l'environnement social et géographique de l'enfant ; « *substituer un entraînement coordonné des mains et des yeux à un enseignement livresque volatil que la plupart des enfants des villages oublient aussitôt*[169] » ; la langue utilisée doit être la langue maternelle. Tous les ministres prennent ce programme très au sérieux. Est créée une commission de pédagogues animée par un enseignant musulman de quarante ans, Zakir Hussain, que Gândhî a repéré pour ses compétences et parce qu'il incarne un islam ouvert ; il est le fondateur de la Jamia Millia University de Delhi et accédera trente ans plus tard à la présidence de l'Inde...

À la fin de ce même mois d'octobre 1937, Gândhî part se reposer à Juhu. Il y reçoit un Français qui aspire à devenir son disciple : Lanza Del Vasto.

Le 9 novembre, les Japonais s'emparent de Nankin, puis de Pékin et de Shanghai.

À Londres, le nouveau Premier ministre, Neville Chamberlain, envoie Lord Halifax, défenseur de la paix, pour rencontrer à Berchtesgaden Adolf Hitler. Le Führer qui lui promet son appui dans la préservation de l'Empire britannique. Il s'étonne que la Grande-Bretagne n'ait pas encore liquidé Gândhî ; il conseille même, si la mort du Mahâtmâ ne suffit pas à calmer les esprits, de tuer tous les autres dirigeants du Congrès et, si ce n'est pas encore assez, de faire exécuter deux cents activistes de plus, et ainsi de suite jusqu'à ce que les Indiens renoncent à tout espoir d'indépendance.

Le 26 décembre, à Badgastein, Subhâs Bose, juste avant de rentrer en Inde pour briguer la présidence du Congrès, épouse en secret sa secrétaire autrichienne, Émilie Schinkel. Cet événement privé ne restera pas sans conséquences sur le destin de l'Inde...

Les femmes, encore

Au début de l'hiver, de retour à Sévâgrâm où il fait très froid, Gândhî, contrairement à ses habitudes, est contraint de dormir à l'intérieur. Kasturbâi dit : « Bâpu *dormira dans ma hutte*[118]. » Mais, comme disent plusieurs thuriféraires dans leurs hagiographies : « *Il trouve du soulagement à ses accès de tremblements en faisant s'allonger à ses côtés l'une de ses assistantes...* » En réalité, il dort bel et bien avec des jeunes filles. À cette époque, il s'agit de Lîlâvati Asar, de Bombay, qui n'a que quatorze ans, de Prabhâvati Nârâyan, d'Amtus Salaam, musulmane pratiquante du district de Patiala, dans le Penjab-Est, et du docteur Sushilâ Nâyar qui est avec lui depuis quinze ans. Sushilâ se souvient de ces moments[54] : « *La pièce de Bâ était petite. Il y avait une ou deux autres personnes qui avaient l'habitude de dormir tout près de Gândhî. Bâ débarrassa la pièce pour Bâpu et ses compagnes et dormit sous la véranda avec son petit-fils Kânu (le fils de Râmdâs). À aucun moment elle ne laissa paraître de rancœur pour avoir dû laisser sa chambre à d'autres qu'elle à côté de son époux*[118]. » D'après elle, les jours suivants, Gândhî se sentit coupable de « *priver de confort, dans son vieil âge* », cette « *pauvre Bâ* ». Kasturbâi se montre en effet remarquablement amicale avec les compagnes de lit de son mari[54]. L'une de celles-ci, Prabhâvati Nârâyan, raconte[54] : « *Pendant les jours d'hiver à Sévâgrâm, j'allais me réfugier dans la chambre de Bâ, après la prière de quatre heures du matin. Et Bâ insistait toujours : "Prabhâ, va dormir encore un peu avec Gândhî." Bâ avait pour habitude de balayer la pièce, même quand il gelait, puis elle mettait l'eau à chauffer pour le bain, et après le nettoyage et le balayage elle venait me réveiller. L'eau chaude était toujours prête pour mon bain*[54]. » Gândhî lui-même commence à justifier ce compagnonnage comme une mise à l'épreuve de la chasteté.

Dans une toute récente biographie[54], un petit-fils de Gândhî note avec indulgence que ce comportement n'est pas sans précédent, puisque la Bible rapporte que le roi David fut incapable de se réchauffer, une nuit, malgré tous ses vêtements, jusqu'à ce qu'une jeune femme appelée Abichag « *lui soit amenée* ». Le Livre ajoute : « *Elle chérissait le roi et lui offrait ses soins, mais le roi ne la connut pas* » [Rois, I, 3-4]. Un autre biographe du Mahâtmâ, William Shirer, écrit beaucoup plus crûment : « *Si Gândhî souffrait de frissons pendant les nuits d'hiver, pourquoi ne pas avoir eu recours à une couverture supplémentaire, au lieu d'une fille*[143] *?* »

« Sushilâ va-t-elle rester ? »

En mars 1938 éclate la crise des Sudètes. Jinnah rompt tous les ponts avec le Congrès et avec l'Inde. Il explique que, comme les Sudètes viennent de faire éclater la Tchécoslovaquie, les musulmans peuvent eux aussi, et cette fois sans intervention extérieure, faire éclater le Râj. Dans un discours prononcé à Karâchi, il compare même explicitement les musulmans indiens aux Allemands des Sudètes : « *Les seuls peuples qui réussissent avec les Britanniques sont ceux qui possèdent force et pouvoir, et qui peuvent les intimider [...]. Je voudrais attirer leur attention [celle des Anglais] – ainsi que celle du haut état-major du Congrès –, et leur demander de bien cerner, retenir et assimiler ce récent incident et ses conséquences... C'est parce que les Allemands des Sudètes étaient écrasés par la majorité tchécoslovaque qui les opprimait, les maltraitait, les niait, montrant une indifférence brutale et implacable pour leurs droits et leurs intérêts depuis vingt ans, que, désormais, la république de Tchécoslovaquie est en morceaux et qu'une nouvelle carte se dessine*[109]... » En octobre, l'Allemagne en effet annexe le pays des Sudètes, qui contient une majorité de germanophones, et ce avec l'accord de la France et de la Grande-Bretagne.

Au sein du Congrès, la bataille fait rage pour l'élection du successeur de Nehru à la présidence. Gândhî veut éviter à tout prix que ce soit Subhâs Bose, qui prône une stratégie d'affrontement avec les Anglais. L'élection doit avoir lieu le 3 avril 1938 à Haripurâ, en Orissâ.

Le 20 mars, Gândhî débarque à Haripurâ avec sa femme, l'épouse de Dési et une de leurs amies ; elles visitent l'intérieur du temple Jagannâth de Purî où les intouchables n'ont pas le droit d'entrer et où, en 1934, Gândhî a été pris à partie et malmené. Quand il est mis au courant de cette visite, il entre dans une violente colère : « *Tout Purî ne parle que de la visite de Kasturbâi au temple, et jusqu'au chef de gare qui nous a demandé : "Est-ce que Kasturbâi a vraiment pénétré dans le temple*[169] *?"* » Kasturbâi s'excuse. Gândhî reproche à Désâi de ne pas avoir interdit aux femmes d'entrer dans ce temple ; il félicite Nârâyan, le fils de Mahâdév, âgé de quinze ans, qui a refusé d'y entrer[55]. Dix jours plus tard, il va même, jusqu'à accuser publiquement sa femme, lors d'une réunion publique à Delang, près de Purî[169] : « *Je me sens humilié quand j'apprends que ma propre femme et deux* *résidentes de l'âshram que je considère comme mes filles ont pénétré dans le temple de Purî. Cette contrariété a suffi à me faire monter la tension de manière alarmante... Ces trois femmes y sont allées sans savoir ce qu'elles faisaient ; c'est donc moi qui suis à blâmer, et Mahâdév encore plus, car il ne leur a pas dit où était leur devoir. Il aurait dû penser aussi aux répercussions sociales [...]. Comment convaincre les* Harijan *que nous les soutenons dans toutes leurs épreuves, que nous nous sommes totalement identifiés à eux, quand nos propres familles – femmes, enfants, frères, sœurs, proches – ne sont pas à nos côtés*[169] *?* »

Mahâdév Désâi, lui, se fâche de voir Gândhî faire une montagne d'un rien. Il veut démissionner et reproche au Mahâtmâ, « *qui a réussi plusieurs opérations spirituelles en se servant du chloroforme de l'amour, de n'avoir pas utilisé pour celle-ci de chloroforme du tout*[36] ». Le 31 mars, Gândhî s'angoisse et lui écrit une lettre d'excuses révélatrice[54] : « *Je tolérerai des milliers de fautes, mais je ne peux pas me séparer de vous [...]. Si vous décidez de me quitter, Pyârélâl restera-t-il ?* » Et il ajoute, montrant sa véritable inquiétude : « *Et si Pyârélâl s'en va, est-ce que Sushilâ va rester ? Ils s'en iront tous. Je deviendrai fou, tout simplement... Et pourtant, comment puis-je empêcher qui que ce soit de se sauver*[54] *?* » Sushilâ est bien la source de toute son inquiétude. Les autres ne comptent guère.

Début avril, Désâi ose écrire dans le *Harijan* : « *Vivre aux cieux en compagnie des saints est une bénédiction et une gloire. Mais vivre sur terre avec un saint est une tout autre histoire*[36] *!* » Naturellement, il reste et les autres aussi. Comme toujours, Gândhî trouve une justification morale à ce qu'il fait. Et les autres s'ajustent à ses désirs politiques ou les plus intimes.

Le 3 avril, Subhâs Chandra Bose est élu président du Congrès. Gândhî n'a pas voulu s'opposer frontalement à ce choix pour éviter une scission du parti, mais il considère que cette désignation est pour lui un échec.

Deux « éjaculations involontaires »...

Extrêmement troublé à la fois par l'élection de Bose et par le risque de départ des jeunes filles qui l'entourent, Gândhî traverse alors une crise étrange. Dans la nuit du 7 avril 1938, soit moins d'une semaine après l'affaire de Haripurâ, alors qu'il est rentré à Sévâgrâm et que dorment à ses côtés Prabhâvati et Sushilâ, se produit chez lui ce qu'il appelle dans une note confidentielle une « *éjaculation involontaire* ». Il hésite à continuer de dormir avec les filles, puis persiste. Le 14, nouvelle « *éjaculation* » tout aussi « *involontaire* ». Il en fait part à ses proches. Chacun est choqué, hormis les deux filles. À la fin d'avril, Mîrâbehn, absente, à qui il a écrit, lui conseille de mettre fin aux contacts physiques avec des femmes. En date du 3 mai, il lui répond : « *Tu as tout à fait raison de relever que mon expérimentation est nouvelle [...]. Dans ta prochaine lettre, tu dois me dire concrètement ce que je dois changer, d'après ton idée. Dois-je renoncer aux services que me rend Sushilâ ? Dois-je refuser les massages que me font Lîlâvati ou Amtul Salaam, par exemple ? Ou veux-tu dire que je ne devrais pas prendre appui sur l'épaule des jeunes filles ? [...] J'avais l'impression de progresser, que mon* brâhmachârya *[...] était devenu plus solide, plus éclairé [...]. Cette expérience du 14 avril, torturante, dégradante, souillante, m'a ébranlé comme si Dieu m'avait jeté hors d'un paradis imaginaire que je ne mériterais pas du fait de mon impureté*[169]. »

Ses incertitudes se refont jour dans plusieurs de ses lettres à Pyârélâl, à Sushilâ, à Mîrâ, à Mahâdév[54]. Les jeunes filles hésitent à s'en aller. Il implore à maintes reprises Pyârélâl et Sushilâ de ne point le quitter. Il est distrait de ses préoccupations, en mai, par une rencontre avec Jinnah, qui se passe mal, et une autre à Peshâwâr avec son vieil ami le dirigeant pachtoun Abbul Ghaffar Khan, qui prêche maintenant la non-violence. Le 1er juin, il écrit à Sushilâ[118] : « *Maintenant, j'ai plus ou moins décidé qu'à l'exception de Bâ, je n'accepterais plus d'aucune femme de service incluant plus ou moins le contact physique*[169]. » « Plus ou moins »... Tout est là...

Comme il n'est pas question de garder tout cela secret, le 2 juin, il le dévoile à ses compagnons de Sévâgrâm dans une note à la teneur ahurissante, qu'il fait circuler : « *J'ai honte. Après l'expérience du 7, c'est à peine si j'ai fermé l'œil ; j'ai arpenté la terrasse et essayé de me calmer. Il m'a semblé que je n'étais pas prêt à recevoir les services de Sushilâ et de Prabhâvati qui dorment à côté de moi. Après la prière de l'aube, je leur ai fait part de ce qui m'était arrivé et leur ai dit que je n'accepterais plus leurs soins. Mais toutes deux ont mal pris cette décision. Dans la journée, je suis revenu sur cette décision et ai continué à accepter leurs services. Mais ma détresse ne s'est pas relâchée. Le 14, j'ai eu une autre expérience qui a accru ma honte et ajouté à mon angoisse [...]. Pendant que j'étais pris dans ce mael-*

ström, j'ai dû rencontrer M. Jinnah. J'ai perdu confiance en moi. [...] Pourquoi mes pensées et mon esprit ne deviennent-ils pas de plus en plus purs ? Le contact avec les femmes a-t-il pu faire obstruction à ma voie d'une manière qui échappe à mon analyse ? Comment savoir ? Je n'aurais pas dû entreprendre cette expérimentation si elle était aussi terrible. Mon expérimentation fut une transgression des limites prescrites dans le brâhmachârya *[...]. Après avoir longuement réfléchi, j'ai décidé de ne plus accepter de soins des femmes s'ils comportent des contacts physiques – sauf si c'est absolument indispensable [...]. Je n'aurai plus de gestes d'affection pour elles...* » Il poursuit : « *Qui peut dire où l'avenir va me mener ? Mon désir le plus cher est de me soumettre à Dieu de tout mon amour et de Le laisser me conduire là où Il veut. Mon devoir évident était de porter cela à la connaissance de mes compagnons. J'assume les commentaires et critiques qu'ils pourront me faire*[169]. »

Le 3 juin, il reconnaît qu'en fait il a changé d'avis et écrit à son secrétaire, Pyârélâl, le frère de Sushilâ : « *Quand Sushilâ vient d'elle-même, évidemment je la prends dans mes bras en dépit de ma décision de ne plus accepter les soins des femmes*[114]... »

Voilà qui opère bien des ravages parmi la petite communauté : un ami qui le suit depuis vingt-cinq ans, Amritlâl Thakkar, et qui travaille pour le journal *Harijan*, se dit « *peiné* » ; Mahâdév Désâi, lui, est « *perturbé* ». Ils lui demandent de mettre un terme à sa proximité avec les femmes. Gândhî résiste et dit que, ce faisant, il « *briserait les cœurs des femmes du premier cercle*[54] ». Son petit-fils l'excuse : « *Cela lui rappelle l'amour de sa mère qui croyait en lui comme personne d'autre lorsqu'il était enfant. Il cherche, la nuit, cette chaleur maternelle qui lui permet d'être prêt, avant l'aube, à mener ses batailles quotidiennes, à combattre avec plus de virilité qu'aucun autre Indien*[54]. »

Ce n'est pas là son seul souci : Harilâl est arrêté pour ivresse sur la voie publique. Kasturbâi écrit à son fils afin de le supplier de s'amender pour le salut « *d'une vieille et faible femme qui ne peut supporter pareil chagrin* ».

Le 20 juin, Mahâdév Désâi dit encore à Gândhî qu'il désire s'en aller, puis se ravise et reste encore[54]. En juillet, Gândhî écrit dans le *Harijan* : « *À la nation indienne, la grandeur de la littérature anglaise ne peut pas plus apporter son climat tempéré que ses décors. L'Inde doit fleurir sous son propre climat, dans ses propres paysages, dans sa propre littérature, même si ces trois éléments sont inférieurs à ceux de l'Angleterre*[169]. » Il ajoute que la connaissance de la langue anglaise, à ses yeux, n'est pas indispensable pour accéder à la littérature anglaise : les Indiens lisent Tolstoï sans avoir appris le russe et les Japonais lisent Shakespeare sans connaître l'anglais[109]...

La non-violence contre Hitler...

Les relations entre ministres du Congrès et gouverneurs s'améliorent. Ces derniers trouvent les ministres sérieux, quelquefois même très compétents, et les ministres estiment souvent que les gouverneurs ont leur utilité. « *Les ministres du Congrès montrèrent qu'ils pouvaient agir aussi bien que parler, et administrer aussi bien que faire de l'agitation*[27]. » « *Imagine*, écrit Mahâdév Désâi à G.D. Birlâ, *Garret, le gouverneur d'Ahmedâbâd, va maintenant à la gare pour recevoir le ministre Morârji et voyage sur une bonne distance avec lui en troisième classe*[36] *!* » Plus tard, Sir Harry Haig, gouverneur des Provinces unies, écrira[54] : « *Par rapport aux questions communautaires, à mon avis, les ministres ont agi régulièrement, avec impartialité, mus par un désir de faire au mieux. En réalité, vers la fin de leur mandat, ils furent sévèrement critiqués pour ne s'être pas montrés loyaux envers les hindous, bien qu'il ne se soit rien passé qui justifiât une telle critique.* »

Gândhî suit encore à la loupe ce qui se passe dans les gouvernements locaux. Il demande et obtient du Congrès la démission d'un ministre des Provinces centrales, le docteur N.B. Kharé, pour malversation[109]. Il réclame la création d'un bureau central du Parlement, « *composé de l'élite des dirigeants du Congrès* », autrement dit nommé par lui et qui contrôlerait les risques d'indiscipline et de dérives en matière de conflits d'intérêts. Quand Nehru objecte que ce serait là « *du fascisme pur et simple*[154] », il réplique : « *Le fascisme se sert du sabre nu : sous un tel régime, le Dr N.B. Kharé aurait perdu sa tête. Le Congrès est l'antithèse du fascisme, parce qu'il est fondé sur la non-violence pure et sans souillure. Son autorité ne découle pas du contrôle des chemises noires*[54] *!* » Au même moment, Subhâs Chandra Bose, président du Congrès, refuse de condamner l'Allemagne, l'Italie, le Japon. Gândhî ne s'en offusque pas.

Toujours tourmenté par sa sexualité, il écrit le 27 juillet 1938 : « *La parole d'un général du* satyâgraha *doit manifester sa puissance, une puissance procurée non par la détention illimitée d'armes, mais par une vie pure, une vigilance stricte, une application continuelle. C'est impossible hors de la mise en œuvre du* brâhmachârya. *Celle-ci doit être aussi complète qu'il est humainement possible.* Brâhmachârya*, ici, ne signifie pas simplement maîtrise du corps, mais bien davantage. Cela signifie domination totale des sens. Une pensée impure est donc une atteinte au* brâhmachârya*, de même que la colère. Tout pouvoir provient de la conservation et de la sublimation de l'énergie responsable de la création de la vie. Cette vitalité, cultivée et non dissipée, peut être transformée en énergie créatrice d'un ordre supérieur. Sinon, elle est continuellement et même inconsciemment dissipée par des pensées mauvaises, même involontaires, désordonnées et non désirées*[169]. »

À une conférence tenue à Évian en juillet 1938, les Anglais n'acceptent de recevoir aucun Juif allemand de plus ni en Grande-Bretagne ni en Palestine. Fin août, Nehru est de nouveau à Londres et, dans une lettre au *Manchester Guardian*, critique la politique d'« *apaisement* » du Premier ministre envers les coups de force de l'Allemagne et de l'Italie.

Gândhî, lui, pense plus que jamais que l'*ahimsâ* est la seule solution, et conseille partout et à tous la non-violence : « *Une Abyssinie non violente n'a besoin ni d'armes ni du secours de la Société des Nations. Chaque Abyssinien, homme, femme, enfant, doit refuser de coopérer avec les Italiens : ces derniers auront à marcher vers la victoire sur les cadavres de leurs victimes, et occuperont un pays sans habitants*[109]. » En septembre, quand les Tchèques sont soumis au chantage, il leur recommande aussi la non-violence : « *Il n'y a pas de plus grand courage qu'un refus résolu de plier le genou devant un pouvoir terrestre, si puissant soit-il, et cela sans amertume de l'esprit, dans la pleine certitude que seul l'esprit vit, et rien d'autre*[109]. »

Le 29 septembre, au lendemain de la désastreuse conférence de Munich entre la France, l'Angleterre, l'Italie et l'Allemagne sur la question des Sudètes, au cours de laquelle les démocraties ont cédé, Gândhî pense que Hitler et Mussolini peuvent être encore convaincus de devenir pacifistes. Il écrit : « *Si l'ennemi se rend compte que vous n'avez pas la moindre intention de lever la main sur lui, même pour défendre votre vie, il perdra l'envie de vous tuer. Tous les chasseurs ont fait cette expérience. Nul n'a entendu parler de quelqu'un qui tire sur les vaches...* » Il ajoute, étrangement : « *Est-ce le triomphe de la menace ? Herr Hitler a-t-il mis au point une technique de l'action violente qui lui permette d'obtenir ce qu'il veut sans verser le sang*[169] *?* »

Il explique à un visiteur japonais du village constructif, expert en coopératives, le docteur Kagawa, que l'invasion de la Chine par le Japon est injuste : « *Si j'étais vous, je me déclarerais objecteur et serais exécuté* », lui dit-il. Puis il ajoute sans rire : « *Le drame est qu'on peut persuader des millions de gens de tuer ou de se faire tuer dans une guerre, alors que pas même une centaine de pacifistes sont prêts à mourir pour leurs convictions.* »

Gândhî est alors perçu mondialement comme le maître du pacifisme. En septembre, dans un article d'*Aryan Path*, John Middleton Murry le décrit comme le plus grand chrétien du monde moderne[109] : « *Assurément, je ne vois pas d'autre espoir pour la civilisation occidentale que d'allumer une immense et brûlante flamme d'Amour chrétien. Il faut choisir entre cela et un génocide d'une ampleur dont la seule pensée soulève le cœur.* »

« Un de mes amis juifs »...

Au soir du 9 novembre, pendant la nuit et durant la journée du 11 novembre, se déroulent en Allemagne des violences causées par les nazis. La « *Nuit de cristal* » provoque la destruction de biens appartenant à des Juifs, l'incendie de nombreuses synagogues et le massacre de centaines de personnes. Le 12 novembre, les nazis prétendront vouloir canaliser et prévenir cette violence « *sauvage* » en interdisant la fonction publique et d'autres métiers aux Juifs, qui doivent payer une énorme amende.

Gândhî réagit avec sa fibre pacifiste : le 26 novembre, il publie dans le *Harijan* un important article à propos de ses rapports avec les Juifs pour qui il affiche son amitié : « *Ma sympathie va tout entière aux Juifs. Je les ai intimement connus en Afrique du Sud. Certains me sont devenus des compagnons pour la vie. Grâce à ces amis, j'ai pu en apprendre beaucoup sur les persécutions qui les ont accompagnés tout au long des âges. Ils ont été les intouchables du christianisme. Pour autant, cette sympathie ne m'aveugle pas sur les décisions de justice*[169]... »

Mais comme, dans la situation présente, il faut choisir entre Juifs et Arabes ; il n'hésite pas. Il est hostile à la création d'un État juif en Palestine : « *La Palestine est aux Arabes comme l'Angleterre est aux Anglais ou la France aux Français. C'est une grave erreur, c'est inhumain d'imposer les Juifs aux Arabes. La Palestine de la Bible n'est pas une région géogra-*

phique. Elle est dans les cœurs. Et s'ils doivent considérer la Palestine de la géographie comme leur nation, c'est une erreur que de vouloir y pénétrer à l'ombre des fusils britanniques. Un acte religieux ne peut réussir avec l'aide des baïonnettes et des bombes. Ils ne pourront s'établir en Palestine qu'avec l'assentiment des Arabes [...]. Je ne suis pas en train de défendre ici les excès arabes. Je souhaiterais qu'ils aient choisi la voie de la non-violence pour résister à ce qu'ils regardent à bon droit comme un injustifiable empiétement sur leur pays [...]. La voie la plus noble est de réclamer avec insistance un juste traitement à l'égard des Juifs à l'endroit où ils sont nés et ont été élevés[169]... »

Puis vient le plus terrible : comme aux victimes d'Amritsar, il recommande aux Juifs d'accepter le massacre sans broncher, sans se révolter. « *Si j'étais juif, né en Allemagne, gagnant ma vie dans ce pays, je proclamerais que l'Allemagne est ma patrie, comme peut le dire le plus notable des Gentils, et le mettrais au défi de m'abattre ou de m'emprisonner ; je refuserais d'être expulsé ou soumis à un traitement discriminatoire. Il se peut que la violence calculée d'Hitler entraîne un massacre général des Juifs comme première réponse à une telle déclaration d'hostilité. Mais si l'esprit juif est préparé à la souffrance volontaire, même le massacre que j'ai imaginé pourra se changer en un jour d'action de grâce et de joie pour Jéhovah qui a œuvré pour la délivrance du peuple*[169]... »

Difficile de faire plus scandaleux. Il va même jusqu'à établir une équivalence entre le statut des Juifs en Allemagne et celui des Indiens en Afrique du Sud, et se pose en exemple à suivre. Il dit en somme aux Juifs : « *Faites de la résistance passive !* » Il écrit :

« *Il y a dans la campagne indienne de* satyâgraha *en Afrique du Sud un équivalent exact. Les Indiens y occupaient exactement la même place que les Juifs en Allemagne. La persécution revêtait également un aspect religieux. Le président Kruger disait que les chrétiens blancs étaient les élus de Dieu, et que les Indiens étaient des êtres inférieurs créés pour servir les Blancs. Une clause fondamentale de la Constitution du Transvaal stipulait qu'il ne devait y avoir d'égalité entre les Blancs et les races de couleur, y compris les Asiatiques. Là aussi les Indiens étaient consignés dans des ghettos appelés "réserves". Les autres restrictions étaient presque du même type que celles qui sont appliquées aux Juifs en Allemagne. Les Indiens, ou plutôt une simple poignée d'entre eux, recoururent au* satyâgraha *sans le soutien du monde ni du gouvernement indien. En réalité, les fonctionnaires britanniques tentèrent de dissuader les* satyâgrahis *d'entreprendre l'action qu'ils envisageaient. L'opinion mondiale et le gouvernement indien ne leur vinrent en aide qu'après huit ans de lutte. Et cela, au moyen de pressions diplomatiques, non par une menace de guerre*[169]. » Il ne voit pas qu'Hitler n'est pas Smuts, et que les Anglais ne sont en rien des nazis.

Tempête en Europe et en Amérique. Quand on lui dit que son point de vue est faussé par son souci de l'unité entre hindous et musulmans, il se récrie : « *[Je ne] vendrai jamais la vérité même pour la cause de l'indépendance indienne ou pour gagner les faveurs des musulmans.* »

De fait, Gândhî est alors très inquiet des relations entre les deux communautés en Inde qui se sont assombries depuis que le Congrès gouverne en province. Fin 1938, la Ligue diffuse deux rapports énumérant les doléances des musulmans dans les provinces gouvernées par le Congrès. C'est une attaque en règle contre Gândhî. La Ligue s'indigne que le jour de sa naissance soit parfois déclaré férié ; qu'on fasse chanter l'hymne du Congrès à l'école, qu'on hisse son drapeau et que le programme éducatif défini à Wârdhâ ne comporte rien de religieux. Gândhî répond : « *La décision de faire de mon anniversaire un jour férié devrait être classée "offense" ; quant à l'hymne et au drapeau, je suis d'avis de respecter les susceptibilités musulmanes et de ne pas entonner l'hymne ni pavoiser si un seul musulman s'y oppose ; enfin le programme de Wârdhâ ne contient pas non plus de référence à un enseignement hindouiste*[169]. »

Au même moment, Gândhî explique à l'Américain Mott, revenu à Sévâgrâm, à propos de la montée des dictatures : « *Le monde va devoir affronter le gangstérisme d'une manière frontale, brutale*[54]. » Mott l'interroge sur la place du silence dans sa vie : « *C'est maintenant devenu une nécessité à la fois physique et spirituelle. Au départ, je l'ai pratiqué pour soulager la pression. Puis j'ai voulu avoir du temps pour écrire. Ensuite, comme je le pratiquais depuis quelque temps, je me suis aperçu de sa valeur spirituelle. Tout à coup, il m'a traversé l'esprit que c'était le moment où je pouvais le mieux communier avec Dieu*[54]. »

En Allemagne, où la situation des Juifs empire sans cesse, la lettre de Gândhî sur les Juifs a bouleversé tous ses amis. C'est aussi l'instant que choisissent les Anglais pour quasi interdire aux Juifs de se réfugier en Palestine : ils publient un nouveau Livre blanc affirmant qu'il n'y aura pas partage de la Palestine ni création d'un État juif sans l'accord des Arabes.

L'immigration juive est limitée à 75 000 personnes sur cinq ans. Arabes comme Juifs refusent ce quota.

La situation mondiale des Juifs devient si terrible qu'en janvier 1939 un vieil homme malade, que Gândhî n'a pas revu depuis un quart de siècle, traverse le monde pour venir supplier le Mahâtmâ de parler autrement des Juifs : Hermann Kallenbach, l'architecte allemand avec qui il a lutté pendant deux décennies, qu'il a laissé entre les griffes de la police anglaise et qui, depuis lors, est demeuré en contact avec lui par écrit tous les quinze jours. Kallenbach est resté architecte à Durban. Un architecte célèbre, correspondant de Gropius [141]. Quand il arrive, les deux hommes ont le plus grand mal à se reconnaître. Mais Kallenbach n'est pas venu remuer de vieux souvenirs. Il a fait le long voyage pour exprimer sa colère : contrairement à ce que prétendent les hagiographes de Gândhî, à lire soigneusement ces textes, on voit en effet que la rencontre se passe mal. Kallenbach rentre de Palestine, où il a envisagé de s'installer dans un kibboutz [142]. Kallenbach lui rappelle que, pendant vingt ans, il s'est occupé du sort des Indiens et qu'il ne lui a jamais demandé de s'occuper du sort des Juifs. Cette fois, il a besoin de lui. Il faut, dit Kallenbach, que Gândhî parle des Juifs, mais autrement : qu'il leur reconnaisse le droit à leur terre, le droit d'être défendus et celui de se défendre. Il doit demander que Hitler soit condamné comme le monstre qu'il est.

Gândhî n'entend reconnaître aucun tort. Kallenbach raconte alors en pleurant ce qui se passe dans son pays natal. Il raconte les camps, les pogroms, les ghettos, les humiliations. Il dit qu'il est toujours non-violent, mais qu'il tuerait Hitler s'il le pouvait et qu'il ne pourrait jamais prier pour lui. Il supplie Gândhî d'écrire au

Führer, dans l'espoir qu'un plaidoyer de la part d'une personnalité aussi prestigieuse, vivant hors d'Europe, pourrait avoir quelque effet au moins sur l'opinion, sinon sur le maître du Reich. En vain.

Le 18 février 1939, Gândhî publie dans le *Harijan* un terrible commentaire, désignant comme coupable non pas le nazisme, mais son ami Kallenbach : « *Il se trouve qu'un de mes amis juifs vit en ce moment avec moi. Il croit intellectuellement dans la non-violence. Mais il dit qu'il ne peut prier pour Hitler. Il est tellement plein de colère à cause des atrocités allemandes qu'il ne peut en parler calmement. Je ne lui reproche pas sa colère. Il désire être non violent, mais les souffrances de ses compagnons juifs sont trop difficiles à supporter pour lui*[169]. » Les souffrances de ses amis juifs, ose-t-il écrire, sont « *trop difficiles à supporter pour lui* » ! Et il désigne Kallenbach comme « *un de mes amis juifs* » ! Sans jamais le nommer. On ne saurait imaginer plus distant.

Un nouveau satyâgraha ?

L'Europe est à feu et à sang. Mais ce n'est pas du tout un sujet de préoccupation pour Gândhî : le 3 mars 1939, il entame un « *jeûne jusqu'à la mort* » pour obtenir... une réforme de l'administration et une plus grande autonomie de l'Inde. Il l'interrompt le 7 à la demande du vice-roi, qui lui fait savoir qu'il n'a absolument rien à attendre, et à la demande de ses amis du Congrès qui l'estiment inefficace. Il est on ne peut plus isolé et écrit, très amer, le 18 : « *Il est remarquable qu'aucun de mes collègues du domaine politique n'ait éprouvé l'appel du jeûne. Et je suis* *heureux de pouvoir dire qu'ils ne m'ont jamais tenu rigueur de mes jeûnes. Les autres membres de l'*âshram *n'ont pas non plus éprouvé cet appel, sauf en de rares occasions. Ils ont même accepté la restriction selon laquelle ils ne devaient pas entreprendre de jeûnes de pénitence sans mon approbation, même si l'appel intérieur leur paraissait terriblement pressant*[169]. »

Gândhî sent poindre de nouvelles exigences du peuple, bien au-delà de la minuscule réforme électorale. Il théorise la manifestation de masse. Le 25, il écrit : « *Dans le* satyâgraha, *ce n'est jamais le nombre qui compte, mais la qualité, a fortiori lorsque les forces de la violence se déchaînent. Ainsi, on oublie souvent que le* satyâgrahi *ne cherche jamais à embarrasser celui qui fait le mal. Il ne fait jamais appel à sa peur, mais toujours à son cœur [...]. 1. – Il doit avoir une foi inébranlable en Dieu, car il est son unique rocher. 2. – Vérité et non-violence doivent former son credo ; il est donc indispensable qu'il soit convaincu de la bonté de la nature humaine, et espère la susciter par sa vérité et l'amour exprimé par sa souffrance. 3. – Il doit mener une existence chaste, prêt à donner volontairement sa vie et ses biens dans l'intérêt de sa cause. 4. – Il doit filer et tisser le* khâdi. *Ceci est essentiel pour l'Inde. 5. – Il ne doit consommer ni alcool ni drogues, afin que sa raison soit toujours claire et son esprit, appliqué. 6. – Il doit appliquer de bon cœur toutes les règles de discipline qui peuvent être de temps en temps édictées. 7. – Il doit respecter les règlements des prisons, sauf s'ils sont spécialement conçus pour bafouer son amour-propre. Ces qualités ne sont pas considérées comme exhaustives. Elles ne constituent que des exemples*[170]. »

Quelques semaines plus tard, il se pose la question de savoir si l'on peut lancer un nouveau *satyâgraha* : « *Il est peu probable qu'avec légèreté et dans un proche avenir je conseille un* satyâgraha *de masse. La population n'a ni la formation, ni la discipline nécessaires. [...] Je ne connais d'autres programmes que celui, constructif, de 1920, en quatre parties. Si la population ne l'applique pas de bon cœur, cela prouvera à mon avis son absence d'*ahimsâ, *du moins d'*ahimsâ *tel que je le conçois, ou son manque de confiance dans les dirigeants actuels. Pour moi, il n'y a pas d'autre test que celui que je propose à la nation depuis 1920.* »

En mai, au moment où, devant l'aggravation des tensions de par le monde, le Congrès « *s'oppose à toute tentative d'imposer la guerre sans le consentement du peuple indien* », Gândhî s'interroge encore sur la possibilité de relancer une manifestation de masse. Il en sent les frémissements : partout dans le pays, à Hyderâbâd, Travancore, Jaipur, Orissâ, il devient manifeste que les réformes électorales de 1935 ne suffiront pas à satisfaire les aspirations à l'accroissement des libertés civiles et à la création d'institutions démocratiques. L'agitation reprend.

Le 3 juin, dans un discours à Brindâvan en Uttar Pradesh, Gândhî déclare qu'un socialiste athée ne peut en aucun cas être un *satyâgrahi*, car la foi en Dieu est une des qualités indispensables : « *Un* satyâgrahi *n'a d'autre soutien que Dieu, et celui qui a un autre soutien ou qui compte sur une autre aide ne peut pratiquer le* satyâgraha. *Il peut être un résistant passif, un non-coopérant, et ainsi de suite, mais pas un véritable* satyâgrahi[169]. » Le 6 juin, il écrit encore : « *Est-il permis de pratiquer le* satyâgraha *en prison contre un traitement inhumain ? – Oui, mais "traitement inhumain" est une expression on ne peut plus difficile à définir, qui ne peut recouvrir tout et n'importe quoi. Un* satyâgrahi *est prêt à supporter les tortures, les traitements brutaux, et même les humiliations, mais il ne doit rien faire qui soit contraire à son amour-propre et à son sens de l'honneur. Cependant, le* satyâgraha *n'est pas une arme qui puisse être utilisée à la légère, facilement ou à la moindre provocation. Il est préférable que celui qui cède facilement à la provocation n'aille pas en prison*[169]. »

Il va bientôt trouver un terrain expérimental pour vérifier si ce genre de manifestation est possible.

Retour à Râjkot, « laboratoire précieux »

Il a vu juste : le peuple gronde. La population de la ville où Gândhî passa sa prime jeunesse, Râjkot, réclame un gouvernement démocratique. Gândhî y voit un « *laboratoire précieux* » pour prendre le pouls du pays et pour s'assurer qu'il peut relancer une bataille globale, un nouveau *satyâgraha* pour aller plus loin vers l'indépendance[109]. Il y envoie Vallabhbhâi Patel qui trouve un accord avec le prince local, petit-fils de celui dont son père était le *diwân* : l'amnistie est accordée aux prisonniers politiques ; un comité de dix personnes (dont sept désignées par Patel) est chargé de préparer un plan de réforme institutionnelle. Mais, suivant le conseil de son *diwân* et du résident britannique, le prince revient sur son accord et rejette ce comité. Gândhî envoie alors Kasturbâi, puis, le 10 juin, vient en personne expliquer qu'il faut que tout le monde se calme et qu'on négocie tranquillement. Il ressasse sa lancinante rengaine sur le rouet comme façon de maîtriser la violence : « *Cela repose sur la volonté des individus de cultiver la non-violence en pensées, en paroles et en actes [...]. Un maximum de travail et un minimum de discours : telle doit être votre devise. Au centre du programme il y a le rouet [...], non un programme disparate de filage, mais la compréhension scientifique de tous les détails, y compris les lois mécaniques et les mathématiques de cette activité, l'étude du coton et de ses variétés, et ainsi de suite*[109]... » Il rappelle l'habileté d'un musicien aveugle qu'il avait entendu, enfant, dans les rues de cette ville, et ajoute : « *Le cœur de chaque être humain possède des cordes sensibles. Si nous savons toucher la bonne corde, nous faisons naître l'harmonie*[109]. »

Les interminables discussions avec le *diwân*, lointain successeur de son père, tournent court. Au cours d'une manifestation, Kasturbâi est arrêtée. Gândhî ne se sent pas très bien ; il tremble, et son secrétaire Pyârélâl doit écrire en avril dans *Harijan* que ce tremblement, que tout le monde peut constater, « *est un vieux symptôme qui s'empare de lui chaque fois qu'il reçoit un choc mental intense* », en général suivi « *d'une douleur aiguë à la taille*[154] ».

Gândhî dénonce « *la rupture de sang-froid d'une convention passée entre le souverain de Râjkot et son peuple*[109] ». Il appelle alors le peuple de Râjkot « *à libérer le prince de ses obligations* » et décide de jeûner pour obtenir le respect de l'accord. Son jeûne transforme une modeste affaire locale en crise nationale[109]. Le vice-roi envoie son ministre de la Justice,

Sir Maurice Gwyer, arbitrer le conflit. Gândhî est ravi de cette intervention qui découle de son jeûne. Sir Maurice, contredisant son résident qui s'y était opposé, demande la mise en œuvre des réformes par Patel. Gândhî interrompt alors sa grève de la faim. Les manifestants et Patel applaudissent.

Mais le prince et son *diwân* refusent toujours de céder. C'est l'impasse. Gândhî explique qu'il n'aurait jamais dû interrompre son jeûne. Il regrette l'intervention du représentant du vice-roi, décide de considérer comme nul et non avenu l'arbitrage de Sir Maurice et refuse d'en demander la mise en œuvre, au grand dam des manifestants et de Patel.

Râjkot est bien pour Gândhî un « *laboratoire précieux* » au moment où il réfléchit à la possibilité de relancer un *satyâgraha* global dans tout le pays. Le 24 juin 1939, il écrit : « *J'ai observé que, dans les États, le mouvement a produit une réaction violente envers les princes et leurs conseillers. Ils ne font aucune confiance au Congrès et n'acceptent pas son ingérence. Dans certains cas, le mot "Congrès" lui-même fait figure d'anathème*[169]*...* » Quelques jours plus tard, il ajoute : « *J'estime que le* Swarâj *non violent est impossible si les hindous, les musulmans et les autres ne renoncent pas à leur méfiance mutuelle et ne vivent pas comme des frères de sang ; si les hindous ne se purifient pas en supprimant le fléau de l'intouchabilité et en instaurant des relations étroites avec ceux qu'ils rejettent, depuis des temps immémoriaux, hors de la société ; si les hommes et les femmes riches de l'Inde ne paient pas d'impôt ; si les pauvres, victimes impuissantes de l'alcool et de la drogue, ne parviennent pas à résister à la tentation en raison de la non-fermeture des débits de boissons et de drogues,* *enfin si nous ne voulons pas nous identifier aux multitudes qui meurent pratiquement de faim, en renonçant aux tissus industriels et en en revenant au* khâdi *produit par de nombreux millions de mains dans les villages de l'Inde*[169]. » Il prend parti pour une forme non violente de lutte de classes : « *Il est possible d'organiser les paysans et les ouvriers en vue d'une action non violente efficace si les membres du Congrès y travaillent honnêtement. Mais cela leur est impossible s'ils ne croient pas au succès ultime de l'action non violente. Seule est nécessaire la formation correcte des paysans et des ouvriers*[169]. »

Il en conclut que l'Inde n'est pas prête à se battre pour la démocratie et que, si elle est un jour attaquée, la non-violence de masse ne se révélera sans doute pas efficace : « *L'atmosphère dans les États n'est pas propice à l'établissement d'un gouvernement démocratique, le peuple n'est pas prêt à en payer le prix ; il faudrait qu'il reçoive un entraînement adéquat. Il n'y a parmi le peuple ni l'éducation convenable ni la discipline permettant de recommander un* satyâgraha *de masse ni maintenant ni dans un proche avenir*[169]. » En conséquence, Gândhî ne veut plus de *satyâgraha* de masse, mais avec la participation de gens sélectionnés[169]. Il renforce ses exigences à l'égard des *satyâgrahi* volontaires : ils doivent être vraiment non violents en actes, mais aussi en pensée. Et il demande à la population des États princiers de limiter ses réclamations à celles que les souverains peuvent satisfaire : liberté de parole et d'association, indépendance de la justice[109].

Lettre d'un « ami sincère » à Hitler

Durant l'été 1939, alors que la guerre, imminente en Europe, se développe en Chine, des troupes indiennes sont envoyées préventivement en Malaisie et en Extrême-Orient sans qu'aucun Indien n'ait été consulté. En guise de protestation, le Congrès s'abstient à l'Assemblée législative centrale (qui n'émet qu'un vote consultatif) dans le scrutin relatif à un projet de loi déposé par le vice-roi, organisant la défense et lui octroyant des pouvoirs étendus en cas de déclenchement des hostilités. Le 10 août, le Congrès adopte une résolution, approuvée par Gândhî, disant que, « *en ce moment de crise mondiale, la sympathie du comité exécutif du Congrès va entièrement aux peuples qui défendent la démocratie et la liberté ; le Congrès a sans relâche condamné l'agression fasciste en Europe, en Afrique, en Asie, aussi bien que la trahison de la démocratie par l'impérialisme britannique en Espagne et en Tchécoslovaquie. Le Congrès réitère sa détermination à refuser toute tentative d'imposer la guerre à l'Inde* ».

Certains, au contraire, voient dans l'attitude du Reich à l'égard des Juifs un modèle à suivre vis-à-vis des non-hindous. Le patron du Rashtriya Swayamsévak Sangha (RSS), Mâdhav Sadâshiv Golwakar, écrit dans un ouvrage intitulé *Nous, ou notre nationalité redéfinie* : « *L'Allemagne a montré qu'il est tout à fait impossible d'intégrer des races et des civilisations ayant des origines différentes ; c'est une bonne leçon pour nous, en Hindoustan, et nous devons en tirer profit... Les races étrangères en Hindoustan devront adopter la culture et la langue hindoues, respecter et révérer la religion hindoue, etc.* » D'aucuns pensent même que la conversion des musulmans doit être obligatoire, et que ceux qui s'y refusent doivent partir. Voire qu'il faut les massacrer.

Kallenbach insiste : il refuse de repartir sans qu'une lettre de Gândhî soit envoyée à Hitler. Et il l'obtient ! Le 23 juillet, il part, après six mois de séjour à Sévâgrâm, pour rentrer en Afrique du Sud, porteur de cette lettre. Déçu, mais ayant obtenu ce minimum de Gândhî, Kallenbach la dépose lui-même à la poste de Whârdâ, avant de quitter l'Inde. Mais quelle lettre ! On y découvre que, si Gândhî a hésité à écrire à Hitler, ce n'est pas parce qu'il ne veut pas avoir de relations avec un monstre, mais parce qu'il pensait ne pas avoir le droit de lui demander quoi que ce soit, convaincu qu'écrire au dictateur relève de... l'« *impertinence* » !

Lettre terrible, adressée à « *Herr Hitler, Berlin, Deutschland* », dans laquelle Gândhî passe son temps à s'excuser de déranger le Führer, forcé par des « *amis* » à lui écrire. Il y reconnaît comme « valables » les objectifs du dictateur dont il se déclare « *l'ami sincère* », ne lui reprochant que d'utiliser la guerre pour les atteindre : « *Des amis m'ont encouragé à vous écrire pour l'amour de l'humanité. Mais j'ai résisté à leur requête à cause du sentiment qu'une lettre de moi constituerait une impertinence [...]. Il est très clair que vous êtes aujourd'hui la seule personne dans le monde qui puisse empêcher une guerre qui risque de réduire l'humanité à l'état sauvage. Devez-vous payer ce prix pour un objectif, quelque valable qu'il puisse sembler être à vos yeux ? Écouterez-vous l'appel de quelqu'un qui a délibérément évité la méthode de la guerre, et ce, non sans un succès considérable ? [...] De toute façon, je sollicite votre pardon si j'ai commis une erreur en vous écrivant. Je reste votre ami sincère – Sd. M. MK Gândhî*[169]. »

Le Râj bloque la lettre, ce que Gândhî ignore quand, le 9 septembre, il la publie dans le *Harijan*, donnant par-là une forme d'aval à Hitler.

Le 1er septembre 1939, l'Allemagne envahit la Pologne et le 3, l'Angleterre et la France lui déclarent la guerre.

CHAPITRE VI

Quit India !
1939-1945

Vue de l'Inde, la guerre n'a pas du tout la même allure que vue d'Europe : ce ne sont ni les mêmes enjeux, ni les mêmes priorités, ni les mêmes ennemis, ni les mêmes alliés. Pour les Anglais, la guerre est une question de vie ou de mort. Pour l'Inde, une occasion de se libérer. Pour les Anglais, l'Inde est d'abord une réserve de produits agricoles et de soldats, dont elle a plus que jamais besoin. Pour l'Allemagne, elle est un objectif lointain, le berceau de la prétendue « *race aryenne* » dont les nouveaux maîtres se revendiquent les ultimes héritiers. Rares sont les Indiens qui trouvent de l'intérêt à prendre parti pour ou contre le nazisme, qui leur est étranger ; ou pour ou contre l'Allemagne, qu'ils ne connaissent presque pas. Plus nombreux sont ceux des dirigeants indépendantistes qui se positionnent par rapport à l'Union soviétique. Celle-ci constitue, pour beaucoup d'entre eux, un modèle de développement original, une façon radicale de se débarrasser à la fois du capitalisme et du colonialisme. Certains souhaitent soutenir la Grande-Bretagne pour obtenir d'elle l'indépendance et se protéger d'éventuels envahisseurs ; d'autres préfèrent se déclarer neutres ; d'autres, enfin, voudraient s'allier à l'Allemagne et au Japon pour recevoir leur soutien contre les Anglais. Chacune de ces options sera retenue par au moins un dirigeant nationaliste, et pas toujours par le plus prévisible : comme en Europe, la guerre pousse à des engagements souvent inattendus.

L'indépendance ou la neutralité

Le 3 septembre 1939, le journal officiel de l'administration britannique (la *Gazette de l'Inde*) publie le communiqué suivant : « *Moi, Victor Alexandre John, marquis de Linlithgow, en tant que gouverneur général de l'Inde et ex-amiral, proclame par la présente que la guerre est déclarée entre Sa Majesté et l'Allemagne.* » Juridiquement, cela signifie que l'Inde est en guerre, que les forces armées indiennes sont à la disposition de Sa Majesté britannique sur tous théâtres d'opérations, et surtout que les Anglais peuvent désormais mobiliser des millions d'Indiens pour les envoyer au combat en Europe ou ailleurs. Le vice-roi pouvait prendre une telle décision à la demande de Londres sans consulter ni les gouvernements provinciaux ni les dirigeants des partis représentés à l'Assemblée législative centrale, car c'est le Parlement britannique qui assume l'entière responsabilité du gouvernement de l'Inde. Au demeurant, quelque vingt-cinq ans plus tôt, un précédent vice-roi, Hardinge, avait déjà fait de même, le 6 août 1914, sans que presque personne en Inde n'y trouve à redire. Mais renouveler le geste en 1939 constitue une erreur politique monumentale : même si les sympathies du Congrès vont encore majoritairement à la Grande-Bretagne, tous ses dirigeants s'insurgent contre cet acte unilatéral. Même Jawâharlâl Nehru, qui a donné mille preuves de sa solidarité avec les Anglais et de sa détermination à lutter contre le fascisme et l'antisémitisme, enrage ; il écrira un peu plus tard : « *Un seul homme, étranger qui plus est, a plongé 400 millions d'êtres humains dans la guerre sans faire la moindre référence à eux*[120]. »

Le 14 septembre, le comité exécutif du Congrès condamne l'agression nazie mais exige que la participation de l'Inde à la guerre soit subordonnée à l'engagement britannique de lui accorder l'indépendance. Le Congrès demande une coopération « *entre égaux, par consentement mutuel, pour une cause que les deux parties estiment digne* ». Naturellement, c'est là un vœu pieux dont le vice-roi ne tient pas compte : la mobilisation commence dans les provinces et des milliers d'hommes partent pour l'Europe et le Moyen-Orient.

Le 9 septembre, Gândhî a réaffirmé son choix, la non-violence, tout en concédant que Hitler n'est pas un interlocuteur rationnel : « *Il semble que Hitler ne connaisse que la force et n'écoute rien d'autre*[169] » (*Harijan*). Alors que les panzers écrasent la cavalerie polonaise, il écrit au grand pianiste et ancien président du Conseil polonais, Ignacy Jan Paderewski, alors en exil en Suisse : « *Mon cœur est avec les Polonais dans cette bataille inégale. Leur cause est juste et leur victoire certaine, car Dieu défend toujours la justice*[54]. »

Le 15 septembre, réalisant son erreur, le vice-roi demande à Gândhî de venir le voir à Simlâ. Mohandâs quitte Sévâgrâm, traverse la moitié de l'Inde du Nord pour arriver le 25 à la résidence d'été du vice-roi qui lui explique que l'heure est grave et que la Grande-Bretagne aura besoin de toutes les forces de son empire pour se défendre. Sinon, dit-il, le Parlement et l'abbaye de Westminster risquent d'être détruits[54]. Gândhî en est ému : « *Je regarde cette guerre avec un cœur anglais... Je suis inconsolable ; dans le secret de mon cœur, je me querelle continuellement avec Dieu qui permet que de telles choses se produisent ; la non-violence me paraît alors une arme presque impuissante. Mais, au terme de cette discussion avec moi-même, j'en conclus que ce n'est ni Dieu ni la non-violence qui sont impuissants, mais l'homme*[109]... » Autrement dit, comme toujours, il convient de changer chaque individu pour que la non-violence puisse devenir la règle générale. Il ne peut donc déroger à son idéal, et – explique-t-il au vice-roi, sidéré – le maximum qu'il puisse offrir à la Grande-Bretagne est un « *soutien moral* » et un conseil : suivre son exemple, ne pas répondre à la violence par la violence, laisser les Allemands s'emparer de leurs colonies et même de Londres, sans riposter, pour éviter toute destruction.

Ce n'est pas là une pirouette. Il sait avant tout le monde qu'il n'y a rien à espérer de Londres, fût-ce en temps de guerre : lui-même en avait fait l'expérience à trois reprises, et chaque fois ç'avait été une désillusion. Il répète son propos trois jours plus tard dans *Harijan*, s'exprimant comme s'il était le Premier ministre de l'Inde : « *Si je dirigeais le comité exécutif, ou (si je peux utiliser cette expression sans offusquer personne) si j'étais le gouvernement, ma ligne de conduite serait de m'engager de propos délibéré sur la voie de la non-violence, le pas accompli dans cette direction fût-il imperceptible*[169]. » Puis, avec une extraordinaire prescience, alors que personne encore ne pense que le territoire de l'Inde pourrait un jour être menacé, il écrit : « *Si le peuple indien dit résolu-*

ment non à la violence, les armées étrangères n'auront pas le cœur à envahir son sol ; quant à l'économie indienne, elle doit être remodelée de façon à déjouer les tentations de l'agresseur » (*Harijan*, 28 septembre 1939). Il faudra encore plus de quatre ans – et maintes tribulations – avant que les Indiens ne mesurent la portée de ces quelques phrases...

Personne, au Congrès, ne souscrit évidemment à ses idées ; tous pensent que l'Inde n'est pas menacée et que, si par malheur elle l'était un jour, elle devrait se défendre et, pour cela, disposer de sa propre armée, donc accéder à l'indépendance. Après tout, les colonies ottomanes passées en 1919 entre les mains britanniques ont acquis la leur, hormis la Palestine qui, selon les promesses britanniques, va la recevoir bientôt.

Gândhî connaît son isolement : « *Je suis seul à soutenir cette position. Il faut que je trouve quelques compagnons pour m'entourer sur ce chemin solitaire... L'Inde doit laisser de côté la violence, fût-ce pour défendre ses frontières*[169] » (*Harijan*, 14 octobre 1939). Il n'ignore pas qu'il ne dispose plus de beaucoup d'influence au sein du Congrès. Alors qu'approche la session qui, à Tripuri, doit choisir un nouveau président pour l'année à venir, il sait qu'il aura du mal à empêcher la réélection de Bose.

La rupture avec Jinnah

Jinnah, lui, entend profiter de la guerre pour en finir avec l'idée même de l'Inde. Il se sent profondément humilié par la façon dont le Congrès, dans les six provinces où il assume le gouvernement, « *martyrise* » la Ligue. Il reproche aussi aux gouverneurs anglais et au vice-roi de ne pas avoir sauvegardé les intérêts des musulmans dans ces provinces. Il reprend donc l'idée d'un « *État musulman* », sans en préciser les frontières. Nombreux sont en Inde les musulmans à penser comme lui. Les plus radicaux de la Ligue rêvent même d'un État islamique ; les autres, qui font en général partie de la classe moyenne, voient dans la création d'un État musulman des possibilités d'accès à des carrières administratives et politiques qui leur sont interdites en Inde.

Gândhî perçoit le danger et pense trouver la parade[54] : un mouvement national indien musulman hostile au Congrès serait préférable à une partition. Il incite donc Jinnah à faire de la Ligue un parti national ; à cette fin, il le flatte et commence à lui donner du « *mon vieux camarade*[54] », ou encore du « *chef du peuple* » (*quaid-e-azam*), ainsi que l'appellent beaucoup de musulmans. Il lui écrit avec une servilité qui ne lui ressemble pas : « *Si le* Quaid-e-Azam *peut réaliser cette coalition, moi-même et toute l'Inde avec moi crierons d'une seule voix : "Vive* Quaid-e-Azam Jinnah *!"* » Mais Jinnah ne tombe pas dans le piège[54] : « *L'Inde n'est pas une nation, mais un sous-continent composé de différentes nationalités.* »

Le 12 octobre, le vice-roi annonce au Congrès et à Gândhî que Londres est prêt à envisager une réforme du statut de l'Inde après la guerre, et dans l'immédiat à instaurer un conseil consultatif associant au conflit l'« *opinion indienne* » et les « *minorités* », c'est-à-dire les musulmans, les souverains des États princiers et les Européens. Gândhî proteste : « *Vous voulez utiliser, comme toujours, les différences entre communautés pour contrecarrer les aspirations des Indiens. Et maintenant vous semblez vouloir recommencer votre vilain jeu de "la Ligue contre le Congrès" ! J'avais espéré que la formidable crise que traverse votre Europe donnerait aux hommes d'État anglais une meilleure compréhension de l'Inde.* »

Le 28 octobre, Gândhî se désole de voir que la Ligue musulmane considère « *le Congrès comme l'ennemi des musulmans* ». C'est, dit-il, un « *fait épouvantable !* » Prenant prétexte d'une lettre (sans doute imaginaire) que lui aurait adressée un enseignant du Penjab (défini comme un « *ami musulman*[169] »), lui demandant de reconnaître que « *les musulmans forment une nation séparée*[169] », il rassemble dans un très important article publié ce jour-là par le *Harijan* tous les arguments en faveur de l'unité de l'Inde. Texte, là encore, éminemment prémonitoire. Parce qu'il connaît l'Inde mieux que personne, parce qu'il la sillonne de long en large depuis plus d'un quart de siècle, il pressent ce qui vient[169] : « *Pourquoi l'Inde ne resterait-elle pas maintenant une nation unique ? N'en était-elle pas une pendant la période moghole ? L'Inde est-elle composée de deux nations ? S'il en est ainsi, pourquoi seulement deux ? Les chrétiens n'en forment-ils pas une troisième ? Les pârsis, une quatrième, et ainsi de suite ? Les musulmans chinois forment-ils une nation séparée du reste des Chinois ? Les musulmans anglais sont-ils une nation différente des autres Anglais ? En quoi les musulmans du Penjab sont-ils différents des hindous et des sikhs ? Ne sont-ils pas tous des Penjabis qui boivent la même eau, respirent le même air, tirent leur subsistance du même sol ? Qui y a-t-il là qui les empêche de pratiquer leurs rites religieux ? Les musulmans du monde entier forment-ils une nation, ou sont-ce seulement les musulmans de l'Inde qui forment une nation distincte des autres musulmans ? Le destin de l'Inde est-il de subir une vivisection en deux parties, l'une musulmane, l'autre non musulmane ? Et qu'adviendra-t-il aux musulmans qui vivent dans les villages où la population est majoritairement hindoue ? et, réciproquement, aux hindous là où ils ne sont qu'une poignée, dans les provinces de la Frontière ou du Sind*[169] *?* » La barbarie de la décennie à venir est annoncée là avec précision sans que personne d'autre ne la voie encore se dessiner.

Gândhî fait alors la connaissance d'un journaliste américain, Louis Fischer, correspondant du journal new-yorkais *The Nation* et qui vient de passer quinze ans comme correspondant à Moscou. Fischer décrit un homme en étonnante forme physique pour ses soixante-dix ans : « *Sa poignée de main est ferme. Son corps n'est pas celui d'un homme âgé. Sa peau est douce et élastique, cuivrée*[48]. » Un autre journaliste, anglais, Francis Watson, dit pareillement qu'il donne l'image d'un « *bien-être cuivré*[167] ».

Alors que le monde entre dans la tragédie, un journaliste hindou orthodoxe trouve le temps d'écrire que le vœu de chasteté de Gândhî n'est qu'un « *manteau* » destiné à camoufler sa « *sensualité* », et évoque les « *massages* » que lui prodigue le docteur Sushilâ Nâyar. Le *Bombay Chronicle* reprend ces allégations. Gândhî s'en défend vigoureusement le 4 novembre, dans le *Harijan* : « *La pauvre doctoresse Sushilâ Nâyar a été publiquement traînée dans la boue, parce qu'elle a commis le crime de me faire des massages et de m'administrer des bains médicinaux, deux choses pour lesquelles elle est la mieux qualifiée de mon entourage. Les curieux apprendront que ces opérations ne se déroulent pas en privé, qu'elles durent plus d'une heure et demie, durée que je mets à profit pour somnoler ou pour traiter des affaires avec Mahâdév, Pyârélâl ou d'autres. Ces calomnies, à ma connaissance, ont commencé durant ma campagne en faveur des intouchables. Le* brâhmachârya *s'est imposé à moi et me montre la femme comme la mère de l'homme ; elle est bien trop sacrée pour l'amour physique. Chaque femme est pour moi une sœur ou une fille [...]. Rappelons que, dans l'*âshram *de Sévâgrâm, il n'y a aucun lieu privatif. Si j'étais attiré sexuellement par les femmes, j'aurais assez de courage, même à cette période de ma vie, pour devenir polygame... Mais je ne crois pas en l'amour libre, qu'il soit secret ou au grand jour*[169] » (*Harijan*, 8 novembre 1939).

L'erreur du Congrès

À la fin de novembre, pour protester contre la déclaration de guerre à l'Allemagne, les ministres appartenant au Congrès démissionnent des gouvernements provinciaux, à l'instigation de Nehru et Bose. Jinnah comprend que c'est là une erreur majeure : fou de joie, il clame qu'il entend célébrer ce jour comme celui « *de la délivrance de la tyrannie, de l'oppression et de l'injustice* » subies par les musulmans pendant les deux ans et demi où le Congrès a gouverné. « *La culture musulmane a été détruite, la vie religieuse et sociale des musulmans attaquée, l'opinion des musulmans tournée en dérision, les droits économiques et politiques des musulmans foulés aux pieds*[109]. » Cette démission se révélera en effet un impair colossal, le Congrès y perdant tous ses moyens d'action et les abandonnant à d'autres, dont la Ligue, qui y gagnera une influence considérable auprès des masses musulmanes.

En décembre, à la session du Congrès réunie à Tripuri, Gândhî est toujours isolé et Subhâs Chandra Bose obtient un deuxième mandat. Sitôt réélu, Bose répète qu'il faut attaquer les Anglais : « *Si quelqu'un vous donne une gifle, il faut lui en rendre deux.* » Après avoir en vain proposé à Gândhî de prendre la tête de manifestations violentes[154], il en organise lui-même une à Calcutta, lançant en particulier comme mot d'ordre la démolition d'un symbole important aux yeux des Anglais, le Holwell Monument, à l'angle de Dalhousie Square, qui rappelle l'histoire, parfois mise en doute, de la mort de plus de 150 personnes, Indiens et Britanniques, dans un « *trou noir* » (*black hole*) où elles auraient été précipitées sur ordre du nawab du Bengale, le 21 juin 1756 ; il y eut à peine une vingtaine de rescapés. Cette manifestation va trop loin pour les dirigeants du Congrès qui, à l'instigation de Gândhî, refusent de travailler avec lui, si bien que Bose ne peut que démissionner.

Gândhî retrouve alors son influence et obtient qu'un musulman, son vieil ami de l'« *action pour le califat* », Maulana Abul Kalam Azad, qui avait déjà assuré la présidence du Congrès en 1923, la reprenne ; il essaie par ailleurs de se rapprocher du Premier ministre musulman du Penjab, Sir Sikandar Hyat Khan.

Bose est alors arrêté par les Anglais puis, après une grève de la faim d'une semaine, placé en résidence surveillée ; il recherche alors un appui allemand. Gândhî, lui, ne veut pas en entendre parler : « *Nous savons ce que le joug britannique signifie pour nous et pour les races non européennes du monde. Mais jamais nous ne souhaiterons mettre fin à la domination britannique avec l'aide allemande*[169]. »

Il persiste à répéter que la non-violence doit être la règle, qu'il faut se contenir, ne pas s'agiter, rester calme, réfléchir, prendre son temps avant d'agir. Qu'à cette fin le rouet lui est plus que jamais nécessaire. Le 30 décembre, il écrit un texte magnifique montrant, y compris en ces temps extrêmes, l'importance de la maîtrise de soi : « *Je dis depuis vingt ans qu'il existe un lien vital entre le* satyâgraha *[révolte] et le* charkhâ *[rouet], et plus cette conviction est critiquée, plus elle me paraît essentielle. Autrement je ne serais pas assez stupide pour continuer à faire tourner le rouet, chaque jour, chez moi et jusque dans les trains, en dépit des conseils des médecins. Je veux que vous fassiez également tourner le* charkhâ *avec la même foi. Si vous ne le faites pas, si vous ne portez pas habituellement du* khâdi, *vous me décevrez et décevrez le reste du monde*[169]. »

Alors que la guerre ne fait pas encore sentir tous ses effets sur l'Inde, le vice-roi interdit, le 10 janvier 1940, de nombreux journaux et les autres, dont le *Harijan,* sont placés sous le contrôle d'une censure renforcée. Gândhî rend visite, à Calcutta, à Charles Friar Andrews, l'ami de toujours, le disciple de Gokhalé, si représentatif de ces Anglais pour qui rien ne compte plus au monde que l'Inde ; venu le rejoindre en Afrique du Sud dès 1913 et qui le suit depuis lors, Andrews est à l'article de la mort. Ils parlent de Kallenbach qui, bien que juif, vient d'être arrêté en Afrique du Sud parce que citoyen allemand. Andrews murmure avec un triste sourire : « *Mohan, l'indépendance approche, et je ne la verrai pas...* »

En mars, dans une conférence prononcée à Lahore,

Jinnah affirme qu'il n'acceptera rien d'autre que l'indépendance des régions à majorité musulmane du nord-ouest et de l'est du sous-continent, et se rallie au nom « *Pakistan* », qui signifie « Terre des Purs » et dont les lettres sont les premières ou les dernières des noms désignant ces régions : **P**enjab, **K**ashmir**i**, **S**ind, Baloutchis**tan**). Ce projet, que les délégués musulmans à la table ronde de Londres en septembre 1931 ont eux-mêmes dénigré comme un « *projet d'étudiant* », devient un objectif réaliste. Gândhî laisse percer sa colère contre Jinnah et s'exclame [109] : « *Son nom [Jinnah] pourrait être celui d'un hindou. Quand je l'ai rencontré pour la première fois, j'ignorais même qu'il fût musulman* [169]. » Ce jour-là, en effet – le 12 janvier 1915 –, il lui avait reproché de s'adresser à lui en anglais. Gândhî fait cependant une concession : « *Les musulmans doivent avoir les mêmes droits à l'autodétermination que les autres Indiens. Pour le moment, nous sommes une famille unie que n'importe lequel de ses membres doit pouvoir quitter* [169]. »

L'entêtement pacifiste

En mars 1940, alors que l'invasion des îles Britanniques par les Allemands semble proche, Gândhî expose ses vues pacifistes et explique aux Anglais dans un article ahurissant du *Harijan* : « *J'aimerais que vous déposiez vos armes, inutiles pour vous sauver, vous ou l'humanité. Vous inviterez Herr Hitler et le Signor Mussolini à prendre ce qu'ils veulent des pays que vous appelez vos "colonies"... Si ces gentlemen choisissent d'occuper aussi vos foyers, vous les leur abandonnerez. S'ils ne vous permettent pas de partir, vous vous laisserez massacrer, hommes, femmes et enfants, mais vous refuserez de leur prêter allégeance*[169]. » Devant les protestations, il précise : « *J'ai été accusé à tort par mes critiques d'avoir lâchement suggéré aux Anglais de capituler devant le nazisme, alors que je leur ai seulement conseillé de déposer toutes leurs armes, de laisser les nazis envahir la Grande-Bretagne s'ils osent le faire ; mais je leur ai aussi suggéré de renforcer leur fermeté intérieure afin de ne pas se vendre aux nazis. Pour y parvenir, une condition nécessaire est le renoncement total à ce qui n'est pas essentiel*[169]. » La censure s'intéresse de plus en plus à son journal.

Le 5 avril vient la triste nouvelle, attendue, de la mort de Charles Andrews. C'est toute l'Afrique du Sud qui revient en mémoire à Gândhî ; il écrit dans le *Harijan* du 13 un bel article sur le seul homme qui l'appelait encore « Mohan » : « *Personne n'a probablement connu Charlie Andrews aussi bien que moi [...]. Quand nous nous sommes rencontrés en Afrique du Sud, en 1913, nous sommes devenus des frères et le sommes restés jusqu'à la fin [...]. Ce n'était pas une amitié entre un Anglais et un Indien, mais un lien indestructible entre deux serviteurs et deux chercheurs de la vérité. Si nous chérissons réellement la mémoire d'Andrews, il n'y aura pas en nous de haine envers les Anglais dont il était l'un des meilleurs et des plus nobles*[169]. »

Un peu plus tard, devant la sévérité de la censure, il décide de fermer le *Harijan*. Il signe, le 8 mai, un tout dernier éditorial : « *Mes conversations hebdomadaires avec vous me manqueront, et j'espère qu'elles vous manqueront également [...]. Un correspondant me supplie de ne pas suspendre* le Harijan*, car, dit-il,* *sa propre non-violence se nourrit de ce qu'elle y trouve. Si tel a réellement été le cas, cette restriction acceptée devrait lui avoir enseigné davantage que la continuation insipide de la lecture hebdomadaire du* Harijan[169]. »

À Londres, le 10 mai, Winston Churchill, qui pense que l'Empire est encore là pour mille ans, et qui déteste Gândhî, remplace Neville Chamberlain, malade, contesté après l'échec de l'expédition franco-britannique en Norvège. Depuis toujours Churchill pense que l'Inde n'est qu'une « *entité géographique abstraite* » et que tout mouvement vers l'indépendance de ce « *non-ensemble* » déboucherait sur une épouvantable guerre civile. Gândhî explique alors à tous, au sein du Congrès, qu'il n'y a plus rien à attendre des Anglais.

La « drôle de guerre » s'achève par l'effondrement de la Belgique, puis par celui de la France. Le 18 juin – lendemain du jour où le maréchal Pétain, président du Conseil, a appelé à cesser le combat et jour même où le général de Gaulle exhorte au contraire à la résistance – Gândhî parle de la non-violence et de Jésus en introduisant de subtils distinguos : « *Jésus a exprimé d'une façon imagée et vivante la grande doctrine de la non-coopération non violente. La non-coopération avec l'adversaire est "violente" lorsqu'on rend coup pour coup, et, dans ce cas-là, elle est au bout du compte inefficace. La non-coopération est "non violente" lorsqu'on cède tout à l'adversaire au lieu de ne lui donner que ce dont il a besoin. On ne le désarme une fois pour toutes que par une "non-coopération non violente" qui est en réalité la seule vraie non-coopération complète*[169]. »

Il réclame le libre choix pour l'Inde. Il déclare à un

journaliste britannique, Henry Noel Brailsford, qui suit les affaires indiennes depuis plus de vingt ans : « *Vous autres Anglais, vous espérez en cas de victoire apporter la liberté aux Autrichiens ; mais il ne vous viendrait jamais à l'esprit de rédiger leur Constitution à Westminster ou à Paris, n'est-ce pas ? [...] Or, dans le cas de l'Inde, il y a, enraciné dans le cerveau de vos gouvernants, le principe que c'est le Dieu des Anglais qui doit dessiner les plans de la maison dans laquelle les Indiens vont vivre. Vos fonctionnaires en élaboreront le projet, votre Parlement débattra des amendements un à un, les hommes blancs qui représentent Cardiff ou Clapham voteront pour décider si l'Inde doit avoir une ou deux Chambres, un suffrage universel ou censitaire*[109]... »

Se remémorant ce jour lointain de juin 1924 où il a empêché Mahâdév Désâi d'aller visiter les chutes de Jog, il l'envoie porter un message au *diwân* de Mysore, Sir Mirza Ismail : « *Quand tu seras à Mysore, tu seras tout près des chutes de Jog. Va les voir : j'ai écrit à Sir Mirza de bien vouloir organiser ton excursion. Ta mission à Mysore va prendre plusieurs jours, ton retour n'est pas urgent*[169]. »

L'« offre d'août »

La débâcle française suscite un ample mouvement d'inquiétude en Inde : si la Grande-Bretagne ne parvient pas à endiguer la vague allemande, rien ne pourra empêcher Hitler de se tourner vers la Méditerranée et peut-être même de marcher sur l'Inde. En juillet, le comité exécutif du Congrès découvre la vulnérabilité du sous-continent, regrettant d'avoir quitté les gouvernements locaux, se morfond dans l'inaction et fait une concession : il ne réclame plus l'indépendance immédiate, mais annonce que, si le gouvernement anglais s'engage sans ambiguïté à ce que l'Inde soit indépendante à la fin de la guerre (ce n'est plus un préalable), il est prêt à participer sur-le-champ à un gouvernement de défense nationale, donc à participer à la guerre. Gândhî, qui persiste à clamer son impératif de non-violence, est explicitement mis sur la touche. Le comité ajoute avec un luxe d'hypocrisie : « *Quoiqu'il tienne à préciser que le Congrès continue d'adhérer strictement au principe de non-violence dans sa lutte pour l'indépendance, le comité exécutif [...] est parvenu à la conclusion qu'il lui est impossible d'aller jusqu'au bout avec Gândhî, tout en lui reconnaissant la liberté de poursuivre son grand idéal*[169]. »

Les Anglais n'en ont rien à faire et continuent d'enrôler des centaines de milliers d'Indiens dans les armées britanniques. Le vice-roi reste ferme : par une dépêche secrète, le 2 août, conformément à l'ordonnance de Lord Willingdon de janvier 1932, il autorise les gouverneurs à considérer « *comme un acte hostile visant à aider les ennemis du roi* » tout refus d'obéissance à l'autorité anglaise, en particulier tout acte d'indiscipline au sein de l'armée ou à son égard. Six jours plus tard, Londres concède, par un communiqué du vice-roi, qu'après la guerre une « *Constitution* » sera élaborée par le peuple indien, mais rejette l'idée d'instaurer un gouvernement dans l'immédiat[109] ; il n'accorde que l'ouverture de l'actuel Conseil consultatif du vice-roi à quelques « *Indiens représentatifs* », et la création d'un vague « *Conseil de guerre consultatif* » comportant des représentants des provinces, des États princiers ainsi que d'autres intérêts représentant « *la globalité de la vie nationale indienne* » ; facultatifs, les avis de ce Conseil seront subordonnés aux exigences inhérentes aux « *responsabilités spéciales* » des Britanniques envers les princes, les minorités et la défense. Autrement dit : rien.

Énorme déception au sein du Congrès : la promesse d'émancipation au lendemain de la guerre est bien trop vague ; les mots « *assemblée constituante* » ne sont pas prononcés. Pis encore, peut-être : cette déclaration d'août 1940 recèle aussi, comme en passant, une première reconnaissance tacite du fait que le gouvernement de Londres est prêt à prendre en considération la partition de l'Inde. On trouve en effet, tout à la fin du communiqué du vice-roi : « *Il va sans dire que le gouvernement britannique ne pourrait envisager le transfert de ses responsabilités actuelles en matière de paix et de salut public en Inde à un système gouvernemental dont l'autorité serait catégoriquement démentie par de larges et puissants secteurs de la vie nationale indienne*[109]. »

Cette « *offre d'août* » (comme on va désormais l'appeler) est moins que le minimum que le Congrès serait disposé à accepter pour coopérer avec les Anglais. Celui-ci se rapproche alors de Gândhî. Fin août, Nehru exprime ce désenchantement dans un article plein d'humour intitulé « À la croisée des chemins » : « *Après la guerre, nous aurons (ou du moins on nous propose, mais le destin peut en décider autrement) une noble assemblée de mahârâjâs emperlés, de notables couverts de décorations, d'hommes d'affaires européens et de hauts fonctionnaires de l'administration impériale, plus quelques simples mortels, tous assis ensemble, sans doute sous la présidence du vice-roi, en train de rédiger la Constitution indienne. C'est ainsi que l'Inde exercera son droit à l'autodétermination*[120]. »

En fait, le gouvernement britannique n'attache lui-même aucune importance à sa propre proposition, persuadé que, de toute façon, Gândhî déclenchera un mouvement de protestation populaire contre les velléités bellicistes du Congrès, et que la non-violence l'emportera. C'est exactement ce qui va se passer, à la grande satisfaction du vice-roi...

Le « satyâgraha *représentatif »*

Le 27 août, Gândhî est reçu à Simlâ et se montre très mécontent de la menace de partition que contient l'offre d'août : « *Il vous faudra me découper en morceaux avant de diviser l'Inde !* » Il ajoute même que les musulmans ne sont après tout que des hindous convertis ! Début septembre, le comité exécutif du Congrès se réunit à Bombay, en présence de Gândhî, pour étudier l'offre britannique. Naturellement, c'est un rejet général. Les délégués demandent alors à Gândhî de reprendre la direction du parti et de prendre la tête d'une campagne de protestation. Il accepte.

Résistant à la pression de l'aile gauche du Congrès qui souhaite déclencher un mouvement violent, il entend placer la campagne sur le terrain du pacifisme et obtenir des Britanniques le droit de s'exprimer contre la mobilisation en Inde. Ayant tiré la leçon du *satyâgraha* de Râjkot qui a été un désastre parce que trop de gens y ont été engagés sans discernement, Gândhî propose de limiter la campagne à des prises de parole pacifistes par des militants sélectionnés, puis par des manifestants de plus en plus nombreux, et ce, dans un ordre précis[154]. Il pense de la sorte déborder l'administration britannique, submerger les prisons, bloquer les circuits administratifs, toujours dans le plus grand calme et sans violences. Il demande même aux futurs manifestants, qu'il choisit lui-même parmi les dirigeants du Congrès, d'aviser à l'avance les officiers résidents britanniques du district du lieu et de l'heure de leurs prises de parole. Il fixe le thème de ces discours : « *C'est mal d'apporter de l'aide en hommes ou en argent à l'effort de guerre britannique. Le seul effort estimable est de s'opposer à la guerre par la résistance non violente.* »

Tous savent qu'ils seront arrêtés et que le parti du Congrès sera déclaré hors la loi. Gândhî explique d'ailleurs qu'il ne veut, pour ce combat, que des gens préparés au pire : « *Je mènerai ce mouvement tant que je serai en liberté. Si je suis arrêté, le mouvement continuera seul dans la mesure où les gens auront assimilé la non-violence. Les membres du Congrès doivent rester calmes et sereins. Chacun ou chacune agira de sa propre initiative. S'il ou elle se sent capable de faire de la désobéissance civile, la voie est simple. Sinon, qu'il ou elle suive l'ordre du jour du programme "constructif"*[169]. »

C'est la même stratégie qu'en 1930 : « *harasser* » les Britanniques, les déborder. Il décrit de nouveau son utopie, ce « *programme constructif* » : union entre hindous et musulmans, prohibition de l'alcool et des tissus étrangers, filage et tissage, instruction primaire, artisanat, éducation des adultes, promotion des femmes, santé et hygiène, développement de l'hindoustani et réduction des inégalités économiques. Il persiste à dire que le mouvement n'a pas de sens en soi sans un retour à la civilisation indienne. Que même l'indépendance n'est rien, si on ne repense pas l'avenir : « *Conduire un mouvement de désobéissance civile sans le "programme constructif", c'est comme vouloir saisir une cuillère avec une main paralysée. Ceux qui pensent que les principales réformes se produiront une fois l'indépendance* [Swarâj] *obtenue, ne comprennent rien au* Swarâj *non violent. Il ne tombera pas du ciel un beau matin. Il faut le construire morceau après morceau, grâce à l'effort personnel de tous*[109]. » Ces contraintes auto-imposées sont une agréable surprise pour le vice-roi.

La guerre gagne l'Asie et se rapproche de l'Inde : profitant de la défaite française face à l'Allemagne, les Japonais somment le gouverneur de l'Indochine, Catroux, de fermer la frontière entre le Tonkin et la Chine (20 juin), et contrôlent eux-mêmes la voie ferrée. Le 25 septembre, ils occupent des bases puis une partie du territoire, tout en laissant en place l'administration coloniale à présent dirigée par Decoux qui collabore avec eux à Dalat, tout comme, en France, ils le font de Vichy avec les Allemands[17].

Le 17 octobre, le premier dirigeant choisi par Gândhî pour manifester, Vinobâ Bhâvé, prononce un discours à Paunar, près de Wârdhâ. Il est arrêté quatre jours plus tard et condamné à trois ans de prison. Le 1er novembre, c'est le tour de Nehru, arrêté sur la route d'Allahâbâd et condamné à quatre ans de prison.

« Vous n'êtes pas le monstre... »

Tandis que cette offensive pacifiste s'accélère, Gândhî entend lui conférer une dimension internationale et montrer que son action n'est pas hostile à la Grande-Bretagne. Le 24 décembre, il écrit à Hitler une nouvelle lettre d'une franchise qui peut sembler naïve, où il dit, et c'est nouveau, qu'il ne souhaite pas la victoire de l'Allemagne : « *Cher ami, si je vous appelle "ami", ce n'est pas par formalisme. Nous ne doutons pas de votre courage, de votre amour pour votre patrie, et nous ne croyons pas non plus que vous soyez le monstre dépeint par vos adversaires*[169]. » Puis il rectifie : « *Mais vos écrits et vos déclarations, ainsi que ceux de vos amis et de vos admirateurs, ne permettent pas de douter qu'un grand nombre de vos actes ne soient monstrueux et attentatoires à la dignité humaine, surtout selon le jugement de ceux qui, comme moi, croient à l'amitié universelle. Il en est ainsi de l'humiliation que vous avez infligée à la Tchécoslovaquie, du viol de la Pologne et de l'annexion du Danemark. Je suis conscient que, selon votre conception de la vie, ces spoliations sont des actes louables. Mais nous avons appris depuis notre enfance à les considérer comme des actes humiliants pour l'humanité. Aussi ne pouvons-nous pas souhaiter le succès de vos armes*[169]. »

Il met ensuite le colonialisme sur le même plan que le nazisme. « *Mais notre position est unique : nous résistons à l'impérialisme britannique tout autant qu'au nazisme. Je vous demande donc, au nom de l'humanité, de cesser la guerre [...]. J'avais l'intention d'adresser un appel conjoint à vous-même et au Signor Mussolini que j'ai eu l'honneur de rencontrer à l'époque de mon voyage en Angleterre comme délégué à la conférence de la table ronde. J'espère qu'il voudra bien considérer ceci comme lui étant également adressé, moyennant les changements indispen-*

sables[169]. » Il conclut par cette phrase prémonitoire : « *Si ce ne sont pas les Britanniques, quelque autre puissance pourra améliorer vos méthodes et vous battre avec vos propres armes. Vous ne laissez pas à votre peuple un héritage dont il aura lieu d'être fier. Il ne pourra s'enorgueillir du récit d'actes cruels, même adroitement préparés*[169]. »

Nul ne retiendra qu'il affirme ne pas souhaiter la victoire des nazis. Personne n'oubliera, en revanche, la terrible phrase introductive de cette lettre : « *Nous ne doutons pas de votre courage, de votre amour pour votre patrie, et nous ne croyons pas non plus que vous soyez le monstre dépeint par vos adversaires*[169]. »

Il lance l'un après l'autre ses amis sur les routes pour prononcer des discours pacifistes, et, le 3 décembre, ce sont près de 400 dirigeants au Congrès, dont 29 anciens ministres provinciaux, qui sont en prison. Le « *Corset de fer* » tient bon. Gândhî ne considère pas ce résultat comme une défaite. Il pense que le temps joue en faveur de l'Inde et qu'au bout de quelques années, quand des dizaines de milliers, voire des millions de gens auront agi de la même façon, la Grande-Bretagne se lassera et le Congrès héritera du pouvoir en douceur ; il lui suffit de se maintenir quel que soit le sort des armes.

« Enterré à Sévâgrâm »

Le 30 décembre 1940, soit après trois mois de présidence du Congrès, Gândhî, à sa demande, quitte la direction de l'organisation, mais conserve celle de la campagne de désobéissance passive. Il l'élargit à des milliers de gens d'après des listes préparées par les comités locaux, qu'il examine et valide lui-même en détail[54]. Ces milliers de gens manifestent toujours aimablement et sont arrêtés poliment. Le vice-roi ne s'en inquiète pas : le « *Corset de fer* » a résisté à bien pire ! Dans une circulaire secrète qu'il adresse le 29 janvier 1941 aux gouverneurs de province, il explique même que la modération de Gândhî rend inutile le recours aux pouvoirs spéciaux, et il demande à ses adjoints que les condamnations des *satyâgrahi* soient légères pour éviter les provocations. De fait, les procès ne font pas les gros titres...

Au cours de l'hiver 1941, à l'exception d'un voyage à Bombay et d'un autre à Allahâbâd en février 1941, Gândhî reste, selon ses propres termes, « *enterré à Sévâgrâm* » : « *Je me sens capable de penser mieux et plus clairement à Sévâgrâm que partout ailleurs, pour la simple raison que j'y ai aménagé une atmosphère propice à mon développement. Avec la marche du temps, mon corps se décatit, mais pas ma sagesse, du moins je l'espère. Il me semble qu'en avançant en âge je vois les choses plus lucidement*[169]. »

À Londres, le secrétaire d'État à l'Inde, Sir Leopold Amery, déclare que le mouvement de contestation, « *aussi regrettable qu'irrationnel, suit son cours de manière languide, sans susciter beaucoup d'intérêt* ». Quand le journal *Hindu Times* ajoute que le mouvement n'a aucune espèce d'influence sur l'effort de guerre, Gândhî réplique qu'il n'est pas fait pour l'entraver. Il est fait, dit-il, pour préparer les Indiens à changer leur âme et à vouloir leur indépendance. De ce point de vue, il a raison : ce sont des militants aguerris qui sortiront de l'épreuve.

Fin mars, Gândhî élargit la manifestation aux militants de base du Congrès. Les Anglais tiennent toujours le choc. Quelque 25 000 personnes sont déjà incarcérées pour « *désobéissance civile individuelle* ». Mais ce n'est pas un problème : les prisons indiennes sont vastes...

Bose devient Nétâjî

Commence ailleurs une singulière aventure personnelle : l'un des leaders du Congrès va prendre la tête d'une armée indienne alliée aux forces de l'Axe pour combattre la Grande-Bretagne. Et pas n'importe quel dirigeant : le principal chef de l'aile gauche du parti, celui dont Gândhî se méfie depuis si longtemps, l'ancien président du Congrès, Subhâs Chandra Bose, franchit le Rubicon ! Alors qu'il est assigné à résidence chez lui à Calcutta, il s'évade en janvier 1941, traverse toute l'Inde et passe en Afghanistan avec l'aide de l'Abwehr, les services secrets allemands[56] ! Son objectif : constituer une force armée et la lancer contre les Anglais. Son projet est calqué sur celui de Jatîn Mukherjee vingt-cinq ans plus tôt : pénétrer en Inde par la frontière birmane à la tête de troupes équipées par le Reich. Après un périple épique (grâce à un passeport italien, au nom d'« Orlando Mazzotta », poursuivi par les agents des services secrets britanniques et acheminé par leurs homologues du NKVD), il parvient à Moscou en mars 1941. Il table sur le soutien traditionnel de la Russie face à la présence britannique en Inde[56]. Les Soviétiques ne veulent pas s'en mêler. Ils hésitent à l'expédier au goulag, puis le confient à l'ambassadeur allemand à Moscou, le comte von der Schulenburg, qui, le 9 avril, l'envoie à Berlin par avion spécial, quelques semaines seulement avant l'invasion surprise de l'URSS par les Allemands, le 22 juin 1941, et son propre rappel[56].

Bose n'est ni nazi ni antisémite ; la question juive ne le concerne pas plus que la question européenne. Comme tous les autres dirigeants du Congrès, il est antianglais et hostile à la présence juive en Palestine parce qu'il a besoin du soutien musulman en Inde même. À Berlin, après avoir beaucoup attendu, il est reçu par le ministre des Affaires étrangères, Joachim von Ribbentrop, dans son bureau de la Wilhelmstrasse. Il lui demande de se prononcer en faveur de l'indépendance de l'Inde et de celle des pays arabes, dont la Palestine. Surtout, il quémande des subsides pour créer une station de radio, développer des activités clandestines en Afghanistan et créer un gouvernement en exil[13]. Le gouvernement allemand ne se montre guère pressé de lui répondre.

Quelques jours plus tard, le 28 mai, le général Smuts, redevenu Premier ministre de l'Union sud-africaine, est promu maréchal dans l'armée britannique ; d'après le secrétaire particulier de Churchill, John Colville, le roi George VI l'aurait même désigné secrètement pour remplacer Churchill au poste de Premier ministre s'il venait à disparaître dans le courant de la guerre[26].

Le 8 juin, une armée composée de troupes britanniques et de soldats français ralliés à la France libre pénètre en Syrie. Le 22 juin, les armées d'Hitler s'enfoncent en territoire soviétique. Pour Bose, c'est l'espoir de pouvoir rejoindre l'Inde *via* l'Afghanistan. L'Indochine française passe sous contrôle militaire du Japon, le 21 juillet, avec l'accord de Vichy. Hô Chi Minh crée le Viêt-minh, qui organise la résistance armée contre les Français dans le nord de la péninsule.

Le 7 août meurt Rabindranâth Tagore ; Gândhî, alors à Sévâgrâm, émet quelques banalités sur le grand homme qui l'a tant aidé : « *La mort de Rabindranath Tagore nous prive du plus grand poète de l'époque et d'un ardent nationaliste qui fut aussi un éminent humaniste*[169]... » Dans son Journal de prison, Nehru consigne ce jour-là une idée beaucoup plus intéressante : « *Il vaut peut-être mieux pour Tagore être mort maintenant et ne pas voir toutes les horreurs qui vont s'accumuler sur le monde et sur l'Inde. Il en avait vu assez, et il était irrévocablement triste et malheureux*[120]. » Il le compare à Gândhî : « *Deux caractères bien différents, l'un et l'autre typiques de l'Inde, dans la lignée des défenseurs des droits de l'homme. Non à cause d'une qualité particulière, mais à cause du "tous ensemble" [en français dans le texte]*[120]. »

Le 14 août, Churchill et Roosevelt signent la Charte de l'Atlantique qui prévoit le « *droit pour chacun de choisir la forme de gouvernement sous laquelle il doit vivre* » ; elle servira de base à la Charte des Nations unies, mais naturellement, dans l'esprit de Churchill, les magnifiques principes qu'elle contient ne s'appliquent pas aux Indiens.

Cependant que Bose végète à Berlin, frappant à toutes les portes, d'autres dirigeants indiens choisissent le camp de la Grande-Bretagne. Le 19 septembre, Sri Aurobindo adresse ainsi au gouverneur de Madras sa contribution financière à une collecte du vice-roi au profit de la défense[24]. Dans le même temps, il envoie par mandat télégraphique quelques centaines de livres au général de Gaulle, à Londres : « *C'est pour la défense de la civilisation et de ses valeurs sociales, culturelles et spirituelles les plus hautes, et de tout l'avenir de l'humanité [...]. Nous attendons impatiem-*

ment la victoire de la Grande-Bretagne et, comme ultime résultat, une ère de paix et d'unité entre les nations et un ordre mondial meilleur et plus sûr[24]. »

Le 2 novembre, à Berlin, Bose reçoit enfin l'accord et les moyens tant attendus pour créer une radio et recruter des troupes, mais pas encore l'autorisation de constituer un gouvernement en exil[57]. Il singe alors tous les symboles nazis, adopte comme salut « *Jai Hind !* » (« Victoire pour l'Inde ! »), le chant de Tagore, *Jana Gana Mana*, comme hymne national, et se fait appeler « *Nétâjî* » (« Timonier » en hindi) par ses rares recrues[13]. Par la suite, on ne désignera plus Bose que par ce nouveau nom. En décembre 1941, avec les quinze premiers volontaires recrutés parmi les prisonniers faits par Rommel dans l'armée anglaise, il constitue une « Légion indienne » miniature, détachement qu'il présente comme le successeur de « *la Grande Révolution de 1857, nommée improprement "révolte des Cipayes" par les historiens anglais, mais qui est considérée par le peuple indien comme sa première lutte d'indépendance*[13] ».

Entre l'Allemagne et le Japon

Le 4 décembre, le vice-roi fait relâcher les 25 000 prisonniers de la campagne du *satyâgraha*, car il est, dit-il, « *sûr que ceux qui comptent en Inde sont maintenant déterminés à soutenir l'effort de guerre jusqu'à la victoire finale* »... Nehru et les autres recouvrent la liberté. Autrement dit, la campagne de discours pacifistes n'a servi de rien, si ce n'est pas accélérer la mobilisation de jeunes gens qui se retrouvent bientôt en première ligne...

Trois jours plus tard, le 7 décembre, l'attaque japonaise sur Pearl Harbor, provoquée notamment par l'embargo américain sur le pétrole, bouleverse la physionomie de la guerre, pour l'Inde comme pour le reste du monde : elle entraîne l'entrée en guerre des États-Unis et de la Grande-Bretagne contre le Japon. Celui-ci a désormais toutes les raisons de s'attaquer à l'Inde. Or le Japon, pour l'Inde, c'est tout autre chose que l'Allemagne. Si les Indiens peuvent se désintéresser d'une très improbable attaque allemande, ils ne peuvent rien faire d'autre que s'opposer à une attaque japonaise. Et les troupes nipponnes stationnent déjà en Chine et en Indochine... Le 10 décembre, deux navires britanniques sont coulés par les Japonais ; le 11, l'Allemagne et l'Italie déclarent la guerre au États-Unis.

Le 15, Churchill se rend aux États-Unis pour la conférence Arcadia qui réunit tous les chefs d'état-major alliés afin de repenser leur stratégie. On parle surtout du théâtre d'opérations en Europe, mais aussi un peu du Pacifique ; et comme parler du Japon c'est parler aussi du reste de l'Asie, Roosevelt demande à Churchill si l'octroi de l'indépendance à l'Inde ne pourrait pas contribuer à la mobilisation de ce pays contre Tokyo afin d'y fixer ses forces. Churchill racontera dans ses Mémoires : « *Je réagis si fort et si vite qu'il ne souleva plus jamais la question*[25] *!* »

La menace grandit : le 21 décembre, la Thaïlande signe un pacte avec le Japon et déclare un mois plus tard la guerre aux États-Unis et à la Grande-Bretagne, donc à l'Inde. Simultanément, le Japon occupe une grande partie des possessions britanniques, hollandaises et américaines d'Asie du Sud-Est. Le 22, à Ottawa, Churchill et Roosevelt décident d'unir leurs forces contre l'Allemagne nazie et le Japon. La

Grande-Bretagne entre aussitôt en guerre contre Tokyo ; le vice-roi en fait autant, au nom de l'Inde, aussi automatiquement qu'il l'a fait contre l'Allemagne, deux ans plus tôt. Tout aussi furieux qu'à l'époque, le Congrès se réunit pour trouver une parade.

Le 23 décembre, le comité exécutif du parti, convoqué à Bardoli, sous la présidence de Maulana Azad, continue de soutenir en principe le programme de résistance civile de septembre 1940 pour lequel tous ont été jetés en prison ; mais il propose aussi désormais, contre l'avis de Gândhî, de rechercher un accord avec le gouvernement britannique pour agir conjointement contre les Japonais. Gândhî s'indigne et répète qu'il ne voit pas de différence entre colonialisme et fascisme : « *Tout, en Inde, découle de l'hostilité et de la méfiance à l'encontre du gouvernement britannique ; les grandes promesses ne pourront rien y changer et aucun Indien ne pourra offrir volontairement son aide à un impérialisme arrogant qui ne se différencie pas de l'autoritarisme fasciste*[169]. » À l'issue de la réunion, il déclare à Azad qu'il sait que « *la plupart des membres [du comité exécutif] ont une interprétation différente de la [sienne] : ils soutiennent que l'opposition à la guerre n'a pas besoin d'être placée sur le terrain de la non-violence* ». Le vice-roi autorise Gândhî à faire reparaître *Harijan*, cependant que Nehru appelle à « *une guérilla de résistance* » contre le vice-roi.

Certains ne s'arrêtent pas là. Un militant extrémiste, déjà rencontré il y a longtemps, Vinâyak Sâvârkar, décide de mettre sur pied une organisation clandestine, le Hindu Râshtra Dal, capable d'accomplir des tâches « *qu'un parti politique ne peut se permettre*[86] ». Le fils d'un de ses gardiens de prison, dont on a déjà parlé, Nâthurâm Godsé, l'y rejoint et est chargé, avec un nommé Nârâyan Apté, d'aménager des camps d'entraînement [86]. D'après un rapport des services secrets britanniques en Inde, le CID (Criminal Intelligence Department), qui les infiltre, ces camps servent à la pratique des sports indiens, à l'entraînement aux exercices physiques, au tir à la carabine ainsi qu'à l'étude de l'idéologie du parti. Le Dal ne comptera jamais guère plus de 150 militants [13], mais parmi eux figure le futur assassin de Gândhî.

L'effondrement britannique

Le 24 décembre 1941, tremblement de terre : les Japonais s'emparent de Hong Kong, haut lieu stratégique de l'Empire britannique. Alors que Nguyên Ai Quôc, qui prend le pseudonyme d'Hô Chi Minh, rentre après trente ans d'absence dans la péninsule indochinoise et y crée le Viet-minh, les États-Unis, moins de trois semaines après Pearl Harbor, énoncent le « *Programme de la victoire* », qui réorganise leur économie autour de la guerre.

Si la grande majorité de l'intelligentsia indienne est antinazie, antifasciste et antinipponne, et si Gândhî dénonce le slogan japonais « *L'Asie aux Asiatiques* » et encourage le boycott des importations japonaises, les premiers succès des troupes du mikado attirent vers elles de nombreux Indiens qui espèrent trouver en elles des alliées capables de les débarrasser des Anglais.

À Berlin, Nétâjî vient d'avoir une fille ; il loge dans une villa cossue, avec voiture à sa disposition et rations spéciales ; sa « Radio de l'Inde libre » diffuse ses programmes en plusieurs langues, il publie sous le même titre un journal bilingue, et son Centre de l'Inde libre obtient un statut officiel. Sa Légion compte maintenant 3 500 hommes bien entraînés et bien équipés, recrutés parmi les soldats indiens incorporés dans l'armée anglaise et faits prisonniers en Afrique[13]. Le général Tojo, chef du gouvernement de Tokyo, déclare à la Diète qu'il est prêt à l'accueillir et à l'aider à obtenir l'indépendance de l'Inde. Nétâjî souhaite donc partir, mais il n'en a pas les moyens[13]. D'autant qu'au Japon se lève un rival homonyme : le 15 février 1942, alors que Singapour tombe aux mains de l'armée japonaise, les troupes indiennes qui y sont faites prisonnières se retrouvent placées sous le commandement d'un certain capitaine Mohan Singh, lui-même coiffé par un certain Râsbéhâri Bose, homonyme de Nétâjî. Collaborateur de Jatîn Mukherjee en 1915, naturalisé japonais, longtemps en contact avec Tagore[13], R. Bose nomme Mohan Singh « *commandant en chef* » et se proclame lui-même « *président du Comité d'action* ». Son objectif est d'aider les forces nipponnes à prendre pied dans l'Orissâ, situé sur la côte du Bengale, qu'il est assez aisé d'atteindre en bateau depuis la Birmanie. Exactement le projet qu'a aussi Nétâjî...

Or justement, la Malaisie en février, puis la Birmanie en mars tombent entre les mains des Japonais. La baie du Bengale se trouve ainsi complètement exposée aux incursions de la marine nipponne. Sur ordre des Anglais, l'armée indienne en organise la défense en sabordant tout ce qui pourrait servir aux envahisseurs, en particulier les bateaux de pêche. Contre l'avis de Gândhî, le Congrès demande à ses militants de participer à cette résistance antijaponaise. D'autres, telle Mîrâbehn, prépare les habitants de l'Orissâ à résister de façon non violente à une éventuelle agression.

Le 25 février 1942, Jamnâlâl Bâjâj, dit le « *cinquième fils* » de Gândhî, trésorier et financier du Congrès depuis un quart de siècle, meurt. Gândhî écrit : « *Chaque fois que je parlais d'hommes riches disposant de leur fortune pour le bien public, j'avais à l'esprit ce prince marchand [...]. Sa candeur était tout ce qu'il possédait. Chaque maison qu'il construisait pour lui-même devenait un Dharmasala [magnifique station touristique indienne dans la vallée de Kângrâ, où vit aujourd'hui le Dalaï Lama]. Sa contribution comme* satyâgrahi *était de tout premier ordre*[169]... »

La mission Cripps

La Grande-Bretagne a plus que jamais besoin de la loyauté de l'Inde pour ne pas y consacrer trop de forces au maintien de l'ordre, pour y recruter des effectifs en vue du débarquement en Europe qui commence à se préparer, et pour résister à l'avancée japonaise. Mais Churchill doit résoudre une équation apparemment impossible : comment s'assurer de sa loyauté, sans ouvrir la voie à l'indépendance dont il ne veut pas entendre parler ?

Le 25 février 1942, le Premier ministre réunit autour de cette question, au ministère de la Guerre, Clement Attlee, Sir John Simon (devenu lord-chancelier), James Grigg et John Anderson (hauts fonctionnaires ayant été en poste en Inde), Stafford Cripps et Leo Amery. Cripps est un très curieux personnage : avocat, marxiste, il n'est affilié à aucun parti et rentre d'une mission de deux ans comme ambassadeur à Moscou ; très populaire à Londres (Churchill le considère comme un rival potentiel), Amery, secrétaire d'État à l'Inde, condisciple de Churchill, fait aussi figure de rival potentiel du Premier ministre ; né en Inde d'une mère juive hongroise, Amery aime à dire que « *Churchill connaît aussi bien les problèmes de l'Inde que George III connaissait ceux des colonies américaines...* » Cette réunion débouche sur un véritable coup de tonnerre : tous ayant expliqué à Churchill qu'il est hors de question d'en rester au statut actuel, le Premier ministre se résigne à envisager une nouvelle solution qui va beaucoup plus loin qu'il ne le voudrait : sitôt après la guerre se tiendront en Inde des élections à une assemblée constituante (le mot est enfin lâché), laquelle élaborera la Constitution d'une Union indienne qui deviendra un dominion « *avec le même statut de plein droit que les autres* ». Les États princiers seront conviés à désigner des représentants à cette Assemblée. L'Union indienne aura même le droit de sortir du Commonwealth.

Mais si l'indépendance est au bout de ce projet, l'éclatement du pays s'y trouve aussi. Le gouvernement de Londres s'engage en effet à « *ce qu'une province de l'Inde britannique qui ne serait pas prête à accepter la nouvelle Constitution conserve son statut constitutionnel actuel, promesse étant faite de lui permettre une accession ultérieure si elle le décide. Pour les provinces qui refusent l'Union indienne, le gouvernement de Sa Majesté est prêt, si elles le désirent, à leur accorder le même statut de plein droit qu'à l'Union indienne obtenu par la même procédure que celle décrite plus haut* ». Les États princiers, « *qu'ils veuillent ou non adhérer à la nouvelle Constitution, devront négocier une révision des dispositions des traités existants* ». Très favorable depuis les années 1930 à l'indépendance indienne, Attlee, ancien fonctionnaire de l'ICS, raconte dans ses Souvenirs que le « *projet de déclaration* » était « *un plan compliqué reflétant bien l'attitude des membres du gouvernement qui n'étaient pas convaincus par l'autodétermination de l'Inde – spécialement le Premier ministre*[7] »... La proposition va évidemment beaucoup plus loin que l'offre d'août 1940 pour ce qui est de l'indépendance, mais aussi et surtout pour ce qui concerne la partition.

Le lendemain 26 février, à Sévâgrâm, Gândhî envoie Mahâdév Désâi, fatigué, se reposer à Nâsik. Mais dès son départ, arrivant en gare de Wârdhâ, près de Sévâgrâm, ce dernier est agressé, légèrement blessé et conduit à l'hôpital. Le téléphone vient d'être installé à Sévâgrâm. Dans la nuit du dimanche au lundi 27, Gândhî fait des allers et retours nerveux entre son lit et la cabane du téléphone. Sa période hebdomadaire de silence étant commencée, il écrit ses questions sur des bouts de papier qu'il tend au téléphoniste. Le 27, Désâi est de retour et Gândhî lui dit quelques mots de bienvenue : « *C'est la première fois depuis la mort de son neveu Maganlâl qu'il rompait son silence hebdomadaire*[35] », note Nârâyan, fils de Mahâdév Désâi.

Le 1er mars, Nétâjî déclare la guerre à la Grande-Bretagne (donc aussi à l'Inde) au nom de son gouvernement en exil. Il a beaucoup hésité : cela le conduit à accepter de faire que ses hommes tirent sur des soldats indiens portant l'uniforme britannique. Joseph Goebbels écrit triomphalement, ce jour-là, dans son Journal[13] : « *Nous avons réussi à décider le dirigeant nationaliste indien Bose à publier une solennelle déclaration de guerre à l'Angleterre. Elle sera diffusée et commentée dans la presse allemande de la manière la plus marquante. De cette manière, nous allons à compter d'aujourd'hui entamer notre combat officiel au nom de l'Inde, même si nous nous gardons de le reconnaître encore officiellement*[81]. »

Cependant, le Japon continue de progresser, faisant de très nombreux prisonniers britanniques. En face, les Anglais lèvent à toute allure une armée indienne dotée d'un encadrement et de matériel militaire anglo-américains, et mettent sur pied une organisation défensive. Dans les districts côtiers de l'Orissâ, les plus proches de la Birmanie, Mîrâbehn note que les habitants sont plus mécontents contre les Anglais que contre les Japonais. Les réfugiés indiens venus de Birmanie et de Malaisie décrivent les exactions britanniques ; les pêcheurs du Bengale sont scandalisés de voir l'armée anglaise détruire des milliers de petits bateaux de pêche de crainte qu'ils tombent entre les mains des Japonais.

Le 6 mars, Gândhî doit se rendre à Calcutta pour rencontrer le chef du gouvernement chinois replié à Chongqing, Tchang Kaï-chek, venu plaider une entente entre Indiens et Chinois contre Tokyo. Kasturbâi est souffrante et Gândhî hésite à la quitter[54]. Puis il part. Du train il lui écrit : « *Ça ne m'a pas plu du tout de te quitter.* » On connaît peu d'autres témoignages de tendresse adressés par le Mahâtmâ à sa femme.

Le 11 mars, Churchill annonce aux Communes qu'il envoie Stafford Cripps en Inde exposer le « projet de déclaration » encore tenu secret. L'idée d'envoyer son rival en mission au loin pour qu'il y échoue n'est pas pour déplaire à Winston Churchill.

Cripps débarque d'avion à New Delhi le 22 mars. Il fait venir Gândhî de son *âshram* et lui montre les propositions dont il est porteur. Gândhî conseille à Cripps de rentrer sans attendre à Londres : même si, pour la première fois, le droit de l'Inde à une Constitution et à l'autodétermination est reconnu sans ambiguïté, avec un calendrier et une procédure relatifs à l'exercice de ce droit, celui « *de non-accession* » accordé aux provinces et aux États princiers menace de faire éclater le pays en mille entités. C'est, dit Gândhî, comme un « *chèque en bois tiré sur une banque en faillite !* ». Propos qu'il dément quand on les lui rapporte : « *Je n'ai évidemment rien dit de tel [...], mais la critique contenue dans l'expression "chèque en bois" est parfaitement correcte.* »

Cripps considère alors d'emblée Gândhî comme un ennemi. Mais le Mahâtmâ n'est pas le seul à rejeter ce texte : Jawâharlâl Nehru, à la lecture des mêmes propositions, a la même réaction et fait part de « *son profond découragement* ». Consulté, Sri Aurobindo, lui, trouve le projet satisfaisant et l'écrit à Cripps. La petite minorité d'hommes d'affaires indiens bénéficiant de contrats ouverts par la guerre approuve elle aussi le plan. Le 30 mars, Cripps déclare à la radio de Delhi : « *Le gouvernement de Londres affirme sans équivoque que nous, Britanniques, désirons que le peuple indien accède à la pleine indépendance.* » Il tente de négocier. Les dirigeants du Congrès veulent faire du « *gouvernement intérimaire* » qu'on leur propose la base d'un gouvernement national (« *pour la défense et le salut de l'Inde* »), alors que les Anglais ne veulent lui transférer aucun pouvoir, de crainte de ne pouvoir les reprendre après la guerre.

Entre-temps, les Japonais accumulent victoire sur victoire en Birmanie. Les villes de Toungoo et Prome sont évacuées les 1er et 3 avril, jour où Cripps déclare au chef d'état-major des troupes britanniques en Inde, le général Wavell, qu'il pense parvenir à un accord avec le Congrès sur tous les points, y compris sur la gestion de la période de transition : « *Je pense que je vais sans doute parvenir à quelque chose d'utile d'ici à la semaine prochaine : les points d'achoppement disparaissent et nous allons pouvoir, avec une bonne volonté mutuelle, résoudre toutes les difficultés*[154]. »

Le lendemain 4 avril, Cripps présente Nehru et Azad au général Wavell, et les laisse discuter avec un envoyé de Roosevelt, le colonel Louis Johnson, des compétences d'un éventuel ministère indien de la Défense[154]. Nehru et Azad acceptent que le commandement britannique contrôle les aspects opérationnels de la guerre, mais exigent que le futur gouvernement provisoire soit d'une façon ou d'une autre légitime aux yeux des Indiens. Azad écrit à Cripps[54] : « *Il est évident que la conception du gouvernement britannique et la nôtre diffèrent du tout au tout en ce qui concerne la défense. Pour nous, il s'agit de lui conférer un caractère national, d'engager tous les hommes et toutes les femmes de l'Inde à y participer... Le vice-roi ne se rend pas compte que l'Inde ne saurait combattre que sur une base populaire.* »

C'est l'enlisement. Cripps est convaincu que Gândhî pousse les autres dirigeants à refuser l'accord, ce qui est faux : ils n'ont nul besoin d'être poussés pour s'y opposer. Si Gândhî refuse au nom de l'unité de l'Inde, les autres refusent au nom de leur aspiration à l'indépendance.

Début avril, dans cette complexe partie d'échecs, un changement imperceptible va avoir des suites considérables : l'ex-Premier ministre de Madras, C. Râjâgopâlâchâri, propose à la Ligue musulmane un compromis qu'on appellera ensuite « *formule Râjâji* » : si la Ligue appuie le projet d'indépendance et la constitution immédiate d'un gouvernement unique de toute l'Inde, le Congrès acceptera qu'un référendum ait lieu au « *Pakistan* » (dans des districts contigus à majorité musulmane) pour décider s'ils veulent rester dans l'Union indienne ou bien s'ils préfèrent s'en séparer. Si, en dernier ressort, la partition était décidée, les deux États ainsi formés discuteraient d'accords de défense et de communications.

C'est la première fois que l'idée d'un « *Pakistan* » est admise par un membre éminent du Congrès, Râjâji qui est, de plus, le beau-père du fils de Gândhî. Jinnah refuse néanmoins cette résolution : pas question d'entrer dans un gouvernement provisoire commun au Congrès et à la Ligue ; pas question de donner la moindre chance de faire naître, ne serait-ce qu'un instant, une Inde unie.

Roosevelt exhorte Churchill à aller plus loin et à accepter la formation d'un gouvernement indien « *similaire, dans son essence, à votre propre gouvernement* ». Il ne comprend pas pourquoi, « *si le gouvernement britannique veut permettre la formation d'une Union indienne après la guerre, il refuse aux Indiens d'expérimenter un tel gouvernement autonome pendant la guerre* ». Churchill continue à ne pas voir de raison de traiter l'Inde autrement que sous la reine Victoria.

Militairement, la situation des Britanniques en Asie tourne à la catastrophe. Colombo subit un raid aérien japonais le 5 avril. Vizâgâpatam et Cocanada, sur la côte, sont bombardées le lendemain. Le Japon cerne l'Inde de plus en plus près. Face à la menace, les dirigeants du Congrès réclament que le pouvoir militaire sur l'armée indienne soit transféré à un ministère de la Défense dirigé par un Indien et placé auprès du vice-roi.

Le 12 avril, Cripps repart sur un échec, convaincu que Gândhî en est responsable[59]. À la proposition de Roosevelt de créer un gouvernement indien, Churchill répond d'une de ces formules lapidaires dont il a le secret : « *Je remercie les événements d'avoir rendu impossible un tel acte de folie*[25]... » Sans doute se réjouit-il aussi de l'échec de Cripps qui éloigne tout à la fois un rival et l'indépendance de l'Inde.

Gândhî, lui, a tourné la page. Il en a assez de discuter avec les Anglais, assez de les voir toujours tout bloquer. Il en a aussi assez des demi-mesures. Les manifestations pacifistes de l'année précédente, qui ont conduit des milliers de gens en prison, n'ont servi de rien. Il lui vient une autre idée, beaucoup plus brutale. Plus tard, il confiera au journaliste Louis Fischer : « *C'est le fiasco de Cripps qui m'a inspiré cette idée. À peine était-il parti qu'elle s'est emparée de moi*[48]. »

Quit India !

Bâjâj n'est plus ; Mahâdév Désâi est à la limite de l'épuisement ; Vallabhbhâi Patel souffre d'un cancer ; Kasturbâi est épuisée. Le pays est menacé d'invasion et nul ne saura le défendre, pense-t-il, tant que les Anglais seront là. Le lundi 13 avril 1942, silencieux comme tous les lundis, il entend, dira-t-il plus tard, sa « *voix intérieure*[154] » (nom qu'il donne de plus en plus souvent à Dieu ou aux résultats des méditations qu'il a apprises de Râjchandra) lui souffler : « *Quit India !* » Il appelle alors à la « *rébellion ouverte, à la révolution non violente totale* », exigeant des Anglais la liberté tout de suite, « *cette nuit, avant l'aube si possible !* ». Et s'ils ne partent pas, il appellera à la désobéissance civile, à la désertion, au sabotage pour bloquer le fonctionnement de la machine de guerre britannique.

« *Je sais que la nouveauté de cette idée va scandaliser beaucoup de monde. Je prends le risque d'être traité de fou, mais je me dois de dire la vérité si je veux être sincère envers moi-même. C'est ma contribution à la guerre, et pour soustraire l'Inde à ce péril.* » Quand il s'exprime en ce sens, les projecteurs se braquent à nouveau sur lui ; nombreux autour de lui sont ceux qui font part de leur désaccord. C. Râjâgopâlâchâri explique que « *le retrait de l'administration britannique sans son remplacement simultané par une autre entraînerait la disparition de l'État et de la société eux-mêmes* ». Jinnah prétend que c'est juste une ruse pour permettre au Congrès de s'arroger tous les pouvoirs, « *un moyen de forcer l'administration britannique à se soumettre au pouvoir du Congrès* » – or il préfère la domination du roi à celle de Gândhî.

À ceux qui lui opposent que l'heure est mal choisie, que de la victoire de la Grande-Bretagne dépend le maintien de l'unité de l'Inde et de la démocratie de par le monde, qu'il n'a pris une telle position ni dans la guerre des Boers, ni face au massacre des Zoulous, ni durant la Première Guerre mondiale, alors que les enjeux ne revêtaient pas la même dimension morale, il réplique que la Grande-Bretagne en a vu d'autres, qu'on croit toujours qu'elle va perdre, mais qu'elle gagne toujours. Il ajoute qu'il n'a aucune envie de subir une occupation allemande ou japonaise : « *Je n'ai envie de troquer le régime britannique contre aucun autre. Je préfère l'ennemi que je connais à celui que je ne connais pas. Je n'accorde pas la moindre valeur aux professions de foi des puissances de l'Axe qui ne viendront pas en Inde comme sauveurs, mais pour se partager le butin.* » Mais « *c'est le moment psychologique pour la reconnaissance [de l'indépendance indienne]. Car alors – et alors seulement – il y aura une opposition irrésistible à l'agression japonaise* [169]. »

Dans divers entretiens avec des journalistes étrangers, il demande aux Britanniques de laisser l'Inde à son destin : « *À Dieu ou, pour parler moderne, à l'anarchie.* » Le retrait britannique, au lieu d'affaiblir la défense antijaponaise, ne fera, dit-il, que la renforcer, car il suscitera une sympathie sans précédent envers les Britanniques, qui « *vaudra plus que tous les destroyers et bombardiers* ». Au total, explique-t-il, la reconnaissance par la Grande-Bretagne de l'indépendance immédiate de l'Inde serait « *une action militaire de première grandeur* ».

Tous au sein du Congrès sont réticents : pas si vite, pas comme ça ! Seul Nétâjî, l'ancien Subhâs Chandra Bose, l'approuve depuis Berlin, l'appelle « *père de la nation* [14] » et fait défiler ses troupes par les rues de la capitale du Reich devant le portrait du Mahâtmâ !

Les Anglais sont évidemment hors d'eux : voilà tout ce qu'ils obtiennent après avoir fait libérer sans contrepartie 25 000 prisonniers politiques ? Quelle ingratitude ! « *Quit India !* » met en péril l'effort de guerre. Churchill pense expédier Gândhî à Aden. Le bureau national du Parti travailliste déclare que cette action de Gândhî « *va mettre en péril le destin de tous les peuples épris de liberté et, du même coup, détruire tous les espoirs d'indépendance pour l'Inde* ».

Le 24 avril, Gândhî demande à Mîrâ de rédiger une ébauche de résolution en vue du comité directeur du Congrès qui doit se réunir trois jours plus tard à Allahâbâd [54]. Mîrâ écrit : « *L'Inde sera capable de se défendre elle-même en cas d'agression japonaise ou autre. Le comité exécutif est donc d'avis que les Britanniques doivent se retirer [...]. Le comité désire donner l'assurance au gouvernement et au peuple japonais que l'Inde ne nourrit aucune hostilité ni envers le Japon, ni envers quelque nation que ce soit. Mais si le Japon attaque l'Inde, et si les Britanniques ne répondent pas au présent appel, le comité espère que tous ceux qui considèrent le Congrès comme un guide offriront une totale non-coopération non violente aux forces japonaises, et ne leur apporteront aucune aide [...]. 1. – Nous ne devons pas plier le genou devant l'agresseur ni obéir à un seul de ses ordres. 2. – Nous ne devons pas chercher ses faveurs, ni nous laisser corrompre. Mais nous ne devons pas nous montrer méchants envers lui ni souhaiter sa mort. 3. – Si l'agresseur veut prendre possession de nos terres, nous devons refuser de le laisser s'en emparer, quand bien même nous devrions mourir pour cela*[74]. » Autrement dit, non seulement, propose-t-il, il faut demander aux Anglais de partir, non seulement il faut bloquer leur machine de guerre, mais on ne doit pas se défendre contre une invasion japonaise...

À cette réunion du comité directeur, le 27 avril, tout le monde est là, sauf Gândhî, resté à Sévâgrâm. Nehru, Râjâgopâlâchâri et Azad sont hostiles au texte que Prasâd et Patel présentent en son nom ; ils pensent que, de toute façon, les Anglais vont bientôt évacuer l'Inde comme ils viennent de quitter Singapour et la Birmanie, et qu'il faut constituer sur-le-champ une armée nationale sans compter sur eux, pour accéder d'autant plus vite à l'indépendance[54]. Nehru déclare que le projet donne le sentiment que son auteur souhaite la victoire des Japonais. Patel s'écrie : « *Il n'en est rien, et toutes les résolutions du Congrès depuis Bardoli montrent clairement que nos sympathies vont aux Alliés*[74] *!* » Puis il accepte d'amender largement le texte pour dissiper cette impression de sympathies pro-fascistes[74].

Nehru propose alors un autre texte partant lui aussi de l'ébauche de Gândhî, mais à la tonalité moins anti-britannique[54]. Mis aux voix, le projet Gândhî-Prasâd en obtient 11 ; celui de Nehru, 6. Azad, le président, s'est abstenu, et C. Râjâgopâlâchâri a voté blanc[110]. Azad, qui aurait préféré ne pas se découvrir, demande alors à Prasâd de retirer son texte et réclame un soutien unanime au texte de Nehru – « *sinon je démissionne* ». Prasâd cède[74]. Le texte de Nehru est adopté.

Mis au courant, Gândhî blâme Patel et Prasâd de ne s'être pas battus plus âprement : « *Azad sait pertinemment, tout comme Nehru, que l'opinion publique est favorable à ma résolution*[154]. » Quand Kripalâni lui rapporte qu'Azad a mis sa démission dans la balance, Gândhî grommelle : « *On aurait dû lui donner la permission de partir !*[74] », et il force ses deux fidèles, Patel et Prasâd, à démissionner du comité directeur.

C. Râjâgopâlâchâri, qui ne croit pas « *que les Britanniques quitteront le pays en réponse à une simple motion du Congrès* », demande l'autorisation de s'armer à Madras pour se préparer à affronter par la force une attaque japonaise au sud[55]. Gândhî estime cette idée « *totalement irréaliste* » et lui dit qu'il ferait mieux de mettre tout son zèle et toute son habileté dans la campagne « *Quit India !* ». Râjâgopâlâchâri démissionne du Congrès et de son poste de Premier ministre du Tamil Nâdu.

Gândhî demande alors qu'on s'attache, sans violence, à désorganiser les Anglais. Il autorise le sabotage des convois militaires. Les militants font sauter les voies ferrées, incendient des bureaux de poste dans les villages, collent des milliers d'affiches pour faire croire à une action de masse.

Le 5 mai, Nétâjî est à Rome pour rencontrer Mussolini ; il y retrouve un ami indien réfugié depuis longtemps chez le Duce, Iqbal Shadaï, qui a constitué lui aussi une unité indienne avec plusieurs centaines de prisonniers indiens. Mussolini incite Nétâjî à créer un gouvernement en exil. À son retour à Berlin, le 7, Nétajî en reparle aux Allemands [13]. Goebbels note dans son Journal en date du 11 mai : « *Nous n'aimons pas beaucoup cette idée, car nous ne pensons pas que le temps soit venu pour une telle démonstration politique. Il apparaît cependant que les Japonais sont très impatients de voir une telle manifestation. Cependant, les gouvernements en exil ne doivent pas vivre trop longtemps dans le vide. S'ils n'ont pas quelque réalité sur laquelle s'appuyer, ils restent théoriques* [81]. »

Alors que la mobilisation indienne s'accélère et que près de 2 millions d'Indiens sont déjà en ligne sur les divers fronts, le 24 mai Gândhî répète encore que seule la non-violence permettra de l'emporter face aux puissances de l'Axe : « *Si l'Inde pratique unanimement la non-violence, je démontrerai que, sans verser une seule goutte de sang, les armées japonaises [...] ou n'importe quelle coalition d'armées [...] peuvent être stérilisées. Cela implique que l'Inde soit décidée à ne rien céder et à prendre le risque de perdre plusieurs millions de vies. Mais ce prix serait à mon avis peu élevé, et la victoire acquise, glorieuse* [169]. »

Puis, brusquement, presque du jour au lendemain, entre le 24 et le 28 mai 1942, devant l'imminence de l'invasion nipponne, il se ravise.

« Je ne veux pas que le Japon gagne la guerre »

Le 28 mai, à Sévâgrâm, devant une centaine de membres d'une Association nationale de la jeunesse, il explique qu'il a changé d'avis : « *J'avais toujours pensé attendre que le pays soit prêt pour la lutte non violente. Mais mon attitude a évolué ; je sens que si je continue à attendre, il me faudra attendre jusqu'au Jugement dernier... et, dans l'intervalle, je risque fort d'être submergé par les flammes de violence qui se répandent alentour*[169]*...* »

Dans une lettre datée du 31 mai, il explique à Mîrâbehn, en Orissâ, comment devraient se conduire les populations les plus exposées quand débarqueront les Japonais. On voit là déjà combien il a changé : « *Souviens-toi que notre position est la non-coopération totale avec l'armée japonaise. Nous ne devons les aider d'aucune manière, ni avoir de relations avec eux... Si, toutefois, les gens n'ont pas le courage de leur résister à mort, et ni le courage ni la force d'évacuer la zone envahie par eux, qu'ils fassent de leur mieux. Une chose qu'ils ne doivent jamais faire : céder à la soumission volontaire aux Japonais. Ce serait un acte de lâcheté inconcevable de la part d'un peuple épris de liberté. Ils ne doivent pas fuir un danger pour tomber dans un autre encore plus grand*[169]. »

Au même moment, les Allemands progressent en URSS. Souhaitant prendre Anglais et Russes en tenailles, ils demandent à Nétâjî de partir pour le Japon, point de départ de l'axe d'attaque le plus direct sur l'Inde. Il n'attendait que cela, mais que faire de ses hommes ? Difficile de les transférer au Japon à travers un monde en guerre. Des officiers allemands proposent de les envoyer faire de l'agit-prop face aux éléments indiens de l'armée anglaise stationnés à El-Alamein [13]. Mais Rommel n'en veut pas.

Au même moment, Ambedkar devient ministre du Travail du vice-roi et s'oppose au « *Quit India !* ». À l'instar de Jinnah, il se refuse à manifester avec le Congrès et préfère occuper des postes gouvernementaux pour regagner la confiance des électeurs musulmans, en prévision des élections qui se tiendront sans doute, quoi qu'il arrive, après la guerre.

Le 31 mai, Rangoon, capitale de la Birmanie, tombe aux mains des Japonais. Gândhî écrit : « *Le premier acte d'une Inde libre sera de signer un traité avec les Nations unies pour des opérations défensives contre les puissances agressives. L'Inde n'aura rien à faire avec les puissances fascistes et sera moralement tenue d'aider les Nations unies* [169]. »

Une semaine plus tard, ce « soutien moral » aux Alliés devient explicitement un soutien matériel. Le 5 juin, alors que se déroule la bataille de Midway dans laquelle l'aéronavale américaine défait la flotte japonaise, Gândhî déclare au journaliste américain Louis Fischer, qui s'est beaucoup rapproché de lui, que tout en exigeant que les Anglais abandonnent aux Indiens le gouvernement de l'Inde, il accepte qu'« *Anglais et Américains laissent leurs armées en Inde et utilisent le territoire indien comme base pour leurs opérations militaires. Je pense aussi que l'avenir sera meilleur si les démocraties l'emportent* [47] ».

Le 7 juin, il écrit dans l'*Harijan* que les Britanniques peuvent gagner, car leur armée, « *grâce à l'aide américaine, dispose de moyens matériels et scientifiques inépuisables* ». Le 14, il écrit à Tchang Kaï-chek, retourné en Chine, pour lui confirmer : « *Nous voulons empêcher l'agression japonaise par tous les moyens*[169]. » Le 28, dans une interview à l'*Hindu Times*, il répète qu'un « *retrait brutal des troupes alliées pourrait entraîner l'occupation de l'Inde par le Japon et la chute de la Chine*[169] ». Le 1er juillet, il écrit à Roosevelt et confie sa lettre à Fischer qui repart pour l'Amérique. Il cite Thoreau, Emerson, et ajoute : « *La déclaration des Alliés, selon laquelle ils se battent pour la sécurité du monde, la liberté des individus et la démocratie, sonnera creux tant que l'Inde et également l'Afrique seront exploitées par la Grande-Bretagne, et tant que l'Amérique n'aura pas résolu chez elle le problème des minorités noires*[47]. »

Le 10 juillet, le comité directeur du Congrès se réunit de nouveau, pendant neuf jours d'affilée, à Sévâgrâm pour se prononcer sur cette stratégie de désobéissance civile massive. Gândhî y réitère qu'il veut que les Anglais partent, mais qu'il est d'accord pour que l'Inde libre accueille des troupes alliées afin « *d'empêcher l'occupation japonaise* ». Mais il répète : « *Le régime britannique en Inde doit prendre fin sur-le-champ.* » S'il n'obtient pas de réponse à cet appel, propose-t-il, le comité directeur du Congrès doit lancer un mouvement de désobéissance civile « *qui sera inévitablement dirigé par le Mahâtmâ Gândhî* ». D'aucuns objectent que cela n'a pas de sens, qu'on en sort, que près de 30 000 militants viennent à peine d'être libérés de prison, que l'Inde est mieux placée pour se défendre avec les Anglais que sans eux, et qu'on ne peut à la fois souhaiter la victoire britannique et saboter leur effort de guerre. Le comité ne parvient pas à se mettre d'accord et renvoie sa décision à une autre réunion prévue pour le 7 août à Bombay.

Selon Désâi, « *ce qui motive Gândhî à ce moment,*

c'est la passion [...]. Cette passion est la sublimation de toutes celles dont hérite la chair [...], la sexualité, la colère, l'ambition personnelle [...]. Gândhî est entièrement sous son propre contrôle, ce qui génère en lui une énergie et un élan formidables[36] ».

Le 3, Gândhî utilise encore l'expression « *Quit India !* » dans une « Lettre ouverte aux amis américains » publiée dans le *Harijan* : « *Je vous engage à lire ma proposition de retrait ou, comme on l'a surnommée de façon populaire,* "Quit India !". » Il précise que le mouvement de désobéissance civile, s'il doit être lancé, ne s'arrêtera pas, même si des actes de violence individuels sont commis. Il exhorte tous les Indiens, à commencer par les membres du Congrès, à populariser ce simple slogan en hindi : « *Karo Ya Maro* » (« *Agir ou mourir* »).

Le 8 août, à Bombay, le comité exécutif, au cours d'une réunion interminable, approuve le « *Quit India !* » et se lance dans une réflexion utopique sur l'après-guerre : « *La paix future exige une fédération de nations libres [...] qui garantirait la liberté des nations membres, la prévention de l'agression et de l'exploitation d'une nation par une autre, la protection des minorités nationales, le progrès des régions pauvres et la mise en commun des ressources du monde. [...] Toutes les nations désarmeraient [...]. Une défense fédérale mondiale maintiendrait la paix et empêcherait toutes les agressions. Une Inde indépendante se joindrait avec plaisir à une telle fédération mondiale*[170]... »

Ce soir-là, Patel parle devant cent mille personnes rassemblées par le Congrès au Gowalia Tank de Bombay, et énumère ces mots d'ordre : refus de payer l'impôt, cessation du travail dans les services publics pour faire s'effondrer l'Empire par la désobéissance passive. Juste après lui, passé minuit, Gândhî s'adresse à son tour à la foule : « *La lutte réelle ne commence pas à cet instant précis. Vous avez seulement placé certains pouvoirs entre mes mains. Ma première tâche va consister à me présenter chez Son Excellence le vice-roi pour le prier d'accepter la revendication du Congrès. Cela peut prendre deux ou trois semaines. Qu'allez-vous pouvoir faire entre-temps ? Il y a le rouet, je vous montrerai... Mais il y a quelque chose de plus que vous devriez faire... Chacun d'entre vous, à partir de maintenant, doit se considérer comme libre, comme un homme ou une femme libre, et se conduire comme tel. Vous n'êtes plus sous la botte de l'impérialisme*[109]... »

1920, 1930, 1942 : c'est la troisième fois que Gândhî fait la même promesse aux Indiens.

Le palais-prison

En allant se coucher aux petites heures du 9 août 1942, Gândhî dit à Pyârélâl : « *Après mon discours de cette nuit, ils ne vont pas pouvoir m'arrêter*[114]. »

En fait, les Anglais ne peuvent accepter un pareil discours, et, selon les notes prises par le secrétaire adjoint du cabinet de guerre, Norman Brook, Churchill songe alors à le déporter à Aden. Puis il décide de le faire interpeller et de le laisser mourir en prison. Aussi, en cette matinée du 9 août, en déplacement au Caire, le Premier ministre fait-il donner par Clement Attlee, son vice-Premier ministre, l'ordre d'arrêter Gândhî, Nehru, Azad, Désâi, Nâidu, entre beaucoup d'autres, dont Mîrâbehn et Kasturbâi, et de les faire conduire au palais de l'Agha Khan, à Poona, somptueux bâtiment édifié par un prince en 1892 et réquisitionné comme prison, où les conditions d'internement seront, est-il précisé, « *strictes* ».

Le pays proteste violemment contre ces arrestations. Au Bihâr, dans les Provinces unies, au Bengale et à Bombay se déroulent 1 060 manifestations ; 208 postes de police, 332 gares, 945 bureaux de poste sont incendiés. On dénombre un millier d'attentats à l'explosif. L'armée britannique disperse les manifestants à la mitrailleuse. L'insurrection est si puissante que la capitale de la province d'Orissâ est bombardée par la Royal Air Force. Quelque cent mille personnes sont arrêtées. La propagande anglaise impute ce déchaînement de violences à un complot ourdi par les dirigeants du Congrès. Churchill déclare à la Chambre des communes que « *le parti du Congrès a abandonné la politique de non-violence que M. Gândhî avait inculquée en théorie, et est entré désormais dans une phase révolutionnaire*[25] ». Cette fois, le Premier ministre est bien décidé à laisser mourir Gândhî sous les verrous.

De sa prison, celui-ci adresse une lettre au vice-roi qui n'accuse même pas réception.

La propagande anglaise, qui le présente comme un saboteur et un agent allemand, interdit désormais la reproduction de sa photographie et jusqu'à la mention de son nom dans la presse. À Londres, le général Smuts, se souvenant de l'homme qui l'a combattu en Afrique du Sud en usant des mêmes armes trente ans plus tôt, proteste : « *C'est pure absurdité de dire que le Mahâtmâ appartient à la cinquième colonne. C'est un grand homme, c'est l'un des plus grands hommes de l'humanité*[114] *!* »

Le 10 août, dans la cour de la prison, Mîrâbehn confie à Gândhî que, dès qu'elle sera libérée, elle partira pour Hardwâr, ville sacrée au pied de l'Himalaya, dans l'Uttar Pradesh, pour y créer son propre *âshram*. Le 15, Sarojini Nâidu, surnommée « *Ammajaan* » (« Mère ») par les autres détenus, se moque de Mahâdév Désâi qui se taille la moustache : « *Tu attends de la visite ?* » Le 16 au matin, Gândhî écrit de nouveau au vice-roi pour se plaindre du « *massacre de la vérité* » perpétré contre lui par la propagande anglaise. Il enrage que le vice-roi, qu'il traitait pourtant en ami, ait osé mettre en doute qu'il restait partisan de la non-violence.

Un peu plus tard dans la même journée, le modeste et toujours souriant Mahâdév Désâi, ce jeune avocat devenu en 1917 son inséparable secrétaire, qu'il demeura pendant vingt-cinq ans, succombe à une crise cardiaque. Celui que Gândhî nomme « *mon fils, mon secrétaire et mon ami réunis en une seule personne* » est incinéré sur place. Toujours, chez Gândhî, ce besoin de s'attribuer des fils autres que les siens...

Nétâjî au Japon

Dans le palais de l'Agha Khan, Gândhî essaie de combler certaines lacunes de l'éducation de Kasturbâi. Elle sait désormais lire et prend plaisir aux explications que lui dispense son mari sur les fleuves, l'équateur, les longitudes et latitudes[54]. Il se sert d'une orange pour lui expliquer la rotondité de la Terre. À soixante-quatorze ans, elle fait les cent pas dans sa chambre en apprenant des rudiments de géographie :

« *Lahore est la capitale de Calcutta* », dit-elle[54]. Elle apprend deux chants en gujarâtî, et quand elle en a la force, ils « *s'asseyent côte à côte et les fredonnent ensemble*[54] ». Sarojini Nâidu s'attendrit sur « *la lune de miel du vieux couple*[54] ». Kasturbâi morigène Mohandâs : « *Ne t'avais-je pas dit de ne pas chercher querelle au gouvernement ?* » ; ou encore : « *Pourquoi demandes-tu aux Anglais de quitter ce pays ? Notre pays est vaste, nous pouvons y tenir tous, eux et nous*[109]. » Elle se vexe quand Gândhî lui demande si elle tient à ce qu'il lui présente des excuses. Elle est persuadée de ne plus jamais revoir le monde extérieur ni ses enfants et petits-enfants : « *Il n'y a plus rien d'autre à faire maintenant que de supporter les conséquences de tes actes. Nous allons souffrir avec toi. Mahâdév est parti ; la prochaine à partir, ce sera moi*[54]. »

Le 8 octobre, la fille de Jawâharlâl Nehru, Indirâ, épouse Feroze Gândhî, un avocat pârsi – sans aucun lien de parenté avec le Mahâtmâ – qu'elle a rencontré durant ses études en Europe.

À Berlin, Nétâjî se prépare à partir pour le Japon[13] ; il rassemble les 3 500 légionnaires de son Armée nationale indienne dans une grande salle de la capitale du Reich pour une cérémonie d'allégeance au Führer : les soldats touchent l'épée de leurs officiers en prononçant en allemand[57] : « *Je fais le serment sacré, devant Dieu, d'obéir au chef de l'État et du peuple allemands, Adolf Hitler, commandant des forces armées allemandes, durant le combat pour la liberté de l'Inde dont le chef est Subhâs Chandra Bose, et qu'en brave soldat je donnerai ma vie pour tenir ce serment*[13]. » Bose présente alors à la Légion un drapeau tricolore (vert, blanc, jaune safran à bandes horizontales, comme l'oriflamme du Congrès national indien, mais avec un tigre bondissant à la place du rouet)[13]. « *Nos noms,* clame Nétâjî, *seront inscrits en lettres d'or dans l'histoire de l'Inde libre ; chaque martyr de cette guerre sainte aura ici son monument [...]. Je conduirai l'armée, dès que nous marcherons ensemble vers l'Inde*[13]. » Il parle de larguer des commandos de parachutistes en avant-garde en Ouzbékistan et en Afghanistan, et s'adresse par radio aux soldats indiens servant dans l'armée britannique, leur signifiant que, s'ils ne rejoignent pas la sienne, ils auront à répondre de leur « *soutien criminel aux Britanniques devant le gouvernement de l'Inde libre*[13] ».

Les autres troupes indiennes, ralliées aux Italiens et aux Japonais, se délitent : le 9 novembre, à Rome, au moment du débarquement américain en Afrique du Nord, ces éléments présents dans l'armée italienne sont expédiés en Libye, contrairement aux promesses faites par leur commandement. Certains d'entre eux refusent de partir et se mutinent : ils sont fusillés. Leur chef, Shadaï, refuse d'intervenir en leur faveur ; son Centre militaire indien est démantelé. En Extrême-Orient, le capitaine Mohan Singh se révolte lui aussi contre les Japonais, il est arrêté et son Armée indienne dissoute[13].

Le 10 novembre, Winston Churchill réitère sa conviction : « *Je ne suis pas devenu Premier ministre de Sa Majesté pour présider à la liquidation de l'Empire britannique*[25]. » Le 11, en France, les troupes allemandes pénètrent en zone libre. Le 22, l'Afrique-Occidentale française se rallie à la France libre, et la Wehrmacht piétine devant Stalingrad.

Le 26 janvier 1943, à Berlin, au moment même de

la jonction en Tripolitaine entre le général Leclerc et le général Montgomery, le « *jour de l'indépendance de l'Inde* » est célébré par une grande réception[57]. Quarante-huit heures plus tard, Nétâjî s'adresse encore aux soldats de sa Légion indienne, devenue le 950e régiment de la Wehrmacht, sans leur avouer que, moins d'une semaine plus tard, il va les abandonner en Allemagne et partir pour le Japon. Le 2 février, la capitulation des troupes allemandes encerclées à Stalingrad marque la fin de l'espoir de Nétâjî de regagner l'Inde par l'est. Il va falloir tout reconstruire depuis Tokyo.

« Traître au pays »

Le 8 février 1943, jour où les Américains prennent le contrôle de Guadalcanal, forçant pour la première fois les Japonais à évacuer une de leurs conquêtes, Nétâjî rejoint Kiel où l'attend un sous-marin allemand pour un long et périlleux voyage à destination du Japon. Sitôt après son départ, Hitler vient inspecter les soldats de l'INA, un peu perdus sans leur chef : « *Vous avez la chance d'être nés dans un pays de glorieuses traditions culturelles et d'une puissance humaine colossale. Je suis impressionné par la passion brûlante avec laquelle vous et votre chef cherchez à libérer votre pays de la domination étrangère. La stature de votre chef est encore plus grande que la mienne. Alors que je suis le chef de 80 millions d'Allemands, il est le chef de 400 millions d'Indiens. À tous égards, il est un plus grand dirigeant et un plus grand général que moi. Je le salue, et l'Allemagne le salue. C'est le devoir de tous les Indiens de l'accepter comme leur guide et de lui obéir sans hésiter. Je ne doute pas que, si vous le faites, son action conduira très prochainement l'Inde à la liberté*[13]. »

Le 9 février, le vice-roi, Lord Linlithgow, achève un mandat particulièrement répressif et est remplacé par Archibald Wavell, qui déclare : « *L'Inde n'a jamais été aussi calme sur le plan politique. Gândhî, ce traître au pays, n'est plus en état de nuire.* »

Traître au pays ? C'est, pour l'intéressé, une accusation intolérable. Dans sa prison de Poona, le 10 février, il entame un jeûne de vingt et un jours pour protester contre cette accusation du nouveau vice-roi. Churchill est enchanté : il n'attend plus que la mort de Gândhî. « *Je le garde en prison : qu'il fasse ce qu'il veut.* » Le jeûne se déroule sans que le vice-roi s'excuse ni même se manifeste.

Deux des enfants de Gândhî, Dévdâs et Râmdâs, viennent lui demander d'arrêter. À partir du dixième jour, son état devient critique. Kasturbâi s'inquiète. Les pronostics médicaux s'assombrissent. Le vice-roi dénonce cette grève de la faim comme un chantage politique, et refuse d'exprimer ses regrets. Deux fois au cours du jeûne, Churchill fait demander : « *Est-ce que ce type est enfin mort ?* » La presse indienne ne parle plus que de cela. Les dirigeants des différents partis réclament la libération du prisonnier. Trois membres du conseil exécutif du vice-roi démissionnent.

Le 3 mars, à la fin du jeûne qu'il a respecté jusqu'à la dernière seconde, Gândhî est très faible, et Kasturbâi encore davantage : elle souffre du cœur, des poumons et des reins. Gândhî espère que le Râj proposera de la remettre en liberté, mais il ne le sollicite pas et est choqué que le secrétaire général du ministère indien des Affaires étrangères, aux ordres du vice-roi, Sir Girijâ Shankar Bâjpâi (qui conservera ses fonctions dans l'Inde indépendante), raconte à la radio qu'à plusieurs reprises « *le gouvernement britannique a envisagé la libération de Kasturbâi pour raisons de santé, mais elle désirait rester auprès de son époux et son vœu a été respecté*[54] ». À la mi-avril, Gândhî réplique : « *Il est vrai que ni moi ni elle n'avons rien demandé (ce n'aurait pas été correct de la part de prisonniers* satyâgrahi*) ; mais n'aurait-ce pas été dans la nature des choses que le gouvernement lui propose, ou à moi ou à ses fils, sa libération ? La simple proposition d'une libération aurait eu sur elle un effet psychologique bénéfique*[54]. »

Le 5 avril, Churchill s'insurge : « *Mais il n'est pas encore mort ?* »

Le « gouvernement provisoire de l'Inde libre »

En mai 1943, la Légion indienne de l'armée allemande, qui a perdu son chef, est envoyée en Hollande ; les chefs de deux compagnies du second bataillon, qui refusent de partir sur le front européen, sont fusillés à la mi-juin[13]. Au même moment, le 16, Nétâjî, après un long, trop long périple (ce qui pèsera, on le verra, sur le sort de la guerre), est reçu à Tokyo par le Premier ministre, le général Hideki Tojo. Il assiste ensuite à une séance de la Diète au cours de laquelle Tojo déclare : « *Nous sommes indignés par l'impitoyable répression que la Grande-Bretagne fait subir à l'Inde et nous éprouvons une pleine sympathie pour son combat désespéré pour l'indépendance. Nous sommes déterminés à apporter toute l'assistance pos-*

sible à la cause de l'indépendance de l'Inde. Nous croyons que le jour n'est pas éloigné où l'Inde jouira de la liberté et de la prospérité, après avoir gagné son indépendance. » Au sortir de cette séance, Nétâjî déclare à la presse japonaise : « *La désobéissance civile doit se transformer en combat armé. C'est seulement quand le peuple indien aura reçu le baptême du feu à large échelle qu'il méritera d'obtenir sa liberté*[13]. » Le 4 juillet, Nétâjî s'installe à Singapour occupée par les Japonais et déclare aux représentants des communautés indiennes d'Asie de l'Est : « *Toutes les organisations, aussi bien à l'intérieur de l'Inde qu'à l'extérieur, doivent désormais se transformer en organisations combattantes disciplinées sous un seul commandement. L'objectif de cette formation doit être de prendre les armes contre l'impérialisme britannique lorsque l'heure sera venue et le signal donné*[13]. » Le vieil Indien Râsbéhâri Bose, devenu citoyen japonais, transmet à Nétâjî la direction de l'Armée nationale indienne rebaptisée *Azad Hind Fauz* (Armée de l'Inde libre). Nétâjî aspire à en faire une armée de trois millions d'hommes, mais pour commencer, avec un peu plus de réalisme, de quelque 50 000. Un jour de la fin juillet, Tojo passe en revue ces premières troupes en compagnie de Nétâjî qui lance à ses soldats : « *Combien d'entre nous survivront individuellement à cette guerre de libération, je ne sais. Mais je sais qu'en définitive nous gagnerons et notre mission ne connaîtra pas son terme avant que nos héros survivants défilent victorieusement devant le Fort rouge de l'ancienne Delhi.* » Nétâjî termine son discours par : « *Delhi chalo !* » (« En route pour Delhi ! ») et « *Jai Hind !* » (« Gloire à l'Inde ! »)[13].

À la même époque, les Américains débarquent en

Sicile (juillet), des unités françaises libèrent la Corse (13-17 septembre), et les Japonais se rapprochent de l'Inde. La construction par des prisonniers de guerre alliés et des ouvriers thaïlandais d'un pont sur la rivière Kwae Yai (ou Kwaï), d'une haute importance stratégique pour les Japonais, est parachevée le 17 octobre 1943. Le mouvement de résistance thaï informe les Anglais de la situation précise de ce pont, qui est alors plusieurs fois bombardé, entraînant la mort de milliers de prisonniers de guerre anglais et indiens et de dizaines de milliers de travailleurs thaïs.

Le 21 octobre, de Singapour, Nétâjî annonce enfin la création d'un Gouvernement provisoire de l'*Azad Hind* (l'Inde libre). Il se proclame « *chef de l'État, Premier ministre, ministre de la Guerre et commandant suprême de l'Armée nationale indienne* » ! Le Japon, l'Allemagne, l'Italie, la Birmanie, la Croatie, les Philippines, la Chine de Nankin, le Mandchoukouo et le Siam reconnaissent son gouvernement [13] – mais pas la France de Vichy. Le lendemain, Nétâjî déclare la guerre à la Grande-Bretagne et aux États-Unis. Le Japon place les îles indiennes d'Andaman et de Nicobar (dans le golfe du Bengale), qu'il vient d'occuper, sous la juridiction de ce Gouvernement provisoire de l'Inde libre. Nétâjî les rebaptise *Shahid* (Martyr) et *Swarâj* (Indépendance) [13].

Le nouveau vice-roi, le maréchal Wavell, qui a été commandant en chef des troupes en Inde avant de perdre Singapour et Java, décrète la loi martiale.

« Un couple qui sortait de l'ordinaire »

Le 29 décembre, Kasturbâi est victime de trois attaques cardiaques. Elle est soignée par deux médecins, les docteurs Gilder et B.C. Roy, et par Sushilâ Nâyar. Gândhî écrit à Agatha Harrison, une Anglaise qui le soutient depuis les années 1930, que sa femme « *oscille entre la vie et la mort*[169] ». Il refuse de solliciter sa libération, mais réclame des médecins et des infirmières que l'administration britannique refuse ou bien accorde avec retard. Il reçoit la visite de son petit-neveu Kânu (le fils de Maganlâl) et de Prabhâvati Jayaprakâsh, proche de Kasturbâi à Sâbarmati et à Sévâgrâm. Harilâl vient lui aussi voir sa mère avec Râmdâs qui travaille maintenant pour le groupe Tâta à Nâgpur, et Dévdâs, journaliste à Delhi ; trois de ses quatre fils sont ainsi auprès d'elle (Manilâl se trouve toujours en Afrique du Sud). Sushilâ raconte que « *Bâpu vint se tenir là à contempler les trois frères en train de prendre leur repas ensemble*[119] » pour la première fois depuis des dizaines d'années. Dévdâs apporte un nouveau remède qu'il a réussi à se procurer, la pénicilline, mais Gândhî interdit de l'utiliser[54] ; ce médicament n'a pas été testé, dit-il, et Kasturbâi supporterait difficilement les piqûres ; ses souffrances ne doivent pas être augmentées... Le fils cède.

Harilâl refait une apparition, cette fois complètement ivre. La légende – invérifiable – voudrait qu'il soit venu porteur d'une pomme qu'il aurait mendiée dans la rue à l'intention de sa mère, et qu'il aurait refusé de laisser son père y goûter...

Début janvier 1944, alors qu'a lieu le second débarquement allié en Italie, à Anzio, l'élan des troupes japonaises se resserre autour de l'Inde. Nétâjî, qui progresse avec elles, transfère le siège de son « Gouvernement provisoire » de Singapour à Rangoon [13]. Le 7 janvier, il propose d'attaquer Imphal, capitale du petit État indien frontalier de Manipur, le « *joyau de l'Inde* », et obtient la mise à disposition de trois divisions japonaises basées en Birmanie ainsi que d'une division de l'INA [13]. Il analyse cette bataille comme l'offensive finale de la guerre en Asie orientale.

À la mi-janvier, l'état de Kasturbâi s'aggrave. Elle est obligée de rester assise dans son lit, car elle ne cesse de tousser. Gândhî se tient jour et nuit à ses côtés, l'aidant et la calmant. Après qu'il a réclamé leur venue à plusieurs reprises, un spécialiste ayurvédique, Pandit Shiv Sharmâ, et un diététicien, Dinshaw Mehtâ, sont autorisés à lui rendre visite [54]. Le 22 février, par une nuit de pleine lune, Kasturbâi meurt dans les bras de son mari. Les femmes baignent son corps drapé dans un sâri de coton qu'il a tissé. Elles nouent autour de ses poignets un bracelet du coton qu'il vient de filer. Il la coiffe et place la *tîkâ* sur son front, puis reste de longues heures assis près d'elle.

À l'aube, au fond du parc, le bûcher funèbre est allumé par Dévdâs. Mohandâs ne tarit pas d'éloges sur sa femme. « *Si je devais choisir une compagne pour mes vies futures, je ne choisirais que Bâ. [...] Nous formions un couple qui sortait vraiment de l'ordinaire* », écrit-il en réponse aux condoléances du vice-roi, Wavell. À la lettre d'un admirateur américain, John Haynes Homes, il répond : « *Je me souviens seulement de ses grandes qualités. Ses défauts ont été réduits en cendres avec son corps* [54]. »

Gândhî crée une fondation à son nom pour aider « *les femmes et les enfants des campagnes et concentrer son action sur la maternité, l'hygiène, le traitement des affections ainsi que l'instruction de base* ». Sâvârkar, qui exhorte les hindous de ne pas contribuer à cette fondation, est alors en relation étroite avec Nâthurâm Godsé qui assassinera Gândhî.

Churchill continue à demander pourquoi Gândhî n'est pas encore mort ; il espère maintenant que le chagrin va avoir raison de lui. Or c'est tout le contraire qui se produit : la disparition de Kasturbâi libère chez Mohandâs des forces vitales sans précédent...

Le retournement d'Imphal

Le 22 mars, douze membres de la Légion de Bose sont promus officiers, et Nambiar, qui a pris après son départ le commandement de cette Légion, cherche une occasion d'affronter les Britanniques. Une de leurs compagnies est envoyée par les Allemands en Italie du Nord face aux Américains [13]. Nétâjî décrète que cette Légion fait partie de l'INA et nomme Nambiar ministre de son Gouvernement provisoire...

Au même moment, plus de 120 000 soldats japonais, pourvus d'armes modernes, et 5 000 hommes de Nétâjî équipés le plus souvent d'arcs et de flèches, sont déployés le long de la rivière Chindwin, en Birmanie, sur quelque 200 kilomètres [13]. C'est, déclare Nétâjî, « *l'événement du siècle* ». Il nomme un des bataillons « Patel » ; un autre, « Nehru ». Ils franchissent la frontière indo-birmane, réussissent à ne pas être repérés par les espions britanniques, et se répartissent en deux colonnes, à partir du nord et de l'ouest, pour encercler la ville d'Imphal, en Inde, à quelques dizaines de kilomètres de la frontière. Mais le secret de leur présence finit quand même par être éventé et le général Mataguchi déclare à la presse japonaise : « *Je suis fermement convaincu que mes trois divisions s'empareront d'Imphal en un mois. Pour qu'elles puissent marcher plus rapidement, elles portent l'équipement le plus léger possible et des vivres pour trois semaines. Elles trouveront tout le nécessaire dans les réserves et les entrepôts britanniques. Messieurs ! Rendez-vous à Imphal le 29 avril, pour la célébration de l'anniversaire de l'empereur*[13] *!* » Le 6 avril, les troupes nipponnes s'emparent de Kohîmâ après une farouche résistance anglaise. Tojo accepte de confier ces territoires à Nétâjî qui nomme son ministre des Finances, le major général A.C. Chatterjee, gouverneur de la zone. Voici qu'une minuscule partie de l'Inde est déjà sous le contrôle de Bose et de ses alliés japonais.

Mais, dans Imphal affamée, les forces indiennes et anglaises résistent beaucoup mieux que prévu et la bataille est l'occasion de part et d'autre d'exceptionnels actes d'héroïsme. Le 20 avril, l'aviation britannique revient, bombarde les colonnes japonaises ; Imphal est ravitaillée par air, puis par train. Les forces britanniques reprennent Kohîmâ à l'issue d'une bataille très meurtrière, sans que le Japon puisse aligner de forces comparables. Les unités aéroportées anglaises prennent les Japonais à revers et détruisent leurs voies de repli en Birmanie. Le jour anniversaire de l'empereur, que les Japonais comptaient célébrer à Imphal, près de la moitié des soldats nippons et de ceux de l'INA sont morts. Et c'est sans compter avec la mousson qui arrive. Revenu en catastrophe à Rangoon, Nétâjî cherche de l'argent et des armes pour poursuivre sa campagne.

Début mai, toujours en prison dans son lugubre palais, Gândhî n'est pas informé de ces événements. Il est en piètre condition : les médecins anglais diagnostiquent dysenterie et malaria. Le jeûne l'a épuisé plus que les précédents. Ils estiment qu'il n'en a plus pour longtemps [54]. Churchill, qui piaffe en attendant la mort du Mahâtmâ depuis maintenant deux ans, pense qu'il est préférable qu'il expire hors de sa prison et ordonne sa libération.

« Ce type est-il mort ? »

Gândhî est libéré le 6 mai 1944 au matin ; il refuse toutefois de quitter l'endroit où est morte sa femme ; on l'y contraint. Le soir, avant de quitter le palais de l'Agha Khan, il écrit au ministre de l'Intérieur du gouvernement de Bombay : « *Monsieur, l'inspecteur général des prisons m'a averti que notre groupe de prisonniers, détenu dans ce camp, sera élargi demain matin à 8 heures. Je souhaite porter à votre attention qu'en raison de la crémation des dépouilles de Shri Mahâdév Désâi et de mon épouse à un emplacement entouré d'une palissade, ce lieu est devenu terre consacrée. Je m'en remets au gouvernement du soin d'acquérir ce terrain avec un droit de passage à travers les terres de Son Altesse l'Agha Khan afin que les proches et amis qui le veulent puissent visiter ce lieu de crémation quand ils le souhaiteront. Avec la permission du gouvernement, je voudrais me charger de l'entretien de cette parcelle consacrée ainsi que des prières quotidiennes qui y seront faites*[54]. » Cela lui sera accordé.

On le conduit chez les Morarji, à Juhu, station balnéaire des environs de Bombay, sous un toit où il a déjà séjourné à deux reprises. Il vécut aussi dans ce quartier en 1893 quand il essaya de devenir avocat à Bombay... Des médecins émettent encore un diagnostic sévère : malaria, vers intestinaux, infections amibiennes, anémie aiguë. Son aversion pour les médicaments n'en fait pas un malade facile à soigner. Les services secrets anglais le donnent toujours pour mourant.

Après le débarquement des forces alliées en Normandie, le 6 juin, le Grand État-major allemand renvoie en Allemagne ce qui reste de la Légion indienne, après dix mois de stationnement à Lacanau, près du bassin d'Arcachon. Prise pour cible par des résistants français, elle est en grande partie massacrée pendant son trajet de retour.

Le 17 juin, Gândhî revient à Poona dans la clinique d'un naturopathe, le docteur Dinshaw Mehtâ, devenu un ami. Mîrâbehn, libérée, veut à son tour, comme elle le lui a dit, aller fonder son *âshram* dans le piémont himalayen. Elle lui demande de lui rendre les fonds qu'elle a versés à Sâbarmati. Elle lui annonce aussi sa décision d'épouser un homme qu'elle connaît depuis les années 1930, Prithwi Singh ; c'est un communiste, pas un non-violent. Gândhî s'arrange pour lui restituer ses fonds tout en la mettant en garde, dans une lettre du 11 juillet, contre leur utilisation par le Parti communiste. Il l'appelle « Miss Slade » et signe « M.K. Gândhî ». Il ajoute qu'il pourrait avoir à prendre publiquement ses distances avec elle. Mîrâ, qui continue à signer « *Votre fille toujours dévouée*[54] », lui répond : « *D'une main vous m'avez donné la liberté, puis vous l'avez reprise de l'autre. Me rendre mon argent et la liberté, et dire en même temps que, sitôt que je commencerai à en faire usage, vous me désapprouverez publiquement, c'est saboter tout ce que je vais essayer d'entreprendre [...]. C'est ma foi en Dieu qui me guide. Mes idéaux n'ont pas varié en l'espace de quelques jours. Je suis toujours celle que j'étais quand nous bavardions gaiement ensemble*[54]. » Quand Singh finit par se raviser et refuse d'épouser Mîrâ, Gândhî, sur l'insistance de Dévdâs, recommence à l'appeler Mîrâ, à signer « *Bâpu* », et donne sa bénédiction à son projet d'*âshram*. Il la prie de lui pardonner : « *J'apprends tous les jours. Je ne dois pas faire de la peine à ceux que j'aime quand je peux éviter d'en faire... Je sais que tu m'as déjà pardonné, mais c'est bon de solliciter le pardon*[54]. »

À la surprise générale, il recouvre toute son énergie et demande à Lord Wavell de recevoir le comité directeur du Congrès. Le vice-roi, homme subtil, avant tout soucieux de préserver l'intégrité de l'Inde, rejette la requête, ne voyant pas l'intérêt d'une rencontre destinée à « *examiner leurs points de vue radicalement différents* ». Le 6 juillet, deux mois après la libération de Gândhî, Churchill, pourtant on ne peut plus occupé par la progression des forces alliées vers Paris, demande encore : « *Pourquoi ce type n'est-il pas mort ?* »

Face à face avec son assassin

Le 8 juillet, l'opération sur Imphal tourne à la débâcle, et Tojo donne l'ordre de retraite. Nétâjî se refuse à l'envisager : « *Nous continuerons ! Nous ne renoncerons pas ! L'accroissement des pertes, l'interruption du ravitaillement, la famine ne sont pas des raisons d'arrêter notre marche. Même si notre armée ne se composait plus que de spectres, nous ne cesserions pas d'avancer vers notre patrie. Tel est l'esprit de notre armée révolutionnaire*[13]. » Son discours ne résiste pas aux faits. Les restes des troupes japonaises et de l'INA entament une épouvantable retraite à travers jungle et montagne. Attaqués par les Anglais, les Japonais sont massacrés dans la vallée de Kawab, entre les collines de Chin, à l'ouest, et la rivière Chindwin, à l'est. Sur les 220 000 soldats nippons engagés dans la campagne d'Imphal, ils ne sont que 130 000 à en revenir et les effectifs indiens de l'INA ont aussi fondu de moitié.

Lord Wavell renoue alors avec la politique de son prédécesseur : ne rien faire avec le Congrès tant qu'il prônera le « *Quit India !* ». Or les dirigeants du Congrès n'ont pas l'intention de revenir sur leur attitude. De surcroît, arguënt les Anglais, on ne peut procéder à aucune réforme tant que la Ligue et le Congrès ne s'entendront pas. Et il est tout à fait évident qu'ils ne s'entendent pas. Le plus grand parti politique indien se retrouve donc hors la loi ; les gouvernements provinciaux sont aux mains de ses adversaires de la Ligue ; l'Assemblée législative ne se réunit plus ; et le conseil exécutif se réduit aux membres nommés par le vice-roi. Dans un entretien avec Stuart Gelder, du *News Chronicle* (le journal de gauche londonien où écrivent à l'époque Arthur Koestler et H.G. Wells et où écrivit avant eux Conan Doyle), Gândhî réclame la formation d'un gouvernement indien choisi parmi les membres élus de l'Assemblée législative ; le vice-roi répond que c'est « *totalement inacceptable par le gouvernement de Sa Majesté* ».

Le 17 juillet, Gândhî cherche à renouer le contact avec les Anglais sans pour autant se renier ; il écrit à Churchill pour lui demander de « *[lui] faire confiance et de [se] servir de [lui] pour assurer le salut du peuple indien et du peuple anglais, et, à travers eux, celui des peuples du monde entier*[170] ». Le Premier ministre ne lui répond même pas.

Gândhî est de plus en plus inquiet du fossé qui se creuse de mois en mois, surtout depuis son emprisonnement, entre la Ligue, qui gouverne, et le Congrès, privé de toute responsabilité ; il écrit au « *cher frère Jinnah* » une lettre qu'il rend publique : « *Ne me considérez pas comme un ennemi de l'islam ou des Indiens musulmans. [...] J'ai toujours été votre serviteur et celui de l'humanité. Ne me décevez pas*[169]. » Jinnah, qui n'a pas oublié l'humiliation que les gens du Congrès ont fait subir aux siens dans les provinces qu'ils ont administrées jusqu'en 1939, accepte néanmoins de venir le voir et annonce qu'il se rendra chez lui début septembre.

Gândhî est aussi préoccupé par l'attitude des orthodoxes hindous qui lui reprochent de ne pas s'opposer avec assez de virulence au projet de création et de sécession du Pakistan, et qui lui font maintenant grief de cette lettre à Jinnah, trop aimable à leurs yeux, et de son rendez-vous annoncé avec le chef des sécessionnistes.

Le 21 juillet, pour fuir la chaleur, Gândhî part se reposer dans les collines de Panchgani, à 70 kilomètres de Poona. Un groupe de jeunes extrémistes, membres du parti de Sâvârkar, conduit par un des militants les plus actifs, Nârâyan Apté, vient agiter sous son nez des drapeaux noirs, l'accuser d'avoir accepté la partition et de se montrer trop conciliant avec les musulmans, « *ce qui ne fait*, disent-ils, *que les rendre plus arrogants* ». Dans le *Times of India* du 23 juillet, un article en une, intitulé « *Gândhî chahuté* », rapporte en effet comment un « *jeune journaliste de Poona* », Nârâyan Apté, a organisé une manifestation afin de protester contre Gândhî « *qui vient de donner sa bénédiction au projet de partition* ». L'article précise que quatre policiers en civil (et armés) qui entouraient Gândhî ont arrêté Apté et son groupe. Le reportage est accompagné d'une photo où l'on voit Apté face à Gândhî et clamant : « *Je t'accuse publiquement d'avoir accepté la partition !* » Or ce n'est pas du tout le cas, même si C. Râjâgopâlâchâri, qui lui est si proche, l'a évoquée en avril 1942, lors de la négociation manquée avec Cripps...

Dans un peu plus de trois ans, le même Apté figurera parmi les extrémistes chargés d'assassiner Gândhî.

La double intégrité

Durant la première semaine d'août 1944, alors qu'en Europe les Alliés préparent le débarquement en Provence et que Paris s'apprête à se soulever, Gândhî s'en retourne à Sévâgrâm. Quelque trois mille lettres l'y attendent. Il sait que la fin de la guerre approche et craint le pire. Désormais, son principal souci n'est plus l'indépendance, mais l'intégrité de l'Inde, à la fois son intégrité territoriale et celle de son identité, polluée selon lui par l'Occident. La défense de cette double intégrité va devenir l'axe essentiel de son combat. Il se concentre sur son utopie, le « *programme constructif* » : tissage, artisanat villageois, instruction primaire, création d'une langue commune à tous les Indiens.

Tandis qu'en France les armées alliées de Normandie et de Provence font leur jonction près de Dijon, Jinnah se rend à Sévâgrâm le 9 septembre. Il y reste dix-huit jours. Les journalistes envahissent l'*âshram*, guettent les deux hommes. Les positions sont inconciliables : Jinnah veut que Gândhî reconnaisse la Ligue comme seule représentante des musulmans du sous-continent et que le principe de la création du Pakistan soit reconnu avant même qu'en soient définies les frontières géographiques[109] ; il refuse que les non-musulmans puissent participer au référendum qui déterminera l'avenir des provinces à majorité musulmane ; il demande aussi que la partition ait lieu avant l'indépendance de l'Inde ; il rejette même tout traité coordonnant leur politique de défense, de communications ou diplomatique entre les deux États. Pour Gândhî, au contraire, la perspective de la création de deux États sur la base d'affiliations religieuses, « *avec rien d'autre en commun que leur hostilité, serait un désastre*[109] », et cette partition (si elle devait se révéler inéluctable) ne pourrait que suivre – non pas précéder – le transfert du pouvoir britannique à l'Inde unie ; il espère que les diverses communautés, après le départ des Anglais, se feront des concessions réciproques[109].

Au sortir de leur premier entretien, les journalistes demandent à Gândhî s'il a pu tirer quelque chose de Jinnah. Il répond avec son traditionnel sourire affligé : « *Des fleurs, seulement* ». Au bout de dix-huit jours de tractations, l'intransigeance de Jinnah finit par payer : la « formule Râjâji », émise deux ans plus tôt par C. Râjâgopâlâchâri, reparaît dans la discussion et Gândhî, en acceptant d'en parler, reconnaît que la partition du pays est une possibilité dès lors que les peuples y aspirent. En obtenant que le Mahâtmâ discute des mécanismes de l'exercice d'un droit à l'autodétermination, Jinnah remporte un succès considérable que la presse amplifie et qui rend d'autant plus furieux les orthodoxes hindous [109].

Le 2 octobre, à l'occasion de son soixante-quinzième anniversaire, Gândhî lance une collecte pour l'édification d'un mémorial en l'honneur de Kasturbâi [54] ; elle rapporte plus de 825 000 livres. Sans Mahâdév et Kasturbâi, partis pour toujours, sans Mîrâ, installée dans l'Himalaya, sans Sushilâ, qui doit aider un cousin à Quetta, Gândhî se sent bien seul malgré la présence de Pyârélâl qui continue à assurer son secrétariat conjointement avec Amrit Kaur, Kânu Gândhî et sa femme Âbhâ [55]. Bientôt surtout va apparaître une nouvelle favorite, Manu, sa petite-nièce, la sœur de Kânu.

Déroute de Nétâjî

Lors de la reconquête de Rangoon en novembre 1944, une partie des troupes de l'INA se rendent au lieutenant-colonel Loganâthan, officier du service de santé britannique ; les autres se sont déjà enfuis en Malaisie avec Nétâjî qui, le 22 octobre, a déclaré conserver « *sa ferme conviction que la victoire finale, dans cette guerre, appartiendra au Japon et à l'Allemagne, qu'une nouvelle phase de la lutte approche, dans laquelle l'initiative reviendra aux Japonais* [13] ». Comme pour lui donner raison, le

16 décembre, les Allemands déclenchent une contre-offensive dans les Ardennes, et les Japonais contre-attaquent aux Philippines. Mais le rapport de forces s'est inversé : le 13, l'opération conduite par MacArthur aux Philippines permet aux Américains de s'introduire dans le périmètre de sécurité japonais. Le 27, les troupes américaines encerclées dans Bastogne refusent de se rendre et entament leur contre-offensive.

Le 4 février 1945, alors que s'ouvre la conférence de Yalta entre Churchill, Roosevelt et Staline, les hommes de Nétâjî résistent encore dans la région de Mandalay, en Birmanie. En Indochine, le 9 mars, les Japonais attaquent violemment les garnisons françaises, y tuent 2 650 soldats, dont le général Lemonnier, et font 3 000 prisonniers. Pour sauver son trône, l'empereur d'Annam, Bao Daï, mis en place par les Français, se rallie au projet japonais de « *Grande Asie* » et dénonce le traité de protectorat avec la France (11 mars).

Le 12 avril, Roosevelt meurt et est remplacé par son vice-président Harry Truman. Le 13, l'Armée rouge s'empare de Vienne. Le 17, alors que s'amorce l'offensive soviétique contre Berlin, Gândhî réagit à l'annonce de la prochaine conférence de San Francisco qui doit créer l'Organisation des Nations unies sur la base de la Charte de l'Atlantique : « *Les Alliés ne seront pas en paix tant qu'ils croiront en l'efficacité de la guerre... Un préalable à la paix est l'indépendance totale de l'Inde, grand pays, ancien et cultivé, qui se bat depuis 1920 en ayant délibérément décidé de n'utiliser pour seules armes que la vérité et la non-violence. [...] La paix doit être juste. Aussi ne doit-elle être ni punitive ni vengeresse. L'Allemagne et le Japon ne doivent pas être humiliés. Les forts ne sont jamais des vengeurs [...]. Ou l'Inde est représentée à San Francisco par ses représentants élus, ou elle doit n'être pas représentée du tout*[169]. »

Le maréchal Smuts, qui fait partie des délégués britanniques, sera le seul signataire de ce traité à avoir aussi apposé son nom au bas du traité créant la SDN en 1920.

La paix, et après ?

Le 25 avril, les troupes américaines et soviétiques font leur jonction sur l'Elbe. Les soldats de la Légion indienne, perdus sur les routes d'Allemagne, sont faits prisonniers du côté du lac de Constance par des unités américaines et françaises[13]. En Birmanie, ce qui reste des troupes de l'INA se rend aux forces britanniques qui décident d'organiser le procès de trois soldats pris au hasard, au Fort rouge de Delhi, là où Bose avait promis de les faire défiler victorieusement.

Le 30 avril, Hitler se suicide. Le 8 mai 1945, alors qu'est signée la capitulation de l'Allemagne nazie marquant la fin de la Seconde Guerre mondiale en Europe, en Algérie, dans le Nord-Constantinois, des manifestations nationalistes tournent à l'émeute ; la répression fait des milliers de morts dans les régions de Sétif et de Guelma. La décolonisation commence aussi dans les dépendances françaises.

À Delhi, chacun comprend que l'indépendance n'est plus éloignée. En juin, le chef du parti du Congrès à l'Assemblée législative centrale, Bhulâbhâi Désâi, propose à l'adjoint de Jinnah, Nawabzada Liaquât Ali Khan, de se mettre d'accord pour exiger des Anglais la création d'un gouvernement national paritaire de la Ligue et du Congrès. Le musulman refuse : il veut la parité entre les musulmans d'une part et toutes les autres communautés d'autre part ; et il exige que la Ligue musulmane représente tous les musulmans, ce que le Congrès ne peut concéder sans renoncer à être un parti national. Les Anglais, eux, ne sont pas du tout sur la même longueur d'onde : Lord Wavell, qui s'entend mal avec Churchill et a demandé à trois reprises à être rappelé, ne propose que la création d'un conseil exécutif du vice-roi paritaire entre « hindous de caste » et musulmans.

Le 5 juillet, à Londres, voit la victoire des travaillistes aux élections législatives et donc l'éviction de Churchill, pourtant vainqueur de la guerre. Le 16, c'est l'explosion de la première bombe atomique américaine à Los Alamos. Le 28, Clement Attlee devient Premier ministre et entend se débarrasser du problème indien : pas question de se retrouver confronté à une guerre civile. Le nouveau secrétaire d'État à l'Inde, Lord Pethick-Lawrence, que Gândhî a déjà rencontré, parle désormais de « *partenariat* » avec la Grande-Bretagne. Le vice-roi annonce que se tiendront « *dès que possible* » des élections législatives pour les assemblées provinciales et centrale créées en 1934 et 1937.

Le 3 août est lancée sur Hiroshima une première bombe atomique américaine. Le 6, une seconde tombe sur Nagasaki. Gândhî y voit, comme tout le monde, le paroxysme de la violence. Le 9 août, le Japon capitule sans condition d'aucune sorte.

Au total, ce second conflit mondial a fait 60 millions de morts, dont 27 millions en Asie, où 1 % seulement des victimes sont américaines et 12 % japonaises ; le reste étant des victimes civiles des troupes japonaises par le travail forcé, les mauvais traitements dans les camps de concentration, la guerre chimique et les bombardements.

Le 18 août, d'après une information donnée par les services secrets britanniques, Subhâs Chandra Bose, *alias* Nétâjî, en route pour Tokyo, meurt dans un accident d'avion au-dessus de Taïwan. Plusieurs commissions d'enquête établiront ultérieurement qu'il n'y a pas eu le moindre accident d'avion à cette date en cet endroit. Certains disent aujourd'hui qu'il fut fait prisonnier par les Soviétiques et périt en captivité ; d'autres prétendent encore que Nehru déclina l'offre de Staline de le lui livrer. Gândhî, pour qui la seule question qui compte alors est celle de l'unité indienne, note en apprenant cette disparition : « *La plus grande leçon qu'on peut tirer de la vie de Nétâjî est la façon dont il a instillé l'esprit unitaire parmi ses hommes, quelles qu'aient été leur religion, leur origine géographique ou de caste. Ensemble ils ont versé le sang pour la même cause. Cette réussite exceptionnelle lui vaudra sûrement d'être immortalisé dans les livres d'histoire*[169]. »

Le 19 août, le Viet-minh, fondé par Hô Chi Minh en 1941 pour rassembler tous les nationalistes, même non communistes, s'empare du pouvoir à Hanoi, puis, les jours suivants, à Hué et à Saigon ; le 2 septembre, Bao Dai abdique et Hô proclame unilatéralement l'indépendance du « Vietnam démocratique » (l'ex-empereur devient « conseiller suprême » du nouveau régime).

À la fin de ce même mois de septembre 1945, Hermann Kallenbach, réemprisonné en 1939 en Afrique du Sud comme citoyen allemand, succombe chez lui, à Durban, de la malaria. Conformément à ses dernières volontés, il est incinéré et son urne funéraire transportée au kibboutz Degania fondé en 1910 dans la vallée du Jourdain, dans ce qui va bientôt devenir l'État d'Israël.

Chapitre VII

Hé Râma !

1945-1948

Alors que la guerre s'éloigne, la position anglaise en Inde semble plus solide que jamais : il n'y a jamais eu autant de troupes britanniques sur le sol indien ; le Congrès est interdit ; nombre de ses chefs sont en prison, ou morts, ou en exil. Dans six provinces, les gouvernements dirigés par le Congrès sont suspendus depuis 1939 ; dans les autres, des ministres probritanniques et/ou dominés par la Ligue musulmane sont en place. La majorité des administrateurs de la Couronne gardent confiance en la capacité du « *Corset de fer* » à gouverner l'Inde sans limite de temps. Pourtant, dans moins de deux ans, celle-ci sera coupée en deux entités indépendantes ; et la guerre de religion que Gândhî redoutait tant aura fait des centaines de milliers de victimes. Un des peuples les plus civilisés de la planète se révélera un des plus barbares. La double intégrité physique et morale de « *la Mère* » n'y aura pas résisté. Le Mahâtmâ jouera là encore le premier rôle, peut-être le plus grand de sa vie, criant un message qu'il convient d'écouter aujourd'hui plus que jamais au moment où menacent partout des tragédies de même nature et de plus grande ampleur.

LES ENJEUX DE LA PARTITION (XXe siècle)

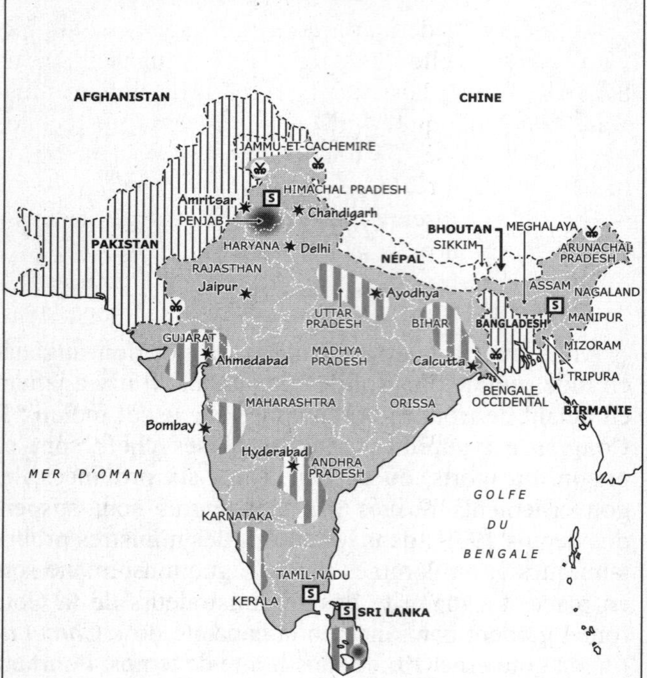

AFGHANISTAN
CHINE
JAMMU-ET-CACHEMIRE
HIMACHAL PRADESH
Amritsar
Chandigarh
PENJAB
PAKISTAN
HARYANA
Delhi
BHOUTAN
MEGHALAYA
SIKKIM
ARUNACHAL PRADESH
NÉPAL
RAJASTHAN
Jaipur
Ayodhya
ASSAM
NAGALAND
UTTAR PRADESH
BIHAR
BANGLADESH
MANIPUR
GUJARAT
MADHYA PRADESH
MIZORAM
Ahmedabad
Calcutta
TRIPURA
BENGALE OCCIDENTAL
MAHARASHTRA
ORISSA
BIRMANIE
Bombay
Hyderabad
ANDHRA PRADESH
MER D'OMAN
GOLFE DU BENGALE
KARNATAKA
TAMIL-NADU
KERALA
SRI LANKA

Majorité hindouiste
Majorité musulmane
Forte présence sikhe
Forte présence musulmane
Guerres
Conflits interreligieux
Mouvements sécessionnistes

N
0 500 km

D'après Gianni Sofri, *Gandhi et l'Inde*, Bruxelles, Casterman-Giunti, 1996.

Les deux utopies

Au cours du dernier trimestre 1945, deux utopies s'affrontent : celle des Anglais, qui veulent se retirer dans le calme et laisser le pouvoir à des Indiens unis ; celle de Gândhî qui aspire à inventer une Inde réconciliée et débarrassée de toute influence occidentale. Au milieu, il y a la réalité...

Dès le dernier semestre 1945, le Râj craque : la démobilisation de l'armée, passée en cinq ans de 189 000 à 2 250 000 hommes, est une tâche énorme, qui se déroule mal et trop lentement. Les soldats indiens ayant combattu sur les fronts de Malaisie, de Birmanie, du Moyen-Orient, voire d'Italie, ayant vu des empires entiers s'écrouler, ayant pour certains commandé à des Anglais, redevenant civils et en général chômeurs, ne sont pas prêts à s'en laisser conter. Se multiplient les cas d'indiscipline dans la police, l'armée de l'air, et jusqu'au sein de l'état-major de la marine, à Bombay. Les conflits entre communautés, à peu près contenus depuis plus de vingt ans, semblent se déchaîner avec la disparition de l'ennemi extérieur. Ils deviennent de plus en plus violents et revêtent un caractère ethnique.

Une manifestation à Calcutta contre la condamnation d'un officier musulman en cour martiale dégénère en pillage de magasins hindous et en incendies de bus. La presse de chaque communauté sert de plus en plus de relais à la violence. Par exemple, *Agrani*, le journal hindou de Poona, créé un an auparavant par Nâthurâm Godsé (qui bientôt assassinera Gândhî), n'épargne à ses lecteurs aucune des turpitudes commises par des musulmans, dénonce l'incapacité de l'administration à défendre les hindous, les exhorte à se défendre par leurs propres moyens.

Le vice-roi s'appuie de plus en plus sur des hauts fonctionnaires et même sur des gouverneurs de province indiens. On compte de moins en moins d'Européens aux postes clés ; le recrutement de Britanniques dans les services civils et dans la police est suspendu. Quelques-uns des meilleurs administrateurs britanniques comprennent que le système est révolu.

Parallèlement, le climat politique en Grande-Bretagne change : le royaume est exsangue, décidé à en finir avec toutes ses colonies. Le nouveau Premier ministre, Attlee, qui a été l'un des deux membres travaillistes de la mission Simon en 1929, depuis toujours favorable à l'autonomie, sinon à l'indépendance de l'Inde, ne fait pas mystère de son programme : se dégager au plus vite de toutes les colonies, dont l'Inde, et renoncer au mandat sur la Palestine, autre bourbier. Il souhaite avec chacune un *partnership*, « *collaboration volontaire pour un bénéfice mutuel* ». Attlee fait donc libérer les dirigeants du Congrès et annonce la tenue prochaine d'élections législatives, conformément au statut en vigueur, et la venue en Inde d'une délégation parlementaire comprenant des représentants de tous les partis britanniques pour organiser le passage à l'indépendance.

Mais le passage de qui ? Du Râj ? De l'Inde et du Pakistan ? De chacun des États princiers ? Attlee préférerait transmettre le pouvoir à une seule et unique autorité, laissant ensuite les Indiens s'arranger entre eux. De fait, l'obsession anglaise est et sera, au cours de ces mois épouvantables, de ne pas opérer eux-mêmes de partition, mais d'en laisser la responsabilité aux Indiens après l'indépendance : les Anglais ont toujours cherché à dresser les Indiens les uns contre les autres, mais ils n'ont jamais eu aucune envie de diviser l'Inde.

Gândhî, lui, veut une Inde unie, indépendante, coupant toutes les relations avec l'Occident, combattant l'intouchabilité, donnant la priorité à la vie rurale, se débarrassant des machines, en situation d'autosuffisance, et où l'alcool et tous les produits étrangers, en particulier les tissus, seraient interdits. Nehru, comme la plupart des autres dirigeants du Congrès, renâcle devant ce type d'avenir : son modèle à lui, c'est le productivisme et la planification, l'industrie et la propriété d'État. Il doit aussi préparer les élections, annoncées pour décembre et janvier. Il déclare à Gândhî qu'il ne perçoit pas le bien-fondé de son projet : « *Je ne comprends pas pourquoi un village devrait nécessairement incarner la vérité et la non-violence*[120]... » – et Gândhî de lui répondre : « *Je devrais au moins comprendre mon héritier, et mon héritier devrait me comprendre*[169] *!* », le 5 octobre 1945.

Dans les trois premiers jours de décembre, Gândhî rencontre le gouverneur du Bengale, un diplomate australien, Richard Casey, nommé là par Churchill. Il lui expose que la première priorité de l'après-guerre devrait être la réduction de la pauvreté. En fait, il ne va pas tarder à faire comprendre que son utopie a plus d'importance encore à ses yeux que l'indépendance et qu'il parle pour l'humanité entière, contre la violence qui sourd de partout...

L'Inde, en effet, n'est pas le seul lieu d'éveil des humiliés. Au début de l'automne, tout près, à Hanoi, Hô Chi Minh, achevant son long parcours, a proclamé la République du Vietnam. La France, qui bientôt va s'efforcer de reconstituer son ancien empire sous l'appellation d'Union française, refuse de le reconnaître.

Le Vietminh reçoit l'appui du Pathet Lao, des Khmers-Sereis et de la petite armée des Khmers-Issaraks.

« Comment canaliser la haine ? »

La campagne électorale à l'Assemblée législative centrale et aux assemblées provinciales s'ouvre en novembre 1945 avec Nehru pour principal orateur et Patel comme organisateur. Tâche immense, que d'organiser ces élections dans un pays si désorganisé par la guerre. En janvier 1946, les élections donnent au Congrès une écrasante majorité parmi l'électorat non musulman, avec 91,3 % des voix et 57 sièges à l'Assemblée centrale, une majorité dans les assemblées provinciales, avec 123 sièges « intouchables » sur 151. C'est aussi une victoire pour la Ligue musulmane : elle remporte les 30 circonscriptions musulmanes réservées à l'Assemblée centrale avec 86,6 % des voix, et 442 des 509 sièges réservés aux musulmans dans les assemblées locales. Elle manque de peu la majorité au Penjab (79 sièges sur 175) où les unionistes, conduits par Khizar Hyat Khan, forment un gouvernement de coalition avec le Congrès et le parti sikh Akâlî[59]. La polarisation du pays est manifeste : le Congrès se retrouve face à la Ligue.

Le 10 janvier 1946, à la première assemblée des Nations unies, à Londres, l'Inde est encore présente au côté de la Grande-Bretagne, comme l'Ukraine au côté de l'URSS. Elle est représentée par des membres de l'administration britannique, diplomates indiens de haut niveau, et ils prennent leurs instructions auprès des dirigeants du Congrès.

Cependant, Gândhî, en avance sur tout le monde, a senti la lourde menace qui pèse sur le pays : son éclatement en mille morceaux. Il fait le tour de l'Inde du Sud pour défendre son utopie, en particulier pour promouvoir l'amitié entre musulmans et hindous, la lutte contre l'intouchabilité et la pratique de l'hindoustani comme langue nationale unificatrice. À Bombay, il rend visite à Srînivâsa Sâstri, vétéran des libéraux, successeur de Gokhalé, qui l'avait boudé en 1915 mais qui, depuis lors, est devenu un ami très proche. Sâstri, mourant, résume bien l'opinion de tous les dirigeants indiens d'alors à propos de la visite attendue d'une délégation parlementaire britannique : « *Nous savons qu'il ne peut rien en sortir. Travaillistes ou conservateurs, quand il s'agit de l'Inde, ils sont tous pareils* [154] *!* »

Gândhî relance son journal *Harijan* dans les colonnes duquel il réclame par priorité le retrait des troupes britanniques et le rassemblement des États princiers autour du Râj, pour éviter qu'ils ne fassent sécession. D'une façon générale, il s'inquiète de la montée de la violence. Partout il observe avec anxiété les excités qui viennent l'insulter dans les gares ou dans ses meetings, et il s'irrite de voir paysans hindous et musulmans se traiter mutuellement de voyous [109]. « *Mais qui sont les voyous* ? s'interroge-t-il. *C'est quand l'intelligentsia distille son venin et attise la haine que les voyous tentent leur chance* [169] *!* »

En mars, tout le monde comprend ce qui se prépare. À Londres, aux Communes, A.V. Alexander, ministre chargé du transfert des pouvoirs aux colonies pour un mois encore, explique qu'en Inde « *la révolution risque d'éclater à tout moment* ». À Delhi, le vice-roi, qui a levé la censure, la rétablit pour interdire de rendre compte des émeutes intercommunautaires et des opinions susceptibles de les provoquer. Au même moment, la mission parlementaire anglaise débarque à Delhi. À sa tête, Sir Stafford Cripps (qui, après avoir été ministre de la Production aéronautique de Churchill, a rallié le Parti travailliste et est devenu ministre de l'Industrie d'Attlee) et Lord Pethick-Lawrence, secrétaire d'État à l'Inde (qui, fait curieux, a accolé le patronyme de sa femme au sien). En l'espace d'un mois, la mission va rencontrer 472 personnalités indiennes !

Gândhî, lui, n'est nullement pressé de la voir. Il se trouve alors à Uruli Kanchan, près de Poona, où il fonde un centre : il y dispense des consultations et prodigue aux indigents des soins fondés sur les idées d'un naturopathe allemand de la fin du XIXe siècle, le docteur Kuhne, dont il parle depuis les années 1930 tout en se donnant en exemple. Au programme : diète, hydrothérapie, applications d'argile [177].

À cette époque, Godsé, un des futurs assassins de Gândhî, qui dirige le journal *Agrani*, est encore en relations étroites avec Sâvârkar que la police surveille de près.

Choisir Nehru

Comme chaque année, le comité directeur doit choisir celui qui sera son président. Mais il doit le faire plus vite que les années précédentes, car si un gouvernement indien intérimaire se crée, le président du Congrès en sera le principal dirigeant avant de devenir le Premier ministre de l'Inde indépendante [155]. L'enjeu est donc bien plus important que lors des années précédentes. La façon dont se déroule le vote révèle la prodigieuse influence de Gândhî. Azad, président du Congrès depuis six ans, aspire à être réélu. Mais il n'est pas populaire. Patel, au contraire, l'est et il est proposé par les représentants au Congrès de treize provinces sur seize. Kripalâni est proposé par les autres. Avec son extrême intelligence du pouvoir, même s'il prétend ne pas s'y intéresser, Gândhî, lui, sait que Patel, qui aurait l'autorité intérieure nécessaire, est malade et n'est jamais sorti de l'Inde. Seul Jawâharlâl Nehru a à la fois le charisme, la force de conviction et la compétence internationale. Seulement il n'est guère aimé au sein du Congrès et sa candidature n'est proposée par personne.

Le 14 avril, quand un journal urdu (de la province d'origine d'Azad) écrit que celui-ci sera probablement réélu, Gândhî lui écrit en urdu : « *Je n'ai encore donné mon avis à personne ; quand un ou deux membres de la commission des résolutions me l'ont demandé, j'ai répondu que je n'étais pas d'accord pour que le président en exercice continue... Si vous partagez cette opinion, il serait judicieux que vous publiiez une déclaration à propos de cet article, disant que vous n'avez nulle intention de vous représenter. Dans les circonstances actuelles, je préfère, si on me le demande, Jawâharlâl. J'ai mes raisons pour cela. Pourquoi les expliquer*[109] *?* »

Là se manifeste l'extraordinaire ascendant de Gândhî : ce vieil homme de soixante-seize ans, à l'écart des circuits officiels, va décider, seul contre tous, de qui sera le haut responsable de l'Inde indépendante. Et tous les autres s'inclineront devant sa décision. On ne peut imaginer plus exceptionnel aboutissement de son magistère d'influence.

Le 24 avril, il parle aux trois autres candidats, Azad,

Kripalâni et Patel, qui tous lui doivent leur carrière, et leur demande de se retirer. Le 25, soit quatre jours avant la date limite de dépôt des candidatures, lors d'une réunion du comité exécutif, Kripalâni, agissant, dit-il, « *par déférence envers les souhaits de Gândhî* », fait passer à la ronde un bout de papier sur lequel est inscrit son choix : Nehru[109]. Plusieurs autres membres du comité, dont Azad et Patel, cosignent ce papier ; Kripalâni et Patel se retirent[75]. Le 26, Azad rend public à son tour un appel à voter Nehru, qui obtient dès lors l'unanimité du comité exécutif[109].

Une ultime bataille : Azad suggère que son successeur n'entre en fonctions qu'à la fin de l'année, espérant ainsi obtenir la direction du gouvernement intérimaire s'il est créé d'ici là ; Gândhî impose que la présidence de Nehru débute dès le 1er juillet. Étonnant succès alors qu'on aurait parfaitement pu imaginer qu'en un moment pareil chacun était à même de jouer sa propre carte. Sans oublier que Gândhî lui-même, s'il l'avait voulu, aurait été évidemment désigné.

« La haine est dans l'air »

Le 5 mai, à Simla, un déjeuner rassemble autour du vice-roi la mission britannique, Nehru – tout juste investi –, Jinnah et des représentants des sikhs et des intouchables. Gândhî, qui est là en tant qu'invité personnel du vice-roi et non comme représentant du Congrès, est insulté, à son arrivée, par des fanatiques hindous. Jinnah fait échouer la discussion : pas question pour lui d'une Inde unique, même une minute. Déçu, Gândhî rentre à Sévâgrâm et, le 12 mai, publie en épilogue à cette réunion un article prémonitoire intitulé « Comment canaliser la haine » : « *La haine est dans l'air, et les amoureux du pays, qui sont impatients, seront contents d'en tirer parti, s'ils le peuvent, pour, à travers la violence, aller plus avant vers l'indépendance. Mais le résultat n'en sera que davantage de haine, davantage de haine en retour, et la vengeance fera perdre les deux camps [...]. Pour dire franchement la vérité, notre action non violente ne fut qu'à moitié sincère, car beaucoup avaient la non-violence aux lèvres et le cœur gorgé de violence*[169]. »

À l'image de ce que fit Ghaffar Khan à Peshâwâr avant la guerre, Gândhî propose alors la création, dont il a déjà parlé, de « *brigades de la paix* » composant une « *armée non violente* » composée d'hommes de toutes origines, prêts à mourir pour ramener les émeutiers à la raison. « *Une petite partie de la formation préliminaire dispensée aux militaires pourra aussi se révéler utile à l'armée non violente : la discipline, l'exercice, les chants en chœur, le salut au drapeau, les symboles et autres éléments comparables. Mais même cela n'est pas absolument nécessaire, car le seul enseignement tout à fait indispensable pour une armée non violente est une foi inébranlable en Dieu, l'obéissance parfaite et volontaire au chef de l'armée non violente, une coopération sans faille, intérieure et extérieure, entre les unités de l'armée*[169]. »

Le 16 mai, la mission ministérielle anglaise fait connaître ses conclusions : elle propose la création d'une « Union indienne » comprenant l'Inde britannique et les États indiens, ayant compétence pour les Affaires étrangères, la Défense et les Communications. Les provinces et les États seraient investis de tous les autres pouvoirs. Novation majeure, « *des groupes de provinces* » pourraient se constituer pour mettre en commun la gestion de certaines questions. L'Assemblée constituante se diviserait en trois sections : A (Madras, Bombay, les Provinces unies, le Bihâr et l'Orissâ), c'est-à-dire les régions à majorité hindoue ; B (Penjab, Sind et Frontière du Nord-ouest), les régions mixtes, et C (Bengale et Assam), à majorité nettement musulmane. Chaque section devra décider si certaines des provinces qui la composent pourraient se réunir en un « *groupement* » et quelles questions tomberaient sous la juridiction de ce « *groupement* ».

Gândhî émet d'abord une réaction favorable à cette proposition. « *Je l'ai examinée de près pendant quatre jours* », écrit-il dans le numéro du 26 mai de l'*Harijan* ; « *c'est le meilleur document que le gouvernement britannique puisse produire, étant donné les circonstances*[169] ». Il s'aperçoit ensuite que le concept de « *groupement de provinces* », introduit à la demande de la Ligue musulmane, risque de conduire certaines provinces à la sécession[109]. De plus, la réduction du pouvoir du gouvernement central à trois secteurs affaiblit la future Union et renforce les forces centrifuges[54]. Accepter ce projet ne vaut la peine que si l'unité du pays est affirmée et solidement établie ; or, en l'acceptant, la Ligue ne fait pas mystère que le « *groupement de provinces* » est, dans son esprit, non pas un substitut, mais un pas en avant vers la création du Pakistan. De Sévâgrâm, Gândhî conseille alors au Congrès de rejeter ces propositions.

Le 1er juin, il fait publiquement état des raisons de sa préférence pour Nehru : « *C'est un ancien de Harrow, un diplômé de Cambridge, un avocat ; c'est ce qu'il faut pour mener les négociations avec les Anglais.* » Nehru et Patel ne sont pas d'accord avec Gândhî, ils savent que, si le Congrès n'approuve pas le plan des Britanniques, le choix ne sera plus qu'entre la guerre civile et un gouvernement paritaire entre hindous et musulmans tel que le réclame la Ligue et dont ils ne veulent à aucun prix. Pour eux, la partition est désormais inévitable, même si aucun n'ose encore le reconnaître.

Gândhî est isolé. Ceux qu'il a choisis prennent du champ vis-à-vis de lui. Le 7 juin, il quitte Sévâgrâm pour revenir à Delhi où il arrive le 10 pour rencontrer le vice-roi. À son arrivée, il provoque un scandale en déclarant que la victoire des Alliés n'est pas la « *victoire de la vérité sur le mensonge*[169] », et que les Alliés aussi ont eu des torts. Le lendemain, il répète au vice-roi que la proposition de la mission est à ses yeux inacceptable. Le vice-roi, qui a mission d'en finir au plus vite, s'appuie alors sur Nehru et propose la création d'un gouvernement intérimaire. Gândhî est contre (« *nous ne sommes pas prêts* »). Les autres hésitent. Il leur déclare : « *Ma raison me dit d'accepter, mon instinct me dit de refuser. Suivez votre raison*[47]. » Le 18, le Congrès accepte : enfin le pouvoir !

Quelques jours plus tard, à Jérusalem, l'Irgoun fait exploser l'aile sud de l'hôtel King David, centre administratif et militaire du gouvernement britannique. Comme mues par un destin commun, Inde et Palestine s'acheminent vers l'indépendance, la violence et la guerre entre les communautés de religion.

« Les mâchoires de la mort »

Gândhî est haï des musulmans parce qu'il est hindou ; il est détesté des hindous parce qu'il défend musulmans et intouchables ; il est méprisé des intouchables parce qu'il leur refuse un statut particulier. Le 28 juin, des manifestants tentent de faire dérailler le train qui le ramène de Delhi à Poona. Il lâche : « *L'homme vit dans les mâchoires de la mort.* » Il commence à tenir un journal sous forme de notes confidentielles et entreprend d'écrire pour lui, chaque jour, une « *pensée vraie* [54] ».

Nâthurâm et Nârâyan changent le titre de leur journal pour éviter l'interdiction : *Agrani* devient l'*Hindu Râshtra* ; le gouvernement leur fait verser une caution de 5 000 roupies ; nombre d'hindous influents leur apportent leur soutien financier, et ils n'ont aucun mal à réunir la somme.

Le 17 juillet 1946, il dit à Louis Fischer qu'il s'attend à mourir avant l'indépendance.

Le 27 juillet, la Ligue musulmane rejette le plan de la mission ministérielle, boycotte l'Assemblée centrale, refuse de participer au gouvernement provisoire national et annonce un plan d'« *action directe* » pour imposer la création du Pakistan. Jinnah déclare : « *Nous avons forgé une arme et nous allons nous en servir.* » Quand on lui demande si ce mouvement sera violent ou non violent, il refuse de « *discuter morale* » et critique « *la caste hindoue fasciste du Congrès et ses hommes de main* » qui visent « *à dominer et à soumettre les musulmans et les autres minorités indiennes avec l'aide des baïonnettes britanniques* ».

Le 12 août, le vice-roi se résigne à demander à Nehru de former le gouvernement avec les seuls membres du Congrès.

Exténué, après avoir, pour la troisième année consécutive, passé trois semaines de juillet dans le Mahârâstra, Gândhî s'en retourne à Sévâgrâm où il séjourne tout le mois d'août, très chaud. Il a soixante-seize ans.

Il est très affligé de voir le Congrès accepter ce qui ne peut que conduire, selon lui, à la partition de l'Inde. Il sait qu'il n'y survivra pas.

« La grande tuerie de Calcutta »

Le 16 août, conformément à la déclaration de Jinnah, la Ligue déclare une « journée d'action directe ». Du 16 au 20, au Bengale, dont le gouvernement est dirigé par un membre de la Ligue, H.S. Suhrawardi, des bandes armées de bâtons, de lances, de haches et d'armes à feu parcourent la ville, profanant des lieux de culte, volant et tuant[54]. C'est le premier grand massacre religieux en Inde depuis deux siècles. Le gouvernement provincial empêche délibérément la police d'intervenir avec la célérité requise. Plus nombreux, les non-musulmans de Calcutta ripostent et l'emportent dans cette épreuve de force. Un témoin brahmane, Prithwin Mukherjee, petit-fils de Bagha Jatîn Mukherjee, qui n'a alors que dix ans, raconte : « *Nous étions dans notre maison familiale de Ballyganj Place, à l'extrême-sud de Calcutta ; derrière un quartier de laiteries se trouvaient des communautés de musulmans militants. Je me souviens encore des barricades que s'occupaient de dresser mon père, mon oncle et leurs amis.* » Il ajoute : « *Musulmans et hindous s'entretuaient dans un climat de cauchemar où le feu, les hurlements, la poudre s'installaient dans notre vie quotidienne. Nous avons vécu les tourments du préparateur en pharmacie du coin dont la fille et le gendre tentaient de fuir avec leurs enfants les atrocités : nous les vîmes arriver portant les stigmates de l'horreur*[95]. »

En cinq jours, « la grande tuerie de Calcutta », comme l'écrit le plus grand journal de la ville, le *Statesman*, fait plus de 5 000 morts et 15 000 blessés. Avec l'art des nuances alors exigé par la censure, son rédacteur remarque : « *Rétrospectivement, le comportement de la Ligue musulmane avant les émeutes conduit à penser (et pas seulement chez ses opposants politiques) qu'elle était divisée sur le point de savoir si ce massacre serait bon ou mauvais*[169]. »

Gândhî, alors à Sévâgrâm, voit se concrétiser ce qu'il redoute et dénonce depuis au moins un an : « *Nous ne sommes pas encore en pleine guerre civile, mais nous n'en sommes plus loin.* » Le 24 août, il télégraphie au vice-roi et au gouvernement de Londres pour « *que ne se renouvelle pas la tragédie du Bengale* ».

Le lundi 27, il se rend à Delhi, à l'invitation de Nehru et de Wavell, pour l'installation du premier gouvernement provisoire de l'Inde. Il choisit de loger dans la colonie des balayeurs de Balmiki et n'en sort pas pendant que Nehru prête serment. Celui-ci a dû démissionner de la présidence du Congrès, ainsi que Clement Attlee l'a exigé, et a été remplacé par Kripalâni, l'instituteur du Champâran. Comme ce jour-là tombe un lundi, Nehru, respectant le vœu de silence de Gândhî, resté chez ses amis intouchables, lui adresse un simple message : « *Marche sur Dândi. Union des hindous et des musulmans. Fin de l'intouchabilité. Khâdi*[109]. »

Le 4 septembre, Nehru annonce la composition de son gouvernement intérimaire : il garde pour lui le ministère des Affaires étrangères ; Patel est vice-Premier ministre et ministre de l'Intérieur, ministre des États. En signe de reconnaissance pour l'action de l'INA et en gage de réconciliation nationale, le frère de Nétâjî, Sarat Bose, avocat, qui a soutenu son frère et qui, depuis la mort de ce dernier, s'occupe d'aider les soldats de l'INA à se réinsérer, est nommé ministre des Travaux publics et de l'Énergie. Ambedkar est ministre de la Justice. Un des premiers gestes de Nehru est de prendre lui-même la tête de la délégation aux Nations unies et d'y dénoncer l'apartheid qui sévit en Afrique du Sud. L'une des premières initiatives de Patel consiste à s'occuper de la production agricole, largement entamée par les impératifs militaires et de la famine qui menace. Gândhî obtient de lui que Mîrâbehn devienne conseiller spécial du gouvernement de l'Uttar Pradesh pour l'agriculture.

Face à ce nouveau gouvernement, l'Indian Civil Service, le « *Corset de fer* », ne bronche pas et se conduit avec un flegme exceptionnel. Londres en interrompt le recrutement et annonce que la plupart des 600 derniers membres de ce grand corps quitteront l'Inde dans les douze mois ; tous seront, individuellement, raccompagnés au port ou à l'aéroport aux accents d'une fanfare.

Au même moment, les massacres reprennent : après celui de 5 000 hindous par des musulmans à Calcutta, 4 000 musulmans sont assassinés par des hindous en guise de représailles au Bihâr. Pour calmer le jeu, Nehru demande à Jinnah de reconsidérer sa position et d'entrer au gouvernement. Le chef de la Ligue hésite. En le faisant, il donnerait une réalité à l'Inde, qu'il refuse, mais il sera en situation de contrôler l'évolution.

Quelques jours plus tard, le 19 septembre 1946, s'ébauche la nouvelle Europe dans un discours d'une extrême audace de Winston Churchill, plus visionnaire que jamais, à l'université de Zurich : il pose la réconciliation franco-allemande et la création d'une organisation européenne comme conditions de la paix et de la liberté sur le continent : « *J'en viens maintenant à une déclaration qui va vous étonner. Le premier pas vers une nouvelle formation de la famille européenne doit consister à faire de la France et de l'Allemagne des partenaires. Seul ce moyen permettra à la France de reprendre le leadership moral de l'Europe. On ne peut imaginer une renaissance de l'Europe sans une France et une Allemagne spirituellement grandes...* »

Bien au-delà de l'Inde...

Le 9 octobre, Jinnah pose au Congrès neuf conditions pour participer au gouvernement et en contrôler l'action ; elles portent surtout sur les postes destinés à ses amis, qui sont acceptés. Jinnah n'entre pas lui-même au gouvernement, mais obtient les Finances pour son adjoint Liaquât ; ce poste clé va permettre à la Ligue de paralyser l'action du Congrès, dans l'exécration mutuelle entre ministres...

Le 10, dans un district de l'est du Bengale, à majorité musulmane, celui du Noâkhâli, des musulmans incendient les maisons de la petite communauté hindoue de la région, pillent les récoltes des paysans, profanent leurs temples, les convertissent de force et enlèvent leurs femmes. Les hindous fuient par milliers. Le 15, à Sévâgrâm, Gândhî entend parler de ces exactions. Le 18, deux de ses amis au Bengale, Satîsh Chandra Dâsgupta et Satin Sen, se demandent s'il ne faut pas aller au Noâkhâli pour s'y interposer. Il les y encourage et décide de se rendre lui aussi, dès que possible, dans le plus gros village du district, Srîrâmpur. Des membres de son entourage tentent de l'en dissuader : il est en piètre santé et on a besoin de lui à la session annuelle du Congrès, qui doit avoir lieu cette année-là en novembre à Meerut, dans les Provinces unies. En fait, ni Nehru, ni Patel, ni Kripalâni ne lui ont demandé d'y venir. Il a compris que le Congrès et le gouvernement n'ont plus vraiment besoin de lui. Il va donc s'occuper du monde réel...

Il entend alors se placer sur un tout autre terrain, celui, essentiel pour lui, de son projet pour le pays. Et il réalise même qu'au-delà, il ne porte pas sur l'Inde, mais sur la non-violence universelle. Il répond : « *Je ne sais pas ce que je pourrai faire sur place. Tout ce que je sais, c'est que je ne serai pas en paix tant que je n'y serai pas allé [...]. La méfiance mutuelle est terrible. Les amitiés les plus anciennes se sont rompues. La vérité et la non-violence, qui m'ont soutenu pendant soixante ans, ne montrent pas les vertus que je leur avais attribuées. Pour les tester et mieux me mettre à l'épreuve, je vais aller à Srîrâmpur*[169]... »

Il va donc s'interposer, quitte à y perdre la vie. Et il ajoute, se comparant à Jésus : « *Un homme qui était complètement innocent s'est offert en sacrifice pour le bien des autres, y compris ses propres ennemis, et pour racheter le monde. Ce fut un acte parfait. Les dernières paroles de Jésus, "C'est fini", ont été rapportées par quatre de ses disciples. Elles sont authentiques. Que la tradition de Jésus soit historiquement vraie ou non, ça m'est bien égal. À mes yeux, c'est plus véridique que l'histoire elle-même, car je le tiens pour possible et cela recèle une loi éternelle – la loi du bouc émissaire prise en son vrai sens*[169]. »

Ses deux amis bengalis lui disent qu'ils sont prêts à l'escorter. « *En route, dans ce cas* ! leur dit Gândhî.

Mais pas d'imprudence. Vous irez parce que vous sentez que vous devez y aller, non parce que je vous l'ai demandé[169]. »

Il apprend que le nouveau ministre des Travaux publics, Sarat Bose, frère de Nétâjî, quoique malade, et le nouveau président du Congrès, Kripalâni, accompagné de sa femme bengalie, sont eux aussi en route pour la région de Noâkhâli dans le dessein de s'interposer. « *Ils ont raison d'y aller s'ils n'y vont pas pour protéger le parti, mais pour mettre fin à une guerre fratricide.* » Quand un « *ami très cher*[114] », note Pyârélâl sans citer son nom, essaie de le persuader de renoncer, Gândhî explique qu'il ne peut résister à « *l'impulsion spontanée qu'il sent en lui d'aller vers les gens de Noâkhâli. Il y a deux types de pensée : oisive et active. Il peut y avoir des myriades du premier type à grouiller dans le cerveau. Ça ne compte pas. Mais une pensée pure, active, qui vient du fond de l'être, dotée de toute l'intensité indivise de cet être, devient dynamique et travaille comme un ovule fécondé*[114] ».

En fait, Gândhî est passé dans une autre dimension de son destin. La mort de Kasturbâi l'a libéré : il ne doit plus rien à personne. Philosophiquement, politiquement, personnellement, il va aller au bout de lui-même.

« Les meilleurs moments de ma vie » : le Noâkhâli

Le 28 octobre, il annonce qu'il part pour le Noâkhâli, non « *pour juger qui que ce soit* », mais « *comme serviteur de Dieu* », pour « *sécher les larmes des femmes bengalies* » et « *leur redonner courage* », s'il le peut. Commence un extraordinaire périple à travers le pays, où ce vieillard triste et transparent, au regard magnétique, va pendant des mois s'interposer entre les communautés, allant d'un massacre à l'autre, défendant là les hindous, ici les musulmans, pour enrayer la violence qu'il a sentie venir depuis longtemps, qu'il sait tapie dans le corps de l'Inde tout comme elle est tapie dans le sien. Il parle d'un « *sentiment de défaillance à la vue de la folie collective qui peut métamorphoser un homme en brute*[169] ». Tel est bien l'enjeu.

Il monte dans un train pour Calcutta, point de passage obligé pour le Noâkhâli. L'accompagnent Pyârélâl, Sushilâ, Suchétâ Kripalâni, Amtus Salaam, Sushilâ Pâi, Amritlâl Thakkar, Kânu Gândhî, Âbhâ (son épouse), Nirmal Kumâr Bose (qui sert d'interprète), Parasurâm (le sténographe) et Prabhudâs, un assistant. Amtus Salaam est la seule musulmane du groupe. Dans chaque gare qu'il traverse, au Bihâr et dans les Provinces unies, des foules énormes convergent vers le convoi, grimpant sur le toit des wagons, frappant aux baies, tirant l'alarme, criant et réclamant son *darshân*, son regard et sa bénédiction. Il se bouche les oreilles avec deux doigts et s'expose longuement à la foule, sans précaution. La nuit, il refuse même d'éteindre les lumières, comme on le lui suggère par mesure de sécurité : les gens, dit-il, doivent pouvoir l'observer.

Durant ce voyage, il rédige plusieurs articles pour le *Harijan*, une douzaine de lettres à Nehru, Patel, C. Râjâgopâlâchâri, Azad, Prasâd, Amrit Kaur et Lîlâvati Asar, ainsi qu'à son fils Dévdâs : que nul ne s'inquiète, il est entouré d'une équipe compétente... Il écrit aussi à Jaisukhlâl, père de Manu (sa petite-nièce, qui a maintenant dix-neuf ans) pour lui demander qu'elle le rejoigne dans le Noâkhâli. Il la veut absolument auprès de lui et explique qu'il entend explorer les possibilités d'un mariage entre elle et Pyârélâl qui en est épris (il a quarante-six ans). Elle viendra en décembre et on verra qu'il l'a fait venir dans des intentions toutes différentes...

« La quantité de poussière... »

Il arrive à Calcutta le 29 octobre et reste une semaine dans l'*âshram* de Satîsh Dâsgupta, à Sodepur, dans la banlieue. Il prépare le programme de son séjour avec des gens de l'*âshram* qu'il envoie en éclaireurs. Il rend visite au gouverneur britannique, aux dirigeants hindous et musulmans, au Premier ministre musulman Suhrawardi, qui, depuis l'époque du califat, le respecte et l'appelle *Bâpu*. Début novembre, sous la pression des chefs locaux du Congrès et de Jinnah, Suhrawardi critique sa visite et demande à Gândhî de quitter la ville. Le 6 novembre, un train spécial qu'a fait préparer Suhrawardi le conduit dans le Bengale oriental avec tous ceux qui l'accompagnent, plus le ministre provincial du Commerce [54]. Il leur explique ce qu'il attend d'eux : séjourner là au moins trois mois, se répandre dans les villages, vivre au milieu de la majorité musulmane ; des gens de Sodepur parlant le bengali, venus en avant-garde, seront là pour les y aider [54]. Si l'un d'eux a peur, il peut encore repartir. En janvier, une fois les rizières asséchées, ils marcheront de village en village à travers le district de Noâkhâli [54]. Il sait que ce sera une marche épuisante pour son âge, mais il s'y préparera. Il veut montrer au pays qu'il est possible de recouvrer le calme et de sortir de cette folie en usant simplement de son ascendant.

Le train les conduit jusqu'à Goalando où ils embarquent à bord du vapeur *Kiwi* pour un trajet d'une centaine de kilomètres sur une rivière, jusqu'à Chândipur, à la limite occidentale de la région du Tipperâ/Noâkhâli [109]. À Chândipur, il reprend un train pour Chaumuhani où une équipe de l'*âshram* de Sodepur est venue préparer sa venue. C'est le bout du monde ; aucun citadin ou presque n'y a jamais mis les pieds.

En arrivant à Chaumuhani, le 8 novembre, il tient une réunion de prière commune entre musulmans et hindous, à laquelle assistent 15 000 personnes. Il prononce un discours d'une profonde sincérité, reflet de décennies de luttes : « *Je ne suis pas venu inciter les hindous à combattre les musulmans. Toute ma vie j'ai combattu les Anglais et pourtant ils sont mes amis. Je ne leur ai jamais voulu de mal. J'ai entendu parler de conversions forcées. De consommation forcée de viande de bœuf, de mariages forcés, de viols, sans parler des meurtres et des pillages. Des gens ont détruit des idoles. Les musulmans n'adorent pas des idoles, moi non plus ; mais pourquoi déranger ceux qui le font ? J'ai étudié le Coran. Le mot même d'islam signifie "paix". Nous, hindous, utilisons le "*Salam aleikum*" des musulmans. L'islam n'autorise pas ce qui s'est passé ici et à Tipperâ ; j'attends des musulmans, qui sont en écrasante majorité dans l'est du Bengale, qu'ils se constituent en protecteurs de la petite minorité hindoue. Ils devraient dire aux femmes hindoues qu'aussi longtemps qu'ils seront là personne ne leur jettera même un regard déplacé* [169]. »

Gândhî passe par Dattapârâ, village où 6 000 hindous ont trouvé refuge après les violences. Il y tient une réunion de prière. Il entend parler d'émeutes dans un autre État, le Bihâr, où le nombre des morts serait phénoménal. Il fait savoir par les journalistes qui l'accompagnent que, si la paix n'y revient pas sur-le-champ, il entamera un jeûne à mort. Cette menace et surtout les sévères mesures prises par le gouvernement du Bihâr, ainsi que la visite sur place de Jawâharlâl Nehru, permettent de restaurer un semblant d'ordre. Mais précaire.

Le 9 novembre, il arrive à Srîrâmpur, principal village du Noâkhâli. Seules trois familles hindoues sur deux cents y vivent encore. Comme convenu, Sushilâ Nâyar, Âbhâ, Kânu Gândhî et Suchétâ Kripalâni partent pour les villages voisins. Pyârélâl choisit Bhaktapur, sa sœur Sushilâ décide de créer une clinique à Changirgaon[54]. Il ne garde avec lui à Srîrâmpur que son sténographe, Parasurâm, et l'interprète bengali Nirmal Kumâr Bose. Là, ce ne sont partout que cadavres, ruines calcinées...

Des témoins se souviennent aujourd'hui encore de son crâne rasé, de sa montre de gousset, de sa façon de marcher, de son lait de chèvre, des soins qu'il prodiguait. Un musulman de Srîrâmpur se rappelle : « *Il est venu à la maison, a montré le Coran à mon père et lui a demandé si le texte sacré autorisait les mauvaises actions*[54]. » Le 13, il s'installe à Kazirkhil et rayonne dans les villages alentour. N.K. Bose, qui l'observe de près, conclut que c'est « *la remise en question de sa propre perfection* » qui le rend si proche des hommes et des femmes ordinaires. Gândhî écrit le 17 : « *Il ne faut pas de représailles. Il est inhumain d'être violent envers les gens de même religion que ceux qui ont fait du tort*[54]. »

Le 20 novembre, il revient à Srîrâmpur qu'il appelle son « *dernier* âshram ». « *Si tu veux te connaître toi-même, avance seul* », dit-il. Il y passe six semaines, jusqu'à la fin décembre. Un châlit recouvert d'un matelas lui tient lieu de bureau le jour et de couche la nuit [109]. Il se lève dès 4 heures du matin, lit et écrit à la lueur de la lampe à kérosène, file son lot de coton, dirige deux réunions de prière par jour ouvertes aux hindous comme aux musulmans [54]. Il ajoute du lait de coco à son régime [109]. Bose lui dispense des cours de bengali. Peu à peu, les hindous des villages environnants se déplacent plus librement [109]. Une trentaine de musulmans et d'hindous de Srîrâmpur tiennent ensemble, avec Gândhî et le ministre du Commerce Shamsuddin, là aussi, une réunion destinée à constituer des comités pour la paix. La presse de la Ligue s'inquiète de son influence sur les musulmans, le dénonce comme l'« *ennemi numéro un* » et voit dans sa mission un « *sombre jeu* » politicien pour détourner le vote des musulmans vers le Congrès.

Moment inouï : Gândhî demande à Bose de ne pas se laisser prendre à ses déclarations qui « *le montrent sous son meilleur jour et présentent une image de ce vers quoi il tend, non de ce qu'il est pour de bon* ». Bose objecte en citant Tagore : on devrait juger un homme « *sur les meilleurs instants de sa vie, sur ses réalisations les plus éminentes plutôt que sur la médiocrité de sa vie quotidienne* [54] ». Gândhî lui répond : « *Oui, cela est vrai du poète qui doit répandre sur Terre la lumière des étoiles. Mais des hommes comme moi, il faut les juger non d'après les moments de leur vie où ils sont grands, mais à la quantité de poussière que leurs pieds ont accumulée au cours de la journée* [54] *!* »

Violence et sexualité

La dernière semaine de novembre, le gouvernement de Sa Majesté invite à Londres le vice-roi, Nehru, Liaquât Ali Khan (l'adjoint de Jinnah, devenu ministre des Finances) et Baldev Singh. Jinnah pense qu'il peut passer en force et obtenir la partition en menaçant de déclencher une guerre civile. Le cabinet britannique préférerait que le Congrès et la Ligue s'entendent au préalable sur la Constitution d'un pays unifié, quitte à se séparer après. Le 6 décembre, pour tenter d'amadouer Jinnah, les Anglais modifient les clauses relatives au groupement de provinces afin qu'elles facilitent une partition, sans que la Ligue revienne pour autant sur sa décision de boycotter l'Assemblée centrale.

Au Bengale, à Garh Mukteshwar, des pèlerins hindous massacrent des commerçants musulmans.

Gândhî marche sans difficulté. La mort de Kasturbâi semble avoir libéré en lui des forces insoupçonnées. À soixante-dix-sept ans, sa sexualité le travaille plus que jamais. Il sent qu'elle porte en elle, comme toujours, une part de violence. Comment combattre la violence chez les autres sans la réfréner chez soi ? Il va entreprendre à cette fin une incroyable quête : tester sa capacité à résister à la sexualité. C'est en fait la raison pour laquelle il a appelé auprès de lui Manu, sa petite-nièce, très jolie jeune femme de dix-neuf ans, qui lui voue une admiration sans bornes. Il veut, prétend-il, maîtriser sa sexualité, autrement dit sa violence... en dormant nu avec elle !

Il en parle d'abord avec Pyârélâl, qui est lui-même amoureux de Manu, puis à Parasurâm (qui est là pour taper à la machine) et à N.K. Bose, l'interprète ; il leur explique que, pour aborder la violence qui l'entoure, faire face au défi du Noâkhâli et à celui de la guerre civile qui va sûrement se produire au moment de l'indépendance, il doit faire appel à la chasteté. Cette fois, ce ne sera pas une expérimentation, mais ce qu'il appelle un *yagna* (un sacrifice), c'est-à-dire une offrande à Dieu. Si ni Manu ni lui ne cèdent au désir en partageant le même lit, ce *yagna* le purifiera, l'obligera à prier avec d'autant plus d'ardeur, l'aidera à rassembler toute son énergie pour affronter sa tâche[54]. Il ajoute qu'il faut être totalement maître de soi pour devenir invincible et contrôler sa violence, y compris d'origine sexuelle, pour dispenser autour de soi des leçons de non-violence. Il rappelle un des soutras du *Yogasûtra* de Patanjali, écrit au IIe siècle, qu'il a connu par Râjchandra, obsédé lui aussi par l'abstinence : « *Quand la non-violence est parfaite, il devient possible d'en finir complètement avec les forces ennemies et avec le mal*[54]. » Il dit à Bose : « *Si je peux me maîtriser sexuellement, je pourrai vaincre Jinnah*[55]. » Tous les auditeurs passent de l'ahurissement à l'hostilité ; ils pensent qu'il est devenu fou et que leur propre réputation risque d'être compromise.

Informé, Dévdâs écrit à son père qu'il est sur une mauvaise pente. Patel lui dit qu'il a perdu la voie du *dharma*. Prasâd propose que Kânu, son petit-neveu, remplace Manu, ce que Gândhî refuse[55]. Il s'en ouvre par lettre à Birlâ, son hôte à Delhi (déclarant que ce dernier a le droit de savoir, puisqu'il l'aide financièrement), et à Kripalâni qui préside le Congrès. Birlâ lui répond qu'il ne peut le comprendre ; Kripalâni lui dit que la *Gîtâ* insiste sur le respect des valeurs de la société et lui demande : « *N'êtes-vous pas en train de traiter ces filles comme des moyens plutôt que comme des fins en soi*[109] *?* » Le quaker américain Horace Alexander, qui lui rend visite à Noâkhâli, prié de lui donner son avis « *en tant que chrétien* », lui répond que « *tout cela va trop loin* ». En signe de protestation, trois journalistes du *Harijan*, Swâmi Ânand, Parikh et Mashruwâlâ, démissionnent[54].

Le 19 décembre, Manu rejoint donc le Mahâtmâ à Srîrâmpur et accepte sans hésiter : elle est prête à tout, y compris à affronter la mort à ses côtés. Le *yagna* commence le soir même. Quelques heures plus tard, il lui écrit, alors qu'elle repose à côté de lui : « *Ne me cache pas une seule de tes pensées. Donne une réponse sincère à tout ce que je te demande. L'étape que j'ai entamée aujourd'hui est mûrement réfléchie. Dis-moi par écrit quel en est l'effet sur ton esprit. Je vais moi-même te révéler toutes mes pensées*[169]. »

De dépit, Pyârélâl, épris de Manu, épouse une jeune femme rencontrée dans le Noâkhâli, et s'installe dans le même village, Srîrâmpur, où Gândhî cohabite avec Manu. Le Mahâtmâ devient jovial et détendu, comme avec les autres « *sœurs* » avant elle. Manu lui fait la cuisine, le sert, l'assiste. Plus tard, Pyârélâl, interrogé par Dévdâs, lui dira qu'il reconnaît que Gândhî « *dort paisiblement, vient à bout de son agitation nerveuse et de ses pertes de mémoire, s'exprime plus distinctement et parle avec plus d'assurance* » ; il « *paraît s'être libéré de la possessivité*[54] ». Bose reconnaît que Gândhî, à ce moment, a « *quelque chose de noble* », mais, le 23 décembre, il n'en raconte pas moins à la presse que le maître exploite sexuellement les femmes, qu'elles sont toutes « hystériques » avec lui. Gândhî se défend, rappelle qu'il a toujours déclaré que le sexe est un péché, une activité antinaturelle. Le 25 décembre, il se plaint : « *Je suis sans cesse atta-*

qué... » Le 30, Nehru vient le voir à Srîrâmpur et le met en garde. Gândhî se défend : « *Ma raison est entièrement d'accord avec mon cœur*[54]. » Nehru est effaré de ce qu'il découvre dans cette région qu'il ne connaît pas et qu'il ne parvient pas à considérer comme indienne. Il l'abandonnera sans remords à Jinnah et au Pakistan. C'est aujourd'hui le Bengladesh.

Dans deux lettres du 26 décembre 1946 et du 1er janvier 1947, Gândhî reconnaît qu'un « *attachement qui s'ignore* » l'attire bel et bien vers Manu.

« Ishwar et Allah sont tes deux noms »

Le 1er janvier 1947, au Penjab, Syed Mahmud, seul ministre musulman de la province, qui a la confiance des hindous et des sikhs, lui demande de se rendre au Bihâr où il a commencé, en 1917, ses combats pour les paysans dans le Champâran : des hindous y massacrent des musulmans en représailles aux massacres d'hindous qui ont sévi dans le Noâkhâli. Gândhî lui promet de venir quand il en aura terminé avec le Noâkhâli.

Le 2 janvier, dès que les rizières sont asséchées, Gândhî, comme prévu depuis son arrivée, part pour un périple insensé, à soixante-dix-sept ans, à pied, à travers le Noâkhâli et le Tipperâ, une longue canne de bambou à la main, afin d'aider et réconforter un village par jour[154].

Dans ses notes du 2 janvier, on peut lire : « *Réveillé depuis 2 heures du matin. Seule la grâce de Dieu me soutient. Je me rends compte qu'il y a en moi un grave défaut qui est cause de tout cela. Autour de moi, ce ne sont que ténèbres. Quand Dieu va-t-Il me tirer de ces ténèbres pour me conduire dans Sa Lumière ?* » La journée de marche commence, au réveil, par un chant : soit le *Vaishnava Jana*, l'*Ekla Chalo Re*, soit le sublime *Walk Alone* (Marche seul) de Tagore : « *Marche seul. S'ils ont peur et se tournent peureusement contre le mur, ô toi, de mauvais augure, ouvre ton esprit et parle seul ; s'ils se détournent et t'abandonnent dans la traversée du désert, ô toi, de mauvais augure, foule les épines sur ton chemin et marche seul sur la piste maculée de sang. S'ils n'élèvent pas le fanal quand la nuit est troublée par l'orage, ô toi, de mauvais augure, avec l'éclair brûlant de la douleur allume ton propre cœur, et laisse-le brûler seul...* » Gândhî aussi chante : « *Sa voix est faible, mais le ton est juste*[154] », note D.G. Tendulkar venu de Bombay.

Puis la marche commence. Manu, Bose, Parasurâm et Râmchandra (autre sténographe) avancent à ses côtés. Puis viennent huit policiers du Bengale (bien que Gândhî ait refusé leur protection), une centaine de villageois et une demi-douzaine de journalistes[114]. Hindous et musulmans bordent le sentier de chaque côté. Ils traversent des passerelles bancales, marchent pieds nus. Quand Manu proteste, il réplique : « *Nous n'allons pas au temple ou à la mosquée avec des chaussures... Nous posons ici les pieds sur un sol sacré où des gens ont perdu des êtres aimés. Comment pourrais-je porter des sandales*[114] *?* » Couché à 10 heures, il se réveille habituellement à 2 heures 30. Le soir, arrivés au village, ils passent la nuit chez des paysans, des pêcheurs ou des tisserands hindous ou musulmans. Satîsh Dâsgupta prépare un itinéraire de 50 kilomètres par jour ; il a fabriqué une hutte portative, simple à démonter, à transporter et à remonter, qu'il achemine à l'avance dans le village d'étape, mais que Gândhî se refuse à utiliser : il l'appelle « *le palace*[114] ». Chaque soir, le *yagna* s'inscrit dans un contexte de violence barbare. L'idée de maîtriser la sienne au milieu de celle des autres lui paraît le plus beau des défis.

Ce sont successivement Fatehpur, Jagatpur, Karpârâ, Muraim, Bhaktapur, Râmdevpur, Dalta, Palla, Jayag, Navagram, Sadhurkhil, Dharampur, Haimchar, Panalia : quarante-cinq villages en tout. Le 10 janvier, lui-même étonné de sa forme, il fait remarquer à Manu : « *Regarde seulement combien Dieu me soutient. C'est un miracle en soi*[54]. »

Il se montre tyrannique avec la jeune femme. Un soir qu'elle fait brûler du petit bois pour chauffer l'eau à son intention, il lui dit : « *Les gens n'ont même pas de brindilles pour faire cuire leurs galettes et tu voudrais que je me lave le visage à l'eau chaude*[54] *?* » Le 25 janvier, quittant le village de Bhaktapur, Manu oublie une pierre-ponce offerte à Gândhî par Mîrâ. Quand elle s'en aperçoit, à l'étape suivante, à Nârâyanpur, Gândhî lui ordonne de retourner la chercher toute seule. Manu la retrouve et s'en revient. « *La voilà, votre pierre !* » lâche-t-elle en la jetant aux pieds de Gândhî. Conséquent avec lui-même, il lui répond : « *Si des canailles t'avaient attrapée et tuée, j'aurais dansé de joie et je n'aurais pas du tout apprécié que tu t'enfuies en courant*[54]. » Puis il prétend l'avoir soumise là à une épreuve en lui rappelant le chant *Marche seul* : « *Je me suis dit : "Cette fille chante* Marche seul *avec ardeur, mais en a-t-elle seulement compris le message ?" Tu vois combien je puis être dur...* » En fait, il voulait récupérer sa pierre-ponce pour la bonne raison qu'il déteste ne pas respecter des habitudes. Le lendemain, il avoue à Manu : « *Mon caractère déteste* *les changements de routine*[155]. » C'est là en effet un aspect central chez le nomade de l'esprit : transporter sa routine avec lui.

Le 27, à Panalia, il fait s'asseoir ensemble pour déjeuner des hindous, des musulmans, des *Harijan* : « C'était la première fois que cela arrivait », dit un témoin natif de Panalia. Ce jour-là, Manu chante pour la première fois un verset qu'elle a entendu dans un temple de Porbandar, sa ville natale qui est aussi celle de Gândhî : « *Ishwar Allah Téré Nâm* » (« Ishwar et Allah sont Tes deux noms »). Il remarque que les musulmans l'apprécient et il demande à Manu de le chanter tous les autres jours : « *C'est Dieu qui l'a insufflé dans ton esprit*[54]. »

« Le chemin de la vérité est pavé de squelettes »

Le 27 janvier, il a le sentiment d'avoir réussi : la région s'est calmée. Il pense qu'il a rempli sa mission. Il quitte Panalia, sa dernière étape, pour Delhi où il arrive le 1er février. Il y déclare : « *Le parti a fait son temps* » et commence à travailler à un texte qui enjoindrait aux membres du Congrès de ne plus faire de politique, pour se consacrer à l'action sociale. Il veut même dissoudre le Congrès. Là, il continue à dormir avec Manu à qui il confie : « *Maintenant, je tiens à être mis à l'épreuve au maximum. Si j'échoue, à la grâce de Dieu ! Je ne veux d'autre attestation que celle de Dieu. S'il y a la moindre tromperie, même à notre insu, le monde entier viendra à le savoir*[114]. »

Puis il s'en revient à Sévâgrâm d'où, le 6 février, il écrit à Mîrâ, partie créer un *âshram* nommé Bâpu Grâm à Pashulok, dans l'Himalaya, une lettre composée de quatorze mots (dont douze monosyllabiques), en anglais, phrase magnifique, ambiguë, qui dit tout de lui : « *The way to truth is paved with skeletons over which we dare to walk* » (« *Le chemin de la vérité est pavé de squelettes sur lesquels nous osons marcher* »). C'est à la fois une singulière évocation du périple qu'il vient d'accomplir à travers la barbarie, l'aveu qu'il est nécessaire d'oublier le passé et de se dépasser soi-même, et enfin une critique des vivants : les morts seuls connaissent la vérité. Mais aussi : la violence seule est vérité.

Sa relation avec Manu devient explicitement amoureuse. Le 10 février, il écrit à Vinobâ Bhâvé, qui, depuis 1930, travaille à distance avec lui et qui est maintenant son plus proche disciple dans la définition du programme de réforme agraire ; il lui dit qu'il sait ce que ses amis, « *à Sévâgrâm et ailleurs, ont à endurer à cause du* yagna », et il ajoute : « *Ici, au contraire, tous savent ce qui se passe, mais cela n'a aucun effet sur eux*[54]. »

Le 18 février, il rend visite avec Manu[54] à « *un très vieil homme, ni un chef ni quelqu'un de premier plan, mais un homme tout ce qu'il y a d'ordinaire*[53] », qui « *souhaitait passionnément recevoir le* darshân *[regard] de Gândhî, mais était incapable de traverser la rivière*[54] ». Voici ce que la jeune fille écrit de ses relations avec son grand-oncle : « *Après la prière du soir, nous avons traversé la rivière Dakaria... Magnifique, cette rivière coulait au milieu d'une végétation luxuriante. Le ciel était clair, il ne faisait point trop froid, le soleil ne tapait pas trop fort. La traversée dura à peine cinq à sept minutes. Pendant ces quelques minutes, Bâpuji plaça sa tête contre mes seins, ferma les yeux et s'assoupit. Sur les deux rives, une haie formée de foules d'hommes et d'arbres... Juste au milieu, la plus haute personnalité mondiale se trouvait endormie sur mon sein pendant que le batelier pagayait. Ma main reposait sur le front de Bâpuji... Ces instants-là de ma vie sont bénis*[53]. »

L'offre du 25 février

Le 20 février 1947, les Anglais n'en peuvent plus : ils veulent partir au plus tôt, avant le bain de sang qu'ils devinent inéluctable. Ils constatent en effet que l'Inde est au bord de l'éclatement : les ministres de la Ligue refusent de reconnaître Nehru pour chef ; le ministre des Finances, Liaquât, invente même des taxes frappant spécialement les partisans du Congrès ! Dans chaque village, le pays semble glisser vers la guerre civile. Lord Wavell, lui si sérieux, si pondéré, panique et parle d'évacuer les citoyens britanniques province par province. Attlee pense de son côté qu'il faut un nouveau vice-roi et annonce son remplacement, avant le terme de son mandat, par l'amiral Mountbatten, arrière-petit-fils de la reine Victoria, officier de la Navy, commandant en chef des opérations puis commandant suprême des forces alliées en Asie. Il sera le vingtième et dernier vice-roi de l'Inde.

Car Attlee annonce aussi que les Anglais quitteront l'Inde au plus tard le 30 juin 1948. Il ajoute même que si, d'ici là, les partis indiens ne se sont pas entendus sur une Constitution pour tout le pays, le pouvoir sera transféré « *à une forme de gouvernement central dans l'Inde britannique, ou, dans certaines régions, aux gouvernements provinciaux existants, voire à d'autres structures viables, et ce dans l'intérêt du peuple indien* ». Autrement dit, les Anglais se laveront les mains du chaos qui s'ensuivra.

Churchill s'insurge contre le principe même d'un départ précipité. Il pense depuis toujours que, sans les Anglais, l'Inde éclatera en mille morceaux. Il interpelle la Chambre des communes : « *Comment pouvons-nous espérer que le gouffre béant qui sépare depuis mille ans musulmans et hindous sera comblé en l'espace de quatorze mois ?* »

Le 25 février, un des proches de la famille de Gândhî et de Manu, Amritlâl Thakkar, qui, comme eux, est originaire du Kâthiâwâr, et que Gândhî surnomme « *le gardien de [sa] conscience* », vient spécialement de Porbandar pour l'adjurer de craindre que « *des gens sans scrupules l'imitent, animés de motifs moins nobles*[114] ». Quelques jours plus tard, Thakkar confie néanmoins à Manu qu'il les a observés, Gândhî et elle, et qu'il est convaincu de « *l'innocence parfaite et de la sérénité de leur sommeil* », tout comme de « *son travail à elle, concentré et infatigable*[114] ». Pour autant, il supplie Manu de renoncer à dormir avec Gândhî. Elle refuse énergiquement.

À la même époque, alors que l'idée d'un État-refuge en Palestine pour les rescapés de la Shoah et tous les Juifs du monde s'impose parmi l'opinion occidentale, le gouvernement britannique remet aux Nations unies le mandat sur la Palestine qu'il détenait depuis 1920 : un problème de moins !

Au Bihâr pour protéger des musulmans

Deux crises s'accélèrent, au Penjab et au Bihâr.

Au Penjab, les sikhs minoritaires gouvernent face à une majorité musulmane. Le Premier ministre local, le *Cal Khizr*, démissionne le 2 mars ; le lendemain, le gouverneur britannique, Jenkins, demande au chef local de la Ligue de former un nouveau gouvernement. Le chef des sikhs, Târâ Singh, fait irruption, sabre au clair, à l'assemblée régionale et déclare que les sikhs ne se laisseront pas faire : il annonce une « *journée anti-Pakistan* » et réclame la création d'une province non musulmane à l'est du Penjab. Des groupes musulmans veulent pousser hindous et sikhs hors du Penjab occidental ; hindous et sikhs du Penjab oriental nourrissent le même projet à l'égard des musulmans. Outre les suicides collectifs, des émeutes font des milliers de morts à Râwâlpindi.

Au Bihâr où, depuis décembre 1946, Syed Mahmud demande à Gândhî de venir s'interposer, les massacres s'aggravent. Le 28 février, de Haimchar, dans le Chândipur, où il se trouve, Gândhî exige qu'une enquête soit ouverte sur les violences au Bihâr. Le 3 mars, il part pour Pâtnâ. En passant par Calcutta, il trouve un télégramme du président du Congrès, Kripalâni : « *Considérons tous votre présence à la prochaine réunion de la commission de travail, le 6, comme indispensable. Veuillez repousser votre programme de déplacement au Bihâr*[154]. » Gândhî répond le jour même : « *Suite à votre télégramme : regrette indisponibilité. Envoyez messager au Bihâr. Bâpu*[154]. »

Arrivé à Pâtnâ (magnifique ville fondée plus de vingt-cinq siècles auparavant) le 5 mars, Gândhî s'installe chez le ministre Syed Mahmud, sur les bords du

Gange. Ghaffar Khan (alors âgé de cinquante-cinq ans et qui mourra presque centenaire) l'y rejoint. Le gouvernement hindou du Bihâr ne témoigne pas plus d'enthousiasme envers son invité que les ministres musulmans n'en avaient montré au Bengale. Syed Mahmud, critiqué par ses collègues pour avoir accepté sa venue, est même renvoyé du gouvernement.

Les autres pensent qu'il va s'enfermer au Bihâr comme il l'a fait au Noâkhâli pour se cacher avec Manu. Choqués par le *yagna* qui a repris – ou plutôt n'a jamais cessé –, délégués par ses amis, un gourou, Kedâr Nâth Kulkarni, et l'un de ses plus anciens et plus proches collaborateurs de Sâbarmati, Swâmi Ânand, viennent le voir [114]. Ils se montrent très durs et se fâchent avec lui. Lui-même n'admet aucune dérive et explique ensuite à Manu [54] : « *Je me sens vraiment plus proche de Dieu et de la vérité. Cela m'a coûté quelques-uns de mes plus vieux amis, mais je ne regrette rien. C'est pour moi un signe que je me suis rapproché de Dieu. C'est grâce à cela que je puis parler et écrire ouvertement à n'importe qui. J'ai réussi à mettre en pratique les onze vœux que j'avais faits. C'est le point culminant des efforts de mes soixante dernières années. Tu es partie prenante à cela* [117]. »

Cette « *voie de la grandeur* » qu'est la maîtrise absolue de ce défi sexuel est pour lui, désormais, aussi importante que la vérité ou la non-violence. Elle en est même la condition. Partout il a vu se déployer la violence barbare. L'idée de maîtriser la sienne propre au milieu de celle des autres lui paraît constituer le plus beau des accomplissements.

« Sur mon cadavre »

Le 8 mars (soit seize jours seulement après l'annonce du proche départ des Anglais), le comité exécutif du Congrès accepte la sécession du Penjab et mentionne indirectement le Bengale oriental comme devant être partagé, ce qui revient à accepter la création d'un Pakistan en deux parties séparées par plus de 1 500 kilomètres[109]. Le 9 mars, l'*Hindustan Times* publie des cartes montrant deux Penjab et deux Bengale.

Personne – ni Nehru, ni Patel, ni C. Râjâgopâlâchâri, ni Azad, ni Prasâd, ni Kripalâni – n'a songé à en informer Gândhî, encore moins à lui demander son avis. Le 10 mars, dans un village du Bihâr, il découvre cette décision par les journaux de la veille. Il est hors de lui. Il déclare : « *Si le Congrès accepte la partition, il le fera sur mon cadavre*[169] *!* »

Pendant trois semaines, comme dans le Noâkhâli, il visite à pied plusieurs villages. Il fait très chaud. Les routes poussiéreuses rendent la marche plus pénible. Il demande à la majorité, cette fois hindoue, de faire repentance et de verser des dédommagements à la minorité, cette fois musulmane, qui doit pardonner. Il collecte des dons hindous pour aider des musulmans, et demande au gouvernement du Bihâr de financer la réinstallation des musulmans chassés par les émeutes. Il invoque le *Râmâyana* et la vie de Bouddha[54]. Il rejette le droit à la vengeance et refuse de considérer que les massacres des musulmans au Bengale oriental justifient ceux des hindous au Bihâr.

Le 16 mars, Ghaffar Khan, chef musulman non violent du nord-ouest du pays, qui l'a rejoint au Bihâr (en wagon de troisième classe), déclare : « *La Ligue musulmane veut un Pakistan. Elle ne pourra l'avoir qu'avec de l'amour et moyennant le consentement volontaire de tous. Un Pakistan obtenu par la force se révélera désastreux, même pour eux*[54]. »

Le 20 mars, soit plus de dix jours après avoir appris la décision du Congrès, Gândhî écrit à Nehru, du Bihâr où il se trouve encore, pour lui demander des comptes : « *J'aimerais que vous me disiez ce que vous pouvez sur la tragédie du Penjab. Je ne sais rien d'autre que ce qui a été diffusé dans la presse... Je n'ai pas non plus beaucoup de sympathie pour ce qu'on appelle en langue de bois les "secrets politiques". Il est renversant de voir comme votre gouvernement est en train de mettre en œuvre exactement les mesures que vous critiquiez sous l'administration britannique... Je souhaite depuis longtemps vous interroger sur la résolution de la commission de travail concernant la future partition du Penjab. J'aimerais bien savoir ce qu'il y a là-derrière*[169]... » Il répète qu'il est contre toute partition reposant sur la « *contrainte* » ou sur la « *théorie des deux nations*[109] ». Il pourrait admettre à la rigueur un « *consensus volontaire* » pour diviser une province, répondre à « *un appel à la raison et au cœur* », mais, apparemment, dit-il, en prenant cette résolution, le comité exécutif a cédé à la contrainte[109].

Nehru lui demande de revenir à Delhi s'il veut faire entendre son point de vue. Au même moment, le Premier ministre élabore le concept de « non-alignement », à la fois anti-impérialiste et tiers-mondiste, et accueille dans la capitale une « *conférence asiatique* » réunissant vingt-cinq pays.

Au large de l'Afrique australe, une insurrection est réprimée à Madagascar par l'armée française au prix de dizaines de milliers de morts.

« *Vivisection de l'Inde* »

Le 22 mars débarque le nouveau vice-roi, Lord Mountbatten. Le désordre grandit ; l'anarchie n'est pas loin. Policiers et soldats indiens et musulmans refusent de calmer leurs communautés respectives. L'imminence de la fin de leur mandat rend les officiers britanniques sceptiques et passifs ; les officiers indiens, parfois victimes de représailles, sont tout aussi réservés. Des milices privées (les Gardes de la Ligue musulmane, le Râshtrîya Swayâmsévak Sangh) se développent.

Mountbatten redoute que l'influence de Gândhî ne fasse revenir le Congrès sur l'accord donné à la partition. Aussi l'un de ses premiers gestes est-il de l'inviter à venir discuter avec lui. Le Mahâtmâ quitte donc le Bihâr et se rend à Delhi avec Ghaffar Khan, le 31 mars. Il loge de nouveau à la colonie des éboueurs. Le 4 avril, il rencontre Mountbatten en secret chez son fils Dévdâs, journaliste dans la capitale. Grand et bel homme, Lord Mountbatten doit se pencher vers Gândhî pour discerner ses paroles, qu'il qualifie de « *gazouillis d'oiseau* ». Gândhî prend le nouveau vice-roi en affection, allant jusqu'à trouver chez cet officier britannique « *l'écho de quelques-unes des valeurs morales qui brûlent dans [son] propre cœur* ». Il lui conseille de dissoudre la coalition gouvernementale associant la Ligue et le Congrès et de demander à Jinnah de former un gouvernement afin de faire tomber la méfiance des musulmans envers les hindous. Il explique à Mountbatten qu'il faut éviter de céder au vertige de la partition avant l'indépendance, car il pense qu'après le départ des Anglais personne n'en voudra plus. Mountbatten n'y croit guère : tout comme le Congrès, il pense qu'il vaut mieux rompre au plus tôt, puisque la scission est inévitable.

Nehru également est reçu par Mountbatten qu'il apprécie : « *Nous avons enfin comme vice-roi un être humain, et non un uniforme empaillé.* » Nehru, Azad et Patel respectent l'étiquette, cèdent le pas au vice-roi et acceptent que la partition précède le départ des Britanniques. D'aucuns parleront ultérieurement de relations supposées entre Nehru et l'épouse du vice-roi... Certains musulmans ont du mal à se résigner à la partition : selon le mot de Maulana Azad, « *il ne peut y avoir divorce avant le mariage* ». On assiste même à une tentative étonnante : le musulman Suhrawardi et l'hindou Sarat Bose se mettent d'accord pour proposer que le Bengale entier reste uni et indien. Gândhî est enthousiaste. Mais Jinnah fait capoter le projet auquel Nehru ne tenait pas vraiment.

En revanche, Lord Mountbatten ne parvient pas à établir une relation de confiance avec Mohammed Ali Jinnah, qu'il trouve aussi « *arrogant que glacial* ». Devant le vice-roi, Jinnah traite Gândhî de « *renard rusé* » et Nehru de « *Peter Pan* [20] » ! Sitôt après leur premier rendez-vous, Jinnah adresse à Lord Mountbatten une lettre si injurieuse que Lord Ismay, chef d'état-major du vice-roi, remarque devant le porte-parole Alan Campbell-Johnson : « *C'est une lettre que je ne pourrais accepter de mon roi, ni envoyer à l'un de mes serviteurs* [21]. » Gândhî rencontre ensuite Jinnah chez Dévdâs et ils publient un communiqué conjoint en faveur de la paix entre les communautés, texte vide de sens et sans valeur aux yeux de Jinnah.

Le 12 avril, Gândhî quitte Delhi pour Calcutta, alors que les massacres s'accélèrent au Penjab. Comme la tradition sikhe veut que les femmes s'immolent quand les hommes ne sont plus là pour les défendre, à Thoa Khalsa, village sikh envahi par des musulmans, quatre-vingt-quatre femmes avalent de l'opium et sautent l'une après l'autre dans un puits[20] ; quatre d'entre elles survivent parce qu'il n'y a pas assez d'eau dans le puits pour les noyer toutes[20]. Dans le même village, des filles sont égorgées au sabre par leur père pour éviter qu'elles ne soient enlevées, violées ou converties de force à l'islam. Avec ses deux frères, un certain Mangal Singh tue ainsi dix-sept membres de sa famille[20].

Le 1er mai, le Congrès confirme qu'il accepte le principe de la partition, alors que Mountbatten craignait que l'influence de Gândhî n'interrompe le processus. Pendant tout le mois, Nehru en discute les détails avec Jinnah : la décision d'appartenir à un pays ou à un autre sera laissée au vote des assemblées provinciales ou à un référendum local. La division du Penjab et du Bengale est explicitement prévue.

Le 5 mai, Gândhî répète que le divorce entre les communautés n'est pas inéluctable. Le 6, à la demande de Nehru, il revient à Delhi, toujours en compagnie de Manu qui ne le quitte plus, mais sans N.K. Bose, resté à Calcutta, ni Pyârélâl, marié au Noâkhâli et remplacé par son cousin Dév Prakâsh. Le 13, il repart pour Pâtnâ, capitale du Bihâr où Manu est opérée, le 15, de l'appendicite. Il assiste, mort d'inquiétude, à l'intervention après avoir mis un masque de chirurgien.

Le 24 mai, il revient à Delhi et y répète, le 31, que la paix doit précéder la partition, et qu'il ne participera pas à la « *vivisection de l'Inde* ».

À l'aube du 1er juin, il résume lucidement sa situation : « *Ces jours-ci, je me sens seul. Même Patel et Jawâharlâl pensent que mon analyse de la situation est fausse et que la paix reviendra avec la partition. Ils n'ont pas aimé que je dise au vice-roi que le refus ou l'acceptation de la partition ne devrait pas se faire sous direction britannique. Ils se demandent si je ne me suis pas détérioré en vieillissant... Mais, en dépit de ma solitude, j'expérimente dans mes pensées une ineffable joie intérieure et un mental tout neuf. C'est comme si Dieu en personne illuminait le chemin devant moi. Voilà ce qui me rend capable de combattre tous mes ennemis on ne peut plus facilement, d'une seule main*[169] *!* »

L'accord du 2 juin

Le chaos est là, les massacres se multiplient. Les Anglais ne tiennent pas à être considérés aux yeux de l'Histoire comme responsables de la situation et de ses séquelles. Au bout de dix semaines de pourparlers, un accord constitutionnel est trouvé entre le vice-roi, le Congrès et la Ligue. Le 2 juin, Lord Mountbatten, assis entre Nehru et Jinnah, annonce à la radio qu'il remettra le pouvoir aux Indiens non pas, comme prévu initialement, en juin 1948, mais dès le 15 août 1947, soit dans soixante-quinze jours et non plus dans un an ! Le vice-roi ajoute : « *Il n'y aura pas de bain de sang : c'est le militaire qui vous parle, pas le civil.* »

Gândhî proteste à nouveau : accepter la partition par crainte de la guerre civile, c'est admettre qu'« *on peut obtenir tout ce qu'on veut par la violence. Nous devons rester unis jusqu'à l'indépendance, car nous sommes incapables d'avoir une vue cohérente de notre avenir tant que le régime britannique fonctionne encore. Le Râj n'a pas à modifier la carte de l'Inde ;*

les Anglais doivent se retirer, quitter l'Inde en conduisant ce retrait dans l'ordre, si possible, voire dans le désordre, mais à la date promise, ou même plus tôt[169] *!* »

Ce n'est pas l'avis des dirigeants du Congrès qui demandent au vice-roi de rester en Inde encore un certain temps pour « *veiller au bon déroulement de la phase intermédiaire* ».

Gândhî se résigne le 6 juin : il écrit à Mountbatten qu'il se résout à la partition et qu'il va trouver avec Jinnah un accord amiable... que personne ne lui a demandé de négocier ! Le 12 juin, il comprend que tout s'est fait sans lui. Devant le comité directeur du Congrès, il déclare qu'il ne souhaite pas bloquer l'accord trouvé entre les leaders de la Ligue et ceux du Congrès ; il demande à la Ligue « *de donner des droits égaux à la minorité hindoue au Pakistan, et à la future Union indienne de traiter ses minorités avec générosité* ».

Les situations de la Palestine et de l'Inde évoluent en parallèle : le 13 juin, Einstein écrit à Jawâharlâl Nehru pour lui demander de soutenir la création d'un État d'Israël et de reconnaître ainsi « *les droits d'un peuple ancien dont les racines sont en Orient* ». Il plaide pour qu'Israël soit reconnu comme un État d'Asie ayant depuis longtemps sa place dans la région, indépendamment même de la Shoah : « *Longtemps avant Hitler, j'ai adopté la cause du sionisme pour corriger une injustice flagrante. Je demande à Nehru de mettre de côté les rivalités politiques et l'égoïsme des appétits nationalistes et de soutenir la glorieuse renaissance qui a commencé en Palestine.* » Nehru, qui se montra si sensible au martyre des Juifs en Europe, répond qu'« *en raison des intérêts nationaux indiens, nous ne pouvons soutenir ce projet* ». Différence majeure : s'il y a un Nehru hébreu, avec Ben Gourion, il n'y a pas de Jinnah palestinien.

Pour la troisième fois, le 30 juin 1947 (comme le 31 mars 1930 et le 5 janvier 1931), Gândhî fait la couverture de *Time Magazine*.

La fin de la « paramountcy »

Depuis que les Anglais ont annoncé leur départ pour le début juillet, les 652 États qui composent ce qu'on appelle la *paramountcy* ont le choix entre devenir indépendants et rejoindre l'Inde ou le Pakistan. Tandis que Nehru s'occupe de politique étrangère, Patel essaie, avec l'aide de ce qui reste du « *Corset de fer* », de rassembler le maximum d'États au sein de l'Union indienne. Fabuleuse épopée. Alors que l'accord du 2 juin prévoit que le gouvernement central indien assumera les pouvoirs en matière de défense, de politique étrangère et de communications, nombre d'États, souvent immenses et puissants, comme ceux de Travancore, et d'Hyderâbâd, refusent de se plier à ces clauses. Les Âdivâsis de l'Inde centrale et les Nâgâs de l'Assam réclament une indépendance qu'ils n'ont jamais revendiquée auparavant. On parle d'un « *Dravidistan* » dans le Sud, et d'un corridor de 2 000 kilomètres reliant, au nord, les deux parties du Pakistan. La « *balkanisation de l'Inde* » s'annonce comme, au XVIIIe siècle, à la fin de l'empire moghol.

La concurrence entre le Pakistan et l'Inde est sauvage. Jinnah propose aux États de Jodhpur, de Jaisalmer, de Bhopâl, d'Indore, ainsi qu'à d'autres d'États voisins, de venir à lui : « *Vous serez libres d'aller dans vos temples au Pakistan. Votre religion, caste ou croyance n'est pas de la compétence de l'État. À terme, les hindous cesseront d'être des hindous, les musulmans d'être musulmans (non pas au sens religieux et privé du terme, mais au sens politique) pour devenir des citoyens d'un même État.* » À l'inverse, Patel en appelle au « *patriotisme des princes* » : « *Aucune suprématie ne sera exigée ; cela se fera sur la base d'un accord et pour le bien commun [...]. J'espère que les États indiens comprendront que s'ils ne coopèrent pas et ne travaillent pas à l'intérêt général, le chaos et l'anarchie nous submergeront et nous conduiront tous, grands et petits, à la ruine totale.* » L'un après l'autre, Travancore, Bhopâl, les petits États d'Orissâ, les 15 États de la région de Chattisgarh, au Madhya Pradesh, les 14 grands États et les 119 petit États du Saurâshtra, Gwalior, Indore, Dhar, Dewas, les États du Râjputana et enfin les sikhs acceptent d'entrer dans l'Union indienne.

Oublier Gândhî

En juillet, Gândhî se partage entre les trois principaux foyers de tension, Bihâr, Penjab et Calcutta, pour endiguer la violence qui, pense-t-il, va se généraliser après la partition et le « *nettoyage ethnique* » qui en déroulera. Le comité directeur du Congrès et le gouvernement pensent au contraire que l'indépendance réglera tout ; ils souhaitent, contre l'avis de Gândhî, mettre en place une industrialisation rapide et créer une armée moderne.

Surgit alors, symboliquement, la question du drapeau national[54]. Nehru propose de choisir celui du

Congrès en y remplaçant le rouet dessiné par Gândhî par une roue. Pour Gândhî, le *charkhâ* (rouet) symbolise la non-violence ; sa suppression sur le drapeau signifierait son rejet. Nehru explique que la roue est beaucoup mieux car elle présente dans le *chakra* du roi Asoka, et qu'elle est plus artistique que le *charkhâ*. Gândhî rétorque le 22 juillet : « *Ça m'est bien égal qu'ils gardent ou non le* charkhâ *; moi, je l'aurai toujours à la main et dans mon cœur*[54]. » Apprenant que le Congrès a suivi l'avis de Nehru, il ajoute le 24 juillet : « *Il n'y a pas grande différence entre le nouveau et l'ancien drapeau, sauf que l'ancien était un peu plus élégant.* » Le 27, il l'assume et cherche une synthèse : « *En regardant la roue, on peut se rappeler ce prince de la paix, le roi Asoka, maître d'un empire, qui renonça au pouvoir. Il était le représentant de toutes les croyances ; il incarnait la compassion. Le* chakra *[roue] d'Asoka représente l'éternel retour de la divine loi de l'*âhimsâ. *Voir le* charkhâ *[rouet] dans cette* chakra *[roue] ajoute à la gloire du* charkhâ. »

Le 31 juillet, il se rend au Cachemire où il n'est jamais allé. C'est une immense principauté de la superficie de la Grande-Bretagne, s'étendant des plaines du Penjab aux glaciers de l'Himalaya, dépourvue de toute voie ferrée. Les trois quarts des quatre millions d'habitants sont musulmans ; le reste est composé d'hindous, de sikhs et de bouddhistes. Il y rencontre le Premier ministre Hari Singh, sa femme, Râmchandra Kâk, et la bégum Abdullah dont le mari, Sheikh Abdullah, vient d'être emprisonné par Hari Singh. Au cours de ce voyage, il s'arrête au Penjab, à Lahore, à Râwâlpindi et à Wah (camp de réfugiés hindous et sikhs)[109]. Le 8 août, il est de retour à Pâtnâ, au Bihâr. Le 9, il se met en route pour retourner au

« *Noâkhâli, deux ou trois jours avant le 15 août [date prévue pour l'indépendance], parce que les gens y sont extrêmement nerveux.* » Et parce que le Noâkhâli est situé dans le futur Pakistan et qu'il n'est pas sûr, après le 15, de pouvoir y pénétrer.

Le miracle de Calcutta

Le 9 août, à Calcutta, il retrouve le désordre : la Ligue en est partie et le transfert des fonctionnaires et des policiers musulmans vers ce qui sera dans six jours le Pakistan se passe mal. Les hindous de Calcutta semblent résolus à régler de vieux comptes avec les musulmans qui n'ont presque plus de policiers pour les protéger. Suhrawardi, l'ex-Premier ministre musulman du Bengale, demande à Gândhî de rester. Le nouveau Premier ministre, C. Râjâgopâlâchâri, le beau-père d'un de ses fils, le supplie lui aussi de ne pas partir. Il hésite : ne plus jamais retourner au Noâkhâli qu'il a tant aimé ? Il accepte de rester à condition que Suhrawardi vienne habiter avec lui, sans protection, à l'*âshram* de Sodepur.

Le 11 août, sans respecter les délais fixés, Muhammad Ali Jinnah devient le premier gouverneur général du Pakistan et président de son Assemblée constituante. Les régiments musulmans de l'armée passent du côté pakistanais avec la quasi-totalité des officiers et sous-officiers musulmans des autres armes et des services auxiliaires. Mountbatten, qui n'exercera plus aucune autorité au Pakistan où Jinnah refuse la présence de tout représentant britannique, restera en Inde en qualité de gouverneur général avec son porte-parole Alan Campbell-Johnson. Il conservera son autorité sur l'armée et pourra compter sur elle pour prévenir les troubles intercommunautaires : « *J'emploierai la manière forte ; je n'hésiterai pas à utiliser les chars et les avions contre quiconque menacerait l'ordre public*[21]. »

Le 13 août, un groupe de jeunes hindous manifestent à Calcutta contre Gândhî qui, disent-ils, « *défend trop les musulmans* ». Il leur explique que la haine et la violence ne les conduiront nulle part ; Suhrawardi et lui quittent alors l'*âshram* de Sodepur et s'installent à Beliâghâtâ, quartier de Calcutta à majorité hindoue, dans une demeure musulmane abandonnée, Hydari Manzil. Il espère toujours retourner le 31 août au Noâkhâli ou au Penjab. Manu se tient toujours à ses côtés.

Il exaspère tout le monde au Congrès : il demande qu'une femme intouchable soit la première présidente du pays et que le parti s'autodissolve pour se transformer en organisation caritative !

« La vie et la liberté »

Le 14 août en fin d'après-midi, Nehru prend la parole face à une foule immense, devant le Fort rouge, à Delhi : « *À minuit, alors que le monde dormira, l'Inde s'éveillera à la vie et à la liberté !* »

Cette nuit-là, Gândhî dort dans la maison d'un intouchable, à Calcutta, après avoir passé la journée à jeûner et à prier[109]. Avant l'aube, quand il se réveille, il se dirige vers la fenêtre, entend les clameurs d'allégresse et se bouche ostensiblement les oreilles.

Ce même jour, Sarojini Nâidu, qui milite avec lui depuis plus de trente ans, devient gouverneur de l'Uttar Pradesh. C'est la première femme gouverneur dans l'Inde indépendante ; elle mourra en fonctions deux ans plus tard.

Dans la journée du 15, tandis que flottent les drapeaux de l'Inde et du Pakistan, trois à quatre cent mille personnes assistent à une réunion de prière de Gândhî à Calcutta. Hindous et musulmans s'embrassent. L'espoir renaît. Gândhî s'écrie : « *Nous avons noyé le poison de la haine, et le nectar de la fraternisation a bien meilleur goût !* »

Ce jour-là, Apté et Godsé, l'un et l'autre membres de le *Hindu Sanghatan* de Sâvârkar, qu'ils connaissent et fréquentent beaucoup, prennent la décision de tuer Gândhî, sans que Sâvârkar ne soit associé à leur dessein. Ils considèrent que le Congrès a trahi la nation, que les cérémonies de l'indépendance sont une farce ; le 15 août est pour eux journée de deuil. Quelques jours avant sa pendaison, Apté confiera au frère de Godsé : « *Dans notre dévotion à la cause, nous étions comme un seul esprit animant deux corps*[45]. » Lors de son procès, Godsé se souviendra : « *Je pris conscience que mon devoir était de mettre un point final à la vie de ce prétendu Père de la Nation*[45]. »

« Si Delhi sombre, nous sommes perdus »

Ailleurs la situation n'est pas aussi idyllique qu'à Calcutta. Commence ce qu'on nommera plus tard « *purification ethnique de masse* », un grand « *nettoyage* » – un *safa'i*, dit-on à Delhi. Partout, les milices hindoues et sikhes massacrent les musulmans sans motif, ou pour faire place à des réfugiés hindous venus du Pakistan d'où ils sont chassés de la même façon.

Voici le récit d'un sikh venu du village d'Attari, du côté indien de la frontière, près d'Amritsar : « *Un jour, tout notre village s'est retrouvé en route pour un village musulman proche, en vue d'une expédition punitive. Nous sommes carrément devenus fous [...]. Cela m'a coûté cinquante ans de remords, de nuits sans sommeil. Je n'arrive pas à oublier les visages des gens que j'ai tués*[20]. » Nasir Hussain, paysan musulman : « *En l'espace de deux jours, un sauvage déferlement de haine nous a submergés. Je ne peux même pas me rappeler combien d'hommes j'ai tués*[20]. »

À Delhi, la population de la ville, qui dépasse le million, double avec l'afflux de réfugiés. Ceux-ci y découvrent des musulmans dans les services publics et le commerce, habitant dans des quartiers entièrement musulmans. Eux s'entassent dans des camps, les uns hébergeant des hindous et des sikhs en provenance du Pakistan occidental, les autres des musulmans qui viennent du sud du pays et passent par la ville pour aller franchir la frontière.

Le silence observé par la presse et la radio sur ces événements n'apaise en rien les rumeurs. À Delhi, le bruit court que la Ligue veut s'emparer de la capitale et qu'on va forcer les réfugiés hindous à s'en retourner au Pakistan. Les hindous envahissent mosquées et sanctuaires, ne veulent pas entendre parler de paix. « *Du sang pour laver le sang* » est leur mot d'ordre. La ville est soumise à l'article 144 du nouveau Code civil indien qui donne pouvoir aux autorités d'interdire toute forme de rassemblement susceptible de troubler l'ordre. Un massacre a lieu à l'aéroport Willingdon, du nom de l'ancien vice-roi, à 2 kilomètres du centre-ville. Jusque dans l'arrière-cour du palais du vice-roi, des serviteurs musulmans sont attaqués[20]. Mountbatten déclare : « *Si nous coulons à Delhi, nous sommes perdus !* » Et Gândhî d'ajouter : « *Si Delhi sombre, l'Inde sombre avec elle.* » Il sent que Calcutta aussi est au bord du chaos.

Le 29 août, il est toujours à Calcutta et souhaite joindre Jinnah. Il essaie par le truchement de Suhrawardi, par des amis pârsis ayant des liens avec Karâchi, comme Jahangir Patel, de Bombay, ou encore par Dinshaw Mehtâ, par Mian Iftikharuddin, de Lahore, membre du Congrès jusqu'en 1946 et qui a cessé de lui écrire. En vain. Jinnah ne veut pas lui parler et laisse faire les émeutiers. Le *Qaid-i-Azam*, le grand dirigeant, Jinnah sait que, s'il effectuait une tournée à travers le Pakistan, il ferait cesser les massacres ; mais ce n'est pas là son mode de gouvernement. Il a confiance en la force brute. Et la violence accélère la partition.

Mountbatten presse Nehru de décider Gândhî à entreprendre une action spectaculaire afin que « *les musulmans demeurent en Inde [...] pour montrer l'exemple au Pakistan* ».

Ce jour-là, si tragique, se déroule un singulier épisode, révélateur de l'exceptionnel rayonnement de Gândhî[55] : il reçoit la visite du petit-fils de Bâghâ Jatîn Mukherjee, dont il n'approuvait pas les méthodes et dont le pays s'apprête à célébrer en grande pompe l'anniversaire de l'assassinat, le 9 septembre, première fête de la nouvelle Inde, enfin libre de commémorer les héros de son indépendance. Voici le témoignage de cet enfant à qui les siens ont inculqué quelque méfiance pour le Mahâtmâ[95] : « *Une force et une sérénité radieuses émanaient de son visage. La voix affaiblie, mais le regard pénétrant et animé d'une malice juvénile, il m'accueillit, me demanda en hindi de m'as-*

seoir à côté de lui. Il posa sa main sur mon épaule, se tourna vers le bel homme qui se tenait derrière lui comme une ombre, et l'appela. Il me semble que c'était le légendaire Pyârélâl : avec un sourire, celui-ci m'apporta une quenouille. Gândhî me dit : "Il paraît que tu t'y connais. Montre-moi ce que tu sais faire." Séduit par cette invite, je me mis tout de suite à l'œuvre. Entre-temps, d'autres gens arrivèrent, plus ou moins pressés ; des visages plus ou moins connus grâce à la presse écrite. Ils discutèrent avec Gândhî de choses et d'autres, souvent d'un air grave. J'avais l'impression de rêver. Avant de partir pour la prière, Gândhî revint vers moi, regarda ce que j'avais filé, m'en félicita et chuchota : "C'est mon cadeau. Tu peux l'emporter." Et il posa sa main sur ma tête à la manière d'un aîné de la famille[95]. »

Le jeûne de Calcutta

À la fin d'août, le commandant en chef des forces armées, le général anglais Robert Lockhart, rédige le premier document relatif aux menaces pesant sur la sécurité de l'Inde et demande des directives au gouvernement en matière de politique de défense. Après lecture, Nehru lui répond : « *Absurdités, inepties totales ! Nous n'avons pas besoin d'un plan de défense. Notre politique est la non-violence. Nous n'envisageons pas de menaces militaires. Démantelez l'armée. La police suffit à faire face à nos besoins en matière de sécurité*[120]. »

Dans la nuit du 31 août, après l'accélération des massacres d'hindous par les musulmans au Penjab, Calcutta retombe dans l'émeute. Formidable déchaînement de barbarie où plus personne n'est civilisé, où les gens les plus raisonnables, mêlés aux criminels, assassinent froidement dans les rues. Une foule hindoue s'attaque même à l'habitation de Gândhî pour le tuer avec les musulmans qui se trouvent avec lui, dont Suhrawardi ; ils brisent les vitres, se fraient un chemin à travers la demeure ; une brique frôle la tête du Mahâtmâ...

Jawâharlâl Nehru déclare à la radio que la violence sera sévèrement réprimée ; un ministère de crise est formé et la troupe prend possession de la ville.

Gândhî décide alors d'agir à sa façon. Le récit des cinq journées qui suivent fait par Manu[53] est on ne peut plus éclairant. Si incroyable qu'il paraisse, il est confirmé par tous les témoins. Gândhî va mater une guerre civile par la seule force de son jeûne. Une fois de plus, et plus que jamais, il va pousser les gens à méditer sur leurs fautes et à se repentir en s'infligeant une punition à lui-même. Et quelle punition ! Un jeûne à mort...

31 août : « *Les gens [...], de plus en plus nombreux [...], commencèrent à tout casser. Des pierres furent projetées contre les lampes et les fenêtres. Deux hôtes musulmans étaient avec nous. Les gens voulaient s'emparer d'eux et les tuer. Nous étions cernés par la foule. Bâpu se réveilla. C'était son jour hebdomadaire de silence. L'un des musulmans de la maison courut derrière lui. En l'apercevant, l'un des émeutiers lui lança une brique. Heureusement, nul ne fut atteint*[53]. »

1er septembre : « *Bâpu nous réveilla à 3 heures 30 pour les prières matinales habituelles. Ensuite il rédigea son courrier. Il sortit vers 7 heures pour marcher. L'armée le protégeait et la promenade se déroula sans incident. Puis il prit un bain et se fit masser [...]. Nous apprîmes que de nouvelles émeutes s'étaient déclenchées en ville. D'habitude, Bâpu prenait un jus d'orange ou quelques fruits vers 2 heures. Mais quand il apprit ces terribles nouvelles, il refusa quoi que ce soit. Un camion fut préparé pour ramener chez eux les musulmans qui étaient avec nous. Un engin explosif fut jeté sur le camion, et deux personnes furent blessées. Bâpu décida d'aller trouver ces blessés [...]. À son retour, je demandai à Bâpu ce qu'il allait manger. Il répondit : "Impossible pour moi de manger quoi que ce soit dans ces circonstances. Même le repas de ce matin était une faute. Il n'y a pas de fin à la folie humaine. C'est pourquoi l'homme doit souffrir." [...] Vers minuit, Bâpu nous dit : "Vous ne devrez préparer aucune nourriture pour moi à partir de demain. [...] Il n'y aura pas de limite fixée. Le jeûne durera tant que la paix ne sera pas rétablie. Je ne prendrai que de l'eau avec du bicarbonate ou du citron, si nécessaire. Je réussirai ou je mourrai. Je ne peux que mourir si la paix ne vient pas*[53]*."* »

2 septembre : « *Tout ce que Bâpu a écrit aujourd'hui peut se résumer en quelques mots : "Dieu me sauvera s'Il veut utiliser mon corps en ce monde. Il ne peut autrement y avoir de sens à mon existence. Nul ne doit venir à moi*[53]*."* »

3 septembre : « *Une procession commune hindous-musulmans est partie vers les 6 heures et demie. Deux hindous et un musulman parmi cette procession sont venus rencontrer Bâpu. L'ami musulman pleurait : "Je vous en prie, interrompez votre jeûne. Je prends l'engagement qu'aucun musulman de cette ville ne créera d'incident." Le leader hindou promit lui aussi de préserver l'unité. Bâpu répondit : "Je ne peux arrêter mon jeûne tant que Calcutta tout entière n'aura*

pas rempli les conditions que j'ai posées. Je jeûne avec Dieu pour témoin. Dieu me sauvera et vous guidera sur le droit chemin s'Il veut que je rende à nouveau service. Au reste, mon jeûne ne peut cesser que si les sentiments que vous avez exprimés sont aussi ceux présents dans l'esprit des criminels. Arrêter mon jeûne sur votre simple conseil voudrait dire que j'ai oublié mon Dieu[53]*."* »

4 septembre : « *À midi, un groupe de trente-cinq criminels est venu. Ces trente-cinq hommes ont confessé qu'ils avaient commis des meurtres, ils ont demandé à être pardonnés et ont prié Bâpu d'arrêter son jeûne. Bâpu a dit : "Cela seul n'est pas suffisant pour que j'interrompe mon jeûne. Vous devez tous aller chez les musulmans et leur offrir vos services. Comme les musulmans sont ici une minorité, ils doivent être protégés. Je n'arrêterai mon jeûne que lorsque je saurai que vous les protégez et qu'une paix durable s'est établie." À 2 heures, un leader des meurtriers qui avait organisé des émeutes dans Barabâzâr* [quartier commerçant] *est venu trouver Bâpu. Il a avoué ses actes et promis à Bâpu de rendre toutes ses armes. Il a posté deux de ses hommes pour garder chacun des magasins musulmans. [...] Dans la soirée, les leaders des différentes communautés ont signé une déclaration promettant de préserver la paix à Calcutta et d'en assumer la responsabilité si quelque incident survenait. Ils étaient prêts à mourir pour cela. "Nous, soussignés, promettons à Gândhî que la paix et le calme ont été rétablis à Calcutta. Nous ne permettrons aucun conflit intercommunautaire dans la ville. Et nous lutterons jusqu'à la mort pour les prévenir." À 9 heures 15, après une prière, Bâpu a cessé son jeûne en buvant un verre de jus d'orange. [...] À 10 heures*

du soir, de nombreuses personnes sont venues déposer leurs armes devant Bâpu : fusils, munitions, bombes, etc. Gândhî a quitté Calcutta pour Delhi le 7 septembre à 9 heures 30 du soir[53]. »

Le jeûne, extraordinaire effet de l'ascendant de Gândhî, a été efficace.

Birlâ House

Le 7 septembre, Gândhî prend le train pour Delhi. Peut-être souhaite-t-il ne pas être là lors des festivités en l'honneur de Jatîn Mukherjee, dont Calcutta est la ville natale, réjouissances qu'il estime provocatrices étant donné les circonstances. Il tient à retourner au Penjab où la situation des hindous empire, mais Patel lui conseille de descendre du train une station avant Delhi, à Shahdara, en raison des violences qui sévissent dans la capitale. Il décide alors de rester à Delhi et s'installe avec Manu, Âbhâ, Brij Krishna, Bisen, Kalyânam et Sushilâ à Birlâ House, dans la magnifique résidence d'un ami, Ghanshyâmdâs Dâs Birlâ. Cet homme extraordinaire, alors âgé de cinquante-deux ans, a réussi, malgré l'opposition des Anglais, à transformer la petite boutique de prêt sur gages de son grand-père en un formidable conglomérat spécialisé dans le jute. Il a ainsi bâti une immense fortune que son nom symbolise aux yeux des Indiens.

S'installe une sorte de rituel qui perdurera jusqu'à sa mort : Gândhî et ses compagnons dorment tous par terre, dans une même pièce ou sous une des vérandas de l'immense maison ; à 3 heures, chaque matin, tout le monde se lève, et tous prient. Puis, dans cette même pièce, assis sur une natte recouverte d'un tissu blanc, il écrit et file, reçoit ses visiteurs, prend ses repas [54]. Le matin, il sort au jardin et les passants peuvent le voir, derrière le petit mur de briques, assis sur une chaise en osier, une serviette lui enveloppant les épaules, courbé sur des papiers ou dictant une lettre [109]. Puis il rentre faire une sieste et déjeune d'un fruit. À 5 heures de l'après-midi, appuyé sur l'épaule de Manu et de Sushilâ Nâyar, suivi des autres, il traverse de nouveau la pelouse pour se rendre à la prière du soir qui a lieu en plein air au fond du parc [110]. Une allocution est prononcée en hindi ; depuis les premiers jours de son arrivée, elle est retransmise en direct par la radio nationale et reprise par les journaux. Comme toujours très sensible aux médias, Gândhî la prépare avec soin, la rédige le plus souvent en hindi, la fait traduire en anglais et la remet dans cette version à la presse. La police garde le portail, sauf à l'heure de la prière du soir, où l'entrée est libre.

Chaque jour de ce mois de septembre, il visite les camps de réfugiés les plus dangereux, où la police elle-même a peur d'aller, escorté de Manu, de Sushilâ et d'un chauffeur mort de peur [54]. Il a beau exhorter les hindous à « *oublier et pardonner* », leur promettre qu'ils reviendront dans leurs foyers au Pakistan, ceux-ci n'y croient pas. Souvent accueilli aux cris de « *Mort à Gândhî !* », il rappelle sans trêve qu'hindous et musulmans sont enfants d'un même Dieu.

Le 17 septembre, Sushilâ écrit à Pyârélâl, resté à Noâkhâli : « *Bâpu est en train de vivre ici de rudes moments* [117]. » Nehru qui vient le voir ce jour-là racontera un peu plus tard la conversation qu'il a eue avec lui : « *Il a dit qu'il ne serait pas surpris si certains d'entre nous étaient obligés de prendre exemple sur les chefs de la Révolution française. L'échange de population est bel et bien en train de se faire, même si nous détestons cela. Y aura-t-il un exode de masse des hindous du Pakistan oriental après ce qui s'est produit à l'ouest ? Bâpu dit que ce serait la catastrophe*[120]. »

Ce jour-là, sa candidature au prix Nobel de la paix est de nouveau présentée, cette fois par B.G. Khân, Premier ministre de Bombay, par G.V. Pant, Premier ministre des Provinces unies, et par Mavalankar, président de l'Assemblée législative indienne. Un conseiller du comité Nobel écrit dans son rapport que « *Gândhî doit être considéré comme responsable du fait que la partition de l'Inde se déroule sans grand bain de sang* »...

Hélas, le pronostic est faux.

Le choix du Cachemire

Le dernier État à faire son choix entre l'Inde ou le Pakistan est le Cachemire (Jammu-et-Cachemire, pour citer son nom complet). Mountbatten conseille au mahârâjâ, Sri Hari Singh Indar Mahendra Sipar-i-Saltanat, de procéder à un référendum, ce qui reviendrait *de facto* à opter pour le Pakistan. Hindou, Sir Hari Singh penche évidemment du côté de l'Inde, mais Mountbatten se refuse à envoyer des troupes pour le défendre avant que le Cachemire ne déclare officiellement qu'il rejoint l'Union. Le 18, pour l'en empêcher, Jinnah fait couper les deux routes de ravitaillement qui le relient à l'Inde, alors que la passe vers ce pays se trouve enneigée, et y expédie un « *raid tribal* ». Le mahârâjâ sollicite l'aide militaire indienne, mais c'est en vain puisqu'il n'a pas encore choisi. Le 22 septembre, les soi-disant « *tribus* », équipées d'armement lourd transporté au Cachemire à bord de camions de l'armée pakistanaise, progressent jusqu'à Uri, pillant et brûlant tout sur leur passage. Leur chef, qui se fait appeler Jebel Tariq, est en fait l'un des généraux pakistanais parmi les plus haut gradés, Akbar Khan. Le 26 septembre, Baramula, ville de rêve où des générations d'officiers britanniques sont venus passer leur lune de miel, est entièrement détruite et sa population, massacrée : sur 14 000 habitants, 11 000 sont tués, dont plusieurs jeunes mariés britanniques. Le soir même, Sir Hari Singh annonce qu'il demande le rattachement du Cachemire à l'Inde.

Informé par Patel et Nehru, Gândhî donne son « *consentement tacite* » au déploiement des forces indiennes. En fait, il a toujours été favorable à la défense du Cachemire ; dans sa prière du soir, sur la pelouse de Birlâ House, le Mahâtmâ déclare qu'il a beau avoir toujours été opposé à la guerre, si le Pakistan continue à ne pas reconnaître son erreur, « *le gouvernement indien pourra entrer en guerre* ». Cette déclaration choque le comité Nobel, même si le Mahâtmâ précise le lendemain : « *Je n'ai pas ma place dans un monde où tout le monde veut une armée, une marine, une aviation*[169]. »

Le 27 septembre, des troupes indiennes sont parachutées sur la vallée de Srînagar, ce qui prive Lord Mountbatten d'unités sur lesquelles il comptait pour réduire ailleurs les violences religieuses.

Churchill voit là ses prédictions confirmées : « *Ces massacres effrayants qui se produisent en Inde ne me surprennent pas. Nous ne sommes évidemment qu'au commencement de ces horreurs, de ces boucheries perpétrées les uns contre les autres, avec une férocité de cannibales, par des races capables du plus grand développement culturel et qui ont pendant des générations cohabité dans la paix générale, sous le régime tolérant et impartial de la Couronne et du Parlement britanniques*[25]. »

« Le cœur lourd »

Le 2 octobre, au matin du jour anniversaire de ses soixante-dix-huit ans, sortant de son bain, Gândhî trouve des fleurs répandues sur le parquet ; Mîrâbehn, qui lui fait la surprise de venir le voir, les y a répandues en dessinant trois symboles : le mot *Râma*, la syllabe sacrée *om*, et une croix[54]. Nehru, Patel, la famille Birlâ, Lady Mountbatten et beaucoup d'autres viennent lui présenter leurs vœux. Nombreux sont ceux qui lui touchent les pieds. L'un des visiteurs remarque alors : « *Bâpuji, lors de notre anniversaire, c'est nous qui touchons les pieds des autres en recevant leurs vœux, mais dans votre cas, c'est l'inverse. Est-ce juste ?* » Il répond en riant : « *Les voies des mahâtmâs sont différentes ! Ce n'est pas ma faute. Vous avez fait de moi un mahâtmâ, un faux, peut-être ; alors vous devez acquitter l'amende*[55]. »

Son principal vœu ? Il répète qu'il pourrait vivre jusqu'à cent vingt-cinq ans (ce qui, selon la tradition hindoue, est la limite de la vie humaine), mais qu'il ne veut pas « *être un témoin vivant de la lutte fratricide* ». La fille de Patel, Maniben (qui l'accompagne partout depuis la mort de sa mère, tout comme Indirâ Gândhî accompagne son père depuis la mort de la sienne) note dans son Journal : « *Son angoisse était insupportable. Nous étions venus à lui dans la joie, nous somme repartis à la maison le cœur lourd*[126]. »

Ce jour-là, Gândhî reçoit aussi une lettre de Sonja Schlesin, sa secrétaire à Johannesbourg il y a quarante ans... Un peu plus tard dans la journée, comme on le congratule, il questionne : « *Des félicitations pour quoi ? Des condoléances ne seraient-elles pas plus indiquées*[127] *?* » Il dit que la lumière de l'amour s'en est allée du cœur des hommes ; il ajoute : « *Que l'embrasement actuel prenne fin, ou alors que Dieu me rappelle à Lui ! Je ne veux pas d'un autre anniversaire dans une Inde encore en flammes*[127]. » Nul ne sait que c'est son dernier anniversaire qu'il fête.

Le 11 octobre, en violation de ce qu'il a déclaré quelques jours auparavant dans une adresse aux forces armées du Pakistan, Jinnah proclame : « *Nous devons avoir un État dans lequel nous pourrons vivre, respirer librement, agir selon notre culture, et où les principes d'une justice sociale islamique pourront s'appliquer*[20]. » Le 29 octobre, Gândhî prend parti et déclare que « *la tâche des soldats est de marcher en avant pour repousser les attaques ennemies*[169] ».

Le 30 octobre, le comité Nobel hésite à choisir Gândhî pour lauréat et à donner, pense-t-il, le sentiment de prendre parti contre le Pakistan. Deux membres du comité sur les trois votent pourtant en sa faveur, mais le troisième s'y oppose sous prétexte que « *Gândhî était trop lié à l'un des belligérants de la Seconde Guerre mondiale* » !

Le prix Nobel 1947 est attribué... aux quakers ! (En fait, à deux organisations de quakers : l'American Friends Service Committee et le British Friends Service Council, « *pour leur action pendant les deux guerres mondiales en faveur des enfants affamés* ».)

Au début de novembre, Gândhî espère encore pouvoir revenir dans le Noâkhâli, mais Jinnah ne le laisse pas entrer au Pakistan. Le 10, il se rend à Panipat, à 80 kilomètres au nord de Delhi, pour dissuader les musulmans de la ville de migrer au Pakistan. Le 29 (comme Nehru l'a annoncé à Einstein), l'Inde vote contre la résolution 181 des Nations unies qui prévoit le partage de la Palestine en un État juif et un État arabe. Quand Gândhî s'en revient le 2 décembre à Panipat, tous les musulmans en sont partis[20]. À la mi-décembre, Pyârélâl et sa nouvelle épouse le rejoignent à Delhi. Dévdâs dit alors à son père : « *Ce soir, j'emmène Pyârélâl à la maison pour dîner. — Est-ce que tu as jamais songé à m'inviter, moi*[54] *?* » réplique Gândhî. Dévdâs se rend alors compte qu'il n'a jamais invité son père dans son appartement de Connaught Circus, convaincu qu'il n'en aurait eu ni le temps ni l'envie. Le seul de ses fils chez qui il ait logé est Harilâl, qui l'a hébergé à Calcutta un jour de réunion du Congrès en 1920[54].

Au Cachemire, en dépit de premiers succès, l'armée indienne subit un revers, en décembre, à cause de problèmes logistiques. Les troupes pakistanaises la forcent à se retirer des zones frontalières.

En cette fin d'année, poursuivant sa bouleversante fuite en avant, Gândhî refuse d'admettre que l'Inde est en train de devenir un pays comme les autres et persiste à vouloir faire du Congrès une organisation humanitaire, apolitique ; il souhaite regrouper en une seule toutes les organisations auxquelles il a donné le jour pour promouvoir son utopie ; il convoque à Birlâ House une conférence des différentes associations créées sous son égide et chargées d'une sphère d'« *activités constructives* » – l'abolition de l'intouchabilité, la diffusion de l'éducation primaire, le *khâdi* et l'artisanat villageois, etc. – afin d'unifier ces structures en vue d'édifier une société non violente.

Au même moment, Nehru poursuit la même utopie, mais sur le plan international. Dans un discours à l'Assemblée constituante, il explique qu'il refuse de se ranger dans le camp de l'Est ou dans celui de l'Ouest : « *Nous ne nous joindrons à aucun camp en particulier. Cela n'a rien à voir avec la neutralité, la passivité ou quoi que ce soit de similaire [...]. Au bout du compte, la politique étrangère n'est que le résultat de la politique économique, et tant que l'Inde n'aura pas correctement défini sa politique économique, sa politique étrangère restera assez vague, assez rudimentaire, et nous tâtonnerons.* »

La « monstrueuse vivisection »

À la fin de l'année 1947, les luttes entre communautés atteignent leur paroxysme, les Indiens, comme dit Nehru, ayant décidé de « *se faire couper la tête pour se débarrasser de leur migraine*[120] ». Quinze millions de personnes passent la frontière dans l'un ou l'autre sens : neuf millions d'hindous et de sikhs venant du Pakistan ; six millions de musulmans quittant l'Inde. Un million l'ont franchie à pied en formant des *kafila*, ces colonnes longues de dizaines de kilomètres[20]. Ces transferts se font au rythme de centaines de milliers de personnes par jour dans des conditions pitoyables, avec attaque des caravanes, massacres dans les trains. On décompte entre un et deux millions de morts en six mois[20]. Des milliers de familles sont dissociées, des vies pour toujours disloquées : « *Il est déjà difficile de séparer deux vies. En séparer des mil-*

lions est pure folie[20] ». Une « *monstrueuse vivisection* », avait prévenu Gândhî.

Nul ne croit plus en la non-violence prônée par Gândhî. Son *ahimsâ* n'est plus qu'un souvenir. Exhorter les réfugiés à retourner au Pakistan ou leur reprocher de l'avoir fui n'a plus aucun sens, si ce n'est que de tels propos rappellent ceux, fâcheux, qu'il tient après le massacre d'Amritsar et avant la Shoah. Il le sait : « *Nous allons bientôt dire adieu à la non-violence*[114] », confie-t-il à Pyârélâl.

Quand un visiteur thaïlandais vient, le 1er janvier 1948, le complimenter à propos de l'indépendance, il lui répond : « *Aujourd'hui, personne ne peut circuler librement dans la capitale. L'Indien craint son frère indien. Voilà l'indépendance*[154]. » Il est désespéré. Le 2 janvier, il écrit : « *L'obscurité est totale autour de moi*[169]. »

Il se languit du Pakistan où se trouve à présent le Noâkhâli. Des amis musulmans très chers comme Ghaffar Khan qui fit l'impossible pour empêcher la partition sont maintenant en danger de l'autre côté de la frontière (il y passera bientôt six ans en résidence surveillée).

Les massacres continuent. Le 6 janvier, à Karâchi, 120 sikhs sont massacrés par des musulmans dans un de leurs temples, une *gurdwâra*, lieu sacré où ils ont trouvé refuge. Le 11, terrible symbole de la tragédie en cours, des musulmans de Delhi viennent demander à Gândhî d'arranger leur passage en Angleterre[20], car ils ne se sentent plus en sécurité en Inde mais ne veulent pas aller au Pakistan, étant eux-mêmes partisans de l'unité de l'Inde ! C'est plus qu'il n'en peut supporter. Ne plus voir cela.

« Le seul à être sain d'esprit »

Lui qui parlait, il y a peu encore, avec le plus grand sérieux d'une armée non violente, d'un parti du Congrès qui renoncerait volontairement à gouverner le pays, d'une économie qui rejetterait tout progrès technique, d'une société reposant entièrement sur son mode de vie austère et ses idéaux humanitaires, est désespéré. La violence, qu'il a tant fait pour maîtriser chez lui comme chez les autres, qu'il a tant étudiée et combattue, voici qu'elle explose de la façon la plus hideuse ; bien pire même que durant la guerre mondiale que l'Inde a traversée presque indemne.

Au matin du lundi 12 janvier, il en vient à la conclusion qu'il doit jeûner pour la dix-septième fois de sa vie, pour modifier le cours de l'Histoire. À mort. Ses jeûnes antérieurs, depuis l'Afrique du Sud, avaient été faits par pénitence, pour racheter des erreurs commises par lui ou par des membres de sa communauté, ou pour obtenir satisfaction sur le plan politique ; ses deux derniers grands jeûnes avaient déjà été entamés pour améliorer les rapports entre les communautés, hindoue et musulmane. Il lui faut recommencer et menacer de mourir si la paix ne revient pas à Delhi. Il va l'annoncer sans prévenir personne, pour rendre sa décision irrévocable. L'après-midi, il rédige une déclaration en anglais que le docteur Sushilâ Nâyar traduit en hindi. Il lui demande de la garder secrète. Elle proteste : il n'a pas la force d'endurer un jeûne. Il insiste. Elle s'incline. À la réunion de prière de 17 heures, comme on est un lundi, son jour de silence, Sushilâ lit à sa place la déclaration sur la pelouse de Birlâ House : « *Jeûner est mon dernier recours, j'en use en guise de sabre [...]. Je vous demande à tous de bénir cet effort et de prier pour moi et avec moi. Le jeûne commencera à partir de l'heure du premier repas, demain matin, pour une période indéfinie ; je pourrai boire de l'eau avec ou sans sel et citron. Il se terminera quand et si je suis satisfait de la manière dont les communautés s'entendent, non pas sous une pression extérieure, mais en s'éveillant au sens du devoir. Plutôt que d'être le vain témoin de la destruction de l'Inde, de l'hindouisme, du sikhisme et de l'islam, je préfère la glorieuse délivrance de la mort*[169]*...* »

Puis cette phrase pour souligner que le danger est pire pour l'hindouisme que pour l'islam : « *Si rien ne se passe, l'islam mourra dans les deux Indes, pas dans le reste du monde ; tandis que l'hindouisme et le sikhisme n'ont pas de monde hors de l'Inde [...]. Je prie tous les amis de ne pas se précipiter à Birlâ House pour essayer de m'influencer ; qu'ils ne s'angoissent pas, je suis dans les mains de Dieu. Ils feront mieux de diriger la lumière à l'intérieur d'eux-mêmes*[169]. »

Plusieurs essaient encore de le dissuader, à commencer par Dévdâs, qui ne le quitte presque plus, puis Nehru et les ministres. En vain. Le seul à le comprendre maintenant est C. Râjâgopâlâchâri qui, de Calcutta, déclare magnifiquement : « *J'ai souvent bataillé par le passé contre Gândhî. Il a maintenant plus de soixante-dix-huit ans. Il y a trois mois, à Calcutta, il a jeûné pendant trois jours, ce qui a suffi à calmer les esprits. Cette fois, je n'ai pas envie [de peser sur sa décision]. Aujourd'hui, Gândhî est le seul à être sain d'esprit*[109]. »

Le 12 janvier au soir, Lord Mountbatten vient lui rendre visite : « *Je ne mettrai fin à mon jeûne que lorsque j'aurai la preuve que toutes les communautés ont uni leurs cœurs* », répète Gândhî. Mountbatten l'incite alors à ajouter une condition à la cessation de son jeûne : le paiement par l'Inde de ce qui est dû au Pakistan. « *Je n'en fais pas mystère. C'est moi qui fis cette suggestion à Gândhî qui n'avait même pas entendu parler de ces 550 millions de roupies*[76]. » La division des actifs financiers du Râj impose en effet à l'Inde de transférer ce montant au Pakistan.

La nouvelle du début d'un jeûne de Gândhî est aussitôt diffusée par l'ensemble des médias dans les quatorze langues de l'Inde ; elle détrône la guerre du Cachemire et les émeutes de la une des journaux. Si, à l'assemblée du Penjab occidental, les dirigeants de la Ligue musulmane lui rendent hommage, à Delhi les réfugiés hindous vitupèrent celui qui ose risquer sa propre vie pour sauver des musulmans.

L'information parvient aussi à un petit journal local à Poona, l'*Hindu Râshtra*, ce quotidien en langue marathe qui a pour rédacteur en chef Nâthurâm Godsé et pour directeur Nârâyan Apté[45]. Les conjurés enragent. Nâthurâm Godsé déclarera à son procès : « *Toutes les conditions imposées par Gândhî pour la cessation de son jeûne sont hostiles aux hindous*[45]. » Ils décident alors de passer à l'acte. Leur plan est défini : Madanlal Pahwa fera exploser une charge à côté pour faire diversion ; Karkaré et Gopâl Godsé (frère de Nâthurâm) lanceront des grenades, et Badgé tirera sur Gândhî ; les deux principaux cerveaux de l'opération, Nâthurâm Godsé et Nârâyan Apté, donneront le signal à distance.

Le 13 janvier, au moment même où, dans le Gujarât, un train de réfugiés hindous venus de Bannu, au Pakistan, est attaqué par des musulmans qui enlèvent et violent les femmes, à Delhi où Gândhî a entamé son jeûne

– « *Mon jeûne le plus important*[169] », écrit-il à Mîrâbehn –, la rue est calme grâce aux mesures de sécurité qui ont été prises. Mais les musulmans ne peuvent s'y déplacer librement, poursuivis qu'ils sont par les réfugiés du Pakistan occidental. Les leaders du Congrès savent qu'ils ne réussiront pas facilement à faire croire au Mahâtmâ que Delhi a recouvré la paix[54]. De l'avenue d'Albuquerque il entend au loin la foule des réfugiés en colère criant ses slogans. « *Mon expérience de la non-violence serait-elle vouée à l'échec ? dit-il. Que faire quand la fureur l'emporte et que pas un homme, pas une femme, pas un enfant n'est en sécurité, que chacun lève le poing contre son voisin ?* » Sur ordre de Patel, la police assouplit l'application de l'article 144 du Code civil pour autoriser des réunions mettant en valeur l'harmonie intercommunautaire. Le 13 au soir, une meute de journalistes installe machines à écrire et caméras sous les arbres, à Birlâ House, pour noter les allées et venues des uns et des autres.

« Laissez mourir Gândhî, donnez-nous un toit ! »

Le 14, Birlâ House est devenu le centre de la capitale. Journalistes, hommes politiques, manifestants s'y rendent davantage qu'à Government House, où réside Mountbatten, ou au 3, York Road, au domicile de Nehru. Des réfugiés hindous s'installent sur le trottoir de l'avenue d'Albuquerque et crient : « *Khonkâ Badlâ Khunsé Léngé !* » (« Du sang contre le sang ! ») et : « *Marta Hai To Marne Do !* » (« S'il veut mourir, qu'il meure[109] ! »). Chaque fois qu'une voiture officielle pénètre dans le jardin de Birlâ House, ils vocifèrent : « *Gândhî ko ! Marné dò ! Ham ko ! Makân do !* » (« Laissez mourir Gândhî ! Donnez-nous un toit ! »). Ce soir-là, Nehru ordonne à son chauffeur de s'arrêter à leur niveau et descend de voiture : « *Qui ose crier : "Que Gândhî meure !" ? Qui osera répéter ces mots en ma présence ? Il devra me tuer avant*[55] *!* » En voyant Gândhî si affaibli, il se rend compte que c'est lui, justement, qui pourrait, aux yeux de l'histoire, porter la responsabilité de sa mort...

Le 15 au matin, le Premier ministre convoque un Conseil des ministres extraordinaire sur la pelouse de Birlâ House pour « *examiner sous un nouvel angle la question de la part due au Pakistan* ». Incroyable réunion sous les fenêtres d'un vieillard gréviste de la faim, ouverte à tous les journalistes, où les ministres s'engagent en quelques minutes à faire ce qu'ils refusaient de faire depuis des mois : verser au Pakistan – en guerre contre l'Inde – 550 millions de roupies, soit 40 millions de livres, afin, déclare Nehru à la presse, d'« *écarter ce qui pourrait constituer une source de méfiance et de frictions* ». Il ajoute que cette décision « *est la réponse du gouvernement, agissant au mieux de ses capacités, au noble effort de non-violence fait par Gândhî en faveur de la paix et de la bonne volonté.* » Le Mahâtmâ prend acte, remercie le gouvernement pour « *la promptitude avec laquelle il est revenu sur le fait accompli* ». Mais il ne cesse pas pour autant son jeûne : la ville n'est pas revenue au calme, constate-t-il, malgré les dénégations de Nehru et Patel.

Ce même jour, la police de Poona reçoit une information selon laquelle le rédacteur en chef du journal local, l'*Hindu Râshtra*, ferait partie d'un groupe de conjurés qui auraient décidé de tuer Gândhî.

Le Pacte de paix

Le 16, après six jours d'un jeûne absolu, Gândhî est au plus mal. Râjendra Prasâd, qui l'a reçu trente ans auparavant à Patna, quand il est venu lancer la bataille de Champâran, et qui deviendra bientôt le premier président de l'Union indienne, met au point un texte en sept points pour répondre à l'exigence de Gândhî de voir cesser les brutalités contre les musulmans. Il appelle ce texte le « *Pacte de paix* ». Certains points portent sur le respect mutuel, sur la possibilité laissée aux uns comme aux autres de célébrer leurs fêtes (en particulier pour une fête musulmane qui va être célébrée d'ici à dix jours à Merhauli, dans la banlieue de Delhi). Prasâd tente d'arracher la signature des dirigeants des différents partis, des organisations de réfugiés, des institutions religieuses, des comités de citoyens. Dans les quartiers des musulmans, il explique que Gândhî est en train de leur sauver la vie. Dans les quartiers des hindous, il explique que, s'ils signent, la violence contre eux cessera dans des parties musulmanes et au Pakistan. Mountbatten déclare lui aussi qu'il espère que le jeûne de Gândhî inspirera « *un geste généreux de réciprocité de la part du Pakistan* ».

Le 17 au matin, des médecins qui viennent examiner Gândhî constatent qu'il est mourant, que son jeûne doit absolument être interrompu. Prasâd prend peur et convoque tous les acteurs du conflit à Birlâ House dans une pièce jouxtant la chambre de Gândhî. Après d'interminables palabres, dans la nuit du 17 au 18, il parvient à obtenir l'accord de tous, et, à l'aube du 18, les représentants des communautés et partis de l'Inde viennent parapher le « *Pacte de paix* » au chevet de

Gândhî qui les entend à peine. Ils jurent « *de protéger la vie, les biens et la foi des musulmans* » et s'engagent à ce que « *les événements qui viennent de se produire ne se renouvellent jamais plus* ». Parmi les signataires, figure même un représentant du Hindu Mahâsabhâ, le parti des conjurés.

Le Mahâtmâ leur répond d'une voix à peine audible qu'il ne veut pas en rester là, et qu'il s'engage à obtenir un geste en retour du Pakistan. Il promet aux réfugiés hindous qu'il ne prendra pas de repos tant que leurs familles n'auront pas regagné leurs villages. Que si les promesses ne sont pas tenues, il jeûnera de nouveau à mort, comme il s'y était déjà engagé en septembre précédent à Calcutta. Chacun de jurer. Gândhî boit alors le verre de jus de fruit que lui tend Abul Kalam Azad. La ville respire. Si incroyable que cela paraisse, l'euphorie se répand alors partout...

La presse du soir, ce 18 janvier, annonce que Gândhî va mieux et sera en mesure d'assister à la réunion de prière du surlendemain où il prononcera quelques mots. Il demande à Jinnah l'autorisation de venir le voir à Karâchi, mais celui-ci lui refuse derechef l'entrée au Pakistan.

Au matin du 19, les événements se déroulent à Delhi comme s'ils avaient été ordonnancés par une mise en scène : les journaux rapportent que les musulmans circulent plus librement, que même certains d'entre eux sont accueillis par des hindous et des sikhs aux bras chargés d'offrandes et de sucreries. Difficile à comprendre, même par les contemporains : « *Il faut vivre à proximité d'une grève de la faim de Gândhî pour en ressentir le magnétisme*[21] », écrit le collaborateur de Mountbatten Campbell-Johnson.

Premier attentat

Dans la matinée du 19, quand des militants de l'Hindu Mahâsabhâ exigent les noms de ceux de leurs chefs qui auraient signé le « Pacte de paix », le secrétaire général du parti, Ashutosh Lâhiri, publie un communiqué affirmant que, s'il partage le sentiment de soulagement général après la cessation du jeûne de Gândhî, « *aucun représentant de son parti n'a été autorisé à signer le Pacte de paix et son parti ne se sent pas tenu de le respecter*[45] ». Voilà qui ne fait que confirmer la décision des conjurés : agir sur-le-champ.

Gândhî est accablé : tout cela n'aurait-il servi de rien ? Il semble sentir la mort approcher. Le 20 janvier au matin, il reçoit de Mîrâbehn, retournée à son *âshram*, dans l'Himalaya, une invitation à s'y rendre en mars. Il répond : « *Qu'y a-t-il de bon à compter sur un cadavre ?* [...] *La vie et la mort sont les deux faces d'une même monnaie* ; [la mort est] *une amie incomparable*[169]. »

Ce soir-là, il se montre en public pour la première fois depuis la cessation de son jeûne ; encore trop faible pour marcher, il est transporté dans un fauteuil sur le lieu de la prière. Quelque deux cents personnes se trouvent là. Comme prévu, Madanlal fait exploser sa charge à distance, mais Karkaré et Gopâl ne lancent pas leurs grenades, et Badgé, pris de panique, s'enfuit en courant sans tirer, oubliant son revolver sur le siège de la voiture qui les a conduits à Birlâ House et que la police repère aussitôt. Madanlal se fait prendre dans Birlâ House dont il ne connaît pas le plan. Le bruit de l'explosion a été assez puissant pour être entendu, mais Gândhî est resté imperturbable et poursuit son allocution. La foule, d'abord inquiète, finit par se rasseoir ; les prières se poursuivent : récitations du Coran, de la Bible et de la *Gîtâ*, pour se terminer par le *Râmdhun* adressé à Ishwar et Allah. Nâthurâm Godsé et Nârâyan Apté observent de loin le fiasco de l'opération.

Une heure après, le Mahâtmâ appelle le préfet de police de Delhi, le priant de « *ne pas brutaliser le jeune homme arrêté, de quelque manière que ce soit* » ; il le compare à Bhagat Singh, devenu un héros national : « *Ce garçon est un vrai guerrier. Mais ils se comportent comme des enfants. Ils ne comprennent pas. Lorsque je ne serai plus là, ils s'apercevront que le vieil homme avait raison.* » En fait, Madanlal, torturé, ne lâche rien ; il se borne à confirmer qu'il connaît le nom de Sâvârkar, qu'on lui suggère, lequel n'est pour rien dans la tentative d'attentat, même s'il en est un lointain inspirateur. Madanlal ajoute seulement : « *Ils reviendront !* » Et, en effet, Nâthurâm Godsé, Vishnu Karkaré et Nârâyan Apté, passés inaperçus, se préparent à revenir.

Persuadée que Sâvârkar est le cerveau de l'opération, la police de Bombay se contente pourtant de le surveiller. Quant à celle de Delhi, si elle apprend par un employeur de Madanlal que des complices de ce dernier sont encore dans la nature, elle ne fait que doubler le nombre de sentinelles à l'entrée de Birlâ House en y postant quelques inspecteurs en civil, et propose à Gândhî de fouiller ceux qui entrent dans la maison. Gândhî s'insurge : « *Fouilleriez-vous quelqu'un à l'entrée d'une église, d'un temple ou d'une mosquée ?* [...] *Si je dois mourir*, dit-il aux officiers de police, *je mourrai à la réunion de prière du soir. Vous vous trompez en pensant que vous pouvez me protéger du mal. Dieu est mon seul protecteur*[109]. »

Le 22 janvier, lorsque Lady Mountbatten vient le féliciter pour son sang-froid, Gândhî lui explique qu'il a cru qu'il s'agissait d'une sorte d'« *exercice militaire* » : « *Si quelqu'un me tire dessus à bout portant et que j'essuie les balles avec le sourire en répétant dans mon cœur le nom de Râma, alors oui, je mériterai des félicitations*[47] *!* »

C'est exactement ce qu'il fera une semaine plus tard...

La promesse de Merhauli

Ce jour-là, malgré le Pacte de paix, la violence reprend de plus belle en ville et continue à se déchaîner dans le reste du pays. Le peuple hindou a attendu en toute bonne foi une cessation similaire des massacres de l'autre côté de la frontière. En vain. Les journaux font état d'atrocités, sans citer le nombre de morts, de blessés, de femmes enlevées et violées. Dans la nuit du 22 au 23 janvier, au Pakistan, des hindous de Parachinar, village proche de Peshâwâr, à la frontière afghane, sont attaqués par des musulmans essentiellement chiites : 130 d'entre eux sont tués, 30 blessés ; 50 femmes sont enlevées, violées, ont les seins coupés, voire pis encore[20]. Le juge de la Cour suprême J.-L. Kânpur, qui rédigera un rapport sur ce massacre, notera : « *Le rapt des jeunes femmes et le traitement qu'elles ont subi resteront comme un chapitre particulièrement sordide de l'histoire des relations entre les hommes.* » Gândhî y voit comme un défi, « *un test pour [sa] foi* ».

Le 25, il recouvre cependant son optimisme. Au cours de la réunion de prière du soir, il dit « *combien son cœur s'est réjoui lorsque des amis hindous et sikhs lui ont appris qu'une union des cœurs commençait à s'instaurer* ». Preuve en est, dit-il, cette merveilleuse nouvelle : le lendemain débute la fête musulmane d'*Urs*, à Merhauli, village aux abords de l'aéroport de Delhi, où vivent les vachers musulmans qui fournissent depuis des temps immémoriaux le lait à la « *Cité impériale* ». Ces gens honorent une fois l'an leur patron, Qutb-ud-din Mazar. Durant les émeutes précédentes, Merhauli a été mis à sac, et les vitres et les lustres du tombeau du saint ont été brisés. On l'a vu, Gândhî a fait de leur droit à organiser « *les festivités annuelles de Khwaja Qutb-ud-din Mazar, cette année comme les autres années* », une clause du Pacte de paix, et a obtenu satisfaction par son jeûne. Il accepte l'invitation des *mullas* à s'y rendre et leur répond en ces termes : « *Je n'ai jamais compris le fanatisme. Unir tous les groupes et toutes les communautés qui composent le peuple de notre vaste territoire : tel fut mon rêve dès l'enfance, et tant que ce rêve ne sera pas réalisé, mon esprit ne connaîtra pas le repos* [169]. » Le 27, il s'adresse à une immense foule de musulmans en liesse : « *Nous sommes les feuilles d'un même arbre* [169] », leur dit-il. Il est heureux pour la première fois depuis longtemps. Ce sera son dernier moment de bonheur. Il l'aura dû aux musulmans.

Dans l'après-midi du 28, des membres et sympathisants du parti Hindu Mahâsabhâ – dont, malgré l'arrestation de Madanlal, personne dans la police n'a compris l'implication dans la tentative d'attentat de la semaine précédente – se rassemblent sur la place Connaught, à Delhi, sous les fenêtres de Dévdâs Gândhî, laissant croire aux forces de l'ordre qu'il s'agit d'une manifestation d'amitié intercommunautaire. Plusieurs orateurs dénoncent le Mahâtmâ pour avoir contraint le gouvernement à payer 550 millions de roupies à un pays en guerre contre l'Inde ; l'un d'eux compare même Gândhî à Hitler. La manifestation se disperse aux cris de « *Vive l'unité hindoue ! Dehors, les musulmans ! Vive Maganlâl !* » La police de Delhi observe, mais n'intervient pas : elle sait que cette manifestation exprime l'opinion d'une fraction importante de la population, voire d'un grand nombre de policiers hindous.

Le 29 au soir, des réfugiés hindous venus de Bannu, désormais situé au Pakistan (ceux-là mêmes qui ont été attaqués à bord d'un train, le 13 janvier, dans le Gujarât, par des musulmans, et dont les femmes ont été enlevées et violées), viennent se plaindre à Gândhî de ce que la police les a expulsés de maisons qu'ils occupaient à Delhi pour les restituer à leurs propriétaires musulmans. Il leur explique qu'il faut « *atteindre à la paix à travers la souffrance* ». L'un des réfugiés lui crie : « *C'est à toi que nous devons toutes nos misères ! Laisse-nous nous débrouiller nous-mêmes et retire-toi dans les Himalayas !* » Il répond : « *Pour moi, les Himalayas sont ici !* »

Ce même soir, Gândhî doit affronter un autre problème : plus rien ne va entre Patel et Nehru. Le premier, qui a remporté d'indéniables succès dans les ministères qu'il dirige depuis cinq mois, ne supporte plus le second : il se moque ouvertement de son idéalisme pacifiste et de son indécision. Nehru, lui, reproche à Patel de ne pas l'avoir associé aux négociations avec les États. Leurs relations se dégradent au point que, même en présence de Gândhî, ils s'envoient des piques acerbes. Selon Maniben, la fille de Patel, Gândhî aurait dit quelques jours plus tôt à ce dernier : « *Vous ne pouvez pas vous entendre. L'un d'entre vous doit se retirer. Si on en juge par votre récent record de popularité, c'est vous qui devriez rester et être promu*[126]. » Mais Patel n'ignore pas qu'il ne peut rivaliser avec Nehru, beaucoup plus populaire que lui ; il se sait aussi très malade. Au soir du 29, il adresse donc à Gândhî une lettre lui demandant d'être déchargé de ses fonctions : Jawâharlâl, dit-il, est plus jeune, mieux connu sur le plan international. Gândhî, choqué par « *ces vilaines querelles de pouvoir* » entre les deux hommes, comme si la lutte contre la Grande-Bretagne n'avait été motivée que par une soif de prérogatives et d'avantages personnels, refuse cette démission et demande à Patel de venir lui en parler, le 30 dans l'après-midi, avant son propre départ : il songe en effet à retourner bientôt à Sévâgrâm. Sa présence n'est plus nécessaire à Delhi.

L'assassinat

Le 30 s'annonce comme une journée très froide. Gândhî se lève comme à son habitude vers 3 heures 30. Il récite ses prières, travaille pendant trois heures à son bureau à un texte demandant au Congrès de s'autodissoudre pour se transformer en une « *association pour l'amélioration de l'autonomie sociale, morale et économique* », qu'il propose de rebaptiser *Lok Sevak Sangh*. Il se recouche à 8 heures, parcourt les journaux, puis, après s'être fait masser par Brij Krishna, prend un bain. À 9 heures 30, il prend son petit déjeuner (lait de chèvre, tomates, légumes crus et cuits, oranges, décoction de gingembre et de citron vert) et abat deux nouvelles heures de travail. Il parle d'aller dans l'Himalaya et rit de bon cœur quand quelqu'un lui fait remarquer : « *Si vous y allez, vous serez un double Mahâtmâ*[54] *!* » Il fait une sieste ; à 14 heures, il reçoit une vingtaine de visiteurs : réfugiés, disciples venus recevoir son *darshân*, fonctionnaires et ministres en exercice, journalistes. Parmi ces derniers, un photographe français, Henri Cartier-Bresson, qui vient de faire de magnifiques photos de lui (comme il en a fait de Sri Aurobindo et de tous les grands dirigeants indiens) et qui en refera d'autres, imprévues celles-ci, dans la soirée.

À 16 heures, Patel arrive, accompagné de sa fille. Gândhî prend avec lui son dernier repas de la journée (lait de chèvre, légumes cuits et crus, trois oranges, tomates, radis). Il cherche à convaincre son interlocuteur de ne pas démissionner. Ils discutent pendant environ une heure. Dans son Journal, la fille de Patel (qui n'a pas assisté à la fin de leur entretien) consigne un résumé des propos que son père lui a rapportés, lequel résumé contient un lapsus révélateur : « *J'ai parlé avec Gândhî peu avant sa mort. Il me dit alors qu'il était impossible de travailler avec* [with] *nous deux. Que nous devions l'un et l'autre rester au gouvernement. Qu'il ferait le point avec moi demain*[126]. » (En réalité, Gândhî a dû dire à Patel qu'il lui serait impossible de travailler sans eux deux [*without*])...

À 17 heures, Manu et Âbhâ viennent chercher le Mahâtmâ, comme chaque jour, pour se rendre sur le lieu de prière. Cinq cents personnes environ l'y attendent. Cette fois, il n'a pas rédigé son intervention. Il l'improvisera. Il confie à Patel, en le quittant, qu'il va redire, dans sa harangue, que Nehru et lui doivent rester au gouvernement l'un et l'autre. Sans doute compte-t-il aussi parler de la réforme radicale du Congrès qu'il a préparée le matin même. En s'avançant, il voit au premier rang Karkaré et Nârâyan Apté qui entourent Nâthurâm Godsé. Au moment où il commence à monter les marches, Nâthurâm Godsé s'avance dans sa direction. Celui-ci raconte : « *Le pistolet à la main droite, je joignis les mains et dis : "Namasté !" [Salutations !]. Je repoussai de la main gauche la fille qui se trouvait dans ma ligne de mire. Les coups partirent tout seuls. Je n'ai jamais su si j'avais tiré deux ou trois coups. Gândhî émit un souffle court, un son comme "Aaaah !", puis il tomba. Je gardai le bras levé, tenant le pistolet fermement, et me mis à crier : "Police !... Police !" Je voulais que tout le monde sache que mon acte était prémédité, délibéré, et n'avait pas été commis sous l'emprise de la passion. Je voulais être arrêté le pistolet à la main. Mais soudain tout devint silencieux et, pendant au moins trente secondes, personne n'osa s'avancer*[45]. »

Godsé a en fait tiré trois coups. Gândhî meurt sur-le-champ. Karkaré, qui fait face à la victime, voit l'impact des balles et n'entend qu'un cri de douleur. Gurbachan Singh, homme d'affaires sikh de Panipat, qui se trouve juste derrière Gândhî, l'entend dire : « *Hé, Râma !* » (l'invocation à Râma). Un militaire de l'armée de l'air se précipite sur Godsé et lui saisit le poignet. Il lâche immédiatement son pistolet et, tandis que d'autres s'attroupent pour l'insulter et le frapper, Nâthurâm Godsé crie à l'adresse d'un officier de police : « *Attrapez l'arme et mettez le cran de sûreté avant qu'il y ait un accident*[45] *!* »

On transporte Gândhî dans sa chambre. Dans la minute qui suit, Mountbatten se précipite à Birlâ House. Alan Campbell-Johnson, qui l'accompagne, note[21] : « *La tension était telle que le moindre mot ou la moindre rumeur pouvait se répandre comme un feu de forêt. À notre arrivée, nous fûmes accueillis par quelqu'un qui cria* : “C’est un musulman qui l’a fait !” *Nous ne connaissions ni le nom ni la religion de l’assassin. Mais, sachant que, si c’était un musulman, nous étions de toute façon perdus et que rien ne pourrait enrayer une guerre civile, Mountbatten riposta* : “Espèce de fou ! Vous savez bien que c’est un hindou[21] !” »

La nouvelle de la mort de Gândhî se propage comme un tsunami. Dévdâs arrive sur les lieux quelques minutes plus tard. La foule commence à se rassembler devant Birlâ House avant même la diffusion du bulletin spécial sur All India Radio. Dès que se répand la nouvelle que le meurtrier est l’un d’eux, les brâhmanes sont conspués et lapidés dans les villes et villages du centre et de l’ouest de l’Inde. Quand Harilâl, à Bombay, entend la nouvelle de l’assassinat de son père, il s’écrie, selon la légende : « *Aucune pitié pour l’homme qui vient de tuer un saint, le Mahâtmâ du monde qui se trouvait aussi être mon père*[54] *!* »

Dévdâs, Nehru, les disciples, les ministres, les diplomates, les plus hautes personnalités du pays accourent à Birlâ House. Nehru et Patel s’embrassent, en larmes, et parlent ensemble à la radio.

Vingt minutes après les coups de feu, le ministre de l’Intérieur de Bombay, Morârji Désâi (qui sait depuis neuf jours, par la bouche du docteur Jain, ancien employeur de Madanlal, que des complices de celui-ci ont juré de tuer Gândhî), téléphone à l’adjoint du préfet de police, Nagarvala, pour lui donner l’ordre de « *prendre toutes les mesures qui s’imposent*[45] ».

La foule continue à affluer à Birlâ House ; on place la dépouille sur le toit en position inclinée, un projecteur braqué sur elle, et des dizaines de milliers de gens défilent sans mot dire, en pleurant.

À minuit trente, le corps est redescendu ; les

proches récitent des passages de la *Bhagavad-Gîtâ* et d'autres livres sacrés. Certains suggèrent l'embaumement pour quelques jours, de telle sorte que les amis, parents et collaborateurs vivant loin de New Delhi puissent le voir. Dévdâs s'y oppose : pour les hindous, il convient de ne pas prolonger le séjour terrestre.

Patel organise les funérailles. Il fait placer sur le châssis d'un affût Dodge un socle de bois permettant à tout le monde de voir le corps traverser la ville. Le cadavre est lavé conformément au rituel, on dispose autour du cou une guirlande de coton filé à la main et un collier de grains, on répand sur son linceul des pétales de rose ; il a la tête, les bras et la poitrine nus. Après avoir été exposée à la vue de tous, la dépouille est placée sur la terrasse extérieure. Râmdâs, le troisième fils de Gândhî, étant arrivé, les obsèques peuvent être célébrées.

Le lendemain matin, survient « *l'instant le plus poignant pour nous tous*[54] », dira Dévdâs : on ôte à Gândhî le grand châle de laine qu'il portait sur les épaules au moment où il a été abattu : en tombe une douille.

À l'aube de ce 31 janvier, au moins un million de personnes, sur une population de deux millions, se massent le long du trajet que doit emprunter la dépouille jusqu'au lieu de la crémation. À 11 heures 45, le cortège, long de trois kilomètres et demi, quitte Birlâ House et se fraie très lentement un passage à travers la foule. Le véhicule est tiré par deux cents hommes de l'armée indienne ; quatre mille fantassins, mille aviateurs, cent marins en uniforme précèdent et suivent la dépouille, sans compter les lanciers de la garde personnelle du vice-roi à cheval[109]. Blindés, police et militaires sont chargés du maintien de l'ordre. Trois Dakotas survolent le défilé en laissant tomber une pluie de pétales de rose.

Le cortège arrive à 16 heures 20 au bord de la Yamunâ après avoir parcouru moins de cinq kilomètres. Près des eaux sacrées, à Râjghât, un bûcher a été édifié dans la nuit. Un autre million de personnes se tiennent là depuis les premières heures de la matinée. Le blanc est la couleur dominante des sâris, des vêtements, des coiffures et des turbans [54]. Le corps de Gândhî est placé sur des pièces de bois de santal saupoudrées d'encens, la tête au nord, comme Bouddha. À 16 heures 45, Râmdâs met le feu au bûcher funéraire de son père. Il brûle pendant quatorze heures, durant lesquelles on chante des prières et on lit intégralement la *Bhagavad-Gîtâ*.

Ce jour-là, le journal de l'*Hindu Râshtra* – toujours pas inquiété – annonce l'assassinat de Gândhî.

Le 1er février, les cendres sont balayées précautionneusement ; on y retrouve une balle de pistolet. Arrosées d'eau, elles sont déposées dans une urne de cuivre. Les fragments d'os ayant résisté à la combustion sont placés dans un sac de coton filé à la main et glissés dans une autre urne. Râmdâs dispose une guirlande de fleurs odorantes autour du col de l'urne contenant les cendres, la met dans une corbeille d'osier remplie de pétales de rose et la rapporte à Birlâ House.

Ce même 1er février, la liste des nominations pour les Nobel est close et Gândhî fait, une nouvelle fois, partie des lauréats éventuels. Le comité hésite à l'y maintenir. Personne, jusque-là, n'a obtenu le Nobel à titre posthume. Le comité norvégien estime d'abord que c'est possible. Puis il se ravise. Finalement, à la fin de cette année-là, le prix Nobel de la paix ne sera pas décerné, car, dira le comité, « *il n'y a pas de can-*

didat vivant *convenable* ». (D'aucuns penseront que le mot « vivant » a pu viser aussi le comte Bernadotte, assassiné à Jérusalem en septembre 1948, mais Bernadotte ne figurait pas dans la dernière sélection.) Jusqu'en 1960, rappelons-le, le prix Nobel de la paix ne sera attribué qu'à des Occidentaux.

Le 3 février, Harilâl arrive enfin à Delhi chez son frère Dévdâs. Le 11 à 4 heures du matin, un train spécial composé de cinq voitures de troisième classe quitte New Delhi. Au milieu du convoi, un compartiment rempli de fleurs est occupé par les proches de Gândhî, avec l'urne contenant les cendres. Le train roule jusqu'Allahâbâd, à 120 kilomètres de Bénarès, au confluent du Gange, de la Yamunâ et de la rivière sacrée et mythique du Sarasvatî. C'est l'un des lieux les plus saints de l'hindouisme où plusieurs millions d'Indiens se rassemblent tous les douze ans pour se baigner.

Le lendemain, 12 février, à Allahâbâd, l'urne est placée sur un char qui la transporte à travers une foule estimée à plus d'un million de personnes. Puis on la place dans l'eau sur un *duck* (sorte de char flottant d'origine américaine) peint en blanc. Elle flotte. Autour d'elle, des milliers de réceptacles chargés d'offrandes. Des dizaines de milliers de gens la suivent dans l'eau. Quand l'urne se retourne et que son contenu tombe dans les eaux sacrées, le canon du fort d'Allahâbâd tire une salve.

Au même moment, l'autre urne contenant les petits débris d'ossements est immergée par l'un des arrière-petit-fils de Gândhî à l'extrême pointe de l'Inde, tout au sud du Tamil Nâdu, à Kanyâ Kumâri (cap Comorin), là où confluent la mer d'Oman, l'océan Indien et le golfe du Bengale.

Épilogue

Rares sont les grands hommes qui ne piétinent pas, d'une façon ou d'une autre, ceux qui ont le malheur d'être leurs héritiers. Plus encore que tout autre, par le niveau d'exigence qu'il s'imposait à lui-même et qu'il exigeait des autres, Gândhî ne pouvait offrir à ses proches qu'une vie de souffrances.

D'abord à ses enfants, qu'il considéra toujours comme moins importants que ses neveux et que des étrangers, volontiers appelés « *ses fils* », au grand dam des quatre garçons que lui donna Kasturbâi, elle-même morte de ses combats, qu'elle partagea sans toujours les comprendre.

La première victime de cet héritage funeste fut son aîné, Harilâl, l'enfant dont il voulut le moins ; né alors que lui-même n'était âgé que de dix-huit ans, ce ne fut jamais pour lui qu'une sorte de jeune frère encombrant qu'il ne sut ni élever, ni soutenir, ni conseiller, ni même considérer. Tout au long de sa propre vie, ce fils s'efforça, à sa façon, pathétique, d'être entendu de son père, et sa mort fut l'expression paroxystique de ses tribulations : le 17 juin 1948, quelques mois seulement après l'assassinat de son père, un couple de passants le trouva ivre mort sur un trottoir de Bombay, et le déposa dans un hôpital. La légende veut qu'au médecin qui lui demandait le nom de son père Harilâl aurait murmuré : « *Gândhî* », mais que le praticien, impatient, lui aurait rétorqué : « *Mais non ! Gândhî est le père de tous les Indiens ! Quel est le nom de ton père ?* » Harilâl trouva néanmoins la force de se faire reconnaître ; on fit venir deux de ses filles, Râmi Parikh et Manu Mashruwâlâ, et il succomba le lendemain ; il avait soixante ans.

Manilâl, le deuxième fils, resté seul en Afrique du Sud à vingt-deux ans en 1914, marié contre son gré par son père, dirigea Phoenix jusqu'à sa mort, en 1956, à l'âge de soixante-quatre ans ; sa fille, Gîtâ, et son mari sont membres du Parlement d'Afrique du Sud et s'occupent encore de Phoenix ; un autre des enfants de Manilâl, Arun, vit aux États-Unis, à Memphis, où il gère un Institut Gândhî.

Râmdâs, le troisième fils, fut longtemps le patron d'une succursale des Moulins à huile Tata à Nâgpur, la grande ville voisine de Sévâgrâm où il s'était installé en quittant le « village constructif », quand son père lui avait interdit d'envoyer ses enfants à l'école ; Râmdâs meurt à Bombay en 1969 à l'âge de soixante et onze ans.

Le benjamin, Dévdâs, journaliste puis rédacteur en chef de l'*Hindustan Times*, à Delhi, le plus proche du Mahâtmâ, est mort d'une crise cardiaque à Bombay en 1957 à l'âge de cinquante-sept ans ; l'un de ses fils, Râmchandra, est professeur, et un autre, Râjmohan, est journaliste, homme politique, auteur d'une très remarquable biographie [54] de son grand-père.

Les assassins, Nâthurâm Godsé et Nârâyan Apté, furent pendus le 15 novembre 1949 ; pour éviter qu'un monument soit érigé sur le lieu de leur crémation, la police, reprenant une vieille tradition moghole, y effaça toute trace et y sema du gazon, même si, raconta-t-on, quelqu'un réussit à répandre secrètement une partie de leurs cendres dans une rivière voisine[85]. L'idéologue qui les avait inspirés, Sâvârkar, auquel aucun fait ne put être reproché, fut acquitté.

Les quatre principaux acteurs de la bataille contre le Râj étaient tous avocats : Gândhî, Nehru, Jinnah et Patel. Les deux derniers, malades depuis de longues années, réussirent l'un et l'autre à rester en vie assez longtemps pour voir la fin de la domination anglaise.

Jinnah mourut, le 11 septembre 1948, de la conjonction d'une tuberculose et d'un cancer du poumon, au Pakistan qu'il dirigeait depuis treize mois.

Patel, très malade, quitta le gouvernement en juin 1948 pour remplacer Lord Mountbatten comme gouverneur général de l'Inde et le resta jusqu'à l'entrée en vigueur de la Constitution, le 26 janvier 1950 ; trop faible pour devenir, comme prévu, le premier président de l'Union indienne, il laissa cet honneur à un autre compagnon des premiers jours de Gândhî, Râjendra Prasâd, avocat lui aussi, rencontré lors de sa première bataille en Inde, à Champâran ; Patel mourut le 15 décembre 1950.

Des quatre pères fondateurs, le seul survivant était Jawâharlâl Nehru, qui resta Premier ministre pendant près de vingt ans, élection après élection ; il sauva l'Inde de la famine en 1956 avec la « *révolution verte* », fit élire sa fille Indirâ Gândhî comme présidente du parti du Congrès en 1959 et mourut au pouvoir d'une crise cardiaque, le 27 mai 1964.

Trois autres personnages au moins méritent qu'on dise un mot de leur destin :

Le premier intouchable à avoir obtenu un doctorat, l'ancien étudiant de Cambridge, Ambedkar, participa aux premiers gouvernements de Nehru comme ministre de la Justice et président du comité chargé de la rédaction de la Constitution ; convaincu que l'hindouisme ne pourrait jamais se défaire de l'intouchabilité, il se convertit au bouddhisme quelques semaines avant de mourir, le 14 octobre 1956.

Le docteur Sushilâ Nâyar, la compagne de toujours de Gândhî, devint ministre de la Santé des premiers gouvernements de l'Union, resta en politique sous Indirâ Gândhî, puis se retira en 1969 pour créer un *Institut Mahâtmâ Gândhî pour les sciences médicales* ; elle est morte à la fin de l'an 2000.

Enfin, Madeleine Slade, dite Mîrâbehn, vécut jusqu'en 1959 dans l'*âshram* qu'elle avait fondé dans l'Himalaya ; elle quitta alors l'Inde pour s'établir à Vienne, comme pour revenir à ses premières amours : la musique, à l'origine, par Romain Rolland, de sa rencontre avec Gândhî. Le point final de son épopée fut la conférence qu'elle donna en octobre 1969, à l'invitation de Lord Mountbatten, à l'Albert Hall de Londres, à l'occasion du centenaire de la naissance de Mohandâs, devant sept mille personnes dont le prince de Galles et le Premier ministre ; elle retourna ensuite vivre dans la capitale autrichienne où elle mourut à quatre-vingt-dix ans, le 20 juillet 1982.

L'Inde, sans Gândhî

Le Mahâtmâ aurait eu de bonnes raisons d'être fier de l'Inde d'aujourd'hui : elle est restée un pays uni, un musulman en est le président, un sikh en est le Premier ministre, y cohabitent 900 millions d'hindous et 140 millions de musulmans ; le niveau de vie moyen y augmente à grande vitesse, son niveau scientifique et intellectuel est inégalé, son influence dans le monde dépasse très largement celle de l'ancienne puissance occupante. Les idées de Gândhî continuent de vivre à travers la Gândhî Peace Foundation ; de nombreuses associations (comme les Sévak Sangh, « *serviteurs du village* ») poursuivent le travail de formation qu'il avait lancé dans les bourgs ruraux ; une *Commission pour la promotion du* khâdi *et des industries villageoises*, qu'il avait voulue, cogère avec l'État la production artisanale des villages, en particulier du *khâdi*. Trois projets qu'il avait en tête et que Vinobâ Bhâvé mena plus avant continuèrent après lui : le Sarvodaya Samâj (« *société du service de tous* »), créé en 1948, le Bhûdân (« *don de la terre* »), créé en 1951, et le Grâmdân (« *don du village* »). Ils permirent de transformer le quart des villages du Bihâr en communautés où l'on réserverait un sixième de la fortune des propriétaires à l'usage des plus démunis.

Plus généralement, Gândhî est devenu un élément essentiel de l'identité indienne ; depuis 1995, le gouvernement de Delhi attribue un prix Mahâtmâ Gândhî qui récompense une action en faveur de la paix ou de la non-violence et conforme à ses principes.

Le comité Nobel regretta tant de ne pas lui avoir attribué le prix que, lorsque le Dâlaï Lâmâ le reçut en 1989, le président du comité se sentit tenu de déclarer que c'était aussi un « *hommage à la mémoire du Mahâtmâ Gândhî* ».

Il aurait aussi été heureux de noter l'influence qu'il exerça sur d'importants dirigeants du mouvement de décolonisation et de lutte contre la discrimination. Aux États-Unis, Martin Luther King se référait souvent à lui : « *Le Christ a fourni l'esprit et la motivation, et*

Gândhî a fourni la méthode. » Tout comme Nelson Mandela : « *Bien que le temps nous sépare, il reste entre nous un lien, celui de nos expériences de prison partagées, notre défi lancé à des lois injustes et le fait que la violence menace nos aspirations à la paix et à la réconciliation.* »

D'autres encore prirent le relais de son action, comme cet étudiant chinois inconnu qui, en mai 1989, fit face, place Tien An Men, à Pékin, à une colonne de chars ; ou bien comme Ibrahim Rugova au Kosovo, et, aujourd'hui même, Aung San Sû Ky, en Birmanie, que la junte militaire au pouvoir à Rangoon ne réussit pas à faire taire.

Son influence a encore été marquée par sa désignation en 1999 comme « *deuxième personnalité du siècle* », derrière Albert Einstein ; et par le vote à l'unanimité, par l'Assemblée générale des Nations unies, le 15 juin 2007, d'une résolution faisant de son anniversaire la « *journée internationale de la non-violence* ».

Mais tout cela ne lui aurait sûrement pas suffi. Il aurait été probablement désolé de découvrir que rien de son projet de société n'a véritablement été retenu par la classe politique indienne ; que rien n'a été fait sérieusement pour ralentir l'exode rural, pour alphabétiser les campagnes, pour y attirer des industries, pour en élever le niveau de vie et éloigner les citadins des produits à la mode venus d'ailleurs. Son disciple Bhâvé étant mort sans successeur, le *khâdi* et le rouet ne sont plus guère que des éléments du folklore, dans une société animée d'une fringale de modernité occidentale. Dans cet univers, le Mahâtmâ n'est plus qu'un symbole trop exigeant dont il ne faut pas trop parler, celui d'un projet de société dont plus personne ne veut, si tant est que quelqu'un en ait jamais vraiment voulu. Triste ironie, il est aujourd'hui plus connu des nouvelles générations indiennes par deux films bollywoodiens, datant de 2006, que par son œuvre et son action réelles : *Lâgé Raho Mumbâi*, qui le fait revivre dans le monde contemporain et qui a fait le succès d'un néologisme aujourd'hui plus populaire que Gândhî lui-même, *gandhigiri* – qu'on peut traduire par « *gandhiesque* » – ; et *Gândhî, mon père,* qui raconte joliment la vie d'Harilâl et ses démêlés avec son géniteur.

Mais il serait plus encore affligé d'apprendre qu'aucun des problèmes indiens qu'il essaya d'affronter n'est résolu. Sans doute partagerait-il en partie le sentiment de Joseph Brodsky qui notait en 1984 que « *rien n'a changé en Inde après le départ des Anglais, si ce n'est la couleur de peau de ses fonctionnaires* ». Il arborerait sûrement le triste sourire des dernières années de sa vie pour stigmatiser la persistance de la pauvreté, les écarts de fortune, la stagnation de la productivité agricole, l'épuisement des sols, l'infanticide des filles, le mariage des enfants, l'enfermement des veuves, la corruption de l'administration et du parti du Congrès. Il s'indignerait de la croissance de la consommation d'alcool, de l'évolution des mœurs, de la dégradation de l'environnement, du gigantisme des bidonvilles, de l'enfermement des *Dalits* qui se voient refuser, encore aujourd'hui, dans près de la moitié des villages, l'accès à un point d'eau, à un temple, à un hôpital ou à un restaurant, et dont les enfants, dans plus du tiers des villages, ne sont pas autorisés à déjeuner avec les autres dans les cantines scolaires.

Il serait effrayé et consterné de constater que la violence règne plus que jamais, et partout, en particulier au Gujarât, sa terre natale, où le gouvernement régional, dirigé par la frange la plus dure du Bhâratîya Janatâ Party, a laissé se dérouler, en 2002, les pires émeutes depuis l'indépendance, au cours desquelles plus de deux mille musulmans furent massacrés par des hindous. Il constaterait avec désolation que, dans le monde, la violence prolifère, les massacres interethniques se multiplient, la pauvreté s'aggrave ; il se révolterait contre l'augmentation du nombre des humiliés, des exploités, des enfants au travail, des victimes de l'asservissement sexuel. Il s'attristerait de voir que peu de gens, de par le monde, croient encore en la non-violence, et que Nelson Mandela lui-même, malgré son admiration pour lui, ne l'utilisa guère dans sa lutte contre l'apartheid. Il prendrait acte qu'après lui personne ne s'est risqué à entreprendre une telle bataille, si ce n'est des terroristes prompts à se mettre en grève de la faim après avoir jeté leurs bombes. Toujours en vain : Margaret Thatcher, par exemple, contrairement à Churchill, laissa mourir de leur jeûne en prison des militants irlandais condamnés pour des actes sanglants. Il remarquerait qu'aux États-Unis nul n'a osé reprendre la lutte de Martin Luther King, et il réaliserait que la plupart de ceux qui souffrent d'injustice et d'humiliation pensent désormais que l'acceptation de la souffrance n'a jamais fait plier le moindre dictateur. Il serait accablé d'apprendre que le terrorisme gagne partout du terrain, dans tous les États, sur tous les continents, et que, dans son propre pays, Ousama ben Laden dispute à Bhagat Singh le titre de héros des humiliés.

Des idées d'une extrême modernité

Malgré ou à cause de cela, son défi au monde reste d'une prodigieuse actualité. D'abord parce que la question qu'il pose reste la principale interrogation de tous les dirigeants révolutionnaires : faut-il repousser tout ce qui vient du colonisateur, y compris même l'industrialisation, ou seulement se l'approprier ?

Ensuite, parce qu'il a vu avant tout le monde l'importance, pour l'Inde comme pour le reste du monde, de l'amélioration de la situation des campagnes, du refus des bidonvilles, de l'échange équitable entre producteurs et distributeurs, du respect de l'environnement. En inventant les rudiments de ce qui allait devenir l'économie éthique, il a ouvert une piste vertigineuse que reprendront après lui tous ceux qui comprennent que l'accumulation de moyens de puissance ne peut être que suicidaire.

Et plus encore parce qu'il a compris les conséquences profondes de l'usage de la violence. Certes, il n'a pu empêcher la partition de l'Inde, mais il a pu au moins, là où il est allé s'interposer, calmer ceux qui étaient prêts à s'entretuer, mais pas à le laisser mourir. Certes, il n'a pu juguler la barbarie de ceux qui, comme Hitler, ne sont sensibles ni à la raison ni à leur réputation, mais il a posé des principes qui prennent aujourd'hui une tout autre force. Bien avant beaucoup d'autres, il a vu qu'obtenir quelque chose par la violence, c'est se condamner à en faire à nouveau usage pour le conserver et l'accroître. Il a compris, bien avant beaucoup de dirigeants indépendantistes, que l'indépendance n'est pas une fin en soi si persiste l'exploitation.

Enfin parce qu'il a réalisé, bien avant les dirigeants

médiatisés qu'a engendrés l'essor de la télévision, qu'il était essentiel de prendre l'opinion publique à témoin. Il a pu ainsi entraîner des dizaines de milliers de gens avec lui en Afrique du Sud, des dizaines de millions en Inde, en s'appuyant même sur l'opinion britannique contre les dirigeants de Londres.

Aujourd'hui, avec les médias nouveaux, un dictateur ne pourrait durablement dissimuler à son peuple ses turpitudes, et tous les dirigeants, même les dictateurs, sont peu ou prou soumis au contrôle des opinions publiques, nationales et tout au moins internationales. Aussi pourrait-on parfaitement imaginer qu'un homme ou une femme, voire des milliers, entraînent derrière eux des milliards d'êtres humains dans un *satyâgraha* planétaire autour de mots d'ordre comme : « *Ne pas payer d'impôt pour financer des armes !* », ou : « *Refuser de demander un permis de séjour dans un pays étranger !* », ou encore : « *Boycotter les produits écologiquement nuisibles !* », ou encore « *Cessez de vous battre !* » Rien n'interdit d'imaginer qu'un être humain pourra un jour plus ou moins proche exercer assez d'influence et de rayonnement pour peser sur les gouvernements simplement en mettant sa propre vie en danger, qu'il pourrait même, peut-être, faire taire les armes en commençant une grève de la faim illimitée au beau milieu des combattants.

Se changer soi-même

L'impact de quelqu'un qui dirait ainsi la vérité serait d'autant plus grand qu'il aurait le courage de se réformer lui-même avant de prétendre réformer l'autre. Et Gândhî savait, de par son expérience, que tout homme, y compris lui-même, peut devenir une brute, un monstre, un assassin. Que chacun porte en soi à la fois une bestialité sans mesure et une formidable capacité d'amour. Aussi ne se reconnaissait-il le droit de recommander que ce qu'il pouvait mettre lui-même en pratique.

Au moment où tous les autres leaders révolutionnaires se contentaient d'élaborer des plans pour changer le monde depuis leur bureau, lui ne voulait pas imposer un « homme nouveau », il allait en devenir un lui-même, et convaincre ensuite par son sacrifice. Il préférait donner l'exemple plutôt que de faire la leçon.

Voilà, sans doute, ce qui est le plus fascinant et le plus important chez lui : pour changer le monde, il faut se changer soi-même et se donner pour première ambition, modeste et orgueilleuse à la fois, de maîtriser sa propre violence, ses désirs, sa sexualité, son affect, pour se débarrasser de toute trace de bestialité ; puis, s'appuyant sur les techniques d'ascèse et de méditation, obtenir un pouvoir sur soi en renonçant au pouvoir sur les choses ; enfin, et seulement enfin, mettre ce pouvoir au service d'un idéal d'une extrême exigence, en en faisant don aux autres.

Aujourd'hui, alors que menacent partout le nettoyage ethnique et les guerres de religion, que s'annoncent mille et une partitions, des barbaries d'une ampleur infinie, cette stratégie de la non-violence reste la seule à avoir du sens. Elle suppose que quelqu'un ait le courage de venir dire la vérité, de la vivre, de l'incarner. Mais, aujourd'hui, on n'accepte plus de personne qu'on la crie, hormis parfois des humoristes : comme si seul le rire pouvait la rendre supportable.

Le rire de Gândhî est sans doute ce dont se souviennent le mieux ceux qui croisèrent sa route. Un rire de défi, de tristesse et de compassion mêlés ; le rire de celui qui sait que le secret de la civilisation n'est pas tant d'aimer son prochain comme soi-même que de lui dire la vérité, après avoir eu le courage de se la dire à soi-même.

BIBLIOGRAPHIE

1. AHMEAD, J., *Middle Phase of the Muslim Political Movement*, Lahore Publishers Ltd, 1969.
2. AMBEDKAR, B.R., *What Congress and Gandhi have done to the Untouchables*, Bombay, Thacker, 1945.
3. ANDREWS, C.F., *Mahatma Gandhi at Work*, Londres, Allen et Unwin, 1931.
4. ARNOLD, Erwin, *La Lumière de l'Asie*, Paris, trad. fr. éd. Adyar, 2001.
5. ASH, Geoffrey, *Gandhi : A Study in Revolution*, Mumbai, Asia Publishing House, 1968.
6. ASSAYAG, Jackie, *L'Inde, désir de nation*, Paris, Odile Jacob, 2001.
7. ATTLEE Clement R., *As it happened*, Londres, Heineman, 1954.
8. AUROBINDO, Ghose, dit Sri Aurobindo, *Œuvres complètes en bengali*, Calcutta, éd. Visiabhârati, 1995, trad. inédite de P. Mukherjee.
9. BERNARD, Jean-Alphonse, *De l'Empire des Indes à la République indienne*, Paris, Imprimerie nationale, 1994.
10. *BHAGAVAD-GÎTÂ*, présentation de S. Radhakrishnan, Paris, Adyar, 2000.
11. BHATTACHARYA, Sabyasachi, *The Mahatma and the Poet. Letters and Debates between Gandhi and Tagore 1915-1941*, New Delhi, National Book Trust, 1997.

12. BIRKENHEAD, Frederick Edwin Smith, *Law Life and Letters*, 2 vol., fac-similé de l'édition de 1927, New York, Freeport.
13. BORRA, Ranjan, *Subhas Chandra Bose, the Indian National Army, and the War of India's Liberation*, Japan, 4th section, Asian Bureau, Ministry of Foreign Affairs, Govt. of Japan, 1956.
14. BOSE, Subhas Chandra, *The Indian Struggle 1920-1942*, New York, Asia Publishing House, 1964.
15. BOVY, Marie Pierre, *Gandhi : l'héritage*, Nantes, Siloë, 2001.
16. BRITTON Burnett, *Gandhi arrives in South Africa*, Canto (Maine), Greenleaf Books, s.d.
17. BROCHEUX, Pierre, « Le colonialisme français en Indochine », in *Le Livre noir du colonialisme*, Marc Ferro (dir.), Paris, Robert Laffont, 2003.
18. BROWN J., « *The Making of a Critical Outsider* », *Gandhi and South Africa : Principles and Politics*, J. Brown et M. Prozesky (dir.), Pietermaritzburg, University of Natal Press.
19. BROWN, J., *Gandhi : Prisoner of Hope*, New Haven, Yale University Press, 1989.
20. BUTALIA, Urvashi, *Les Voix de la partition : Inde-Pakistan*, Paris, Actes-Sud, 2002.
21. CAMPBELL-JOHNSON, Alan, *Mission with Mountbatten*, Londres, R. Hale, 1952.
22. CHADHA, Yogesh, *Rediscovering Gandhi*, London, Century, 1997.
23. CHANDRAN, David Srinivasagam, *The Making of the Mahatma*, New Delhi, Orient Longman Ltd, 1969.
24. CHATERJI, Bankim Chandra, *Le Monastère de la félicité*, Calcutta, 1882, trad. fr. par France Bhattacharya, Le Serpent à plumes, 2003.
25. CHURCHILL, Winston, *Mémoires sur la Deuxième Guerre mondiale*, trad. fr., Paris, Plon, 1950.
26. COLVILLE, Sir John, *The Fringes of Power : Downing Street Diaries 1939-1955*, Londres, Weidenfeld & Nicolson, 2004.

27. COUPLAND, Reginald, *India, a Restatement*, London, Oxford University Press, 1944.
28. DALAL, Chandulal, *Gandhijini dakshin africani ladat (The Struggle of Gandhiji in South Africa), vol. 1 to 5 published by the Sabarmati Aashram Preservation and Memorial Trust*, Harijan Ashram, Ahmedabad, s.d.
29. DALAL, Chandulal, *Gandhijini Dinvari (Daily Activities of Gandhi from 2-10-1869 to 9-01-1915)*, Sabarmati Ashram Trust, Ahmedabad, 1976.
30. DALTON D., *Gandhi : Nonviolent Power in Action*, New York, Columbia University Press, 1993.
31. DAVIS, Mike, *Late Victorian Holocausts*, Londres-New York, Verso, 2001.
32. DELEURY, Guy, *L'Inde, continent rebelle*, Paris, Le Seuil, 2000.
33. DELIÈGE, Robert, *Le Système des castes*, Paris, PUF, 1993.
34. DELIÈGE, Robert, *Gandhi,* Paris, PUF, « Que sais-je ? », 1999.
35. DESAI, Narayan, *Bliss Was it to be Young With Gandhi*, Bombay, Bhavan, 1988.
36. DESAI, Mahadev, *Day-to-day with Gandhi,* Varanasai, Sarva Seva Sangh Prakashan, 9 vol., 1968-1974.
37. DESAI, Mahadev, *The Diary of Mahadev Desai*, 23 vol., Ahmedabad, Gandhi Ashram, s.d.
38. DOKE, Rev. Joseph, *An Indian Patriot in South Africa*, Londres, 1909, rééd. New Delhi, Publications Division, 1967.
39. DUCASSE, Isidore, *Les Chants de Maldoror.*
40. DUTT, Romesh Chunder, *The Economic History of India in the Victorian Age*, New Delhi, 1908.
41. DUTT, Rajani Palme, *India To Day*, Bombay, People's Publishing House, 1947.
42. DWARKADAS, Kanji, *Gandhi Through my Diary Leaves, 1915-1948*, Bombay, 1950.
43. EASWARAN, Eknath, *Gandhi The Man*, Petaluma (Calif.), Nilgiri Press, 1975.

44. EDWARDES, Michael, *The Last Years of British India*, Cleveland, World Pub. Co., 1964.
45. ELST, Koenraad, « Pourquoi j'ai tué Gandhi ». *Examen et critique de la défense de Nathuram Godsé*, Paris, Les Belles Lettres, 2007.
46. ERIKSON, Erik Homburger, *La Vérité de Gandhi : les origines de la non-violence*, Paris, Flammarion, 1974.
47. FISCHER, Louis, *La Vie du Mahatma Gandhi*, Paris, Flammarion, 1952, rééd. Belfond, 1983.
48. FISCHER, Louis, *Gandhi : His Life and Message for the World*, New York, New American Library, 1982.
49. FISHER, Louis, *Gandhi and Stalin : Two Signs at the World's Crossroads*, New York Harper & Brothers, 1947.
50. FOURCADE, Marie, « Les Britanniques en Inde ou le règne du "cyniquement correct", *Le Livre noir du colonialisme*, Marc Ferro (dir.), Paris, Robert Laffont, 2003.
51. FRÉDÉRIC, Louis, *Dictionnaire de la civilisation indienne*, Paris, Robert Laffont, 1987.
52. GALALM, Nemchand, *Shrimad Rajchandra and Gandhiji*, Bombay, R. R. Sheth and Co., s.d.
53. GANDHI, Manubehn, *The Miracle of Calcutta*, Ahmedabad, Navjivan, 1959.
54. GANDHI, Rajmohan, *Mohandas, a True Story of a Man, his People and a Empire*, Penguin Book India, 2006.
55. GANDHI, Rajmohan, *Patel : a Life*, Ahmedabad, Navajivan, 1990.
56. GANPULEY N.G., *Netaji in Germany : a Little-known Chapter*, Bombay, Bharatiya Vidya Bhavan, 1959.
57. GHOSH K.K., *The Indian National Army : Second Front of the Indian Independence Movement*, Meerut, Meenakshi Prakashan, 1969.
58. GREEN, Martin, *Gandhi : Voice of a New Age Revolution*, New York, Continuum, 1993.
59. GRIMAL, Henri, *De l'Empire britannique au Commonwealth*, Paris, Armand Colin, 1971.

60. Gruha, *India's Struggle*, Government of India Publications Division, 1982, part II.
61. Guest B., « Indians in Natal and Southern Africa in the 1890's », *Gandhi and South Africa : Principles and Politics*, Pietermaritzburg, University of Natal Press.
62. Gupta, Nolinikanta, *Rabindranath*, 1928 (en bengali).
63. Hay, Stephen, « *Gandhi, India and the World* », Colloque international de philosophie, Temple University Press, 1970.
64. Hunt, James D., *Gandhi in London*, New Delhi, Promilla & Co., 1978.
65. Hunt, James D., *Gandhi and the Nonconformists : Encounters in South Africa*, New Delhi, Promilla & Co, 1986.
66. Huttenback, Robert A., *Gandhi in South Africa*, Ithaca and London, Cornell University Press, 1971.
67. Homer, Jack, « Zionism and Antisemitism », *The Gandhi Reader : A Sourcebook of His Life and Writings*, New York, Grove Press, 1956, p. 317-322.
68. Jaffrelot, Christophe, *La Démocratie en Inde*, Paris, Fayard, 1998.
69. Jahanbegloo, Ramin, *Gandhi. Aux sources de la non-violence*, Paris, éditions du Félin, 1998.
70. Jog, Narayan Gopal, *Beacon Across Asia : Biography of Subhas Chandra Bose*, Bombay, Orient Longman, 1969.
71. Jordis, Christine, *Gandhi*, Gallimard, Folio biographies, 2006.
72. Kothari, M., *Critique de Gandhi*, Jodpur, 1996.
73. Kriplani, Acharya Jivatram B., *Gandhi, his Life and Thought*, New Delhi, 1970.
74. Kriplani, Krishna, *Gandhi : A Life, published by the author*, New Delhi, Distributor Orient Longman Ltd., 1968.
75. Kumar, Dharma et Desai, Meghnad (éd.), *The Cambridge Economic History of India*, vol. 2, 1575-1970, New York, Cambridge University Press, 1989.

76. LAPIERRE, Dominique et COLLINS, Larry, *Cette nuit la liberté*, Paris, Pocket, 2004.
77. LAPIERRE Dominique et MORO Javier, *Il était minuit cinq à Bhopal*, Paris, Robert Laffont, 2001.
78. LAPIERRE, Dominique et COLLINS, Larry, *La Cité de la joie*, Paris, Robert Laffont, 1992.
79. LASSIER, Suzanne, *Gandhi et la non-violence*, Paris, Le Seuil, 1970, coll. « Points Sagesses », 2000.
80. LARDINOIS, Roland, « Les famines en Inde : la colonisation en question », *L'Histoire*, n° 139, 1990.
81. LOCHNER, Louis P. (éditeur et traducteur), *The Goebbels Diaries, 1942-1943*, trad. angl., Westport, Conn., Greenwood Press, 1970.
82. LOUIS, Frédéric, cf. n° 51.
83. MAJUMDAR, Ramesh Chandra, *Three Phases of India's Struggle for Freedom*, Bombay, Bharatiya Vidya Bhavan, 1967.
84. MAJUMDAR, Ramesh Chandra, *Jibanera Smritideepe*, Calcutta, General Printers and Publishers, 1978 (traduit du bengali).
85. MALGONKAR, Manohar, *Les hommes qui tuèrent Gandhi*, Paris, éd. du Cerf, 1998.
86. MANGALVEDKAR, V., *Mahatma Gandhi*, Madras, The Indian Literature Publishers, 1921.
87. MANN, Bernhard, *The Pedagogical and Political Concepts of Mahatma Gandhi and Paulo Freire*, in Claußen, B. (ed.), *International Studies in Political Socialization and Education*. Hamburg, t. 8.
88. MARKOVITS, Claude (dir.), *Histoire de l'Inde moderne, 1840-1950*, Paris, Fayard, 1994.
89. MENDE, Tibor, *Conversations avec Nehru*, Paris, Le Seuil, 1956.
90. METHA, Ved, *Gandhi and his Followers*, 1976, New York series.
91. MINTO (Lord), *Papers, Correspondence*, vol. I, *Confidential Note*, Library of Scotland, 1908.
92. MIRABEHN, *The Spirits Pilgrimage (Autobiography)*, Virginia, Great Ocean Publishers, 1984.

93. MONTAGU, Edwin, *An Indian Diary*, Londres, Heinemann, 1930.

94. MORTON, Eleanor, *Women in Gandhi's Life*, New York, Bombay, Jaico Publishing House, 1961.

95. MUKHERJEE, Prithwindra, Conversations avec l'auteur, août 2007.

96. MUKHERJEE, Prithwindra, *Alôr Kavi Rabindranath*, Calcutta, 1961, préface de S. Radhakrishnan.

97. MUKHERJEE, Prithwindra, *Farasider Chokhé Rabindranath*, Calcutta, 1963.

98. MUKHERJEE, Prithwindra, *Sâdhak Viplavi Jatin Mukherjee*, Calcutta, 1965 (en bengali).

99. MUKHERJEE, Prithwindra, *Sister Nivedita Centenary Souvenir Volume*, Calcutta, 1967.

100. MUKHERJEE, Prithwindra, *Samasâmayiker Chokhé, Sri Aurobindo*, Calcutta, 1969 (en bengali).

101. MUKHERJEE, Prithwindra, *Genèse de la vie divine*, thèse de doctorat soutenue à la Sorbonne en 1970.

102. MUKHERJEE, Prithwindra, *Sri Aurobindo*, Paris, Desclée de Brouwer, 2000.

103. MUKHERJEE, Prithwindra, *Trois grands contemporains, Tagore, Gandhi, Aurobindo*, réalisation Georges Gravier, France Culture, 1973.

104. MULLER, Jean-Marie, *Gandhi, la sagesse de la non-violence*, Paris, Desclée de Brouwer, 1994.

105. MULLER, Jean-Marie, *Gandhi, l'insurgé. L'épopée de la marche du sel*, Paris, Albin Michel, 1997.

106. NAG, Kalidas, *Tolstoy and Gandhi*, Patna, Pustak Bhandar, 1950.

107. NAIPAUL, V. S., *India : A Wounded Civilization*, Harmondsworth, Penguin, p. 100 ; en français : *L'Inde brisée*, Paris, trad. par B. Géniès, Christian Bourgois, 1989.

108. NANDA, Bal Ram, *Gandhi, sa vie, ses idées, son action politique en Afrique du Sud et en Inde*, Verviers, Marabout Université, 1968.

109. NANDA, Bal Ram, *Mahatma Gandhi*, New Delhi, Oxford University Press ; *Gandhi, a Biography Complete and Unabridged*, Oxford University Press, 1958.

110. NANDA, Bal Ram, *Gandhi and his Critics*, New Delhi, Oxford University Press, 1985.
111. NANDA, Bal Ram, *Gandhi : Pan-Islamism, Imperialism and Nationalism in India*, New Delhi, Oxford University Press, 2002.
112. Cf. 185.
113. NAYAR, Pyarelal, *Mahatma Gandhi : The Discovery of Satyagraha*, Navajivan Publishing.
114. NAYAR, Pyarelal, *Mahatma Gandhi, The Last Phase*, 2 vol., Ahmedabad, Navajivan, 1956.
115. NAYAR, Pyarelal, *Poornahuti*, 4 vol.
116. NAYAR, Pyarelal et Sushila, *In Gandhiji's Mirror*, New Delhi, Oxford University Press, 1991.
117. NAYAR, Pyarelal et Sushila, *Mahatma Gandhi*, 10 vol., New Delhi.
118. NAYAR, Sushila, *Kasturbai : A Personal Reminiscence*, Ahmedabad, Navajivan, 1960.
119. NEHRU, Jawaharlal, *An Autobiography*, New Delhi, 1962.
120. NEHRU, Jawaharlal, *The Discovery of India*, New York, 1946 ; trad. fr. : *La Découverte de l'Inde*, Paris, Philippe Picquier, 2002.
121. NOORANI, Abdul Gafoor, *Savarkar and Hindutva : the Godse Connection*, New Delhi, Left Word, 2002.
122. OULIANOV, Vladimir, dit Lénine, *L'Impérialisme, stade suprême du capitalisme*, Paris, Éditions sociales, 1976.
123. PAREKH, Bhikhu, *Colonialism, Tradition and Reform. An Analysis of Gandhi's Political Discourse*, New Dehli, Sage, 1989.
124. PAREL, Anthony J., « The Origins of Hind Swaraj », *Gandhi and South Africa : Principles and Politics*, J. Brown and M. Prozesky, Pietermaritzburg, University of Natal Press.
125. PATEL, Ravjibhai, *Gandhijini Sadhna*, Ahmedabad, Navajivan, s.d.
126. PATEL, Manibehn, « Diary of Manibehn Patel », Patel Papers, Ahmedabad, s.d.

127. PAYNE, Robert, *Gandhi. Biographie politique* (trad. de *Life and Death of Mahatma Gandhi*), Paris, Le Seuil, 1972.
128. PAYNE, Robert, *The Life and Death of Mahatma Gandhi*, Londres, Bodley Head, 1969.
129. POLAK, Millie Graham, *Mr. Gandhi : The Man*, Bombay, Vora & Co, 1949.
130. PRAKASHAN, Navajivan, *Gandhijino Aksharde (Collected Works of Gandhi)*, 80 vol., Ahmedabad, s.d.
131. PRASAD, Rajendra, *Incidents of Gandhiji's Life*, Bombay, Vora and Co, 1949.
132. RÂJCHANDA, Shrimad, *Mokshamâlâ*, disponible en anglais sur Shrimad Rajchandra.org
133. ROLLAND, Romain, *Gandhi*, Stock, 1924.
134. ROLLAND, Romain, *Essai sur la mystique et l'action de l'Inde vivante. La vie de Ramakrishna*, Paris, Stock, 1929.
135. ROLLAND, Romain, *La Vie de Vivekananda et l'Évangile universel*, Paris, Stock, 1930.
136. ROLLAND, Romain, *Inde : Journal 1915-43*, Paris, Albin Michel, 1960.
137. ROTHERMUND, Dietmar, « Government, landlord and peasant in India », *Agrarian Relations under British Rule, 1865-1935*, Wiesbaden, F. Steiner (dir.), 1978.
138. RÜHE, Peter, *Gandhi : A Photo Biography*, 2002.
139. RUSKIN, John, *Unto this Last*, Penguin Classics, 1986.
140. SAMANTA, K. Amiya, *J. C Nixon's Report, Terrorism in Bengal*, Government of West Bengal, 1995.
141. SARID, Isa et BARTOLF, Christian, *Herman Kallenbach : Mahatma's Friend in South Africa*, Gandhi-Informations-Zentrum, 1997.
142. SHARP, Gene, *Gandhi as a Political Strategist, with Essays on Ethics and Politics*, Boston, Extending Horizon Books, 1979.
143. SHIRER, William, *Gandhi : A Memoir*, New Delhi, Rupa, 1993.
144. SHIZUO, Maryama, *Nakano Gakko*, Tokyo, 1948.

145. Shukla, Chandrashankar, *Incidents of Gandhiji's Life*, Ahmedabad, Vora and Co, 1949.
146. Sivaram, M., *The Road to Delhi*, Rutland, C.E. Tuttle Co., 1967.
147. Sofri, Gianni, *Gandhi et l'Inde*, Florence-Paris, Casterman-Giunti, 1996.
148. Sopan (pseud.), *Netaji Subhas Chandra Bose : His Life and Work*. Bombay, Azad Bhandar, 1946.
149. Stern, Henri, *Préceptes du Mahatma Gandhi*, Paris, Presses du Châtelet, 2004.
150. Tagore, Rabindranath, *Complete Works*, Government of West Bengal, Calcutta, 1961.
151. Tagore, Rabindranath, Œuvres en bengali, traduction inédite de M. Mukherjee.
152. Tapan, Raychaudhuri, *Perceptions, Emotions, Sensibilities : Essays on India's Colonial and Post-colonial Experiences*, New Delhi, Oxford University Press, 1999.
153. Templewood (Lord), *Nine Troubled Years*, Londres, Collins, 1954.
154. Tendulkar, Dinanath Gopal, *Mahatma : Life of Mohandas Karamchand Gandhi*, 8 vol., Bombay, Division of the Government of India, 1951.
155. Tendulkar, Dinanath Gopal, *Gandhi in Champaran*, New Delhi, Publications Division, 1994.
156. Tharoor, Shashi, Busquet, Carisse et Gérard, *L'Inde : d'un millénaire à l'autre 1947-2007*, Paris, Le Seuil, 2007.
157. Tharoor, Shashi, *Nehru, The Invention of India*, London, Arcade Publishing, 2004.
158. Tharoor, Shashi, Conversations avec l'auteur, juillet 2007.
159. Tharoor, Shashi, *Le Grand Roman indien*, trad. fr., Paris, coll. « Points Seuil », 2002.
160. Thoreau, Henry, *La Désobéissance civile*, Montréal, Éditions Balises, 1982.
161. Tolstoï, Léon, *Le salut est en vous*, Paris, Perrin, 1993.

162. TRIPÂTHI, Pannalal, *Bapu Chitravali : Memoirs of Gandhiji*, Varanasi, 1970.
163. UPADHYAYA, *Mahatma Gandhi as a Student*, Ahmedabad, Navajivan, s.d.
164. VAHED, Hana, *Surendra and Goolam. The Making of a Political Reformer : Gandhi in South Africa, 1893-1914*, New Delhi, Manohar, 2005.
165. VARMA, Ravindra, *Gandhi in Anecdotes*, Ahmedabad, Navajivan Trust, 2001.
166. VIOLLIS, Andrée, *L'Inde contre les Anglais*, Paris, éd. des Portiques, 1930.
167. WATSON, Francis, *Talking of Gandhiji*, Calcutta, Orient Longmans, 1957.
168. WEBER, Thomas, *On The Salt March*, New Delhi, Harper Collins, 1997.

Œuvres de Gandhi

169. *The Collected Works of Mahatma Gandhi*, 90 vol., New Delhi, Publications Division, Ministry of Information and Broadcasting, Government of India, 1958-1984.
170. GANDHI, Mohandas Karamchand, *Autobiographie ou Mes expériences de vérité*, nouv. éd., Presses universitaires de France, 2003.
171. GANDHI M. K., *Tous les hommes sont frères*, Paris, Gallimard, coll. « Idées », 1985.
172. GANDHI M. K., *La Voie de la non-violence*, Gallimard, 2006 (extraits de *Tous les hommes sont frères*).
173. GANDHI M.K., *History of the Satyagraha in South Africa*, Ahmedabad, Navajivan.
175. GANDHI M. K, *An Indian Patriot in South Africa*, London, 1909.
175. GANDHI M.K., *Vyapak dharmabhavna*, Ahmedabad, Navajivan.
176. GANDHI M. K., *Hind Swaraj or Indian Home Rule*, Ahmedabad, Navajivan, 1938, rééd. 2000.

177. Gandhi M. K., *Nature Cure*, Bombay, Navajivan Trust, 1954.
178. Gandhi M. K, *From Yeravda Mandir. Ashram Observances*, Ahmedabad, Navajivan, 1932.
179. Gandhi M. K, *Hind Swaraj and other Writings*, Cambridge, Cambridge University Press, 1997.
180. Gandhi M. K., *Résistance non violente*, trad. fr., Paris, Buchet-Chastel, 2007.
181. Gandhi M. K., *Lettres à l'ashram*, trad. fr., Paris, Albin Michel, 1948.
182. Gandhi M. K., *Leur civilisation et notre délivrance*, trad. fr., Paris, Denoël, 1957.
183. Gandhi, *Méditations*, recueil de textes, Paris, éditions du Rocher, 2002.
184. *The Selected Works of Mahatma Gandhi*, Ahmedabad, Navajivan, vol. 5 : *Selected Letters*, 1958.
185. *Speeches and Writings of Mahatma Gandhi*, 4e éd., Madras, Natesan & Co, 1933.
186. *Gandhiji on Villages*, sélection de lettres et d'articles par Divya Joshi, Mumbay, 2002.
187. *Gandhiji on Khadi*, sélection de lettres et d'articles par Divya Joshi, Mumbay, 2002.
188. *Gandhiji on Communal Harmony*, sélection et introduction par Bharati Mazmudar, Mumbay, 2003.
189. *Gandhiji on Religious Conversion*, sélection et introduction par Sandhya Mehta, Mumbay, 2002.
190. Gandhi and Rajchendra, *Questions-Answered*, Ahmedabad, Publisher Shrimed Rajchendra Gyon Pracharak Trust, s.d.

REMERCIEMENTS

Ce livre est le résultat de quatre ans de travail, de lectures, de voyages, de rencontres. Il m'a fallu en particulier choisir entre des versions souvent contradictoires des mêmes événements. Pas un fait qui ne soit en effet raconté de cinq ou six façons divergentes, situé à des dates différentes, par les témoins oculaires eux-mêmes. Il a fallu choisir des dates et des interprétations. J'assume seul ces choix.

J'ai bénéficié de très précieux concours : en Inde, le professeur Prakash Shah, le professeur Prakâsh Patel, Haresh Shah, Xavier Bertrand et le professeur Hemang Desai, qui a traduit pour moi des textes gujaratis ; aux États-Unis, Shashi Tharoor ; en France, Jane Auzenet et le professeur Prithwindra Mukherjee ont accepté de relire mes manuscrits et de répondre avec une exceptionnelle patience à mes questions les plus précises. Ce dernier, en particulier, a traduit pour moi des textes bengalis et relu mes épreuves avec une attention dont je lui suis très reconnaissant. Josseline Rivière a préparé le cahier photo. Michel Desbois a imaginé et réalisé la couverture. Claude Durand et Denis Maraval ont relu le texte. Nathalie Reignier a préparé la fabrication de ce livre. Rachida Azzouz, Murielle Clairet et Charlotte Duperray ont assuré la mise en forme des manuscrits successifs et de la bibliographie. Qu'ils en soient tous ici remerciés.

INDEX DES NOMS DE PERSONNES

ABDURHAMAN, Abdullah (dirigeant de l'African Political Organization au Cap) : 119, 152.

AGHA KHAN III (1877-1957, prince, chef de la secte des ismaéliens) : 128, 326, 444, 445, 457.

ALAM, Mir (Pâthan, client de Gândhî en Afrique du Sud) : 146-7.

ALEXANDER, A.V., ministre en charge du transfert de pouvoir aux colonies) : 477.

ALEXANDER, Horace (quaker américain ami de Gândhî) : 498.

ALI, Mohamed (1878-1931, dirigeant du Mouvement pour le Califat, frère de Shaukat) : 127, 179, 213, 240, 261-2.

ALI, Shaukat (1873-1938, dirigeant du Mouvement pour le Califat) : 179, 213, 262, 341.

AMBEDKAR, Bhîmrâo Râmji (1892-1956, homme politique, intouchable) : 251, 314, 321, 335-8, 362, 487.

AMERY, Sir Leopold (1873-1955, secrétaire d'État à l'Inde dans le gouvernement Churchill) : 417, 427.

AMPTHILL, Lord Olivier Russel, 2e baron — (1869-1935, gouverneur de Madras de 1900 à 1906) : 152.

AMRIT KAUR, Râjkumâri (1887-1964, dirigeante indépendantiste du Penjab et première femme indienne ministre) : 464, 491.

ANDREWS, frère Charlie (1871-1940, disciple de Gândhî) : 171, 174, 189, 228, 405, 407.

ANSARI, Mukhtar Ahmed (1880-1936, dirigeant nationaliste indien) : 290, 359.

APTÉ, Nârâyan Dattatreya (1911-1949, activiste hindou, conspirateur contre Gândhî) : 424, 461-2, 484, 538, 544, 549.

ARNOLD, Sir Edwin (1832-1904, orientaliste) : 58-60, 96.

ASAR, Lîlâvati (disciple indienne de Gândhî) : 369, 373, 491.

ASOKA (Shah Ruck Khan) (IIIe s. av. J.-C., empereur de l'Inde) : 517.

ASQUITH, Lord Herbert, 1er comte d'– (1890-1954, Premier ministre britannique de 1908 à 1916) : 197, 224.

ATTLEE, Clement (1883-1967, dirigeant travailliste, Premier ministre de 1945 à 1951) : 351, 426, 428, 443, 467, 474, 478, 486, 504.

AUROBINDO GHOSE, Sri– (1872-1950, activiste nationaliste indien, puis philosophe) : 100, 107, 138-140, 143-144, 148, 155, 158, 171, 184, 193, 236, 238-239, 241-242, 257, 264, 273, 420, 430, 549.

AZAD, Abul Kalam, dit Maulana Azad (1888-1958, dirigeant nationaliste indien) : 127, 179, 246, 249, 282, 404, 423, 431, 436, 443, 479-480, 508, 511, 542.

BAJÂJ, Jamnâlâl (homme d'affaires, disciple et soutien financier de Gândhî, mort en 1942) : 192, 243, 263, 270, 289, 300, 307, 354, 426, 433.

BÂJPÂI, Sir Girijâ Shankar (1891-1954, ICS et diplomate) : 450.

BAKER, Albert (attorney en Afrique du Sud) : 81-86.

BANERJEE, Surendranâth (1848-1925, homme politique indien) : 34, 39.

BANKER, Shankerdal (directeur de journaux) : 217, 250.

BATUKESHWAR : 287.

BEN GOURION, David (1886-1973, homme politique israélien) : 337, 515.

BESANT, Annie (1847-1933, théosophe, fondatrice de la *Home Rule League*) : 59, 116, 175, 187, 195-8, 204, 206, 214-6.

BHATT, Shâmlâl (poète gujarati) : 34, 60.

BHÂVÉ, Vinobâ (1895-1982, réformateur indien) : 196, 243, 250, 353, 414, 503.

BIRLÂ, Ghanshyâm Dâs (1894-1983, industriel, disciple et soutien financier de Gândhî) : 243, 325, 376, 497, 527, 531.

BLAVATSKY, Helena Petrovna-Hahn, dite Helena Blavatsky (1831-1891, fondatrice de la théosophie) : 31, 58.

BANERJEE, Womesh Chandra (1844-1906, premier président du Congrès national indien) : 41.

BOOTH, docteur (directeur d'hôpital à Johannesbourg) : 108.

BOSE, Nirmal Kûmar (anthropologue professeur à Calcutta, disciple de Gândhî) : 355, 357, 491, 494-7, 498-500, 512.

BOSE, Râsbéhâri (révolutionnaire indien en exil) : 425, 451.

BOSE, Sarat Chandra (1889-1950, frère de Subhâs, dirigeant nationaliste indien, ministre du gouvernement intérimaire) : 487, 490, 511.

BOSE, Satyendranâth (1894-1974, physicien) : 12.

BOSE, Subhâs Chandra, « Nétâjî » (1897-1945, dirigeant nationaliste indien) : 246, 256, 281-2, 289, 319-321, 324, 335, 337, 340, 343, 350-51, 353, 357-8, 361, 368, 371, 373, 377, 403-4, 418-21, 425, 428, 435, 438, 439, 445-8, 450-54, 455-57, 459, 464, 468, 487, 490.

BOTHA, Louis (1862-1919, général boer, homme politique afrikaaner et Premier ministre d'Afrique du Sud de 1910 à 1919) : 110, 134, 141, 164, 170.

BOUDDHA, Siddhârta Gautama (*ca* 536-*ca* 480) : 26, 28, 58, 60, 95, 230, 508, 553.

BRAILSFORD, Henry Noel (1873-1958, journaliste britannique de gauche) : 409.

BRIJ KRISHNA (disciple de Gândhî) : 527, 548.

BROME, Lord : *voir* Cornwallis

BRUCE : *voir* Lord Elgin

BULLER, Sir Redvers (1839-1908, général britannique) : 110.

CAMPBELL-JOHNSON, Alan (aide de camp du général Mountbatten) : 511, 518, 542, 550.

CANNING, Lord Charles, 1er comte – (1812-1862, 1er gouverneur général de l'Inde ou « vice-roi » en 1858) : 18.

CARTIER-BRESSON, Henri (1908-2004, photographe français) : 549.

CARTWRIGHT, Albert (journaliste du *Transvaal Leader*) : 145, 148.

CASEY, Lord Richard Gardiner, baron – (1890-1976, diplomate australien, gouverneur du Bengale de 1944 à 1946) : 475.

CECIL, Lord Robert, 3e marquis de Salisbury (1830-1903, homme politique britannique, Premier ministre de 1895 à 1902) : 97.

CECIL, Lord Robert, 1er vicomte Cecil of Chelwood (1864-1958, politicien et diplomate britannique) : 362.

CHAMBERLAIN, Sir Joseph Austen (1863-1937, secrétaire d'État à l'Inde dans le gouvernement Asquith) : 105-6, 109, 120, 152.

CHAMBERLAIN, Arthur Neville (1869-1940, Premier ministre anglais de 1937 à 1940) : 269, 367, 408.

CHAPLIN, Charlie (Sir Charles Spencer) (1889-1977, cinéaste et acteur) : 326.

CHATTERJEE, Bankim Chandra

(1838-1894, poète et romancier bengali) : 37.

Chaudhari, Râm Nârâyan (assistant de Gândhî) : 273.

Chaudhuri, Râmbhuj Dutt (dirigeant nationaliste indien du Penjab, mort en 1923) : 126, 229.

Chaudhurani, Saralâ Dévi (1873-1945, dirigeante nationaliste indienne) : 117, 126, 229, 233, 273, 359.

Chelmsford Lord : *voir* Thesiger

Chesney, William (rédacteur en chef du *Pioneer*) : 99.

Churchill, Sir Winston (homme d'État britannique, 1874-1965) : 110, 138, 141, 320, 351-2, 408, 419-20, 422, 426-7, 429, 432, 435, 443-4, 447, 449, 455, 457, 459, 461, 465, 467, 475, 478, 487, 505, 530.

Clive, Robert, baron Clive de Plassey (général britannique, 1726-1774) : 15-6.

Coates, Michael (quaker du Transvaal) : 82, 84.

Colijn, Hendrikus (1869-1944, homme politique néerlandais) : 133.

Colville, Sir John « Jock » (1915-1987, secrétaire particulier de plusieurs Premiers ministres) : 419.

Cornwallis, général Charles, Lord Brome, 1er marquis de — (1738-1805, gouverneur général de l'Inde de 1786 à 1793) : 17.

Cotton, Sir Henry John Stedman (1845-1915, administrateur colonial britannique) : 126, 137.

Craddock, Sir Reginald Henry (1864-1937, administrateur colonial britannique) : 194, 201.

Cripps, Sir Stafford (1889-1952, homme politique britannique) : 351, 426, 429-33, 462, 478.

Curzon, Lord George Nathaniel, 1er marquis Curzon of Kedleston (1859-1925, vice-roi de l'Inde de 1899 à 1905) : 108, 115, 121, 127-8, 171.

Dâs, Chitta Rajan (1870-1925, dirigeant nationaliste indien) : 242, 247, 252-4, 257, 265, 282.

Dâsgupta, Sâtish (disciple de Gândhî) : 488, 492, 500.

Datta, Bhûpendra Kumâr (1892-1979, révolutionnaire bengali chef de la *Jugântar*) : 242.

Davé, Mavji (ami des Gândhî) : 46.

Désâi, Bhulâbhâi (1877-1946, dirigeant nationaliste indien) : 466.

Désâi, Mahâdev (1892-1942, secrétaire et traducteur de Gândhî) : 203, 206, 209, 232, 243, 246, 249, 258, 266, 270, 293, 295, 307, 312, 324, 328, 332, 338,

346, 371-376, 403, 409, 428, 433, 441, 443-5, 457, 464.

DÉSÂI, Morârji (1896-1995, homme politique indien, ministre de l'Intérieur de Bombay en 1948) : 551.

DISRAELI, Benjamin (1804-1881, homme politique britannique, Premier ministre de 1874 à 1880) : 34, 35.

DOKE, révérend Joseph (Afrique du Sud) : 111, 121, 146, 155, 159.

DUBE, John Langalibalele (1871-1946, président de l'INC) : 124-5, 152, 160, 164, 168, 174.

DUDÂ, Abdullah (marchand indien en Afrique du Sud) : 70, 79-82, 85, 87, 92-3, 103-4.

DUFFERIN, Frederick HAMILTON-TEMPLE-BLACKWOOD, 1er marquis – (1826-1902, administrateur colonial, vice-roi des Indes de 1884 à 1888) : 43, 54.

DUTT, Romesh Chunder (1848-1909, écrivain bengali, ICS et historien) : 107.

DYER, Sir Reginald (1864-1927, officier de la British India Army) : 220, 226, 228, 230.

EINSTEIN, Albert (1879-1945, physicien) : 12, 278, 514, 560.

ELGIN, Lord, Victor Alexander BRUCE, 9e comte Elgin (1849-1917, vice-roi des Indes de 1894 à 1899) : 95, 108, 136-7.

ELPHINSTONE, Sir Mountstart (1826-1906, administrateur colonial) : 17.

EMERSON, Ralph Waldo (1803-1882, poète et philosophe américain) : 441.

ESCOMBE, Sir Harry (1838-1899, procureur général du Natal et Premier ministre de 1897 à 1899) : 89, 93, 104, 110-1.

FERRY, Jules (1832-1893, homme politique français) : 39, 42.

FISCHER, Louis (journaliste anglo-saxon) : 402, 433, 440-1.

FITZMAURICE : *voir* Petty-Fitz-Maurice

FRANÇOIS-FERDINAND d'Autriche (1863-1914, archiduc d'Autriche) : 176, 179.

GAIT, Sir Edward Albert (1863-1950, administrateur colonial, gouverneur du Bihâr et de l'Orissâ en 1911) : 201.

GÂNDHÎ, Âbhâ (épouse de Kânu) : 346, 464, 491, 494, 527, 549.

GÂNDHÎ, Dévdâs (1900-1957, fils benjamin) : 114, 203, 232, 264, 266, 278, 287, 331, 449, 453-4, 459, 491, 497-8, 510, 533, 537, 551-4.

GÂNDHÎ, Gulab (épouse d'Harilâl) : 149, 215.

GÂNDHÎ, Harilâl (1888-1948, fils aîné) : 45, 55, 71, 104, 106, 120, 130, 148, 155, 161, 163, 176, 215-6, 235,

265, 279, 287, 298, 311, 354, 359-60, 376, 453.
GÂNDHÎ, Harjîvan (ancêtre XVIIIe s.) : 25.
GÂNDHÎ, Indirâ (1917-1984, femme politique indienne, Premier ministre) : 254, 446, 531, 557.
GÂNDHÎ, Kânti (petit-fils) : 298, 312.
GÂNDHÎ, Kânu (petit-neveu) : 369, 453, 491, 494, 497.
GÂNDHÎ, Karamchând (1822-1885, père) : 27-8, 32, 43.
GÂNDHÎ, Karsandâs (1866-1913, frère) : 28, 38, 44.
GÂNDHÎ, Kasturbâi : *voir* Kasturbâi
GÂNDHÎ, Lakshmîdâs (1863-1914, frère) : 28, 38, 44, 46, 68, 120, 130.
GÂNDHÎ, Maganlâl (mort en 1928) : 119, 135, 182, 194, 206, 246, 283, 298, 314, 428, 453.
GÂNDHÎ, Manilâl (1892-1956, fils cadet) : 68, 71, 106, 118, 174, 176, 253, 263-4, 275-6, 293, 298, 307, 314, 453, 556.
GÂNDHÎ, Manu (petite-nièce) : 464, 491, 496-503, 505, 507, 512, 519, 524, 527-8, 549.
GÂNDHÎ, Mohandâs Karamchând (1869-1948) : 9 *et passim.*
GÂNDHÎ, Nârândâs (frère de Maganlâl) : 313, 356.
GÂNDHÎ, Putlibâi (morte en 1891, mère) : 28, 36, 46-7, 52, 53, 58, 62-3, 66, 82, 115.
GÂNDHÎ, Ralitâbehn (1862-1960, sœur) : 28.
GÂNDHÎ, Râmdâs (1897-1969, fils cadet) : 106, 282, 356, 449, 553.
GÂNDHÎ, Rasik : 287.
GÂNDHÎ, Tulsidâs (oncle) : 32, 46.
GÂNDHÎ, Uttamchând, Ota (XIXe siècle, grand-père) : 26.
GAUBA, Harkishan Lâl (dirigeant nationaliste indien) : 60.
GELDER, Stuart (journaliste du *News Chronicle*) : 460.
GEORGE V (1865-1936, roi d'Angleterre, empereur des Indes) : 158, 165, 219, 359.
GHOSÂL, Janakinath (indépendantiste indien, premier secrétaire du Congrès bengali) : 117.
GHOSÂL, Saralâ : *voir* Dévi Chaudhurani
GLADSTONE, William Ewart (1809-1898, homme politique britannique, Premier ministre) : 29, 35, 69.
GODSÉ, Gopâl (frère de Nâthuram Godsé) : 538, 544.
GODSÉ, Nâthurâm Vinayak (1910-1949, extrémiste hindouiste, assassin de Gândhî) : 159, 290, 424, 455, 473, 478, 520, 538, 544, 550, 556.
GOKHALÉ, Gopâl Krishna (1866-1915, dirigeant indépendantiste indien) : 39, 69, 102, 116-8, 126, 136, 158, 164-5,

171, 174, 176, 179, 183-8, 190-1, 200, 299, 317, 319, 323, 405, 477.

GOLWAKAR, Mâdhav Sadâshiv (1906-1973, dirigeant du *Rashtriya Swayamsevak Sangh*) : 392.

GUILLAUME II (1859-1941, empereur d'Allemagne) : 176, 216.

GWYER, Sir Maurice Lindford (1878-1952, ministre de la Justice en Inde de 1937 à 1943) : 390.

HABIB, Hajji (militant indien musulman d'Afrique du Sud) : 152.

HALIFAX, Lord : *voir* Irwin

HAMILTON, Frederick : *voir* Dufferin

HAMILTON, Lord George Francis (1845-1927, secrétaire d'État à l'Inde de 1895 à 1903) : 115.

HARDINGE, Lord Charles, 1er baron Hardinge of Penshurst (1858-1944, diplomate, vice-roi de l'Inde de 1910 à 1916) : 161, 163, 165, 170-1, 179, 184, 194-5, 396.

HARI SINGH, Sir Bahadur Indar Mahindar (1895-1961, mahârâjâ du Cachemire de 1925 à 1961) : 517, 529.

HARRISON, Agatha (1885-1954, réformatrice sociale) : 347, 453.

HEMCHANDRA, Nârâyanan (poète gujarati) : 56.

HITLER, Adolf (1889-1945, homme politique allemand) : 86, 269, 316, 330, 339, 368, 376, 379, 382, 384, 385, 392-4, 397, 406, 409, 415, 419, 446, 448, 514, 547.

HOARE, Sir Samuel, 1er vicomte Templewood (1880-1959, politicien conservateur, secrétaire d'État à l'Inde de 1931 à 1935) : 285, 351-2.

HOBHOUSE, Emily (1860-1926, infirmière, militante des droits de l'homme en Afrique du Sud) : 112.

HÔ CHI MINH (1890-1969, dirigeant révolutionnaire, fondateur de la République démocratique du Vietnam) : 9, 163, 216, 243, 263, 269, 294, 424, 468.

HORNIMAN, B.G. (rédacteur en chef du *Bombay Chronicle*) : 217.

HUME, Allan Octavian (1829-1912, administrateur colonial ICS et réformateur social, fondateur du Congrès indien) : 37, 41.

HUNTER, Lord (haut magistrat britannique) : 226-8.

HUSSAIN, Zakir (1898-1971, politicien bengali, futur gouverneur du Pakistan) : 368.

HYAT KHAN, Khizar (Malik Khizaz Hayat Tiwana) (1900-1975, Premier ministre du Penjab de 1942 à 1947) : 476.

HYAT KHAN, Sikandar, Sir (1892-1942, dirigeant indien

musulman du Parti de l'Union du Penjab) : 404.

IFTIKHARUDDIN, Mian (dirigeant nationaliste indien passé à la Ligue musulmane en 1946) : 522.

IRWIN, Edward Frederick Lindley WOOD, Lord Irwin, puis 1er comte d' Halifax (1881-1959, vice-roi de l'Inde de 1926 à 1931) : 275, 279, 290, 311, 319, 321-4, 326, 327, 331, 341, 351, 368.

ISMAY, général Hastings Lionel, 1er baron Ismay (1887-1965, militaire et diplomate britannique) : 511.

JATÎN, Bâghâ, Jatindranâth Mukherjee, dit — (1879-1915, philosophe et activiste révolutionnaire) : 100, 155, 158, 163, 175, 180, 182, 192, 242, 257, 284, 286, 418, 425, 485, 522, 527.

JAYAPRAKÂSH, Prabhâvati (amie des Gândhî) : 249, 369, 373, 453.

JENKINS, Sir Evan Meredith (administrateur colonial, gouverneur du Penjab en 1946-47) : 506.

JÉSUS : 34, 84, 298, 408, 489.

JINNAH, Mohammed Ali (1876-1948, homme politique indien, dirigeant de la Ligue musulmane) : 26, 33, 48, 187, 198, 206, 213-4, 218, 240, 254, 282, 314, 350, 362-6, 370, 374-5, 399-400, 403, 406, 432, 434, 440, 461, 463, 466, 480, 484, 487, 492, 496, 497, 499, 511-5, 518, 522, 529, 532, 542, 557.

JOSHI, Chaganlâl (gestionnaire de l'*âshram* de Sabarmati) : 298, 303, 313.

KÂLELKAR, Dattatreya B. « Kâkâ » (1885-1981, écrivain, travailleur social disciple de Gândhî) : 243, 250, 258, 274, 283, 298-9, 302, 313, 332.

KALLENBACH, Hermann (architecte allemand mort en 1945) : 114-6, 120, 124, 125, 134, 160, 163-4, 176-9, 180, 184-5, 216, 234, 249, 279, 317, 384-5, 393, 405, 468.

KARKARÉ, Vishnu Râmchandrâ (conjuré de l'assassinat de Gândhî) : 538, 544, 549, 550.

KASTURBÂI (épouse de Mohandas Gândhî) : 32, 38, 55, 67, 100, 106, 113, 116, 118, 120, 124, 136, 166, 179, 186, 193, 203, 249, 274, 301-2, 331, 343, 354, 360, 369, 371, 376, 388-9, 429, 433, 443, 445, 449-50, 453-5, 464, 490, 496, 555.

KHAN, Abdul Ghaffar, "Badshah Khan" (1890-1988, homme politique, chef des Khudai Khidmtagars) : 288, 310, 374, 481, 507-8, 510, 535.

KHARÉL, Nârâyan (maître de

musique à l'*âshram* de Sâbarmati) : 298, 303.

KHER, B.G. : 364.

KIPLING, Rudyard (1865-1936, journaliste et écrivain britannique) : 91, 171, 352.

KITCHENER, Lord Horatio Herbert (1850-1916, maréchal et homme politique) : 110, 111.

KRIPALÂNI, Jivatram B. (1888-1982, dirigeant nationaliste indien) : 200, 203, 205, 209, 214, 243, 283, 341, 437, 479, 480, 486, 489-91, 497, 506, 508.

KRIPALÂNI, Suchétâ (épouse de Jivatram, disciple) : 491, 494.

KRISHNAVARMÂ : *voir* Shyâmji

KRUGER, Paul (1825-1904, homme politique boer, président du Transvaal de 1883 à 1902) : 76, 90, 109, 382.

KUHNE, Louis (1856-1907, praticien naturopathe allemand) : 478.

KULKARNI, Kedâr Nâth, « Nathji » (gourou de K. Mashruwala) : 507.

LÂHIRI, Ashutosh (activiste hindou, secrétaire général du *Hindu Mahasâbâ*) : 543.

LÂJPAT RÂI, Lâlâ (1865-1928, dirigeant nationaliste indien, fondateur des Serviteurs de l'Inde) : 127, 184, 230, 246, 262, 284.

LÂL GAUBA, Harkishan (1835-1937, homme d'affaires indien, ministre dans le gouvernement du Penjab de 1921) : 60.

LANSBURY, Lord George (1859-1940, dirigeant du Parti travailliste britannique de 1932 à 1935) : 182, 326, 351.

LANZA DEL VASTO, Joseph (1901-1981, philosophe, poète, fondateur des *Communautés de l'Arche*) : 378.

LÉNINE, Vladimir Illitch Oulianov, dit – (1870-1924, dirigeant révolutionnaire russe) : 119, 148, 238.

LIAQUÂT ALI KHAN (1895-1951, homme politique musulman indien, Premier ministre du Pakistan de 1947 à 1951) : 466, 488, 496, 504.

LINLITHGOW, Victor HOPE, 2e marquis de – (1887-1952, vice-roi de l'Inde de 1936 à 1943) : 396.

LLOYD GEORGE, David (1863-1945, homme d'État britannique, secrétaire d'État à la Guerre en 1916) : 197, 351.

LOCKHART, Sir Rog McGregor (1893-1981, général britannique, commandant en chef de l'armée des Indes en 1947) : 523.

LUTYENS, Edwin (1869-1944, architecte britannique) : 320.

LYTTON, Victor Alexander BULWEER-LYTTON, 2e comte Lytton (1876-1947, vice-roi des Indes) : 33-4.

MACDONALD, James Ramsay (1866-1937, homme d'État

britannique) : 288, 316, 324, 325.
MADANLÂL : *voir* Pahwa
MAHÂVÎRA (*ca* 599-*ca* 527 av. J.-C., ascète jaïn) : 26.
MAHÂTMÂ MUNSHI RÂM : *voir* Swâmi Shraddhanand
MAHMUD, Syed (1879-1971, dirigeant du mouvement pour le Califat, ministre du Congrès du Bihâr en 1936-39) : 499, 506.
MAITLAND, Edward (1824-1897, écrivain) : 97.
MAJUMDÂR, Ramesh Chandra (1888-1980, historien bengali) : 222.
MAKANJI KAPADIA, Kasturbâi (*ca* 1868-1944, épouse de Gândhî) : *voir* Kasturbâi
MÂLAVIYA, Pandit Madan Mohan (1861-1946, dirigeant traditionaliste hindou, fondateur de l'université hindoue de Bénarès) : 195, 228.
MANDELA, Nelson (1918-, président de l'Afrique du Sud de 1994 à 1999) : 164, 560, 562.
MARX, Karl (1818-1883, philosophe) : 9, 29, 38, 61.
MASHRUWÂLÂ, Kishorelâl (1890-1952, essayiste gujarâti, membre de l'*âshram* Sévâgrâm) : 498.
METHÂ, Dinshaw (médecin naturopathe) : 454, 458, 522.
METHA, Narsingh (poète et musicien gujarâti du XVe siècle) : 312, 336.
MEHTÂ, Sir Pherozeshah (1845-1915, homme politique indien) : 57, 63, 101, 116, 124, 131, 184, 186, 191.
MEHTÂ, Prânjîvan (docteur, ami des Gândhî) : 52-3, 63-4, 124, 131, 192, 216, 270, 345.
MEHTAB, Sheikh (camarade de classe de Gandhî) : 44, 97.
METCALFE, Sir Charles Theophilus (1785-1846, directeur de la Compagnie anglaise des Indes orientales, administrateur colonial) : 17.
MINTO, Gilbert John Elliot MURRAY-KYNYNMOUND, 4e comte (1845-1914, vice-roi des Indes de 1905 à 1910) : 128, 161, 171.
MIRÂBEHN : *voir* Madeleine Slade
MONTAGU, Edwin Samuel (1879-1924, secrétaire d'État à l'Inde dans le cabinet de Lloyd George) : 204-6, 225, 230, 248.
MORÂRJI, Shântikumâr (industriel ami de Gândhî) : 257, 377, 458.
MORLEY, Lord John, 1er vicomte Morley of Blackburn (1838-1923, secrétaire d'État à l'Inde de 1905 à 1910) : 128.
MOUNTBATTEN, Lord Louis, 1er comte Mountbatten de Birmanie (1900-1979, amiral, vice-roi de l'Inde en 1947) : 504, 510-4, 518, 522, 529-

531, 537-9, 541-2, 544, 550-1, 557-8.

Mukherjee : *voir* Jatîn

Mukherjee, Prithwin (petit-fils de Bâghâ Jatîn) : 485, 522.

Munro, Sir Thomas (1761-1827, administrateur colonial, gouverneur de Madras de 1820 à 1827) : 17, 21.

Murray, révérend Andrew (Transvaal) : 84.

Murray, Gilbert (1866-1957, homme politique britannique libéral) : 351.

Murry, John Middleton (1889-1957, écrivain pacifiste anglais) : 379.

Mussolini, Benito (1883-1945, homme politique italien) : 269, 327, 329, 330, 379, 406, 415, 438.

Muzumdâr, Haridâs (participant à la « marche du sel ») : 298, 304.

Nâidu, Sarojini (1879-1949, poétesse bengali, dirigeante nationaliste indienne) : 183, 207, 217, 262, 269, 303, 306, 313, 346, 443-5, 520.

Naoroji, Sir Dâdâbhâi (1825-1917, homme politique indien, membre des Communes) : 42, 57, 60, 89, 90, 91, 113, 127, 138, 206.

Nârâyan, Jaya Prakâsh, dit J.P. (1902-1979, dirigeant nationaliste indien) : 249, 350.

Nârâyan, Prabhâvati (disciple de Gândhî, épouse de J.P.) : 249, 369, 373-4, 464.

Nâyar, Pyârélâl (1900-1982, secrétaire de Gândhî) : 228, 243, 246, 255, 273, 283, 298, 303, 314, 324, 328, 372-5, 389, 403, 464, 491-2, 494, 496-8, 512, 523, 528, 533.

Nâyar, Sushilâ (1914-2001, médecin de Gândhî, sœur de Pyârélâl) : 255, 276, 346, 369, 372-5, 402, 453, 464, 491, 494, 527-8, 558.

Nehru, Jawâharlâl (1889-1964, dirigeant nationaliste indien, homme d'État) : 25, 31, 56, 202-3, 216, 226, 240, 246, 249-50, 252-54, 270, 278-84, 285, 289, 295, 296-8, 302-3, 307, 317, 319-21, 324, 335-7, 340-42, 349, 352, 357-8, 361, 363, 365, 367, 371, 377-8, 397, 403, 411, 414, 420, 421, 430-1, 437, 443, 446, 455, 468, 475-6, 478-80, 482-84, 486-89, 491, 494, 496, 499, 504, 508-17, 519, 522-24, 528-31, 533-4, 537, 539-40, 547-50, 551, 557-8.

Nehru, Motilâl (mort en 1931, dirigeant nationaliste indien, cofondateur du parti du *Swaraj*, père de Jawâharlâl) : 46, 56, 216, 226, 228, 230, 240, 242, 246, 249, 252-4, 265, 282, 284, 317, 362.

OLDFIELD, Josiah (docteur, militant végétarien) : 58, 62.
OLLIVANT, Sir Charles (administrateur colonial britannique) : 55, 68.

PADEREWSKI, Ignacy Jan (1860-1941, pianiste et compositeur, homme politique et diplomate polonais) : 397.
PAHWA, Madanlâl Kashmirilâl (réfugié hindou, conjuré de l'assassinat de Gândhî) : 538, 543-7, 551.
PALWANKAR BALOO, Babaji (1876-1955, intouchable indien champion de cricket) : 335.
PANT, Govind Ballabh (1887-1961, activiste indépendantiste indien, ministre principal des Provinces unies en 1947) : 293.
PARASURÂM (sténographe de Gândhî) : 491, 494, 496, 500.
PATEL, Maniben (fille de Sardâr Patel) : 531, 547, 549.
PATEL, « Sardâr » Vallabhbhâi (1875-1950, dirigeant nationaliste indien) : 26, 31, 203, 208-10, 214, 217, 243-4, 246, 252, 266, 280, 282, 285, 289, 293-4, 298, 303, 313-5, 317, 321, 331-2, 338, 341, 363, 365, 388-90, 433, 436, 442, 455, 476, 479-80, 482, 486, 489, 491, 497, 508, 511-2, 516, 522, 527, 530-1, 539-40, 551, 557.
PATEL, Vithalbhâi (1871-1933, législateur indien, dirigeant indépendantiste, cofondateur du parti *Swaraj*, frère du Sardar Patel) : 254.
PEARSONS, William (disciple de Tagore) : 171, 174.
PETHICK-LAWRENCE, Frederick William (1871-1961, secrétaire d'État à l'Inde dans le gouvernement Attlee) : 467, 478.
PETTY-FITZMAURICE, Sir Henry, 5e marquis de Lansdowne (1845-1927, administrateur colonial, vice-roi de l'Inde de 1888 à 1893) : 56, 69.
PIE XI (pape de 1922 à sa mort en 1939) : 329.
PITT, William (1759-1806, Premier ministre anglais) : 17.
POLAK, Henry Solomon (journaliste mort en 1959) : 121-5, 136, 146, 150, 180.
POLAK, Millie (épouse de Polak, amie des Gândhî) : 146, 148.
PRASÂD, Râjendra (1884-1962, dirigeant indépendantiste et futur président de l'Inde) : 199-201, 215, 243, 246, 252, 282, 437, 491, 497, 508, 541, 557.
PRATT, Frederik (administrateur colonial britannique) : 209, 213.

RÂJÂGOPÂLÂCHÂRI, Chakravarti, dit C.R. (1888-1972, dirigeant nationaliste indien) : 246, 252, 278, 281, 314, 331, 341, 431-4, 436-7, 462, 464, 491, 508, 518, 537.

RÂJÂGOPÂLÂCHÂRI, Lakshmî (fille de C.R., épouse de Dévdâs) : 278, 331, 342.

RÂJCHANDRA, Shrîmad (1867-1901, ascète jaïn, gourou de Gândhî) : 63-67, 83, 84, 96, 101, 114-15, 123, 132, 191, 317, 434, 497.

RÂMAKRISHNA, Sri (ca 1834-1886, mystique hindou) : 43.

RÂMAN, Sir Chandrasékhara Venkata (1888-1970, physicien) : 11.

RÂMÂNUJA (dates supposées 1017-1137, philosophe et exégète hindou) : 12.

READING, Rufus Isaac, 1er marquis de – (1860-1935, vice-roi de l'Inde de 1921 à 1925) : 247, 279.

RHODES, Sir Cecil John (1853-1902, homme d'affaires britannique et homme d'État sud-africain) : 56, 76, 98.

RIPON, George Frederick ROBINSON, 1er marquis de – (1827-1909, politicien libéral, vice-roi de l'Inde de 1880 à 1884) : 35-36.

ROLLAND, Romain (1866-1944, écrivain) : 162, 171, 245, 255, 265-7, 278, 328-29, 351, 356, 558.

ROMMEL, Erwin (1891-1944, général allemand) : 421, 440.

ROY, Râm Mohun ou Râmohan (1772-1833, réformateur bengali, fondateur du *Brahmo Samaj*) : 144, 185.

RUSHBROOK, William (1890-1978, historien et administrateur colonial ICS) : 19.

RUSKIN, John (1919-1900, écrivain américain) : 121-24, 146.

SALAAM, Amtus ou Amtul (Indienne musulmane disciple de Gândhî) : 369, 373, 491.

SANGER, Margaret Higgins (1879-1966, féministe américaine) : 233, 358.

SÂRÂBHÂI, Ambâlâl (1890-1967, industriel du textile et combattant indien de la liberté) : 194, 204, 205, 208, 210-2, 215, 263, 300, 302, 305.

SÂRÂBHÂI, Anasûyâben (sœur d'Ambâlâl) : 208, 210-2, 215, 217, 250, 300.

SARASVATÎ, Swâmi Dayânanda (1824-1883, réformateur hindou, fondateur de *l'Ârya Samaj*) : 33, 37.

SÂSTRI, Vaidik S. Srînivâsa (législateur, membre des Serviteurs de l'Inde, 1869-1946) : 187, 191, 319, 332.

SÂVÂRKAR, Vinâyak Dâmodar "Veer Sâvârkar" (1883-1966, nationaliste hindou, président du Hindu Mahâsabhâ) : 152, 252, 290, 366, 423, 478, 520, 543, 557.

SAYED AHMED KHAN, Sir Syed ou Sayed (1817-1898, réformiste musulman) : 36, 60.

SHARMÂ, Pandit Shiv (médecin ayurvédique) : 454.

SHÂSTRI, Parchûre (membre de l'*âshram* de Sâbarmati) : 331.

SHUKLA, Râjkumâr (exploitant d'indigo, ami de Gândhî) : 53-4, 198.

SHYÂMJI KRISHNAVARMÂ (1857-1930, nationaliste indien, fondateur de la Indian Home Rule Society) : 152.

SIMON, Sir John, 1er vicomte – (député libéral, président de la commission indienne sur la Constitution) : 279-84, 287-9, 426, 474.

SINGH, Baldev (1902-1961, politicien indien, représentant des sikhs, ministre de la Défense du gouvernement intérimaire) : 496.

SINGH, Bhagat (1907-1931, combattant nationaliste indien) : 284-7, 322-3, 326, 544.

SINGH, Master Târâ (1885-1967, dirigeant sikh akali) : 506.

SINGH, Mohan (capitaine de l'Armée indienne en exil) : 425, 447.

SINGH, Prithwi (indien communiste, prétendant de Mîrâ-behn) : 458.

SLADE, Madeleine, dite Mîrâ-behn, « Mîrâ » (1892-1982, disciple anglaise de Gândhî et combattante de la liberté) : 264-9, 271-2, 277, 301, 320, 324-6, 328, 331, 346, 351, 373-4, 425, 429, 435, 439, 443-5, 458-9, 464, 487, 501-2, 531, 539, 543, 558.

SMUTS, Jan Christiaan (1870-1950, général boer, homme d'État du Commonwealth) : 141-2, 144-7, 150, 163-9, 172-3, 176-8, 186, 351, 382, 444, 466.

STALINE, Joseph (1878-1953, secrétaire général du PCUS de 1922 à 1953) : 316, 330, 465, 468.

SUHRAWARDI, Hasan Shaheed (1892-1963, dirigeant de la Ligue musulmane) : 486, 492, 511, 518, 522, 524.

SWÂMI ÂNAND (disciple de Gândhî) : 243, 266, 302, 498, 507.

SWÂMI BECHARJI, (moine jaïn, ami des Gândhî) : 47.

SWÂMI NIRÂLAMBA : 286.

SWÂMI SHRADDHÂNAND (Mahâtmâ Munshi Râm) (1856-1926, philosophe, partisan de l'union hindoue-musulmane, assassiné) : 229.

SYED, Sir : *voir* SAYED

TAGORE, Devendranâth (1817-1905, fondateur de l'Adi Brahmo Samaj, père de Rabindranâth) : 117, 144.

TAGORE, Rabindranâth (1861-1941, poète bengali) : 13, 37, 40, 100, 107, 117, 138, 140, 171, 174, 183-4, 189-90, 197, 218-9, 223, 229, 244-6, 255, 290, 313, 329, 348, 420, 425, 495, 500.

TÂTA, Sir Ratan (1871-1918, homme d'affaires indien) : 131, 160, 192, 453, 556.

TCHANG KAÏ-CHEK, général (1887-1975, homme politique chinois) : 269, 429, 440.

TEMPLE, Sir Richard (1826-1902, administrateur colonial ICS, gouverneur général du Bengale en 1874) : 33.

THACKERSEY, Lady Premilla ou Leelâbâi (1894-1977, féministe indienne et combattante de l'indépendance) : 313, 332, 341, 342, 345.

THAKKAR, Amritlâl (disciple de Gândhî) : 375, 491, 505.

THAKKAR, Vithalâl (fils d'Amritlâl) : 298.

THESIGER, Frederic John Napier, 1er vicomte CHELMSFORD (1868-1933, homme d'État britannique, vice-roi des Indes de 1916 à 1921) : 205, 213, 225, 230.

THIRUVALLUVAR (entre –200 et 100, poète et philosophe tamil) : 223.

THOREAU, Henry David (1817-1862, poète et philosophe américain) : 129, 135, 235, 283.

TILAK, Bâl Gangâdhar « Lokamânya » (1817-1862, dirigeant indépendantiste indien) : 56, 69, 102, 107, 116, 126-7, 139, 143, 158, 176, 179, 184, 187, 194, 197-8, 206, 213, 216, 229, 235, 238, 241, 257.

TOJO, général Hideki (1884-1948, Premier ministre japonais de 1941 à 1944) : 425, 450-1, 456, 459.

TOLSTOÏ, Léon (1828-1910, écrivain russe) : 29, 34, 36, 43, 62, 97-8, 121, 123, 132, 150, 153-5, 158-62, 329, 376.

TREVELYAN, Charles (1807-1886, administrateur colonial ICS, ministre des Finances de l'Inde de 1861 à 1865) : 21, 30, 43.

TYABJI, Abbas (*ca* 1861-1936, magistrat indien, combattant de l'indépendance) : 298, 313.

TYEB, Sheth (commerçant indien musulman du Transvaal) : 82, 86.

VALLABHÂCHÂRYA, Sri (1479-1531, philosophe hindou) : 26.

VICTORIA (1819-1901, reine d'Angleterre impératrice des Indes) : 33, 35, 41, 107, 112, 115, 432, 504.

VIOLLIS, Andrée (journaliste et militante communiste française) : 314.

VIVÉKÂNANDA Swâmi (1863-1902, philosophe) : 117, 157, 173, 229.

WACHA, Sir Dinshaw Edulji (1844-1936, politicien indien, membre fondateur du Congrès) : 101.

WAVELL, Sir Archibald Percival, 1er comte – (1883-1950, général britannique, vice-roi de l'Inde de 1943 à 1947) : 430-1, 449, 452, 454, 459-60, 467, 486, 504.

WEST, Albert (journaliste à l'*Indian Opinion*) : 121, 123.

WILLINGDON, George Freeman FREEMAN-THOMAS, 1er marquis de – (1866-1941, gouverneur général de Bombay de 1913 à 1918, gouverneur de Madras de 1919 à 1924, vice-roi de l'Inde de 1931 à 1936) : 188, 218, 321, 330, 341, 410, 521.

WILSON, Thomas Woodrow (1856-1924, 28e président des États-Unis) : 208, 217, 224.

Table

LE RÂJ 11

CHAPITRE PREMIER. Modh Vanik. 1869-1888 25
Naissance à Porbandar, 26 – *Mariage à Râjkot*, 32 – *La mort du père*, 43 – *Première rébellion : aller à Londres*, 46.

CHAPITRE II. Shatâvadhâni. 1888-1893.......................... 51
Découverte de son identité, 57 – *« Vivre légèrement pour atteindre Dieu »*, 63 – *L'avocat manqué*, 67 – *Faute de mieux*, 70.

CHAPITRE III. Satyâgraha. 1893-1914 73
Les coolies, 74 – *L'humiliation de Pietermaritzburg*, 79 – *Premiers combats*, 81 – *« Girmitiya Gândhî »*, 84 – *« Le premier clou dans votre cercueil »*, 87 – *« Avocat-coolie »*, 91 – *Nouvelles humiliations*, 93 – *Les vingt-sept questions*, 95 – *Découvrir Tolstoï*, 97 – *La « Brochure verte »*, 99 – *L'ombrelle de l'Anglaise*, 103 – *L'avocat prospère*, 105 – *Le jubilé de la faim*, 107 – *Ambulancier au service des Anglais*, 108 – *S'habiller à l'indienne*, 112 – *Kallenbach remplace Râjchandra*, 114 – *Deuxième retour en Inde ; premier Congrès*, 116 – *L'*Indian Opinion, 119 – *Une Inde imaginaire en Afrique du Sud*, 122 – *Premières réformes en Inde*, 126 – *Des massacres à l'abstinence*, 130 – *Le serment du 11 septembre et l'échec du premier* satyâgraha, 133 – *Première*

ambassade à Londres, 136 – *Ne pas s'enregistrer*, 141 – *Première prison*, 144 – *Brûler les cartes : le deuxième* satyâgraha, 147 – *La prison, encore et encore*, 148 – *« La douceur contre la grossièreté »*, 151 – *Contre l'« Englishistan »*, 155 – *La ferme Tolstoï*, 159 – *Le troisième* satyâgraha, 164 – *La marche des femmes*, 166 – *Le massacre de Durban*, 168 – *La victoire par la grève de la faim*, 172 – *Pour en finir avec l'Afrique du Sud*, 174.

CHAPITRE IV. Hind Swarâj. 1914-1930 179

Oublier Kallenbach, 179 – *Un épervier affamé*, 185 – *En première ligne*, 189 – *Premier « âshram »*, 191 – *Le scandale de Bénarès*, 193 – *Première bataille : l'indigo de Champâran*, 198 – *L'*âshram *déménage : Sâbarmati*, 203 – *Les deux premiers* satyâgrahas *en Inde : Khedâ et Ahmedâbâd*, 207 – *Sergent recruteur*, 213 – *Le premier* swadeshi, 217 – *Le massacre d'Amritsar*, 219 – *L'« erreur himalayenne »*, 221 – *Le silence, le rouet, le* dhotî, 222 – *Rassembler les musulmans*, 224 – *Pour en finir avec Amritsar*, 226 – *Un grand amour*, 228 – *La caste, épreuve « essentielle à une bonne évolution de l'âme »*, 231 – *Un* satyâgraha *pour l'islam*, 234 – *La « loi de l'épée »*, 237 – *L'imprudente promesse : l'indépendance dans un an*, 239 – *L'année du tout ou rien*, 244 – *Premier échec*, 246 – *Le massacre de Chauri-Chaurâ*, 247 – *Six ans de prison*, 250 – *Lire, écrire*, 253 – *Libération dans l'échec*, 255 – *Le* satyâgraha *de Vykom*, 258 – *Sur la touche, face à la violence*, 261 – *Mîrâbehn et autres femmes*, 264 – *Un an à l'*âshram, 269 – *Nouvelles tournées*, 277 – *Première rupture avec Nehru*, 279 – *Les « travailleurs silencieux »*, 283 – *« Le gospel des révolutionnaires »*, 286 – *Choisir un combat*, 288 – *« Harasser le gouvernement »*, 290 – *Les onze requêtes*, 295 – *Derniers préparatifs*, 298 – *La marche du sel*, 302 – *Déborder le Râj*, 307 – *« Yerawadâ Palace »*, 313.

CHAPITRE V. Ahimsâ. 1931-1939 317

Le « pacte de Delhi », 319 – *Plaider pour un terroriste...*, 322 – *Une star à Londres*, 324 – *La chèvre chez*

Mussolini, 327 – *Retour à Yerawadâ*, 330 – *L'*ahimsâ *: une éthique préalable à l'indépendance*, 333 – *Défendre les intouchables contre leur gré*, 335 – *Rupture avec le Congrès*, 338 – *Un «* âshram *nomade »*, 343 – *La folle tournée*, 346 – *Premiers attentats*, 349 – *« L'Inde du polo et de la chasse au sanglier »*, 349 – *Le « programme constructif »*, 352 – *Sévâgrâm : le village expérimental*, 354 – *« Mon fils ? Une épave »*, 357 – *Le Mahâtmâ fait les gouvernements*, 361 – *Le faux pas avec Jinnah*, 366 – *Le programme de Wârdhâ*, 366 – *Les femmes, encore*, 369 – *« Sushilâ va-t-elle rester ? »*, 370 – *Deux « éjaculations involontaires »...*, 373 – *La non-violence contre Hitler...*, 376 – *« Un de mes amis juifs »...*, 380 – *Un nouveau* satyâgraha *?*, 385 – *Retour à Râjkot, « laboratoire précieux »*, 388 – *Lettre d'un « ami sincère » à Hitler*, 392.

CHAPITRE VI. Quit India ! 1939-1945 395

L'indépendance ou la neutralité, 396 – *La rupture avec Jinnah*, 399 – *L'erreur du Congrès*, 403 – *L'entêtement pacifiste*, 406 – *L'« offre d'août »*, 409 – *Le «* satyâgraha *représentatif »*, 412 – *« Vous n'êtes pas le monstre... »*, 414 – *« Enterré à Sévâgrâm »*, 416 – *Bose devient Nétâjî*, 418 – *Entre l'Allemagne et le Japon*, 421 – *L'effondrement britannique*, 424 – *La mission Cripps*, 426 – *Quit India !*, 433 – *« Je ne veux pas que le Japon gagne la guerre »*, 439 – *Le palais-prison*, 443 – *Nétâji au Japon*, 445 – *« Traître au pays »*, 448 – *Le « gouvernement provisoire de l'Inde libre »*, 450 – *« Un couple qui sortait de l'ordinaire »*, 453 – *Le retournement d'Imphal*, 455 – *« Ce type est-il mort ? »*, 457 – *Face à face avec son assassin*, 459 – *La double intégrité*, 462 – *Déroute de Nétâji*, 464 – *La paix, et après ?*, 466.

CHAPITRE VII. Hé Râma ! 1945-1948............................ 471

Les deux utopies, 473 – *« Comment canaliser la haine ? »*, 476 – *Choisir Nehru*, 478 – *« La haine est dans l'air »*, 480 – *« Les mâchoires de la mort »*, 483 – *« La grande tuerie de Calcutta »*, 485 – *Bien au-delà de l'Inde...*, 488 – *« Les meilleurs moments de ma vie » : le*

Noâkhâli, 490 – *« La quantité de poussière... »*, 492 – *Violence et sexualité*, 496 – *« Ishwar et Allah sont tes deux noms »*, 499 – *« Le chemin de la vérité est pavé de squelettes »*, 502 – *L'offre du 25 février*, 504 – *Au Bihâr pour protéger des musulmans*, 506 – *« Sur mon cadavre »*, 508 – *« Vivisection de l'Inde »*, 510 – *L'accord du 2 juin*, 513 – *La fin de la « paramountcy »*, 515 – *Oublier Gândhî*, 516 – *Le miracle de Calcutta*, 518 – *« La vie et la liberté »*, 519 – *« Si Delhi sombre, nous sommes perdus »*, 520 – *Le jeûne de Calcutta*, 523 – *Birlâ House*, 527 – *Le choix du Cachemire*, 529 – *« Le cœur lourd »*, 531 – *La « monstrueuse vivisection »*, 534 – *« Le seul à être sain d'esprit »*, 536 – *« Laissez mourir Gândhî, donnez-nous un toit ! »*, 539 – *Le Pacte de paix*, 541 – *Premier attentat*, 543 – *La promesse de Merhauli*, 545 – *L'assassinat*, 548.

ÉPILOGUE 555

L'Inde, sans Gândhî, 558 – *Des idées d'une extrême modernité*, 563 – *Se changer soi-même*, 564.

BIBLIOGRAPHIE 567

REMERCIEMENTS 579

INDEX 581

CARTES

Le Râj. La colonisation anglaise, 10. – *L'Afrique du Sud au temps de Gandhi*, 75. – *Les lieux de Gandhi*, 181. – *Les enjeux de la partition (XXe siècle)*, 472.

Du même auteur :

ESSAIS

Analyse économique de la vie politique, PUF, 1973.
Modèles politiques, PUF, 1974.
L'Anti-économique (avec Marc Guillaume), PUF, 1975.
La Parole et l'Outil, PUF, 1976.
Bruits, PUF, 1977, nouvelle édition Fayard, 2000.
La Nouvelle Économie française, Flammarion, 1978.
L'Ordre cannibale, Grasset, 1979.
Les Trois Mondes, Fayard, 1981.
Histoires du Temps, Fayard, 1982.
La Figure de Fraser, Fayard, 1984.
Au propre et au figuré, Fayard, 1988.
Lignes d'horizon, Fayard, 1990.
1492, Fayard, 1991.
Économie de l'Apocalypse, Fayard, 1994.
Chemins de sagesse : traité du labyrinthe, Fayard, 1996.
Mémoires de sabliers, Éditions de l'Amateur, 1997.
Dictionnaire du XXIe siècle, Fayard, 1998.
Fraternités, Fayard, 1999.
La Voie humaine, Fayard, 2000.
Les Juifs, le monde et l'argent, Fayard, 2002.
L'Homme nomade, Fayard, 2003.
Foi et raison, Bibliothèque nationale de France, 2004.
Une brève histoire de l'avenir, Fayard, 2006.

ROMANS

La Vie éternelle, roman, Fayard, 1989.
Le Premier Jour après moi, Fayard, 1990.

Il viendra, Fayard, 1994.
Au-delà de nulle part, Fayard, 1997.
La Femme du menteur, Fayard, 1999.
Nouv'elles, Fayard, 2002.
La Confrérie des Éveillés, Fayard, 2004.

Biographies

Siegmund Warburg, un homme d'influence, Fayard, 1985.
Blaise Pascal ou le génie français, Fayard, 2000.
Karl Marx ou l'esprit du monde, Fayard, 2005.

Théâtre

Les Portes du Ciel, Fayard, 1999.
Le Cristal et la fumée, Fayard, 2008.

Contes pour enfants

Manuel, l'enfant-rêve (ill. par Philippe Druillet), Stock, 1995.

Ouvrage illustré

Amours. Histoires des relations entre les femmes et les hommes (avec Stéphanie Bonvicini), Fayard, 2007.

Mémoires

Verbatim I, Fayard, 1993.
Europe(s), Fayard, 1994.
Verbatim II, Fayard, 1995.

Verbatim III, Fayard, 1995.
C'était François Mitterrand, Fayard, 2005.

RAPPORTS

Pour un modèle européen d'enseignement supérieur, Stock, 1998.
L'Avenir du travail, Fayard/Manpower, 2007.

Composition réalisée par NORD COMPO

Achevé d'imprimer en septembre 2009 en Allemagne par
GGP Media GmbH, Pößneck
Dépôt légal 1re publication : octobre 2009
LIBRAIRIE GÉNÉRALE FRANÇAISE – 31, rue de Fleurus – 75278 Paris Cedex 06

31/2559/8